庫

樋口一葉 小説集

筑摩書房

目次

樋口一葉　小説集

編集・解説　菅聡子
脚注　花﨑真也
脚注図版　林丈二・林節子

大つごもり

（上）

井戸《ゐど》(1)は車にて綱《つな》の長さ十二尋《ひろ》(2)、勝手《かつて》は北向きにて師走《しはす》の空のから風ひゆう〱と吹《ふき》ぬきの寒さ、お丶堪《た》えがたと竈《かまど》の前に火なぶりの一分《ぷん》は一時《じ》にのびて、(3)割木《わりき》(4)ほどの事も大台《おほだい》にして(5)叱《しか》りとばさる丶婢女《はしため》(6)の身つらや、はじめ受宿《うけやど》(7)の老嫗《おば》さまが言葉には御子様《おこさま》がたは男女《なんによ》六人《にん》、なれども常住《じやうぢう》家内にお出《いで》あそばすは御総領《ごそうりやう》と末《すゑ》お二人《ふたり》、少し御新造《ごしんぞ》(8)は機嫌《きげん》かい(9)なれど、目色顔色を呑《の》みこんで仕舞《しま》へば大《たい》した事もなく、結句《けつく》(10)おだてに乗る質《たち》なれば、御前《おまへ》の出様《でやう》一つで半襟半《はんゑりはん》がけ(11)前垂《まへだれ》(12)紐《ひも》にも

（1）滑車に縄をかけ、縄の両端につけた桶を上下させて水を汲む井戸。

図1

（2）一尋は、約六尺。十二尋は、約二一・六メートル。
（3）竈の前で火をいじって暖をとる一分は一時間もいたかのように。
（4）たきぎ。
（5）大げさにして。
（6）下女。
（7）口入屋。
（8）奥様。
（9）むら気な人。
（10）結局。
（11）襦袢（じゅばん）の襟の上に飾りとして掛ける半襟一掛けというところを、けちなご新造なので半がけといった。
（12）前掛け。

事は欠《か》くまじ、御身代《ごしんだい》(1)は町内第一にて、その代《かは》り吝《しは》(2)き事も二とは下《さが》らねど、よき事には大旦那《おほだんな》が甘い方《はう》ゆゑ、少しのほまち(3)は無き事も有《あ》るまじ、厭《い》やに成《な》つたら私《わたし》の所《とこ》まで端書《はがき》一枚、こまかき事は入《い》らず、他所《よそ》の口を探《さが》せとならば足は惜《を》しまじ、何《いづ》れ奉公《ほうこう》の秘伝《ひでん》は裏表(4)と言ふて聞かされて、さても恐《おそ》ろしき事を言ふ人と思へど、何《なに》も我《わ》が心一つで又《また》この人のお世話には成《な》るまじ、勤《つと》め大事に骨さへ折らば御気《おき》に入《い》らぬ事も無き筈《はづ》と定《さだ》めて、かゝる鬼《おに》の主《しゆう》をも持つぞかし(5)、目見《めみ》(6)の済《す》みて三日の後《のち》、七《なゝ》つ歳になる嬢《じやう》さま踊《おど》りのさらひ(7)に午後よりとある、其支度《そのしたく》は朝湯にみがき上《あ》げてと霜氷《しもこほ》る暁《あかつき》、あたゝかき寝床《ねどこ》の中《うち》より御新造《ごしんぞ》灰吹《はひふ》(8)きをたゝきて、これ〳〵と、此詞《これ》が目覚《めざま》しの時計より胸にひゞきて、三言《みこと》とは呼ばれもせず帯より先に襷《たすき》がけの甲斐《かひ》〳〵しく、井戸端《ゐどばた》に出《いづ》れば月かげ流しに残りて、肌《はだへ》を刺すやうな風の寒さに夢を忘れぬ、風呂《ふろ》は据風呂《すゑふろ》(9)にて大きからねど、二つの手桶《てをけ》に溢《あふ》るゝほど汲《く》みて、十三は入《い》れねば成《な》らず、大汗《おほあせ》に成《な》りて運びけるうち、輪宝《りんぽう》(10)のすがりし曲《ゆが》み

(1) 全財産。
(2) けちな。
(3) 臨時の儲け。
(4) 奉公のこつは裏表を使い分けて要領よく立ち回ること。
(5) 持つのであるよ。
(6) 奉公人が初めて主人に会うこと。
(7) 発表会。
(8) たばこ盆についている竹の筒で、吸殻を落とすもの。

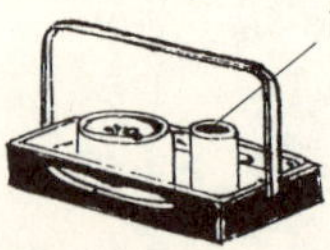

図2

歯《ば》の水《みづ》ばき下駄《げた》、前鼻緒《まへばなを》のゆる〳〵に成《な》りて、指を浮かさねば他愛《たわい》の無きやう成《なり》(11)し、その下駄《げた》にて重き物を持ちたれば足もと覚束《おぼつか》なくて流《なが》し元《もと》の氷にすべり、あれと言ふ間《ま》もなく横にころべば井戸がはにて向《むか》ふ臑《ずね》した〻かに打ちて、可愛《かわい》や雪はづかしき膚《はだ》に紫の生々しくなりぬ、手桶《てをけ》をも其処《そこ》に投出《なげいだ》して一つは満足成《まんぞくなり》しが一つは底《そこ》ぬけに成《な》りけり、此《これ》桶の価《あたゑ》なにほどか知らねど、身代《しんだい》これが為《ため》につぶれるかの様に御新造《ごしんぞ》の額際《ひたへぎは》に青筋《あをすぢ》おそろしく、朝飯《あさはん》のお給仕《きふじ》より睨《にら》まれて、其日《そのひ》一日物《にちもの》も仰《おほ》せられず、一日《にち》おいてよりは箸《はし》の上《あ》げ下《おろ》しに、此家《このや》の品は無代《たゞ》では出来ぬ、主《しゆう》の物とて粗末《そまつ》に思ふたら罸《ばち》が当《あた》るぞえと明け暮れの談義《だんぎ》、来る人毎《ごと》に告げられて若き心には恥《はづ》かしく、其後《そのご》は物ごとに念を入《い》れて、遂《つ》ひに麁想《そさう》をせぬやうに成《な》りぬ、世間に下女《げぢよ》つかふ人も多けれど、山村《やまむら》ほど下女《げぢよ》の替《かは》る家は有《あ》るまじ、月に二人《ふたり》は平常《つね》の事、三日四日に帰りしもあれば一夜居《よゐ》て逃出《にげいで》しもあらん、開闢以来《かいびやくいらい》(12)を尋《たづ》ねたらば折る指に彼《あ》の内儀《かみ》さまが袖口《そでぐち》おもはる〻(13)、思へばお峯《みね》は辛棒《しんぼう》も

(9)　釜付きの風呂桶。

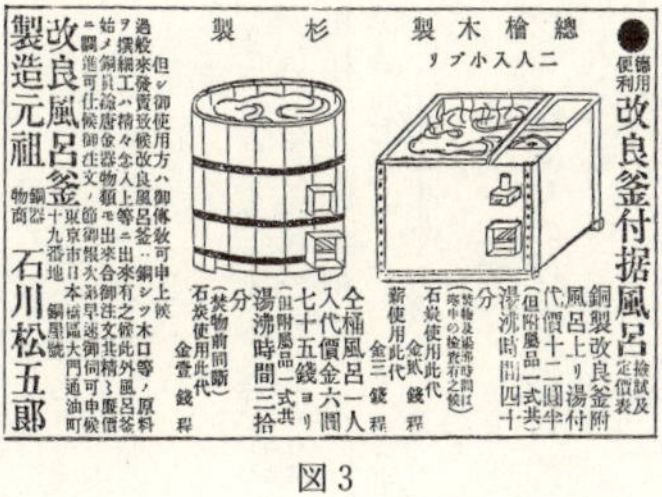

図3

(10)　竹皮をより合わせた鼻緒。
(11)　しっかり履けなくなった。
(12)　天地が開けて以来。（下女を使い始めてから）。
(13)　替わった下女の数を数えている内に、おかみさんの袖口が擦り切れてしまうのではないかと案じられる。

の、あれに酷《むご》く当《あたつ》たらば天罰《てんばつ》たちどころに、此後《このご》は東京広しといへども、山村《やまむら》の下女《げぢよ》に成《な》る物《もの》はあるまじ、感心なもの、美事《みごと》の心がけと賞《ほ》めるもあれば、第一容貌《きりやう》が申分《まをしぶん》なしだと、男は直《ぢ》きにこれを言ひけり。

秋より只《たゞ》一人の伯父《おぢ》が煩《わづら》ひて、商売の八百《やを》や店《みせ》もいつとなく閉ぢて、同じ町ながら裏屋住居《うらやずまゐ》(1)に成《なり》しよしは聞けど、六《む》づかしき主《しゆう》を持つ身の給金《きうきん》を先《さ》きに貰《もら》へば此身《このみ》は売りたるも同じ事、見舞《みまひ》にと言ふ事も成《な》らねば心ならねど、お使ひ先の一寸《すん》の間《ま》とても時計を目当《めあて》にして幾足幾町《いくあしいくてう》と其《その》しらべの苦《く》るしさ、馳《は》せ抜《ぬ》けても、とは思へど悪事千里(2)といへば折角《せつかく》の辛棒《しんぼう》を水泡《むだ》にして、お暇《いとま》(3)ともならば弥々《いよいよ》病人の伯父《おぢ》に心配をかけ、痩世帯《やせぜたい》(4)に一日の厄介《やくかい》も気《き》の毒《どく》なり、其内《そのうち》にはと手紙ばかりを遣《や》りて、身は此処《こゝ》に心ならずも日を送りける。師《し》走《はす》の月は世間一躰物《たいもの》せわしき中を、こと更《さら》に選《ゑ》らみて綾羅《きら》(5)をかざり、一昨日《おとゝひ》出《で》そろひしと聞く某《それ》の芝居《しばゐ》、狂言《けうげん》も折《をり》から面白《おもしろ》き新物《しんもの》の、これを見のがしてはと娘共《むすめども》の騒《さわ》ぐに、見物は十五日、珍《めづ》

(1) 町並みの裏手にある住居。
(2) 悪事千里を走る（ほんの少しの立ち寄りでも女主人に知れてしまう）。
(3) 解雇。
(4) 貧乏世帯。
(5) 綾織りの薄い絹織物。

らしく家《う》内《ち》中《ざう》との触《ふ》れに成《なり》けり、此《この》お供《とも》を嬉《うれ》しがるは平常《つね》のこと、父母《ちゝはゝ》なき後《のち》は唯《たゞ》一人の大切な人が、病《やま》ひの床《とこ》に見舞《みま》ふ事もせで、物見《ものみ》遊《ゆ》山《さん》に歩くべき身ならず、御《ご》機《き》嫌《げん》に違《ちが》ひたらば夫《そ》れまでとして遊びの代りのお暇《いとま》を願ひしに流石《さすが》は日《ひ》頃《ごろ》の勤《つと》めぶりもあり、一日すぎての次の日、早く行《ゆ》きて早く帰れと、さりとは気まゝの仰《おほ》せに有難《ありがた》うぞんじますと言ひしは覚《おぼ》えで、頓《やが》て(6)は車の上に小《こ》石川《いしかは》はまだかまだかと鈍《もど》かしがりぬ。

初音《はつね》町《てう》といへば床《ゆか》しけれど、世をうぐひすの貧乏町《びんばうまち》(7)ぞかし、正直安兵衛《しやうじきやすべゑ》とて神は此頭《このかうべ》に宿《やど》り給《たま》ふべき大薬缶《おおやくわん》(8)の額《ひたい》ぎはぴかぴかとして、これを目印《めじるし》に田《た》町《まち》より菊坂《きくざか》あたりへかけて、茄子大根《なすびだいこ》の御用《ごよう》をもつとめける、薄元手《うすもとで》を折《をり》かへす(9)なれば、折《をり》から直《ね》の安うて嵩《かさ》のある物《もの》より外《ほか》は棹《さほ》なき舟に乗合《のりあひ》の胡瓜《きうり》、(10)苞《つと》(11)に松茸《まつたけ》の初物《はつもの》などは持たで、八《や》百《を》安《やす》が物は何《い》時《つ》も帳面《ちやうめん》につけた(12)様なと笑はるれど、愛顧《ひいき》は有《あり》がたきもの、曲《まが》りなりにも親子三人の口をぬらして、(13)三之《さんの》助《すけ》とて八《や》歳《つ》になるを五厘《りん》学校(14)に通《かよ》はするほどの義務《つとめ》もしけれど、(15)世の秋つらし九月の末、

(6)　そのまますぐに。

(7)　うぐいすの「う」を「憂し」にかけて、世の中を憂く暮らす貧乏人の町。

(8)　毛が抜けきって、やかんのようになめらかなはげ頭。

(9)　少ない元手で、仕入れては売り、売っては仕入れる。

(10)　初物のきゅうりは小さな舟形に入れて売られた。

(11)　藁などを束ねて、食品を包むもの。

(12)　決まりきった、同じ物。

(13)　やっと暮らしをたてて。

(14)　一カ月五厘の授業料で貧しい家庭の子供が通った小学校。

(15)　義務教育も受けさせていたが。

俄《には》かに風が身にしむといふ朝、神田《かんだ》に買出《かひだ》しの荷を我《わ》が家《や》までかつぎ入《い》れると其《その》まゝ、発熱につゞいて骨病《ほねや》み(1)の出《いで》しやら、三月《つき》ごしの今日《けふ》まで商《あきな》ひは更《さら》なる事、段々《だん〴〵》に喰《た》べへらして天《てん》秤《びん》(2)まで売る仕義《しぎ》になれば、表店《おもてだな》の活計《くらし》たちがたく、月五十銭《せん》の裏屋《うらや》に人目の恥《はぢ》を厭《いと》ふべき身ならず、又時《またじ》節《せつ》が有《あ》らばとて引越《ひきこ》しも無惨《むざん》や車に乗するは病人ばかり、片手に足らぬ荷をからげて(3)、同じ町の隅《すみ》へと潜《ひそ》みぬ。お峯《みね》は車より下《お》りて开処《そこ》此処《こゝ》と尋《たづ》ぬるうち、凧紙風船《たこかみふうせん》などを軒《のき》につるして、子供を集めたる駄菓子《だぐわし》やの門《かど》に、もし三之助《さんのすけ》の交《ま》じりてかと覗《のぞ》けど、影も見えぬに落胆《がつかり》して思はず往来《ゆきき》を見れば、我《わ》が居《ゐ》るよりは向《むか》ひのがはを痩《やせ》ぎすの子供が薬瓶《くすりびん》(4)もちて行《ゆ》く後姿《うしろすがた》、三之助《さんのすけ》よりは丈《たけ》も高く余り痩《や》せたる子と思《おも》へど、様子の似たるにつか〳〵と駆《か》け寄《よ》りて顔をのぞけば、やあ姉《ねえ》さん、あれ三ちやんで有《あ》つたか、さても好《よ》い処《ところ》でと伴《とも》なはれて行《ゆ》くに、酒《さか》やと芋《いも》やの奥深く、溝板《どぶいた》がた〳〵と薄《うす》くらき裏に入《い》れば、三之助《さんのすけ》は先へ駆《か》けて、父《とゝ》さん、母《かゝ》さん、姉《ねえ》さんを連れて帰つたと門口《かどぐち》

(1) 神経痛。

(2) 天秤棒。

(3) たばねてくくって。

(4) 江戸時代から使用されていたが、一般に広まったのは明治初年に岸田吟香が販売した目薬「精錡水」による。

図4

より呼《よ》び立《た》てぬ。

何《なに》お峯《みね》が来たかと安兵衛《やすべゑ》が起上《おきあが》れば、女房《つま》は内職《ないしよく》の仕立物《したてもの》に余念《よねん》なかりし手をやめて、まあ〳〵是《こ》れは珍《めづ》らしいと手を取らぬばかりに喜ばれ、見れば六畳《でう》一間《ま》に一間《けん》の戸棚《とだな》只《たゞ》一つ、箪笥《たんす》長持《ながもち》(5)はもとより有《あ》るべき家ならねど、見し長火鉢《ながひばち》のかげも無く、今戸焼《いまどやき》(6)の四角なるを同じ形《なり》の箱に入れて、これがそも〳〵此《この》家の道具らしき物、聞けば米櫃《こめびつ》も無きよし、さりとは悲しき成《なり》ゆき、師《し》走《はす》の空に芝居《しばゐ》みる人も有《あ》るをとお峯《みね》はまづ涙ぐまれて、まづ〳〵風の寒きに寝てお出《いで》なされませ、と堅焼《かたやき》(7)に似し薄蒲団《うすぶとん》を伯父《おぢ》の肩に着せて、さぞさぞ沢山《たんと》の御苦《ごく》労《らう》なさりましたろ、伯母様《おばさま》も何処《どこ》やら痩《や》せが見えまする、心配のあまり煩《わづら》ふて下《くだ》さりますな、夫《そ》れでも日増《ひま》しに快《よ》い方《はう》で御座《ござ》んすか、手紙で様子は聞けど見ねば気にかゝりて、今日《けふ》のお暇《いとま》を待ちに待つて漸《やつ》との事、何家《なにうち》などは何《ど》うでも宜《よ》ござります、伯父様御全快《おぢさまごぜんくわい》にならば表《おも》店《て》に出るも訳《わけ》なき事なれば、一日も早く快《よ》く成《な》つて下され、伯父様《おぢさま》に何《なん》ぞと存《ぞん》じたれど、

(5)　衣類や調度を入れる長方形の箱。嫁入り道具の一つ。

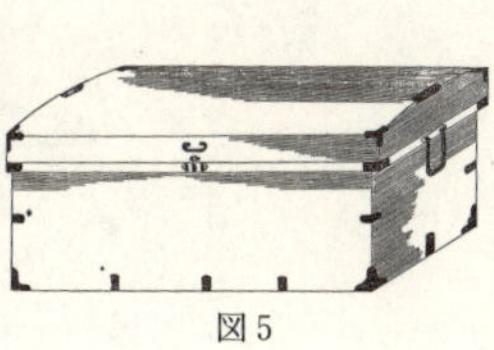
図5

(6)　浅草の今戸町で作られた粗末な素焼の土器。

図6

(7)　堅焼きせんべい。

道は遠し心は急《せ》く、車夫《くるまや》の足が何時《いつ》より遅《おそ》いやうに思はれて、御好物《ごかうぶつ》の飴屋《あめや》が軒《のき》も見はぐりました、此金《これ》は少〻《せう〳〵》なれど私《わたし》が小遣《こづかひ》の残り、麹町《かうじまち》の御親類《ごしんるい》よりお客の有《あり》し時、その御隠居《ごいんきよ》さま寸白《すばく》(1)のお起《おこ》りなされてお苦しみの有《あり》しに、夜《よ》を徹《とほ》してお腰《こし》をもみたれば、前垂《まへだれ》でも買へとて下された、それや、これや、お家《うち》は堅《かた》けれど他処《よそ》よりのお方《かた》が贔負《ひいき》になされて、伯父《おぢ》さま喜んで下され、勤《つと》めにくゝも御座《ござ》んせぬ、此巾着《このきんちゃく》(2)も半襟《はんゑり》もみな頂《いたゞ》き物《もの》、襟《ゑり》は質素《じみ》なれば伯母《おば》さま懸《か》けて下され、巾着《きんちゃく》は少し形《なり》を換《か》へて三之助《さんのすけ》がお弁当《べんたう》の袋《ふくろ》に丁度《てうど》宜《よ》いやら、夫《そ》れでも学校へは行《ゆき》ますか、お清書《せいしよ》(3)が有《あ》らば姉にも見せてと夫《そ》れから夫《そ》れへ言ふ事長し。七歳《なゝつ》のとしに父親《てゝおや》得意場《とくいば》(4)の蔵普請《くらぶしん》に、足場《あしば》を昇《のぼ》りて中《なか》ぬりの泥鏝《こて》を持ちながら、下なる奴《やつこ》に物いひつけんと振向《ふりむ》く途端《とたん》、暦《こよみ》に黒ぼしの仏滅《ぶつめつ》とでも言ふ日で有《あり》しか、年来馴《な》れたる足場《あしば》をあやまりて、落《おち》たるも落《おち》たるも下は敷石《しきいし》に模様《もやう》がへの処《ところ》ありて、掘《ほり》おこして積《つ》みたてたる切角《きりかど》に頭脳《づのう》した〻か打ちつけたれば甲斐《かひ》なし、哀《あは》れ四十二の前厄《まへやく》(5)と

(1) 腰が痛む婦人病。

(2) 布や革で作った物入れ。口に緒を通し、しめてくくり用いた。

図7

(3) 習字できちんと書いたもの。

(4) 得意先。

(5) 男の大厄といわれる数え年四十二の前年。

人々《ひとぐ》後《のち》に恐《おそ》ろしがりぬ、母は安兵衛《やすべゑ》が同胞《けうだい》(6)なれば此処《こゝ》に引取《ひきと》られて、これも二年の後《のち》はやり風俄《かぜには》かに重く成《な》りて亡《う》せたれば、後《のち》は安兵衛《やすべゑ》夫婦《ふうふ》を親として、十八の今日《けふ》まで恩はいふに及ばず、姉《ねえ》さんと呼《よ》ばるれば三之助《さんのすけ》は弟《おとゝ》のやうに可愛《かあゆ》く、此《こ》処《こ》へ此処《こゝ》へと呼んで背を撫《な》で顔を覗《のぞ》いて、さぞ父《とゝ》さんが病気で淋《さび》しく愁《つ》らかろ、お正月も直《ぢ》きに来《く》れば姉が何《なん》ぞ買つて上《あ》げますぞえ、母《かゝ》さんに無理をいふて困らせては成《な》りませぬと教ゆれば、困らせる処《どころ》か、お峯《みね》聞いて呉《く》れ、歳《とし》は八つなれど身躰《からだ》も大きし力もある、我《わし》が寐《ね》てからは稼《かせ》ぎ人《て》なしの費用《いりめ》は重なる、四苦八苦見かねたやら、表の塩物《しほもの》(7)やが野郎と一処《しよ》に、蜆《しゞみ》を買ひ出しては足の及《およ》ぶだけ担《かつ》ぎ廻《まわ》り、野郎《やらう》が八銭《せん》うれば十銭《せん》の商《あきな》ひは必らずある、一つは天道《てんたう》さまが奴《やつこ》の孝行《かうく》を見徹《みとほ》してか、兎《と》なり角《かく》なり(8)薬代《くすりだい》は三が働《はたら》き、お峯《みね》ほめて遣《や》つて呉《く》れとて、父は蒲団《ふとん》をかぶりて涙に声をしぼりぬ。学校は好きにも好きにも遂《つ》ひに世話をやかしたる事なく、朝めし喰《た》べると馳《か》け出《だ》して三時の退校《ひけ》に道草のいたづらした事なく、自慢《じまん》

(6) 兄弟姉妹。

(7) 塩漬けの魚を売る店。

(8) ともかくも。

では無けれど先生さまにも褒《ほ》め物《もの》の子を、貧乏なればこそ蜆《しゞみ》を担《かつ》がせて、此寒空《このさむそら》に小さな足に草鞋《わらじ》をはかせる親心、察《さつ》して下されとて伯母《おば》も涙なり。お峯《みね》は三之助《さんのすけ》を抱《だ》きしめて、さてもさても世間に無類《むるい》の孝行《かうく》、大《おほ》がらとても八歳《やつ》は八歳《やつ》、天秤肩《びんかた》にして痛みはせぬか、足に草鞋《わらじ》くひ(1)は出来《でき》ぬかや、堪忍《かんにん》して下《くだ》され、今日《けふ》よりは私《わたし》も家《うち》に帰りて伯父様《おぢさま》の介抱活計《かいほうくらし》の助けもしまする、知らぬ事とて今朝《けさ》までも釣瓶《つるべ》の縄《なわ》の氷を愁《つ》らがつたは勿躰《もつたい》ない、学校ざかりの年に蜆《しゞみ》を担《かつ》がせて姉が長い着物(2)きて居《ゐ》らりようか、伯父《おぢ》さま暇《いとま》を取つて下され、私《わたし》は最早奉公《もはやほうかう》はよしまするとて取乱《とりみだ》して泣きぬ。三之助《さんのすけ》はをとなしく、ほろりほろりと涙のこぼれるを、見せじとうつ向《む》きたる肩のあたり、針目《はりめ》あらはに衣破《きぬや》れて、此《これ》肩に担《かつ》ぐか見る目も愁《つ》らし、安兵衛《やすべゑ》はお峯《みね》が暇《いとま》を取らんと言ふに夫《そ》れは以《もつ》ての外《ほか》、志《こゝろざ》しは嬉《うれ》しけれど帰りてからが女の働き(3)、夫《そ》れのみか御《ご》主人《しゆじん》へは給金《きうきん》の前借《まへがり》もあり、それッ、と言《い》ふて帰られる物では無し、初奉公《ういぼうこう》が肝腎《かんじん》、辛棒《しんぼう》がならで戻《もど》つたと思はれても成《な》

(1) 草鞋の紐が足にくいこんでできる傷。

(2) 労働に適さない、ぞろっとした普段着。

(3) 帰ってきたところで、女の働きでは金にはならない。

らねば、お主《しゆう》大事に勤《つと》めて呉《く》れ、我《わ》が病気《やまひ》も長くは有《あ》るまじ、少しよくば気の張弓《はりゆみ》(4)、引《ひき》つゞいて商《あきな》ひもなる道理、あゝ今半《いまはん》月《つき》の今歳《ことし》が過《すぎ》れば新年《はる》は好《よ》き事も来たるべし、何事も辛棒《しんぼう》〳〵、三之助《さんのすけ》も辛棒《しんぼう》して呉《く》れ、お峯《みね》も辛棒《しんぼう》して呉《く》れとて涙《なみだ》を納《おさ》めぬ。珍《めづ》らしき客に馳走《ちそう》は出来ねど好物《かうぶつ》の今川焼《いまがはやき》、里芋《さといも》の煮《に》ころがしなど、沢山《たくさん》たべろよと言ふ言葉が嬉《うれ》し、苦労はかけまじと思へど見す見す大晦日《おほみそか》に迫《せま》りたる家の難義《なんぎ》、胸に痞《つか》への病《やまひ》は癪《しやく》にあらねど(5)そも〳〵床《とこ》に就《つ》きたる時、田町《たまち》の高利《こうり》かしより三月《つき》しばり(6)とて十円かりし、一円五拾銭《せん》は天利《てんり》(7)とて手に入《い》りしは八円半、九月の末よりなれば此月《このつき》は何《ど》うでも約束の期限なれど、此中《このなか》にて何《なん》となるべきぞ、額《ひたい》を合《あは》せて談合《だんがう》の妻は人仕事《ひとしごと》(8)に指先より血を出《いだ》して日に拾銭《じつせん》の稼《かせ》ぎも成《な》らず、三之助《さんのすけ》に聞かするとも甲斐《かひ》なし、お峯《みね》が主《しゆう》は白金《しろかね》の台町《だいまち》に貸《かし》長屋《ながや》の百軒《けん》も持ちて、あがり物《もの》(9)ばかりに常綺羅《じやうきら》(10)美々《びゝ》しく、我《わ》れ一度お峯《みね》への用事ありて門《かど》まで行《ゆ》きしが、千両《りやう》(11)にては出来まじき土蔵《どざう》の普請《ふしん》、羨《うら》やましき富貴《ふうき》と見たりし、その主

(4)「気を張る」と「弓を張る」をかけ、「引つづいて」に続ける。

(5) 胸がつかえるように思うのは癪ではなく、心配事のせいである。

(6) 三カ月の期限。

(7) 借りる金からあらかじめ引かれる利息。

(8) 他人に頼まれてする、仕立物などの内職。

(9) 資産からの収入。

(10) ふだんから良い着物を着ている。

(11) 千円。

人に一年の馴染《なじみ》、気に入りの奉公人が少々の無心を聞かぬとは申されまじ、此月末《このつきずゑ》に書《かき》かへを泣きつきて、をどり(1)の一両《りやう》二分《ぶ》を此処《こゝ》に払《はら》へば又《また》三月《つき》の延期《のべ》にはなる、斯《か》くいはゞ欲《よく》に似《に》たれど、大道餅《だいだうもち》(2)買ふてなり三ケ日《にち》の雑煮《ざうに》に箸《はし》を持《もた》せずば出世前《しゆつせまへ》の三之助《さんのすけ》に親のある甲斐《かひ》もなし、晦日《みそか》までに金《かね》二両《りやう》、言ひにくゝ共《とも》この才覚《さいかく》(3)たのみ度《たき》よしを言ひ出《だ》しけるに、お峯《みね》しばらく思案《しあん》して、よろしう御座《ござ》んす慥《たし》かに受合《うけあ》ひました、むづかしくはお給金《きうきん》の前借《まへがり》にしてなり願ひましよ、見る目と家内《うち》とは違《ちが》ひて何処《いづこ》にも金銭《きんせん》の埒《らち》は明きにくけれど、多くでは無し夫《そ》れだけで此処《こゝ》の始末《しまつ》がつくなれば、理由《わけ》を聞いて厭《い》やは仰《おほ》せらるまじ、夫《そ》れにつけても首尾《しゆび》そこなうては成《な》らねば、(4)今日《けふ》は私《わたし》は帰ります、又《また》の宿下《やどさが》り(5)は春永《はるなが》(6)、その頃には皆ゝ《みな〳〵》うち寄《よ》つて笑ひたきもの、とて此《これ》金を受合《うけあひ》ける。金《かね》は何《なん》として越《おこ》す、三之助《のすけ》を貰《もら》ひにやろかとあれば、ほんに夫《そ》れで御座《ござ》んす、常《つね》日さへあるに大晦日《おほみそか》といふては私《わたし》の身に隙《すき》はあるまじ、道の遠きに可憐《かわい》さうなれど三ちやんを頼《たの》みます、

(1) 借金を期限までに返せないために借用証書の書き換えをする場合、返済期限の月の利息を二重払いすること。
(2) 大道商人が売る餅。
(3) 工面。
(4) 大事のことがうまく運ばなくては困るから。
(5) 奉公先から休みをもらって家に帰ること。
(6) 春の日の長いころ。

昼前のうちに必らず必らず支度《したく》はして置《おき》まするとて、首尾《しゆび》よく受合《うけあ》ひてお峰《みね》は帰りぬ。

（下）

石之助《いしのすけ》とて山村《やまむら》の総領息子《そうりやうむすこ》、母の違ふに父親《てゝおや》の愛も薄く、これを養子に出して家督《あと》は妹娘《いもとむすめ》の中《なか》にとの相談、十年の昔《むかし》より耳に挟《はさ》みて面白《おもしろ》からず、今の世に勘当《かんだう》のならぬこそをかしけれ、思ひのまゝに遊びて母が泣きをと父親《てゝおや》の事は忘れて、十五の春より不了簡《ふりやうけん》(7)をはじめぬ、男振《をとこぶり》にがみありて利発《りはつ》らしき眼《まな》ざし、色は黒けれど好《よ》き様子《ふう》とて四隣《あたり》の娘どもが風説《うわさ》も聞《きこ》えけれど、唯乱暴《たゞらんぼう》一途《づ》に品川《しながは》(8)へも足は向《む》くれど騒《さわ》ぎは其座《そのざ》限《ぎ》り、夜中に車を飛ばして車町《くるまゝち》(9)の破落戸《ごろ》(10)がもとをたゝき起《おこ》し、それ酒かへ肴《さかな》と、紙入れ(11)の底をはたきて無理を徹《とほ》すが道楽なりけり、到底《とても》これに相続は石油蔵《せきゆぐら》へ火を入《い》れるやうな物、身《しん》代烟《だいけふ》りと成《な》りて消え残る我等《われら》何《なに》とせん、あとの兄弟も不憫《ふびん》と母親、父に讒言《ざんげん》(12)の絶間《たえま》なく、さりとて此《これ》放蕩子を養子《やうし》にと申《まうし》

(7) 良くない行い。
(8) 品川の遊郭。
(9) 泉岳寺の東側にひらけている町。江戸時代は繁昌し、酒楼が多かった。
(10) ごろつき。
(11) 札（さつ）入れ。
(12) 事実を曲げて、悪く言うこと。

受《う》くる人此世《このよ》にはあるまじ、とかくは有金《ありがね》の何《なに》ほどを分《わ》けて、若隠居《わかいんきよ》の別戸《べっこ》籍《せき》にと内ゝ《うち〱》の相談は極《き》まりたれど、本人うわの空に聞流《きゝなが》して手に乗らず、分配金《ぶんぱいきん》は一萬《まん》、隠居扶持《いんきよぶち》月ゝ《つき〲》おこして(1)、遊興《ゆうけう》に関《せき》を据《す》へず(2)、父上なくならば親代《おやがは》りの我《わ》れ、兄上と捧《さゝ》げて竈《かまど》の神の松《まつ》一本《ぽん》(3)も我《わ》が託宣《たくせん》を聞く心ならば、いかにもいかにも別戸《べっこ》の御主人《ごしゆじん》に成《な》りて、此家《このや》の為《ため》には働《はたら》かぬが勝手、それ宜《よろ》しくば仰《おほ》せの通りに成《な》りましよと、何《ど》うでも嫌《い》やがらせを言ひて困らせける。去歳《こぞ》にくらべて長屋もふゑたり、所得は倍にと世間の口より我《わ》が家《や》の様子を知りて、をかしやをかしや、其《その》やうに延《の》ばして(4)誰《た》が物にする気ぞ、火事は燈明皿《とうめうざら》(5)よりも出る物ぞかし、総領《そうりよう》と名のる火の玉がころがるとは知らぬか、やがて巻《ま》きあげて貴様《きさま》たちに好《よ》き正月をさせるぞと、伊皿子《いさらご》(6)あたりの貧乏人《びんぼうにん》を喜《よろこ》ばして、大晦日《おほみそか》を当てに大呑《おほの》みの場《ば》処《しよ》もさだめぬ。

それ兄様《あにさま》のお帰りと言へば、妹《いもと》ども怕《こわ》がりて腫《は》れ物《もの》のやうに障《さわ》るものなく、何事《なにごと》も言ふなりの通るに一段と我《わ》がまゝを

(1) 隠居の生活費を毎月よこして。
(2) 遊興の邪魔をせず。
(3) 荒神様に供える松の小枝一本でも。
(4) 財産をふやして。
(5) 油を入れて芯をひたし、その芯に火をともすための皿。台にのせて使うことが多い。
(6) 芝（現・港区三田辺り）の町名。

図8

つのらして、炬燵《こたつ》に両足、酔《ゑひ》ざめの水を水をと狼藉《らうぜき》はこれに止《とゞ》めをさしぬ、憎《に》くしと思へど流石《さすが》に義理は愁《つ》らき物かや、母親かげの毒舌《どくぜつ》をかくして風引《かぜひ》かぬやうに小抱巻《こかいまき》(7)何《なに》くれと枕まで宛《あて》がひて、明日《あす》の支度《したく》のむしり田作《ごまめ》(8)、人手にかけては粗末《そまつ》になる物と聞《きこ》えよがしの経済(9)を枕もとに見しらせぬ。正午《ひる》も近づけばお峯《みね》は伯父《おぢ》への約束こゝろもと無く、御新造《ごしんぞ》が御機嫌《ごきげん》を見はからふに暇《いとま》も無ければ、僅《わづ》かの手すきに頭《つむ》りの手拭《てぬぐ》ひを丸《まろ》めて、此《この》ほどより願ひましたる事、折《をり》からお忙《いそ》がしき時心なきやうなれど、今日《けふ》の昼《ひ》る過《す》ぎにと先方《さき》へ約束のきびしき金《かね》とやら、お助けの願はれますれば伯父《おぢ》の仕合《しあは》せ私《わたし》の喜び、いついつまでも御恩《ごおん》に着《き》まするとて手をすりて頼みける、最初《はじめ》いひ出《いで》し時にやふやながら結局《(10)つまり》は宜《よ》しと有《あり》し言葉を頼みに、又《また》の機嫌《きげん》むつかしければ五月蠅《うるさく》いひては却《かへ》りて如何《いかゞ》と今日《けふ》までも我慢《がまん》しけれど、約束は今日《けふ》と言ふ大晦日《おほみそか》のひる前、忘れてか何《なに》とも仰《おほ》せの無き心もとなさ、我《わ》れには身に迫《せま》りし大事と言ひにくきを我慢《がまん》して斯《か》くと申《まう》しける、御新造《ごしんぞ》

(7) 綿を薄く入れた小形の夜着。
(8) かたくちいわしの腸をむしり取り、飴炊きなどにした正月の料理。
(9) 金のやりくり。
(10) はっきりしないながら。

は驚《おどろ》きたるやうの惘《あき》れ顔《がほ》して、夫《そ》れはまあ何《なん》の事やら、成《なる》ほどお前が伯父《おぢ》さんの病気、つゞいて借金の話しも聞《きゝ》ましたが、今が今私《わた》しの宅《うち》から立換《たてか》へようとは言はなかつた筈《はづ》、それはお前が何《なに》ぞの聞違《きゝちが》へ、私《わたし》は毛頭《すこし》も覚《おぼ》えの無き事と、これが此《この》人の十八番とはてもさても情《なさけ》なし。

花紅葉《はなもみぢ》うるはしく仕立《したて》し娘たちが春着《はるぎ》の小袖《こそで》(1)、襟《ゑり》をそろへて褄《つま》を重《かさ》ねて、眺《なが》めつ眺《なが》めさせて喜ばんものを、邪魔《じゃま》ものゝ兄が見る目うるさし、早く出てゆけ疾《と》く去《い》ねと思ふ思ひは口にこそ出《いだ》さね、もち前の疳癪《かんしゃく》したに堪《た》えがたく(2)、智識《ちしき》(3)の坊《ばう》さまが目に御覧《ごらん》じたらば、炎《ほのほ》につゝまれて身は黒烟《くろけふ》りに心は狂《きやう》乱《らん》の折《をり》ふし、言ふ事もいふ事(4)、金《かね》は敵薬《てきやく》ぞかし(5)、現在(6)うけ合《あ》ひしは我《わ》れに覚《おぼ》えあれど何《なん》の夫《そ》れを厭《いと》ふ事かは(7)、大方《おほかた》お前が聞《きゝ》ちがへと立《たて》きりて(8)、烟草輪《たばこわ》にふき私《わたし》は知らぬと済《すま》しけり。

ゑゝ大金《たいきん》でもある事か、金《かね》なら二円、しかも口づから(9)承知して置《お》きながら十日とたゝぬに耄《もう》ろくはなさるまじ、あれ彼《あ》の懸《か》け硯《すゞり》(10)の引出《ひきだ》しにも、これは手つかずの分《ぶん》と一ト束《たば》、十か

(1) 絹の着物に綿を入れたもの。
(2) 心中に押さえがたく。
(3) 高徳。
(4) こんな場合に、選りにも選って借金のことを言い出すなんて。
(5) 金は時と場合によっては、恐ろしい毒薬にもなるものであるよ。
(6) 実際。
(7) どうしてそんな事を気にしていられようか。
(8) びしっときめつけて。
(9) 自分の口から。
(10) 箱の縁にかけてはめ込む仕掛けの、懸け子付き硯箱。

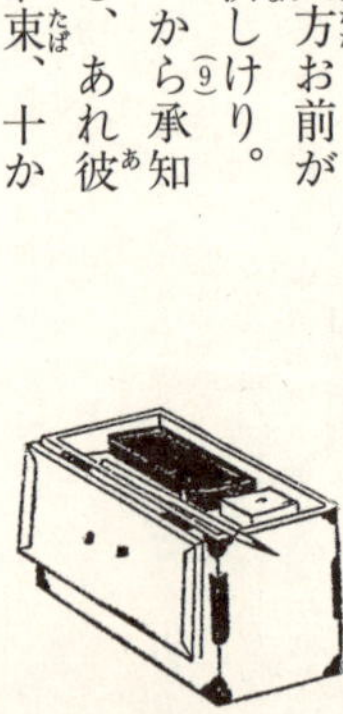

図9

二十か悉皆《みな》とは言はず唯《たゞ》二枚《まい》にて伯父《おぢ》が喜《よろこ》び伯母《おば》が笑顔《ゑがほ》、三《さん》之助《のすけ》に雑煮《ざうに》のはしも取らさる、と言はれしを思ふにも、何《ど》うでも欲《ほ》しきは彼《あ》の金《かね》ぞ、恨《うら》めしきは御新造《ごしんぞ》とお峯《みね》は口惜《くちを》しさに物も言はれず、常〻《つねぐ》をとなしき身は理屈《りくつ》づめにやり込《こめ》る術《すべ》もなくて、すご〳〵と勝手に立てば正午の号砲《どん》(11)の音たかく、かゝる折《をり》ふし殊更《ことさら》胸にひゞくものなり。

お母《はゝ》さまに直様《すぐさま》お出下《いでくだ》さるやう、今朝《けさ》よりのお苦《く》るしみに、潮時《しほどき》(12)は午後、初産《ういざん》なれば旦那《だんな》とり止《と》めなくお騒《さわ》ぎなされて、お老人《としより》なき家なれば混雑お話《はな》しにならず、今が今お出《い》でをとて、生死《しやうし》の分目《わけめ》といふ初産《ういざん》に、西応寺《さいおうじ》の娘がもとより迎《むか》ひの車、これは大晦日《おほみそか》とて遠慮《ゑんりよ》のならぬ物《もの》なり、家のうちには金《かね》もあり、放蕩《のら》どのが寐《ね》ては居《い》る、心は二つ、分《わ》けられぬ身なれば恩愛《おんあい》の重きに引かれて、車には乗りけれど、かゝる時気楽の良人《おつと》が心根《こゝろね》にくゝ、今日《けふ》あたり沖釣《おきづ》りでも無《な》き物《もの》をと、太公望《たいこうぼう》(13)がはり合《あ》ひなき人をつく〴〵と恨《うら》みて御新造《ごしんぞ》いでられぬ。

(11)　空砲を使った正午の時報。明治四年九月九日から皇居旧本丸の号砲台で発射された。

(12)　出産のころあい。

(13)　釣り好きの人。

行《ゆき》ちがへに三之助《さんのすけ》、此処《こゝ》と聞きたる白銀台町《しろかねだいまち》、相違《さうい》なく尋《たづ》ねあてゝ、我《わ》が身のみすぼらしきに姉の肩身を思ひやりて、勝手口《かつてぐち》より怕々《こわぐ》のぞけば、誰《た》れぞ来《き》しかと竈《かまど》の前に泣《な》き伏《ふ》したるお峯《みね》が、涙をかくして見出《みいだ》せば此子《この》、おゝ宜《よ》く来たとも言はれぬ仕義《しぎ》(1)を何《なに》とせん、姉《あね》さま這入《はい》つても叱《し》られはしませぬか、約束の物は貰《もら》つて行《ゆ》かれますか、旦那《だんな》や御新造《ごしんぞ》に宜《よ》くお礼を申《まうし》て来《こ》いと父《とゝ》さんが言ひましたと、子細《しさい》を知らねば喜び顔《がほ》つらや、まづ〳〵待つて下され、少し用もあれば馳《は》せ行《ゆ》きて内外《うちと》を見廻《みまは》せば、嬢《ぢやう》さまがたは庭に出て追羽子《おひはご》(2)に余《よ》念《ねん》なく、小僧《こざう》どのはまだお使ひより帰らず、お針《はり》(3)は二階にてしかも聾《つんぼ》なれば子細《しさい》なし、若旦那《わかだんな》はと見ればお居間《いま》の炬燵《こたつ》に今ぞ夢の真最中《まつたゞなか》、拝《おが》みまする神さま仏さま、私《わたし》は悪人になりまする、成《な》りたうは無けれど成《な》らねば成《な》りませぬ、罸《ばち》をお当てなさらば私《わたし》一人、遣《つか》ふても伯父《おぢ》や伯母《おば》は知らぬ事なればお免《ゆる》しなさりませ、勿躰《もつたい》なけれど此金《このかね》ぬすませて下《くだ》されと、かねて見置《みお》きし硯《すゞり》の引出《ひきだ》しより、束《たば》のうちを唯《たゞ》二枚《まい》、つかみし

(1) なりゆき。

(2) 羽根つき遊び。

図10

(3) 針仕事に雇われる女。

後《のち》は夢とも現《うつゝ》とも知《し》らず、三之助《さんのすけ》に渡《わた》して帰したる始終《しじう》を、見し人なしと思へるは愚《おろ》かや。

…………………………

その日も暮れ近く旦那《だんな》つりより恵比須《ゑびす》がほして帰らるれば、御新造《ごしんぞ》も続いて、安産《あんざん》の喜《よろこ》びに送りの車夫《もの》にまで愛想《あいそう》よく、今宵《こよひ》を仕舞《しま》へば又見舞《またみま》ひまする、明日《あす》は早くに妹共《いもとゞも》の誰《た》れなりとも、一人は必らず手伝《てつだ》はすると言ふて下され、さてさて御苦労《ごくらう》と蠟燭代《ろうそくだい》(4)などを遣《や》りて、やれ忙《いそ》がしや誰《た》れぞ暇《ひま》な身躰《からだ》を片身《かたみ》かりたき物、お峯小松菜《みねこまつな》はゆで、ゝ置《お》いたか、数《かず》の子《こ》は洗つたか、大旦那《おほだんな》はお帰りに成《な》つたか、若旦那《わかだんな》はと、これは小声に、まだと聞いて額《ひたい》に皺《しは》を寄せぬ。

石之助《いしのすけ》其夜《そのよ》はをとなしく、新年《はる》は明日《あす》よりの三ケ日《にち》なりとも、我《わ》が家《いゑ》にて祝《いは》ふべき筈《はづ》ながら御存《ごぞん》じの締《しま》りなし、堅《かた》くるしき袴《はかま》づれ(5)に挨拶《あいさつ》も面倒《めんどう》、意見も実は聞《き》ゝあきたり、親類《しんるい》の顔に美くしきも無ければ見たしと思ふ念《ねん》もなく、裏屋《うらや》の友達がもとに今宵《こよひ》約束も御座《ござ》れば、一先《ひとまづ》お暇《いとま》として何《いづ》れ春永《はるなが》に頂戴《ちやうだい》

(4) 提灯のろうそく代。夜道の使いなどにやる心づけ。

(5) 袴に威儀を正した面々。

の数々《かずく》は願ひまする、折《をり》からお目出度矢先《めでたきやさき》、お歳暮《せいぼ》には何《なに》ほど下さりますかと、朝より寝込《ねこ》みて父の帰りを待ちしは此金《これ》なり、子は三界《がい》の首械《くびかせ》(1)といへど、まこと放蕩《のら》を子に持つ親ばかり不幸なるは無し、切られぬ縁《ゑん》の血筋《ちすぢ》といへば有《あ》るほどの悪戯《いたづら》を尽《つく》して瓦解《ぐわかい》の暁《あかつき》に落《おち》こむは此淵《このふち》(2)、知らぬと言ひても世間のゆるさねば、家《いゑ》の名をしく我が顔はづかしきに惜《を》しき倉《く》庫《ら》をも開くぞかし、それを見込《みこ》みて石之助《いしのすけ》、今宵《こよひ》を期限の借金が御座《ござ》る、人の受けに立ちて判《はん》(3)を為《し》たるもあれば、花見のむしろ(4)に狂風《けふふう》一陣《ぢん》(5)、破落戸《ごろつき》仲間《なかま》に遣《や》る物を遣《や》らねば此納《このおさ》まりむづかしく、我《わ》れは詮方《せんかた》なけれどお名前に申《まうし》わけなしなど、、つまりは此金《これ》の欲《ほ》しと聞《きこ》えぬ。母は大方《おほかた》かゝる事と今朝《けさ》よりの懸念《けねん》うたがひなく、幾金《いくら》とねだるか、ぬるき旦那《だんな》どのゝ処《しよ》置《ち》はがゆしと思へど、我《わ》れも口にては勝《かち》がたき石之助《いしのすけ》の弁《べん》に、お峯《みね》を泣かせし今朝《けさ》とは変りて父が顔色いかにとばかり、折々《をりく》見やる尻目《しりめ》(6)おそろし、父は静かに金庫の間《ま》へ立《た》ちしが頓《やが》て五十円束《たば》一つ持《も》ち来《き》て、これは貴様《きさま》に遣《や》るではなし、まだ

(1) 子は過去、現在、未来と断つことのできない苦労の種。
(2) 崩れ落ちていく果てはこの堕落の淵。
(3) 他人の借金の保証人になって。
(4) 花札賭博をやる場所。
(5) すごい大荒れになったこと。
(6) 横目。

縁《ゑん》づかぬ妹《いもと》どもが不憫《ふびん》、姉が良人《おつと》の顔にもかゝる、此山村《このやまむら》は代々堅気《かたぎ》一方に正直律義《りちぎ》を真向《まつかう》にして、悪い風説《うわさ》を立てられた事も無き筈《はづ》を、天魔《てんま》(7)の生《うま》れがはりか貴様《きさま》といふ悪者《わる》の出来て、無き余《あま》りの無分別《むふんべつ》に人の懐《ふところ》でも覗《ねら》ふやうにならば、恥《はぢ》は我《わ》が一代にとゞまらず、重しといふとも身代《しんだい》は二の次、親兄弟に恥《はぢ》を見するな、貴様《きさま》にいふとも甲斐《かひ》は無けれど尋常《なみ》ならば山村《やまむら》の若旦那《わかだんな》とて、入《い》らぬ世間に悪評もうけず、我《わ》が代《かは》りの年礼《ねんれい》(8)に少しの労をも助くる筈《はづ》を、六十に近き親に泣きを見するは罰《ばち》あたりで無きか、子供の時には本の少しものぞいた奴《やつ》、何故《なぜ》これが分《わか》りをらぬ、さあ行《ゆ》け、帰れ、何処《どこ》へでも帰れ、此家《このや》に恥《はぢ》は見するなとて父は奥深《おくふか》く這入《はい》りて、金は石之《いしの》助《すけ》が懐中《ふところ》に入《い》りぬ。

……………………

お母様《はゝさま》御機嫌《ごきげん》よう好《よ》い新年をお迎《むか》ひなされませ、左様《さやう》ならば参《まゐ》りますと、暇乞《いとまごひ》わざとうやうやしく、お峯下駄《みねげた》を直《なほ》せ、お玄関《げんくわん》からお帰りでは無いお出かけだぞと図分《ずぶ》〳〵しく大手

(7) 欲界の第六天をつかさどる魔王。仏法を妨害し、人の知恵や善心を失わせる悪魔。

(8) 年始のあいさつ。

を振《ふ》りて、行先《ゆくさき》は何処《いづこ》、父が涕《なみだ》は一夜《よ》の騒ぎに夢とやならん、持つまじきは放蕩《のら》息子《むすこ》、持つまじきは放蕩《のら》を仕立《したつ》る継母《まゝはゝ》ぞかし。塩花《しほばな》(1)こそふらね跡《あと》は一まづ掃《は》き出《だ》して、若旦那《わかだんな》退散《たいさん》のよろこび、金《かね》は惜《を》しけれど見る目も憎《にく》ければ家《いゑ》に居《を》らぬは上々《じやう〲》なり、何《ど》うすれば彼《あ》のやうに図太《づぶと》くなられるか、あの子を生んだ母《かゝ》さんの顔が見たい、と御新造《ごしんぞ》例に依《よ》つて毒舌《どくぜつ》をみがきぬ。お峯《みね》は此《この》出来事も何《なん》として耳に入《い》るべき、犯《おか》したる罪の恐《おそ》ろしさに、我《わ》れか、人か、先刻《さつき》の仕業《しわざ》は今更《いまさら》夢路《ゆめぢ》を辿《たど》りて、おもへば此《この》事あらはれずして済《す》むべきや、萬《まん》が中《なか》なる一枚とても数《かぞ》ふれば目の前なるを、(2)願ひの高《たか》に相応《さうおう》の員数《いんず》(3)手《て》近《ぢか》の処《ところ》になく成《なり》しとあらば、我《わ》れにしても疑ひは何処《いづこ》に向《む》くべき、調べられなば何《なに》とせん、何《なに》といはん、言《い》ひ抜《ぬ》けんは罪《つみ》深《ふか》し、白状《はくぜう》せば伯父《おぢ》が上にもかゝる、我《わ》が罪は覚悟《かくご》の上なれど物《もの》がたき伯父様《おぢさま》にまで濡《ぬ》れ衣《ぎぬ》を着せて、干《ほ》されぬは(4)貧乏のならひ、かゝる事もする物と人の言ひはせぬか、悲しや何《なん》としたらよかろ、伯父様《おぢさま》に疵《きず》のつかぬやう、我身《わがみ》が頓死《とんし》(5)する法

(1) 清めのためにまく塩。
(2) すぐわかってしまうというのに。
(3) 借金を頼んだのと同じ金額。
(4) 濡れ衣が晴らされないのは。
(5) 急死。

は無きかと目は御新造《ごしんぞ》が起居《たちゐ》にしたがひて、心はかけ硯《すゞり》のもとにさまよひぬ。

大勘定《おほかんぢやう》(6)とて此夜《このよ》あるほどの金《かね》をまとめて封印《ふういん》の事あり、御新造《ごしんぞ》それ〳〵と思ひ出して、懸《か》け硯《すゞり》に先程《さきほど》、屋根やの太郎《たらう》に貸付《かしつけ》のもどり彼金《あれ》が二十御座《ござ》りました、お峯《みね》お峯《みね》、かけ硯《すゞり》を此処《こゝ》へと奥の間より呼ばれて、最早此時《もはやこのとき》わが命は無き物、大旦那《おほだんな》が御目通《おめどほ》りにて始めよりの事を申《まうし》、御新造《ごしんぞ》が無情そのまゝに言ふてのけ、術もなし法もなし正直は我身《わが》の守り、逃げもせず隠《かく》られもせず、欲《よく》かしらねど盗《ぬす》みましたと白状はしましよ、伯父様《おぢさま》同腹《ひとつ》で無きだけを何処《どこ》までも陳《の》べて、聞かれずば甲斐《かひ》なし其場《そのば》で舌かみ切つて死んだなら、命にかへて嘘《うそ》とは思《おぼ》しめすまじ、それほど度胸《どきよう》すわれど奥《おく》の間《ま》へ行《ゆ》く心は屠処《としよ》の羊《ひつじ》(7)なり。

…………………………

お峯《みね》が引出《ひきだ》したるは唯《たゞ》二枚、残りは十八あるべき筈《はづ》を、いかにしけん束《たば》のまゝ見えずとて底をかへして振《ふる》へども甲斐《かひ》な

(6)　年末の総決算。

(7)　屠場に引かれて行く羊。

し、怪《あや》しきは落散《おちちり》し紙切《かみき》れにいつ認《したゝ》めしか受取《うけとり》一通《つう》。

（引出《ひきだ》しの分《ぶん》も拝借致《はいしやくいた》し候　石之助《いしのすけ》）

さては放蕩《のら》かと人々顔を見合《みあは》せてお峯《みね》が詮議《せんぎ》(1)は無かりき、孝《かう》の余徳《よとく》は我《わ》れ知《し》らず石之助《いしのすけ》の罪に成《な》りしか、いや〳〵知りて序《ついで》に冠《かぶ》りし罪かも知れず、さらば石之助《いしのすけ》はお峯《みね》が守《まも》り本尊《ほんぞん》なるべし、後《のち》の事しりたや。


（明治27年12月「文学界」）

（1）取り調べ。

ゆく雲

（上）

酒折《さかをり》の宮《みや》、山梨《やまなし》の岡《をか》、塩山《ゑんざん》、裂石《さけいし》、さし手《で》(1)の名も都人《こゝびと》の耳に聞きなれぬは、小仏《こぼとけ》さゝ子《ご》(2)の難処《なんじよ》を越《こ》して猿橋《さるはし》(3)のながれに眩《めくる》めき、鶴瀬《つるせ》、駒飼《こまかひ》見るほどの里《さと》もなきに、勝沼《かつぬま》の町とても東京《こゝ》にての塲末《ばすゑ》ぞかし、甲府《かうふ》は流石《さすが》に大厦《たいか》高楼《かうろう》(4)、躑躅《つゝじ》が崎《さき》の城跡《しろあと》(5)など見る処《ところ》のありとは言へど、汽車の便《たよ》りよき頃《ころ》にならば知らず、こと更《さら》の馬車(6)腕車《くるま》(7)に一昼夜《ちうや》をゆられて、いざ恵林《ゑりん》寺《じ》(8)の桜見《さくらみ》にといふ人はあるまじ、故郷《ふるさと》なればこそ年々《としぐ》の夏休みにも、人は箱根《はこね》伊香保《いかほ》ともよふし立《た》つる(9)中《なか》を、我《わ》れのみ

(1) いずれも山梨の名所旧跡。
(2) 小仏峠、笹子峠。
(3) 桂川にかかる橋。日本三大奇橋の一つ。
(4) 大きな建物がある都市。
(5) 甲府市にある、武田信虎、信玄、勝頼の三代の居城跡。
(6) 乗りあい馬車。

図1

(7) 人力車。
(8) 夢窓国師を開山とする臨済宗の名刹。
(9) 行楽の計画を立てる。

一人《ひとり》あし曳《びき》の山の甲斐《かひ》(1)に峯《みね》のしら雲あとを消《け》すこと左《さ》りとは是非《ぜひ》もなけれど、今歳《ことし》この度《たび》みやこを離れて八王子《はちわうじ》に足をむける事これまでに覚《おぼ》えなき愁《つ》らさ(2)なり。

養父《やうふ》清左衛門《せいざゑもん》、去歳《こぞ》より何処开処《どこそこ》からだに申分《まうしぶん》ありて寐《ね》つ起《お》きつとの由《よし》は聞きしが、常日頃《つねひごろ》すこやかの人なれば、さしての(3)事はあるまじと医者《いしや》の指図《さしづ》などを申《まをし》やりて、此身《このみ》は雲井《くもゐ》の鳥《とり》の羽《は》がひ(4)自由なる書生《しよせい》(5)の境界《けうがい》に今しばしは遊ばるゝ心なりしを、先《さ》きの日故郷《ふるさと》よりの便りに曰《いは》く、大旦那《おほだんな》さまこと其《その》後《ご》の容躰《ようだい》さしたる事は御座《ござ》なく候《さふら》へ共《ども》、次第《しだい》に短気《たんき》のまさりて我意《わがまゝ》つよく、これ一つは年《とし》の故《せい》には御座《ござ》候《さふら》はんなれど、随《ずい》分《ぶん》あたりの者《もの》御機《ごき》げんの取りにくゝ、大心配《おほしんぱい》を致《いた》すよし、私《わたくし》など古狸《ふるだぬき》の身なれば兎角《とかく》つくろひて一日二日と過《すご》し候《さふら》へ共《ども》、筋《すぢ》のなきわからずやを仰《おほ》せいだされ、足もとから鳥の立つやうにお急《せ》きたてなさるには大閉口《おほへいこう》に候、此中《このぢう》より頻《しきり》に貴君様《あなたさま》を御手《おて》もとへお呼び寄せなさり度《たく》、一日も早く家督《かとく》相《さう》続《ぞく》あそばさせ、楽隠居《らくいんきよ》なされ度《たき》おのぞみのよし、これ然《しか》るべ

(1) 古今集一春上「桜花咲きにけらしなあしびきの山のかひより見ゆる白雲（紀貫之）」を引き、甲斐に行くことをいう。
(2) 情けなさ。
(3) これというほどの。
(4) 空飛ぶ鳥の翼。
(5) 学生。

き事と御親類《ごしんるい》一同《どう》の御決義《ごけつぎ》、私《わたくし》は初手《しよて》から(6)貴君様《あなたさま》を東京《とうけう》へお出《だ》し申《まを》すは気に喰《く》はぬほどにて、申《まを》しては失礼なれどいさゝかの学問など何《ど》うでも宜《よ》い事、赤尾《あかを》(7)の彦《ひこ》が息子のやうに気ちがひに成《な》つて帰つたも見て居《を》り候《さふら》へば、もと〳〵利発《りはつ》の貴君《あなた》様《さま》に其《その》気づかひはあるまじきなれど、放蕩《ほうたう》ものにでもお成《な》りなされては取返《とりかへ》しがつき申さず、今の分《ぶん》にて嬢《じよう》さまと御祝言《ごしうげん》、御家督《ごかとく》引《ひき》つぎ最《も》はや早きお歳《とし》にはあるまじくと大賛成《おほさんせい》に候《さふらふ》、さだめしさだめし其地《そのち》には遊《あそば》しかけの御用事《ごようじ》も御座候《ございさふら》はん夫《そ》れ等《ら》を然《しか》るべく御取《おとり》まとめ、飛鳥《とぶとり》もあとを濁《に》ごすなに候《さふら》へば、大藤《おほふぢ》の大尽《だいじん》(8)が息子と聞きしに野沢《のざわ》の桂次《けいじ》は了簡《りようけん》の清《きよ》くない奴《やつ》、何処《どこ》やらの割前《わりまへ》(9)を人に背負《せよは》せて逃げをつたなどゝ斯《か》ふいふ噂《うわさ》があと〳〵に残らぬやう、郵便為替《いうびんかはせ》にて証書面《しようしよめん》のとほりお送り申候《まをしさふら》へども、足《た》りずば上杉《うへすぎ》さまにて御立《おたて》かへを願ひ、諸事《しよじ》清潔《きれい》にして御帰《おかへ》りなさるべく、金故《かねゆゑ》に恥《は》ぢをお掻《か》きなされては金庫の番をいたす我等《われら》が申《まをし》わけなく候《さふらふ》、前《ぜん》申せし通り短気《たんき》の大旦那《おほだんな》さま頻《しきり》に待ちこがれて大《おほ》ぢれに御座《ござ》候へば、其地《そのち》の

(6) 最初から。
(7) 塩山近くの地名。
(8) 大藤村きっての資産家。
(9) 各自が負担する金。

御《お》片《かた》つけすみ次第《しだい》、一日もはやくと申納《まをしおさめ》候。六蔵《ざう》といふ通《かよ》ひ番頭《ばんとう》の筆にて此様《このやう》の迎《むか》ひ状《ぶみ》いやとは言ひがたし。家《いゑ》に生抜《はへぬ》きの我《わ》れ実子《じつし》にてもあらば、か丶る迎《むか》へのよしや(1)十度《たび》十五たび来《き》たらんとも、おもひ立《た》ちての修業《しゆぎやう》なれば一《ひ》ト廉《かど》の学問を研《みが》かぬほどは不孝の罪ゆるし給《たま》へとでもいひやりて、其我《そのわが》ま丶の徹《とほ》らぬ事もあるまじきなれど、愁《つ》らきは養子《やうし》の身分《みぶん》と桂次《けいじ》はつく〴〵他人の自由を羨《うら》やみて、これからの行《ゆ》く末《すゑ》をも鎖《くさ》りにつながれたるやうに考へぬ。

七つのとしより実家《じつか》の貧《ひん》を救はれて、生れしま丶なれば素《す》跣足《はだし》の尻《しり》きり半纏《ばんてん》(2)に田圃《たんぼ》へ弁当《べんたう》の持《もち》はこびなど、松のひで(3)を燈火《ともしび》にかへて草鞋《わらんじ》うちながら馬士歌《まごうた》でもうたふべかりし身を、目鼻《めはな》だちの何処《どこ》やらが水子《みづこ》(4)にて亡《う》せたる総領《そうりやう》によく似たりとて、今はなき人なる地主の内儀《つま》に可愛《かあい》がられ、はじめはお大《だい》尽《じん》の旦那《だんな》と尊《たつと》びし人を、父上と呼ぶやうに成《な》りしは其身《そのみ》の幸《しや》福《わせ》なれども、幸福《しやわせ》ならぬ事おのづから其中《そのうち》にもあり、お作《さく》といふ娘の桂次《けいじ》よりは六つの年少《としした》にて十七ばかりになる無地《むぢ》(5)の

(1) たとえ。

(2) 尻の上までの短い半纏。

図2

(3) 松の根を干したもの。油が多くてよく燃えるので、灯火に用いた。

(4) 生後間もなくの赤子。

(5) 華やかさの無い。

田舎娘《いなかもの》をば、何《ど》うでも妻にもたねば納《おさ》まらず、国を出《いづ》るまでは左《さ》まで(6)不運の縁《ゑん》とも思はざりしが、今日《けふ》この頃《ごろ》は送りこしたる写真をさへ見るに物《もの》うく、これを妻に持ちて山梨《やまなし》の東《ひがし》郡《ごほり》に蟄伏《ちつぷく》(7)する身かと思へば人のうらやむ造酒家《つくりざかや》の大身上《おほしんしよう》(8)は物のかずならず、よしや家督《かとく》をうけつぎてからが親類縁者《しんるいえんじや》の干《かん》渉《しよう》きびしければ、我《わ》が思ふ事に一銭《せん》の融通《ゆうづう》も叶《かな》ふまじく、いはゞ宝の蔵《くら》の番人にて終るべき身の、気に入らぬ妻までとは弥ゝ《いよく》の重荷《おもに》なり、うき世に義理といふ柵《しがら》みのなくば、蔵《くら》を持《もち》ぬしに返し長途《ちやうと》の重荷《おもに》を人にゆづりて、我《わ》れは此東京《このとうけう》を十年も二十年も今すこしも離れがたき思ひ、そは何故《なにゆゑ》と問ふ人のあらば切《き》りぬけ立派に言ひわけの口上《こうじよう》もあらんなれど、つくろひなき正《しよう》の処《ところ》(9)こゝもとに唯一人《たゞひとり》すてゝかへる事のをしくをしく、別れては顔も見がたき後《のち》を思へば、今より胸の中もやくやとして自《おのづか》ら気もさふぐべき種《たね》なり。

桂次《けいじ》が今をる此許《こゝもと》は養家《やうか》の縁《ゑん》に引《ひ》かれて伯父伯母《をぢをば》といふ間《あひだ》がら也、はじめて此家《このや》へ来《き》たりしは十八の春、田舎縞《いなかじま》(10)の着物

(6)　それほど。
(7)　引きこもる。
(8)　大きな財産。
(9)　言いつくろわぬ本心。
(10)　自家製の手織縞。

に肩縫《かたぬひ》あげ(1)をかしと笑はれ、八《や》つ口《くち》(2)をふさぎて大人の姿にこしらへられしより二十二の今日《けふ》までに、下宿屋《げしゆくや》住居《ずまゐ》を半分と見つもりても出入《でい》り三年(3)はたしかに世話をうけ、伯父《おぢ》の勝義《かつよし》が性質の気むづかしい処《ところ》から、無敵《むてき》にわけのわからぬ強情《がうじやう》の加減《かげん》、唯〻《たゞ〱》女房《にようぼう》にばかり手やはらかなる可笑《をか》しさも呑込《のみこ》めば、伯母《おば》なる人が口先《くちさき》ばかりの利口《りこう》にて誰《た》れにつきても根《ね》からさつぱり親切気《しんせつげ》のなき、我欲《がよく》の目当《めあ》てが明らかに見えねば笑ひかけた口もとまで結んで見せる現金《げんきん》の様子まで、度〻《たび〱》の経験に大方《おほかた》は会得《えとく》のつきて、(4)此家《このや》にあらんとには金《かね》づかひ奇麗《きれい》に損をかけず、表むきは何処《どこ》までも田舎書生《いなかじよせい》の厄介者《やつかいもの》が舞《ま》ひこみて御世話《おせわ》に相成《あいな》るといふこしらへでなくては第一に伯母御《おばご》前《ぜ》が御機嫌《ごきげん》むづかし、上杉《うへすぎ》といふ苗字《めうじ》をば宜《よ》いことにして大《だい》名《めう》の分家《ぶんけ》と利《き》かせる見得《みえ》ぼうの上《うへ》なし、(5)下女《げじよ》には奥様といはせ、着物は裾《すそ》のながいを引いて、(6)用をすれば肩がはるといふ、三十円どり(7)の会社員の妻が此形粧《このげうそう》にて繰廻《くりまわ》しゆく家《いゑ》の中《うち》おもへば此女《このをんな》が小利口《こりこう》の才覚《さいかく》ひとつにて、良人《おつと》が箔《はく》の光つて見ゆ

(1) 子供の着物を成長したあとも着られるように、肩に襞を取って縫いとめておくこと。

図3

(2) 着物の袖つけの下の明き。子供の着物には紐を通すために明きがあるが、大人の男物にはない。
(3) 足掛け三年。
(4) のみこんで。
(5) この上なし。
(6) 着物のお端折りをしないで裾を引きずっている状態。活動的ではないので大家の奥方などに残っていた習慣。

図4

(7) 月給三十円。

るやら知らねども、失敬《しつけい》なは野沢桂次《のざはけいじ》といふ見事立派《みごとりつぱ》の名前ある男を、かげに廻《まわ》りては家《うち》の書生《しよせい》がと安々《やすく》こなされて(8)、御《お》玄関《げんくわん》番《ばん》同様《どうやう》にいはれる事馬《ことば》鹿《か》らしさの頂上《てうじよう》なれば、これのみにても寄りつかれぬ価値《ねうち》はたしかなるに、しかも此家《このや》の立《たち》はなれにくゝ、心わるきまゝ(9)下宿屋《げしゆくや》あるきと思案《しあん》をさだめても二週間と訪問《おとづれ》を絶《た》ちがたきはあやし。

十年ばかり前にうせたる先妻《せんさい》の腹《はら》にぬひと呼ばれて、今の奥様には継《まゝ》なる娘《こ》あり、桂次《けいじ》がはじめて見し時は十四か三か、唐人髷《とうじんまげ》(10)に赤き切れかけて、姿はおさなびたれども母のちがふ子は何処《どこ》やらをとなしく見ゆるものと気の毒に思ひしは、我《わ》れも他人の手にて育ちし同情を持てばなり、何事《なにごと》も母親に気をかね、父にまで遠慮がちなれば自《おの》づから詞《ことば》かずも多からず、一目に見わたした処《ところ》では柔和《おとな》しい温順《すなほ》の娘といふばかり、格《かく》別利発《べつりはつ》ともはげしいとも人は思ふまじ、父母《ちゝはゝ》そろひて家《いゑ》の内《うち》に籠《こも》り居《ゐ》にても済《す》むべき娘が、人目《ひとめ》に立《た》つほど才女など呼ばるゝは大方《おほかた》お俠《きやん》(11)の飛びあがりの、甘やかされの我《わが》まゝの、

(8)　気安くあしらわれて。

(9)　不愉快なので。

(10)　少女の髪の結い方。

図5

(11)　おてんば。

つゝしみなき高慢《かうまん》より立つ名なるべく、物にはゞかる心ありて萬《よろづ》ひかえ目にと気をつくれば、(1)十が七に見えて三分《ぶ》の損《そん》はあるものと桂次《けいじ》は故郷《ふるさと》のお作《さく》が上《うへ》まで思ひくらべて、いよ〳〵おぬひが身のいたましく、伯母《おば》が高慢《かうまん》がほはつく〴〵と嫌《い》やなれども、あの高慢《かうまん》にあの温順《すなほ》なる身にて事なく仕《つか》へんとする気苦労《きぐらう》を思ひやれば、せめては傍近《そばちか》くに心ぞへ(2)をも為《な》し、慰《なぐさ》めにも為《な》りてやり度《たし》と、人知《ひとし》らば可笑《をかし》かるべき自《うぬ》ぼれも手伝《てつだ》ひて、おぬひの事といへば我《わ》が事のように喜びもし怒《いか》りもして過《す》ぎ来《き》つるを、見すてゝ我《わ》れ今故郷《いまこきやう》にかへらば残れる身の心ぼそさいかばかりなるべき、あはれなるは継子《まゝこ》の身分にして、腑甲斐《ふがひ》ないものは養子《やうし》の我《わ》れと、今更《いまさら》のやうに世の中のあぢきなきを思ひぬ。

(中)

まゝ母育《はゝそだ》ちとて誰《た》れもいふ事なれど、あるが中《なか》にも女の子の大方《おほかた》すなほに生《おひ》たつは稀《まれ》なり、少し世間並除《せけんなみの》け物《もの》の緩《ゆる》い子(3)

(1) 注意すれば。
(2) 心遣い。
(3) 世間並みからはずれたのんびりした子。

は、底意地《そこいぢ》はつて馬鹿強情《ばかごうじよう》など人に嫌《きら》はるゝ事この上なし、小利口《こりこう》なるは狡《ず》るき性根《せうね》をやしなうて面《めん》かぶり(4)の大変ものに成《なる》もあり、しやんとせし気性《きせう》ありて人間の質《たち》の正直なるは、すね者の部類《ぶるい》にまぎれて其身《そのみ》に取れば生涯《せうがい》の損おもふべし、上杉《うへすぎ》のおぬひと言ふ娘、桂次《けいじ》がのぼせるだけ容貌《きりよう》も十人なみ少しあがりて、よみ書き十露盤《そろばん》それは小学校にて学びし丈《だけ》のことは出来て、我が名にちなめる針仕事は袴《はかま》の仕立《したて》までわけなきよし、十歳《とを》ばかりの頃までは相応《さうおう》に悪戯《いたづら》もつよく、女にしてはと亡《な》き母親に眉根《まゆね》を寄せさして、ほころびの小言《こごと》(5)も十分《ぶん》に聞きし物なり、今の母は父親《てゝおや》が上役《うわやく》なりし人の隠《かく》し妻《づま》とやらお妾《めかけ》とやら、種々《さまぐ》曰《いは》くのつきし難物《なんぶつ》のよしなれども、持《もた》ねばならぬ義理ありて引《ひき》うけしにや、それとも父が好《この》みて申《まうし》受《うけ》しか、その辺《へん》たしかならねど勢力《せいりよく》おさ〳〵女房天下《にようぼうてんか》と申《まをす》やうな景色《けしき》なれば、まゝ子たる身のおぬひが此瀬《このせ》に立ちて泣くは道理《だうり》なり、もの言へば睨《にら》まれ、笑へば怒《おこ》られ、気《き》を利かせれば小《こ》ざかしと云ひ、ひかえ目にあれば鈍《どん》な子と叱《し》かられる、

(4) 本性を隠して、良い子のふりをすること。

(5) おてんばのために、着物にほころびを作って母親から言われる小言。

二葉《ば》の新芽《しんめ》に雪霜《ゆきしも》のふりかゝりて、これでも延《の》びるかと押《おさ》へるやうな仕《し》方《かた》に、堪《た》へて真直《まつす》ぐに延《の》びたつ事人間わざには叶《かな》ふまじ、泣いて泣いて泣き尽《つ》くして、訴《うつた》へたいにも父の心は鉄《かね》のやうに冷《ひ》えて、ぬる湯一杯《ぱい》たまはらん情《なさけ》もなきに、まして他人の誰《た》れにか概《かこ》つべき(1)、月の十日に母《はゝ》さまが御墓《おんはか》まゐりを谷中《やなか》の寺に楽しみて、しきみ線香《せんかう》(2)夫〻《それぐ》の供《そな》へ物《もの》もまだ終らぬに、母《はゝ》さま母《はゝ》さま私《わたし》を引取《ひきと》つて下されと石塔《せきたう》に抱《いだ》きつきて遠慮《ゑんりよ》なき熱涙《ねつるい》、苔《こけ》のしたにて聞かば石もゆるぐべし、井戸《ゐど》がは(3)に手を掛《かけ》て水をのぞきし事《こと》三四度《ど》に及《およ》びしが、つく〱思へば無情《つれなし》とても父様《とゝさま》は真実《まこと》のなるに、我《わ》れはかなく成《な》りて宜《よ》からぬ名を人の耳に伝へれば、残れる耻《はじ》は誰《た》が上ならず、勿躰《もつたい》なき身の覚悟《かくご》(4)と心の中《うち》に詫言《わびごと》して、どうでも死なれぬ世に生中《なまなか》(5)目を明《あ》きて過ぎんとすれば、人並《ひとなみ》のうい事つらい事、さりとは此身《このみ》に堪《た》へがたし、一生《せう》五十年めくらに成《な》りて終らば事なからんと夫《そ》れよりは一筋《すぢ》に母様《はゝさま》の御機嫌《ごきげん》、父が気に入るやう一切この身を無いものにして勤《つと》むれば家《いゑ》の内《うち》なみ風お

(1) 愚痴をこぼせようか。
(2) 「しきみ」は仏前に供える木。樹皮や葉から抹香、線香を作る。
(3) 井戸の側面。
(4) 父親に対し申し訳のない、自分勝手な覚悟。
(5) なまじっか。

こらずして、軒《のき》ばの松《まつ》に鶴《つる》が来《き》て巣《す》をくひはせぬか、(6)これを世間の目に何《なに》と見るらん、母御《はゝご》は世辞上手《せじじやうづ》にて人を外《そ》らさぬ甘《うま》さあれば、身を無いものにして闇《やみ》をたどる娘よりも、一枚あがりて、(7)評判わるからぬやら。

お縫《ぬい》とてもまだ年《とし》わかなる身の桂次《けいじ》が親切はうれしからぬに非《あら》ず、親にすら捨てられたらんやうな我《わ》が如《ごと》きものを、心にかけて可愛《かわい》がりて下さるは辱《かたじ》けなき事と思へども、桂次《けいじ》が思ひやりに比《くら》べては遥《はる》かに落《おち》つきて冷《ひや》やかなる物なり、おぬひさむ(8)我《わ》れがいよ〳〵帰国したと成《な》つたならば、あなたは何《なん》と思ふて下さろう、朝夕《あさゆふ》の手がはぶけて、厄介《やくかい》が減《へ》つて、楽になつたとお喜びなさろうか、夫《そ》れとも折《をり》ふしは彼《あ》の話し好《ず》きの饒舌《おしやべり》のさわがしい人が居《ゐ》なくなつたで、少しは淋《さび》しい位《くらゐ》に思ひ出して下さろうか、まあ何《なん》と思ふてお出《いで》なさると此様《こん》な事を問ひかけるに、仰《おつ》しやるまでもなく、どんなに家中《うちじう》が淋《さび》しく成《な》りましよう、東京《こゝ》にお出《いで》あそばしてさへ、一《ひ》ト月も下宿《げしゆく》に出《で》て入《い》らつしやる頃は日曜が待《まち》どほで、朝の戸を明け

(6) 松に鶴が巣を作ることは、吉兆とされる。

(7) (番付が)一枚上にあがって。

(8) おぬいさん。

るとやがて御足《おあし》おとが聞《きこ》えはせぬかと存《ぞん》じまする物を、お国へお帰りになつては容易に御出京《ごしゆつけう》もあそばすまじければ、又《また》どれほどの御別《おわか》れに成《な》りまするやら、夫《そ》れでも鉄道が通《かよ》ふやうに成《な》りましたら度〻《たび〱》御出《おいで》あそばして下さりませうか、そうならば嬉《うれ》しけれどゝ言ふ、我《わ》れとても行《ゆ》きたくてゆく故郷《ふるさと》でなければ、此処《こゝ》に居《ゐ》られる物なら帰るではなく、出《で》て来《こ》られる都合《つがふ》ならば又《また》今までのやうにお世話に成《な》りに来《き》まする、成《な》るべくは鳥渡《ちよつと》たち帰りに直《す》ぐも出京《しゆつけう》したきものと軽くいへば、それでもあなたは一家《か》の御主人《ごしゆじん》さまに成《な》りて采配《さいはい》をおとりなさらずは叶《かな》ふまじ、今までのやうなお楽の御身分《ごみぶん》ではいらつしやらぬ筈《はづ》と押《おさ》へられて、されば誠に大難《だいなん》に逢《あ》ひたる身と思《おぼ》しめせ。

我《わ》が養家《やうか》は大藤村《おほふぢむら》の中萩原《なかはぎはら》とて、見わたす限りは天目山《てんもくざん》、大菩薩峠《だいぼさつたうげ》の山〻《やま〱》峰〻《みね〱》垣《かき》をつくりて、西南《せいなん》にそびゆる白妙《しろたへ》の富士の嶺《ね》は、をしみて面《おも》かげを示《し》めさねども、冬の雪おろしは遠慮《ゑんりよ》なく身をきる寒さ、魚《うを》といひては甲府《かうふ》まで五里《り》の道を取りにやりて、やう〳〵鮪《まぐろ》の刺身が口に入《い》る位《くらゐ》、あなたは御存《ごぞん》じなければお親父《とつ》さんに聞《きい》て見《み》給《たま》へ、それは随分《ずいぶん》不便利《ふべんり》にて不潔《ふけつ》にて、東京《とうけう》より帰りたる夏分《なつぶん》などは我《が》まんのなりがたき事もあり、そんな処《ところ》に我《わ》れは括《くゝ》られて(1)、面白《おもしろ》くもない仕事に追はれて、逢《あ》ひたい人には逢《あ》はれず、見たい土地はふみ難《がた》く、兀々《こつ〳〵》として(2)月日を送らねばならぬかと思《おも》ふに、気のふさぐも道理とせめては貴嬢《あなた》でもあはれんでくれ給《たま》へ、可愛《かわい》さうなものでは無《な》きかと言ふに、あなたは左様《さう》仰《おつ》しやれど母などはお浦《うら》山《やま》しき御身分《ごみぶん》と申《まをし》て居《を》ります。

何《なに》が此様《こん》な身分《みぶん》うら山《やま》しい事か、こゝで我《わ》れが幸福《しやわせ》といふを考へれば、帰国するに先《さき》だちてお作《さく》が頓死《とんし》するといふ様《やう》なことにならば、一人娘のことゆゑ父親《てゝおや》おどろいて暫時《しばし》は家督《かとく》沙汰《ざた》やめになるべく、然《しか》るうちに少々《せう〳〵》なりともやかましき(3)財産などの有《あ》れば、みす〳〵他人なる我《わ》れに引《ひき》わたす事をしくも成《な》るべく、又《また》は縁者《ゑんじや》の中《うち》なる欲《よく》ばりども唯《たゞ》にはあらで(4)運動することたしかなり、その暁《あかつき》に何《なに》かいさゝか仕損《しそこ》なゐでもこ

(1) 縛りつけられて。
(2) 脇見もせずにじっとして。
(3) 煩わしい。
(4) だまっていないで。

しらゆれば我《わ》れは首尾《しゆび》よく離縁《りえん》になりて、一本立《ぽんだち》の野中《のなか》の杉《すぎ》ともならば、其《そ》れよりは我《わ》が自由にて其時《そのとき》に幸福《しやわせ》といふ詞《ことば》を与《あた》へ給《たま》へと笑ふに、おぬひ惘《あき》れて貴君《あなた》は其様《そのやう》の事正気《ことせうき》で仰《おつ》しやりますか、平常《つね》はやさしい方《かた》と存《ぞん》じましたに、お作様《さくさま》に頓《とん》死《し》しろとは蔭《かげ》ながらの嘘《うそ》にしろあんまりでござります、お可《か》愛想《わいそう》なことをと少し涙ぐんでお作《さく》をかばふに、それは貴嬢《あなた》が当人を見ぬゆゑ可愛想《かわいさう》とも思ふか知らねど、お作《さく》よりは我《わ》れの方《ほう》を憐《あは》れんでくれて宜《い》い筈《はづ》、目に見えぬ縄《なは》につながれて引かれてゆくやうな我《わ》れをば、あなたは真《しん》の処何《ところなに》とも思ふてくれねば、勝手にしろといふ風《ふう》で我《わ》れの事とては少しも察してくれる様子が見えぬ、今も今居《ゐ》なくなつたら淋《さび》しからうとお言ひなされたはほんの口先の世辞《せじ》で、あんな者は早く出てゆけと箒《はうき》に塩花《しほばな》(1)が落ちならんも知らず、いゝ気になつて御邪魔《おじやま》になつて、長居《ながゐ》をして御世話《おせわ》さまに成《な》つたは、申訳《まうしわけ》がありませぬ、いやで成《な》らぬ田舎《いなか》へは帰らねばならず、情《なさけ》のあらうと思ふ貴嬢《あなた》がそのやうに見すてゝ下されば、いよ〳〵世の中は

(1) 箒を逆さに立てて追い帰し、塩をまいて清めること。

面白くないの頂上、勝手にやって見ませうと態とすねて、むつと顔をして見せるに、野沢《のざわ》さんは本当にどうか遊《あそば》していらつしやる、何《なに》がお気に障《さわ》りましたのとお縫《ぬひ》はうつくしい眉《まゆ》に皺《しわ》を寄せて心の解《げ》しかねる躰《てい》に、それは勿論正気《もちろんせうき》の人の目からは気ちがひと見える筈《はづ》、自分ながら少し狂つて居《い》ると思ふ位《くらゐ》なれど、気ちがひだとて種《たね》なしに間違《(2)まちが》ふ物《もの》でもなく、いろいろの事が畳《たゝ》まつて頭脳《(3)あたま》の中《なか》がもつれて仕舞《しま》ふから起《おこ》る事《こと》、我《わ》れは気違《きちが》ひか熱病《ねつびやう》か知らねども正気《せうき》のあなたなどが到底《とても》おもひも寄らぬ事を考へて、人しれず泣きつ笑ひつ、何処《どこ》やらの人が子供の時うつした写真だといふあどけないのを貰《もら》つて、それを明《あ》けくれに出して見て、面《めん》と向《むか》つては言はれぬ事《こと》を並べて見たり、机の引出しへ叮嚀《ていねい》に仕舞《しま》つて見たり、うわ言をいつたり夢を見たり、こんな事で一生を送れば人は定《さだ》めし大《おほ》白痴《だわけ》と思ふなるべく、其《その》やうな馬鹿になつてまで思ふ心が通じず、なき縁《あん》ならば切《せ》めては優《やさ》しい詞《ことば》でもかけて、成仏《じやうぶつ》するやうにしてくれたら宜《よ》さそうの事を、しらぬ顔をして情ない

(2)　原因もなしに。

(3)　積み重なって。

事を言つて、お出《いで》がなくば淋《さび》しかろう位《くらゐ》のお言葉は酷《ひど》いではなきか、正気《せうき》のあなたは何《なに》と思ふか知らぬが、狂気《きちがひ》の身にして見ると随分《ずいぶん》気づよいものと恨《うら》まれる、女といふものは最《も》う少しやさしくても好《い》い筈《はづ》ではないかと立《た》てつゞけの一《ひ》ト息《いき》に、おぬひは返事もしかねて、私《わた》しは何《なん》と申《まをし》てよいやら、不器用《ぶきよう》なればお返事のしやうも分《わか》らず、唯々《たゞ〳〵》こゝろぼそく成《な》りますとて身をちゞめて引退《ひきしりぞ》くに、桂次《けいじ》拍子《ひやうし》ぬけのしていよ〳〵頭《あたま》の重たくなりぬ。

上杉《うへすぎ》の隣家《となり》は何宗《なにしう》かの御梵刹《おんてら》さまにて寺内《じない》広々《ひろ〳〵》と桃桜《もゝさくら》いろ〳〵植《うゑ》わたしたれば、此方《こなた》の二階より見おろすに雲は棚曳《たなび》く天上界《てんじやうかい》に似て、腰ごろも(1)の観音《くわんおん》さま濡《ぬ》れ仏《ぼとけ》(2)にておはします御《おん》肩《かた》のあたり膝《ひざ》のあたり、はら〳〵と花散りこぼれて前に供《そな》へし樒《しきみ》の枝につもれるもをかしく、下《した》ゆく子守り(3)が鉢巻《はきまき》の上《う》へ、しばしやどかせ春のゆく衛《ゑ》と舞《ま》ひくるもみゆ、かすむ夕べの朧月《おぼろづき》よに人顔《ひとがほ》ほの〳〵と暗く成《な》りて、風少しそふ寺内《じない》の花をば去歳《こぞ》も一昨年《おとゝし》も其《その》まへの年も、桂次《けいじ》此処《こゝ》に大方《おほかた》は宿《やど》を定《さだ》め

(1) 腰だけにまとった衣。
(2) 堂の外に置かれた仏像。
(3) 子守は赤ん坊を背負って、おぶい紐で結わえた。

図6

(4) 来春。
(5) 合掌。
(6) 木石のような人。
(7) うるさいもめごと。

て、ぶら〳〵あるきに立《たち》ならしたる処《ところ》なれば、今歳《ことし》この度《たび》とりわけて珍《めづ》らしきさまにもあらぬを、今《いま》こん春(4)はとても立《たち》かへり蹈《ふむ》べき地にあらずと思ふに、こゝの濡《ぬ》れ仏《ぼとけ》さまにも中々《なかく》の名残《なごり》をしまれて、夕《ゆふ》げ終りての宵々《よひく》家《いゑ》を出《いで》ては御寺参《おんてらまい》り殊《しゆ》勝《しよう》に、観音《くわんをん》さまには合唱《がつしよう》(5)を申《まをし》て、我《わ》が恋人のゆく末《すゑ》を守り玉《たま》へと、お志《こゝろざ》しのほどいつまでも消えねば宜《よ》いが。

（下）

我《わ》れのみ一人のぼせて耳鳴りやすべき桂次《けいじ》が熱ははげしけれども、おぬひと言ふもの木にて作られたるやうの人(6)なれば、まづは上杉《うへすぎ》の家《いゑ》にやかましき沙汰《さた》(7)もおこらず、大藤村《おほふぢむら》にお作《さく》が夢ものどかなるべし、四月の十五日帰国に極《き》まりて土産物《みやげもの》など折柄《をりから》(8)日清《にっしん》の戦争画《せんさうぐわ》、大勝利《だいしようり》の袋《ふくろ》もの(9)、ぱちん(10)羽織《はをり》の紐《ひも》、白粉《をしろい》かんざし桜香《さくらか》の油(11)、縁類《ゑんるい》広《ひろ》ければとり〳〵に香水、石鹸《しやぼん》の気取《きど》りたるも買《か》ふめり、おぬひは桂次《けいじ》が未来の妻にと贈《おく》りものゝ中《なか》へ薄藤色《うすふぢいろ》の襦袢《じゆばん》の襟《ゑり》に白ぬきの牡《ぼ》丹花《たんくわ》の形《かた》あるをや

（8）明治二七年七月に始まった日清戦争が翌年四月に勝利をおさめて終結したころ。
（9）日清戦争の勝利を記念して売り出された福袋。
（10）ぱちん留め。ぱちんと音のする留め金の付いた帯留め。
（11）「桜香」は、下谷区車坂にあった小間物屋。そこで売っていた、髪につける水油。

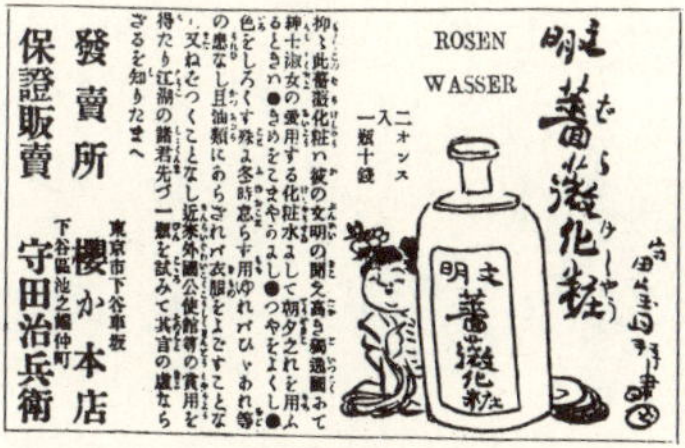

図7

りけるに、これを眺《なが》めし時の桂次《けいじ》が顔、気の毒らしかりしと後《あと》にて下女《げじょ》の竹《たけ》が申《まをし》き。

桂次《けいじ》がもとへ送りこしたる写真はあれども、秘《ひ》しがくしに(1)取納《とりおさ》めて人には見せぬか、夫《そ》れとも人しらぬ火鉢《ひばち》の灰《はい》になり終りしか、桂次《けいじ》ならぬもの知るによしなけれど、さる頃《ころ》はがきにて処用《しよよう》と申こしたる文面《ぶんめん》は男の通《とほ》(2)りにて名《な》書《が》きも六蔵《ざう》の分《ぶん》なりしかど、手跡大分《しゆせきだいぶ》あがりて見よげに成《な》りしと父親の自《じ》まんより、娘に書かせたる事論《ろん》なしとこゝ(3)の内儀《ないぎ》が人の悪き目にて睨《にら》みぬ、手跡《しゆせき》によりて人の顔つきを思ひやるは、名を聞いて人の善悪を判断するやうなもの、当代《たうだい》の能書《のうしよ》(4)に業平《なりひら》さ(5)まならぬもおはしますぞかし、されども心用《こゝろもち》ひ一つにて悪筆《あくひつ》なりとも見よげのしたゝめ方《かた》はあるべきと、達者《たつしや》めかして筋《すぢ》もなき(6)走《はし》り書《が》きに人よみがたき文字ならば詮《せん》なし、お作《さく》の手はいかなりしか知らねど、此処《こゝ》の内儀《ないぎ》が目の前にうかびたる形は、横巾《よこはゞ》ひろく長《たけ》つまりし顔に、目鼻だちはまづくもあるまじけれど、鬢《びん》(7)うすくして首筋《くびすぢ》くつきりとせず、胴よりは足

(1) ひた隠しに隠して。
(2) まさしく男の書いたもの。
(3) 間違いなし。
(4) 書の巧みな人。
(5) 在原業平。古来美男の代名詞として用いる。
(6) しょうがない。
(7) 結髪の左右両側の部分。

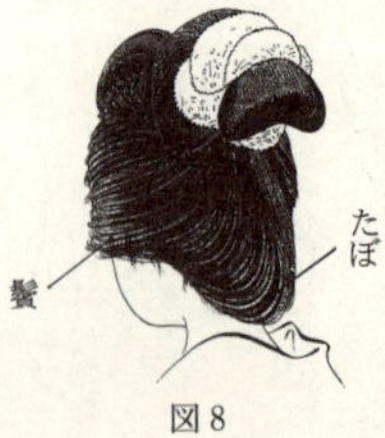

図8

の長い女とおぼゆると言ふ、すて筆《ふで》(8)ながく引いて見ともなかりしが可笑《をか》し、桂次《けいじ》は東京《とうきやう》に見てさへ醜《わ》るい方《はう》では無いに、大藤村《おほふぢむら》の光《ひか》る君《きみ》(9)帰郷《きゝやう》といふ事にならば、機場《はたば》の女が白粉《をしろい》のぬりかた思はれると此処《こゝ》にての取沙汰《とりざた》、容貌《きりやう》のわるい妻を持つぐらゐ我慢《がまん》もなる筈《はづ》、水呑《みづの》みの小作《こさく》(10)が子として一足飛《そくとび》のお大尽《だいじん》なればと、やがては実家をさへ洗《あら》はれて、人の口さがなし伯父伯母《をぢをば》一つになつて嘲《あざけ》るやうな口調《くてう》を、桂次《けいじ》が耳に入《い》らぬこそよけれ、一人気《ひとりき》の毒《どく》と思ふはお縫《ぬひ》なり。

荷物は通運便《つううんびん》(11)にて先《さき》へたゝせたれば残るは身一つに軽〻《かるぐ》しき桂次《けいじ》、今日《けふ》も明日《あす》もと友達のもとを馳《は》せめぐりて何《なに》やらん用事はあるものなり、僅《わづ》かなる人目《ひとめ》の暇《ひま》を求めてお縫《ぬひ》が袂《たもと》をひかえ(12)、我《わ》れは君に厭《いと》はれて別るゝなれども夢いさゝか(13)恨《うら》む事をばなすまじ、君はおのづから君の本地《ほんち》(14)ありて其島田《そのしまだ》(15)をば丸曲《まるまげ》(16)にゆひかへる折《をり》のきたるべく、うつくしき乳房《ちぶさ》を可愛《かわゆ》き人に含《ふく》ませる時もあるべし、我《わ》れは唯《た》だ君の身の幸福《しやわせ》なれかし、すこやかなれかしと祈《いの》りて此長《このなが》き世《よ》をば尽《つく》さんには随分《ずいぶん》

(8)　字画にない点を付すこと（「エ」を「エ」と書くように）。
(9)　源氏の君。
(10)　自分の田地を持たないで、地主から土地を借りて耕す小作人。
(11)　運送屋扱い。
(12)　袂をおさえて。
(13)　少しも。
(14)　真のよりどころ。
(15)　島田髷。若い女性が結う日本髪（三一八頁図7参照）。
(16)　丸髷。既婚の女性が結う日本髪（五八頁図4参照）。

とも親孝行《おやこう〳〵》にてあられよ、母御前《はゝごぜ》の意地《いぢ》わるに逆《さか》らふやうの事は君として無きに相違《さうい》なけれどもこれ第一に心がけ給《たま》へ、言ふことは多し、思ふことは多し、我《わ》れは世を終るまで君のもとへ文《ふみ》の便《たよ》りをたゝざるべければ、君よりも十通に一度の返事を与《あた》へ給《たま》へ、睡《ねぶ》りがたき秋の夜《よ》は胸に抱《いだ》いてまぼろしの面影《おもかげ》をも見んと、このやうの数《かず》〳〵を並《な》らべて男なきに涙のこぼれるに、ふり仰向《あほの》いてはんけちに顔を拭《ぬぐ》ふさま、心よわげなれど誰《た》れもこんな物なるべし、今から帰るといふ故郷《ふるさと》の事養家《やうか》のこと、我身《わがみ》の事お作《さく》の事みなから忘れて世はお縫《ぬひ》ひとりのやうに思はるゝも闇《やみ》なり、此時《このとき》こんな場合《ばあひ》にはかなき女心の引入《ひきいれ》られて、一生消えぬかなしき影を胸にきざむ人もあり、岩木《いわき》のやうなるお縫《ぬひ》なれば何《なに》と思ひしかは知らねども、涙ほろ〳〵こぼれて一《ひ》ト言《こと》もなし。

春の夜《よ》の夢のうき橋、と絶《だ》えする横ぐもの空(1)に東京《とうけう》を思ひ立ちて、道よりもあれば新宿までは腕車《くるま》がよしといふ、八王《はちわう》子《じ》までは汽車の中《なか》、をりればやがて馬車にゆられて、小仏《こぼとけ》の

（1）新古今集一春上「春の夜の夢の浮橋とだえして嶺に別るる横雲の空（藤原定家）」を引く。

峠《とうげ》もほどなく越《こ》ゆれば、上野原《うへのばら》、つる川《かは》、野田尻《のだじり》、犬目《いぬめ》、鳥《とり》沢《ざわ》も過《す》ぐれば猿《さる》はし近くに其夜《そのよ》は宿《やど》るべし、巴峡《はきよう》のさけび(2)は聞《きこ》えぬまでも、笛吹川《ふゑふきがは》の響《ひゞ》きに夢むすび憂《う》く、これにも腸《はらわた》はたゝるべき声あり、(3)勝沼《かつぬま》よりの端書《はがき》一度とゞきて四日目にぞ七里《なゝさと》の消印《けしいん》ある封状《ふうじやう》二つ、一つはお縫《ぬひ》へ向けてこれは長かりし、桂次《けいじ》はかくて大藤村《おほふぢむら》の人に成《な》りぬ。

世にたのまれぬを男心といふ、それよ秋の空の夕日にはかに掻《か》きくもりて、傘なき野道に横しぶきの難義《なんぎ》さ、出あひし物はみな其様《そのやう》に申《まを》せども是《こ》れみな時のはづみぞかし、波こえよとて末《すゑ》の松山《まつやま》ちぎれるもなく、(4)男傾城《をとこげいせい》(5)ならぬ身の空涙《そらなみだ》こぼして何《なに》に成《な》るべきや、昨日《きのふ》あはれと見しは昨日《きのふ》のあはれ、今《け》日《ふ》の我《わ》が身に為《な》す業《わざ》しげゝれば、(6)忘るゝとなしに忘れて一生は夢の如《ごと》し、露の世といへばほろりとせしもの、はかないの上《うへ》なしなり、思へば男は結髪《いひなづけ》の妻ある身、いやとても応《おう》とても浮世の義理をおもひ断《た》つほどのこと此《この》人此《この》身にして叶《かな》ふべ

(2) 和漢朗詠集下「巴峡秋深し、五夜の哀猿月に叫ぶ」から。「巴峡」は、中国揚子江の急流地帯にある三峡の一。
(3) 和漢朗詠集下「江は巴峡より初めて字を成す、猿は巫陽を過ぎて初めて腸を断つ」から。
(4) 後拾遺集一四恋四「ちぎりきなかたみに袖を絞りつつ末の松山浪越さじとは（清原元輔）」をふまえる。
(5) 男色を売る者。
(6) 数多いので。

しや、事なく高砂《たかさご》(1)をうたひ納《おさ》むれば、即《すなは》ち新らしき一対《つい》の夫婦《めをと》出来《でき》あがりて、やがては父とも言はるべき身なり、諸縁《しよゑん》これより引かれて断《た》ちがたき絆《ほだし》次第《しだい》にふゆれば、一人《にん》一箇《こ》の野沢桂次《のざわけいじ》ならず、運よくは萬《まん》の身代《しんだい》(2)十萬《まん》に延《の》して山梨県《やまなしけん》の多《た》額納税《がくのうぜい》と銘《めい》うたんも斗《はか》りがたけれど、契《ちぎ》りし詞《ことば》はあとの湊《みなと》に残して、舟は流れに随《した》がひ人は世に引かれて、遠ざかりゆく事《こと》千里、二千里、一萬里、此処《こゝ》三十里の隔《へだ》てなれども心かよはずは八重《やへ》がすみ外山《とやま》の峰をかくすに似たり、花ちりて青葉の頃までにお縫《ぬひ》が手もとに文《ふみ》三通、こと細《こま》か成《なり》けるよし、五月雨《さみだれ》軒《のき》ばに晴れまなく人恋しき折《をり》ふし、彼方《かなた》よりも数〻《かず〱》思《おも》ひ出《いで》の詞《ことば》うれしく見つる、夫《そ》れも過ぎては月に一二度の便り、はじめは三四度も有《あ》りけるを後《のち》には一度の月《つき》あるを恨《うら》みしが、秋蚕《あきご》(3)のはきたてとかいへるに懸《かゝ》りしより、二月に一度、三月《つき》に一度、今《いま》の間《ま》に半年目、一年目、年始の状《ぜう》と暑中見舞の交《つき》際《あい》になりて、文言《もんごん》うるさしとならば端書《はがき》にても事は足るべし、あはれ可笑《をか》しと軒《のき》ばの桜くる年も笑ふて、隣《となり》の寺の観音様御《くわんをんさまおん》

(1) 結婚を祝してうたう謡曲。

(2) 財産。

(3) 卵からかえったばかりの蚕を蚕卵紙から別の紙に移すこと。

手《て》を膝《ひざ》に柔和《にうわ》の御相《おんさう》これも笑《ゑ》めるが如《ごと》く、若いさかりの熱といふ物にあはれみ給《たま》へば、此処《こゝ》なる冷《ひや》やかのお縫《ぬひ》も笑《ゑ》くぼを頰《ほう》にうかべて世に立つ事はならぬか、相かはらず父様《とゝさま》の御機《ごき》嫌《げん》、母の気をはかりて、我身《わが》をない物にして上杉家《うへすぎけ》の安穏《あんおん》をはかりぬれど。ほころびが切れてはむづかし

（明治28年5月「太陽」）

うつせみ

（一）

家《いへ》の間数《まかず》は三畳敷《でふじき》の玄関《げんくわん》までを入《い》れて五間《ま》、手狭《てぜま》なれども北南吹《きたみなみふき》とほしの風入《かぜい》りよく、庭は広々《ひろぐ》として植込《うゑごみ》の木立《こだち》も茂ければ、夏の住居《すまゐ》にうつてつけと見えて、塲処《ばしよ》も小石川《こいしかは》の植物園(1)にちかく物静《ものしづか》なれば、少しの不便を疵《きず》にして他《ほか》には申《まうす》旨《むね》のなき貸家《かしや》ありけり、門《かど》の柱に札《ふだ》(2)をはりしより大凡《おほよそ》三月《つき》ごしにも成《なり》けれど、いまだに住人《すみて》のさだまらで、主《ぬし》なき門《かど》の柳《やなぎ》のいと、(3)空《むな》しくなびくも淋《さび》しかりき、家《いへ》は何処《どこ》までも奇麗《きれい》にて見こみの(4)好《よ》ければ、日《ひ》のうちには二人三人《ふたりみたり》の拝見《はいけん》をとて来《く》

(1) 現・文京区白山にある。

図1

(2) 貸家札。貸家札はななめに貼るのが慣習であった。

図2

るものも無きにはあらねど、敷金《しきゝん》三月分《つきぶん》、家賃《やちん》は三十日限《かぎ》りの取《とり》たてにて七円五十銭《せん》といふに、夫《そ》れは下町の相場《さうば》(5)とて折《をり》かへして来《く》るは無かりき、さるほどに此《この》ほどの朝まだき(6)四十に近かるべき年輩《としごろ》の男、紡績織《ばうせきおり》(7)の浴衣《ゆかた》も少し色のさめたるを着て、至極《しごく》そゝくさと落《おち》つきの無きが差配《さはい》(8)のもとに来たりて此家《このいへ》の見たしといふ、案内して其処《そこ》此処《こゝ》と戸棚《とだな》の数《かず》などを見せてあるくに、其等《それら》のことは片耳《かたみゝ》にも入《い》れで、唯四方《たゞあたり》の静《しづか》にさわやかなるを喜び、今日《けふ》より直《すぐ》にお借《か》り申《まをし》まする、敷金《しきゝん》は唯今置《たゞいまお》いて参《まゐ》りまして、引越《ひきこ》しは此夕暮《このゆふぐれ》、いかにも急速では御座《ござ》りますが直様掃除《すぐさまさうぢ》にかゝりたう御座《ござ》りますとて、何《なん》の子《し》細《さい》なく約束はとゝのひぬ、お職業はと問へば、いゐ別段《べつだん》これといふ物も御座《ござ》りませぬとて至極曖昧《しごくあいまい》の答へなり、御人数《ごにんず》はと聞かれて、其何《そのなん》だか四五人の事も御座《ござ》りますし、七八人にも成《な》りますし、始終《とほし》ごた〳〵して埒《らち》は御座《ござ》りませぬといふ、妙《めう》な事のと思ひしが掃除《さうぢ》のすみて日暮《ひく》れがたに引移《ひきうつ》り来《き》たりしは、相乗《あひの》りの幌《ほろ》かけ車《ぐるま》(9)に姿をつゝみて、開きたる門《もん》を真直《まつすぐ》

(3)　柳の枝。また、「いと」は、たいそうの意もかけて次の「空しく」にかかる。
(4)　外観。
(5)　下町は商業地として繁盛したので、家賃なども山の手より高かったものと思われる。
(6)　早朝。
(7)　紡績機で製した糸で織った木綿。中流以下の男女の普段着に用いられた。
(8)　所有主に代わって、貸家・貸地を管理する人。
(9)　幌がかかっている二人乗りの人力車。幌は雨や雪のとき以外は使用しないので人目を避けていることがわかる。

図3

に入《い》りて玄関《げんくわん》におろしければ、主《ぬし》は男とも女とも人には見えじと思ひしげなれど、乗り居《ゐ》たるは三十計《ばかり》の気の利《き》きし女中《ぢよちう》風《ふう》と、今一人《いまひとり》は十八か、九には未《いま》だと思はるゝやうの病美人《びやうびじん》、顔にも手足にも血の気といふもの少しもなく、透《す》きとほるやうに蒼白《あをしろ》きがいたましく見えて、折《をり》から世話やきに来《き》て居《ゐ》たりし、差配《さはい》が心に、此人《これ》を先刻《さき》のそゝくさ男が妻とも妹《いもと》とも受《うけ》とられぬと思ひぬ。

荷物といふは大八《だい》に唯《たゞ》一くるま来たりしばかり、両隣《りやうどなり》にお定《さだ》めの土産《みやげ》は配りけれども、家《いへ》の内《うち》は引越《ひつこし》らしき騒ぎもなく至極《しごく》ひつそりとせし物なり。人数《にんず》は彼《か》のそゝくさに此女中《このぢよちう》と、他《ほか》には御飯《ごはん》たきらしき肥大女《ふとつてう》および、その夜《よ》に入《い》りてより車を飛ばせて二人《ふたり》ほど来《き》たりし人あり、一人《ひとり》は六十に近かるべき人品《じんぴん》よき剃髪《ていはつ》(1)の老人《らうじん》、一人《ひとり》は妻なるべし対《つひ》するほどの年輩《としばい》にてこれは実法《じつぱふ》(2)に小さき丸髷《まるまげ》(3)をぞ結《ゆ》ひける、病《や》みたる人は来《く》るよりやがて奥深《おくぶか》に床《とこ》を敷《し》かせて、括《くゝ》り枕《まくら》(4)に頭《つむり》を落《おち》つかせけるが、夜《よ》もすがら枕《まくら》近くにありて悄然《しよんぼり》とせし老人二人《としよりふたり》の面《おも》や

(1) 頭をまるめた。
(2) まじめに。
(3) 既婚の女性が結う日本髪。年を重ねるにしたがって髷を小さく結う。
(4) 中に綿やそば殻を入れて両端をくくった枕。

図4

図5

う、何処《どこ》やら寝顔《ねがほ》に似た処《ところ》のあるやうなるは、此娘《このこ》の若《も》しも父母《ちゝはゝ》にては無きか、彼《か》のそゝくさ男を始めとして女中《ぢよちう》ども一同旦那《どうだんな》さま御新造様《ごしんぞさま》(5)と言へば、応々《おいく》と返事して、男の名をば太吉太吉《たきちたきち》と呼びて使ひぬ。

あくる朝風すゞしきほどに今一人《いまひとり》車を乗りつけゝる人の有《あり》けり、紬《つむぎ》の単衣《ひとへ》(6)に白ちりめんの帯(7)を巻《ま》きて、鼻の下に薄《うす》ら髯《ひげ》のある三十位《ぐらゐ》のでつぷりと太《ふと》て見だて(8)よき人、小さき紙に川《かは》村太吉《むらたきち》と書《かき》て張《は》りたるを読みて此処《こゝ》だ〳〵と車よりおりける、姿を見つけて、おゝ番町《ばんちやう》の旦那様《だんなさま》とお三どん(9)が真先《まつさき》に襷《たすき》をはづせば、そゝくさは飛出《とびだ》していやお早《はや》いお出《いで》、よく早速《さつそく》おわかりに成《な》りましたな、昨日《きのふ》まで大塚《おほつか》にお置《お》き申したので御座《ござ》りますが何分《なにぶん》最早《もう》、その何《なん》だか頻《しきり》に嫌《いや》にお成《な》りなされて何処《どこ》へか行《ゆ》かう〳〵仰《おつ》しやる、仕方《しかた》が御座《ござ》りませぬで漸《やつ》とまあ此処《こゝ》をば見つけ出《だ》しまして御座《ござ》ります、御覧下《ごらんくだ》さりませ一寸《ちよいと》こうお庭も広《ひろ》う御座《ござ》りますし、四隣《まはり》が遠《とほ》うござりますので御《ご》気分《きぶん》の為《ため》にも良からうかと存じまする、はい昨夜《ゆふべ》はよくお眠《やすみ》

(5) 奥様。中流社会の人妻の尊称。
(6)「紬」は真綿を紡いだ糸で作った絹織物。「単衣」は裏のない着物。
(7) 無地のちぢれ織りにした絹織物。
(8) 見ばえ。
(9) 下女。

に成《なり》ましたが今朝《けさ》ほどは又《また》少しその、一寸御様子《ちよつとごやうす》が変つたやうで、ま、いらしつて御覧下《ごらんくだ》さりませと先《さき》に立《たつ》て案内をすれば、心配らしく髭《ひげ》をひねりて奥の座敷に通りぬ。

（二）

気分すぐれて良き時は三歳児《みつご》のやうに父母《ちゝはゝ》の膝《ひざ》に眠《ねぶ》るか、白紙を切つて姉様《あねさま》の製造《おつくり》(1)に余念《よねん》なく、物を問へばにこ〳〵と打笑《うちゑ》みて唯《たゞ》はい〳〵と意味もなき返事をする温順《をとな》しさも、狂《きやう》風《ふう》一陣《ぢん》梢《こずゑ》をうごかして来《きた》る気の立つた折《をり》には、父様《とうさん》も母様《かあさん》も兄様《にいさん》も誰《だ》れも後生《ごしやう》顔を見せて下さるな、とて物陰《ものかげ》にひそんで泣く、声は腸《はらわた》を絞《しぼ》り出《だ》すやうにて私《わたし》が悪う御座《ござ》りました、堪《かん》忍《にん》して堪忍《かんにん》してと繰返《くりかへ》し〳〵、さながら目の前の何《なに》やらに向《むか》つて詫《わび》るやうに言ふかと思へば、今行《いまゆき》まする、今行《いまゆき》まする、私《わたし》もお跡《あと》から参《まゐ》りまするとて日のうちには看護《まもり》の暇《ひま》をうかゞひて駆《か》け出《いだ》すこと二度三度もあり、井戸《ゐど》には蓋《ふた》を置き、きれ物《もの》とては鋏刀《はさみ》一挺《ちやう》目《め》にかゝらぬやうとの心配《こゝろくば》りも、危《あやふ》きは

（1）花嫁姿などの姉様人形を作ること。

病《やま》ひのさする業《わざ》かも、此繊弱《このかよわ》き娘一人とり止《と》むる事かなはで、勢ひに乗りて駆《か》け出《いだ》す時には大の男二人《ふたり》がゝりにても六《む》つかしき時の有《あり》ける。

本宅《ほんたく》は三番町《さんばんちやう》の何処《どこ》やらにて表札《へうさつ》を見ればむゝ彼《あ》の人の家《うち》かと合点《がてん》のゆくほどの身分《みぶん》、今さら此処《こゝ》には言はずもがな、名前の恥《はづ》かしければ病院へ入《い》れる事もせで、医者は心安《こゝろやす》きを招《まね》き家《いへ》は僕(2)の太吉《たきち》といふが名を借《か》りて心まかせの養生《やうじやう》(3)、一月《つき》と同じ処《ところ》に住《すま》へば見る物残らず嫌《い》やに成《な》りて、次第《しだい》に病《やま》ひのつのる事見る目も恐《おそ》ろしきほど悽《すさ》まじき事あり。

当主《たうしゆ》は養子《やうし》にて此《これ》娘こそは家《いへ》につきての一粒《つぶ》ものなれば父《ちゝ》母《はゝ》が歎《なげ》きおもひやるべし、病《やま》ひにふしたるは桜さく春の頃よりと聞くに、夫《そ》れよりの昼夜《ちうや》眶《まぶた》を合《あは》する間《ま》もなき心配に疲れて、老《お》いたる人はよろ〳〵たよ〳〵と二人《ふたり》ながら力なさゝうの風情《ふぜい》、娘が病《やま》ひの俄《には》かに起《おこ》りて私《わたし》は最《も》う帰りませぬとて駆《か》け出《いだ》すを見る折《をり》にも、あれ〳〵何《ど》うかして呉《く》れ、太吉《たきち》〳〵と呼《よび》立《たて》るほかには何《なん》の能《のう》なく情《なさけ》なき体《てい》なり。

(2) 下僕。使用人。
(3) 気ままな。

昨夜《ゆふべ》は夜《よ》もすがら静《しづか》に眠《ねぶ》りて、今朝《けさ》は誰《た》れより一はな懸《が》け(1)に目を覚《さま》し、顔を洗ひ髪を撫《な》でつけて着物もみづから気に入りしを取出《とりいだ》し、友仙《いうぜん》(2)の帯《おび》に緋《ひ》ぢりめんの帯《おび》あげ(3)も人手《ひとで》を借《か》りずに手ばしこく締《し》めたる姿、不図《ふと》見たる目には此様《このやう》の病人とも思ひ寄るまじき美くしさ、両親《ふたおや》は見返《みかへ》りて今更《いまさら》に涕《なみだ》ぐみぬ、附《つき》そひの女が粥《かゆ》の膳《ぜん》を持来《もちき》たりて召上《めしあが》りますかと問へば、嫌《い》や嫌《い》やと頭《つむり》をふりて意気地《いくぢ》もなく母の膝《ひざ》へ寄《より》そひしが、今日《けふ》は私《わたし》の年季《ねん》が明《あき》まするか、(4)帰る事が出来《でき》るで御座《ござ》んせうかとて問ひかけるに、年季《ねん》が明《あけ》るといつて何処《どこ》へ帰る了簡《れうけん》、此処《こゝ》はお前さんの家《うち》では無いか、此《この》ほかに行《ゆ》くところも無からうでは無いか、分らぬ事を言ふ物ではありませぬと叱《しか》られて、夫《それ》でも母様《かあさま》私《わたし》は何処《どこ》へか行《ゆ》くので御座《ござ》りませう、あれ彼方《あすこ》に迎《むか》ひの車が来て居《ゐ》まする、とて指さすを見れば軒端《のきば》のもちの(5)木に大いなる蛛《くも》の巣《す》のかゝりて、朝日にかゞやきて金色《こんじき》の光ある物なりける。

　母は情《なさけ》なき思ひの胸に迫《せま》り来《き》て、あれ彼《あ》んな事を、貴君《あなた》お

(1)　真っ先に。
(2)　友禅染め。
(3)　帯が下がらぬように結び目に当てて形を整え、前に回して結ぶ布。
(4)　「年季」は、奉公人が勤める約束の年限。奉公の期限が終わりますか。
(5)　山野に自生するモチノキ科の常緑高木樹。

図6

聞遊《きゝあそば》しましたかと良人《おつと》に向《むか》ひて忌《いま》はし気《げ》にいひける、娘は俄《にはか》に萎《しほ》れかへりし面《おもて》に生々《いき〱》とせし色を見せて、あの夫《そ》れ一昨年《をとゝし》のお花見の時ねと言ひ出《いだ》す、何《なに》ゑと受けて聞けば学校の庭は奇麗《きれい》でしたねへとて面《おも》しろさうに笑ふ、あの時貴君《あなた》が下すつた花をね、私《わたし》は今も本の間《あひだ》へ入《い》れてありまする、奇麗《きれい》な花でしたけれども最《も》う萎《しほ》れて仕舞《しまひ》ました、貴君《あなた》には彼《あ》れから以来《いらい》御目《おめ》にかゝらぬでは御座《ござ》んせぬか、何故《なぜ》逢《あ》ひに来て下さらないの、何故《なぜ》帰つて来て下さらぬの、最《も》うお目にかゝる事は一生出来ぬので御座《ござ》んするか、夫《そ》れは私《わたし》が悪う御座《ござ》りました、私《わたし》が悪いに相違《さうゐ》ござんせぬけれど、夫《そ》れは兄様《にいさま》が、兄《あに》が、あゝ誰《だ》れにも済《すみ》ませぬ、私《わたし》が悪う御座《ござ》りました免《ゆる》して免《ゆる》してと胸を抱《だ》いて苦しさうに身を悶《もだ》ゆれば、雪子《ゆきこ》や何《なに》も余計《よけい》な事を考へては成《な》りませぬよ、夫《そ》れがお前の病気なのだから、学校も花もありはしない、兄様《にいさん》も此処《こゝ》にお出《い》でなさつては居《ゐ》ないのに、何《なに》か見えるやうに思ふのが病気なのだから気を落《おち》つけて旧《もと》の雪子《ゆきこ》さんに成《なつ》てお呉《く》れ、よ、よ、気が付きましたかへと脊《せ》を撫《な》でられて、母の膝《ひざ》の上にすゝり泣《な》きの声ひくゝ聞《きこ》えぬ。

（二）

番町《ばんちやう》の旦那《だんな》様《さま》お出《いで》と聞くより雪《ゆき》や兄様《にいさん》がお見舞《みまひ》に来て下されたと言へど、顔を横にして振向《ふりむか》ふともせぬ無礼《ぶれい》を、常《つね》ならば怒《いか》りもすべき事なれど、ああ、捨てゝ置いて下さい、気に逆らつてもならぬからとて義母《はゝ》が手《て》づから与《あた》へられし皮蒲団《かはぶとん》(1)を貰《もら》ひて、枕もとを少し遠ざかり、吹く風を背にして柱《はしら》の際《きは》に黙然《もくねん》として居《ゐ》る父に向《むか》ひ、静《しづか》に一つ二つ詞《ことば》を交《まじ》へぬ。

番町《ばんちやう》の旦那《だんな》といふは口数《くちかず》少なき人と見えて、時たま思ひ出したやうにはた〳〵と団扇《うちは》づかひするか、巻煙草《まきたばこ》の灰《はひ》を払《はら》つては又《また》火をつけて手に持《もつ》て居《ゐ》る位《くらゐ》なもの、絶《た》えず尻目《しりめ》(2)に雪子《ゆきこ》の方《かた》を眺《なが》めて困《こま》つたものですなと言ふ計《ばかり》、あゝ此《こん》様な事と知りましたら早くに方法も有《あ》つたのでせうが今に成《な》つては駟馬《しめ》も及《およ》ばず(3)です、植村《うゑむら》も可愛想《かあいさう》な事でした、とて下を向《む》いて歎《たん》

(1) 皮製の座布団。ひやりとした感触のため夏に用いる。

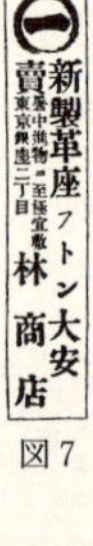

図7

(2) ひとみだけ動かして後方を見ること。横目。

(3) 一度口に出したことは取り返しがつかない。「駟馬」は、四頭だての馬、またその馬車。

息《そく》の声を洩《も》らすに、どうも何《なん》とも、我《わし》は悉皆《しツかい》(4)世上《せじやう》の事に疎《うと》しな、母もあの通りの何《なん》であるので、三方《ばう》四方埒《はうらち》も無い事に成《な》つてな、第一は此《これ》娘の気が狭いからではあるが、否植村《いやうゑむら》も気が狭いからで、何《ど》うも此様《こん》な事になつて仕舞《しまつ》たで、我等《わしども》二人《ふたり》が実《じつ》に其方《そちら》に合はせる顔も無いやうな仕義《しぎ》(5)でな、然《しか》し雪《ゆき》をも可愛想《かあいさう》と思つて遣《や》つて呉《く》れ、此様《こん》な身に成《な》つても其方《そちら》への義理ばかり思つて情《なさけ》ない事を言ひ出し居《を》る、多少《たせう》教育も授《さづ》けてあるに狂気《きやうき》するといふは如何《いか》にも恥《はづ》かしい事で、此方《このはう》から行くと家《いへ》の恥辱《ちじよく》にも成《な》る実《じつ》に憎《にく》むべき奴《やつ》ではあるが、情実《じやうじつ》を汲《く》んでな、これほどまで操《みさを》といふものを取止《とりと》めて置《お》いたゞけ憐《あはれ》んで遣《や》つて呉《く》れ、愚鈍《ぐどん》ではあるが子供の時から是《こ》れといふ不出来《ふでか》しも無かつたを思ふと何か残念の様《やう》にもあつて、誠の親馬鹿といふので有《あ》らうが平癒《なほ》らぬほどならば死ねとまでも諦《あきらめ》がつきかねる物で、余《あま》り昨今《さくこん》忌《いま》はしい事を言はれると死《し》期《ご》が近よつたかと取越《とりご》し苦労《ぐらう》をやつてな、大塚《おほつか》の家《うち》には何《なに》か迎《むか》ひに来《く》る物が有《あ》るなどゝ騒《さわ》ぎをやるにつけて母が詰《つま》らぬ易《えき》

（4）かいもく。
（5）なりゆき。

者《しや》などにでも見て貰《もら》つたか、愚《ぐ》な話《はな》しではあるが一月《つき》のうちに生命《せいめい》が危《あや》ふいとか言《い》つたさうな、聞いて見ると余《あま》り心よくも無いに当人《たうにん》も頻《しきり》と嫌《いや》がる様子《やうす》なり、ま、引移《ひきうつ》りをするが宜《よ》からうとて此処《こゝ》を探させては来《き》たが、いや何《ど》うも永持《ながもち》はあるまいと思はれる、殆《ほとんど》毎日死ぬ死ぬと言《いつ》て見る通り人間らしい色艶《いろつや》もなし、食事も丁度《ちやうど》一週間ばかり一粒《りふ》も口へ入れる事が無いに、夫《そ》ればかりでも身体《からだ》の疲労《ひらう》が甚《はなは》しからうと思はれるので種々《いろく》に異見《いけん》も言ふが、何《ど》うも病《やま》ひの故《せい》であらうか兎角《とかく》に誰《だ》れの言ふ事も用《もち》ひぬには困《こま》りはてる、医者《いしや》は例《れい》の安田《やすだ》が来《く》るので斯《か》う素人《しろうと》まかせでは我《わが》まゝ計《ばかり》つのつて宜《よ》く有《あ》るまいと思はれる、我《わし》の病院《びやうゐん》へ入《い》れる事は不承知《ふしようち》かと毎々《まいく》聞かれるのであるが、夫《そ》れも何《ど》う有《あ》らうかと母などは頻《しきり》にいやがるので我《わし》も二の足を蹈《ふ》んで居《ゐ》る、無論《むろん》病院《びやうゐん》へ行《ゆ》けば自宅と違つて窮屈《きうくつ》ではあらうが、何分《なにぶん》此頃《このごろ》飛出《とびだ》しが始まつて、我《わし》などは勿《もち》論《ろん》太《た》吉《きち》と倉《くら》と二人《ふたり》ぐらゐの力では到底《たうてい》引《ひき》とめられぬ働きをやるからの、萬一《まんいち》井戸《ゐど》へでも懸《かゝ》られてはと思つて、無《む》論《ろん》蓋《ふた》はして有《あ》るが往来《わうらい》へ飛出《とびだ》されても難義至極《なんぎしごく》なり、夫等《それら》を思ふと入院させやうとも思ふが何《なに》か不憫《ふびん》らしくて心一つには定《さだ》めかねるて、其方《そちら》に思ひ寄《より》(1)も有《あ》らば言つて見て呉《く》れとてくる〳〵と剃《そり》たる頭《つむり》を撫《な》でゝ思案《しあん》に能《あた》はぬ風情《ふぜい》、はあ〳〵と聞居《きゝゐ》る人も詞《ことば》は無くて諸共《もろとも》に溜息《ためいき》なり。

娘は先刻《さき》の涙に身を揉《も》みしかば、さらでもの疲《つか》れ甚《はなはだ》しく、なよ〳〵と母の膝《ひざ》へ寄添《よりそ》ひしまゝ眠《ねぶ》れば、お倉《くら》お倉《くら》と呼んで附添《つきそ》ひの女子《をなご》と共《とも》に郡内《ぐんない》(2)の蒲団《ふとん》の上へ抱《いだ》き上げて臥《ふ》さするにはや正体《しやうたい》も無く夢に入《い》るやうなり、兄といへるは静《しづか》に膝行寄《いざりよ》りてさしのぞくに、黒く多き髪の毛を最惜《いとを》しげもなく引《ひき》つめて、銀杏返《いてうがへ》(3)しのこはれたるやうに折返《をりかへ》し折返《をりかへ》し髷形《まげなり》に畳《たゝ》みこみたるが、大方《おほかた》横に成《な》りて狼藉《らうぜき》(4)の姿なれども、幽霊のやうに細く白き手を二つ重ねて枕のもとに投出《なげいだ》し、浴衣《ゆかた》の胸《むね》少《すこ》しあらはに成《な》りて締《し》めたる緋《ひ》ぢりめんの帯《おび》あげの解《と》けて帯《おび》より落《おち》かゝるも婀《なまめ》かしからで惨《いた》ましのさまなり。

枕に近く一脚《きやく》の机を据《す》ゑたるは、折《をり》ふし硯々《すゞり〳〵》と呼び、書物

(1) 考え。

(2) 郡内織。山梨県の郡内地方に産する絹織物。太い格子縞で、多く夜具地に用いられる。

(3) 若い女性から中年の女性までが結った髪形。

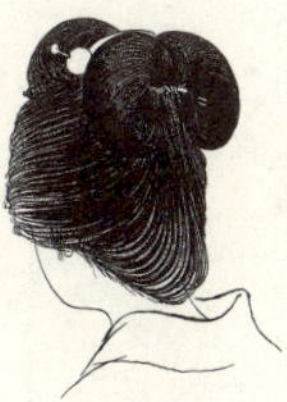
図8

(4) 乱れたさま。

よむとて有《あり》し学校のまねびをなせば、心にまかせて紙いたづらせよとなり、兄といへるは何心《なにごゝろ》なく積重《つみかさ》ねたる反古紙《ほごがみ》(1)を手に取りて見れば、怪《あや》しき書風《しよふう》に正体《しやうたい》得しれぬ文字《もじ》を書《かき》ちらして、是《こ》れが雪子《ゆきこ》の手跡《しゆせき》かと情《なさけ》なきやうなる中《なか》に、鮮《あざや》かに読まれたるは村《むら》といふ字《じ》、郎《らう》といふ字《じ》、あゝ植村録郎《うゑむらろくらう》、植村録郎《うゑむらろくらう》、よむに得堪《えた》へずして無言にさし置きぬ。

(四)

今日《けふ》は用なしの身なればとて兄は終日此処《しうじつこゝ》にありけり、氷を取寄《とりよ》せて雪子《ゆきこ》の頭《つむり》を冷《ひや》す看護《つきそひ》の女子《をんな》に替《かは》りて、どれ少し我《わし》がやつて見やうと無骨《ぶこつ》らしく手を出《いだ》すに、恐《おそ》れ入《いり》ます、お召《めし》物《もの》が濡《ぬ》れますと言ふを、いゝさ先《まづ》させて見てくれろとて氷《こほり》袋《ぶくろ》(2)の口を開いて水を搾《しぼ》り出《だ》す手振《てぶ》りの無器用さ、雪《ゆき》や少しはお解《わか》りか、兄様《にいさん》が頭《つむり》を冷《ひや》して下《くだ》さるのですよとて、母の親《おや》心付《こゝろづけ》れども(3)何《なん》の事とも聞分《きゝわけ》ぬと覚《おぼ》しく、目は見開きながら空《くう》を眺《なが》めて、あれ奇麗《きれい》な蝶《てふ》が蝶《てふ》がと言ひかけしが、殺してはい

(1) 書き損じの紙。

(2) 氷片や水を入れて、頭や患部を冷やす袋。

(3) 注意をするけれども。

けませんよ、兄様兄様《にいさんにいさん》と声を限りに呼べば、こら何《ど》うした、蝶《てふ》も何《なに》も居《ゐ》ない、兄は此処《こゝ》だから、殺しはせぬから安心して、な、宜《よ》いか、見えるか、ゑ、見えるか、兄だよ、正雄《まさを》だよ、気を取直して正気になつて、お父《とつ》さんやお母《つか》さんを安心させて呉《く》れ、こら少し聞分《きゝわけ》て呉《く》れ、よ、お前が此様《このやう》な病気になつてから、お父様《とつさん》もお母様《つかさん》も一晩《ひとばん》もゆるりとお眠《やすみ》に成《な》つた事《こと》はない、お疲れなされてお痩《や》せなされて介抱《かいはう》して居《ゐ》て下さるのを孝行《かうく》のお前に何故《なぜ》わからない、平常《つね》は道理がよく了解《わか》る人では無いか、気を静めて考へ直して呉《く》れ、植村《うゑむら》の事は今更取《いまさらとり》かへされぬ事であるから、跡《あと》でも懇《ねんごろ》に吊《ともら》つて遣《や》れば、お前が手《て》づから香花《かうはな》でも手向《たむけ》れば、彼《あ》れは快《こゝろ》よく瞑《めい》する事(4)が出来ると遺書《ゆゐしよ》にも有《あ》つたと言ふでは無いか、彼《あ》れは潔《いさぎ》よく此世《このよ》を思ひ切つたので、お前の事も合《あは》せて思ひ切つたので決して未練《みれん》は残して居《ゐ》なかつたに、お前が此様《このやう》に本心を取乱《とりみだ》して御両親《ごりやうしん》に歎《なげき》をかけると言ふは解《わか》らぬでは無いか、彼《あ》れに対してお前の処置《しよち》の無情《むじやう》であつたも彼《あれ》は決して恨《うら》んでは居《ゐ》なかつた、彼《あ》

(4)　安らかに死ぬ。

れは道理を知つて居《ゐ》る男であらう、な、左様《さう》であらう、校内《かうない》一流《いち》の人だとお前《まへ》も常に褒《ほ》めたではないか、其人《その》であるから決してお前を恨《うら》んで死ぬ、其様《そん》な事はある筈《はず》がない、憤《いきどほ》りは世間に対《たい》してなので、既《すで》に其事《それ》は人も知つて居《ゐ》る事なり遺書《ゆゐしよ》によつて明《あきら》かでは無いか、考へ直して正気に成《な》つて、其《そ》の後《ご》の事はお前の心に任《まか》せるから思ふまゝの世を経《へ》るが宜《よ》い、御《ご》両親《りやうしん》のある事を忘れないで、御両親《ごりやうしん》が何れほどお歎《なげ》きなさるかを考へて、気を取直《とりなほ》して呉《く》れ、ゑ、宜《よ》いか、お前が心で直さうと思へば今日《けふ》の今も直れるでは無いか、医者にも及ばぬ、薬にも及ばぬ、心一つ居処《ゐどころ》をたしかにしてな、直つて呉《く》れ、よ、よ、こら雪《ゆき》、宜《よ》いか、解《わか》つたかと言へば、唯《たゞ》うなづいて、はいはいと言ふ。

女子《をんな》どもは何時《いつ》しか枕もとを遠慮《はづ》して四方《あたり》には父と母と正《まさ》雄《を》のあるばかり、今いふ事は解《わか》るとも解《わか》らぬとも覚《おぼ》えねども兄様兄様《にいさんにいさん》と小さき声に呼べば、何《なに》か用かと氷袋《こほりぶくろ》を片寄《かたよ》せて傍《そば》近《ちか》く寄るに、私《わたし》を起《おこ》して下《くだ》され、何故《なぜ》か身体《からだ》が痛くてと言ふ、夫《そ》れは何時《いつ》も気の立つまゝに駆《か》け出《いだ》して大の男に捉《とら》へられるを、振《ふり》はなすとて恐《おそ》ろしい力を出せば定《さだ》めし身も痛からうと生疵《なまきず》も処々《ところ〴〵》に有《あ》るを、それでも身体《からだ》の痛《いた》いが知れるほどならば果敢《はか》なき事をも両親《ふたおや》は頼母《たのも》しがりぬ。

お前の抱《だ》かれて居《ゐ》るは誰君《どなた》、知れるかへと母親の問へば、言下《ごんか》に兄様《にいさん》で御座《ござ》りませうと言ふ、左様《さう》わかれば最《も》う子細《しさい》はなし、今《いま》話して下《くだ》された事覚《おぼ》えてかと言へば、知つて居《ゐ》ます る、花は盛《さか》りにと又《また》あらぬ事を言ひ出《いだ》せば、一同かほを見合《みあは》せて情《なさけ》なき思《おも》ひなり。

良《やゝ》しばしありて雪子《ゆきこ》は息の下に極《きは》めて恥《はづ》かしげの低き声して、最《も》う後生《ごしやう》お願ひで御座《ござ》りまする、其事《そのこと》は言ふて下さりますな、其《その》やうに仰《おほ》せ下さりましても私《わたし》にはお返事の致《いた》しやうが御座《ござ》りませぬと言ひ出《いづ》るに、何《なに》をと母が顔を出せば、あ、植村《うゑむら》さん、植村《うゑむら》さん、何処《どこ》へお出遊《いであそ》ばすのと岸破《がば》と起《お》きて、不意に驚く正雄《まさを》の膝を突《つき》のけつゝ椽《えん》の方《かた》へと駆《か》け出《いだ》すに、それとて一同《どう》ばら〳〵と勝手《かつて》より太吉《たきち》おくらなど飛来《とびく》るほどに左《さ》のみも行《ゆ》(1)かず椽先《えんさき》の柱《はしら》のもとにぴたりと坐《ざ》して、堪忍《かんにん》して下《くだ》され、私《わたし》が悪う御座《ござ》りました、始めから私《わたし》が悪う御座《ござ》りました、貴君《あなた》に悪い事は無い、私《わたし》が、私《わたし》が、申さないが悪う御《ご》座《ざ》りました、兄《あに》と言ふては居《を》りまするけれど。むせび泣きの声聞《きこ》え初《そ》めて断続《だんぞく》の言葉その事とも聞《きゝ》わけ難《がた》く、半《なかば》かゝげし軒《のき》ばの簾《すだれ》、風に音する夕ぐれ淋《さび》し。

（五）

雪子《ゆきこ》が繰《くり》かへす言《こと》の葉《は》は昨日《きのふ》も今日《けふ》も一昨日《をとゝひ》も、三月《つき》の以前も其前《そのまへ》も、更《さら》に異《こと》なる事をば言はざりき、唇に絶《た》えぬは植《うゑ》村《むら》といふ名、ゆるし給《たま》へと言ふ言葉、学校といひ、手紙といひ、我罪《わがつみ》、おあとから行《ゆき》まする、恋しき君、さる詞《ことば》をば次第《しだい》なく並《なら》べて、身は此処《こゝ》に心はもぬけの壳《から》に成《な》りたれば、人の言へるは聞分《きゝわく》るよしも無く、楽しげに笑ふは無心の昔《むかし》しを夢みてなるべく、胸を抱《いだ》きて苦悶《くもん》するは遣《や》るかた無かりし当時のさまの再び現《うつゝ》にあらはるゝなるべし。

（1）それほども。

（2）八丈島特産の絹織物。黄色地に茶やとび色の縞柄を織り出したもの。

（3）ふつうより丈が長い羽織。明治の中ごろから流行。

図9

（4）高島田。島田髷の根を高く結った髪形（図8）。

（5）根掛け。日本髷のもとどりの後ろにかける飾り。

おいたはしき事とは太吉《たきち》も言ひぬ、お倉《くら》も言へり、心なきお三どんの末《すゑ》まで嬢《ぢやう》さまに罪ありとはいささかも言はざりき、黄《き》八丈《ぢやう》(2)の袖《そで》の長き書生羽織《しよせいばおり》(3)めして、品《ひん》のよき高髷《たかまげ》(4)にお根《ね》がけ(5)は桜色《さくらいろ》を重ねたる白の丈長《たけなが》(6)、平打《ひらうち》の銀簪《ぎんかん》(7)一つ淡泊《あつさり》と遊《あそば》して学校がよひのお姿《すがた》今も目に残りて、何時《いつ》旧《もと》のやうに御平癒《おなほり》あそばすやらと心細《こゝろぼそ》し、植村《うゑむら》さまも好《よ》いお方《かた》であつたものをとお倉《くら》の言へば、何《なに》があの色の黒い無骨《ぶこつ》らしきお方《かた》、学問はゐらからうとも何《ど》うで(8)此方《うち》のお嬢さまが対《つい》にはならぬ、根《ね》つから(9)私《わたし》は褒《ほ》めませぬとお三の力《りき》めば、夫《そ》れはお前が知らぬから其様《そん》な憎《に》くていな事も言へるものゝ、三日交際《つきあひ》をしたら植村《うゑむら》様《さま》のあと追《お》ふて三途《づ》の川まで行《ゆ》きたくならう、番町《ばんちやう》の若旦那《わかだんな》を悪いと言ふではなけれど、彼方《あなた》とは質《たち》が違ふて言ふに言はれぬ好《い》い方《かた》であつた、私《わたし》でさへ植村様《うゑむらさま》が何《なん》だと聞いた時にはお可愛想《かあいさう》な事をと涙がこぼれたもの、お嬢さまの身に成《な》つては愁《つ》らからうでは無いか、私《わたし》やお前のやうなおつと来い(10)ならば事は無いけれど、不断《ふだん》つゝしんでお出遊《いであそ》ばすだけ身にしみ

(6)　元結の上に結んで飾るための丈の長い奉書紙。

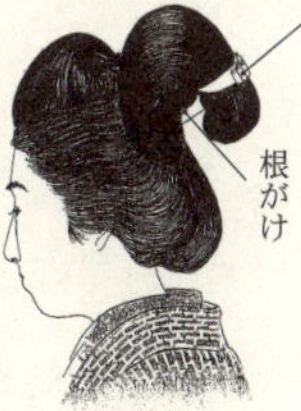

図10

(7)　銀のかんざしで、花鳥や紋を透かし彫りにしたもの。

図11

(8)　どうせ。
(9)　まったく。
(10)　おっちょこちょい。

る事も深からう、彼《あ》の親切な優《やさ》しい方《かた》を斯《か》う言ふては悪いけれど若旦那《わかだんな》さへ無かつたらお嬢さまも御病気になるほどの心配は遊ばすまいに、左様《さう》いへば植村様《うゑむらさま》が無かつたら天下泰平《てんがたいへい》に納《をさ》まつたものを、あゝ浮世《うきよ》は愁《つ》らいものだね、何事《なにごと》も明《あけ》すけに言ふて除《の》ける事が出来《でき》ぬからとて、お倉《くら》はつく〴〵儘《まゝ》ならぬを傷《いた》みぬ。

つとめある身なれば正雄《まさを》は日毎《ひごと》に訪《と》ふ事もならで、三日おき、二日おきの夜《よ》な〳〵車を柳のもとに乗りすてぬ、雪子《ゆきこ》は喜んで迎《むか》へる時あり、泣いて辞《じ》す時あり、稚子《おさなご》のやうに成《な》りて正雄《まさを》の膝を枕にして寐《ね》る時あり、誰《た》が給仕《きふじ》にても箸《はし》をば取らずと我儘《わがまゝ》をいへれど、正雄《まさを》に叱《しか》られて同じ膳《ぜん》の上に粥《かゆ》の湯(1)をすゝる事もあり、癒《なほ》つて呉《く》れるか。癒《なほ》りまする。今日《けふ》癒《なほ》つて呉《く》れ。今日《けふ》癒《なほ》りまする、癒《なほ》つて兄様《にいさん》のお袴《はかま》を仕立《したて》て上《あ》げまする、お召《めし》(2)も縫《ぬ》ふて上《あ》げまする。夫《そ》れは辱《かたじけな》し早く癒《なほ》つて縫《ぬ》ふて呉《く》れと言へば、左様《さう》しましたらば植村様《うゑむらさむ》を呼んで下さるか、植村様《うゑむらさむ》に逢《あ》はして下さるか、むゝ逢《あ》はして遣《や》る、呼んで

(1) 重湯。
(2) お召し物。

も来る、はやく癒《なほ》つて御両親《ごりやうしん》に安心させて呉《く》れ、宜《よ》いかと言へば、あゝ明日《あした》は癒《なほ》りまするとも憚《はゞか》りもなく言ひけり。

正《まさ》しく言ひしを心頼《こゝろだの》みに有《あ》るまじき事とは思へども明日《あす》は日暮《ひくれ》も待たず車を飛ばせ来《く》るに、容体《ようだい》こと〴〵く変《かは》りて何《なに》を言へども嫌々《いや〳〵》とて人の顔をば見るを厭《いと》ひ、父母《ちゝはゝ》をも兄《あに》をも女子《おなご》どもをも寄せつけず、知りませぬ、知りませぬ、私《わたし》は何《なに》も知りませぬとて打泣《うちな》くばかり、家《いへ》の中《うち》をば広き野原と見て行《ゆ》く方《かた》なき歎《なげ》きに人の袖《そで》をもしぼらせぬ。

俄《には》かに暑気《しよき》つよく成《なり》し八月の中旬《なかば》より狂乱《きやうらん》いたく募《つの》りて人をも物をも見分《みわ》ちがたく、泣く声《こゑ》は昼夜《ちうや》に絶《た》えず、眠《ねぶ》るといふ事ふつに(3)無ければ落入《おちいり》たる眼《まなこ》に形相《ぎやうさう》すさまじく此世《このよ》の人とも覚《おぼ》えず成《なり》ぬ、看護《かんご》の人も疲《つか》れぬ、雪子《ゆきこ》の身も弱《よわ》りぬ、きのふも植村《うゑむら》に逢《あ》ひしと言ひ、今日《けふ》も植村《うゑむら》に逢《あ》ひたりと言ふ、川一つ隔《へだ》てゝ姿を見るばかり、霧《きり》の立《たち》おほふて朧気《おぼろげ》なれども明日《あした》は明日《あした》はと言ひて又《また》そのほかに物いはず。

いつぞは(4)正気《しやうき》に復《かへ》りて夢のさめたる如《ごと》く、父様母様《とゝさまかゝさま》といふ

(3)　まったく。
(4)　いつかは。

折《をり》の有《あ》りもやすと覚束《おぼつか》なくも一日《ひとひ》(1)二日《ふつか》と待たれぬ、空蟬《うつせみ》はからを見つゝもなぐさめつ(2)、あはれ門《かど》なる柳に秋風のおと聞《きこ》えずもがな。

(明治28年8月27日~31日「読売新聞」)

(1) あるかもしれないと、心もとないながらも。
(2) ぬけがらを見ながらも慰めとしていた。古今集一六哀傷歌「空蟬はからを見つつもなぐさめつ深草の山けぶりだに立て(僧都勝延)」を引く。

にごりえ

(一)

おい木村《きむら》さん信《しん》さん寄つてお出《いで》よ、お寄りといつたら寄つても宜《い》いではないか、又素通《またすどほ》りで二葉《ば》や(1)へ行《ゆ》く気だらう、押《おし》かけて行《ゆ》つて引《ひき》ずつて来《く》るからさう思ひな、ほんとにお湯《ぶう》(2)なら帰りに吃度《きつと》よつてお呉《く》れよ、嘘《うそ》つ吐《つ》きだから何《なに》を言ふか知れやしないと店先に立つて馴染《なじみ》らしき突《つツ》かけ下駄《げた》(3)の男をとらへて小《こ》言《ゞと》をいふやうな物の言ひぶり、腹も立たずか言訳《いひわけ》しながら後刻《のち》に後刻《のち》にと行過《ゆきすぎ》るあとを、一寸舌打《ちよつとしたうち》しながら見送つて後《のち》にも無いもんだ来《く》る気もない癖《くせ》に、本当に女房《にようぼう》もちに成《な》

(1) 銘酒屋の店名。明治から大正にかけて、銘酒屋は表向きは酒を売ると見せながら、ひそかに売春をさせた。このあとに出てくる「菊の井」も同じ。
(2) 銭湯。
(3) 前鼻緒にちょっと指先をはさんで下駄を履いたさま。

つては仕方《しかた》がないねと店に向《むか》つて閾《しきい》をまたぎながら一人言《ひとりごと》をいへば、高《たか》ちやん大分《だいぶ》御述懐《ごじつくわい》だね(1)、何《なに》もそんなに案じるにも及ぶまい焼棒杭《やけぼつくい》と何《なに》とやら、又《また》よりの戻《もど》る事もあるよ、心配しないで呪《まじなひ》でもして待つが宜《い》いさと慰《なぐ》さめるやうな朋輩《ほうばい》の口《くち》振《ぶり》、力《りき》ちやんと違つて私《わた》しには技倆《うで》が無《わ》いからね、一人《ひとり》でも逃《にが》しては残念さ、私《わた》しのやうな運の悪《わ》るい者には呪《まじなひ》も何《なに》も聞きはしない、今夜も又《また》木戸《きど》番《ばん》(2)か、何《なん》たら事だ面白《おもしろ》くもないと肝癪《かんしやく》まぎれに店前《みせさき》へ腰をかけて駒下駄《こまげた》のうしろでとん〳〵と土間《どま》を蹴《け》るは二十の上《うへ》を七つか十か引眉毛《ひきまゆげ》(3)に作り生際《はへぎは》(4)、白粉《おしろい》べつたりとつけて唇は人喰《ひとく》ふ犬の如《ごと》く、かくては紅《べに》も厭《い》やらしき物なり、お力《りき》と呼ばれたるは中肉《ちうにく》の背恰好《せいかつかう》すらりつとして洗《あら》ひ髪《がみ》の大嶋田《おほしまだ》に新《しん》わら(5)のさわやかさ、頸《えり》もと計《ばかり》の白粉《おしろい》も栄《は》えなく見ゆる天然の色白《いろじろ》をこれみよがしに乳《ち》のあたりまで胸くつろげて、烟草《たばこ》すぱ〳〵長烟管《ながぎせる》に立膝《たてひざ》の無沙法《ぶさはう》さも咎《とが》める人のなきこそよけれ、思ひ切つたる大形《おほがた》(6)の裕衣《ゆかた》に引《ひつ》かけ帯《おび》(7)は黒繻子《くろじゆす》と何《なに》やらのまがひ物(8)、緋《ひ》の平《ひら》ぐけ(9)が背《せ》の処《ところ》に見え

(1) いろいろと言いたい事がおありのようだね。
(2) 出入口の番。店先で客を待つしかないことをいう。
(3) 眉墨で濃く長く引いた眉。
(4) 形良く見せるため、墨などを塗った生際。
(5) 稲の苗に熱湯をかけて乾かしたもの。髪飾りにする。
(6) 大柄の模様を染め抜いたもの。
(7) 引っかけ結びにした帯。
(8) 表は黒繻子、裏は別布で仕立てた帯、裏を粗末な布でごまかしたもの。
(9) 布を折って端をくけた平たい細帯。帯の下に締める。

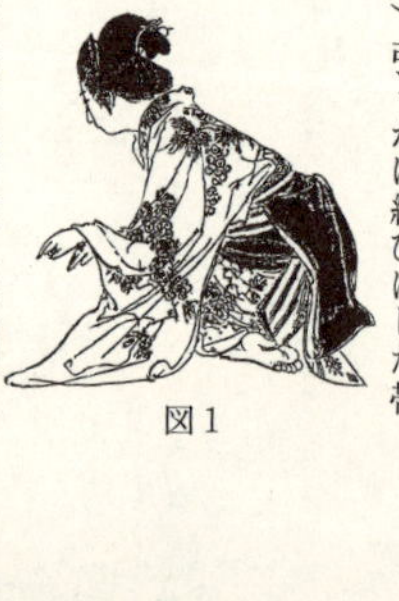

図1

て言はずと知れし此《この》あたりの姉《あね》さま風《ふう》なり、お高《たか》といへるは洋銀《ようぎん》(10)の簪《かんざし》で天神《てんじん》がへし(11)の髷《まげ》の下を掻《か》きながら思ひ出したやうに力《りき》ちやん先刻《さつき》の手紙お出しかといふ、はあと気のない返事をして、どうで(12)来るのでは無いけれど、あれもお愛想さと笑つて居《ゐ》るに、大底《たいてい》におしよ巻紙《まきがみ》二尋《ふたひろ》(13)も書いて二枚切手《まいぎつて》の大《おほ》封《ふう》(14)じがお愛想で出来る物かな、そして彼《あ》の人は赤坂《あかさか》(15)以来《から》の馴染《なじみ》ではないか、少しやそつとの紛雑《いざ》(16)があろうとも縁切《ゑんぎ》れになつて溜《たま》る物か、お前の出かた一つで何《ど》うでもなるに、ちつとは精《せい》を出して取止《とりと》めるやうに心がけたら宜《よ》かろ、あんまり冥利《めうり》がよくあるまい(17)と言へば御親切に有《あり》がたう、御異見《ごゐけん》は承《うけたまは》り置《おき》まして私《わたし》はどうも彼《あ》んな奴《やつ》は虫が好かないから、無き縁《ゑん》とあきらめて下さいと人事《ひとごと》のやうにいへば、あきれたものだのと笑つてお前などは其我《そのわが》まゝが通るから豪勢《ごうせい》さ、此身《このみ》になつては仕方《しかた》がないと団扇《うちは》を取つて足元《あしもと》をあふぎながら、昔《むかし》は花よ(18)の言ひなし(19)可笑《をか》しく、表を通る男を見かけて寄つてお出《い》でと夕ぐれの店先にぎはひぬ。

(10) 銅・亜鉛・ニッケルの合金。
(11) 頭上に束ねた髪を二つに分けて左右に輪を作り、その中央を毛髪で巻き、かんざしで留めた髪形。

図2

(12) どうせ。
(13) 一尋は、両手を左右に広げて、端から端までの長さ。二尋は約三・六メートル。
(14) 分厚い封筒。
(15) この土地の花柳界。
(16) いざこざ。
(17) 客を粗末にするといいことはあるまい。
(18) 都々逸「馬鹿にしゃんすな昔は花よ鶯なかせたこともある」から。
(19) 言い方。

店は二間間口《けんまぐち》の二階作《かいづく》り、軒《のき》には御神燈《ごしんとう》[1]さげて盛《も》り塩《じほ》[2]景《けい》気《き》よく、空壜《あきびん》か何《なに》か知らず、銘酒《めいしゆ》あまた棚《たな》の上にならべて帳《ちよう》場《ば》めきたる処《ところ》もみゆ、勝手元《かつてもと》には七輪《りん》を煽《あほ》ぐ音折々《おとをりく》に騒がしく、女主《あるじ》が手《て》づから寄《よ》せ鍋茶椀《なべちやわん》むし位《ぐらい》はなるも道理《ことわり》、表にかゝげし看板《かんばん》を見れば子細《しさい》らしく[3]御料理《おんりようり》とぞしたゝめける、さりとて仕出《しだ》し頼《たの》みに行《ゆき》たらば何《なに》とかいふらん、俄《にはか》に今日《こんにち》品《しな》切《ぎ》れもをかしかるべく、女ならぬお客様は手前店《てまへみせ》へお出《で》かけを願ひまするとも言ふにかたからん、[4]世《よ》は御方便《ごはうべん》[5]や商売がらを心得《こゝろゑ》て口取《くちと》り[6]焼肴《やきざかな》とあつらへに来る田舎《いなか》ものもあらざりき、お力《りき》といふは此家《このや》の一枚看板《まいかんばん》、[7]年《とし》は随《ずい》一若けれども客を呼ぶに妙《めう》ありて、さのみは[8]愛想《あいさう》の嬉《うれ》しがらせを言ふやうにもなく我《わが》まゝ至極《しごく》の身の振舞《ふるまい》、少し容貌《きりよう》の自慢かと思へば小面《こづら》が憎《に》くいと蔭口《かげぐち》いふ朋輩《はうばい》もありけれど、交際《つきあつ》ては存《ぞん》の外《ほか》[9]やさしい処《ところ》があつて女ながらも離れともない心持《こころもち》がする。あゝ心とて仕方《しかた》のないもの[10]面《おも》ざしが何処《どこ》となく冴《さ》へて見へるは彼《あ》の子の本性《ほんせう》が現《あら》はれるのであらう、誰《たれ》しも新開《しんかい》[11]へ這入《はい》るほどの者で

(1) 水商売や芸人の家で、縁起のために軒下につるした提灯（二〇七頁図33参照）。
(2) 水商売の家の店先に、客寄せの縁起として三角形に塩を盛ったもの。
(3) もっともらしく。
(4) 言いにくいだろう。
(5) 世の中はうまくできているものだ。
(6) かまぼこ、きんとん、玉子焼などに季節の魚、鳥肉などを盛り合わせた皿盛りのもの。
(7) かけがえのない人気者。
(8) それほどは。
(9) 案外。
(10) 心というのは隠せないもの。
(11) 新開地。新しく開けた土地。まず、遊興の店ができる。

菊《きく》の井《ゐ》のお力《りき》を知らぬはあるまじ、菊《きく》の井《ゐ》のお力《りき》か、お力《りき》の菊《きく》の井《ゐ》か、さても近来《きんらい》まれの拾《ひろ》ひもの、あの娘《こ》のお蔭《かげ》で新開《しんかい》の光りが添《そ》はつた、抱《かゝ》へ主《ぬし》は神棚《かみだな》へさゝげて置いても宜《い》いとて軒並《のきなら》びの羨《うら》やみ種《ぐさ》になりぬ。

　お高《たか》は往来《ゆきゝ》の人のなきを見て、力《りき》ちやんお前の事だから何《なに》があつたからとて気にしても居《ゐ》まいけれど、私《わたし》は身につまされて源《げん》さんの事が思はれる、夫《それ》は今の身分に落《おち》ぶれては根《ね》つから(12)宜《い》いお客ではないけれども思ひ合《あ》ふたからには仕方《しかた》がない、年が違《ちが》をが子があろがさ、ねへ左様《さう》ではないか、お内儀《かみ》さんがあるといつて別れられる物かね、構ふ事はない呼出《よびだ》してお遣《や》り、私《わた》しの(13)なぞといつたら野郎《やらう》が根から心替《こゝろがは》りがして顔を見てさへ逃げ出すのだから仕方《しかた》がない、どうで諦《あきら》め物《もの》で別口《べつくち》へかゝるのだがお前のは夫《そ》れとは違ふ、了簡《りようけん》一つでは今のお内儀《かみ》さんに三下《みくだ》り半《はん》をも遣《や》られるのだけれど、お前は気《き》位《ぐらゐ》が高いから源《げん》さんと一処《ひとつ》にならうとは思ふまい、夫《それ》だもの猶《なほ》の事呼《ことよ》ぶ分《ぶん》に子細《しさい》があるものか、手紙をお書き今に三河《みかわ》や

(12) まるっきり。

(13) 私の情人など。

の御用聞《ごようき》きが来るだろうから彼《あ》の子僧《こぞう》に使《つか》ひやさん(1)を為《さ》せるが宜《い》い、何《なん》の人《ひと》(2)お嬢様《ぢやうさま》ではあるまいし御遠慮計申《ごゑんりよばかりまをし》てなる物かな、お前は思ひ切りが宜《よ》すぎるからいけない兎《と》も角《かく》手紙をやつて御覧《ごらん》、源《げん》さんも可愛《かあい》さうだわなと言ひながらお力《りき》を見れば烟管掃除《きせるさうじ》に余念《よねん》のなきか俯向《うつむき》たるまゝ物いはず。

　やがて雁首《がんくび》(3)を奇麗《きれい》に拭《ふ》いて一服《ぷく》すつてポンとはたき、又《また》すいつけてお高《たか》に渡《わた》しながら気をつけてお呉《く》れ店先《みせさき》で言はれると人聞《ひとぎ》きが悪いではないか、菊《きく》の井《ゐ》のお力《りき》は土方《どかた》の手伝《てつだ》ひを情夫《まぶ》に持《も》つなど、考違《かんちが》へをされてもならない、夫《それ》は昔《むか》しの夢がたりさ、何《なん》の今は忘れて仕舞《しまつ》て源《げん》とも七とも思ひ出されぬ、もう其話《そのはな》しは止《や》め〱といひながら立《たち》あがる時表を通る兵児《へこ》帯《おび》(4)の一むれ、これ石川《いしかは》さん村岡《むらおか》さんお力《りき》の店をお忘れなされたかと呼べば、いや相変《あひかは》らず豪傑《がうけつ》の声がゝり、素通《すどほ》りもなるまいとてずつと這入《はい》るに、忽《たちま》ち廊下《らうか》にばた〱といふ足おと、姉《ねへ》さんお銚子《てうし》と声をかければ、お肴《さかな》は何《なに》をと答ふ、三味《さみ》の音《ね》景気《けいき》よく聞《きこ》えて乱舞《らんぶ》の足音これよりぞ聞《きこ》え初《そめ》ぬ。

(1) 吉原で、遊女の文を客に届ける者のことを言う。
(2) 「人」は、強調していう語。
(3) きせるの先の、たばこを詰める部分。
(4) 男子の締める柔らかい布の帯。書生などが用いた。「兵児」は、鹿児島地方の方言で若い者の意。

（二）

さる雨の日のつれ〴〵に表を通る山高帽子《やまだかぼうし》(5)の三十男、あれなりと捉《と》らずんば此降《このふ》りに客の足とまるまじとお力《りき》かけ出して袂《たもと》にすがり、何《ど》うでも遣《や》りませぬと駄々《だゝ》をこねれば、容貌《きりやう》よき身の一徳《とく》、例になき子細《しさい》らしきお客を呼入《よびい》れて二階の六畳に三味線《さみせん》なしのしめやかなる物語、年《とし》を問はれて名を問はれて其次《そのつぎ》は親もとの調べ、士族《しぞく》かといへば夫《そ》れは言はれませぬといふ、平民《へいみん》かと問へば何《ど》うござんしようかと答ふ、そんなら華族《くわぞく》と笑ひながら聞くに、まあ左様《さう》おもふて居《ゐ》て下《くだ》され、お華族《くわぞく》の姫様《ひいさま》が手《て》づからのお酌《しやく》、かたじけなく御受《おう》けなされとて波々《なみ〳〵》とつぐに、さりとは無左法《ぶさはふ》な置《おき》つぎ(7)といふが有《あ》る物か、夫《そ》れは小笠原《をがさはら》(8)か、何流《なにりう》ぞといふに、お力流《りきりう》とて菊《きく》の井《ゐ》一家《か》の左法《さはう》、畳に酒のまする流気《りうぎ》もあれば、大平《おほひら》(9)の蓋《ふた》であほらする流気《りうぎ》もあり、いやなお人にはお酌《しやく》をせぬといふが大詰《おほづ》め(10)の極《きま》りでござんすとて臆《おく》したるさまもなきに、客はいよ〳〵

(5) 頂が高く丸い礼装用の帽子。

図3

(6) 身分ありげな。

(7) 置いたままの杯に酒をつぐこと。

(8) 小笠原流。小笠原長清がはじめた武家の武技、礼法で、徳川家が家礼としてから民間でも、これをまねたさまざまな作法がとり入れられた。

(9) 平たく大きい椀。

(10) 最後。

面白《おもしろ》がりて履歴《りれき》をはなして聞かせよ定《さだ》めて凄《すさ》まじい物語があるに相違《さうい》なし、唯《たゞ》の娘あがりとは思はれぬ何《ど》うだとあるに、御覧《ごらん》なさりませ未《ま》だ鬢《びん》の間《あいだ》に角《つの》も生《は》へませず、其《その》やうに甲羅《かうら》は経《へ》ませぬ(1)とてころ〳〵と笑ふを、左様《さう》ぬけては(2)いけぬ、真《しん》実《じつ》の処《ところ》を話して聞かせよ、素性《すぜう》が言へずは目的でもいへとて責める、むづかしうござんすね、いふたら貴君《あなた》びつくりなさりましよ天下を望《のぞ》む大伴《おほとも》の黒主《くろぬし》(3)とは私《わたし》が事とていよ〳〵笑ふに、これは何《ど》うもならぬ其《その》やうに茶利《ちやり》(4)ばかり言はで少し真《しん》実の処《ところ》を聞かしてくれ、いかに朝夕《てうせき》を嘘《うそ》の中《なか》に送るからとてちつとは誠も交《まじ》る筈《はづ》、良人《おつと》はあつたか、それとも親故《おやゆゑ》かと真《しん》に成《な》つて聞かれるにお力《りき》かなしく成《な》りて、私《わたし》だとて人間でござんすほどに少しは心にしみる事もありまする、親は早くになくなつて今は真《ほん》実の手と足ばかり、此《こん》様な者なれど女房《にようぼう》に持たうといふて下さるも無いではなけれど未《ま》だ良人《おつと》をば持《もち》ませぬ、何《ど》うで下品《げひん》に育ちました身なれば此《こん》様な事して終るのでござんしよと投出《なげだ》したやうな詞《ことば》に無量《むりやう》の感があふれてあだな

(1) 年功を積んではいません。
(2) はぐらかしては。
(3) 常磐津「積恋雪関扉（つもるこいゆきのせきのと）（通称六歌仙）」の関兵衛こと謀反人大伴黒主のせりふ。
(4) 冗談。

る姿の浮気《うはき》らしきに似ず一節《ふし》さむろう様子(5)のみゆるに、何《なに》も下品に育つたからとて良人《おつと》の持てぬ事はあるまい、殊《こと》にお前のやうな別品《べつぴん》さむではあり、一足《そく》とびに玉《たま》の輿《こし》にも乗れさうなもの、夫《そ》れとも其《その》やうな奥様あつかひ虫が好かで矢張《やは》り伝《でん》法肌《ぼうはだ》(6)の三尺《じやく》帯《おび》(7)が気に入《い》るかなと問へば、どうせ其処《そこ》らが落《おち》でござりましよ、此方《こちら》で思ふやうなは先様《さきさま》が嫌《いや》なり、来《こ》いといつて下さるお人の気に入《い》るもなし、浮気《うはき》のやうに思召《おぼしめし》ましようが其日《そのひ》送《おく》りでござんすといふ、いや左様《さう》は言はさぬ相手のない事はあるまい、今店先《いまみせさき》で誰《た》れやらがよろしく言《い》ふたと他《ほか》の女が言伝《ことづて》たでは無いか、いづれ面白い事があらう何《なん》とだといふに、あゝ、貴君《あなた》もいたり穿索《せんさく》(8)なさります、馴染《なじみ》はざら一面《めん》(9)、手紙のやりとりは反古《ほご》(10)の取《とり》かへツこ、書けと仰《おつ》しやれば起証《きせう》(11)でも誓紙《せいし》でもお好《この》み次第《しだい》さし上《あげ》ませう、女夫《めをと》やくそくなどと言つても此方《こち》で破《やぶ》るよりは先方様《さきさま》の性根《せうね》なし、主人もちなら主人が怕《こわ》く親もちなら親の言ひなり、振向《ふりむ》ひて見てくれねば此方《こちら》も追《お》ひかけて袖《そで》を捉《と》らへるに及ばず、夫《それ》なら廃《よ》せと

(5) どことなく風情のあるようす。
(6) 勇み肌。
(7) 三尺の長さの木綿の布製の帯。主に職人が用いたので、ここでは職人をさす。
(8) うるさく知ろうとすること。
(9) そこらじゅう。
(10) 書き損じの紙。
(11) 起請。神仏に偽りの無いことを誓って記す文書。

て夫《そ》れ限《ぎ》りに成《な》りまする、相手はいくらもあれども一生を頼む人が無いのでござんすとて寄《よ》る辺《べ》なげなる風情《ふぜい》、もう此様《こん》な話しは廃《よ》しにして陽気にお遊びなさりまし、私《わたし》は何《なに》も沈《しづ》んだ事は大嫌ひ、さわいでさわいで騒ぎぬかうと思ひますとて手を扣《たゝ》いて朋輩《ほうばい》を呼べば力《りき》ちやん大分《だいぶ》おしめやかだねと三十女の厚化粧が来るに、おい此娘《このこ》の可愛《かあい》い人は何《なん》といふ名だと突然《だしぬけ》に問はれて、はあ私《わたし》はまだお名前を承《うけたまは》りませんでしたといふ、嘘《うそ》をいふと盆《ぼん》が来《く》るに焔魔様《ゑんまさま》へお参《まい》りが出来《でき》まいぞ(1)と笑へば、夫《そ》れだとつて(2)貴君《あなた》今日《けふ》お目にかゝつたばかりでは御坐《ござ》りませんか、今改《いまあらた》めて伺《うかゞ》ひに出《で》やうとして居《ゐ》ましたといふ、夫《そ》れは何《なん》の事だ、貴君《あなた》のお名をさと揚《あ》げられて、(3)馬鹿《ばか》〳〵お力《りき》が怒《おこ》るぞと大景気《おほけいき》、無駄《むだ》ばなしの取りやりに調子づいて旦那《だんな》のお商売を当《あて》て見ませうかとお高《たか》がいふ、何分《なにぶん》願《ねが》ひますと手のひらを差出《さしだ》せば、いゑ夫《それ》には及《およ》びませせぬ人相《にんさう》で見まするとて如何《いか》にも落《おち》つきたる顔つき、よせ〳〵じつと眺《なが》められて棚《たな》おろしでも始まつては溜《たま》らぬ、斯《か》う見えても僕《ぼく》

(1) 盆の七月一六日は閻魔様の参詣日にあたる。
(2) そう言ったって。
(3) (お力の可愛い人はあなただと) 持ち上げられて。

は官員《くわんいん》(4)だといふ、嘘《うそ》を仰《おつ》しやれ日曜のほかに遊んであるく官《くわん》員様《いんさま》がありますか、力《りき》ちやんまあ何でいらつしやらうといふ、化物《ばけもの》ではいらつしやらないよと鼻の先で言つて分つた人に御褒賞《ごほうび》だと懐中《ふところ》から紙入れ(5)を出《いだ》せば、お力《りき》笑ひながら高《たか》ちやん失礼《しつれい》をいつてはならない此《この》お方《かた》は御大身《ごたいしん》(6)の御華族様《ごくわぞくさま》おしのびあるきの御遊興《ごゆうきよう》さ、何《なん》の商売などがおありなさらう、そんなのでは無いと言ひながら蒲団《ふとん》の上に乗せて置きし紙入れを取《とり》あげて、お相方《あいかた》(7)の高尾《たかを》(8)にこれをばお預《あづ》けなされまし、みなの者に祝義《しうぎ》でも遣《つか》はしませうとて答へも聞かずずん〳〵と引出《ひきいだ》すを、客は柱《はしら》に寄《より》かゝつて眺《なが》めながら小言《こゞと》もいはず、諸《しよ》事《じ》おまかせ申すと寛大《かんだい》の人なり。

お高《たか》はあきれて力《りき》ちやん大底《たいてい》におしよといへども、何宜《なにい》いのさ、これはお前にこれは姉《ねへ》さんに、大きいので帳場《ちやうば》の払《はら》ひを取つて残りは一同《みんな》にやつても宜《い》いと仰《おつ》しやる、お礼《れい》を申《まをし》て頂《いたゞ》いてお出《い》でと蒔散《まきち》らせば、これを此娘《このこ》の十八番《ばん》(9)に馴《な》れたる事とて左《さ》のみは遠慮もいふては居《ゐ》ず、旦那《だんな》よろしいのでござ

(4) 役人。
(5) 紙幣入れ。

図4

(6) 高いご身分。
(7) 客の相手をする遊女。
(8) 吉原遊郭の高尾太夫。二代高尾は仙台藩主伊達綱宗の寵を受けた。お力が自分のことを言ったもの。
(9) 得意とすること。

いますかと駄目《だめ》を押して、有《あり》がたうございますと掻《か》きさらつて行《ゆ》くうしろ姿、十九にしては更《ふ》けてるねと旦那《だんな》どの笑ひ出《だ》すに、人の悪《わ》るい事を仰《おつ》しやるとてお力《りき》は起《た》つて障子《しやうじ》を明け、手摺《てす》りに寄《よ》つて頭痛をたゝくに、お前はどうする金《かね》は欲しくないかと問はれて、私《わたし》は別にほしい物がござんした、此品《これ》さへ頂《いたゞ》けば何《なに》よりと帯《おび》の間《あひだ》から客の名刺をとり出《だ》して頂くまねをすれば、何時《いつ》の間《ま》に引出《ひきだ》した、お取《とり》かへ(1)には写真をくれとねだる、此次《このつぎ》の土曜日に来て下されば御《ご》一処《いつしよ》にうつしませうとて帰りかゝる客を左《さ》のみは止《と》めもせず、うしろに廻《まは》りて羽《は》織《をり》をきせながら、今日《けふ》は失礼《しつれい》を致しました、亦《また》のお出《いで》を待《まち》ますといふ、おい程《ほど》の宜《い》い(2)事をいふまいぞ、空誓文《そらせいもん》(3)は御《ご》免《めん》だと笑ひながらさつ〳〵と立つて階段《はしご》を下《お》りるに、お力帽子《りきぼうし》を手にして後《うしろ》から追ひすがり、嘘《うそ》か誠か九十九夜《よ》の辛棒《しんぼう》(4)をなさりませ、菊《きく》の井《ゐ》のお力《りき》は鋳型《いがた》に入《はい》つた女でござんせぬ、又形《またなり》のかはる事もありまするといふ、旦那《だんな》お帰りと聞《きい》て朋輩《ほうばい》の女、帳場《ちやうば》の女主《あるじ》もかけ出《だ》して唯今《たゞいま》は有《あり》がたうと同音《どうおん》の御礼《おれい》、頼ん

(1) 代わりの物。
(2) 調子のいい。
(3) うその誓い。
(4) 深草の少将が小野小町のもとに九十九夜通ったという故事をふまえる。

で置いた車が来《き》しとて此処《こゝ》からして乗り出せば、家中表《うちゞうおもて》へ送り出してお出《いで》を待《まち》ますの愛想《あいさう》、御祝義《ごしうぎ》の余光《ひかり》としられて、後《あと》には力《りき》ちやん大明神様《だいめうじんさま》これにも有《あり》がたうの御礼山々《おれいやまく》。

（二）

客は結城朝之助《ゆふきとものすけ》とて、自《みづか》ら道楽ものとは名のれども実体《じつてい》(5)なる処折々《ところをりく》に見えて身は無職業妻子《むしよくげふさいし》なし、遊ぶに屈強《くつきやう》(6)なる年頃なればにや是《こ》れを初めに一週には二三度の通《かよ》ひ路《ぢ》、お力《りき》も何《ど》処《こ》となく懐《なつ》かしく思ふかして三日見えねば文《ふみ》をやるほどの様子を、朋輩《ほうばい》の女子《おんな》ども岡焼《おかやき》(7)ながら弄《から》かひては、力《りき》ちやんお楽しみであらうね、男振《おとこぶり》はよし気前はよし、今にあの方《かた》は出世をなさるに相違《さうゐ》ない、其時《そのとき》はお前の事を奥様とでもいふのであらうに今つから少し気をつけて足を出したり湯呑《ゆのみ》であほるだけは廃《や》めにおし人がらが悪いやねと言ふもあり、源《げん》さんが聞《きい》たら何《ど》うだらう気違《きちが》ひになるかも知れないとて冷評《ひやかす》もあり、あゝ馬車にのつて来る時都合《つがふ》が悪《わ》るいから道普請《みちぶしん》(8)からして貰《もら》

(5) 実直。
(6) 力のある。
(7) はたからねたむこと。
(8) 道路を整備すること。

いたいね、こんな溝板《どぶいた》のがたつく(1)様《やう》な店先《みせさき》へ夫《それ》こそ人がらが悪《わろ》くて横づけにもされないではないか、お前方《まへがた》も最《も》う少しお行義《ぎやうぎ》を直《なほ》してお給仕《きふじ》に出られるやう心がけてお呉《く》れとずば〳〵といふに、ヱ、憎《に》くらしい其《その》ものいひを少し直さずは奥様らしく聞《きこ》へまい、結城《ゆふき》さんが来たら思ふさまいふて、小言《こゞと》をいはせて見せようとて朝之助《とものすけ》の顔を見るより此様《こん》な事を申《まをし》て居《ゐ》まする、何《ど》うしても私共《わたしども》の手にのらぬやんちやなれば貴君《あなた》から叱《しか》つて下され、第一湯呑《ゆのみ》で呑《の》むは毒でござりましよと告口《つげぐち》するに、結城《ゆふき》は真面目《まじめ》になりてお力《りき》酒だけは少しひかへろとの厳命《げんめい》、あゝ貴君《あなた》のやうにもない(2)お力《りき》が無理にも商売して居《ゐ》られるは此力《このちから》と思《おぼ》し召《め》さぬか、私《わたし》に酒気《さかけ》が離《はな》れたら坐《ざ》敷《しき》は三昧堂《まいどう》(3)のやうに成《な》りませう、ちつと察して下されといふに成程《なるほど》〳〵とて結城《ゆふき》は二言《ごん》といはざりき。

或《あ》る夜《よ》の月に下坐《したざ》敷《しき》へは何処《どこ》やらの工場《こうば》の一連《む》れ、丼《どんぶり》たゝいて甚九《じん》(4)かつぽれ(5)の大騒ぎに大方《おほかた》の女子《おなご》は寄集《よりあつ》まつて、例《れい》の二階の小《こ》坐《ざ》敷《しき》には結城《ゆふき》とお力《りき》の二人限《ふたりぎ》りなり、朝之助《とものすけ》は寝こ

(1) 路地の中央を溝が通っており、その上を覆う板。

図5

(2) あなたらしくもない。
(3) 念仏修行のお堂。
(4) 甚句。ふつう七七七五の四句からなる俗謡。
(5) 「かっぽれかっぽれ甘茶でかっぽれ」とはやしことばのある俗謡に合わせて踊るこっけいな踊り。住吉踊り。明治中期に大流行（二〇九頁図37参照）。

ろんで愉快《ゆくわい》らしく話しを仕《し》かけるを、お力《りき》はうるさゝうに生《なま》返事《へんじ》をして何《なに》やらん考へて居《ゐ》る様子《やうす》、どうかしたか、又頭痛《またづゝう》でもはじまつたかと聞かれて、何頭痛《なにづゝう》も何《なに》もしませぬけれど頻《しきり》に持病《ぢびやう》が起《おこ》つたのですといふ、お前の持病《ぢびやう》は肝癪《かんしやく》か、いゝゑ、血の道(6)か、いゝゑ、夫《それ》では何《なん》だと聞かれて、何《ど》うも言ふ事は出来ませぬ、でも他《ほか》の人ではなし僕ではないか何《ど》んな事でも言ふて宜《よ》さそうなもの、まあ何《なん》の病気だといふに、病気ではござんせぬ、唯《たゞ》こんな風になつて此様《こん》な事を思ふのですといふ、困つた人だな種々《いろく》秘密があると見える、お父《とつ》さんはと聞けば言はれませぬといふ、お母《つか》さんはと問へば夫《そ》れも同じく、これまでの履歴《りれき》はといふに貴君《あなた》には言はれぬといふ、まあ嘘《うそ》でも宜《い》いさよしんば作り言《ごと》にしろ、かういふ身の不幸《ふしあはせ》だとか大底《たいてい》の女《ひと》はいはねばならぬ、しかも一度や二度あふのではなし其位《そのくらゐ》の事を発表しても子細《しさい》はなからう、よし(7)口に出して言はなからうともお前に思ふ事がある位《くらゐ》めくら按摩《あんま》に探《さ》ぐらせても知れた事、聞かずとも知れて居《ゐ》るが、夫《そ》れをば聞く

(6) 女性の血行不順による頭痛やめまいなど。

(7) たとえ。

のだ、どつち道《みち》同じ事だから持病といふのを先《さ》きに聞きたいといふ、およしなさいまし、お聞きになつても詰《つま》らぬ事でござんすとてお力《りき》は更《さら》に(1)取《とり》あはず。

折《おり》から下坐敷《したざしき》より杯盤《はいばん》(2)を運《はこ》びきし女の何《なに》やらお力《りき》に耳打《みゝうち》して兎《と》も角《かく》も下までお出《いで》よといふ、いや行《ゆ》き度《たく》ないからよしてお呉《く》れ、今夜はお客が大変に酔《ゑ》ひましたからお目にかゝつたとてお話しも出来ませぬと断《ことは》つておくれ、あゝ困つた人だねと眉を寄せるに、お前《まへ》それでも宜《い》いのかへ、はあ宜《い》いのさとて膝《ひざ》の上で撥《ばち》を弄《もてあそ》べば、女は不思議さうに立つてゆくを客は聞《きゝ》すまして笑ひながら御遠慮《ごゑんりよ》には及ばない、逢《あ》つて来たら宜《よ》からう、何《なに》もそんなに体裁《ていさい》には及《およ》ばぬではないか、可愛《かはい》い人を素戻《すもど》し(3)もひどからう、追ひかけて逢《あ》ふが宜《い》い、何《なん》なら此処《ここ》へでも呼び給へ、片隅《かたすみ》へ寄つて話しの邪魔《じやま》はすまいからといふに、串談《じようだん》はぬきにして結城《ゆふき》さん貴君《あなた》に隠《か》くしたとて仕方がないから申《まをし》ますが町内で少しは巾《はゞ》もあつた(4)蒲団《ふとん》やの源《げん》七といふ人、久しい馴染《なじみ》でござんしたけれど今は見るかげもなく貧

(1) 少しも。
(2) 杯と皿や小鉢など、酒席のための道具。
(3) 会わずに帰すこと。
(4) 勢力があった。

乏して八百屋の裏の小さな家《うち》にまい〱つぶろ(5)の様《やう》になつて居《い》まする、女房《にようぼ》もあり子供もあり、私《わたし》がやうな者に逢《あ》ひに来《く》る歳《とし》ではなけれど、縁《ゑん》があるか未《いま》だに折《をり》ふし何《なん》の彼《か》のといつて、今も下坐敷《したざしき》へ来《き》たのでござんせう、何《なに》も今さら突出《つきだ》すといふ訳《わけ》ではないけれど逢《あ》つては色々《いろ〱》面倒《めんどう》な事もあり、寄《よ》らず障《さわ》らず帰した方《はう》が好《い》いのでござんす、恨《うら》まれるは覚悟《かくご》の前《まへ》、鬼《おに》だとも蛇《じや》だとも思ふがようござりますとて、撥《ばち》を畳《たゝみ》(6)に少し延《の》びあがりて表を見おろせば、何《なん》と姿が見えるかと嬲《なぶ》る、あゝ最《も》う帰つたと見えますとて茫《ぼん》然として居《ゐ》るに、持病《ぢびやう》といふのは夫《そ》れかと切込《きりこ》まれて、まあ其様《そん》な処《ところ》でござんせう、お医者様でも草津《くさつ》の湯《ゆ》でも(7)と薄淋《うすさび》しく笑つて居《ゐ》るに、御本尊《ごほんぞん》を拝《おが》みたいな俳優《やくしや》で行《い》つたら誰《た》れの処《ところ》だといへば、見たら吃驚《びつくり》でござりませう色の黒い背の高い不動さまの名代《めうだい》(8)といふ、では心意気《こゝろいき》かと問はれて、此様《こん》な店《みせ》で身上《しんしやう》(9)はたくほどの人、人の好《い》いばかり取得《とりえ》とては皆無《かいむ》でござんす、面白《おもしろ》くも可笑《をか》しくも何《なん》ともない人といふに、夫《そ》れにお前は何《ど》うして逆上《のぼ》せた、

(5) かたつむり。
(6) 三味線のバチを畳に置いて。
(7) 俗謡の句。「惚れた病はなおりやせぬ」と続く。
(8) 代理。
(9) 財産。

これは聞き処《どころ》と客は起《おき》かへる、大方逆上性《おほかたのぼせせう》なのでござんせう、貴君《あなた》の事をも此頃《このごろ》は夢に見ない夜《よ》はござんせぬ、奥様のお出《で》来《き》なされた処《ところ》を見たり、ぴつたりと御出《おいで》のとまつた処《ところ》を見たり、まだ〱一層《もつと》かなしい夢を見て枕紙《まくらがみ》(1)がびつしよりに成《な》つた事もござんす、高《たか》ちやんなぞは夜《よ》る寐《ね》るからとても枕を取るよりはやく鼾《いびき》の声たかく、宜《い》い心持《こゝろもち》らしいが何《ど》んなに浦山《うらやま》しうござんせう、私《わたし》はどんな疲れた時でも床《とこ》へ這入《はい》ると目が冴《さ》へて夫《それ》は夫《それ》は色々の事を思ひます、貴君《あなた》は私《わたし》に思ふ事があるだらうと察《さつ》して居《ゐ》て下《くだ》さるから嬉《うれ》しいけれど、よもや私《わたし》が何《なに》をおもふか夫《そ》れこそはお分《わか》りに成《な》りますまい、考へたとて仕方がない故人前《ゆゑひとまへ》ばかりの大陽気《おほようき》、菊《きく》の井《ゐ》のお力《りき》は行《ゆき》ぬけ(2)の締《しま》りなしだ、苦労といふ事はしるまいと言ふお客様もござります、ほんに因果《ゐんぐわ》とでもいふものか私《わたし》が身《み》位《くらい》かなしい者はあるまいと思ひますとて潸然《さめぐ》(3)とするに、珍《めづ》らしい事陰気《ことゐんき》のはなしを聞かせられる、慰《なぐさ》めたいにも本末《もとすゑ》(4)をしらぬから方《はう》がつか(5)ぬ、夢に見てくれるほど実《じつ》があらば奥様にしてくれろ位《ぐらい》いひ

(1) 鬢付け油などで汚れないようにするために枕にくりつけた紙。

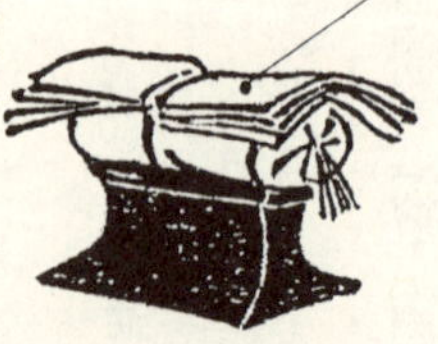

図6

(2) 底抜け。
(3) ひっそりと涙ぐむ。
(4) 一部始終。
(5) どうしたらよいかわからない。

そうな物だに根つから(6)お声がゝりも無いは何《ど》うい ふ物だ、古風に出るが袖《そで》ふり合ふもさ(7)、こんな商売を嫌《いや》だと思ふなら遠《ゑん》慮《りよ》なく打明《うちあ》けばなしを為《す》るが宜《い》い、僕は又《また》お前のやうな気では寧《いつそ》気楽《きらく》だとかいふ考へで浮いて渡る事かと思つたに、夫《そ》れでは何《なに》か理屈《りくつ》があつて止《や》むを得《ゑ》ずといふ次第《しだい》か、苦しからずば承《うけたまは》りたい物だといふに、貴君《あなた》には聞いて頂《いたゞ》かうと此間《このあひだ》から思ひました、だけれども今夜はいけませぬ、何故《なぜ》〳〵、何《な》故《ぜ》でもいけませぬ、私《わたし》は我《わが》まゝ故《ゆゑ》、申《まをす》まいと思ふ時は何《ど》うしても嫌《い》やでござんすとて、ついと立つて椽《ゑん》がはへ出《いづ》るに、雲なき空の月かげ涼《すゞ》しく、見おろす町にからころと駒下駄《こまげた》の音さして行《ゆき》かふ人のかげ分明《あきらか》なり、結城《ゆふき》さんと呼ぶに、何《なん》だとて傍《そば》へゆけば、まあ此処《こゝ》へお座《すは》りなさいと手を取りて、あの水菓子屋《みづぐわしや》(8)で桃を買ふ子がござんしよ、可愛《かはい》らしき四つ計《ばかり》の、彼子《あれ》が先刻《さつき》の人のでござんす、あの小さな子心《こゞゝろ》にもよく〳〵憎《に》くいと思ふと見えて私《わたし》の事をば鬼々《おに〳〵》といひまする、まあ其《そ》様《ん》な悪者に見えまするかとて、空を見あげてホツと息をつく

(6)　まったく。
(7)　袖振り合うも他生の縁。ゆきずりのちょっとした縁も前世からの約束事というではないか。
(8)　果物屋。

さま、堪《こら》へかねたる様子は五音《いん》(1)の調子にあらはれぬ。

(四)

同じ新開《しんかい》の町はづれに八百屋と髪結床《かみゆひどこ》が庇合《ひあはひ》のやうな(2)細露《ほそろ》路《ぢ》、雨が降る日は傘もさゝれぬ窮屈《きうくつ》さに、足もとゝては処々《ところぐ》に溝板《どぶいた》の落し穴あやふげなるを中にして、両側に立てたる棟《むね》割長屋《わりながや》(3)、突当《つきあた》りの芥溜《ごみため》わきに九尺《しやく》二間《けん》(4)の上《あが》り框《がまち》(5)朽《く》ちて、雨戸はいつも不用心《ぶようじん》のたてつけ、流石《さすが》に一方口《ぱうぐち》にはあらで(6)山の手の仕合《しやわせ》は三尺《じやく》斗《ばかり》の椽《ゑん》の先《さき》に草ぼう〳〵の空地面《あきぢめん》、それが端《はじ》を少し囲つて青紫蘇《あをぢそ》、ゑぞ菊《ぎく》、隠元豆《いんげんまめ》の蔓《つる》などを竹のあら垣《がき》に搦《から》ませたるがお力《りき》が処縁《しよゑん》(7)の源《げん》七が家《いへ》なり、女房《にようぼう》はお初《はつ》といひて二十八か九にもなるべし、貧《ひん》にやつれたれば七つも年《とし》の多く見えて、お歯黒《はぐろ》はまだらに生《は》へ次第《しだい》(8)の眉毛《まゆげ》みるかげもなく、洗《あら》ひざらしの鳴海《なるみ》(9)の裕衣《ゆかた》を前と後《うしろ》を切《き》りかへて膝《ひざ》のあたりは目立《めだゝ》ぬやうに小針《こばり》のつぎ当《あて》、狭帯《せまおび》(10)きりゝと締《し》めて蟬《せみ》表《おもて》の内職《ないしよく》(11)、盆前《ぼんまへ》よりかけて暑さの時分《じぶん》をこれが時よ(12)と大汗《おほあせ》

(1) 声。
(2) 家と家とのひさしが重なりそうな。
(3) 一つの棟を壁一重で何軒にも仕切った粗末な長屋。
(4) 間口九尺(約二・七メートル)、奥行き二間(約三・六メートル)の狭い家。転じて、狭く貧しい家や裏屋をいう。
(5) 玄関など、家の上がり口の縁に渡してある横木。

図7

(6) 表口ばかりで裏口のないつくりではなくて。
(7) ひっかかりのある。
(8) のび放題の。

になりての勉強⒀せはしなく、揃《そろ》へたる籐《とう》を天井《てんぜう》から釣下《つりさ》げて、しばしの手数《てすう》も省《はぶ》かんとて数《かず》のあがるを楽しみに脇目《わきめ》もふらぬ様《さま》あはれなり。もう日が暮れたに太吉《たきち》は何故《なぜ》かへつて来《こ》ぬ、源《げん》さんも又何処《またどこ》を歩いて居《ゐ》るかしらんとて仕事を片づけて一服吸《ぷくすい》つけ、苦労らしく目をぱちつかせて、更《さら》に土瓶《どびん》の下を穿《ほぢ》くり、蚊《か》いぶし火鉢⒁に火を取分《とりわ》けて三尺《じやく》の椽《ゑん》に持出《もちいだ》し、拾《ひろ》ひ集めの杉の葉を冠《かぶ》せてふう〳〵と吹立《ふきたつ》れば、ふす〳〵と烟《けぶり》たちのぼりて軒場《のきば》にのがれる蚊《か》の声悽《すさ》まじゝ、太吉《たきち》はがた〳〵と溝板《どぶいた》の音をさせて母《かゝ》さん今戻《いまもど》つた、お父《とつ》さんも連れて来たよと門口《かどぐち》から呼立《よびたつ》るに、大層《たいそう》おそいではないかお寺の山へでも行《ゆき》はしないかと何《ど》の位案《くらいあん》じたらう、早くお這入《はいり》といふに太《た》吉《きち》を先に立てゝ源七《げんしち》は元気なくぬつと上《あが》る、おやお前さんお帰りか、今日《けふ》は何《ど》んなに暑かつたでせう、定《さだ》めて帰りが早からうと思うて行水《ぎやうずゐ》を沸《わ》かして置《おき》ました、ざつと汗を流したら何《ど》うでござんす、太吉《たきち》もお湯《ぶう》に這入《はいり》なといへば、あいと言つて帯《おび》を解《と》く、お待《まち》お待《まち》、今加減《いまかげん》を見てやるとて流しもとに盥《たらい》

(9) 愛知県鳴海産の絞り染めの木綿。
(10) 並み幅（約三四センチ）の半分の帯。
(11) 駒下駄に張る籐の表を編む内職。
(12) 今が一番の稼ぎ時。
(13) 仕事に精を出すこと。
(14) 蚊を追い払うために杉の葉などをいぶす火鉢。

図8

を据《す》へて釜《かま》の湯《ゆ》を汲出《くみいだ》し、かき廻《まわ》して手拭《てぬぐひ》を入《い》れて、さあお前さん此子《この》をもいれて遣《や》つて下され、何《なに》をぐたりと為《し》てお出《いで》なさる、暑さにでも障《さわ》りはしませぬか、さうでなければ一杯あびて、さつぱりに成《な》つて御膳《ごぜん》あがれ、太吉《たきち》が待つて居《ゐ》ますからといふに、お〻左様《さう》だと思ひ出したやうに帯《おび》を解《と》いて流しへ下《お》りれば、そゞろに昔《むか》しの我身《わがみ》が思はれて九尺《しやく》二間《けん》の台処《だいどころ》で行水《ぎようずゐ》つかふとは夢にも思はぬもの、ましてや土方《どかた》の手伝《つだ》ひして車の跡押《あとおし》(1)にと親は生《うみ》つけても下さるまじ、あ〻詰《つま》らぬ夢を見たばかりにと、ぢつと身にしみて湯もつかはねば、父《とつ》ちやん脊中《せなか》洗《あら》つてお呉《く》れと太吉《たきち》は無心に催促《さいそく》する、お前さん蚊《か》が喰《く》ひますから早々《さつく》とお上《あが》りなされと妻も気をつくるに、おいおいと返事しながら太吉《たきち》にも遣《つか》はせ我《わ》れも浴《あ》びて、上にあがれば洗《あら》ひ晒《ざら》せしさば〳〵の裕衣《ゆかた》を出《だ》して、お着かへなさいましと言ふ、帯《おび》まきつけて風の透《す》く処《ところ》へゆけば、妻は能代《のしろ》の膳《ぜん》(2)のはげか〻りて足はよろめく古物《ふるもの》に、お前の好きな冷奴《ひや〻つこ》にしましたとて小丼《こどんぶり》に豆腐を浮かせて青紫蘇《あをぢそ》の香《か》たかく持出《もちだ》

(1) 荷車の後ろを押すこと。
(2) 秋田県能代産の漆器。

せば、太吉《たきち》は何時《いつ》しか台《だい》より飯櫃《めしびつ》(3)取《とり》おろして、よつちよいよつちよいと担《かつ》ぎ出《だ》す、坊主《ぼうず》は我《お》れが傍《そば》に来《こ》いとて頭《つむり》を撫《な》でつゝ箸《はし》を取るに、心は何《なに》を思ふとなけれど舌に覚《おぼ》えの無くて咽《のど》の穴《あな》はれたる如《ごと》く、もう止《や》めにするとて茶椀《ちやわん》を置けば、其《そ》様《ん》な事がありますか、力業《ちからわざ》をする人が三膳《ぜん》の御飯《ごはん》のたべられぬと言ふ事はなし、気合《きあ》ひ(4)でも悪うござんすか、夫《そ》れとも酷《ひど》く疲れてかと問ふ、いや何処《どこ》も何《なん》とも無いやうなれど唯《たゞ》たべる気にならぬといふに、妻は悲しさうな目をしてお前さん又《また》例のが起《おこ》りましたらう、夫《それ》は菊《きく》の井《ゐ》の鉢肴《はちざかな》は甘《うま》くもありましたらうけれど、今の身分で思ひ出した処《ところ》が何《なん》となりまする、先《さき》は売物買物《うりものかひもの》お金《かね》さへ出来たら昔《むか》しのやうに可愛《かわひ》がつても呉《く》れませう、表を通つて見ても知れる、白粉《おしろい》つけて美《い》い衣類《きもの》きて迷《まよ》ふて来《く》る人を誰《た》れかれなしに丸《まる》めるが彼《あ》の人達《ひとたち》が商売、あゝ我《お》れが貧乏に成《な》つたから搆《かま》いつけて呉《く》れぬなと思へば何《なん》の事なく済《すみ》ましよう、恨《うら》みにでも思ふだけがお前さんが未練《みれん》でござんす、裏町《うらまち》の酒屋《さかや》の若い者知つてお出《いで》なさらう、二葉《ば》

(3) 炊き上がった飯を移し入れる器。

図9

(4) 気分。

やのお角《かく》に心《しん》から落込《おちこ》んで、(1)かけ先《さき》(2)を残らず使《つか》ひ込《こ》み、夫《そ》れを埋《う》めやうとて雷神虎《らいじんとら》(3)が盆筵《ぼんござ》(4)の端《はし》についたが身の詰《つま》り、次第《しだい》に悪《わ》るい事が染《し》みて終《しま》ひには土《ど》蔵《ぞう》やぶりまでしたさうな、当《い》時《ま》男は監獄《かんごく》入りしてもつそう飯《めし》(5)たべて居《ゐ》やうけれど、相手のお角《かく》は平気なもの、おもしろ可笑《をか》しく世を渡るに咎《とが》める人なく美事繁昌《みごとはんじやう》して居《ゐ》まする、あれを思ふに商売人の一徳《とく》、だまされたは此方《こちら》の罪、考へたとて始まる事ではござんせぬ、夫《それ》よりは気を取直《とりなほ》して稼業《かげふ》に精《せい》を出して少しの元手《もとで》も拵《こしら》へるやうに心がけて下され、お前に弱られては私《わたし》も此子《このこ》も何《ど》うする事もならで、夫《それ》こそ路頭《ろたう》に迷《まよ》はねば成《な》りませぬ、男らしく思ひ切る時あきらめてお金《かね》さへ出来《でき》ようならお力《りき》はおろか小《こ》紫《むらさき》(6)でも揚巻《あげまき》(7)でも別荘《べつさう》こしらへて囲《かこ》うたら宜《よ》うござりましよう、最《も》うそんな考へ事は止《や》めにして機嫌《きげん》よく御膳《ごぜん》あがつて下され、坊主《ぼうず》までが陰気《いんき》らしう沈んで仕舞《しまい》ましたといふに、みれば茶椀《ちやわん》と箸《はし》を其処《そこ》に置いて父と母との顔をば見くらべて何《なに》とは知らず気になる様子、こんな可愛《かわひ》い者さへあるに、あの

(1) 夢中になって。
(2) 得意先から集金した金。
(3) ばくち打ちの親分の名。
(4) さいころばくちで壺を伏せるござ。
(5) 四人の食べる盛り切りのご飯。
(6) 江戸前期吉原三浦屋の遊女。浄瑠璃・歌舞伎にも登場。
(7) 江戸中期吉原三浦屋の遊女。歌舞伎の助六物で有名。

やうな狸《たぬき》の忘れられぬは何《なん》の因果《ゐんぐわ》かと胸の中かき廻《まわ》されるやうなるに、我《わ》れながら未練《みれん》ものめと叱《しか》りつけて、いや我《お》れだとて其様《そのやう》に何時《いつ》までも馬鹿では居《い》ぬ、お力《りき》など、名計《なばかり》もいつて呉《く》れるな、いはれると以前《もと》の不出来《ふでか》しを考へ出していよ〳〵顔があげられぬ、何《なん》の此身《このみ》になつて今更何《いまさらなに》をおもふ物か、食《めし》がくへぬとても夫《そ》れは身体《からだ》の加減《かげん》であらう、何《なに》も格別案《かくべつあん》じてくれるには及《およ》ばぬ故小僧《ゆゑこぞう》も十分《ぶん》にやつて呉《く》れとて、ころりと横になつて胸のあたりをはた〳〵と打《うち》あふぐ、蚊遣《かやり》の烟《けむり》にむせばぬまでも思ひにもえて身の暑《あつ》げなり。

（五）

誰《た》れ白鬼《しろおに》(8)とは名をつけし、無間地獄《むげんぢごく》(9)のそこはかとなく景色《けしき》づくり、何処《どこ》にからくりのあるとも見えねど、逆《さか》さ落《おと》しの血の池、借金の針の山に追ひのぼすも手の物(10)ときくに、寄つてお出《い》でよと甘へる声も蛇《へび》くふ雉子《きゞす》と恐《おそ》ろしくなりぬ、さりとも胎内十月《たいないとつき》の同じ事して、母《はゝ》の乳房《ちぶさ》にすがりし頃は手打《てうち》〳〵

(8)　私娼に対するののしりの言葉。
(9)　八大地獄の一つで、罪人が最も激しい責めを受けるもの。また、「地獄」は私娼の隠語。
(10)　お手のもの。

あわゝの可愛《かわい》げに、紙幣《さつ》と菓子《くわし》との二つ取《ど》りにはおこしをお呉《く》れと手を出《だ》したる物なれば、今の稼業《かげふ》に誠はなくとも百人の中の一人《ひとり》に真《しん》からの涙をこぼして、聞いておくれ染物《そめもの》やの辰《たつ》さんが事《こと》を、昨日《きのふ》も川田《かはだ》やが店《みせ》でおちやつぴいのお六めと悪戯《ふざけ》まわして、見たくもない往来《わうらい》へまで担《かつ》ぎ出《だ》して打《う》ちつ打《う》たれつ、あんな浮《う》いた了簡《りようけん》で末《すゑ》が遂《と》げられやうか、まあ幾歳《いくつ》だとおもふ三十は一昨年《おとゝし》、宜《い》い加減《かげん》に家《うち》でも拵《こしら》へる仕覚《しがく》(1)をしてお呉《く》れと逢《あ》ふ度《たび》に異見《ゐけん》をするが、其時限《そのときかぎ》りおい〳〵と空返《そらへん》事《じ》して根つから気にも止《と》めては呉《く》れぬ、父《とつ》さんは年《とし》をとつて、母《はゝ》さんと言ふは目の悪《わ》るい人だから心配をさせないやうに早く締《しま》つてくれゝば宜《い》いが、私《わたし》はこれでも彼《あ》の人の半纏《はんてん》(2)をば洗《せん》濯《たく》して、股引《もゝひき》のほころびでも縫《ぬ》つて見たいと思つて居《ゐ》るに、彼《あ》んな浮《う》いた心では何時《いつ》引取《ひきと》つて呉《く》れるだらう、考へるとつく〴〵奉公《ほうこう》が嫌《い》やになつてお客を呼ぶに張合《はりあい》もない、あゝくさ〳〵するとて常《つね》は人をも欺《だま》す口で人の愁《つ》らきを恨《うら》みの言葉、頭痛を押《をさ》へて思案《しあん》に暮れるもあり、あゝ今日《けふ》は盆《ぼん》の十六日だ、

(1) くふう。

(2) 庶民の防寒着や職人の仕事着として用いられた。衿の折り返し、マチ、胸紐が無い丈の短い上着。

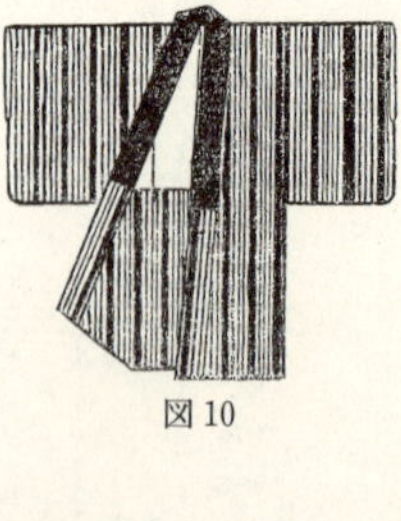

図10

お焔魔様《ゑんまさま》へのお参《まい》りに連《つ》れ立《だ》つて通る子供達の奇麗《きれい》な着物きて小遣《こづか》ひもらつて嬉《うれ》しさうな顔してゆくは、定《さだ》めて定《さだ》めて二人揃《ふたりそろ》つて甲斐性《かひせう》のある親をば持つて居《ゐ》るのであろ、私《わたし》が息子の与太郎《よたらう》は今日《けふ》の休みに御主人《ごしゆじん》から暇《ひま》が出て何処《どこ》へ行《ゆ》つて何《ど》んな事して遊ばうとも定《さだ》めし人が羨《うらや》しかろ、父《とゝ》さんは呑《のみ》ぬけ(3)、いまだに宿《やど》とても定《さだ》まるまじく、母は此様《こん》な身になつて恥《はづ》かしい紅白粉《べにおしろい》、よし居処《ゐどころ》が分《わか》つたとて彼《あ》の子は逢《あ》ひに来ても呉《く》れまじ、去年向島《むかふじま》の花見の時女房《にようぼう》づくりして(4)丸髷《まるまげ》(5)に結《ゆ》つて朋輩《ほうばい》と共に遊びあるきしに土手《どて》の茶屋《ちやゝ》であの子に逢《あ》つて、これ〳〵と声をかけしにさへ私《わたし》の若く成《なり》しに呆《あき》れて、お母《つか》さんでござりますかと驚《おどろ》きし様子、ましてや此大島田《このおほしまだ》に折《をり》ふしは時好《じかう》の花簪《はなかんざし》さしひらめかしてお客を捉《と》らへて串談《じようだん》いふ処《ところ》を聞かば子心《こゞころ》には悲しくも思ふべし、去年あひたる時今は駒形《こまかた》の蠟燭《らうそく》やに奉公《ほうこう》して居《ゐ》まする、私《わたし》は何《ど》んな愁《つ》らき事ありとも必《かな》らず辛抱《しんぼう》しとげて一人前《にんまへ》の男になり、父《とゝ》さんをもお前をも今に楽をばお為《さ》せ申《まをし》ます、何《ど》うぞ夫《そ》れまで何《なん》なりと堅気《かたぎ》の事

(3) 底無しの酒のみ。
(4) 人妻に装って。
(5) 既婚の女性が結う日本髪(一九〇頁図22参照)。

をして一人《ひとり》で世渡《よわた》りをして居《ゐ》て下され、人の女房《にようぼう》にだけはならずに居《ゐ》て下されと異見《ゐけん》を言はれしが、悲しきは女子《をなご》の身の寸燐《まっち》の箱《はこ》はり(1)して一人口過《ひとりぐちすぐ》しがたく、さりとて人の台処《だいどころ》を這《は》ふも柔弱《にうじやく》の身体《からだ》なれば勤《つと》めがたくて、同じ憂《う》き中《なか》にも身の楽なれば、此様《こん》な事して日を送る、夢さら(2)浮いた心では無けれど言甲斐《いひがひ》のないお袋《ふくろ》と彼《あ》の子は定《さだ》めし爪《つま》はじきするであらう、常《つね》は何《なん》とも思はぬ島田《しまだ》が今日《けふ》斗《ばかり》は恥《はづ》かしいと夕ぐれの鏡《かゞみ》の前に涕《なみだ》ぐむもあるべし、菊の井《ゐ》のお力《りき》とても悪魔《あくま》の生《うま》れ替《がは》りにはあるまじ、さる子細《しさい》あればこそ此処《こゝ》の流れに落《おち》こんで嘘《うそ》のありたけ串談《じようだん》に其日《そのひ》を送つて、情《なさけ》は吉野紙《よしのがみ》(3)の薄物《うすもの》に、蛍の光ぴつかりとする斗《ばかり》、人の涕《なみだ》は百年も我《が》まんして、我《われ》ゆゑ死ぬる人のありとも御愁傷《ごしうしよう》さまと脇《わき》を向くつらさ他処目《よそめ》も養《やしな》ひつらめ、(4)さりとも折《をり》ふしは悲しき事恐《おそ》ろしき事胸にたゝまつて、泣くにも人目を恥《はぢ》れば二階座《かいざ》敷《しき》の床《とこ》の間《ま》に身を投《なげ》ふして忍《しの》び音《ね》の憂《う》き涕《なみだ》、これをば友朋輩《ともほうばい》にも洩《も》らさじと包むに根生《こんぜう》のしつかりした、気のつよい子といふ者はあれど、障《さわ》れば絶《た》ゆる

(1) 燐寸の箱をつくる内職。明治二〇年代は燐寸が重要な輸出品だった。

図11

(2) 決して。
(3) 奈良県吉野地方に産する薄く柔らかい紙。薄いことのたとえ、また、「薄い」の枕詞に用いる。
(4) 他人事として見ることを強いて身につけたのであろう。

蛛《くも》の糸のはかない処《ところ》を知る人はなかりき、七月十六日の夜《よ》は何処《どこ》の店《みせ》にも客人入込《きやくじんいりこ》みて都々《どゝ》一(5)端歌《はうた》(6)の景気よく、菊《きく》の井《ゐ》の下座敷《したざしき》にはお店者《たなもの》(7)五六人寄集《よりあつ》まりて調子の外《はづ》れし紀伊《きい》の国《くに》(8)自《じ》まんも恐《おそ》ろしき胴間声《どうまごゑ》(9)に霞《かすみ》の衣《ころも》衣紋坂《ゑもんざか》(10)と気取《きど》るもあり、力《りき》ちやんは何《ど》うした心意気《こゝろいき》を聞かせないか、やつたく〳〵と責められるに、お名はさゝねど此坐《このざ》の中《なか》にと普通《ついツとほり》の嬉《うれ》しがらせを言つて、やんや〳〵と喜ばれる中から、我恋《わがこひ》は細谷川《ほそだにがは》の丸木《まるき》橋《ばし》わたるにや怕《こわ》し渡《わた》らねば(11)と謳《うた》ひかけしが、何《なに》をか思ひ出したやうにあゝ私《わたし》は一寸無礼《ちよツとしつれい》をします、御免《ごめん》なさいよとて三味《さみ》線《せん》を置いて立つに、何処《どこ》へゆく何処《どこ》へゆく、逃げてはならないと坐中《ざちう》の騒《さわ》ぐに照《てー》ちやん高《たか》さん少し頼むよ、直《じ》き帰るからとてずつと廊下《らうか》へ急ぎ足に出《いで》しが、何《なに》をも見かへらず店口《みせぐち》から下駄《げた》を履《は》いて筋向《すぢむか》ふの横町《よこちよう》の闇《やみ》へ姿をかくしぬ。

お力《りき》は一散《さん》に家《いゑ》を出て、行《ゆ》かれる物なら此《この》まゝに唐天竺《からてんぢく》の果《はて》までも行つて仕舞《しまい》たい、あゝ嫌《いや》だ嫌《いや》だ嫌《いや》だ、何《ど》うしたなら人の声も聞《きこ》えない物の音もしない、静かな、静かな、自分の

(5)　ふつう七七七五の四句からなる俗曲。

(6)　歌詞の短くくだけた調子の小唄。

(7)　商家の奉公人。

(8)　端唄の一つ。

(9)　調子はずれの下品な太い声。

(10)　清元「北州千歳寿（ほくしゅうせんねんのことぶき）」の一節。「衣紋坂」は、吉原の入口の坂。

(11)　端唄の一節。

心も何《なに》もぼうつとして物思《ものおも》ひのない処《ところ》へ行《ゆ》かれるであらう、つまらぬ、くだらぬ、面白《おもしろ》くない、情《なさけ》ない悲しい心細い中に、何時《いつ》まで私《わたし》は止《と》められて居《ゐ》るのかしら、これが一生か、一生がこれか、あゝ嫌《いや》だ〳〵と道端《みちばた》の立木《たちき》へ夢中に寄《より》かゝつて暫《しば》時《らく》そこに立《たち》どまれば、渡《わた》るにや怕《こわ》し渡《わた》らねばと自分の謳《うた》ひし声を其《その》まゝ何処《どこ》ともなく響《ひゞ》いて来《く》るに、仕方《しかた》がない矢張《やつぱ》り私《わたし》も丸木橋《まるきばし》をば渡《わた》らずはなるまい、父《とゝ》さんも踏《ふみ》かへして(1)落《おち》てお仕舞《しまい》なされ、祖父《おぢい》さんも同じ事であつたといふ、何《ど》うで幾代《いくだい》もの恨《うら》みを背負《せおう》て出た私《わたし》なれば為《す》る丈《だけ》の事はしなければ死んでも死なれぬのであらう、情ないとても誰《た》れも哀れと思ふてくれる人はあるまじく、悲しいと言へば商売がらを嫌《きら》ふかと一《ひ》ト口《くち》に言はれて仕舞《しまう》、ゑゝ何《ど》うなりとも勝手になれ、勝手になれ、私《わたし》には以上考へたとて私《わたし》の身の行《ゆ》き方《かた》は分らぬなれば、分らぬなりに菊《きく》の井《ゐ》のお力《りき》を通《とほ》してゆかう、人情しらず義理しらずか其《そん》な事も思ふまい、思ふたとて何《ど》うなる物《もの》ぞ、此様《こん》な身で此様《こん》な業体《げうてい》(2)で、此様《こん》な宿世《すくせ》(3)で、何《ど》うしたからとて

(1) 踏み外して。

(2) 職業。

(3) 前世からの因縁。

人並みでは無いに相違《さうい》なければ、人並の事を考へて苦労する丈間違《だけまちが》ひであろ、あゝ陰気らしい何《なん》だとて此様《こんな》処《ところ》に立つて居《ゐ》るのか、何《なに》しに此様《こん》な処《とこ》へ出て来たのか、馬鹿らしい気違《きちがひ》じみた、我身《わがみ》ながら分らぬ、もう〳〵皈《かへ》りませうとて横町《よこちよう》の闇《やみ》をば出はなれて夜店《よみせ》の並ぶにぎやかなる小路《こうぢ》を気まぎらしにとぶら〳〵歩《あ》るけば、行《ゆき》かよふ人の顔小さく〳〵擦《す》れ違《ちが》ふ人の顔さへも遥《はるか》とほくに見るやう思はれて、我《わ》が踏《ふ》む土のみ一丈も上にあがり居《ゐ》る如《ごと》く、がや〳〵といふ声は聞《きこ》ゆれど井《ゐ》の底に物を落《おと》したる如《ごと》き響《ひゞ》きに聞《きゝ》なされて、人の声は、人の声、我《わ》が考へは考へと別々に成《な》りて、更《さら》に何事《なにごと》にも気のまぎれる物なく、人立《ひとだち》(4)おびたゞしき夫婦《めをと》あらそひの軒先《のきさき》などを過《す》ぐるとも、唯我《たゞわ》れのみは広野《ひろの》の原《はら》の冬枯《ふゆが》れを行《ゆ》くやうに、心に止《と》まる物もなく、気にかゝる景色にも覚《おぼ》えぬは、我《わ》れながら酷《ひど》く逆上《のぼせ》て人心《ひとごゝろ》のないのにと覚束《おぼつか》なく、気が狂ひはせぬかと立《たち》どまる途端《とたん》、お力何処《りきどこ》へ行《ゆ》くとて肩を打つ人あり。

(4) 人だかり。

（十八）

十六日は必らず待《まち》まする来て下されと言ひしをも何《なに》も忘れて、今まで思ひ出しもせざりし結城《ゆふき》の朝之助《とものすけ》に不図出合《ふとであひ》て、あれと驚《おどろ》きし顔つきの例《れい》に似合《にあは》ぬ狼狽《あわて》かたがをかしきとて、から／＼と男の笑ふに少し恥《はづ》かしく、考へ事をして歩いて居《ゐ》たれば不意のやうに惶《あは》てゝ仕舞《しまい》ました、よく今夜は来て下さりましたと言へば、あれほど約束をして待《まつ》てくれぬは不心《ふしん》中《ぢう》(1)とせめられるに、何《なん》なりと仰《おつ》しやれ、言訳《いひわけ》は後《のち》にしまするとて手を取りて引けば弥次馬《やぢうま》がうるさいと気をつける、何《ど》うなり勝手に言はせませう、此方《こちら》は此方《こちら》と人中《ひとなか》を分《わ》けて伴《ともな》ひぬ。

下座敷《したざしき》はいまだに客の騒ぎはげしく、お力《りき》の中座《ちうざ》をしたるに不興《ぶきよう》して喧《やかま》(2)しかりし折《をり》から、店口《みせぐち》にておやお皈《かへ》りかの声を聞くより、客を置《おき》ざりに中坐《ちうざ》するといふ法があるか、皈《かへ》つたらば此処《こゝ》へ来い、顔を見ねば承知せぬぞと威張《いばり》たてるを聞流《きゝなが》しに二階《かい》の座敷《ざしき》へ結城《ゆふき》を連れあげて、今夜も頭痛《づゝう》がするので

(1) 不誠実。

(2) 面白くないとして。

御酒《ごしゆ》の相手は出来ませぬ、大勢《おほぜい》の中《なか》に居《ゐ》れば御酒《ごしゆ》の香《か》に酔《ゑ》ふて夢中になるも知れませぬから、少し休んで其後《そののち》は知らず、今は御免《ごめん》なさりませと断《ことは》りを言ふてやるに、夫《そ》れで宜《い》いのか、怒《おこ》りはしないか、やかましくなれば面倒《めんだう》であらうと結城《ゆふき》が心づける(3)を、何《なん》のお店《たな》もの、白瓜《しろうり》(4)どが何んな事を仕出《しいだ》しませう、怒《をこ》るなら怒《をこ》れでござんすとて小女《こをんな》に言ひつけてお銚子《ちようし》の支度《したく》、来《く》るをば待《まち》かねて結城《ゆふき》さん今夜は私《わたし》に少し面白《おもしろ》くない事があつて気が変つて居《ゐ》まするほどに其気《そのき》で附合《つきあつ》て居《ゐ》て下《くだ》され、御《ご》酒《しゆ》を思ひ切つて呑《の》みまするから止《と》めて下さるな、酔《ゑ》ふたらば介抱《かいはう》して下されといふに、君が酔《ゑ》つたを未《いま》だに見た事がない、気が晴れるほど呑《の》むは宜《い》いが、又《また》頭痛がはじまりはせぬか、何《なに》が其様《そん》なに逆鱗《げきりん》にふれた事がある、僕らに言つては悪《わ》るい事かと問はれるに、いゑ貴君《あなた》には聞《きい》て頂きたいのでござんす、酔《ゑ》ふと申《まをし》ますから驚いてはいけませぬと嫣然《につこり》として、大湯呑《おほゆのみ》を取《とり》よせて二三杯《ばい》は息をもつかざりき。

常《つね》には左《さ》のみに心も留《と》まらざりし結城《ゆふき》の風采《やうす》の今宵《こよひ》は何《なん》と

(3) 注意する。
(4) 色のなまっちろい商家の番頭や手代をばかにした言葉。

なく尋常《なみ》ならず思はれて、肩巾《かたはゞ》のありて背のいかにも高き処《ところ》より、落《おち》ついて物をいふ重やかなる口振《くちぶ》り、目つきの凄《すご》くて人を射《い》るやうなるも威厳《いげん》の備《そな》はれるかと嬉《うれ》しく、濃《こ》き髪《かみ》の毛《け》を短かく刈《かり》あげて頸足《ゑりあし》のくつきりとせしなど今更《いまさら》のやうに眺《ながめ》られ、何《なに》をうつとりして居《ゐ》ると問《と》はれて、貴君《あなた》のお顔を見て居《ゐ》ますのさと言へば、此奴《こやつ》めがと睨《にら》みつけられて、おゝ怕《こわ》いお方と笑つて居《ゐ》るに、串談《じやうだん》はのけ、今夜は様子が唯《たゞ》でない聞《きい》たら怒《おこ》るか知らぬが何《なに》か事件があつたかととふ、何《なに》しに降《ふ》つて湧《わ》いた事もなければ、人との紛雑《いざ》などはよし有《あ》つたにしろ夫《そ》れは常の事、気にもかゝらねば何《なに》しに物を思ひませう、私《わたし》の時(1)より気まぐれを起《おこ》すは人のするのでは無くて皆心《みなこゝろ》がらの浅《あさ》ましい訳《わけ》がござんす、私《わたし》は此《こ》様な賤《いや》しい身の上、貴君《あなた》は立《りつ》派《ぱ》なお方様《かたさま》、思ふ事は反対《うらはら》にお聞きになつても汲《く》んで下さるか下さらぬか其処《そこ》ほどは知らねど、よし笑ひ物になつても私《わたし》は貴君《あなた》に笑《わら》ふて頂《いたゞ》き度《たく》、今夜は残らず言ひまする、まあ何《なに》から申さう胸がもめて口が利《き》かれぬとて又もや大湯《おほゆ》呑《のみ》に呑む事

(1) 時折。

さかんなり。

何《なに》より先に私《わたし》が身の自堕落《じだらく》を承知して居《ゐ》て下され、もとより箱入りの生娘《きむすめ》ならねば少しは察しても居《ゐ》て下さろうが、口《くち》奇麗《ぎれい》な事はいひますとも此《この》あたりの人に泥の中の蓮《はす》(2)とやら、悪業《わるさ》に染《そ》まらぬ女子《おなご》があらば、繁昌《はんじょう》どころか見に来る人もあるまじ、貴君《あなた》は別物《べつもの》、私《わたし》が処《ところ》へ来る人とても大抵《たいてい》はそれと思《おぼ》しめせ、これでも折《おり》ふしは世間さま並の事を思ふて恥《はづ》かしい事つらい事情《なさけ》ない事とも思はれるも寧《いつ》そ九尺《しやく》二間《けん》でも極《き》まつた良人《おつと》といふに添《そ》うて身を固めようと考へる事もござんすけれど、夫《そ》れが私《わたし》は出来ませぬ、夫《そ》れかと言つて来《く》るほどのお人に無愛想もなりがたく、可愛《かわい》いの、いとしいの、見初《みそめ》ましたのと出鱈目《でたらめ》のお世辞《せぢ》をも言はねばならず、数《かず》の中《なか》には真《ま》にうけて此様《こん》な厄種《やくざ》(3)を女房《にょうぼ》にと言ふて下さる方もある、持たれたら嬉《うれ》しいか、添《そ》うたら本望《ほんもう》か、夫《そ》れが私《わたし》は分《わか》りませぬ、そも〳〵の最初《はじめ》から私《わたし》は貴君《あなた》が好きで好きで、一日お目にかゝらねば恋しいほどなれど、奥様にと言ふて下されたら何《ど》うで

(2) 泥中の蓮の花のように、汚れに染まらず清く生きる女。

(3) ろくでもない女。

ござんしよか、持たれるは嫌《いや》なり他処《よそ》ながらは慕《した》はし、、一ト口《くち》に言はれたら浮気者《うわきもの》でござんせう、あゝ此様《こん》な浮気者《うわきもの》には誰《た》れがしたと思召《おぼしめす》、三代伝《だいつた》はつての出来そこね、親父が一生もかなしい事でござんしたとてほろりとするに、其親父《そのおやぢ》さむはと問ひかけられて、親父《おやぢ》は職人、祖父《ぢゞい》は四角な字をば読んだ人(1)でござんす、つまりは私《わたし》のやうな気違ひで、世に益《ゑき》のない反古紙《ほごがみ》をこしらへしに、版《はん》をばお上《かみ》から止《と》められた(2)とやら、ゆるされぬとかにて断食《だんじき》して死んださうに御座《ござ》んす、十六の年《とし》から思ふ事があつて、生《うま》れも賤《いや》しい身であつたれど一念《ねん》に修業《しゆげふ》して六十にあまるまで仕出来《しでか》したる事(3)なく、終《おはり》は人の物笑ひに今では名を知る人もなしとて父が常住《ぢやうぢう》(4)歎《なげ》いたを子供の頃より聞知《きゝし》つて居《お》りました、私《わたし》の父といふは三つの歳《とし》に椽《ゑん》から落《おち》て片足《かたあし》あやしき風《ふう》になりたれば人中《ひとなか》に立《たち》まじるも嫌《い》やとて居職《いしよく》(5)に飾《かざり》の金物《かなもの》をこしらへましたれど、気位《きぐらい》たかくて人愛《じんあい》(6)のなければ贔負《ひいき》にしてくれる人もなく、あゝ私《わたし》が覚《おぼ》えて七つの年《とし》の冬でござんした、寒中親子《かんちうおやこ》三人《にん》ながら古裕衣《ふるゆかた》で、

(1) 漢字を読む人。つまり、知識や教養のある人。
(2) 出版禁止の処分を受けた。
(3) 成し遂げた事。
(4) いつも。
(5) 自宅でする仕事。
(6) 愛想。

父は寒いも知らぬか柱に寄つて細工物《さいくもの》の工夫《くふう》をこらすに、母は欠けた一つ竈《べツつい》(7)に破《わ》れ鍋《なべ》かけて私《わたし》に去る物を買ひに行《ゆ》けといふ、味噌《みそ》こし(8)下《さ》げて端《はし》たのお銭《あし》を手に握つて米屋《こめや》の門《かど》までは嬉《うれ》しく駆《か》けつけたれど、帰りには寒さの身にしみて手も足も亀《かじ》かみたれば五六軒《ごろくけん》隔《へだ》てし溝板《どぶいた》の上の氷にすべり、足溜《あしだま》り(9)なく転《こ》ける機会《はづみ》に手の物を取落《とりおと》して、一枚はづれし溝板《どぶいた》のひ(10)まよりざら〳〵と翻《こぼ》れ入《い》れば、下は行水《ゆくみづ》きたなき溝泥《どぶどろ》なり、幾度《いくたび》も覗《のぞ》いては見たれど是《こ》れをば何《なん》として拾《ひろ》はれませう、其《その》時私《ときわたし》は七つであつたれど家《うち》の内《うち》の様子、父母《ちゝはゝ》の心をも知れてあるにお米《こめ》は途中で落《おと》しましたと空《から》の味噌《みそ》こしさげて家《うち》には帰《かへ》られず、立《たつ》てしばらく泣いて居《い》たれど何《ど》うしたと問《と》ふて呉《く》れる人もなく、聞いたからとて買《かつ》てやらうと言ふ人は猶更《なほさら》なし、あの時近処《ときゝんじよ》に川なり池なりあらうなら私《わたし》は定《さだめ》し身を投げて仕舞《しま》ひましたろ、話しは誠の百分一、私《わたし》は其頃《そのころ》から気が狂つたのでござんす、皈《かへ》りの遅《おそ》きを母《はゝ》の親案《おやあん》じて尋《たづ》ねに来てくれたをば時機《しほ》に家《うち》へは戻《もど》つたれど、母も物いはず父親《てゝおや》も無言

（7）炊き口が一つしかないかまど。普通は二つある。

図12

（8）味噌をこすためのざる。

図13

（9）足を止める場所もなく。
（10）すき間。

に、誰《た》れ一人私《わたし》をば叱《しか》る物もなく、家《うち》の内森《うちしん》として折々《おり〳〵》溜息《ためいき》の声のもれるに私《わたし》は身を切られるより情《なさけ》なく、今日《けふ》は一日断《だん》食《じき》にせうと父の一言《こと》いひ出《だ》すまでは忍《しの》んで息をつくやうで御《ご》座《ざ》んした。

いひさしてお力《りき》は溢《あふ》れ出《いづ》る涙の止《と》め難《がた》ければ紅《くれな》ひの手巾《はんけち》かほに押当《おしあて》て其端《そのはし》を喰《く》ひしめつゝ物いはぬ事小《ことこ》半時《はんとき》、坐《ざ》には物の音もなく酒の香《か》したひて寄りくる蚊《か》のうなり声《ごゑ》のみ高く聞《きこ》えぬ。

顔をあげし時は頰《ほう》に涙の痕《あと》はみゆれども淋《さび》しげの笑《ゑ》みをさへ寄せて、私《わたし》は其様《そのやう》な貧乏人の娘、気違《きちが》ひは親ゆづりで折《おり》ふし起《おこ》るのでござります、今夜《こん》も此様な分らぬ事いひ出《だ》して嘸《さぞ》貴君《あなた》御《ご》迷惑《めいわく》で御座《ござ》んしてしよ、もう話しはやめまする、御機《ごき》嫌《げん》に障《さわ》つたらばゆるして下され、誰《た》れか呼んで陽気にしませうかと問へば、いや遠慮は無沙汰《ぶさた》(1)、その父親《てゝおや》は早くに死《な》くなつてか、はあ母《かゝ》さんが肺結核《はいけつかく》といふを煩《わづら》つて死《なく》なりましてから一週忌《しうき》の来《こ》ぬほどに跡《あと》を追ひました、今居《いまを》りましても未《ま》だ

（1） 遠慮は無用。

五十、親なれば褒《ほ》めるでは無けれど細工《さいく》は誠に名人と言ふても宜《よ》い人で御座《ござ》んした、なれども名人だとて上手《じやうづ》だとて私等《わたしら》が家《うち》のやうに生《うま》れついたは何《な》にもなる事は出来《でき》ないので御座《ござ》んせう、我《わが》身の上にも知られまするとて物思はしき風情《ふぜい》、お前は出世を望むなと突然《だしぬけ》に朝之助《とものすけ》に言はれて、ゑツと驚きし様子に見えしが、私等《わたしら》が身にて望んだ処《ところ》が味噌《みそ》こしが落《おち》、何《なん》の玉《たま》の輿《こし》までは思ひがけませぬといふ、嘘《うそ》をいふは人に依《よ》る始めから何《なに》も見知つて居《ゐ》るに隠《かく》すは野暮《やぼ》の沙汰《さた》ではないか、思ひ切つてやれ〳〵とあるに、あれ其《その》やうなけしかけ詞《ことば》はよして下され、何《ど》うで此様《こん》な身でござんするにと打《うち》しほれて又もの言はず。

今宵《こよひ》もいたく更《ふ》(2)けぬ、下坐敷《したざしき》の人はいつか帰りて表の雨戸をたてると言ふに、朝之助《とものすけ》おどろきて帰り支度《じたく》するを、お力《りき》は何《ど》うでも泊《とま》らするといふ、いつしか下駄をも蔵《かく》させたれば、足を取られて幽霊《ゆうれい》ならぬ身の戸のすき間《ま》より出《いづ》る事もなるまじとて今宵《こよひ》は此処《こゝ》に泊る事となりぬ、雨戸を鎖《とざ》す音一しきり

(2) たいそう。

賑《にぎ》はしく、後《のち》には透《す》きもる燈火《ともしび》のかげも消えて、唯軒下《たゞのきした》を行《ゆき》かよふ夜行《やこう》の巡査《じゆんさ》の靴音《くつおと》のみ高かりき。

（七）

思ひ出したとて今更《いまさら》に何《ど》うなる物ぞ、忘れて仕舞《しま》へ諦《あきら》めて仕舞《しま》へと思案《しあん》は極《き》めながら、去年の盆《ぼん》には揃《そろ》ひの浴衣《ゆかた》をこしらへて二人《ふたり》一処《しよ》に蔵前《くらまへ》（1）へ参詣《さんけい》したる事なんど思ふともなく胸へうかびて、盆《ぼん》に入《い》りては仕事に出《いづ》る張《はり》もなく、お前さん夫《そ》れではならぬぞへと諫《いさ》め立てる女房《にようぼう》の詞《ことば》も耳うるさく、エ、何《なに》も言ふな黙《だま》つて居《ゐ》ろとて横になるを、黙《だま》つて居《ゐ》ては此日《このひ》が過《すぐ》されませぬ、身体《からだ》が悪《わ》るくば薬《くすり》も呑《の》むがよし、御医者《おゐしや》にかゝるも仕方《しかた》がなけれど、お前の病《やま》ひは夫《そ》れではなしに気《き》さへ持直《もちなほ》せば何処《どこ》に悪い処《ところ》があろう、少しは正気《しようき》に成《な》つて勉強をして下されといふ、いつでも同じ事は耳にたこが出来て気の薬にはならぬ、酒でも買て来てくれ気まぎれに呑《の》んで見やうと言ふ、お前さん其《その》お酒が買へるほどなら嫌《い》やとお言ひな

（1）現・台東区蔵前にあった閻魔堂。

さるを無理に仕事に出て下されとは頼みませぬ、私《わたし》が内職《ないしよく》とて朝から夜《よ》にかけて十五銭《せん》が関《せき》の山《やま》、親子三人口《ぐち》おも湯も満足には呑《の》まれぬ中で酒を買へとは能《よ》く能《よ》くお前無茶助《むちやすけ》になりなさんした、お盆だといふに昨日《きのふ》らも小僧《こぞう》には白玉《しらたま》一つこしらへても喰《た》べさせず、お精霊《しようれう》さまのお店《たな》かざり(2)も拵《こしら》へくれねば御燈明《おとうめう》一つで御先祖様《ごせんぞさま》へお詫《わ》びを申《まをし》て居《ゐ》るも誰《た》が仕業《しわざ》だとお思ひなさる、お前が阿房《あほう》を尽《つく》してお力《りき》づらめ(3)に釣《つ》られたから起《おこ》つた事、いふては悪《わ》るけれどお前は親不孝子不孝《おやふかうこふかう》、少《すこ》しは彼《あ》の子《こ》の行末《ゆくすゑ》をも思《おも》ふて真人間《まにんげん》になつて下され、御酒《ごしゆ》を呑《のん》で気を晴らすは一時《とき》、真《しん》から改心《かいしん》して下さらねば心元《こゝろもと》なく思はれますとて女房打《にようぼううち》なげくに、返事はなくて吐《と》息折々《いきおりく》に太く身動きもせず仰向《あほのき》ふしたる心根《こゝろね》の愁《つら》さ(4)、其《その》身になつてもお力《りき》が事の忘れられぬか、十年つれそふて子供まで儲《もう》けし我《わ》れに心かぎり(5)の辛苦《くろう》をさせて、子には襤褸《ぼろ》を下《さ》げさせ家《いゑ》とては二畳《じよう》一間《ま》の此様《こん》な犬小屋《いぬごや》、世間《せけん》一体《たい》から馬鹿にされて別物《べつもの》にされて、よしや春秋《はるあき》の彼岸《ひがん》が来ればとて、隣近処《となりきんじよ》に牡丹《ぼた》もち

(2) 盂蘭盆会（うらぼんえ）に位牌などを安置し、供物を飾り精霊をまつる棚。

図14

(3) お力のようなやつめ。

(4) 情けなさ。

(5) 我慢の限界まで。

団子《だんご》と配《くば》り歩く中を、源《げん》七が家《いゑ》へは遣《や》らぬが能《よ》い、返礼《へんれい》が気の毒なとて、心切《しんせつ》かは知らねど十軒長屋《けんながや》の一軒《けん》は除《の》け物《もの》、男は外出《そとで》がちなればいさゝか心に懸《かゝ》るまじけれど女心には遣《や》る瀬《せ》のなきほど切《せつ》なく悲しく、おのづと肩身《かたみ》せばまりて朝夕《てうせき》の挨拶《あいさつ》も人の目色《めいろ》を見るやうなる情なき思ひもするを、其《そ》れをば思はで我《わ》が情婦《こひ》の上ばかりを思ひつゞけ、無情《つれな》き人の心の底が夫《そ》れほどまでに恋しいか、昼も夢に見て独言《ひとりごと》にいふ情なさ、女房《にようぼう》の事も子の事も忘れはてゝお力《りき》一人に命をも遣《や》る心か、浅《あさ》ましい口惜《くちを》しい愁《つ》らい人と思ふに中々《なか〳〵》言葉は出《いで》ずして恨《うら》みの露《つゆ》を目の中《うち》にふくみぬ。

物いはねば狭き家《いゑ》の内《うち》も何《なん》となくうら淋《さび》しく、くれゆく空のたど〳〵しきに裏屋《うらや》はまして薄暗く、燈火《あかり》をつけて蚊遣《かや》りふすべて(1)、お初《はつ》は心細《こゝろぼそ》く戸の外をながむれば、いそ〳〵と帰り来る太吉郎《たきちらう》の姿、何《なに》やらん大袋《おほぶくろ》を両手に抱《かゝ》へて母《かゝ》さん母《かゝ》さんこれを貰《もら》つて来《き》たと莞爾《にっこ》として駆《か》け込《こ》むに、見れば新開《しんかい》の日の出やがかすていら、おや此様《こん》な好《い》いお菓子《くわし》を誰《だ》れに貰《もら》つ

（1）いぶして。

て来《き》た、よくお礼《れい》を言つたかと問へば、あ、能《よ》くお辞儀《じぎ》をして貰《もら》つて来た、これは菊《きく》の井《ゐ》の鬼姉《おにねへ》さんが呉《く》れたのと言ふ、母は顔色をかへて図太《づぶと》い奴《やつ》めが是《こ》れほどの淵《ふち》に投《な》げ込《こ》んで未《ま》だいぢめ方が足りぬと思ふか、現在の子(2)を使ひに父《とゝ》さんの心を動かしに遣《よこ》し居《お》る、何《なん》といふて遣《よこ》したと言へば、表通りの賑《にぎ》やかな処《ところ》に遊んで居《ゐ》たらば何処《どこ》のか(3)伯父《おぢ》さんと一処《しよ》に来《き》て、菓子を買つてやるから一処《しよ》にお出《いで》といつて、我《おい》らは入《い》らぬと言つたけれど抱《だ》いて行《ゆ》つて買つて呉《く》れた、喰《た》べては悪るいかへと流石《さすが》に母の心を斗《はか》りかね、顔をのぞいて猶予《ゆうよ》するに、あゝ年《とし》がゆかぬとて何《なん》たら訳《わけ》の分《わか》らぬ子ぞ、あの姉《ねへ》さんは鬼《おに》ではないか、父《とゝ》さんを怠惰者《なまけもの》にした鬼《おに》ではないか、お前の衣《べ》類《ゞ》のなくなつたも、お前の家《うち》のなくなつたも皆《みな》あの鬼《おに》めがした仕事、喰《くら》ひついても飽《あ》き足《た》らぬ悪魔《あくま》にお菓子《くわし》を貰《もら》つた喰《た》べても能《い》いかと聞くだけが情《なさけ》ない、汚《きたな》い穢《むさ》い此《こ》んな菓子《くわし》、家《うち》へ置くのも腹《はら》がたつ、捨《すて》て仕舞《しまい》な、捨《すて》てお仕舞《しまい》、お前は惜《を》しくて捨《す》てられないか、馬鹿野郎めと罵《のゝし》りながら袋をつかんで裏

(2) 実の子。
(3) どこかの。

の空地《あきち》へ投出《なげいだ》せば、紙は破れて転《まろ》び出《で》る菓子《くわし》の、竹のあら垣《がき》打《うち》こえて溝《どぶ》の中《なか》にも落込《おちこ》むめり、源《げん》七はむくりと起《お》きてお初《はつ》と一声《こゑ》大きくいふに何《なに》か御用《ごよう》かよ、尻目《しりめ》にかけて振《ふり》(1)むかふともせぬ横顔を睨《にら》んで、能《い》い加減《かげん》に人を馬鹿にしろ、黙つて居《ゐ》れば能《い》い事にして悪口雑言《あくこうざうごん》は何《なん》の事だ、知人《しつたひと》なら菓子《くわし》位《ぐらい》子供にくれるに不思議もなく、貰《もら》ふたとて何《なに》が悪《わ》るい、馬鹿野《ばかや》郎呼《らうよば》はりは太吉《たきち》をかこつけに我《を》れへの当《あて》こすり、子に向《むか》つて父親《てゝおや》の讒訴《ざんそ》(2)をいふ女房気質《にようぼうかたぎ》を誰《た》れが教へた、お力《りき》が鬼《をに》なら手《て》前《まへ》は魔王《まわう》、商売人《しようばいにん》のだましは知れて居《ゐ》れど、妻たる身の不貞《ふて》腐《くさ》れをいふて済《す》むと思ふか、土方《どかた》をせうが車を引かうが亭主は亭主の権《けん》(3)がある、気に入らぬ奴《やつ》を家《うち》には置かぬ、何処《どこ》へなりとも出てゆけ、出てゆけ、面白《おもしろ》くもない女郎《めらう》めと叱《しか》りつけられて、夫《そ》れはお前無理だ、邪推《じやすい》が過《すぎ》る、何《なに》しにお前に当《あて》つけよう、この子が余《あんま》り分《わか》らぬと、お力《りき》の仕方《しかた》(4)が憎《に》くらしさに思ひあまつて言つた事を、とツこに取つて出てゆけとまでは惨《むご》う御座《ござ》んす、家《うち》の為《ため》をおもへばこそ気に入らぬ事を言ひも

(1) さげすみ、無視した態度で。

(2) 悪口。

(3) 権限。

(4) 言いがかりの種にして。

する、家《うち》を出るほどなら此様《こん》な貧乏世帯《びんぼうしょたい》の苦労をば忍《しの》んでは居《ゐ》ませぬと泣くに貧乏世帯《びんぼうしょたい》に飽《あ》きがきたなら勝手に何処《どこ》なり行《い》つて貰《もら》はう、手前《てまへ》が居《ゐ》ぬからとて乞食《こじき》にもなるまじく太吉《たきち》が手足の延《の》ばされぬ事はなし、明けても暮れても我《お》れが店《たな》おろしかお力《りき》への妬《ねた》み、つくづく聞き飽《あ》きてもう厭《い》やに成《な》つた、貴様《きさま》が出ずば何《どち》ら道《みち》(5)同じ事をしくもない九尺《しやく》二間《けん》、我《お》れが小僧《こぞう》を連れて出やう、さうならば十分《ぶん》に我鳴《がな》り立《たて》る都合もよからう、さあ貴様《きさま》が行《ゆ》くか、我《お》れが出ようかと烈《はげ》しく言はれて、お前はそんなら真実《ほんとう》に私《わたし》を離縁《りゑん》する心かへ、知れた事よと例《いつも》の源《げん》七にはあらざりき。

お初《はつ》は口惜《くや》しく悲しく情《なさけ》なく、口も利《き》かれぬほど込上《こみあぐ》る涕《なみだ》を呑込《のみこ》んで、これは私《わたし》が悪う御座《ござ》んした、堪忍《かんにん》をして下され、お力《りき》が親切で志《こゝろざ》して呉《く》れたものを捨《すて》て仕舞《しま》つたは重々《ぢうぐ》悪《わる》う御《ご》座《ざ》いました、成程《なるほど》お力《りき》を鬼《おに》といふたから私《わたし》は魔王《まわう》で御座《ござ》んせう、モウいひませぬ、モウいひませぬ、決してお力《りき》の事につきて此後《このご》とやかく言ひませず、蔭《かげ》の噂《うはさ》しますまい故離縁《ゆゑりゑん》だけ

(5)どの道。

は堪忍《かんにん》して下され、改めて言ふまでは無けれど私《わたし》には親もなし兄弟もなし、差配《さはい》(1)の伯父《おぢ》さんを仲人《なかうど》なり里《さと》なりに立てゝ来た者なれば、離縁《りゑん》されての行《ゆ》き処《どころ》とてはありませぬ、何《ど》うぞ堪忍《かんにん》して置いて下され、私《わたし》は憎《に》くかろうと此《この》子に免《めん》じて置いて下され、謝《あやま》りますとて手を突いて泣けども、イヤ何《ど》うしても置かれぬとて其後《そのご》は物言はず壁に向《むか》ひてお初《はつ》が言葉は耳に入《い》らぬ体《てい》、これほど邪慳《じやけん》の人ではなかりしをと女房《にようぼう》あきれて、女に魂《たましい》を奪《うば》はるれば是《こ》れほどまでも浅《あさ》ましくなる物か、女房《にようぼう》が歎《なげ》きは更《さら》なり、遂《つ》ひには可愛《かわゆ》き子をも餓《う》へ死《じに》させるかも知れぬ人、今詫《わ》びたからとて甲斐《かひ》はなしと覚悟《かくご》して、太吉《たきち》、太《た》吉《きち》と傍《そば》へ呼んで、お前は父《とゝ》さんの傍《そば》と母《かゝ》さんと何処《どちら》が好《い》い、言ふて見《み》ろと言はれて、我《おい》らはお父《とつ》さんは嫌《きら》い、何《なん》にも買つて呉《く》れない物と真正直《まつしようぢき》をいふに、そんなら母《かゝ》さんの行《ゆ》く処《ところ》へ何処《どこ》へも一処《しよ》に行《ゆ》く気かへ、あゝ行《ゆ》くともとて何《なん》とも思はぬ様子に、お前さんお聞きか、太吉《たきち》は私《わたし》につくといひまする、男の子なればお前も欲しからうけれど此子《このこ》はお前の手には置

(1) 貸家・貸地の管理人。

かれぬ、何処《どこ》までも私《わたし》が貰《もら》つて連れて行《ゆ》きます、よう御座《ござ》んすか貰《もら》ひまするといふに、勝手にしろ、子も何《なに》も入《い》らぬ、連《つ》れて行《ゆ》き度《たく》ば何処《どこ》へでも連れて行《ゆ》け、家《うち》も道具も何《なに》も入《い》らぬ、何《ど》うなりともしろとて寐転《ねころ》びしまゝ振向《ふりむか》んともせぬに、何《なん》の家《うち》も道具も無い癖《くせ》に勝手にしろもないもの、これから身一つになつて仕《し》たいまゝの道楽なり何《なに》なりお尽《つく》しなされ、最《も》ういくら此子《このこ》を欲しいと言つても返す事では御座《ござ》んせぬぞ、返しはしませぬぞと念を押して、押入れ探《さ》ぐつて何《なに》やらの小風呂《こぶろ》敷取出《しきとりいだ》し、これは此《この》子の寐間着《ねまき》の袷《あはせ》、はらがけと三尺《じやく》(2)だけ貰《もら》つて行《ゆき》まする、御酒《ごしゆ》の上といふでもなければ、醒《さ》めての思《し》案《あん》もありますまいけれど、よく考へて見て下され、たとへ何《ど》のやうな貧苦《ひんく》の中でも二人双《ふたりそろ》つて育てる子は長者《ちやうじや》の暮しといひまする、別れゝば片親《かたおや》、何《なに》につけても不憫《ふびん》なは此《この》子とお思ひなさらぬか、あゝ腸《はらはた》が腐《くさつ》た人は子の可愛《かあい》さも分りはすまい、もうお別れ申ますと風呂敷《ふろしき》さげて表へ出《いづ》れば、早くゆけ〳〵とて呼《よび》かへしては呉《く》れざりし。

(2) 三尺帯。本来は職人が締める。ここでは子どもの締める帯。

（八）

魂祭《たまつ》り過《す》ぎて幾日《いくじつ》、まだ盆提燈《ぼんぢようちん》のかげ薄淋《うすさび》しき頃《ころ》、新開《しんかい》の町を出《いで》し棺《くわん》二つあり、一つは駕《かご》にて一つはさし担《かつ》ぎ(1)にて、駕《かご》は菊《きく》の井《ゐ》の隠居処《いんきよじよ》よりしのびやかに出《いで》ぬ、大路《おほぢ》に見る人のひそめくを聞けば、彼《あ》の子もとんだ運のわるい詰《つま》らぬ奴《やつ》に見込《みこ》まれて可愛《かあい》さうな事をしたといへば、イヤあれは得心《とくしん》づくだと言ひまする、あの日の夕暮《ゆふぐれ》、お寺の山で二人立《ふたりたち》ばなしをして居《ゐ》たといふ確かな証人《しようにん》もござります、女も逆上《のぼせ》て居《ゐ》た男の事なれば義理にせまつて遣《や》つたので御座《ござ》ろといふもあり、何《なん》のあの阿魔《あま》が義理はり(2)を知らうぞ湯屋《ゆや》の帰りに男に逢《あ》ふたれば、流石《さすが》に振《ふり》はなして逃《にげ》る事もならず、一処《しよ》に歩いて話しはしても居《ゐ》たらうなれど、切られたは後袈裟《うしろげさ》(3)、頬先《ほうさき》のかすり疵《きず》、頸《くび》筋《すぢ》の突疵《つききず》など色々あれども、たしかに逃げる処《ところ》を遣《や》られたに相違《さうい》ない、引《ひき》かへて男は美事《みごと》な切腹、蒲団《ふとん》やの時代から左《さ》のみの男と思はなんだがあれこそは死花《しにばな》(4)、ゑらさうに見えたと

(1) 棺にかけた縄に棒を差し込んでかつぐ葬送。

図15

(2) 義理と張り。義理と意地。

(3) 後ろからの袈裟懸け。「袈裟懸け」は、一方の肩先からもう一方の脇にかけて斜めに斬り下げること。

(4) 死に際の名誉。

いふ、何《なに》にしろ菊《きく》の井《ゐ》は大損《おほぞん》であらう、彼《か》の子には結構《けつこう》な旦《だん》那《な》がついた筈《はづ》、取《とり》にがしては残念であらうと人の愁《うれ》ひを串談《じようだん》に思ふものもあり、諸説《しよせつ》みだれて取止《とりと》めたる事なけれど、恨《うらみ》は長し人魂《ひとだま》か何かしらず筋《すぢ》を引く光り物のお寺の山といふ小《こ》高《だか》き処《ところ》より、折《おり》ふし飛べるを見し者ありと伝へぬ

（明治28年9月「文芸倶楽部」）

十三夜

(上)

例《いつも》は威勢《いせい》よき黒ぬり車(1)の、それ門《かど》に音が止《と》まつた娘ではないかと両親《ふたおや》に出迎《でむか》はれつる物を、今宵《こよひ》は辻《つぢ》より飛《とび》のりの車(2)さへ帰して悄然《しよんぼり》と格子戸《かうしど》の外に立てば、家内《うち》には父親が相《あひ》かはらずの高声《たかごゑ》、いはゞ私《わし》も福人《ふくじん》(3)の一人《ひとり》、いづれも柔順《おとな》しい子供を持つて育てるに手は懸《かゝ》らず人には褒《ほ》められる、分外《ぶんぐわい》の欲さへ渇《かわ》かねば(4)此上《このうへ》に望みもなし、やれ〳〵有難《ありがた》い事と物がたられる、あの相手は定《さだ》めし母様《はゝさん》、あゝ何《なに》も御存《ごぞん》じなしに彼《あ》のやうに喜んでお出遊《いであそ》ばす物を、何《ど》の顔さげて離縁状《りゑんじよう》もらふて下

(1) 黒漆を塗った高級な人力車。

図1

(2) 街角で客待ちしているのを拾ってきた人力車。
(3) しあわせもの。
(4) 分不相応な欲さえ求めなければ。

されと言はれた物か、叱《し》かられるは必定《ひつぢよう》、太郎《たらう》と言ふ子もある身にて置いて駆《か》け出《だ》して来《く》るまでには種々《いろ〳〵》思案《しあん》もし尽《つく》しての後《のち》なれど、今更《いまさら》にお老人《としより》を驚《おどろ》かして是《こ》れまでの喜びを水の泡にさせまする事つらや、寧《いつ》そ話さずに戻ろうか、戻れば太《た》郎《らう》の母と言はれて何時《いつ》〳〵までも原田《はらだ》の奥様、御両親《ごりようしん》に奏《そう》任《にん》(5)の聟《むこ》がある身と自慢させ、私《わたし》さへ身を節倹《つめ》れば時たまはお口に合ふ物お小遣《こづか》ひも差《さし》あげられるに、思ふまゝを通して離《り》縁《ゑん》とならば太郎《たらう》には継母《まゝはゝ》の憂《う》き目を見せ、御両親《ごりようしん》には今までの自慢の鼻にはかに低くさせまして、人の思はく、弟《おとゝ》の行末《ゆくすゑ》、あゝ此《この》身一つの心から出世の真《しん》(6)も止《と》めずはならず、戻《もど》らうか、戻らうか、あの鬼《おに》のやうな我良人《わがつま》のもとに戻《もど》らうか、彼《あ》の鬼《おに》の、鬼《おに》の良人《つま》のもとへ、ゑゝ厭《い》や厭《い》やと身をふるはす途端《とたん》、よろ〳〵として思はず格子《かうし》にがたりと音さすれば、誰《だ》れだと大きく父親の声、道ゆく悪太郎《あくたらう》(7)の悪戯《いたづら》とまがへてなるべし(8)。

外なるは(9)おほゝと笑ふて、お父様私《とつさんわたし》で御座《ござ》んすといかにも可愛《かわゆ》き声、や、誰《た》れだ、誰《た》れであつたと障子《しようじ》を引明《ひきあけ》て、ほう

(5) 奏任官。明治時代、内閣総理大臣の直接の任命による高級官吏。

(6) 出世のもと。

(7) いたずらっ子。
(8) 間違えてのことだろう。
(9) 外にいる人は。

お関《せき》か、何《なん》だな其様《そん》な処《ところ》に立つて居《ゐ》て、何《ど》うして又此《またこの》おそくに出かけて来た、車もなし、女中も連れずか、やれ〳〵ま早く中《なか》へ這入《はい》れ、さあ這入《はい》れ、何《ど》うも不意に驚かされたやうでまご〳〵するわな、格子《かうし》は閉めずとも宜《よ》い私《わ》しが閉《し》める、兎《と》も角《かく》も奥《おく》が好《い》い、ずつとお月様のさす方へ、さ、蒲団《ふとん》へ乗れ、蒲団《ふとん》へ、何《ど》うも畳《たゝみ》が汚《きた》ないので大屋《おほや》に言つては置いたが職人の都合があると言ふてな、遠慮《ゑんりよ》も何《なに》も入《い》らない着物がたまらぬから夫《そ》れを敷《し》ひて呉《く》れ、やれ〳〵何《ど》うして此遅《このおそ》くに出て来たお宅《うち》では皆《みな》お変《かは》りもなしかと例《いつ》に替《かは》らずもてはやさるれば、針《はり》の席《むしろ》にのる様にて奥さま扱《あつ》かひ情《なさけ》なくじつと涕《なみだ》を呑込《のみこ》んで、はい誰《だ》れも時候《じかう》の障《さわ》りも御座《ござ》りませぬ、私《わたし》は申訳《まをしわけ》のない御無《ごぶ》沙汰《さた》して居《を》りましたが貴君《あなた》もお母様《つかさん》も御機嫌《ごきげん》よくいらつしやりますかと問へば、いや最《も》う私《わし》は嚔《くさみ》一つせぬ位《くらゐ》、お袋《ふくろ》は時たま例《れい》の血の道(1)と言ふ奴《やつ》を始めるがの、夫《そ》れも蒲団《ふとん》かぶつて半日も居《ゐ》ればけろ〳〵とする病《やまひ》だから子細《しさい》はなしさと元気よく呵々《からく》と笑ふに、亥之《ゐの》さんが見えませぬが今晩《こんばん》は何処《どちら》へか参《まゐ》り

(1) 女性の血行不順による頭痛やめまいなど。

ましたか、彼《あ》の子も替《かわ》らず勉強で御座《ござ》んすかと問へば、母親はほた〳〵として(2)茶を進めながら、亥之《ゐの》は今しがた夜学《やがく》に出《で》て行《ゆき》ました、あれもお前お蔭《かげ》さまで此間《このあひだ》は昇給《しようきう》させて頂《いたゞ》いたし、課長様《くわちやうさま》が可愛《かわゆ》がつて下さるので何《ど》れ位《くらゐ》心丈夫《こゝろじようぶ》であらう、是《こ》れと言ふも矢張《やつぱり》原田《はらだ》さんの縁《ゑん》引が有《あ》るからだとて宅《うち》では毎日いひ暮《くら》して居《ゐ》ます、お前に如才《ぢよさい》は有《あ》るまいけれど(3)此後《このご》とも原田《はらだ》さんの御機嫌《ごきげん》の好《い》いやうに、亥之《ゐの》は彼《あ》の通り口の重い質《たち》だし何《いつ》れお目に懸《かゝ》つてもあつけない御挨拶《ごあいさつ》よりほか出来まいと思はれるから、何分《なにぶん》ともお前が中に立つて私《わたし》どもの心が通じるやう、亥之《ゐの》が行末《ゆくすゑ》をもお頼《たの》み申《まをし》て置《おい》てお呉《く》れ、ほんに替《かは》り目《め》で陽気が悪いけれど太郎《たろ》さんは何時《いつ》も悪戯《おいた》をして居《ゐ》ますか、何故《なぜ》に今夜は連れてお出《いで》でない、お祖父《ぢい》さんも恋しがつてお出《いで》なされた物をと言はれて、又今更《またいまさら》にうら悲しく、連れて来《こ》やうと思ひましたけれど彼《あ》の子は宵《よひ》まどひで(4)最《も》う疾《と》うに寐《ね》ましたから其《その》まゝ置《お》いて参《まゐ》りました、本当に悪戯《いたづら》ばかりつのりまして聞《きゝ》わけとては少しもなく、外へ出れば跡《あと》を追ひま

(2) いそいそとして。

(3) ぬかりはあるまいが。

(4) 宵の内から眠くなること。

するし、家内《うち》に居《ゐ》れば私《わたし》の傍《そば》ばつかり覗《ねら》ふて、ほんに〳〵手が懸《かゝ》つて成《なり》ませぬ、何故《なぜ》彼様《あんな》で御座《ござ》りませうと言ひかけて思ひ出しの涙むねの中に漲《みなぎ》るやうに、思ひ切つて置いては来たれど今頃は目を覚《さま》して母《かゝ》さん母《かゝ》さんと婢女《をんな》どもを迷惑《めいわく》がらせ、煎餅《おせん》やおこしの哆《たら》し(1)も利《き》かで、皆々《みなく》手を引いて鬼《おに》に喰《く》はすと威《おど》かしてゞも居《ゐ》やう、あゝ可愛《かあひ》さうな事をと声たてゝも泣きたきを、さしも(2)両親《ふたおや》の機嫌《きげん》よげなるに言ひ出《いで》かねて、烟《けむり》にまぎらす烟草《たばこ》二三服《ぷく》、空咳《からせき》こん〳〵として涙を襦袢《じゆばん》の袖《そで》にかくしぬ。

今宵《こよひ》は旧暦《きうれき》の十三夜《や》(3)、旧弊《きうへい》なれどお月見の真似事《まねごと》に団子《いしく》(4)をこしらへてお月様にお備《そな》へ申《まを》せし、これはお前も好物《かうぶつ》なれば少々なりとも亥之助《ゐのすけ》に持《も》たせて上《あげ》やうと思ふたれど、亥之助《ゐのすけ》も何《なに》か極《きま》りを悪るがつて其様《そのやう》な物はお止《よし》なされと言ふし、十五夜にあげなんだから片月見《かたつきみ》(5)に成《な》つても悪るし、喰《た》べさせたいと思ひながら思ふばかりで上《あげ》る事が出来なんだに、今夜来て呉《く》れるとは夢の様な、ほんに心が届いたのであらう、自宅《うち》

(1) だまし。

(2) これほどにも。

(3) 陰暦の九月十三日の夜。八月十五日夜の月に対して後の月といい、豆名月、栗名月ともいう。

(4) 「いしいし」は、だんごの女房詞。

(5) 十五夜と十三夜の月見を一方だけすること。

で甘《うま》い物はいくらも喰《た》べやうけれど親のこしらいたは又別物《またべつもの》、奥様気《おくさまぎ》を取《とり》すて、今夜は昔《むか》しのお関《せき》になつて、見得《みえ》を搆《かま》はず豆なり栗なり気に入つたを喰べて見せてお呉《く》れ、いつでも父《とゝ》様《さん》と噂《うわさ》すること、出世は出世に相違《さうゐ》なく、人の見る目も立派なほど、お位《くらゐ》の宜《い》い方々《かたぐ》や御身分のある奥様がたとの御交際《おつきあひ》もして、兎《と》も角《かく》も原田《はらだ》の妻と名告《なのつ》て通るには気骨《きぼね》の折れる事もあらう、女子《をんな》どもの使ひやう出入《でい》りの者の行渡《ゆきわた》り(6)、人の上に立つものは夫《そ》れ丈《だけ》に苦労が多く、里方《さとかた》が此様《このやう》な身柄《みがら》では猶《なほ》更《さら》のこと人に侮《あなど》られぬやうの心懸《こゝろが》けもしなければ成《な》るまじ、夫《そ》れを種々《さまぐ》に思ふて見ると父《とゝ》さんだとて私《わたし》だとて孫なり子なりの顔の見たいは当然《あたりまへ》なれど、余《あん》まりうるさく出入《でい》りをしてはと控《ひか》へられて、ほんに御門《ごもん》の前を通る事はありとも木綿着物《もめんきもの》に毛繻子《けじゆす》(7)の洋傘《かふもり》さした時には見す〳〵お二階の簾《すだれ》を見ながら、吁《あゝ》お関《せき》は何《なに》をして居《ゐ》る事かと思ひやるばかり行過《ゆきす》ぎて仕舞《しまひ》まする、実家でも少し何《なん》とか成《な》つて居《ゐ》たならばお前の肩身《かたみ》も広《ひろ》からうし、同じくでも少しは息のつけやう物を、何《なに》を云《い》ふに

(6) 万事に気を配ること。

(7) 縦に綿糸、横に毛糸を用いて織ったつやのある綾織の布。洋傘の生地に用いられたが、絹物に比べ低級品であった。

も此通《このとほ》り、お月見の団子《いしく》をあげやうにも重《おぢう》箱からしてお恥《はづ》かしいでは無からうか、ほんにお前の心遣《こゝろづか》ひが思はれると嬉《うれ》しき中にも思ふまゝの通路《つうろ》(1)が叶《かな》はねば、愚痴《ぐち》の一《ひ》トつかみ賤《いや》しき身分を情《なさけ》なげに言はれて、本当に私《わたし》は親不孝だと思ひます る、それは成程《なるほど》和《やは》らかひ衣類《きもの》(2)きて手車《てぐるま》(3)に乗りあるく時は立派らしくも見えませうけれど、父《とゝ》さんや母《かゝ》さんに斯《か》うして上《あげ》やうと思ふ事も出来ず、いはゞ自分の皮一重《かはひとゑ》、寧《いつ》そ賃仕事《ちんしごと》してもお傍《そば》で暮した方が余《よ》つぽど快《こゝろ》よう御座《ござ》いますと言ひ出すに、馬鹿、馬鹿、其様《そのやう》な事を仮《かり》にも言ふてはならぬ、嫁に行つた身が実家《さと》の親の貢《みつぎ》をするなど、思ひも寄《よ》らぬこと、家《うち》に居《ゐ》る時は斎藤《さいとう》の娘、嫁入《よめい》つては原田《はらだ》の奥方ではないか、勇《いさむ》さんの気に入る様《やう》にして家《いへ》の内《うち》を納《おさ》めてさへ行《ゆ》けば何《なん》の子細《しさい》は無い、骨が折れるからとて夫《そ》れ丈《だけ》の運のある身ならば堪《た》へられぬ事は無い筈《はづ》、女《をんな》などゝ言ふ者は何《ど》うも愚痴《ぐち》で、お袋《ふくろ》などが詰《つま》らぬ事を言ひ出すから困り切る、いや何《ど》うも団子《だんご》を喰《た》べさせる事が出来《でき》ぬとて一日大立腹《いちにちおほりつぷく》であつた、大分《だいぶ》熱心で調製《こしらへ》たもの

(1) 行き来。
(2) 柔らかく手触りのよい上等の着物。絹物をいう。
(3) 自家用の人力車。

と見えるから十分《ぶん》に喰《た》べて安心させて遣《や》つて呉《く》れ、余程甘《よほどうま》からうぞと父親《てゝおや》の滑稽《おどけ》を入《い》れるに、再《ふたゝ》び言《い》ひそびれて御馳走《ごちそう》の栗枝豆《くりえだまめ》ありがたく頂戴《ちようだい》をなしぬ。

嫁入《よめい》りてより七年《ねん》の間《あひだ》、いまだに夜《よ》に入《い》りて客に来《き》しこともなく、土産《みやげ》もなしに一人歩行《ひとりあるき》して来《く》るなど悉皆《しつかい》(4)ためしのなき事なるに、思ひなしか衣類も例《いつも》ほど燦《きらび》かならず、稀《まれ》に逢《あ》ひたる嬉《うれ》しさに左《さ》のみは(5)心も付かざりしが、聟《むこ》よりの言伝《ことづて》とて何《なに》一言《こと》の口上《こうじよう》(6)もなく、無理に笑顔は作りながら底に萎《しほ》れし処《ところ》のあるは何《なに》か子細《しさい》のなくては叶《かな》はず、父親《てゝおや》は机の上の置時《おきど》計《けい》(7)を眺《なが》めて、これやモウ程《ほど》なく十時《じ》になるが関《せき》は泊《とま》つて行《い》つて宜《よ》いのかの、帰るならば最《も》う帰らねば成《な》るまいぞと気を引いて見る親の顔、娘は今更《いまさら》のやうに見上げて御父様《おとつさん》私《わたくし》は御《お》願《ねが》ひがあつて出《で》たので御座《ござ》ります、何《ど》うぞ御聞遊《おきゝあそば》してと屹《きつ》となつて畳《たゝみ》に手を突く時、はじめて一《ひ》トしづく幾層《いくそ》の憂《う》きを洩《もら》しそめぬ。

父は穏《おだや》かならぬ色を動かして、(8)改まつて何《なに》かのと膝《ひざ》を進め

(4) まったく。

(5) それほどは。

(6) あいさつ。

(7) 卓上や棚上に置いて使う形の時計。

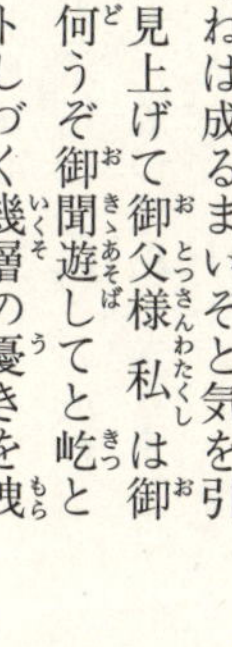

図2

(8) 顔に不安の表情を見せて。

れば、私《わたし》は今宵限《こよひかぎ》り原田《はらだ》へ帰らぬ決心で出て参《まゐ》つたので御座《ござ》ります、勇《いさむ》が許しで参《まゐ》つたのではなく、彼《あ》の子を寐《ね》かして、太郎《たらう》を寐かしつけて、最早《もう》あの顔を見ぬ決心で出て参《まゐ》りました、まだ私《わたし》の手より外誰《ほかだ》れの守《も》りでも承諾《しようち》せぬほどの彼《あ》の子を、欺《だま》して寐《ね》かして夢《ゆめ》の中《うち》に、私《わたくし》は鬼《おに》に成《な》つて出て参《まゐ》りました、御父様《おとつさん》、御母様《おつかさん》、察《さつ》して下さりませ私《わたくし》は今日《けふ》まで遂《つ》ひに原田《はらだ》の身に就《つ》いて御耳《おみゝ》に入《い》れました事もなく、勇《いさむ》と私《わたし》との中《なか》を人に言ふた事は御座《ござ》りませぬけれど、千度《ちたび》も百度《もゝたび》も考へ直して、二年も三年も泣尽《なきつく》して今日《けふ》といふ(1)今日《けふ》どうでも離縁《りえん》を貰《もら》ふて頂《いたゞ》かうと決心の臍《ほぞ》をかためました、何《ど》うぞ御願《おねが》ひで御《ご》座《ざ》ります離縁《りえん》の状《じやう》を取《と》つて下《くだ》され、私《わたし》はこれから内職《ないしよく》なり何《なん》なりして亥之助《いのすけ》が片腕《かたうで》にもなられるやう心がけますほどに、一生一人《ひとり》で置いて下さりませとわつと声たてるを嚙《かみ》しめる襦《じゆ》袢《ばん》の袖《そで》、墨絵《すみゑ》の竹《たけ》も紫竹《しちく》の色にや出《いづ》る(2)と哀れなり。

夫《そ》れは何《ど》ういふ子細《しさい》でと父も母も詰寄《つめよ》つて問《とひ》かゝるに今までは黙《だま》つて居《ゐ》ましたれど私《わたし》の家《うち》の夫婦《めをと》さし向《むか》ひを半日見て下《くだ》

(1) かたく決心をいたしました。

(2) 涙のために紫色に変わりはしないかと。

さつたら大底《たいてい》が御解《おわか》りに成《なり》ませう、物言《ものい》ふは用事《ようじ》のある時慳《ときけん》貪《どん》に申《まをし》つけられるばかり、朝起《あさおき》まして機嫌《きげん》をきけば不図《ふと》脇《わき》を向《む》ひて庭の草花《くさばな》を態《わざ》とらしき褒《ほ》め詞《ことば》、是《これ》にも腹《はら》はたてども良人《おつと》の遊ばす事なればと我慢して私《わたし》は何《なに》も言葉あらそひした事も御座《ござ》んせぬけれど、朝飯《あさはん》あがる時から小言《こゞと》は絶《た》えず、召《めし》使《つかひ》の前にて散々《さんぐ》と私《わたし》が身の不器用不作法《ぶきようぶさはう》を御並《おなら》べなされ、夫《そ》れはまだ〳〵辛棒《しんぼう》もしませうけれど、二言目《ことめ》には教育のない身、教育のない身と御蔑《おさげす》みなさる、それは素《もと》より華族女学《くわぞくぢよがく》校《かう》(3)の椅子《いす》にかゝつて育つた物ではないに相違《さうゐ》なく、御同僚《ごどうりよう》の奥様がたの様にお花のお茶の、歌の画《ゑ》のと習ひ立てた事もなければ其御《そのお》話《はな》しの御相手《おあいて》は出来ませぬけれど、出来ずは人知れず習はせて下さつても済《す》むべき筈《はづ》、何《なに》も表向《おもてむ》き実家の悪《わ》るいを風聴《ふうちやう》なされて、召使ひの婢女《をんな》どもに顔の見られるやうな事なさらずとも宜《よ》かりさうなもの、嫁入《よめい》つて丁度《てうど》半年ばかりの間《あいだ》は関《せき》や関《せき》やと下《した》へも置かぬやうにして下さつたけれど、あの子が出来てからと言ふ物は丸《まる》で御人《おひと》が変《かは》りまして、思ひ

(3)　皇族・華族など上流階級の女子が入学した学校。女子学習院の前身。

出しても恐《おそ》ろしう御座《ござ》ります、私《わたし》はくら暗《やみ》の谷《たに》へ突落《つきおと》されたやうに暖かい日の影といふを見た事が御座《ござ》りませぬ、はじめの中《うち》は何《なに》か串談《じようだん》に態《わざ》とらしく邪慳《じやけん》に遊ばすのと思ふて居《を》りましたけれど、全《まつた》くは私《わたし》に御飽《おあ》きなされたので此様《こう》もしたら出てゆくか、彼様《あゝ》もしたら離縁《りゑん》をと言ひ出すかと苦《いぢ》めて苦《いぢ》めて苦《いぢ》め抜《ぬ》くので御座《ござ》りましよ、御父様《おとつさん》も御母様《おつかさん》も私《わたし》の性分《せうぶん》は御《ご》存《ぞん》じ、よしや(1)良人《おつと》が芸者狂《げいしやぐる》ひなさらうとも、囲《かこ》い者《もの》して御置《おお》きなさらうとも其様《そん》な事に悋気《りんき》する(2)私《わたし》でもなく、侍婢《をんな》どもから其様《そん》な噂《うわさ》も聞《きこ》えまするけれど彼《あ》れほど働きのある御方《おかた》なり、男の身のそれ位《くらゐ》はありうち(3)と他処行《よそゆき》には衣類《めしもの》にも気をつけて気に逆《さか》らはぬやう心がけて居《お》りまするに、唯《たゞ》もう私《わたし》の為《す》る事とては一から十まで面白《おもしろ》くなく覚《おぼ》しめし、箸《はし》の上《あ》げ下《おろ》しに家《いへ》の内《うち》の楽しくないは妻が仕方《しかた》が悪《わ》るいからだと仰《おつ》しやる、夫《そ》れも何《ど》ういふ事が悪い、此処《こゝ》が面白《おもしろ》くないと言ひ聞かして下さる様《やう》ならば宜《よ》けれど、一筋《ひとすぢ》に詰《つま》らぬくだらぬ、解《わか》らぬ奴《やつ》、とても相談の相手にはならぬの、いはゞ太郎《たらう》の乳母《うば》として置

（1）たとえ。
（2）やきもちを焼く。
（3）あって当然。

いて遣《つか》はすのと嘲《あざけ》つて仰《おつ》しやる斗《ばかり》、ほんに良人《おつと》といふではなく彼《あ》の御方《おかた》は鬼《おに》で御座《ござ》りまする、御自分の口から出てゆけとは仰《おつ》しやりませぬけれど私《わたし》が此様《このやう》な意久地《いくぢ》なしで太郎《たらう》の可愛《かわゆ》さに気が引かれ、何《ど》うでも御詞《おことば》に異背《いはい》せず唯々《はい〳〵》と御小言《おこごと》を聞いて居《お》りますれば、張《はり》も意気地《いきぢ》もない愚《ぐ》うたらの奴《やつ》、それからして気に入らぬと仰《おつ》しやりまする、左《さ》うかと言つて少しなりとも私《わたし》の言条《いひでう》(4)を立てゝ負けぬ気に御返事《おへんじ》をしましたら夫《それ》を取《と》てに出てゆけと言はれるは必定《ひつぢやう》、私《わたし》は御母様《おつかさん》出《で》て来《く》るのは何《なん》でも(5)御座《ござ》んせぬ、名のみ立派の原田勇《はらだいさむ》に離縁《りえん》されたからとて夢さら残りをしいとは思ひませぬけれど、何《なん》にも知らぬ彼《あ》の太郎《たらう》が、片親《かたおや》に成《な》るかと思ひまする と意地もなく我慢もなく、詫《わび》て機嫌《きげん》を取つて、何《なん》でも無い事に恐《おそ》れ入《い》つて、今日《けふ》までも物言はず辛棒《しんぼう》して居《を》りました、御父様《おとつさん》、御母様《おつかさん》、私《わたし》は不運で御座《ござ》りますとて口惜《くや》しさ悲しさ打出《うちいだ》し(6)、思ひも寄らぬ事を談《かた》れば両親《ふたおや》は顔を見合《みあは》せて、さては其様《そのやう》の憂《う》き中《なか》かと呆《あき》れて暫時《しばし》いふ言《こと》もなし。

(4) 言い分。
(5) 少しも。
(6) 口に出して。

母親は子に甘《あま》きならひ、聞く毎々《ことごと》に身にしみて口惜《くちを》しく、父様《とゝさん》は何《なん》と思《おぼ》し召《め》すか知らぬが元来《もと〳〵》此方《こち》から貰《もら》ふて下されと願《ねが》ふて遣《や》つた子ではなし、身分が悪いの学校が何《ど》うしたのと宜《よ》くも宜《よ》くも勝手な事が言はれた物、先方《さき》は忘れたかも知らぬが此方《こちら》はたしかに日まで覚《おぼ》えて居《ゐ》る、阿関《おせき》が十七の御正月《おしようがつ》、まだ門松《かどまつ》を取《とり》もせぬ七日《なのか》の朝の事であつた、旧《もと》の猿楽町《さるがくてう》の彼《あ》の家《うち》の前で御隣の小娘《ちいさいの》と追羽根《おひばね》して、彼《あ》の娘の突《つ》いた白い羽根が通《とほ》り掛《かゝ》つた原田《はらだ》さんの車の中へ落《おち》たとつて、夫《そ》れをば阿《お》関《せき》が貰《もら》ひに行《ゆ》きしに、其時《そのとき》はじめて見たとか言つて人橋《ひとばし》かけ(1)てやい〳〵と貰《もら》ひたがる、御身分《おみぶん》がらにも釣合《つりあ》ひませぬし、此方《こちら》はまだ根《ね》つからの(2)子供で何《なに》も稽古事《けいこごと》も仕込《しこ》んでは置《おき》ませず、支度《したく》とても唯今《たゞいま》の有様《ありさま》で御座《ござ》いますからとて幾度断《いくたびことは》つたか知れはせぬけれど、何《なに》も舅姑《しうとしうとめ》のやかましいが有《あ》るでは無《な》し、我《わし》が欲《ほ》しくて我《わし》が貰《もら》ふに身分も何《なに》も言ふ事はない、稽《けい》古《こ》は引取《ひきと》つてからでも充分《じうぶん》させられるから其《その》心配も要《い》らぬ事、兎角《とかく》くれさへすれば大事にして置かうからと夫《それ》は夫《それ》は火のつ

(1) 人を介して。
(2) まったく。

く様《やう》に催促《さいそく》して、此方《こちら》から強請《ねだつ》た訳《わけ》ではなけれど支度《したく》まで先《さ》方《き》で調《とゝの》へて謂《い》はゞ御前《おまへ》は恋女房《こひにようぼう》、私《わたし》や父様《とゝさん》が遠慮《ゑんりよ》して左《さ》のみは出入《でい》りをせぬといふも勇《いさむ》さんの身分を恐《おそ》れてゞは無い、これが妾《めかけ》手かけに出したのではなし正当《しやうたう》にも正当《しやうたう》にも百《ひやく》まんだ(3)ら頼みによこして貰つて行つた嫁の親、大威張《おほゐばり》に出這入《ではいり》しても差《さし》つかへは無ければ、彼方《あちら》が立派《りつぱ》にやつて居《ゐ》るに、此方《こちら》が此通《このとほ》りつまらぬ活計《くらし》をして居《ゐ》れば、御前《おまへ》の縁《ゑん》にすがつて聟《むこ》の助力《たすけ》を受けもするかと他人様《ひとさま》の処思《おもはく》が口惜《くちを》しく、痩《や》せ我慢《がまん》では無けれど交際《つきあひ》だけは御身分相応《ごみぶんさうおう》に尽《つく》して、平常《へいぜい》は逢《あ》いたい娘の顔も見ずに居《ゐ》まする、夫《そ》れをば何《なん》の馬鹿々々しい親なし子《ご》でも拾《ひろ》つて行つたやうに大層《たいさう》らしい(4)、物が出来るの出来ぬのと宜《よ》く其様《そん》な口が利《き》けた物《もの》、黙《だま》つて居《ゐ》ては際限《さいげん》もなく募《つの》つて夫《そ》れは夫《そ》れは癖《くせ》に成《な》つて仕舞《しま》ひます、第一は婢女《をんな》どもの手前奥様の威光《ゐくわう》が削《そ》げて、末《すゑ》には御前《おまへ》の言ふ事を聞く者もなく、太郎《たらう》を仕立《したて》(5)るにも母様《はゝさん》を馬鹿にする気になられたら何《なん》としまする、言ふだけの事は屹度《きつと》言ふて、それが悪《わ》るいと小言《こゞと》をい

(3) くり返しなんども。

(4) えらそうな。

(5) 育て上げる。

ふたら何《なん》の私《わたし》にも家《うち》が有《あり》ますとて出て来るが宜《よ》からうでは無いか、実《ほん》に馬鹿々々しいとつては(1)夫《そ》れほどの事を今日《けふ》が日《ひ》まで黙《だま》つて居《ゐ》るといふ事が有《あ》ります物か、余《あんま》り御前《おまへ》が温順《おとな》し過《すぎ》るから我儘《わがまゝ》がつのられたのであろ、聞《き》いた計《ばかり》でも腹が立つ、もう〳〵退《ひ》けて居《ゐ》るには及《およ》びません、身分が何《なん》であらうが父もある母もある、年《とし》はゆかねど亥之助《いのすけ》といふ弟《おとゝ》もあればその様な火の中にじつとして居《ゐ》るには及《およ》ばぬこと、なあ父様《とゝさん》一遍《いつぺん》勇《いさむ》さんに逢《あ》ふて十分《ぶん》油《あぶら》を取《と》つたら(2)宜《よ》う御座《ござ》りましよと母は猛《たけ》つて前後もかへり見ず。

父親《てゝおや》は先刻《さきほど》より腕《うで》ぐみして目を閉ぢて有《あり》けるが、あゝ御袋《おふくろ》、無茶の事を言ふてはならぬ、我《わ》しさへ始めて聞いて何《ど》うした物かと思案《しあん》にくれる、阿関《おせき》の事なれば並大底《なみたいてい》で此《こ》様な事を言ひ出しさうにもなく、よく〳〵愁《つ》らさに出て来たと見えるが、して今夜は聟《むこ》どのは不在《るす》か、何《なに》か改《あら》たまつての事件でもあつてか、いよ〳〵離縁《りえん》するとでも言はれて来たのかと落《おち》ついて問ふに、良人《おつと》は一昨日《おとゝひ》より家《うち》へとては帰られませぬ、五日《か》六

(1) といっては。
(2) 音を上げるほど問い詰めたら。

日《か》と家《うち》を明《あ》けるは平常《つね》の事《こと》、左《さ》のみ珍《めづ》らしいとは思ひませぬけれど出際《でぎは》に召物《めしもの》の揃《そろ》へかたが悪いとて如何《いか》ほど詫《わ》びても聞《きゝ》入《い》れがなく、其品《それ》をば脱《ぬ》いで擲《たゝ》きつけて、御自身《ごじゝん》洋服にめしかへて、吁《あゝ》、私《わし》位《ぐらゐ》不仕合《ふしあはせ》の人間はあるまい、御前《おまへ》のやうな妻を持つたのはと言《い》ひ捨《ず》てに出て御出《おい》で遊《あそば》しました、何《なん》とい
ふ事で御座《ござ》りませう一年三百六十五日物《もの》いふ事も無く、稀々《たまく》言はれるは此様《このやう》な情《なさけ》ない詞《ことば》をかけられて、夫《そ》れでも原田《はらだ》の妻と言はれたいか、太郎の母で候《さふらふ》と顔おし拭《ぬぐ》つて居《ゐ》る(3)心か、我《わが》身《み》ながら我身《わがみ》の辛棒《しんぼう》がわかりませぬ、もう〳〵もう私《わたし》は良人《つま》も子も御座《ござ》んせぬ嫁入《よめいり》せぬ昔《むかし》と思へば夫《そ》れまで、あの頑是《ぐわんぜ》ない太郎《たらう》の寝顔を眺《なが》めながら置いて来るほどの心になりましたからは、最《も》う何《ど》うでも勇《いさむ》の傍《そば》に居《ゐ》る事は出来ませぬ、親はなくとも子は育つと言ひまするし、私《わたし》の様《やう》な不運の母の手で育つより継母御《まゝはゝご》なり御手《おて》かけなり気に適《かな》ふた人に育て丶貰《もら》ふたら、少しは父御《てゝご》も可愛《かわゆ》がつて後々《のちく》あの子の為《ため》にも成《なり》ませう、私《わたし》はもう今宵《こよひ》かぎり何《ど》うしても帰る事は致《いた》しませぬとて、断《た》

（3）平然とした顔で。

つても断《た》てぬ子の可憐《かわゆ》さに、奇麗《きれい》に言へども詞《ことば》はふるへぬ。

父は歎息《たんそく》して、無理は無い、居愁《ゐづ》らくもあらう、困つた中《なか》に成《な》つたものよと暫時《しばらく》阿関《おせき》の顔を眺《なが》めしが、大丸髷《おほまるまげ》(1)に金輪《きんわ》の根《ね》(2)を巻《ま》きて黒縮緬《くろちりめん》の羽織《はをり》何《なん》の惜《を》しげもなく、我《わ》が娘ながらもいつしか調《とゝの》ふ奥様風、これをば結《むす》び髪《がみ》(3)に結《ゆ》ひかへさせて綿銘《めんめい》仙《せん》(4)の半天《はんてん》(5)に襷《たすき》がけの水仕業《みづしわざ》(6)さする事いかにして忍ばるべき、太郎《たらう》といふ子もあるものなり、一端《たん》の怒《いか》りに百年《ねん》の運を取《とり》はづして、人には笑はれものとなり、身はいにしへの斎藤主計《さいとうかずへ》が娘に戻らば、泣くとも笑ふとも再度《ふたゝび》原田太郎《はらだたらう》が母とは呼《よ》ばる、事成《ことな》るべきにもあらず、良人《おつと》に未練《みれん》は残さずとも我《わ》が子の愛の断ちがたくは離れていよ〳〵物をも思ふべく、今の苦労を恋しがる心も出《い》づべし、斯《か》く形よく生れたる身の不幸《ふしやはせ》、不相応《ふさうおう》の縁《えん》につながれて幾《いく》らの苦労をさする事と哀れさの増《まさ》れども、いや阿関《おせき》こう言ふと父が無慈悲《むじひ》で汲取《くみと》つて呉《く》れぬのと思ふか知らぬが決して御前《おまへ》を叱《し》かるではない、身分が釣合《つりあ》はねば思ふ事も自然違《ちが》ふて、此方《こちら》は真《しん》から尽《つく》す気でも取りや

(1) 大きく結った丸髷。丸髷は既婚者の髪形。

図3

(2) 純金の根掛け。根掛けは、もとどりに掛ける装飾品。

図4

(3) 鬢（びん）や髱（たぼ）を出さず、無造作に頭上に束ねただけの髪形。

図5

うに寄《よ》つては面白《おもしろ》くなく見える事もあらう、勇《いさむ》さんだからとて彼《あ》の通り物の道理を心得《こゝろえ》た、利発《りはつ》の人ではあり随分《ずいぶん》学者でもある、無茶苦茶にいぢめ立《たて》る訳《わけ》ではあるまいが、得《え》て(7)世間に褒《ほ》め物の敏腕家《はたらきて》など、言はれるは極《きわ》めて恐《おそ》ろしい我《わが》まゝ物、外《そと》では知らぬ顔に切つて廻《まわ》せど(8)勤《つと》め向《む》きの不平などまで家内《うち》へ帰つて当《あた》りちらされる、的《まと》に成《な》つては随分《ずいぶん》つらい事もあらう、なれども彼《あ》れほどの良人《おつと》を持つ身のつとめ、区役所がよひの腰弁当《こしべんたう》(9)が釜《かま》の下《した》を焚《た》きつけて呉《くれ》るのとは格が違ふ、随《した》がつてやかましくもあらう六《む》づかしくもあろう夫《それ》を機嫌《きげん》の好《い》い様《やう》にと、のへて行《ゆ》くが妻の役《やく》、表面《うわべ》には見えねど世間の奥様といふ人達の何《いづ》れも面白《おもしろ》くをかしき中《なか》ばかりは有《あ》るまじ、身一つと思へば恨《うら》みも出《で》る、何《なん》の是《こ》れが世の勤めなり、殊《こと》には是《こ》れほど身がらの相違《さうゐ》もある事なれば人一倍の苦もある道理、お袋《ふくろ》などが口広《くちひろ》(10)い事は言へど亥之《いの》が昨今《さくこん》の月給《げつきう》に有《あり》ついたも必竟《ひつきやう》は原田《はらだ》さんの口入れではなからうか、七光《なゝひかり》どころか十光《とひかり》もして間接《よそ》ながらの恩を着ぬとは言はれぬに愁《つ》らからうとも

(4) 銘仙は絹織物だが、横糸に綿糸を用いて織ったもの。
(5) 庶民の防寒着や職人の仕事着として用いられた。衿の折り返し、マチ、胸紐が無い丈の短い上着（一〇二頁図10参照）。
(6) 水仕事。
(7) 得てして。
(8) うまく処理するが。
(9) 安月給取り。
(10) 口にまかせて大きな事。

一つは親の為弟《ためおとゝ》の為《ため》、太郎《たらう》といふ子もあるものを今日《けふ》までの辛棒《しんぼう》がなるほどならば、是《こ》れから後《ご》とて出来ぬ事はあるまじ、離縁《りゑん》を取つて出たが宜《よ》いか、太郎《たらう》は原田《はらだ》のもの、其方《そち》は斎藤《さいとう》の娘《むすめ》、一度《ど》縁《えん》が切《き》れては二度《ど》と顔見にゆく事もなるまじ、同じく不運に泣くほどならば原田《はらだ》の妻で大泣きに泣け、なあ関《せき》さうでは無いか、合点《がてん》がいつたら何事も胸に納《おさ》めて、知らぬ顔に今夜は帰つて、今まで通りつゝしんで世を送つて呉《く》れ、お前が口に出さんとても親も察《さつ》しる弟《おとゝ》も察《さつ》しる、涙は各自《てんで》に分《わけ》て泣《な》かうぞと因果《いんぐわ》を含《ふく》めてこれも目を拭《ぬぐ》ふに、阿関《おせき》はわつと泣いて夫《そ》れでは離縁《りゑん》をといふたも我《わが》まゝで御座《ござ》りました、成程《なるほど》太郎《たらう》に別れて顔も見られぬ様にならば此世《このよ》に居《ゐ》たとて甲《か》斐《ひ》もないものを、唯《たゞ》目の前の苦をのがれたとて何《ど》うなる物《もの》で御座《ござ》んせう、ほんに私《わたし》さへ死んだ気にならば三方《ばう》四方《はう》波風《なみかぜ》たゝず、兎《と》もあれ彼《あ》の子も両親の手で育てられまするに、つまらぬ事を思ひ寄《より》まして、貴君《あなた》にまで嫌《い》やな事を御聞《おき》かせ申《まをし》ました、今宵限《こよひかぎ》り関《せき》はなくなつて魂《たましゐ》一つが彼《あ》の子の身を守るのと思《おも》ひますれば良人《おつと》のつらく当《あた》る位《くらゐ》百年《ねん》も辛棒出来《しんぼうでき》さうな事、よく御言葉《おことば》も合点《がてん》が行《ゆ》きました、もう此様《こん》な事は御聞《おき》かせ申《まをし》ませぬほどに心配をして下さりますなとて拭《ぬぐ》ふあとから又涙《またなみだ》、母親は声たてゝ何《なん》といふ此娘《このこ》は不仕合《ふしやわせ》と又《また》一しきり大泣きの雨、くもらぬ月も折《をり》から淋《さび》しくて、うしろの土手《どて》の自然生《しぜんばへ》を弟《おとゝ》の亥之《いの》が折《をつ》て来《き》て、瓶《びん》にさしたる薄《すゝき》の穂《ほ》の招《まね》く手振《ぶ》りも哀れなる夜《よ》なり。

実家は上野《うへの》の新坂下《しんざかした》、駿河台《するがだい》への路《みち》なれば茂《しげ》れる森の木《こ》のした暗侘《やみわび》しけれど、今宵《こよひ》は月もさやかなり、広小路《ひろこうぢ》へ出《いづ》れば昼も同様、雇《やと》ひつけの車宿《くるまやど》(1)とて無き家なれば路《みち》ゆく車を窓から呼んで、合点《がてん》が行《い》つたら兎《と》も角《かく》も帰れ、主人《あるじ》の留守に断《ことはり》なしの外出、これを咎《とが》められるとも申訳《まをしわけ》の詞《ことば》は有《あ》るまじ、少し時刻は遅《おく》れたれど車ならばつひ一《ひ》ト飛《とび》、話しは重ねて聞きに行《ゆ》かう、先《ま》づ今夜は帰つて呉《く》れとて手を取つて引出《ひきいだ》すやうなるも事あら立《だて》じの親の慈悲《じひ》、阿関《おせき》はこれまでの身と覚悟《かくご》してお父様《とつさん》、お母様《つかさん》、今夜の事はこれ限り、帰りますからは私《わたし》

(1) 人力車を置いて営業する家。二階に車夫を住み込ませる。

は原田《はらだ》の妻なり、良人《おつと》を誹《そし》るは済《す》みませぬほどに最《も》う何《なに》も言ひませぬ、関《せき》は立派《りつぱ》な良人《おつと》を持《も》つたので弟《おとゝ》の為《ため》にも好《い》い片腕《かたうで》、あゝ安心なと喜んで居《ゐ》て下されば私《わたし》は何《なに》も思ふ事は御座《ござ》んせぬ、決して決して不了簡《ふりやうけん》など出すやうな事はしませぬほどに夫《そ》れも案じて下さりますな、私《わたし》の身体《からだ》は今夜をはじめに勇《いさむ》のものだと思ひまして、彼《あ》の人の思ふまゝに何《なん》となりして貰《もら》ひましよ、夫《それ》では最《も》う私《わたし》は戻ります、亥之《いの》さんが帰つたらば宜《よろ》しくいふて置いて下され、お父様《とつさん》もお母様《つかさん》も御機嫌《ごきげん》よう、此《この》次《つぎ》には笑ふて参《まゐ》りまするとて是非《ぜひ》なさゝうに(1)立《たち》あがれば、母親は無《な》けなしの巾着《きんちやく》さげて出て駿河台《するがだい》まで何程《いくら》でゆくと門《かど》なる車夫《しやふ》に声をかくるを、あ、お母様《つかさん》それは私《わたし》がやりまする、有《あり》がたう御座《ござ》んしたと温順《おとな》しく挨拶《あいさつ》して、格子戸《かうしど》くゞれば顔に袖《そで》、涙をかくして乗り移る哀れさ、家《うち》には父が咳払《せきばら》ひの是《こ》れもうるめる(2)声成し。

（下）

(1) 仕方なさそうに。

(2) 涙ぐんだ。

さやけき月に風のおと添《そ》ひて、虫の音《ね》たえ〴〵に物がなしき上野《うへの》へ入《い》りてよりまだ一町《てう》もやう〳〵と思ふに、いかにしたるか車夫《しやふ》はぴつたりと轅《かぢ》(3)を止《と》めて、誠に申《まをし》かねましたが私《わたし》はこれで御免《ごめん》を願ひます、代《だい》は入《い》りませぬからお下《お》りなすつてと突然《だしぬけ》にいはれて、思ひもかけぬ事なれば阿関《おせき》は胸をどつきりとさせて、あれお前そんな事を言つては困るではないか、少し急ぎの事でもあり増《ま》(4)しは上《あ》げやうほどに骨を折つてお呉《く》れ、こんな淋《さび》しい処《ところ》では代りの車も有《あ》るまいではないか、それはお前人困《ひとこま》らせといふ物、愚図《ぐづ》らずに行《い》つてお呉《く》れと少しふるへて頼むやうに言へば、増《ま》しが欲しいと言ふのでは有《あり》ませぬ、私《わたし》からお願ひです何《ど》うぞお下《お》りなすつて、最《も》う引《ひ》くのが厭《い》やに成《な》つたので御座《ござ》りますと言《い》ふに、夫《それ》ではお前加減《かげん》でも悪るいか、まあ何《ど》うしたと言《い》ふ訳《わけ》、此処《ここ》まで挽《ひ》いて来《き》て厭《い》やに成《な》つたでは済《す》むまいがねと声に力を入れて車夫《しやふ》を叱《しか》れば、御免《ごめん》なさいまし、もう何《ど》うでも(5)厭《い》やに成《な》つたのですからとて提燈《ちやうちん》を持《もち》しまゝ、不図《ふと》脇《わき》へのがれて、お前は我《わが》まゝの車夫《くるまや》さん

(3)　轅（梶）棒。人力車を引く長い柄。

(4)　割増金。

(5)　なんとしても。

だね、夫《それ》ならば約定《きめ》の処《ところ》までとは言ひませぬ、代りのある処《とこ》まで行つて呉《く》れゝば夫《それ》でよし、代《だい》はやるほどに何処《どこ》か开処《そこ》らまで、切《せ》めて広小路《ひろこうぢ》までは行つてお呉《く》れと優しい声にすかす様にいへば、成《な》るほど若いお方ではあり此淋《このさび》しい処《ところ》へおろされては定《さだ》めしお困りなさりませう、これは私《わたし》が悪う御座《ござ》りました、ではお乗せ申《まをし》ませう、お供《とも》を致《いた》しませう、嘸《さぞ》お驚《おどろ》きなさりましたろうとて悪《わる》者らしくもなく提燈《ちやうちん》を持《もち》かゆるに、お関《せき》もはじめて胸をなで、心丈夫《こゝろじようぶ》に車夫の顔を見れば二十五六の色黒く、小男《こをとこ》の痩《や》せぎす、あ、月に背《そむ》けたあの顔が誰《た》れやらで有《あ》つた、誰《た》れやらに似《に》て居《ゐ》ると人の名も咽元《のどもと》まで転《ころ》がりながら、もしやお前さんはと我知《われし》らず声をかけるに、ゑ、と驚いて振《ふり》あふぐ男、あれお前さんは彼《あ》のお方では無いか、私《わたし》をよもやお忘れはなさるまいと車より滑《すべ》るやうに下《お》りてつく〲と打《うち》まもれば(1)、貴嬢《あなた》は斎藤《さいとう》の阿関《おせき》さん、面目《めんもく》も無い此様《こん》な姿《なり》で、背後《うしろ》に目が無ければ何《なん》の気もつかずに居《ゐ》ました、夫《そ》れでも音声《ものごゑ》にも心づくべき筈《はづ》なるに、私《わたし》は余程《よつぽど》の鈍《どん》に成《な》りま

(1) 見つめれば。

したと下を向いて身を恥《はぢ》れば、阿関《おせき》は頭《つむり》の先より爪先《つまさき》まで眺《なが》めていゑ〱私《わたし》だとて往来《わうらい》で行逢《ゆきあ》ふた位《くらゐ》ではよもや貴君《あなた》と気は付きますまい、唯《たつ》た今の先までも知らぬ他人の車夫《くるまや》さんとのみ思ふて居《ゐ》ましたに御存《ごぞん》じないは当然《あたりまへ》、勿体《もつたい》ない事であつたれど知らぬ事なればゆるして下され、まあ何時《いつ》から此様《こん》な業《こと》して、よく其《その》か弱い身に障《さわ》りもしませぬか、伯母《おば》さんが田舎《いなか》へ引取《ひきと》られてお出《いで》なされて、小川町《をがはまち》のお店《みせ》をお廃《や》めなされたといふ噂《うわさ》は他処《よそ》ながら聞いても居《ゐ》ましたれど、私《わたし》も昔《むかし》の身でなければ種々《いろ〱》と障《さわ》る事があつてな、お尋《たづ》ね申《まを》すは更《さら》なる(2)こと手紙あげる事も成《なり》ませんかつた、今は何処《どこ》に家《うち》を持つて、お内儀《かみ》さんも御健勝《おまめ》か、小児《ちツさい》のも出来てか、今も私《わたし》は折《をり》ふし小川町《をがはまち》の勧工場《くわんこうば》(3)見物《み》に行《ゆき》まする度々《たび〱》、旧《もと》のお店《みせ》がそつくり其儘《そのまゝ》同じ烟草店《たばこみせ》の能登《のと》やといふに成《な》つて居《ゐ》まするを、何《い》時《つ》通《とほ》つても覗《のぞ》かれて、あゝ高坂《かうさか》の録《ろく》さんが子供であつたころ、学校の行返《ゆきもど》りに寄つては巻烟草《まきたばこ》のこぼれを貰《もら》ふて、生意気《なまいき》らしう吸立《すいた》てた物なれど、今は何処《どこ》に何《なに》をして、気の優《やさ》しい方《かた》

(2) もちろんのこと。
(3) 勧工場は一つの建物の中に安い商品を陳列し、即売する、ショッピングセンターのようなもの。当時「小川町の勧工場」といえば表神保町一丁目にあった洽集館（こうしゆうかん）のことだった。

図6

なれば此様《こんな》六《む》づかしい世に何《ど》のやうの世渡りをしてお出《いで》なららうか、夫《そ》れも心にかゝりまして、実家へ行《ゆ》く度《たび》に御様子《ごやうす》を、もし知つても居《ゐ》るかと聞いては見まするけれど、猿楽町《さるがくてう》を離《はな》れたのは今で五年の前、根つから（1）お便《たよ》りを聞く縁《ゑん》がなく、何《ど》んなにお懐《なつか》しう御座《ござ》んしたらうと我身《わがみ》のほどをも忘れて問ひかくれば、男は流れる汗を手拭《てぬぐひ》にぬぐふて、お恥《はづ》かしい身に落《おち》まして今は家《うち》と言ふ物も御座《ござ》りませぬ、寐処《ねどころ》は浅草町《あさくさまち》の安《やす》宿《やど》、村田《むらた》といふが二階に転《ころ》がつて、気に向《む》ひた時は今夜のやうに遅《おそ》くまで挽《ひ》く事もありまするし、厭《い》やと思へば日がな一《いち》日《にち》ごろ〳〵として烟《けぶり》のやうに暮《くら》して居《ゐ》まする、貴嬢《あなた》は相変《あいかは》らずの美くしさ、奥様にお成《な》りなされたと聞いた時から夫《それ》でも一度は拝《おが》む事が出来るか、一生の内《うち》に又《また》お言葉を交はす事が出来るかと夢のやうに願《ねが》ふて居《ゐ》ました、今日《けふ》までは入用《いりよう》のない命と捨《す》て物に取《とり》あつかふて居《ゐ》ましたけれど命があればこその御対面《ごたいめん》、あゝ宜《よ》く私《わたくし》を高坂《かうさか》の録之助《ろくのすけ》と覚《おぼ》えて居《ゐ》て下さりました、辱《かたじけ》なう御座《ござ》りますと下を向くに、阿関《おせき》はさめ〳〵とし

（1）まるっきり。

て(2)誰《だ》れも憂《う》き世に一人《ひとり》と思ふて下さるな。

してお内儀《かみ》さんはと阿関《おせき》の問へば、御存《ごぞん》じで御座《ござ》りましよ筋向《すぢむか》ふの杉田《すぎた》やが娘、色が白いとか恰好《かつかう》が何《ど》うだとか言ふて世間の人は暗雲《やみくも》に褒《ほ》めたてた女《もの》で御座《ござ》ります、私《わたし》が如何《いか》にも放蕩《のら》をつくして家《うち》へとては寄りつかぬやうに成《な》つたを、貰《もら》ふべき頃に貰《もら》ふ物を貰《もら》はぬからだと親類の中《うち》の解《わか》らずやが勘違《かんちが》ひして、彼《あ》れならばと母親が眼鏡《めがね》にかけ、是非《ぜひ》もらへ、やれ貰《もら》へと無茶苦茶に進めたてる五月蠅《うるさ》さ、何《ど》うなりと成《な》れ、成《な》れ、勝手に成《な》れとて彼《あ》れを家《うち》へ迎《むか》へたは丁度《てうど》貴嬢《あなた》が御懐妊《ごくわいにん》だと聞《きゝ》ました時分《じぶん》の事、一年目には私《わたし》が処《ところ》にもお目出《めで》たうを他人《ひと》からは言はれて、犬張子《いぬはりこ》や風車《かざぐるま》(3)を並《なら》べたてる様に成《な》りましたれど、何《なん》のそんな事で私《わたし》が放蕩《のら》のやむ事か、人は顔の好《い》い女房《にようぼ》を持たせたら足が止まるか、子が生れたら気が改《あらた》まるかとも思ふて居《ゐ》たのであらうなれど、たとへ小町《こまち》(4)と西施《せいし》(5)と手を引いて来て、衣通姫《そとほりひめ》(6)が舞《ま》ひを舞《ま》つて見せて呉《く》れても私《わたし》の放蕩《のら》は直らぬ事に極《き》めて置いたを、何《なん》で乳《ちゝ》くさい子供の顔見て発《ほつ》

(2) 涙を流して。

(3) それぞれ玩具の一つ。子供の魔よけとして、宮参りやひな祭りの贈り物などに使われた。

図7

(4) 小野小町。平安時代の歌人。古来、日本の代表的美人とされた。

(5) 中国周代、越の美女。越王勾践は呉に敗れて呉王夫差に西施を献じ、夫差はこの美女を溺愛して国を傾けた。

(6) 大和時代允恭天皇の妃の妹。衣を通して輝くほどの美女といわれた。

心《しん》(1)が出来ませう、遊んで遊んで遊び抜いて、呑《の》んで呑《の》んで呑《の》み尽《つく》して、家《いへ》も稼業《かげふ》もそつち除《の》けに箸《はし》一本《ぽん》もたぬやうに成《な》つたは一昨々年《さきおとゝし》、お袋《ふくろ》は田舎《いなか》へ嫁入《よめい》つた姉の処《ところ》に引取《ひきと》つて貰《もら》ひまするし、女房《にようぼ》は子をつけて実家《さと》へ戻《もど》したまゝ音信不通《いんしんふつう》、女の子ではあり惜《を》しいとも何《なん》とも思ひはしませぬけれど、其子《そのこ》も昨年の暮《くれ》チプスに懸《かゝ》つて死んださうに聞《きゝ》ました、女はませな物ではあり、死ぬ際《ぎは》には定《さだ》めし父様《とゝさん》とか何《なん》とか言ふたので御座《ござ》りましよう、今年居《ゐ》れば五つになるので御座《ござ》りました、何《なん》のつまらぬ身の上、お話しにも成《な》りませぬ。

男はうす淋《さび》しき顔に笑みを浮《うか》べて貴孃《あなた》といふ事も知りませぬので、飛んだ我《わが》まゝの不調法《ぶてうはふ》、さ、お乗りなされ、お供をしまする、嘸《さぞ》不意《ふい》でお驚《おどろ》きなさりましたろう、車を挽《ひ》くと言ふも名ばかり、何《なに》が楽しみに轅棒《かぢぼう》をにぎつて、何《なに》が望みに牛《うし》馬《うま》の真似《まね》をする、銭《ぜに》を貰《もら》へたら嬉《うれ》しいか、酒が呑《の》まれたら愉《ゆ》快《くわい》(2)なか、考へれば何《なに》も彼《か》も悉皆《しつかい》(3)厭《い》やで、お客様を乗せやうが空車《から》の時だらうが嫌《い》やとなると用捨《ようしや》なく嫌《い》やに成《なり》まする、

(1) 殊勝なことを思い立つこと。
(2) 愉快なのか。
(3) ことごとく。
(4) 着物の上前のすそ。歩く時ちょっと持ち上げたりする。

呆《あき》れはてる我《わが》まゝ男、愛想《あいそ》が尽《つ》きるでは有《あ》りませぬか、さ、お乗りなされ、お供をしますと進められて、あれ知らぬ中《うち》は仕《し》方《かた》もなし、知つて其《それ》車に乗れます物か、夫《そ》れでも此《こん》様な淋《さび》しい処《ところ》を一人《ひとり》ゆくは心細いほどに、広小路《ひろこうぢ》へ出《で》るまで唯《たゞ》道づれに成《な》つて下《くだ》され、話しながら行《ゆき》ませうとてお関《せき》は小褄《こづま》(4)少《すこ》し引《ひき》あげて、ぬり下駄《げた》(5)のおと是《こ》れも淋《さび》しげなり。

昔の友といふ中《うち》にもこれは忘られぬ由縁《ゆかり》のある人、小川町《をがはまち》の高坂《かうさか》とて小奇麗《こぎれい》な烟草屋《たばこや》の一人息子《ひとりむすこ》、今は此様《このやう》に色も黒く(6)見られぬ男になつては居《ゐ》れども、世にある頃の唐桟《とうざん》ぞろひに小気《こき》の利《き》いた前《まへ》だれ(7)がけ、お世辞《せじ》も上手《じやうず》、愛敬《あいけう》もありて、年《とし》の行《ゆ》かぬやうにも無い、父親《てゝおや》の居《ゐ》た時よりは却《かへ》つて店《みせ》が賑《にぎ》やかなと評判された利口《りこう》らしい人の、さても〳〵の替《かは》り様《やう》、我《わが》身《み》が嫁入《よめい》りの噂聞《うわさきこ》え初《そめ》た頃から、やけ遊びの底ぬけ騒《さわ》ぎ、高《かう》坂《さか》の息子は丸《まる》で人間が変《かは》つたやうな、魔《ま》でもさしたか、祟《たゝ》りでもあるか、よもや只事《たゞごと》では無いと其頃《そのころ》に聞きしが、今宵《こよひ》見れば如何《いか》にも浅《あさ》ましい身の有様《ありさま》、木賃泊《きちんどま》りに居《ゐ》なさんすやう

(5) 木地のままではなく塗り仕上げをしてあるもの。高級品になると蒔絵が施されているものもあった。

図8

(6) 着物と羽織とそろいの唐桟。唐桟は、紺地に浅葱（あさぎ）、赤、茶などの色合いを縦じまに配した、通人向きで高価な綿織物。

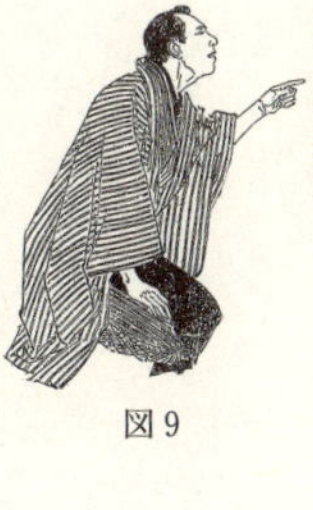

図9

(7) 前掛け。商売人の制服のようなもの（図9参照）。

に成《な》らうとは思ひも寄《よ》らぬ、私《わたし》は此《この》人に思はれて、十二の年《とし》より十七まで明暮《あけく》れ顔を合《あは》せる毎《たび》に行々《ゆくゆく》は彼《あ》の店《みせ》の彼処《あすこ》へ座《すわ》つて、新聞見ながら商《あきな》ひするのと思ふても居《ゐ》たれど、量《はか》らぬ人(1)に縁《えん》の定《さだ》まりて、親々《おや〱》の言ふ事なれば何《なん》の異存《いぞん》を入《いれ》られやう、烟草屋《たばこや》の録《ろく》さんにはと思へど夫《そ》れはほんの子供ごゝろ、先方《さき》からも口へ出して言ふた事はなし、此方《こちら》は猶《なほ》さら、これは取《とり》とまらぬ夢の様な恋なるを、思ひ切つて仕舞《しま》へ、思ひ切つて仕舞《しま》へ、あきらめて仕舞《しまは》うと心を定《さだ》めて、今の原田《はらだ》へ嫁入りの事には成《な》つたれど、其際《そのきは》までも涙がこぼれて忘れかねた人、私《わたし》が思ふほどは此《この》人も思ふて、夫《そ》れ故《ゆゑ》の身の破滅かも知れぬ物を、我《わ》が此様《このやう》な丸髷《まるまげ》などに、取済《とりすま》したる様《やう》な姿をいかばかり面《つら》にくゝ思はれるであらう、夢さらさうした楽しらしい身ではなけれどもと阿関《おせき》は振《ふり》かへつて録之助《ろくのすけ》を見やるに、何《なに》を思ふか茫然《ぼうぜん》とせし顔つき、時たま逢《あ》ひし阿関《おせき》に向《むか》つて左《さ》のみは嬉《うれ》しき様子も見えざりき。

広小路《ひろこうぢ》に出《いづ》れば車もあり、阿関《おせき》は紙入れ(2)より紙幣《しへい》いくらか

(1) 思いもよらぬ人。

(2) 紙幣入れ（八七頁図4参照）。

取出《とりいだ》して小菊《こぎく》の紙(3)にしほらしく包み(4)て、録《ろく》さんこれは誠に失《しつ》礼《れい》なれど鼻紙なりとも買つて下され、久《ひさ》し振《ぶり》でお目にかゝつて何《なに》か申《まをし》たい事は沢山《たんと》あるやうなれど口へ出ませぬは察して下され、では私《わたし》は御別《おわか》れに致します、随分《ずいぶん》からだを厭《いと》ふて煩《わづ》らはぬ様に、伯母《おば》さんをも早く安心させておあげなさりまし、蔭《かげ》ながら私《わたし》も祈《いの》ります、何《ど》うぞ以前の録《ろく》さんにお成《な》りなされて、お立派にお店をお開きに成《な》ります処《ところ》を見せて下され、左《さ》様《やう》ならばと挨拶《あいさつ》すれば録之助《ろくのすけ》は紙づゝみを頂いて、お辞儀《じぎ》(5)申《まを》す筈《はづ》なれど貴嬢《あなた》のお手より下されたのなれば、あり難《がた》く頂《ちやう》戴《だい》して思ひ出にしまする、お別れ申《まを》すが惜《を》しいと言つても是《こ》れが夢ならば仕方《しかた》のない事、さ、お出《いで》なされ、私《わたくし》も帰ります、更《ふ》けては路《みち》が淋《さび》しう御座《ござ》りますぞとて空車引《からぐるまひ》いてうしろ向《む》く、其《それ》人は東へ、此《これ》人は南へ、大路《おほぢ》の柳月《やなぎつき》のかげに靡《なび》いて力なささうの塗《ぬ》り下駄《げた》のおと、村田《むらた》の二階も原田《はらだ》の奥も憂《う》きはお互《たが》ひの世におもふ事多し。

（明治28年12月「文芸倶楽部」）

(3) ふところ紙にする小判の高級な和紙。
(4) つつしみ深く。
(5) ご辞退。

わかれ道

(上)

お京《けう》さん居《ゐ》ますかと窓の戸《と》の外《そと》に来て、こと〳〵と羽目《はめ》を敲《たゝ》く音のするに、誰《だ》れだえ、最《も》う寐て仕舞《しま》つたから明日《あした》来てお呉《く》れと嘘《うそ》を言へば、寐《ね》たつて宜《い》いやね、起きて明けてお呉《く》んなさい、傘屋《かさや》の吉《きち》だよ、己《お》れだよと少し高く言へば、嫌《いや》な子だね此様《こん》な遅《おそ》くに何《なに》を言ひに来たか、又御餅《またおかちん》(1)のおねだりか、と笑つて、今あけるよ少時辛棒《しばらくしんぼう》おしと言ひながら、仕立《したて》かけの縫物《ぬひもの》に針《はり》どめして立つは年頃《としごろ》二十余《あま》りの意気な女、多い髪の毛を忙がしい折《をり》からとて結《むす》び髪《がみ》(2)にして、少し長めな八丈《でう》(3)の

(1) もちの女房詞。
(2) 髷を結わず、無造作に頭上に髪を巻きつけた髪形。
(3) 八丈絹。八丈島で産する絹織物。黄八丈、黒八丈など。

前《まへ》だれ(4)、お召《めし》の台《だい》なしな半天《はんてん》(5)を着て、急ぎ足に沓脱《くつぬぎ》へ下りて格子戸《かうしど》に添《そ》ひし雨戸を明くれば、お気の毒さまと言ひながらずつと這入《はい》るは一寸法師《いつすんぼし》と仇名《あだな》のある町内の暴《あば》れ者、傘屋《かさや》の吉《きち》とて持《も》て余《あま》しの小僧《こぞう》なり、年《とし》は十六なれども不図《ふと》見《み》る処《ところ》は一か二か、肩幅《かたはゞ》せばく顔少《ちい》さく、目鼻だちはきり〳〵と利口らしけれど何《いか》にも脊《せい》の低《ひ》くければ人嘲《ひとあざ》けりて仇名《あだな》はつけゝる。御免《ごめん》なさい、と火鉢の傍《そば》へづか〳〵と行《ゆ》けば、御餅《おかちん》を焼《や》くには火が足らないよ、台処《だいどころ》の火消壺《ひけしつぼ》(6)から消《け》し炭《ずみ》を持つて来てお前が勝手に焼《やい》てお喰《た》べ、私《わたし》は今夜中《こんやぢう》に此《こ》れ一枚《つ》を上《あ》げねば成《な》らぬ、角《かど》の質屋《しちや》の旦那《だんな》どのが御年始《ごねんし》着《ぎ》だからとて針を取れば、吉《きち》はふゝんと言つて彼《あ》の兀頭《はげあたま》には惜しい物だ、御初穂《おはつう》(7)を我《お》れでも着て遣《や》らうかと言へば、馬鹿をお言ひで無い人のお初穂《はつう》を着ると出世が出来ないと言ふでは無いか、今つから延《の》びる事が出来なくては仕方が無い、其様《そん》な事を他処《よそ》の家《うち》でもしては不用《いけない》よと気を付けるに(8)、己《お》れなんぞ御出世《ごしゆつせ》は願はないのだから他人《ひと》の物だらうが何《なん》だらうが着かぶつて遣《や》るだけが徳《とく》さ、

(4) 前掛け。
(5) 古くなってお召縮緬の値打ちもなくなった半纏。
(6) 燃えさしの薪や炭を入れ、蓋をして密閉し火を消す容器。

図1

(7) おはつほ。神仏に供える、その年最初に実った稲の穂。ここは、誰も手を通してない仕立ておろしの着物。
(8) 注意をすると。

お前さん何時《いつ》か左様《さう》言つたね、運が向く時に成《な》ると己《お》れに糸《いと》織《をり》(1)の着物をこしらへて呉《く》れるつて、本当に調《こしら》へて呉《く》れるかえと真面目《まじめ》だつて言へば、夫《そ》れは調《こし》らへて上《あ》げられるやうならお目出度《めでたい》のだもの喜《よろこ》んで調《こし》らへるがね、私《わたし》が姿を見てお呉《く》れ、此様《こん》な容躰《ようだい》(2)で人さまの仕事をして居《い》る境界《きやうがい》では無からうか、まあ夢のやうな約束さとて笑つて居《い》れば、い丶やな夫《そ》れは、出来ない時に調《こし》らへて呉《く》れとは言は無い、お前さんに運の向いた時の事さ、まあ其様《そん》な約束でもして喜ばして置いてお呉《く》れ、此様《こん》な野郎が糸織《いとをり》ぞろへを冠《かぶ》つた処《ところ》がをかしくも無いけれどもと淋《さび》しさうな笑顔をすれば、そんなら吉《きつ》ちやんお前が出世の時は私《わたし》にもしてお呉《く》れか、其約束《そのやくそく》も極《きは》めて置きたいねと微笑《ほゝゑ》んで言へば、其《そい》つはいけない、己《お》れは何《ど》うしても出世なんぞは為《し》ないのだから。何故《なぜ》〳〵。何故《なぜ》でもしない、誰《だ》れが来て無理やりに手を取つて引上《ひきあ》げても己《お》れは此処《ここ》に斯《か》うして居《い》るのが好《い》いのだ、傘屋《かさや》の油引《あぶらひ》き(3)が一番《ばん》好《い》いのだ、何《ど》うで(4)盲目縞《めくらじま》の筒袖《つゝそで》(5)に三尺《じやく》(6)を脊負《しよ》つて産《で》て来《き》たのだらうから、

(1) 絹のより糸で織った上等の織物。
(2) なりふり。
(3) 番傘作りで、張った紙に油を塗る仕事。
(4) どうせ。
(5) 紺無地の木綿で作った筒形の袖の仕事着。
(6) 三尺帯。職人が締める。

渋《しぶ》(7)を買ひに行《ゆ》く時かすりでも取つて吹矢《ふきや》の一本《ぽん》も当《あた》りを取るのが好《い》い運《うん》さ、お前さんなぞは以前《もと》が立派な人だと言ふからに上等の運が馬車に乗つて迎《むか》ひに来やすのさ、だけれどもお妾《めかけ》に成《な》ると言ふ謎では無いぜ、悪く取つて怒《おこ》つてお呉《く》んなさるな、と火なぶり(9)をしながら身の上を歎《なげ》くに、左様《さう》さ馬車の代りに火の車でも来るであらう、随分《ずいぶん》胸の燃える事が有《あ》るからね、とお京《けう》は尺《ものさし》を杖《つゑ》に振返《ふりかへ》りて吉三《きちざう》が顔を守りぬ(10)。

例《いつも》の如《ごと》く台処《だいどころ》から炭を持出《もちいだ》して、お前は喰《く》ひなさらないかと聞けば、い丶ゑ、とお京《けう》の頭《つむり》をふるに、では己《お》ればかり御馳走《ごちそう》さまに成《な》らうかな、本当に自家《うち》の吝嗇《けちん》ぼうめ八釜《やかま》しい小言《ごと》ばかり言ひやがつて、人を使ふ法をも知りやあがらない、死んだお老婆《ばあ》さんは彼《あ》んなのでは無かつたけれど、今度の奴《やつ》等《ら》と来たら一人《ひとり》として話せるのは無い、お京《けう》さんお前は自家《うち》の半次《はんじ》さんを好きか、随分厭味《ずいぶんいやみ》に出来あがつて、い丶気の骨《こつ》頂《てう》の奴《やつ》(11)では無いか、己《お》れは親方の息子だけれど彼奴《あいつ》ばかりは何《ど》うしても主人とは思はれない番ごと(12)喧嘩《けんくわ》をして遣《や》り込《こ》めて

(7) 紙張りの雨傘に塗る柿渋。防腐の働きをする。
(8) 代金の一部をごまかして取ること。
(9) 火箸で火をいじること。
(10) 見守った。
(11) 自分勝手なことこの上なしのやつ。
(12) 何かあるたびに。

やるのだが随分《ずいぶん》おもしろいよと話しながら、金網《かなあみ》の上へ餅《もち》をのせて、お、熱々《あつく》と指先を吹いてかゝりぬ。

己《お》れは何《ど》うもお京さんの事が他人のやうに思はれぬは何《ど》ういふ物であらう、お京《けう》さんお前は弟《おとゝ》といふを持つた事は無いのかと問はれて、私《わたし》は一人娘《ひとりご》で同胞《けうだい》なしだから弟《おとゝ》にも妹《いもと》にも持つた事は一度も無いと云ふ、左様《さう》かなあ、夫《そ》れでは矢張《やつぱり》何《なん》でも無いのだらう、何処《どこ》からか斯《か》うお前のやうな人が己《お》れの真身《しんみ》の姉《あね》さんだとか言つて出て来たら何《ど》んなに嬉《うれ》しいか、首《くび》つ玉《たま》へ噛《かぢ》り付《つ》いて己《お》れは夫《そ》れ限《ぎ》り往生《わうじやう》しても喜ぶのだが、本当に己《お》れは木《き》の股《また》からでも出て来たのか、遂《つ》いしか(1)親類らしい者に逢《あ》つた事も無い、夫《そ》れだから幾度《いくど》も幾度《いくど》も考へては己《お》れは最《も》う一生誰《だ》れにも逢《あ》ふ事が出来ない位《くらい》なら今のうち死んで仕舞《しまつ》た方《はう》が気楽だと考へるがね、夫《そ》れでも欲《を》があるから可笑《か》しい、ひよつくり変《へん》てこな夢何《ゆめなに》かを見てね、平常優《ふだんやさ》しい事の一言《こと》も言つて呉《く》れる人が母親《おふくろ》や父親《おやぢ》や姉《あね》さんや兄《あに》さんの様に思はれて、もう少し生《いき》て居《ゐ》やうかしら、もう一年も生《いき》て居《ゐ》

(1) いまだに。

たら誰《だ》れか本当の事を話して呉《く》れるかと楽しんでね、面白《おもしろ》くも無い油引《あぶらひ》きをやつて居《ゐ》るが己《お》れみたやうな変《へん》な物が世間にも有《あ》るだらうかねえ、お京《けう》さん母親《おふくろ》も父親《おやぢ》も空《から》つきり(2)当《あて》が無いのだよ、親なしで産《うま》れて来る子があらうか、己《お》れは何《ど》うしても不思議でならない、と焼《やき》あがりし餅《もち》を両手でたゝきつゝ例《いつ》も言ふなる心細さを繰返《くりかへ》せば、夫《そ》れでもお前笹《まへさゝ》づる錦《にしき》(3)の守《まも》り袋《ぶくろ》といふ様《やう》な証拠《しようこ》は無いのかえ、何《なに》か手懸《てがゝ》りは有《あ》りさうな物だねとお京《けう》の言ふを消して、何其様《なにそん》な気《き》の利いた物は有《あ》りさうにもしない生れると直《すぐ》さま橋の袂《たもと》の貸赤子《かしあかご》(4)に出されたのだなどゝ朋輩《はうばい》の奴等《やつら》が悪口をいふが、もしかすると左様《さう》かも知れない、夫《そ》れなら己《お》れは乞食《こじき》の子だ、母親《おふくろ》も父親《おやぢ》も乞食《こじき》かも知れない、表を通る襤褸《ぼろ》を下《さ》げた奴《やつ》が矢張己《やつぱりお》れが親類まき(5)で毎朝きまつて貰ひに来る跳跛片眼《びつこめつかち》の彼《あ》の婆《ばゞ》あ何《なに》かゞ己《お》れの為《ため》の何《なん》に当《あた》るか知れはしない、話さないでもお前は大底《たいてい》しつて居《ゐ》るだらうけれど今の傘屋《かさや》に奉公《ほうこう》する前は矢張己《やつぱりお》れは角兵《かくべ》衛《ゑ》(6)の獅子《しゝ》を冠《かぶ》つて歩いたのだからと打《うち》しをれて、お京《けう》さん己《お》

(2) まるっきり。

(3) 笹の葉をつるくさにかたどった模様を織り出した錦地。

図2

(4) あわれさを演出するために乞食に貸し出す赤ん坊。

図3

(5) 親類一族。「まき」は、同一の血縁関係にある一族。

(6) 子供が獅子頭をかぶり、大人の鳴らす太鼓に合わせ逆立ちなどしてお金を請い歩いた。越後獅子ともいう（二〇九頁図38参照）。

れが本当に乞食《こじき》の子ならお前は今までのやうに可愛《かわゆ》がつては呉《く》れないだらうか、振向《ふりむ》いて見ては呉《く》れまいねと言ふに、串《ぢよう》談《だん》をお言ひでないお前が何《ど》のやうな人の子で何《ど》んな身か夫《そ》れは知らないが、何《なん》だからとつて嫌《い》やがるも嫌《い》やがらないも言ふ事は無い、お前は平常《ふだん》の気に似合《にあは》ぬ情《なさけ》ない事をお言ひだけれど、私《わたし》が少しもお前の身なら非人《ひにん》(1)でも乞食《こじき》でも搆《かま》ひはない、親が無からうが兄弟が何《ど》うだらうが身一つ出世をしたらば宜《よ》からう、何故其様《なぜそん》な意気地《いくぢ》なしをお言ひだと励《はげ》ませば、己《お》れは何《ど》うしても駄目《だめ》だよ、何《なん》にも為《し》やうとも思はない、と下を向いて顔をば見せざりき。

(中)

今は亡《う》せたる傘屋の先代に太つ腹のお松《まつ》とて一代に身上《しんじやう》をあげたる、(2)女相撲《おんなすまう》のやうな老婆《ばゞ》さま有《あ》りき、六年前の冬の事寺参《てらまい》りの帰りに角兵衛《かくべゑ》の子供を拾《ひろ》ふて来て、いゝよ親方から八釜《やかま》しく言つて来たら其時《そのとき》の事、可愛想《かわいさう》に足が痛くて歩かれ

(1) 中世及び近世における賤民身分の称。江戸時代にはえた(穢多)とともに、士農工商より下位に位置づけられ、過酷な差別を受けた階層。生産的労働に従事することは許されず、遊芸や物貰い、牢獄や処刑場での雑役に従事した。明治四年太政官布告によって法律上はえた・非人の呼称は廃止されたが、その後も社会的差別は根強く存続している。

(2) 財産を築き上げた。

ないと言ふと朋輩《はうばい》の意地悪が置《おき》ざりに捨《す》てゝ行つたと言ふ、其様《そん》な処《ところ》へ帰るに当《あた》るものか少《ちつ》とも怕《おつ》かない事は無いから私《わたし》が家《うち》に居《ゐ》なさい、皆《みんな》も心配する事は無い何《なん》の此子位《このこぐらい》のもの二人や三人、台所へ板を並べてお飯《まんま》を喰《い》べさせるに文句が入《い》る物か、判証文《はんしようもん》(3)取《と》つた奴《やつ》でも欠落《かけおち》(4)をするもあれば持逃《もちに》げの吝《けち》な奴《やつ》もある、了簡次第《りようけんしだい》の物だわな、いはゞ馬には乗つて見ろ(5)さ、役に立つか立たないか置いて見なけりや知れはせん、お前新網《しんあみ》(6)へ帰るが嫌《い》やなら此家《こゝ》を死場《しにば》と極《き》めて勉強(7)をしなけりやあ成《な》らないよ、しつかり遣《や》つてお呉《く》れと言ひ含められて、吉《きち》や〳〵と夫《そ》れよりの丹精今油《たんせいいまあぶら》ひきに、大人《おとな》三人前を一手《て》に引《ひき》うけて鼻歌交《はなうたまじ》り遣《や》つて除《の》ける腕を見るもの、流石《さすが》に目鏡《めがね》(8)と亡《な》き老婆《ひと》をほめける。

　恩ある人は二年目に亡《う》せて今の主《あるじ》も内儀様《かみさま》も息子の半次《はんじ》も気に喰《く》はぬ者のみなれど、此処《こゝ》を死場《しにば》と定《さだ》めたるなれば厭《い》やとて更《さら》に何方《いづかた》に行《ゆ》くべき、身は疳癪《かんしやく》に筋骨《すぢぼね》つまつてか人よりは一寸法師《いつすんぼし》一寸法師《いつすんぼし》と誹《そし》らるゝも口惜《くちを》しきに、吉《きち》や手前《てめへ》は親

(3) 年季奉公の証文。
(4) 逃げ出して行方をくらますこと。
(5) 「馬には乗ってみよ、人には添うてみよ」。親しく接してみなければ人のよしあしはわからないということわざ。
(6) 現・港区麻布にあった町名。当時、極貧の者が住んだところ。
(7) 精出して働くこと。
(8) 人を見抜く力がある。

の日に腥《なまぐ》さを喰《や》たであらう、ざまを見ろ廻《まわ》りの廻《まわ》りの小仏《こぼとけ》(1)と朋輩《はうばい》の鼻垂《はなた》れに仕事の上の仇《あだ》を返されて、鉄拳《かなこぶし》に張《はり》たほす勇気はあれども誠に父母《ちゝはゝ》いかなる日に失《う》せて何時《いつ》を精進日《しようじんび》(2)とも心得《こゝろえ》なき身の、心細き事を思ふては干場《ほしば》の傘のかげに隠《かく》れて大地《だいぢ》を枕に仰向《あほの》き臥《ふ》してはこぼるゝ涙を呑込《のみこ》みぬる悲しさ、四季《しき》押《おし》とほし油びかりする目《め》くら縞《じま》の筒袖《つゝそで》を振《ふ》つて火の玉の様な子だと町内《てうない》に怕《こわ》がられる乱暴《らんばう》も慰《なぐさ》むる人なき胸《むな》ぐるしさの余《あま》り、仮《かり》にも優《やさ》しう言ふて呉《く》れる人のあれば、しがみ附《つ》いて取《とり》ついて離《はな》れがたなき思ひなり。仕事屋(3)のお京《けう》は今年の春より此裏《このうら》へと越《こ》して来《き》し者なれど物事に気才《きさい》の利《き》きて長屋中《ながやぢう》への交際《つきあい》もよく、大屋《おほや》なれば傘屋《かさや》の者へは殊更《ことさら》に愛想を見せ、小僧《こぞう》さん達《たち》着る物のほころびでも切れたなら私《わたし》の家《うち》へ持《も》つてお出《いで》、御家《おうち》は御多人数《ごたにんず》お内儀《かみ》さんの針《はり》もつていらつしやる暇《ひま》はあるまじ、私《わたし》は常住《じようぢう》(4)仕事畳紙《たとう》(5)と首《くび》つ引《ぴき》の身なれば本《ほん》の一針造作《はりざうさ》は無い、一人住居《ずまゐ》の相手なしに毎日毎夜《まいや》さびしくつて暮《くら》して居《い》るなれば手すきの時には遊びにも来て下され、私《わたし》は

(1) 手をつないで輪を作り、真中の子の周りをまわる遊び歌。「……なぜ背が低いな、親の日に赤のまま食べてとと食って、それで背が低いな」と続く。
(2) 仏の冥福を祈って行ないをつつしみ、肉食をせず菜食をする日。
(3) 仕立屋。
(4) いつでも。
(5) たとうがみ。渋や漆を塗った厚紙を折り畳んだもの。衣類、髪の道具などを入れる。

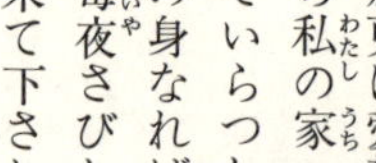
図4

此《こん》様ながら〳〵した気なれば吉《きち》ちやんの様な暴《あば》れ様《さん》が大好き、疳癪《かんしやく》がおこつた時には表の米屋《こめや》が白犬《しろいぬ》を擲《は》ると思ふて私《わたし》の家《うち》の洗《あら》ひかへし(6)を光沢《つや》出《だ》しの小槌《こづち》に、砧《きぬた》(7)うちでも遣《や》りに来て下され、夫《そ》れならばお前さんも人に憎《に》くまれず私《わたし》の方《はう》でも大助《おほだすか》り、本《ほん》に両為《りようだめ》で御座《ござ》んすほどにと戯言《じようだん》まじり何時《いつ》となく心安《こゝろやす》く、お京《けう》さんお京《けう》さんとて入浸《いりびた》るを職人ども翻弄《からかひ》ては帯屋《おびや》の大将のあちらこちら、(8)桂川《かつらがは》の幕が出る時はお半《はん》の脊中《せな》に長《てう》右衛門《ゑもん》と唱《うた》はせて彼《あ》の帯《おび》の上へちよこなんと乗つて出るか、此奴《こいつ》は好《い》いお茶番《ちやばん》(9)だと笑はれるに、男なら真似《まね》て見ろ、仕事やの家《うち》へ行つて茶棚の奥の菓子鉢の中に、今日《けふ》は何《なに》が何箇《いくつ》あるまで知つて居《い》るのは恐《おそ》らく己《お》れの外《ほか》には有《あ》るまい、質屋《しちや》の兀頭《はげあたま》めお京《けう》さんに首つたけで、仕事を頼むの何《なに》が何《ど》うしたのと小五月蠅《こうるさく》這入込《はいりこ》んでは前だれの半襟《はんえり》の帯《おび》つかは(10)のと附届《つけとゞけ》をして御機嫌《ごきげん》を取つては居《い》るけれど、遂《つ》ひしか喜んだ挨拶《あいさつ》をした事が無い、ましてや夜《よ》るでも夜中でも傘屋の吉《きち》が来たとさへ言へば寝間着《ねまき》のまゝで格子戸《かうしど》を明けて、今日《けふ》は一日遊びに

(6) 着物をほどいて洗ったもの。
(7) 砧という木の台の上で布を小槌で打つこと。柔らかくするため、またつやを出すために打つ。
(8) 帯屋の大将の場合とあべこべ。浄瑠璃「桂川連理柵(かつらがわれんりのしがらみ)」の帯屋長右衛門とお半の関係をさす。二人は四十代の男とまだ十四歳の小娘。お京と吉はその反対だということ。
(9) 茶番狂言。素人のこっけいな即興芝居。
(10) 帯側。女帯の表側にする織物。帯地。

来《こ》なかつたね、何《ど》うかお為《し》か、案《あん》じて居《い》たにと手を取つて引《ひき》入《い》れられる者が他《ほか》に有《あ》らうか、お気《き》の毒様《どくさま》なこつたが独活《うど》の大木《たいぼく》は役にた丶ない、山椒《さんしよ》は小粒《こつぶ》で珍重《ちんちよう》されると高い事をいふに、此《この》野郎めと脊《せ》を酷《ひど》く打《う》たれて、有《あり》がたう御座《ござ》いますと済《す》まして行《ゆ》く顔つき背《せい》さへあれば人串談《ひとぢようだん》とて免《ゆる》すまじけれど、一寸法師《いつすんぼし》の生意気と爪《つま》はぢきして好《い》い嬲《なぶ》りものに烟草休《たばこやす》みの話しの種成《たねなり》き。

（下）

十二月三十日の夜《よ》、吉《きち》は坂上の得意場《とくいば》へ誂《あつら》への日限《にちげん》の後《おく》れしを詫《わ》びに行《ゆ》きて、帰りは懐手《ふところで》の急ぎ足、草履下駄《ざうりげた》(1)の先にか丶る物は面白《おもしろ》づくに蹴《け》かへして、ころ〳〵と転《ころ》げると右に左に追ひかけては大溝《おほどぶ》の中《なか》へ蹴落《けおと》して一人《ひとり》から〳〵の高笑ひ、聞く者なくて天上《てんじよう》のお月さまさも皓々《こうく》と照《てら》し給《たま》ふを寒いと言ふ事知らぬ身なれば只《ただ》こ丶ちよく爽《さわやか》にて、帰りは例の窓を敲《たゝ》いてと目算《もくさん》ながら横町《よこてう》を曲《まが》れば、いきなり後《あと》より追ひすがる

（1）板付き草履。

図5

人の、両手に目を隠《か》くして忍び笑ひをするに、誰《だ》れだ誰《だ》れだと指を撫《な》で、、何《なん》だお京《けう》さんか、小指のまむし(2)が物を言ふ、恐赫《おどか》しても駄目《だめ》だよと顔を振《ふり》のけるに、憎《に》くらしい当てられて仕舞《しま》つたと笑ひ出す。お京《けう》はお高僧頭巾《こそづきん》(3)目深《まぶか》に風痛《ふうつう》(4)の羽《は》織《をり》着て例《いつも》に似合《にあは》ぬ宜《よ》き粧《なり》なるを、吉三《きちざう》は見あげ見おろして、お前何処《どこ》へ行《ゆ》きなすつたの、今日《けふ》明日《あす》は忙がしくてお飯《まんま》を喰《た》べる間《ま》もあるまいと言ふたでは無いか、何処《どこ》へお客様にあいて居《ゐ》たのと不審《ふしん》を立てられて、取越《とりこ》(5)しの御年始《ごねんし》さと素知らぬ顔をすれば、嘘《うそ》をいつてるぜ三十日の年始《ねんし》を受ける家《うち》は無《な》いやな、親類へでも行《ゆ》きなすつたかと問へば、とんでも無い親類へ行《ゆ》くやうな身に成《な》つたのさ、私《わたし》は明日《あす》あの裏の移転《ひつこし》をするよ、余《あんま》りだしぬけだから嘸《さぞ》お前おどろくだらうね、私《わたし》も少し不意なのでまだ本当とも思はれない、兎《と》も角喜《かくよろこ》んでお呉《く》れ悪《わ》るい事では無いからと言ふに、本当か、本当か、と吉《きち》は呆《あき》れて、嘘《うそ》では無いか串談《じようだん》では無いか、其様《そん》な事を言つておどかして呉《く》れなくても宜《い》い、己《お》れはお前が居《ゐ》なくなつたら少

(2) 第一関節が曲がっている指。この指の人は器用だといわれる。

(3) 裏付きの四角い布地で頭から顔にかけてつつむ婦人用の防寒具。

図6

(4) 風通お召。縦横とも二色の色糸を使い、表と裏に全く反対の模様を織り出した高級お召。風通お召の羽織は当時流行のぜいたくなもの。

(5) 繰り上げ。

しも面白《おもしろ》い事は無くなつて仕舞《しま》ふのだから其様《そん》な厭《いや》な戯言《じようだん》は廃《よ》しにしてお呉《く》れ、ゑゝ詰《つま》らない事を言ふ人だと頭《かしら》をふるに、嘘《うそ》では無いよ何時《いつ》かお前が言つた通り上等の運が馬車に乗つて迎《むか》ひに来たといふ騒《さわ》ぎだから彼処《あすこ》の裏には居《い》られない、吉《きつ》ちやん其《その》うちに糸織《いとをり》ぞろひを調《こしら》へて上《あげ》るよと言へば、厭《い》やだ、己《お》れは其様《そん》な物は貰《もら》ひたく無い、お前その好《い》い運といふは詰《つま》らぬ処《ところ》へ行《ゆ》かうといふのでは無いか、一昨日《おとゝひ》自家《うち》の半次《はんじ》さんが左様《さう》いつて居《ゐ》たに、仕事やのお京《けう》さんは八百屋《やをや》横町《よこてう》に按摩《あんま》をして居《ゐ》る伯父《おぢ》さんが口入《くちい》れ(1)で何処《どこ》のかお邸《やしき》へ御奉公《ごほうこう》に出るのださうだ、何《なに》お小間使《こまづか》ひと言ふ年ではなし、奥さまの御側《おそば》やお縫物《ぬひもの》しの訳《わけ》は無い、三つ輪《わ》(2)に結《ゆ》つて総《ふさ》の下《さが》つた被《ひ》布《ふ》(3)を着るお妾《めかけ》さまに相違《さうい》は無い、何《ど》うして彼《あ》の顔で仕事やが通せる物かと此様《こん》な事をいつて居《ゐ》た、己《お》れは其様《そん》な事は無いと思ふから、聞違《きゝちが》ひだらうと言つて大喧嘩《おほげんくわ》を遣《や》つたのだが、お前もしや其処《そこ》へ行《ゆ》くのでは無いか、其《その》お邸《やしき》へ行《ゆ》くのであらう、と問はれて、何《なに》も私《わたし》だとて行《ゆ》きたい事は無いけれど行《ゆ》か

(1) 奉公口を世話すること。
(2) 三つ輪髷。多く女師匠やめかけなどが結う。
(3) 着物の上に羽織るもので、前の打ち合わせが深く、襟のあるもの。

図7

図8

なければ成《な》らないのさ、吉《きつ》ちやんお前にも最《も》う逢《あ》はれなくなるねえ、とて唯《たゞ》いふ言《こと》ながら萎《しほ》れて聞《きこ》ゆれば、何《ど》んな出世《しゆつせ》に成《な》るのか知らぬが其処《そこ》へ行《ゆ》くのは廃《よ》したが宜《よか》らう、何《なに》もお前女口《おんなぐち》一つ針仕事で通せない事もなからう、彼《あ》れほど利《き》く手を持つて居《ゐ》ながら何故《なぜ》つまらない其様《そん》な事を始めたのか、余《あんま》り情ないでは無いかと吉《きち》は我《わ》が身の潔白に比べて、お廃《よ》しよ、お廃《よ》しよ、断《ことは》つてお仕舞《しまい》なと言へば、困つたねとお京《けう》は立止《たちど》まつて、夫《そ》れでも吉《きつ》ちやん私《わたし》は洗《あら》ひ張《はり》(4)に倦《あ》きが来《き》て、最《も》うお妾《めかけ》でも何《なん》でも宜《よ》い、何《ど》うで此様《こん》な詰《つま》らないづくめだから、寧《いつ》その腐《くさ》れ縮緬《ちりめん》着物《もの》で世を過《す》ぐさう(5)と思ふのさ。

思ひ切つた事を我《わ》れ知らず言つてほゝと笑ひしが、兎《と》も角《かく》も家《うち》へ行《ゆ》かうよ、吉《きつ》ちやん少しお急ぎと言はれて、何《なん》だか己《お》れは根《ね》つから面白《おもしろ》(6)いとも思はれない、お前まあ先へお出《いで》よと後《あと》に附《つ》いて、地上に長き影法師《かげぼうし》を心細《こゝろぼそ》げに踏《ふ》んで行《ゆ》く、いつしか傘屋の路次《ろじ》を入《い》つてお京《けう》が例の窓下《まどした》に立てば、此処《こゝ》をば毎夜《まいよ》音《おと》づれて呉《く》れたのなれど、明日の晩は最《も》うお前の声も聞

(4) 着物を縫い返すために、着物をほどいて洗い、のりをつけて張り板に張ること。

図9

(5) 人の妾や芸者など、身を落として楽をすること。

(6) さっぱり。

かれない、世の中つて厭《い》やな物だねと歎息《たんそく》するに、夫《そ》れはお前の心がらだとて不満らしう吉三《きちざう》の言ひぬ。

お京《けう》は家《うち》に入《い》るより洋燈《らんぷ》に火を点《うつ》して、火鉢を掻《か》きおこし、吉《きつ》ちやんやお焙《あた》りよと声をかけるに己《お》れは厭《い》やだと言つて柱《はしら》際《ぎは》に立つて居《ゐ》るを、夫《そ》れでもお前寒からうでは無いか風《かぜ》を引くといけないと気を付ければ、引いても宜《い》いやね、構はずに置いてお呉《く》れと下を向いて居《ゐ》るに、お前は何《ど》うかおしか、何《なん》だか可怪《をか》しな様子《やうす》だね私《わたし》の言ふ事が何《なに》か疳《かん》にでも障《さわ》つたの、夫《そ》れなら其《その》やうに言つて呉《く》れたが宜《い》い、黙《だま》つて其《そん》様な顔をして居《ゐ》られると気に成《な》つて仕方が無いと言へば、気になんぞ懸《か》けなくても能《い》いよ、己《お》れも傘屋《かさや》の吉三《きちざう》だ女のお世話には成《な》らないと言つて、寄《より》か丶りし柱に脊《せ》を擦《こす》りながら、あ丶詰《つま》らない面白《おもしろ》くない、己《お》れは本当《ほんと》に何《なん》と言ふのだらう、いろ〳〵の人が鳥渡好《ちよつとい》い顔を見せて直様《すぐさま》つまらない事に成《な》つて仕舞《しま》ふのだ、傘屋の先《せん》のお老婆《ばあ》さんも能《い》い人で有《あ》つたし、紺屋《こうや》(1)のお絹《きぬ》さんといふ縮《ちゞ》れつ毛《け》の人も可愛《かあゆ》がつて呉《く》れたのだけれど、お

(1) 染物屋。

老婆《ばあ》さんは中風《ちうふう》で死ぬし、お絹《きぬ》さんはお嫁に行《ゆ》くを嫌《い》やがつて裏の井戸へ飛込《とびこ》んで仕舞《しま》つた、お前は不人情《ふにんじよう》で己《お》れを捨《す》てゝ行《ゆく》し、最《も》う何《なに》も彼《か》もつまらない、何《なん》だ傘屋の油ひきになんぞ、百人前の仕事をしたからとつて褒美《ほうび》の一つも出《で》やうでは無し朝から晩まで一寸法師《いつすんぼうし》の言《いは》れつゞけで、夫《そ》れだからと言つて一生立《た》つても此背《このせい》が延《の》びやうかい、待てば甘露《かんろ》(2)といふけれど己《お》れなんぞは一日一日嫌《い》やな事ばかり降《ふ》つて来《き》やがる、一昨日《おとゝひ》半次《はんじ》の奴《やつ》と大喧嘩《おほげんくわ》をやつて、お京《けう》さんばかりは人の妾《めかけ》に出るやうな腸《はらわた》の腐《くさ》つたのでは無いと威張《いば》つたに、五日《いつか》とたゝずに兜《かぶと》をぬがなければ成《な》らないのであらう、そんな嘘《うそ》つ吐《つ》きの、ごまかしの、欲の深いお前さんを姉《ねえ》さん同様に思つて居《ゐ》たが口惜《くちを》しい、最《も》うお京《けう》さんお前には逢《あ》はないよ、何《ど》うしてもお前には逢《あ》はないよ、長々《なが〴〵》御世話《おせわ》さま此処《こゝ》からお礼を申ます、人をつけ(3)、最《も》う誰《だ》れの事も当《あ》てにする物か、左様《さやう》なら、と言つて立《たち》あがり沓《くつ》ぬぎの草履《ざうり》下駄《げた》足に引《ひき》かくるを、あれ吉《きつ》ちやん夫《そ》れはお前勘違《かんちが》ひだ、何《なに》も私《わたし》が此処《こゝ》を離《はな》れるとて

(2)「待てば甘露の日和あり」。気長に待てばそのうちに幸運が来るということわざ。

(3)人をばかにして。

お前を見捨てる事はしない、私《わたし》は本当《ほんと》に兄弟とばかり思ふのだもの其様《そん》な愛想《あいそ》づかしは酷《ひど》からう、と後《うしろ》から羽《は》がひじめに抱《だ》き止《と》めて、気の早い子だねとお京《けう》の諭《さと》せば、そんならお妾《めかけ》に行《ゆ》くを廃《や》めにしなさるかと振《ふり》かへられて、誰《だ》れも願ふて行《ゆ》く処《ところ》では無いけれど、私《わたし》は何《ど》うしても斯《か》うと決心して居《ゐ》るのだから夫《そ》れは折角《せっかく》だけれど聞かれないよと言ふに、吉《きち》は涕《なみだ》の目に見つめて、お京《けう》さん後生《ごせう》だから此肩《こゝ》の手を放《はな》してお呉《く》んなさい。

（明治29年1月「国民之友」）

たけくらべ

（一）

廻《まわ》れば(1)大門《おほもん》の(2)見《み》返《かへ》り柳《やなぎ》(3)いと長けれど、お歯《は》ぐろ溝《どぶ》(4)に燈火《ともしび》うつる三階《がい》の騒《さわ》ぎも手に取る如《ごと》く、明けくれなしの車の行来《ゆきゝ》にはかり知られぬ全盛《ぜんせい》をうらなひて、大音寺《だいおんじ》前《まへ》と名は仏くさけれど、さりとは陽気の町と住《す》みたる人の申《まをし》き、三《み》嶋《しま》神社《さま》の角《かど》をまがりてより是《こ》れぞと見ゆる大厦《いゑ》もなく、かたぶく軒端《のきば》の十軒長屋《けんながや》二十軒長《けんなが》や、商《あきな》ひはかつふつ利《き》かぬ(5)処《ところ》とて半《なかば》さしたる雨戸《あまど》の外《そと》に、あやしき形《なり》に紙を切りなして、胡粉《ごふん》ぬりくり彩色《さいしき》のある田楽《でんがく》みるやう、裏にはりたる串《くし》のさまもをかし、

(1)　大音寺前は遊郭の裏にあたるので、ぐるっと回る。
(2)　新吉原遊郭の正門。

図1

(3)　吉原の客が遊女との名残を惜しんで振り返るところからこの名が付いた柳。大門とは九〇メートルほど隔たっている。
(4)　遊郭を囲んでいるどぶ川。
(5)　まったく役に立たない。

一軒《けん》ならず二軒《けん》ならず、朝日に干《ほ》して夕日に仕舞《しま》ふ手当《てあて》こと〳〵しく(1)、一家内《かない》これにかゝりて夫《そ》れは何《なに》ぞと問ふに、知らずや霜月酉《しもつきとり》の日例の神社に欲深様《よくふかさま》のかつぎ給《たま》ふ是《こ》れぞ熊手《くまで》の下《した》ごしらへといふ、正月門松《かどまつ》とりすつるよりかゝりて、一年うち通《とほ》しの夫《そ》れは誠《まこと》の商買人《しようばひにん》、片手《かたて》わざ(2)にも夏より手足を色どりて、新年着《はるぎ》の支度《したく》もこれをば当《あ》てぞかし、南無《なむ》や大鳥大《おほとりだい》明神《めうじん》、買ふ人にさへ大福《だいふく》をあたへ給《たま》へば製造《せいぞう》もとの我等《われら》萬倍《まんばい》の利益をと人ごとに言ふめれど、さりとは思ひのほかなるもの、此《この》あたりに大長者《だいちようじや》のうわさも聞かざりき、住む人の多くは廓者《くるわもの》にて良人《おつと》は小格子《こがうし》(3)の何《なに》とやら、下足札《げそくふだ》そろへてがらんがらんの音もいそがしや夕暮《ゆふぐれ》より羽織《はをり》引《ひき》かけて立出《たちいづ》れば、うしろに切火《きりび》打《うち》かくる女房《にようばう》の顔もこれが見納《みおさ》めか十人ぎりの側《そば》杖《づえ》(4)無理情死《むりしんぢう》のしそこね、恨《うら》みはかゝる身のはて危《あや》ふく、すはと言はゞ(5)命がけの勤《つと》めに遊山《ゆさん》らしく見ゆるもをかし、娘は大籬《おほまがき》(6)の下新造《したしんぞ》(7)とやら、七軒《けん》(8)の何屋《なにや》が客廻《きやくまわ》し(9)とやら、提燈《かんばん》さげてちよこちよこ走《ばし》りの修業《しゆげう》、卒業《そつげう》して何《なに》にかなる、とかく

(1) ものものしく。
(2) 内職。
(3) 格式の低い遊女屋。
(4) 郭客が引き起こす刃傷事件のまきぞえ。享保年間に起こった、殺傷事件が有名。
(5) いざという時には。
(6) 格式の最も高い遊女屋。
(7) 遊女屋の雑事をする女。
(8) 大門から江戸町一丁目にかけて七軒並んでいた、一番格式の高い引手茶屋。大店には引手茶屋を通じないと登楼できない仕組みになっていた。
(9) 引手茶屋から遊女屋へおもむく客を送る女。

図2

(10) 聞かなくてもわかる。
(11) お歯ぐろ溝にかかるはね橋の受け台をとんとん蹴って合図して。

は檜舞台《ひのきぶたい》と見たつるもをかしからずや、垢《あか》ぬけのせし三十あまりの年増《としま》、小《こ》ざつぱりとせし唐桟《とうざん》ぞろひに紺足袋《こんたび》はきて、雪駄《せつた》ちやら〳〵忙がしげに横抱《よこだ》きの小包《こづゝみ》はとはでもしるし(10)、茶屋《ちやや》が桟橋《さんばし》とんと沙汰《さた》して(11)、廻《まわ》り遠《どほ》や此処《こゝ》からあげまする、誂《あつら》へ物《もの》の仕事やさんと此《この》あたりには言ふぞかし、一体《たい》の風俗《ふうぞく》よそと変りて、女子《おなご》の後帯《うしろおび》(12)きちんとせし人少なく、がらを好《この》みて巾広《はゞびろ》の巻帯《まきおび》(13)、年増《としま》はまだよし、十五六の小癪《こしやく》なるが酸漿《ほうづき》ふくんで此姿《このなり》はと目をふさぐ人もあるべし、所がら是非《ぜひ》もなや、昨日《きのふ》河岸店《かしみせ》(14)に何紫《なにむらさき》の源氏名《げんじな》耳に残れど、けふは地廻《ぢまわ》り(15)の吉《きち》と手馴《てな》れぬ焼鳥《やきとり》の夜店《よみせ》を出して、身代《しんだい》たゝき骨《ぼね》(16)になれば再び古巣《ふるす》への内儀姿《かみさますがた》、どこやら素人《しろうと》よりは見《み》よげに覚《おぼ》えて、これに染まらぬ子供もなし、秋は九月仁和賀《にわか》(17)の頃の大路《おほぢ》を見《み》給《たま》へ、さりとは宜《よ》くも学びし露《ろ》八(18)が物真似《ものまね》、栄喜《ゑいき》(19)が処作《しよさ》、孟子《もうし》の母やおどろかん上達《じやうたつ》の速《すみ》やかさ、うまいと褒《ほ》められて今宵《こよひ》も一廻《まわ》りと生意気は七つ八つよりつのりて、やがては肩に置《おき》手《て》ぬぐひ(20)、鼻歌のそゝり節《ぶし》(21)、十五の少年がませかた恐《おそ》ろし、

(12) 女帯の結び目が背後にあるもの。
(13) 娼妓用の帯。巻いたあと結び目を作らずに留めた。

図3

(14) 格式の低い遊女屋。
(15) 土地に顔を売ったやくざ。
(16) 破産すれば。
(17) 芸者やたいこもちが屋台で芸を演じて歩く行事。

図4

(18)(19) 有名なたいこもち。
(20) しごいた手拭いを片方の肩にのせた地回りの風俗。

図5

(21) 遊郭をひやかしながら口ずさむ歌。

学校の唱歌《しようか》にもぎつちよんちよんと拍子《ひようし》を取りて、運動会に木《き》やり音頭《おんど》もなしかねまじき風情《ふぜい》、さらでも教育はむづかしきに教師の苦心さこそと思はるゝ入谷《いりや》ぢかくに育英舎《いくゑいしや》(1)とて、私立なれども生徒の数は千人近く、狭《せま》き校舎に目白押《めじろおし》の窮屈《きうくつ》さも教師が人望いよ〳〵あらはれて、唯《たゞ》学校と一《ひ》トロ《くち》にて此《この》あたりには呑込《のみこ》みのつくほど成《な》るがあり、通ふ子供の数々《かずく》に或《あるひ》は火《ひ》消鳶人足《けしとびにんそく》(2)、おとつさんは刎橋《はねばし》(3)の番屋《ばんや》に居《ゐ》るよと習はずして知る其道《そのみち》のかしこさ、梯子《はしご》のりのまねびにアレ忍《しの》びがへし(4)を《を》折りましたと訴《うつた》へのつべこべ、三百《びやく》といふ代言《だいげん》(5)の子もあるべし、お前の父《とゝ》さんは馬《うま》(6)だねへと言はれて、名のりや愁《つ》らき子心《こごころ》にも顔あからめるしほらしさ、出入りの貸座敷《いゑ》(7)の秘蔵《ひざう》息子《むすこ》寮住居《りようずまゐ》(8)に華族《くわぞく》さまを気取《きど》りて、ふさ付《つ》き帽子《ぼうし》(9)面《おも》もちゆたかに洋服かる〴〵と花々敷《はなぐしき》を、坊《ぼつ》ちやん坊《ぼつ》ちやんとて此《この》子の追従《ついしよう》するもをかし、多くの中《なか》に龍華寺《りうげじ》の信如《しんによ》とて、千筋《すぢ》となづる黒髪《くろかみ》も今いくつ歳《とせ》のさかりにか、やがては墨染《すみぞめ》にかへぬべき袖《そで》の色、発心《ほつしん》は腹《はら》からか、坊《ぼう》(10)は親ゆづりの勉強ものあり、

(1) もとは寺子屋で、主に下層階級の子供たちが通った。
(2) 火消し人足、鳶人足。

図6

(3) 出初め式などで、直立した梯子の上で曲芸をすること。

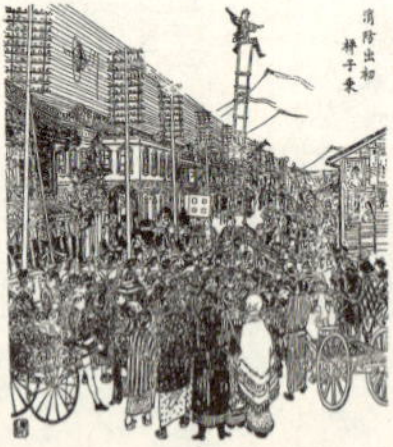
図7

(4) 盗賊を防ぐために塀の上に並べた尖った竹や木。
(5) もぐりの弁護士。
(6) つけ馬。遊興費の不払いを取り立てる者。
(7) 遊女屋の別名。
(8) 遊女屋の別宅暮し。

性来《せいらい》をとなしきを友達いぶせく(11)思ひて、さま〳〵の悪戯《いたづら》をしかけ、猫《ねこ》の死骸《しがい》を縄《なわ》にくゝりてお役目なれば引導《いんだう》をたのみますと投げつけし事も有《あ》りしが、それは昔、今は校内一の人とて仮《かり》にも侮《あなど》りての処業《しよげう》はなかりき、歳《とし》は十五、並背《なみぜい》にていが栗《ぐり》の頭髪《つむり》も思ひなしか俗《ぞく》とは変りて、藤本信如《ふぢもとのぶゆき》と訓《よみ》にてすませど、何処《どこ》やら釈《しやく》(12)といひたげの素振《そぶり》なり。

(二)

八月廿日は千束神社《せんぞくじんじや》のまつりとて、山車屋台《だしやたい》に町〻《まち〳〵》の見得《みえ》をはりて土手をのぼりて廓内《なか》までも入込《いりこ》まんづ勢《いきほ》ひ、若者が気組《きぐ》み思ひやるべし、聞《きゝ》かぢりに子供とて由断《ゆだん》のなりがたき此《この》あたりのなれば、そろひの裕衣《ゆかた》は言はでものこと、銘〻《めい〳〵》に申合《まうしあは》せて生意気のありたけ、聞かば胆《きも》もつぶれぬべし、横町《よこてう》組《ぐみ》と自《みづか》らゆるしたる乱暴《らんばう》の子供大将《だいしやう》に頭《かしら》の長とて歳《とし》も十六、仁和賀《にわか》の金棒《かなぼう》(13)に親父《おやぢ》の代理をつとめしより気位《きぐらい》ゑらく成《な》りて、帯は腰の先に、返事は鼻の先にていふ物と定《さだ》め、にくらしき

(9) 学習院初等科の生徒などがかぶった制帽。

(10) お寺。

(11) 気詰まりに。

(12) 釈迦の弟子。

図8

(13) 仁和賀が行われるとき、金棒をチャランチャランと引き鳴らして警固する人。

図9

風俗、あれが頭《かしら》の子でなくばと鳶人足《とびにんそく》が女房《にようばう》の蔭口《かげぐち》に聞《きこ》えぬ、心一ぱいに我《わ》がまゝを徹《とほ》して身に合はぬ巾《はゞ》をも広げしが、表《おもて》町《まち》に田中屋《たなかや》の正太郎《しようたらう》とて歳《とし》は我《わ》れに三つ劣《おと》れど、家《いゑ》に金《かね》あり身に愛敬《あいけう》あれば人も憎《に》くまぬ当の敵《かたき》あり、我《わ》れは私立の学校へ通ひしを、先方《さき》は公立なりとて同じ唱歌《しようか》も本家のやうな顔をしおる、去年《こぞ》も一昨年《おとゝし》も先方《さき》には大人《おとな》の末社《まつしや》(1)がつきて、まつりの趣向《しゆこう》も我《わ》れよりは花を咲かせ、喧嘩《けんくわ》に手出《てだ》しのなりがたき仕組みも有《あ》りき、今年又《また》もや負けにならば、誰《だ》れだと思ふ横町《よこてう》の長吉《ちようきち》だぞと平常《つね》の力だては空《から》いばりとけなされて、弁天《べんてん》ぼり(2)に水およぎの折《をり》も我《わ》が組に成《な》る人は多かるまじ、力を言はゞ我《わ》が方《はう》がつよけれど、田中屋《たなかや》が柔和《おとなし》ぶりにごまかされて、一つは学問が出来おるを恐《おそ》れ、我《わ》が横町組《よこてうぐみ》の太郎吉《たろきち》、三五郎《さんごらう》など、内々《ない〳〵》は彼方《あちら》がたに成《なり》たるも口惜《くちを》し、まつりは明後日《あさつて》、いよ〳〵我《わ》が方《かた》が負け色と見えたらば、破《やぶ》れかぶれに暴《あば》れて暴《あば》れて、正太郎《しようたらう》が面《つら》に疵《きず》一つ、我《わ》れも片眼《かため》片足《かたあし》なきものと思へば為《し》やすし、加担人《かたうど》(3)は車屋《くるまや》の丑《うし》に元結《もとゆひ》(4)よりの文《ぶん》、

(1) 取り巻き。

(2) 大音寺前から江戸町の裏を経て、日本堤をこえた先、田中町にあった堀池。

(3) 味方。

(4) 頭の上で束ねた髪の根元（もとどり）をしばるための和紙をよるのを内職にしている家。

たけくらべ参考地図

（一葉在住当時の大音寺附近）

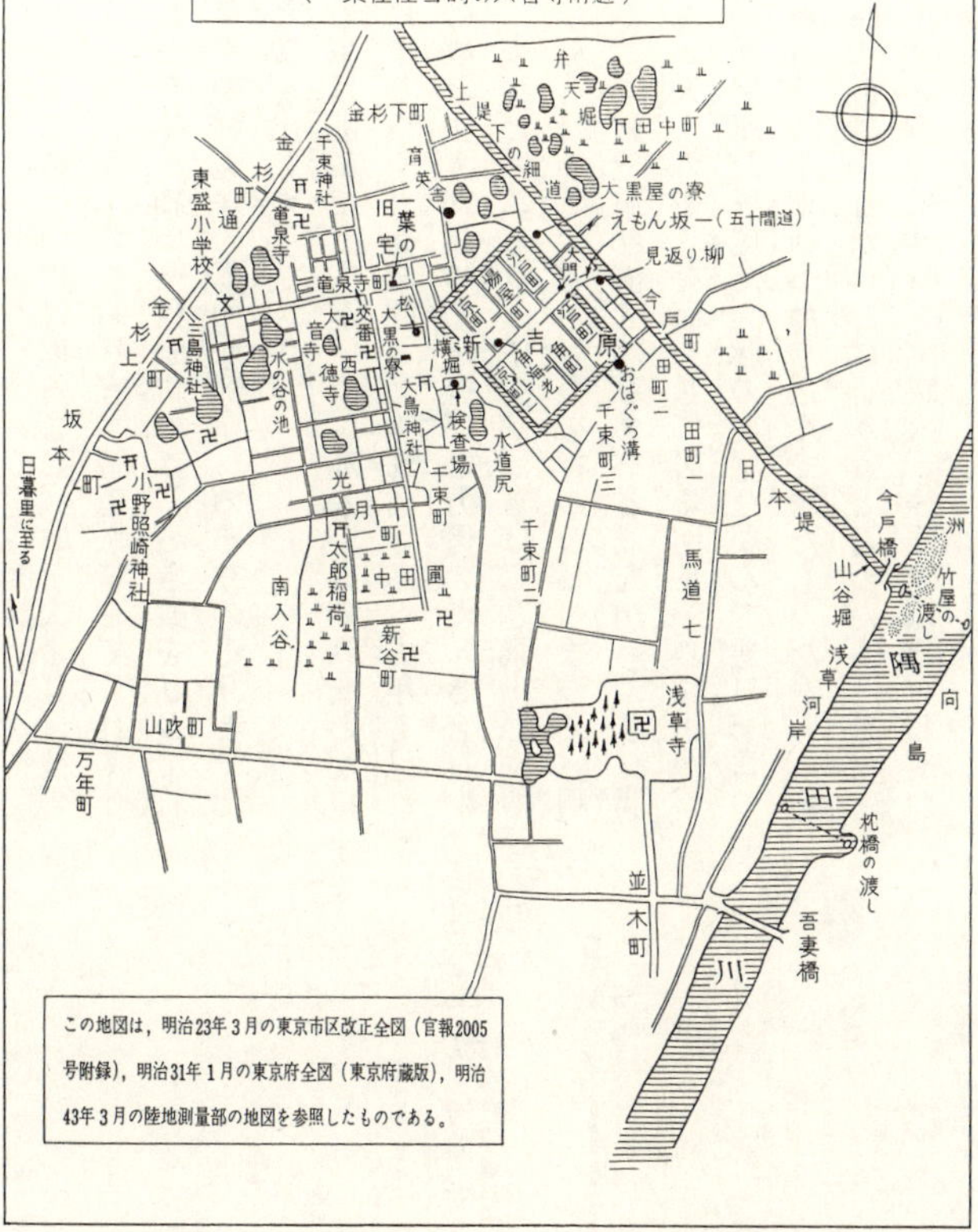

この地図は，明治23年３月の東京市区改正全図（官報2005号附録），明治31年１月の東京府全図（東京府蔵版），明治43年３月の陸地測量部の地図を参照したものである。

手遊屋《おもちやゝ》の弥助《やすけ》などあらば引《ひ》けは取《と》るまじ、おゝ夫《それ》よりは彼《あ》の人の事彼《あ》の人の事、藤本《ふぢもと》のならば宜《よ》き智恵《ちゑ》も貸《か》してくれんと、十八日の暮れちかく、物いへば眼口《めくち》にうるさき蚊《か》を払《はら》ひて竹《たけ》村《むら》しげき龍華寺《りうげじ》の庭先から信如《しんによ》が部屋へのそりのそりと、信《のぶ》さん居《ゐ》るかと顔を出しぬ。

己《お》れの為《す》る事は乱暴《らんぼう》だと人がいふ、乱暴《らんぼう》かも知れないが口《く》惜《や》しい事は口惜《くや》しいや、なあ聞いとくれ信《のぶ》さん、去年も己《お》れが処《ところ》の末弟《すゑ》の奴《やつ》と正太郎組《しやうたらうぐみ》の短小野郎《ちびやらう》と万燈《まんどう》(1)のたゝき合《あ》ひから始まつて、夫《そ》れといふと奴《やつ》の中間《なかま》がばらばらと飛出《とびだ》しやあがつて、どうだらう小さな者の万燈《まんどう》を打《ぶち》こわしちまつて、胴《どう》揚《あげ》にしやがつて、見やがれ横町《よこてう》のざまをと一人がいふと、間《ま》抜《ぬけ》に背のたかい大人《おとな》のやうな面《つら》をして居《ゐ》る団子屋《だんごや》の頓馬《とんま》が、頭《かしら》もあるものか尻尾《しつぽ》だ尻尾《しつぽ》だ、豚の尻尾《しつぽ》だなんて悪口《あくこう》を言つたとさ、己《お》らあ其時《そのとき》千束様《ぞくさま》へねり込《こ》んで居《ゐ》たもんだから、あとで聞いた時に直様《じきさま》(2)仕《し》かへしに行《ゆ》かうと言つたら、親父《とつ》さんに頭から小言を喰《く》つて其時《そのとき》も泣寐入《なきねいり》、一昨年《おとゝし》はそらね、お

(1) 長い柄をつけた行灯。祭りのとき、けんかの道具にもなった。

図10

(2) すぐに。

前も知つてる通り筆屋《ふでや》の店へ表町《おもてまち》の若衆《わかいしゆ》が寄合《よりあつ》て茶番《ちやばん》(3)か何《なに》かやつたらう、あの時己《お》れが見に行つたら、横町《よこてう》は横町《よこてう》の趣向《しゆこう》がありませうなんて、おつな事を言ひやがつて、正太《しようた》ばかり客にしたのも胸にあるわな、いくら金《かね》が有《あ》るとつて質屋《しちや》のくづれの高利貸《かうりかし》が何《なん》たら様《さま》だ、彼《あ》んな奴《やつ》を生《いか》して置《お》くより擲《たゝ》きころす方が世間のためだ、己《おい》らあ今度のまつりには如何《どう》しても乱暴《らんぼう》に仕掛《しかけ》て取《とり》かへしを付けようと思ふよ、だから信《のぶ》さん友達がひに、夫《そ》れはお前が嫌《い》やだといふのも知れてるけれども何卒《どうぞ》我《お》れの肩を持つて、横町組《よこてうぐみ》の耻《はぢ》をすゝぐのだから、ね、おい、本家《ほんけ》本元《ほんもと》の唱歌《しようか》だなんて威張《いば》りおる正太郎《しようたらう》を取《と》ちめて呉《く》れないか、我《お》れが私立の寐《ね》ぼけ生徒といはれゝばお前の事も同然《どうぜん》だから、後生《ごせう》だ、どうぞ、助けると思つて大万燈《おほまんどう》(4)を振《ふり》廻《まわ》しておくれ、己《お》れは心《しん》から底から口惜《くや》しくつて、今度負けたら長吉《ちようきち》の立端《たちば》は無いと無茶にくやしがつて大幅《おほはゞ》の肩をゆすりぬ。だつて僕は弱いもの。弱くても宜《い》いよ。万燈《まんどう》は振廻《ふりまわ》せないよ。振廻《ふりまわ》さなくても宜《い》いよ。僕が這入《はい》ると負けるが宜《い》い

(3) 茶番狂言。ありあわせのものを材料に、仕方話や地口でおかしいことを演じる道化狂言。

(4) 万灯の大きなもの。

図11

かへ。負けても宜《い》いのさ、夫《そ》れは仕方《しかた》が無いと諦《あきら》めるから、お前は何《なに》も為《し》ないで宜《い》いから唯横町《たゞよこてう》の組だといふ名《な》で、威張《いば》つてさへ呉《く》れると豪気《がうぎ》に人気《じんき》がつく(1)からね、己《お》れは此様《こん》な無学漢《わからずや》だのにお前は学《もの》が出来るからね、向《むか》ふの奴《やつ》が漢語《かんご》か何《なに》かで冷語《ひやかし》でも言つたら、此方《こつち》も漢語《かんご》で仕《し》かへしておくれ、あゝ好《い》い心持《こゝろもち》ださつぱりしたお前が承知をしてくれゝば最《も》う千人力《りき》だ、信《のぶ》さん有《あり》がたうと常に無い優しき言葉も出《いづ》るものなり。

一人は三尺帯《じやくおび》に突《つツ》かけ草履《ぞうり》(2)の仕事師(3)の息子、一人はかわ色《いろ》金巾《がなきん》(4)の羽《は》織《をり》に紫の兵子帯《へこおび》といふ坊様仕《ぼうさまじ》立《たて》(5)、思ふ事はうらはらに、話しは常に喰ひ違ひがちなれど、長吉《ちようきち》は我《わ》が門前に産声《うぶごゑ》を揚《あ》げしものと大和尚《だいおしよう》夫婦が贔負《ひいき》もあり、同じ学校へかよへば私立私立とけなされるも心わるきに、元来愛敬《ぐわんらいあいけう》のなき長吉《ちようきち》なれば心から味方につく者もなき憐《あは》れさ、先方《さき》は町内の若衆《わかいしゆ》どもまで尻押《しりおし》をして、ひがみでは無し長吉《ちようきち》が負けを取る事罪は田中屋《たなかや》がたに少なからず、見かけて頼まれし義理としても

(1) 景気がいい。

(2) 一重廻しの帯をしごいて締めて、鼻緒を堅くつめた草履をはいている。

図12

(3) 鳶職。

(4) 緑色に近い紺色をした目の細かい平織の綿布。

(5) 坊様ふうの服装。

嫌《い》やとは言ひかねて信如《しんによ》、夫《そ》れではお前の組に成《な》るさ、成《な》るといつたら嘘《うそ》は無いが、成《な》るべく喧嘩《けんくわ》は為《せ》ぬ方が勝《かち》だよ、いよ〳〵先方《さき》が売りに出たら仕方《しかた》が無い、何《なに》いざと言へば田中《たなか》の正太郎《しようたらう》位《ぐらゐ》小《こ》指《ゆび》の先《さき》さと、我《わ》が力の無いは忘れて、信如《しんによ》は机の引出しから京都《けうと》みやげに貰《もら》ひたる、小鍛冶《こかぢ》(6)の小刀《こがたな》を取出《とりだ》して見すれば、よく利《き》れそうだねへと覗《のぞ》き込《こ》む長吉《ちようきち》が顔、あぶなし此物《これ》を振廻《ふりまわ》してなる事か。

（三）

解《と》かば足にもとどくべき毛髪《かみ》を、根あがりに堅《かた》くつめて前《まへ》髪《がみ》大《おほ》きく髷《まげ》おもたげの、赭熊《しやぐま》(7)といふ名は恐《おそ》ろしけれど、此髷《これ》を此頃《このごろ》の流行《はやり》とて良家《よきしゆ》の令嬢《むすめご》も遊ばさるゝぞかし、色白に鼻《はな》筋《すぢ》とほりて、口もとは小さからねど締《しま》りたれば醜《みに》くからず、一つ一つに取《とり》たてゝは美人の鑑《かゞみ》に遠けれど、物いふ声の細く清《すゞ》しき、人を見る目の愛敬《あいけう》あふれて、身のこなしの活々《いき〳〵》したるは快《こゝろよ》き物なり、柿色《かきいろ》に蝶鳥《てふとり》を染《そ》めたる大形《おほがた》(8)の裕衣《ゆかた》きて、黒《くろ》

(6) 平安時代の刀工の名を冠した。

(7) 縮れ毛の入れ髪を多く用いて髷を大きく形作ったもの。もとは遊女が用いたが、明治二五年頃から少女の間に流行った。

図13

(8) 大柄の模様を染め抜いた。

襦子《じゆす》と染分絞《そめわけしぼ》りの昼夜帯《ちうやおび》(1)胸《むな》だかに、足にはぬり木履《ぼくり》(2)こゝらあたりにも多くは見かけぬ高きをはきて、朝湯の帰りに首筋《くびすぢ》白々《しろぐ》と手拭《てぬぐひ》さげたる立姿《たちすがた》を、今三年の後《のち》に見たしと廓《くるわ》がへりの若者は申《まうし》き、大黒屋《だいこくや》の美登利《みどり》とて生国《せうこく》は紀州《きしう》、言葉のいさゝか訛《なま》れるも可愛《かわゆ》く、第一は切《き》れ離《はな》れよき(3)気象《きしよう》を喜《よろこ》ばぬ人なし、子供に似合《にあは》ぬ銀貨《ぎんか》入《い》れ(4)の重きも道理、姉なる人が全盛《ぜんせい》の余波《なごり》、延《ひ》いては遣手《やりて》(5)新造《しんぞ》(6)が姉への世辞《せじ》にも、美《み》いちやん人形をお買ひなされ、これはほんの手鞠代《てまりだい》と、呉《く》れるに恩を着せねば貰《もら》ふ身の有《あり》がたくも覚《おぼ》えず、まくはまくは(7)、同級の女生徒《じよせいと》二十人に揃《そろ》ひのごむ鞠《まり》を与《あた》へしはおろかの事(8)、馴染《なじみ》の筆やに店《たな》ざらしの手遊《てあそび》(9)を買《かひ》しめて喜ばせし事もあり、さりとは日〻夜〻《にちくやく》の散財此歳《さんざいこのとし》この身分にて叶《かな》ふべきにあらず、末《すゑ》は何《なに》となる身ぞ、両親ありながら大目に見てあらき詞《ことば》をかけたる事も無く、楼《ろう》の主《あるじ》が大切がる様子《さま》も怪《あや》しきに、聞けば養女にもあらず親戚《しんせき》にてはもとより無く、姉なる人が身売りの当時、鑑定《めきゝ》に来《き》たりし楼《ろう》の主《あるじ》が誘《さそ》ひにまかせ、此地《このち》に活計《たつき》もと

(1) 表と裏に違う布を縫い合わせた帯。
(2) 木の部分が漆塗りで、細かい柄が描かれている木履。

図14

(3) 気前のよい。
(4) 硬貨を入れる財布。

図15

(5) 遊女の世話や取締りをする老女。
(6) 姉貴分の遊女につき従う若い遊女。
(7) くれてやるわ、くれてやるわ。
(8) まだしものこと。
(9) おもちゃ。

むとて親子三人《みたり》が旅衣《たびごろも》、たち出《いで》し此訳《このわけ》、それより奥は何《なに》なれや、今は寮《りよう》のあづかりをして母は遊女《ゆうじよ》の仕立物《したてもの》、父は小格《こがう》子《し》の書記に成《な》りぬ、此身《このみ》は遊芸手芸《ゆうげいしゆげい》学校にも通《かよ》はせられて、其《その》ほかは心のま丶、半日は姉の部屋、半日は町に遊んで見聞くは三味《さみ》に太鼓《たいこ》にあけ紫《むらさき》(10)のなり形《かたち》、はじめ藤色絞《ふぢいろしぼ》りの半襟《はんゑり》を袷《あはせ》にかけて(11)着て歩《あ》るきしに、田舎者《いなかもの》いなか者と町内の娘どもに笑はれしを口惜《くや》しがりて、三日《か》三夜《よ》泣《な》きつゞけし事も有《あり》しが、今は我《わ》れより人〻を嘲《あざけ》りて、野暮《やぼ》(12)な姿と打《うち》つけ(13)の悪《にく》まれ口《ぐち》を、言ひ返すものも無《な》く成《な》りぬ。二十日はお祭《まつ》りなれば心一ぱい面白《おもしろ》い事をしてと友達のせがむに、趣向《しゆこう》は何《なに》なりと各自《めい〳〵》に工夫して大勢《おほぜい》の好《い》い事が好《い》いでは無いか、幾金《いくら》でもい丶私《わたし》が出すからとて例の通り勘定《かんでう》なしの引受《ひきう》けに、子供中《なか》間《ま》の女王様《によわうさま》又《また》とあるまじき恵《めぐ》みは大人《をとな》よりも利《き》きが早く、茶《ちや》番《ばん》にしよう、何処《どこ》のか店を借りて往来《わうらい》から見えるやうにしてと一人が言へば、馬鹿を言へ、夫《そ》れよりはお神輿《みこし》をこしらへてお呉《く》れな、蒲田屋《かばたや》の奥に飾《かざ》つてあるやうな本当のを、重く

(10)（遊女のような）朱や紫の派手な着物。
(11) 半襟は襦袢の襟にかけるもので、袷にかけるのは野暮。
(12) 不粋な。
(13) 面と向っての。

ても搆《かまい》はしない、やつちよい、やつちよい訳《わけ》なしだと捩《ね》ぢ鉢巻《はちまき》をする男子《おとこ》のそばから、夫《そ》れでは私《わたし》たちが詰《つま》らない、皆《みんな》が騒《さわ》ぐを見るばかりでは美登利《みどり》さんだとて面白《おもしろ》くはあるまい、何《なん》でもお前の好《い》い物《もの》におしよと、女《おんな》の一むれは祭《まつ》りを抜《ぬ》きに常盤座《ときはざ》(1)をと、言ひたげの口振《くちぶり》をかし、田中《たなか》の正太《しようた》は可愛《かわい》らしい眼《め》をぐるぐると動かして、幻燈《げんとう》(2)にしないか、幻燈《げんとう》に、己《お》れの処《ところ》にも少しは有《あ》るし、足《た》りないのを美登利《みどり》さんに買つて貰《もら》つて、筆《ふで》やの店で行《や》らうでは無《な》いか、己《お》れが映《うつ》し人《て》で横町《よこてう》の三五郎《さんごらう》に口上《こうじよう》を言はせよう、美登利《みどり》さん夫《そ》れにしないかと言へば、あゝ夫《そ》れは面白《おもしろ》かろう、三ちやんの口上《こうじよう》ならば誰《だ》れも笑はずには居《ゐ》られまい、序《ついで》にあの顔がうつると猶《なほ》おもしろいと相談はとゝのひて、不足の品を正太《しようた》が買物役《かひものやく》、汗《あせ》に成《な》りて飛《と》び廻《まわ》るもをかしく、いよ〳〵明日《あす》と成《な》りては横町《よこてう》までも其《その》沙汰《さた》聞《きこ》えぬ。

(1) 浅草六区の芝居小屋。

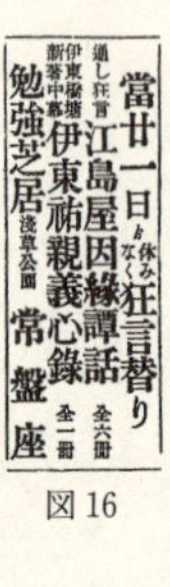

図16

(2) ガラス板に描いた絵に光を当て、レンズを通して拡大して楽しむもの。明治になって外国から入り、二〇年代に流行して小型の幻灯機はおもちゃ屋にも売っていた。

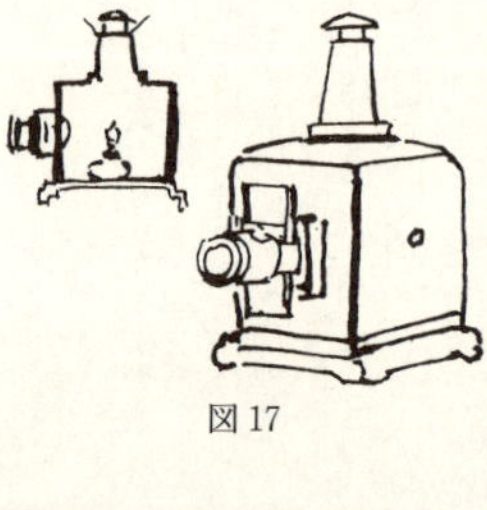
図17

(四)

打つや皷《つゞみ》のしらべ、三味《さみ》の音色《ねいろ》に事《こと》かゝぬ場処《ばしよ》も、祭《まつ》りは別物《べつもの》、酉《とり》の市を除《の》けては一年一度の賑《にぎは》ひぞかし、三嶋《みしま》さま小《を》野照《のてる》さま、お隣社《となり》づから負けまじの競《きそ》ひ心《ごゝろ》をかしく、横町《よこてう》も表も揃《そろ》ひは同じ真岡木綿《まおかもめん》(3)に町名《てうめう》くづしを、去歳《こぞ》よりは好《よ》からぬ形《かた》とつぶやくも有《あ》りし、口《くち》なし染《ぞめ》の麻《あさ》だすき成《な》るほど太きを好《この》みて、十四五より以下なるは、達摩《だるま》(4)、木兎《みゝづく》、犬はり子(5)、さま〴〵の手遊《てあそび》を数多《かずおほ》きほど見得《みえ》にして、七つ九つ十一つくるもあり、大鈴小《おほすゞこ》鈴《すゞ》背中にがらつかせて、駆《か》け出《だ》す足袋《たび》はだしの勇《いさ》ましく可笑《をか》し、群れを離れて田中《たなか》の正太《しようた》が赤筋《あかすぢ》入りの印半天《しるしばんてん》、色白の首筋《くびすぢ》に紺《こん》の腹がけ、さりとは見なれぬ扮粧《いでたち》とおもふに、しごいて締《し》めし帯の水浅黄《みづあさぎ》も、見よや縮緬《ちりめん》の上染《じようぞめ》、襟《ゑり》の印《しるし》のあがりも際立《きわだち》て、うしろ鉢巻《はちま》き(6)に山車《だし》の花一枝《し》、革《かわ》緒《を》の雪駄《せつた》おとのみはすれど、馬鹿《ばか》ばやしの中間《なかま》には入《い》らざりき、夜宮《よみや》(7)は事《こと》なく過ぎて今日《けふ》一日《にち》の日も夕ぐれ、筆《ふで》やが店に

(3) 栃木県真岡産の丈夫な布。

(4) 達磨大師の座禅姿を模した張子の玩具。開運の縁起物。

図18

(5) 玩具の一つ。子供の魔よけとして、宮参りやひな祭りの贈り物などに使われた。

図19

(6) ねじり鉢巻きを頭の後ろでしめたもの。

(7) 宵宮。祭礼の前夜祭。

図20

寄合《よりあひ》しは十二人、一人かけたる美登利《みどり》が夕化粧《ゆふげしよう》の長さに、未《ま》だか未《ま》だかと正太《しようた》は門《かど》へ出《で》つ入《い》りつして、呼んで来《こ》い三五郎《らう》、お前はまだ大黒屋《だいこくや》の寮《りやう》へ行《い》つた事があるまい、庭先から美登《みど》利《り》さんと言へば聞《きこ》える筈《はづ》、早く、早くと言ふに、夫《そ》れならば己《お》れが呼んで来《く》る、萬燈《まんどう》は此処《ここ》へあづけて行《ゆ》けば誰《だ》れも蠟燭《らうそく》ぬすむまい、正太《しようた》さん番をたのむとあるに、吝嗇《けち》な奴《やつ》め、其《その》手間《てま》で早く行《ゆ》けと我《わ》が年したに叱《し》かられて、おつと来たさの次郎左衛門《じろざゑもん》、今の間《ま》とかけ出《だ》して韋駄天《いだてん》とはこれをや、あれ彼《あ》の飛びやうが可笑《をか》しいとて見送りし女子《おなご》どもの笑ふも無理ならず、横ぶとりして背《せい》ひくゝ、頭《つむり》の形《なり》は才槌《さいづち》(1)とて首みぢかく、振《ふり》むけての面《おもて》を見れば出額《でびたい》の獅子鼻《しゝばな》、反歯《そつぱ》の三五郎《さんごらう》といふ仇名《あだな》おもふべし、色は論なく黒きに感心なは目つき何処《どこ》までもおどけて両の頬《ほう》に笑《ゑ》くぼの愛敬《あいけう》、目かくしの福笑ひに見るやうな眉のつき方も、さりとはをかしく罪の無き子なり、貧《ひん》なれや阿波《あわ》ちゞみの筒袖《つゝそで》、己《お》れは揃《そろ》ひが間《ま》に合《あ》はなんだと知らぬ友には言ふぞかし、我《わ》れを頭《かしら》に六人の子供を、養ふ親

(1) 木槌の形に似て、額と後頭部がつき出た頭。

(2) 人力車夫。
(3) 五十軒町にある引手茶屋。
(4) 暮らしのやりとりの車は、商売ものの車と違うので、思うようにまわすことができない。

も轅棒《かぢぼう》にすがる身なり(2)、五十軒《けん》(3)によき得意場《とくいば》は持《もち》たりとも、内証《ないしよう》の車は商買《しようばい》もの、外《ほか》なれば詮《せん》(4)なく、十三になれば片腕《かたうで》と一昨年《おとゝし》より並木《なみき》の活判処《かつぱんじよ》(5)へも通《かよ》ひしが、怠惰《なまけ》もののなれば十日の辛棒《しんぼう》つゞかず、一《ひ》ト月《つき》と同じ職も無くて霜月《しもつき》より春へかけては突羽根《つくばね》の内職《ないしよく》、夏は検査場《けんさば》(6)の氷屋が手伝ひして、呼声《よびごゑ》をかしく客を引くに上手なれば、人には調法《てうはう》がられぬ、去年《こぞ》は仁和賀《にわか》の台引《だいひ》きに出《いで》しより、友達いやしがりて萬年町《まんねんてう》(7)の呼名《よびな》今に残れども、三五郎《さんごらう》といへば滑稽者《おどけもの》と承知して憎《に》くむ者の無きも一徳《とく》なりし、田中屋《たなかや》は我《わ》が命の綱《つな》、親子が蒙《かう》むる御恩《ごおん》すくなからず、日歩《ひぶ》(8)とかや言ひて利金《りきん》安からぬ借りなれど、これなくてはの金主様《きんしゆさま》あだには思ふべしや、三公己《こうお》れが町へ遊びに来いと呼ばれて嫌《い》やとは言はれぬ義理あり、されども我《わ》れは横町《よこてう》に生《うま》れて横町《よこてう》に育ちたる身、住む地処《ぢしよ》は龍華寺《りうげじ》のもの、家主《いゑぬし》は長吉《ちようきち》が親なれば、表むき彼方《かなた》に背《そむ》く事かなはず、内〻《ないく》に此方《こつち》の用をたして、にらまるゝ時の役廻《やくまわ》りつらし。正《しよう》太《た》は筆《ふで》やの店へ腰をかけて、待《ま》つ間《ま》のつれ〴〵に忍《しの》ぶ恋路《こひぢ》(9)を

(5) 活版印刷屋。

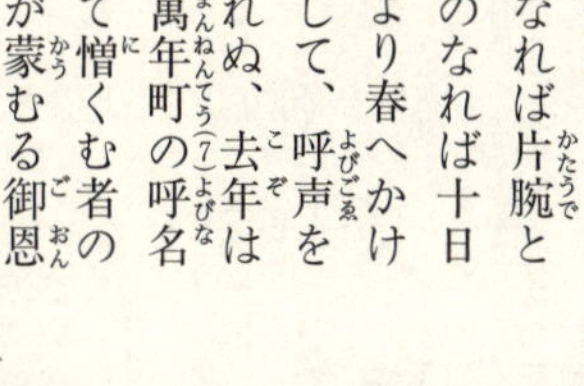

図21

(6) 仲之町の終点、水道尻にあった娼妓の検黴所。

(7) 下谷の万年町は、当時、東京の貧しい地区の一つといわれた。

(8) 貧家相手の金貸しは、毎日取りたて、しかも金利の高い日歩計算をした。

(9) 端歌の一つ。

小声《こゞゑ》にうたへば、あれ由断《ゆだん》がならぬと内儀《かみ》さまに笑はれて、何《なに》がなしに耳の根あかく、まぢくないの(1)高声《たかごゑ》に皆《みんな》も来《こ》いと呼《よび》つれて表へ駆《か》け出《だ》す出合頭《であいがしら》、正太《しようた》は夕飯《ゆふめし》なぜ喰《た》べぬ、遊びに耄《ほう》けて先刻《さつき》にから呼ぶをも知らぬか、誰様《どなた》も又《また》のちほど遊ばせて下され、これは御世話《おせわ》と筆《ふで》やの妻にも挨拶《あいさつ》して、祖母《ばゞ》が自《みづ》からの迎《むか》ひに正太《しようた》いやが言はれず、其《その》まゝ連れて帰らるゝあとは俄《には》かに淋《さび》しく、人数《にんず》は左《さ》のみ変《かは》らねど彼《あ》の子が見えねば大人までも寂《さび》しい、馬鹿さわぎもせねば串談《じようだん》も三ちやんの様《やう》では無けれど、人好《ひとず》きのするは金持《かねもち》の息子さんに珍《めづ》らしい愛敬《あいけう》、何《なん》と御覧《ごらん》じたか田中屋《たなかや》の後家《ごけ》さまがいやらしさを、あれで年《とし》は六十四、白粉《おしろい》をつけぬがめつけ物なれど丸髷《まるまげ》の大きさ(2)、猫なで声《ごゑ》して人の死ぬをも搆《かま》はず、大方臨終《おほかたおしまい》は金《かね》と情死《しんじう》なさるやら、夫《そ》れでも此方《こち》どもの頭《つむり》の上《あが》らぬは彼《あ》の物《もの》の御威《ごい》光《くわう》、さりとは欲《ほ》しや、廓内《なか》の大きい楼《うち》にも大分《だいぶ》の貸付《かしつけ》があるらしう聞きましたと、大路《おほぢ》に立ちて二三人の女房《にようばう》よその財産《たから》を数へぬ。

(1) とりつくろう。

(2) 「丸髷」は既婚の女性が結う髪形。年齢が上がるにつれ髷を小さく結う。ここでは年の割に大きい髷を結って若づくりをしている。

(3) 大きな鏡。

図22

図23

（五）

待つ身につらき夜半《よは》の置炬燵《おきごたつ》、それは恋ぞかし、吹風《ふくかぜ》すゞしき夏の夕ぐれ、ひるの暑さを風呂《ふろ》に流して、身じまいの姿《すがた》見《み》(3)、母親が手づからそゝけ髪《がみ》(4)つくろひて、我《わ》が子ながら美くしきを立ちて見、居《ゐ》て見、首筋《くびすぢ》が薄《うす》かつたと猶《なほ》ぞいひける、単衣《ひとへ》は水色友仙《ゆふぜん》(5)の涼《すゞ》しげに、白茶金《しらちやきん》らん(6)の丸帯《まるおび》(7)少《すこ》し幅《はゞ》の狭《せま》いを結ばせて、庭石に下駄《げた》直《なほ》すまで時は移りぬ。まだかまだかと塀《へい》の廻《まわ》りを七度《たび》廻《まわ》り、欠伸《あくび》の数も尽《つ》きて、払《はら》ふとすれど名物の蚊《か》に首筋額《くびすぢひたい》ぎわしたゝか螫《さゝ》れ、三五郎《さんごらう》弱りきる時、美登利《みどり》立出《たちい》でゝいざと言ふに、此方《こなた》は言葉もなく袖《そで》を捉《とら》へて駆《か》け出《だ》せば、息がはづむ、胸が痛い、そんなに急ぐならば此《こ》方《ち》は知らぬ、お前一人でお出《いで》と怒《おこ》られて、別れ別れの到着、筆《ふで》やの店へ来《き》し時は正太《しようた》が夕飯《ゆふめし》の最中《もなか》とおぼえし。あゝ面白《おもしろ》くない、おもしろくない、彼《あ》の人が来《こ》なければ幻燈《げんとう》をはじめるのも嫌《いや》、伯母《おば》さん此処《こゝ》の家《うち》に智恵《ちゑ》の板《いた》(8)は売りませぬか、十

（4）なでつけてもなじまない短い髪。
（5）水色の友禅染。
（6）白茶の地に金糸で模様を織り込んだ厚地の絹織物。
（7）広幅の帯地を二つ折りにして仕立てた女帯。
（8）厚紙を並べていろいろな形を作る遊び。

図 24

図 25

六武蔵《むさし》(1)でも何《なん》でもよい、手が暇《ひま》で困《こま》ると美登利《みどり》の淋《さび》しがれば、夫《そ》れよと即坐《そくざ》に鋏《はさみ》を借《か》りて女子《おなご》づれは切抜《きりぬ》きにかゝる、男は三五郎《さんごらう》を中《なか》に仁和賀《にわか》のさらひ、北廓《ほくくわく》(2)全盛見《ぜんせいみ》わたせば、軒《のき》は提燈電気燈《ちようちんでんきとう》、いつも賑《にぎは》ふ五丁町《てうまち》、と諸声《もろごゑ》をかしくはやし立《た》つるに、記憶《おぼえ》のよければ去年《こぞ》一昨年《おとゝし》とさかのぼりて、手《て》振手拍《ぶりてびやう》子《し》ひとつも変る事なし、うかれ立《たち》たる十人あまりの騒《さわ》ぎなればは何事《なにごと》と門《かど》に立ちて人垣《ひとがき》をつくりし中《なか》より。三五郎《さんごらう》は居《ゐ》るか、一寸来《ちよつとき》てくれ大急ぎだと、文次《ぶんじ》といふ元結《もとゆひ》よりの呼ぶに、何《なん》の用意もなくおいしよ、よし来《き》たと身がるに敷居《しきゐ》を飛《とび》こゆる時、此二《このふ》タ股《また》野郎覚悟《かくご》をしろ、横町《よこてう》の面《つら》よごしめ唯《たゞ》は置《お》かぬ、誰《だ》れだと思ふ長吉《ちようきち》だ生《なま》ふざけた真似《まね》をして後悔《こうくわい》するなと頰骨《ほうぼね》一撃《うち》、あつと魂消《たまげ》て逃入《にげい》る襟《ゑり》がみを、つかんで引出《ひきだ》す横町《よこてう》の一むれ、それ三五郎《さんごらう》をたゝき殺せ、正太《しようた》を引出《ひきだ》してやつて仕《し》舞《ま》へ、弱虫にげるな、団子屋《だんごや》の頓馬《とんま》も唯《たゞ》は置《お》かぬと潮《うしほ》のやうに沸《わき》かへる騒《さわ》ぎ、筆屋《ふでや》が軒《のき》の掛提燈《かけぢようちん》(3)は苦もなくたゝき落《おと》されて、釣《つ》りらんぷ(4)危《あぶ》なし店先の喧嘩《けんくわ》なりませぬと女房《にようばう》が喚《わめ》きも

(1) 親石一つと子石十六を、動かし争う挟み将棋のような遊び。

(2) 吉原遊郭。

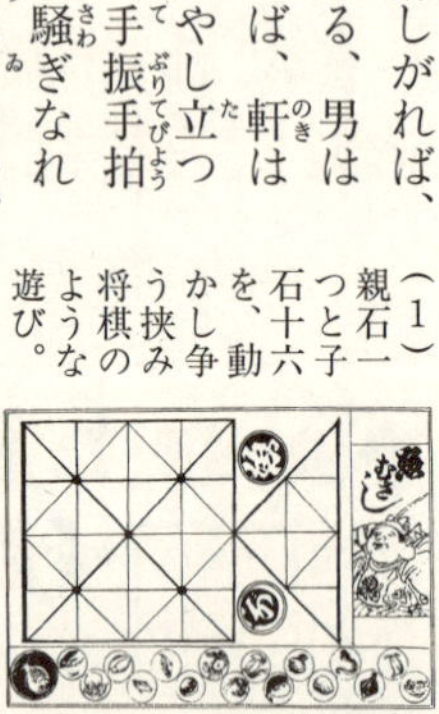

図26

(3) 軒先にかけてある祭礼の丸提灯。

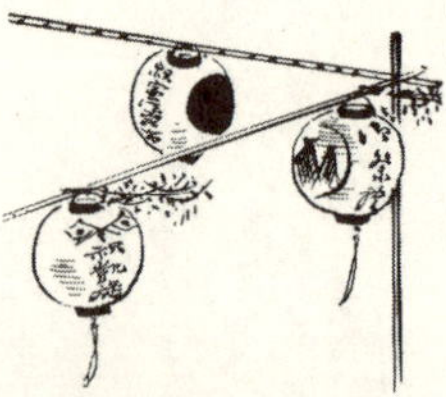

図27

聞かばこそ、人数《にんず》は大凡《おほよそ》十四五人、ねぢ鉢巻《はちまき》に大萬燈《おほまんどう》ふりたて、当《あた》るがまゝの乱暴狼藉《らんぼうらうぜき》、土足に踏み込む傍若無人《ばうじやくぶじん》、目《め》ざす敵《かたき》の正太《しようた》が見えねば、何処《どこ》へ隠《か》くした、何処《どこ》へ逃《に》げた、さあ言はぬか、言はぬか、言はさずに置《お》く物《もの》かと三五郎《さんごらう》を取《とり》こめて撃《う》つやら蹴《け》るやら、美登利《みどり》くやしく止める人を掻《か》きのけて、これお前がたは三ちやんに何《なん》の咎《とが》がある、正太《しようた》さんと喧嘩《けんくわ》がしたくば正太《しようた》さんとしたが宜《よ》い、逃《に》げもせねば隠《か》くしもしない、正太《しようた》さんは居《ゐ》ぬでは無いか、此処《こゝ》は私《わたし》が遊び処《どころ》、お前がたに指でもさゝしはせぬ、ゑゝ憎《に》くらしい長吉《ちようきち》め、三ちやんを何故《なぜ》ぶつ、あれ又引《またひき》たほした、意趣《いしゆ》(5)があらば私《わたし》をお撃《ぶ》ち、相手には私《わたし》がなる、伯母《おば》さん止めずに下されと身もだへして罵《のゝし》れば、何《なに》を女郎《じよらう》め頬桁《ほうげた》たゝく、姉の跡《あと》つぎの乞食《こじき》め、手前《てめへ》の相手にはこれが相応《さうおう》だと多人数《おほく》のうしろより長吉《ちようきち》、泥《どろ》草履《ざうり》つかんで投《なげ》つければ、ねらひ違《たが》はず美登利《みどり》が額際《ひたいぎわ》にむさき物したゝか(6)、血相《けつさう》かへて立《たち》あがるを、怪我《けが》でもしてはと抱《だ》きとむる女房《にようばう》、ざまを見ろ、此方《こち》には龍華寺《りうげじ》の藤本《ふぢもと》がついて

(4) 天井から吊ったランプ。

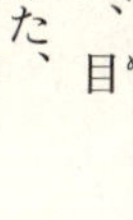

図28

(5) うらみ。

(6) 汚い物がまともに当たって。

居《ゐ》るぞ、仕《し》かへしには何時《いつ》でも来《こ》い、薄馬鹿野郎《うすばかやらう》め、弱虫《よわむし》め、腰《こし》ぬけの活地《いくぢ》なしめ、帰りには待伏《まちぶ》せする、横町《よこてう》の闇《やみ》に気をつけろと三五郎《さんごらう》を土間《どま》に投出《なげだ》せば、折《をり》から靴音《くつおと》たれやらが交《かう》番《ばん》への注進今《ちうしんいま》ぞしる、それと長吉《ちようきち》声をかくれば丑松文次《うしまつぶんじ》その余《よ》の十余《よ》人《にん》、方角をかへてばら〳〵と逃足《にげあし》はやく、抜《ぬ》け裏《うら》の露路《ろぢ》にかゞむも有《あ》るべし、口惜《くや》しいくやしい口惜《くや》しい口惜《くや》しい、長吉《ちようきち》め文次《ぶんじ》め丑松《うしまつ》め、なぜ己《お》れを殺さぬ、殺さぬか、己《お》れも三五郎《さんごらう》だ唯《たゞ》死《し》ぬものか、幽灵《ゆうれい》になつても取殺《とりころ》すぞ、覚《おぼ》えて居《ゐ》ろ長吉《ちようきち》めと湯玉《ゆだま》のやうな涙はら〳〵、はては大声にわつと泣《な》き出《いだ》す、身内《みうち》や痛からん筒袖《つゝそで》の処《ところ》〴〵引《ひき》さかれて背中も腰も砂まぶれ、止めるにも止めかねて勢ひの悽《すさ》まじさに唯《たゞ》おど〳〵と気を呑《の》まれし、筆《ふで》やの女房《にようばう》走り寄りて抱《だ》きおこし、背中《せな》をなで砂を払《はら》ひ、堪忍《かんにん》をし、堪忍《かんにん》をし、何《なん》と思つても先《さ》方《き》は大勢《おほぜい》、此方《こち》は皆よわい者ばかり、大人でさへ手が出しかねたに叶《かな》はぬは知れて居《ゐ》る、夫《そ》れでも怪我《けが》のないは仕合《しあはせ》、此《この》上《うへ》は途中の待《まち》ぶせが危《あぶ》ない、幸《さいは》ひの巡査《おまわり》さまに家《うち》まで見て頂《いたゞ》かば我《われ》〳〵も安心、此通《このとほ》りの子細《しさい》で御座《ござ》ります故《ゆゑ》と筋《すぢ》をあら〳〵(1)折《をり》からの巡査《じゆんさ》に語れば、職掌《しよくしよう》がらいざ送らんと手を取らるゝに、いゑ〳〵送つて下さらずとも帰ります、一人で帰りますと小さく成《な》るに、こりや怕《こわ》い事は無い、其方《そちら》の家《うち》まで送る分《ぶん》の事、心配するなと微笑《びしよう》を含《ふく》んで頭《つむり》を撫《な》でらるゝに弥《いよ》〳〵ちゞみて、喧嘩《けんくわ》をしたと言ふと親父《とつ》さんに叱《し》かられます、頭《かしら》の家《うち》は大屋《おほや》さんで御座《ござ》りますからとて凋《しほ》れるをすかして、さらば門口《かどぐち》まで送つて遣《や》る、叱《し》からるゝやうの事は為《せ》ぬわとて連れらるゝに四隣《あたり》の人胸を撫《な》でゝはるかに見送れば、何《なに》とかしけん横町《よこてう》の角《かど》にて巡査《じゆんさ》の手をば振《ふり》はなして一目散《もくさん》に逃げぬ。

(六)

めづらしい事、此炎天《このゑんてん》に雪が降りはせぬか、美登利《みどり》が学校を嫌《い》やがるはよく〳〵の不機嫌《ふきげん》、朝飯《あさはん》がすゝまずば後刻《のちかた》に鮨《やすけ》でも誂《あつら》へようか、風邪《かぜ》にしては熱も無ければ大方《おほかた》きのふの疲

(1) 事の次第をざっと。

れと見える、太郎様《たらうさま》(1)への朝参《あさまゐ》りは母《かゝ》さんが代理してやれば御《ご》免《めん》こふむれとありしに、いゑ〱姉さんの繁昌《はんじやう》するやうにと私《わたし》が願《ぐはん》をかけたのなれば、参《まゐ》らねば気が済《す》まぬ、お賽銭下《さいせんくだ》され行《い》つて来《き》ますと家《いゑ》を駆《か》け出《だ》して、中田圃《なかたんぼ》の稲荷《いなり》に鰐口《わにぐち》(2)ならして手を合《あは》せ、願ひは何《なに》ぞ行《ゆ》きも帰りも首うなだれて畦道《あぜみち》づたひ帰り来《く》る美登利《みどり》が姿、それと見て遠くより声をかけ、正《しよう》太《た》はかけ寄りて袂《たもと》を押《おさ》へ、美登利《みどり》さん昨夕《ゆふべ》は御免《ごめん》よと突然《だしぬけ》にあやまれば、何《なに》もお前に謝罪《わび》られる事は無い。夫《そ》れでも己《お》れが憎《に》くまれて、己《お》れが喧嘩《けんくわ》の相手だもの、お祖母《ばあ》さんが呼びにさへ来《こ》なければ帰りはしない、そんなに無暗《むやみ》に三五郎《さんごらう》をも撃《ぶ》たしはしなかつた物を、今朝《けさ》三五郎《さんごらう》の処《ところ》へ見に行つたら、彼奴《あいつ》も泣《な》いて口惜《くや》しがつた、己《お》れは聞いてさへ口惜《くや》しい、お前の顔へ長吉《ちやうきち》め草履《ざうり》を投げたと言ふでは無いか、彼《あ》の野郎乱《らん》暴《ぼう》にもほどがある、だけれど美登利《みどり》さん堪忍《かんにん》してお呉《く》れよ、己《お》れは知りながら逃げて居《ゐ》たのでは無い、飯《めし》を掻込《かつこ》んで表へ出やうとするとお祖母《ばあ》さんが湯に行《ゆ》くといふ、留守居《るすゐ》をして

(1) 吉原近くの中田圃と呼ばれたところにあった太郎稲荷神社。

(2) 寺院や神社の軒先につるしてあり、振って音を出して参詣者が詣でたことを神仏に告げる鳴り物。

図29

居《ゐ》るうちの騒《さわ》ぎだらう、本当《ほんと》に知らなかつたのだからねと、我《わ》が罪のやうに平《ひら》あやまりに謝罪《あやまつ》て、痛みはせぬかと額際《ひたいぎわ》を見あげれば、美登利《みどり》につこり笑ひて何負傷《なにけが》をするほどでは無い、夫《そ》れだが正《しよう》さん誰《だ》れが聞いても私《わたし》が長吉《ちようきち》に草履《ざうり》を投げられたと言つてはいけないよ、もし萬一《ひよつと》お母《つか》さんが聞きでもすると私《わたし》が叱《し》かられるから、親でさへ頭《つむり》に手はあげぬものを、長吉《ちようきち》づれが草履《ざうり》の泥《どろ》を額《ひたい》にぬられては踏まれたも同じだからとて、背《そむ》ける顔のいとをしく、本当《ほんと》に堪忍《かんにん》しておくれ、みんな己《お》れが悪《わ》るい、だから謝る、機嫌《きげん》を直して呉《く》れないか、お前に怒《おこ》られると己《お》れが困《こま》るものをと話しつれて、いつしか我《わが》家《や》の裏近《うらちか》く来《く》れば、寄らないか美登利《みどり》さん、誰《だ》れも居《ゐ》はしない、祖母《おばあ》さんも日がけ(3)を集めに出《で》たらうし、己《お》ればかりで淋《さび》しくてならない、いつか話した錦絵《にしきゑ》(4)を見せるからお寄りな、種〻《いろく》のがあるからと袖《そで》を捉《と》らへて離れぬに、美登利《みどり》は無言《むごん》にうなづいて、侘《わ》びた折戸《をりど》の庭口より入《い》れば、広《ひろ》からねども鉢《はち》ものをかしく並びて、軒《のき》につり忍艸《しのぶ》(5)、これは正太《しようた》が午《うま》の日《ひ》(6)の

(3) 毎日取り立てることになっている貸金。
(4) 多色刷り木版画による浮世絵。
(5) 忍草を輪の形にし、軒下につるして、夏に涼を味わうもの。
(6) 稲荷の縁日。

図30

買物《かひもの》と見えぬ、理由《わけ》しらぬ人は小首《こくび》やかたぶけん町内一の財産家《ものもち》といふに、家内《かない》は祖母《ばゞ》と此子《これ》二人《ふたり》、萬《よろづ》の鍵《かぎ》に下腹《したはらひ》冷え(1)て留守《るす》は見渡《みわた》しの総長屋《そうながや》(2)、流石《さすが》に錠前《でうまへ》くだくもあらざりき、正太《しやうた》は先へあがりて風入《かぜい》りのよき場処《ところ》を見たて、、此処《こゝ》へ来《こ》ぬかと団扇《うちわ》の気あつかひ、十三の子供にはませ過ぎてをかし。古くより持《もち》つたへし錦絵《にしきゑ》かず〳〵取出《とりいだ》し、褒《ほ》めらるゝを嬉《うれ》しく美登利《みどり》さん昔《むかし》の羽子板《はごいた》を見《み》せよう、これは己《お》れの母《かゝ》さんがお邸《やしき》に奉公《ほうこう》して居《ゐ》る頃《ころ》いたゞいたのだとさ、をかしいでは無いか此大《このおほ》きい事、人の顔も今のとは違ふね、あゝ此母《このかゝ》さんが生きて居《ゐ》ると宜《い》いが、己《お》れが三つの歳《とし》死んで、お父《とつ》さんは在《あ》るけれど田舎《いなか》の実家へ帰つて仕舞《しまつ》たから今は祖母《おばあ》さんばかりさ、お前は浦山《うらやま》しいねと無端《そゞろ》に親の事を言ひ出せば、それ絵がぬれる、男が泣く物では無いと美登利《みどり》に言はれて、己《お》れは気が弱いのかしら、時ゝ《ときぐ》種ゝ《いろく》の事を思ひ出すよ、まだ今時《いまじ》分《ぶん》は宜《い》いけれど、冬の月夜《つきよ》なにかに田町《たまち》あたりを集めに廻《まわ》ると土手《どて》まで来て幾度も泣いた事がある、何《なに》さむい位《くらい》で泣きは

(1) 祖母は高利貸しなので、金庫などの鍵をいつも身につけ、下腹が冷えて。

(2) 留守をしても見渡しのきく総長屋なので。

しない、何故《なぜ》だか自分も知らぬが種〻《いろ〳〵》の事を考へるよ、あゝ一昨年《おとゝし》から己《お》れも日がけの集めに廻《まわ》るさ、祖母《おばあ》さんは年寄《としよ》りだから其《その》うちにも夜《よ》るは危《あぶ》ないし、目が悪《わ》るいから印形《いんげう》を押《おし》たり何《なに》かに不自由だからね、今まで幾人《いくたり》も男を使つたけれど、老人《としより》に子供だから馬鹿にして思ふやうには動いて呉《く》れぬと祖母《おばあ》さんが言つて居《ゐ》たつけ、己《お》れが最《も》う少し大人に成《な》ると質《しち》屋《や》を出さして、昔《むか》しの通りでなくとも田中屋《たなかや》の看板《かんばん》をかけると楽しみにして居《ゐ》るよ、他処《よそ》の人は祖母《おばあ》さんを吝《けち》だと言ふけれど、己《お》れの為《ため》に倹約《つましく》して呉《く》れるのだから気の毒でならない、集金《あつめ》に行《ゆ》くうちでも通新町《とほりしんまち》(3)や何《なに》かに随分可愛想《ずいぶんかわいさう》なのが有《あ》るから、嘸《さぞ》お祖母《ばあ》さんを悪《わ》るくいふだらう、夫《そ》れを考へると己《お》れは涙がこぼれる、矢張《やつぱ》り気が弱いのだね、今朝《けさ》も三公《こう》の家《うち》へ取りに行つたら、奴《やつ》め身体《からだ》が痛い癖《くせ》に親父に知らすまいとして働いて居《ゐ》た、夫《そ》れを見たら己《お》れは口が利《き》けなかつた、男が泣くてへのは可笑《をか》しいでは無いか、だから横町《よこてう》の野蕃漢《じやがたら》(4)に馬鹿にされるのだと言ひかけて我が弱いを耻《はづ》かしさうな顔色、

(3)　箕輪と千住大橋の間にあった貧しい町。

(4)　ジャガイモ。

何心《なにごゝろ》なく美登利《みどり》と見合《みあわ》す目つきの可愛《かわゆ》さ。お前の祭の姿《なり》は大《たい》層《そう》よく似合《にあ》つて浦山《うらやま》しかつた、私《わたし》も男だと彼《あ》んな風がして見たい、誰《だ》れのよりも宜《よ》く見えたと賞《ほ》められて、何《なん》だ己《お》れなんぞ、お前こそ美くしいや、廓内《なか》の大巻《おほまき》さん(1)よりも奇麗《きれい》だと皆《みんな》がいふよ、お前が姉であつたら己《お》れは何様《どんな》に肩身《かたみ》が広《ひろ》かろう、何処《どこ》へゆくにも追従《つい》て行つて大威張《おほいば》りに威張《いば》るがな、一人《ひとり》も兄弟《けうだい》が無いから仕方が無い、ねへ美登利《みどり》さん今度一処《しよ》に写真を取らないか、我《お》れは祭りの時の姿《なり》で、お前は透綾《すきや》のあら縞《じま》(2)で意気な形《なり》をして、水道尻《すいだうじり》(3)の加藤《かとう》でうつさう、龍華寺《りうげじ》の奴《やつ》が浦《うら》山《やま》しがるやうに、本当だぜ彼奴《あいつ》は岐度《きつと》怒《おこ》るよ、真青《まつさほ》に成《な》つて怒《おこ》るよ、にゑ肝《かん》(4)だからね、赤くはならない、夫《そ》れとも笑ふかしら、笑はれても搆《かま》はない、大きく取つて看板に出たら宜《い》いな、お前は嫌《い》やかへ、嫌《い》やのやうな顔だものと恨《うら》めるもをかしく、変な顔にうつるとお前に嫌《き》らはれるからとて美登利《みどり》ふき出して、高笑《たかわら》ひの美音《びおん》に御機嫌《ごきげん》や直《なほ》りし。

朝冷《あさすゞ》はいつしか過ぎて日かげの暑くなるに、正太《しようた》さん又晩《またばん》

(1) 吉原のおいらん。美登利の姉。
(2) 夏用のごく薄い、太い縞のある絹織の着物。
(3) 仲之町の終点。
(4) かんしゃくが内にこもる陰気な性分。

によ、私《わたし》の寮《りよう》へも遊びにお出《い》でな、燈籠《とうろう》ながして、お魚追《お》ひましよ、池の橋が直つたれば怕《こわ》い事は無いと言ひ捨《ず》てに立出《たちいづ》る美登利《みどり》の姿、正太《しようた》うれしげに見送つて美くしと思ひぬ。

(七)

龍華寺《りうげじ》の信如《しんによ》、大黒屋《だいこくや》の美登利《みどり》、二人《ふたり》ながら学校は育英舎《いくゑいしや》なり、去《さ》りし四月の末つかた、桜は散りて青葉のかげに藤《ふぢ》の花見といふ頃、春季《しゆんき》の大運動会とて水《みづ》の谷《や》の原《はら》(5)にせし事ありしが、つな引、鞠《まり》なげ、縄とびの遊びに興《きやう》をそへて長き日の暮《く》るゝを忘れし、其折《そのをり》の事とや、信如《しんによ》いかにしたるか平常《へいぜい》の沈着《おちつき》に似ず、池のほとりの松《まつ》が根《ね》につまづきて赤土道《あかつちみち》に手をつきたれば、羽織《はをり》の袂《たもと》も泥《どろ》に成《な》りて見にくかりしを、居《い》あはせたる美登利《みどり》みかねて我《わ》が紅《くれない》の絹《きぬ》はんけちを取出《とりいだ》し、これにてお拭《ふ》きなされと介抱《かいはう》をなしけるに、友達の中《なか》なる嫉妬《やきもち》や見つけて、藤本《ふじもと》は坊主《ぼうず》のくせに女と話をして、嬉《うれ》しさうに礼を言つたは可笑《をか》しいでは無いか、大方美登利《おほかたみどり》さんは藤本《ふじもと》の女房《かみさん》

(5) 金杉上町から竜泉寺町にかけての原。

になるのであらう、お寺の女房《かみさん》なら大黒《だいこく》さまと言《い》ふのだなど、取沙汰《とりさた》しける、信如元来《しんによぐわんらい》かゝる事を人の上《うへ》に聞くも嫌《きら》ひにて、苦《にが》き顔して横を向く質《たち》なれば、我《わ》が事として我慢《がまん》のなるべきや、夫《そ》れよりは美登利《みどり》といふ名を聞くごとに恐《おそ》ろしく、又《また》あの事を言ひ出すかと胸の中もやくやして、何《なに》とも言はれぬ厭《い》やな気持なり、さりながら事ごとに怒《おこ》りつける訳《わけ》にもゆかねば、成《な》るだけは知らぬ躰《てい》をして、平気をつくりて、むづかしき顔をして遣《や》り過《す》ぎる心なれど、さし向《むか》ひて物などを問はれたる時の当惑《たうわく》さ、大方《おほかた》は知りませぬの一《ひ》ト言《こと》にて済《す》ませど、苦しき汗の身うちに流れて心ぼそき思ひなり、美登利《みどり》はさる事も心にとまらねば、最初《はじめ》は藤本《ふぢもと》さん藤本《ふぢもと》さんと親しく物いひかけ、学校退《ひ》けての帰りがけに、我《わ》れは一足《あし》はやくて道端《みちばた》に珍《めづ》らしき花などを見つくれば、おくれし信如《しんによ》を待合《まちあゎ》して、これ此様《こんな》うつくしい花が咲《さい》てあるに、枝が高くて私《わたし》には折《を》れぬ、信《のぶ》さんは背《せい》が高ければお手が届きましよ、後生《ごせう》折《を》つて下《くだ》されと一むれの中《なか》にては年長《としかさ》なるを見かけて頼めば、流石《さすが》に信如《しんによ》袖《そで》ふり切《き》りて行《ゆき》すぎる事もならず、さりとて人の思はくいよ〳〵愁《つ》らければ、手近《てぢか》の枝を引寄《ひきよ》せて好悪《よしあし》かまはず申訳《まうしわけ》ばかりに折《を》りて、投《なげ》つけるやうにすたすたと行過《ゆきす》ぎるを、さりとは愛敬《あいけう》の無き人と惘《あき》れし事も有《あり》しが、度《たび》かさなりての末には自《おのづか》ら故意《わざと》の意地悪《いぢわる》のやうに思はれて、人には左《さ》もなきに我《わ》れにばかり愁《つ》らき処為《しうち》をみせ、物を問へば碌《ろく》な返事した事なく、傍《そば》へゆけば逃げる、はなしを為《す》れば怒《おこ》る、陰気《いんき》らしい気のつまる、どうして好《よ》いやら機嫌《きげん》の取りやうも無い、彼《あ》のやうな六《む》づかしやは思ひのまゝに捻《ひね》れて怒《おこ》つて意地《いぢ》わるが為《し》たいならんに、友達と思はずは口を利くも入《い》らぬ事と美《み》登利《どり》少し疳《かん》にさはりて、用の無ければ摺《す》れ違《ちが》ふても物いふた事なく、途中に逢《あ》ひたりとて挨拶《あいさつ》など思ひもかけず、唯《たゞ》いつとなく二人《ふたり》の中《なか》に大川《おほかは》一つ横たはりて、舟《ふね》も筏《いかだ》も此処《こゝ》には御《ご》法度《はつと》、岸《きし》に添《そ》ふておもひおもひの道をあるきぬ。

　祭りは昨日《きのふ》に過《す》ぎて其《その》あくる日より美登利《みどり》の学校へ通《かよ》ふ事ふつと跡《あと》たえしは、問ふまでも無く額《ひたい》の泥の洗ふても消えがたき恥辱《ちぢよく》を、身にしみて口惜《くや》しければぞかし、表町《おもてまち》とて横町《よこてう》とて同じ教場《けうじやう》におし並《なら》べば朋輩《ほうばい》(1)に変りは無き筈《はづ》を、をかしき分《わ》け隔《へだ》てに常日頃《つねひごろ》意地《いぢ》を持ち、我《わ》れは女の、とても敵《かな》ひがたき弱味《よわみ》をば付目《つけめ》にして、まつりの夜《よ》の処為《しうち》はいかなる卑怯《ひきやう》ぞや、長吉《ちやうきち》のわからずやは誰《た》れも知る乱暴《らんぼう》の上《うへ》なし(2)なれど、信如《しんによ》の尻《しり》おし無くは彼《あ》れほどに思ひ切りて表町《おもてまち》をば暴《あら》し得《ゑ》じ、人前《ひとまへ》をば物識《ものしり》らしく温順《すなほ》につくりて、陰《かげ》に廻《まわ》りて機関《からくり》の糸を引《ひき》しは藤本《ふぢもと》の仕業《しわざ》に極《きわ》まりぬ、よし級は上にせよ、学《もの》は出来るにせよ、龍華寺《りうげじ》さまの若旦那《わかだんな》にせよ、大黒屋《だいこくや》の美登利《みどり》紙《かみ》一枚《まい》のお世話にも預《あづ》からぬ物を、あのやうに乞食《こじき》呼《よば》はりして貰《もら》ふ恩は無し、龍華寺《りうげじ》は何《どれ》ほど立派な檀家《だんか》ありと知らねど、我《わ》が姉《あね》さま三年の馴染《なじみ》に銀行の川様《かわさま》、兜町《かぶとてう》の米様《よねさま》もあり、議員《ぎいん》の短小《ちい》さま根曳《ねびき》(3)して奥さまにと仰《おほ》せられしを、心意気《こころいき》に入《い》らねば姉《あね》さま嫌《きら》ひてお受けはせざりしが、彼《あ》の方《かた》とても世には名高《なだか》きお人と遣手《やりて》衆《しゅ》の言はれし、嘘《うそ》ならば聞いて見よ、大黒《だいこく》やに大巻《おほまき》の居《い》ずは彼《あ》の楼《いゑ》は闇《やみ》とかや、さればお店の旦那《だんな》と

(1) 仲間。友達。

(2) この上なしの乱暴。

(3) 身請けして。

ても父《とゝ》さん母《かゝ》さん我《わ》が身をも粗畧《そりやく》には遊ばさず、常〻《つねつね》大切がりて床《とこ》の間《ま》にお据《す》へなされし瀬戸物《せともの》の大黒様《だいこくさま》をば、我《わ》れいつぞや坐敷《ざしき》の中《なか》にて羽根《はね》つくとて騒ぎし時、同じく並びし花瓶《はないけ》を仆《たほ》し、散〻《さんぐ》に破損《けが》をさせしに、旦那《だんな》次《つぎ》の間《ま》に御酒《ごしゆ》めし上《あが》りながら、美登利《みどり》お転婆《てんば》が過ぎるのと言はれしばかり小言は無かりき、他《ほか》の人《ひと》ならば一通りの怒《おこ》りでは有《あ》るまじと、女子衆《をんなしゆ》達《たち》にあと〳〵まで羨《うらや》まれしも必竟《ひつきやう》(4)は姉《あね》さまの威光《いくわう》ぞかし、我《わ》れ寮住居《りようずまい》に人の留守居《るすい》はしたりとも姉は大黒屋《だいこくや》の大巻《おほまき》、長吉《ちようきち》風情《ふぜい》に負《ひ》けを取るべき身にもあらず、龍華寺《りうげじ》の坊さまにいぢめられんは心外と、これより学校へ通ふ事おもしろからず、我《わが》まゝの本性《ほんせう》あなどられしが口惜《くや》しさに、石筆《せきひつ》(5)を折り墨《すみ》をすて、書物《ほん》も十露盤《そろばん》も入《い》らぬ物にして、中《なか》よき友と埒《らち》も無く遊びぬ。

（八）

走れ飛ばせの夕べに引《ひき》かへて、明けの別れに夢をのせ行《ゆ》く

(4) つまりは。

(5) 蠟石で造った筆記用具。石盤に書き、消すことも自由。

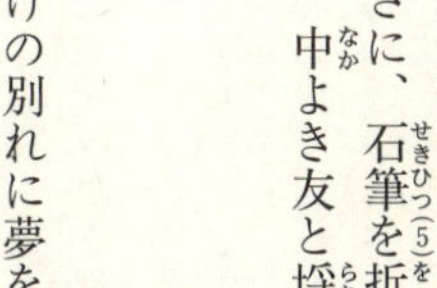

図31

車の淋《さび》しさよ、帽子《ぼうし》まぶかに人目《ひとめ》を厭《いと》ふ方様《かたさま》もあり、手拭《てぬぐひ》とつて頬《ほう》かふり、彼女《あれ》が別れに名残の一撃《ひとうち》、いたさ身にしみて思ひ出すほど嬉《うれ》しく、うす気味《きみ》わるやにたにたの笑ひ顔、坂《さか》本《もと》(1)へ出《いで》ては用心し給《たま》へ千住《せんぢゆ》がへりの青物車《あをものぐるま》(2)にお足元《あしもと》あぶなし、三嶋様《しまさま》の角《かど》までは気違《きちが》ひ街道《かいだう》、御顔《おんかほ》のしまり何《いづ》れも緩《ゆ》るみて、はゞかりながら御鼻《おんはな》の下なが〳〵と見えさせ給《たま》へば、そんじよ其処《そこ》らに夫《そ》れ大《たい》した御男子様《ごなんしさま》とて、分厘《ふんりん》の価値《ねうち》も無しと、辻《つぢ》に立《た》ちて御慮外《ごりよぐわい》(3)を申《まうす》もありけり。楊家《やうか》の娘(4)君寵《くんちよう》をうけてと長恨歌《ちやうごんか》(5)を引出《ひきいだ》すまでもなく、娘の子は何処《いづこ》にも貴重がらるゝ頃なれど、此《この》あたりの裏屋《うらや》より赫奕姫《かくやひめ》の生《うま》るゝ事その例多し、築地《つきぢ》の某屋《それや》に今は根を移して御前《ごぜん》さま方《がた》の御相手《おんあいて》、踊《おど》りに妙《みやう》(6)を得《ゑ》し雪《ゆき》といふ美形、唯今《たゞいま》のお座敷《ざしき》にてお米《こめ》のなります木は至極《しごく》あどけなき事は申《まうす》とも、もとは此町《こゝ》の巻帯党《まきおびづれ》(7)にて花がるたの内職《ないしよく》せしものなり、評判は其頃《そのころ》に高く去るもの日ゞ《ひゞ》に踈《うと》ければ、名物一つかげを消して二度目の花は紺屋《こうや》(8)の乙娘《おとむすめ》(9)、今千束町《いませんぞくまち》に新《しん》つた屋《や》の御神燈《ごじんとう》(10)ほのめかして、小吉《こきち》と呼《よ》ばるゝ

（1）坂本通り。竜泉寺町を西に抜け、三島神社を左に曲がる。
（2）八百屋の買いだし車。千住には江戸時代から青物や川魚の市場があった。

図32

（3）失礼なこと。
（4）唐の玄宗皇帝の寵妃である楊貴妃。
（5）楊貴妃を失った玄宗皇帝の悲しみを歌った長詩。白楽天の作。
（6）深窓に育って世事にうといふりをして、わざとたずねたりする。
（7）幅広の帯をした不良の娘仲間。
（8）染物屋。

公園の尤物《まれもの》(11)も根生《ねお》ひ(12)は同じ此処《こゝ》の土成《つちなり》し、あけくれの噂《うはさ》にも御出世《ごしゆつせ》といふは女に限りて、男は塵塚《ちりづか》さがす黒斑《くろぶち》の尾《を》の、ありて用なき物とも見ゆべし、此界隈《このかいわい》に若い衆《しゆ》と呼ばるゝ町並《まちなみ》の息子、生意気ざかりの十七八より五人組七人組、腰に尺《しやく》八の伊達《だて》はなけれど、何《なん》とやら厳《いか》めしき名の親分が手下《てか》につきて、揃《そろ》ひの手ぬぐひ長提燈《ながでうちん》、賽《さい》ころ振る事おぼえぬうちは素見《ひやかし》の格子先《かうしさき》に思ひ切つての串談《じやうだん》も言ひがたしとや、真面目《まじめ》につとむる我《わ》が家業《かげふ》は昼のうちばかり、一風呂《ふろ》浴《あ》びて日の暮れゆけば突《つき》かけ下駄《げた》に七五三の着物、何屋《なにや》の店の新妓《しんこ》を見たか、金杉《かなすぎ》の糸屋《いとや》が娘に似て最《も》う一倍《ばい》鼻がひくいと、頭脳《あたま》の中《なか》を此様《こん》な事にこしらへて、一軒《けん》ごとの格子《かうし》に烟草《たばこ》の無理どり鼻紙《はながみ》の無心《むしん》、打《う》ちつ打《う》たれつ是《こ》れを一世《せ》の誉《ほまれ》と心得《こゝろゑ》れば、堅《かた》気《ぎ》の家の相続息子《さうぞくむすこ》地廻《ぢまわ》りと改名《かいめい》して、大門際《おほもんぎわ》に喧嘩《けんくわ》かひと出《で》るもありけり、見よや女子《おんな》の勢力《いきほひ》と言はぬばかり、春秋《はるあき》しらぬ五丁町《てうまち》の賑《にぎわ》ひ、送りの提燈《かんばん》いま流行《はや》らねど、茶屋《ちやや》が廻女《まわし》の雪駄《せつた》のおとに響《ひゞ》き通《かよ》へる歌舞音曲《かぶおんぎよく》、うかれうかれて入込《いりこ》む人

(9) 長女に対する次女以下の娘。
(10) 芸者屋の入口につるす提灯。

図33

(11) 浅草公園裏の花柳界で評判の芸者。
(12) 生まれ。

の何《なに》を目当《めあて》と言問《ことと》はゞ、赤ゑり赫熊《しやぐま》に裲襠《うちかけ》の裾《すそ》ながく、につと笑ふ口元目《くちもとめ》もと、何処《どこ》が美《よ》いとも申《まうし》がたけれど華魁衆《おいらんしゆ》とて此処《こゝ》にての敬《うやま》ひ、立《たち》はなれては知るによしなし、かゝる中《なか》にて朝夕を過ごせば、衣《きぬ》の白地《しらぢ》の紅《べに》に染《し》む事《こと》無理ならず、美登《みど》利《り》の眼《め》の中《なか》に男といふ者さつても怕《こわ》からず恐《おそ》ろしからず、女《ぢよ》郎《ろう》といふ者さのみ賤《いや》しき勤《つと》めとも思はねば、過ぎし故郷《こけふ》を出《しゆつ》立《たつ》の当時ないて姉《あね》をば送りしこと夢のやうに思はれて、今日《けふ》此頃《このごろ》の全盛《ぜんせい》に父母《ふぼ》への孝養《こうよう》うらやましく、お職《しよく》を徹《とほ》す(1)姉が身の、憂《う》いの愁《つ》らいの数《かず》も知らねば、まち人恋《びとこ》ふる鼠《ねづみ》なき(2)格子《かうし》の呪文《じゆもん》(3)、別れの背中《せな》に手加減《てかげん》の秘密《おく》まで、唯《たゞ》おもしろく聞《きゝ》なされて、廓《くるわ》ことばを町にいふまで去《さ》りとは恥《はづ》かしからず思へるも哀《あはれ》なり、年はやうやう数《かぞ》への十四、人形抱《だ》いて頬《ほう》ずりする心は御華族《ごくわぞく》のお姫様とて変りなけれど、修身《しうしん》の講義《こうぎ》、家政《かせい》学《がく》のいくたても学びしは学校にてばかり、誠《まこと》あけくれ耳に入《い》りしは好《す》いた好《す》かぬの客の風説《うはさ》、仕着《しき》せ(4)積《つ》み夜具《やぐ》(5)茶屋《ちやや》への行《ゆき》わたり(6)、派手《はで》は美事《みごと》に、かなはぬは見すぼらしく、人事《ひとごと》我《わが》

(1) もっとも玉代の多いお職女郎の地位を張り通す。
(2) 鼠がものを引いて来るという俗信から鳴き声を真似る。
(3) 格子を叩いて願い事を言うと望みがかなうという呪文。
(4) 身の回りの世話をする人に季節に応じて支給する衣類。
(5) 遊女が送られた新しい夜具を物日に店先に飾る習わし。
(6) 付け届け。
(7) はっきりして。
(8) 太鼓を叩いて歌いながら売り歩く飴売り。
(9) 大道で簡単な曲芸を演じて見せる者。

図34

図35

事分別《ことふんべつ》をいふはまだ早し、幼な心に目の前の花のみはしるく、(7)持《もち》まへの負けじ気性《きせう》は勝手に馳《は》せ廻《まわ》りて雲のやうな形をこしらへぬ、気違《きちが》ひ街道《かいだう》、寐《ね》ぼれ道《みち》、朝がへりの殿《との》がた一順《じゆん》すみて朝寐《あさね》の町も門《かど》の箒目《はゝきめ》青海波《せいがいは》をゑがき、打水《うちみづ》よきほどに済《す》みし表町《おもてまち》の通りを見渡せば、来《く》るは来《く》るは、萬年町《まんねんてう》山伏町《やまぶしてう》、新《しん》谷町《たにまち》あたりを塒《ねぐら》にして、一能《のう》一術《じゆつ》これも芸人の名はのがれぬ、よか〳〵飴《あめ》(8)や軽業師《かるわざし》(9)、人形つかひ(10)大神楽《だいかぐら》、住吉《すみよし》をどり(11)に角兵《かくべ》衛獅子《いじし》(12)、おもひおもひの扮粧《いでたち》して、縮緬透綾《ちりめんすきや》の伊達《だて》もあれば、薩摩《さつま》がすりの洗《あら》ひ着《ぎ》に黒襦子《くろじゆす》の幅狭帯《はゞせまおび》、よき女もあり男もあり、五人七人十人一組の大《おほ》たむろもあれば、一人淋《さび》しき痩《や》せ老爺《おやぢ》の破《や》れ三味線《ざみせん》かゝへて行《ゆ》くもあり、六つ五つなる女の子に赤襷《あかだすき》させて、あれは紀《き》の国《くに》(13)おどらするも見ゆ、お顧客《とくい》は廓《かく》内《ない》に居《ゐ》つゞけ客のなぐさみ、女郎《じよろう》の憂《う》さ晴《は》らし、彼処《かしこ》に入《い》る身の生涯《せうがい》やめられぬ得分《とくぶん》ありと知られて、来るも来るも此処《こゝ》らの町に細《こま》かしき貰《もら》ひを心に止《と》めず、裾《すそ》に海草《みるめ》のいかゞはしき乞食《こじき》さへ門《かど》には立たず行過《ゆきすぎ》るぞかし、容貌《きりよう》よき女太夫《おんなだゆう》の笠《かさ》

(10) 一人が人形を操り、一人が義太夫を弾き語る門付け。

図36

(11) 大阪住吉神社に伝わる踊り。音頭取りが長柄の傘を持って歌い、僧形の子供が踊る。

図37

(12) 子供が獅子頭をかぶり、大人の太鼓に合わせ逆立ちなどしてお金を請い歩いた。

図38

(13) 俗謡「かっぽれ」の一節。

にかくれぬ床《ゆか》しの頬《ほう》を見せながら、喉自慢《のどじまん》、腕自慢《うでじまん》、あれ彼《あ》の声を此町《このまち》には聞かせぬが憎《に》くしと筆《ふで》やの女房《にようぼう》舌《した》うちして言へば、店先に腰をかけて往来《ゆきゝ》を眺《なが》めし湯がへりの美登利《みどり》、はらりと下《さが》る前髪《まへがみ》の毛を黄楊《つげ》の鬢櫛《びんぐし》にちやつと掻《か》きあげて、伯《を》母《ば》さんあの太夫《たゆう》(1)さん呼んで来ませうとて、はたはた駆《か》けよつて袂《たもと》にすがり、投げ入れし一品《しな》を誰《た》れにも笑つて告《つ》げざりしが好《この》みの明烏《あけがらす》(2)さらりと唄《うた》はせて、又御《またご》贔負《ひいき》をの嬌音《きやうおん》(3)これたやすくは買ひがたし、彼《あ》れが子供の処業《しわざ》かと寄集《よりあつま》りし人舌《ひとした》を巻《ま》いて太夫《たゆう》よりは美登利《みどり》の顔を眺《なが》めぬ、伊達《だて》には通るほどの芸人を此処《こゝ》にせき止《と》めて、三味《さみ》の音《ね》、笛《ふゑ》の音《ね》、太皷《たいこ》の音《ね》、うたはせて舞《ま》はせて人の為《せ》ぬ事して見たいと折《をり》ふし正太《しようた》に咡《さゝや》いて聞かせれば、驚《おどろ》いて呆《あき》れて己《おい》らは嫌《い》やだな。

（九）

如是《によぜ》我《が》聞《もん》(4)、仏説《ぶつせつ》阿弥陀《あみだ》経《けう》(5)、声は松風に和《くわ》して心のちりも吹《ふき》払《はら》はるべき御寺様《おんてらさま》の庫裏《くり》(6)より生魚《なまうを》あぶる烟《けぶ》なびきて、卵塔《らんたう》

(1) 芸人。
(2) 新内の名曲。
(3) なまめかしい声。
(4) 経文のはじめに書かれている言葉。
(5) 浄土三部経の一つ。浄土宗、真宗でよく唱える。
(6) 寺の台所。

場《ば》(7)に嬰子《やゝ》の襁褓《むつき》(8)ほしたるなど、お宗旨《しうし》によりて搆《かま》ひなき事な(9)れども、法師《ほうし》を木のはし(10)と心得《こゝろゑ》たる目よりは、そゞろに腥《なまぐさ》く覚《おぼ》ゆるぞかし、龍華寺《りうげじ》の大和尚身代《だいおしやうしんだい》と共に肥《こ》へ太《ふと》りたる腹なり如何《いか》にも美事《みごと》に、色つやの好《よ》きこと如何《いか》なる賞《ほ》め言葉を参《まゐ》らせたらばよかるべき、桜色にもあらず、緋桃《ひもゝ》の花でもなし、剃《そ》りたてたる頭《つむり》より顔より首筋《くびすぢ》にいたるまで銅色《あかゞねいろ》の照《て》りに一点のにごりも無く、白髪《しらが》もまじる太き眉をあげて心まかせの大笑ひなさるゝ時は、本堂《ほんどう》の如来《によらい》さま驚きて台座《だいざ》より転《まろ》び落《おち》給《たま》はんかと危《あや》ぶまるゝやうなり、御新造《ごしんぞ》(11)はいまだ四十の上《うへ》を幾《いく》らも越《こ》さで、色白《いろじろ》に髪《かみ》の毛薄《けうす》く、丸髷《まるまげ》も小さく結《ゆ》ひて見ぐるしからぬまでの人がら、参詣人《さんけいにん》へも愛想よく門前《もんぜん》の花屋《はなや》が口悪《くちわ》る嚊《かゝ》も兎角《とかく》の蔭口《かげぐち》を言はぬを見れば、着ふるしの裕衣《ゆかた》、総菜《そうざい》のお残りなどおのづからの御恩《ごおん》も蒙《かうむ》るなるべし、もとは檀家《だんか》の一人成《なり》しが早くに良人《おつと》を失《うし》なひて寄《よ》る辺《べ》なき身の暫時《しばらく》こゝにお針《はり》(12)やとひ同様、口さへ濡《ぬ》らさせて下さらばとて洗《あら》ひ濯《そゝ》ぎよりはじめてお菜《さい》ごしらへは素《もと》よりの事、墓場《はかば》の掃除《さうぢ》に

(7) 墓地。
(8) おしめ。
(9) 明治五年の法令で、僧侶の肉食妻帯は許されることになった。
(10) 僧侶は人間味のない存在。
(11) 奥様。中流社会の人妻の尊称。
(12) 針仕事のやとい女。

男衆《おとこしゆ》の手を助《たす》くるまで働けば、和尚《おしやう》さま経済《けいざい》より割出《わりだ》しての御不憫《ごふびん》かゝり、年《とし》は二十から違《ちが》うて見《み》ともなき事は女も心得《こゝろゑ》ながら、行《ゆ》き処《どころ》なき身《み》なれば結句《けつく》(1)よき死場処《しにばしよ》と人目を耻《は》ぢぬやうに成《な》りけり、にがくしき事なれども女の心だて悪《わ》るからねば檀家《だんか》の者も左《さ》のみは咎《とが》めず、総領《そうりよう》(2)の花《はな》といふを懐胎《もうけ》し頃《ころ》、檀家《だんか》の中にも世話好《せわず》きの名ある坂本《さかもと》の油屋《あぶらや》が隠居《いんきよ》さま仲人《なかうど》といふも異《い》な物なれど進めたて、表向《おもてむ》きのものにしける、(3)信如《しんによ》も此人《このひと》の腹《はら》より生れて男女《なんによ》二人の同胞《きやうだい》、一人は如法《によほう》(4)の変《へん》屈《くつ》ものにて一日部屋の中にまぢくと陰気《いんき》らしき生《むま》れなれど、姉のお花《はな》は皮薄《かわうす》の二重腮《ぢうあご》かわゆらしく出来たる子なれば、美人といふにはあらねども年頃《としごろ》といひ人の評判もよく、素人《しろうと》にして捨《す》てゝ置《お》くは惜《を》しい物の中に加へぬ、さりとてお寺の娘に左《ひだ》り褄《づま》(5)、お釈迦《しやか》が三味《しやみ》ひく世は知らず人の聞《きこ》え少しは憚《はゞ》かられて、田町《たまち》の通りに葉茶屋《はぢやや》(6)の店《みせ》を奇麗《きれい》にしつらへ、帳場格子《ちやうばがうし》(7)のうちに此娘《このこ》を据《す》へて愛敬《あいけう》を売らすれば、秤《はか》りの目は兎《と》に角勘定《かくかんぢやう》しらずの若い者など、何《なに》がなしに寄《よ》つて大方毎夜《おほかたまいよ》十二

(1) 結局。
(2) 長女。
(3) 正式の妻にした。
(4) 典型的な。
(5) 芸者。左の手で褄をとって歩くことから。
(6) 茶を売る店。
(7) 商家で帳場のかこいに立てる低い格子。

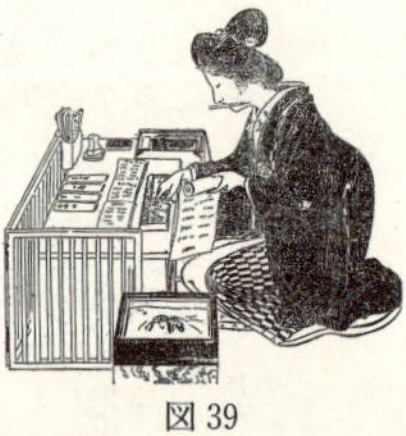

図 39

時を聞くまで店に客のかげ絶《た》えたる事なし、いそがしきは大《だい》和尚《おしやう》、貸金《かしきん》の取《とり》たて、店への見廻《みまわ》り、法用《ほうよう》のあれこれ、月の幾日《いくか》は説教日《せつけうび》の定《さだ》めもあり帳面《ちやうめん》くるやら経《けう》よむやら斯《か》くては身躰《からだ》のつゞき難《がた》しと夕暮《ゆふぐ》れの椽先《ゑんさき》に花むしろを敷《し》かせ、片肌《かたはだ》ぬぎに団扇《うちわ》づかひしながら大盃《おほさかづき》に泡盛《あわもり》をなみ〳〵と注《つ》がせて、さかなは好物《こうぶつ》の蒲焼《かばやき》を表町《おもてまち》のむさし屋《や》へあらい処《ところ》（8）をとの誂《あつら》へ、承《うけたまわ》りてゆく使ひ番は信如《しんによ》の役なるに、其嫌《そのい》やなること骨にしみて、路《みち》を歩くにも上を見し事なく、筋向《すぢむか》ふの筆《ふで》やに子供づれの声を聞けば我《わ》が事を誹《そし》らるゝかと情《なさけ》なく、そしらぬ顔に鰻屋《うなぎや》の門《かど》を過《す》ぎては四辺《あたり》に人目の隙《すき》をうかゞひ、立戻《たちもど》つて駈《か》け入《い》る時の心地、我身《わがみ》限《かぎ》つて腥《なまぐさ》きものは食べまじと思ひぬ。

父親和尚《てゝおやおしよう》は何処《どこ》までもさばけたる人にて、少しは欲深《よくふか》の名にたてども人の風説《うはさ》に耳をかたぶけるやうな小胆《たん》にては無く、手の暇《ひま》あらば熊手《くまで》の内職もして見やうといふ気風《きふう》なれば、霜《しも》月《つき》の酉《とり》には論なく門前の明地《あきち》に簪《かんざし》の店を開き、御新造《ごしんぞ》に手拭《てぬぐ》

（8）鰻の大串。

ひかぶらせて縁喜《ゑんぎ》の宜《い》いのをと呼ばせる趣向《しゆこう》、はじめは耻《はづ》かしき事に思ひけれど、軒《のき》ならび素人《しろうと》の手業《てわざ》(1)にて莫大《ばくだい》の儲《もう》けと聞くに、此雑踏《このざつとう》の中といひ誰《た》れも思ひ寄らぬ事なれば日暮《ひく》れよりは目にも立つまじと思案《しあん》して、昼間は花屋の女房《にようばう》に手伝はせ、夜《よ》に入《い》りては自身《みづから》をり立《たち》て呼《よび》たつるに、欲《よく》なれやいつしか耻《はづ》かしさも失《う》せて、思はず声《こわ》だかに負《まけ》ましよ負《まけ》ましよと跡《あと》を追ふやうに成《な》りぬ、人波《ひとなみ》にもまれて買手《かひて》も眼《まなこ》の眩《くら》みし折《をり》なれば、現在後世《ごせ》ねがひに(2)一昨日《おとつひ》来たりし門前も忘れて、簪《かんざし》三本七十五銭《せん》と懸直《かけね》(3)すれば、五本ついたを三銭《せん》ならばと直切《ねぎ》つて行《ゆ》く、世はぬば玉《たま》の闇《やみ》の儲《もうけ》はこのほかにも有《あ》るべし、信如《しんによ》は斯《か》かる事どもいかにも心ぐるしく、よし檀家《だんか》の耳には入《い》らずとも近辺《きんぺん》の人〻が思わく、子供仲間の噂《うはさ》にも龍華寺《りうげじ》では簪《かんざし》の店を出して、信《のぶ》さんが母《かゝ》さんの狂気面《きちがひづら》して売つて居《ゐ》たなどと言はれもするやと耻《はづ》かしく、其様《そん》な事はよしにしたが宜《よ》う御坐《ござ》りませうと止《と》めし事もありしが、大和尚大笑《だいおしやうおほわら》ひに笑《わら》ひすてゝ、黙《だま》つて居《ゐ》ろ、黙《だま》つて居《ゐ》ろ、貴様《きさま》などが知らぬ事だ

(1) 手仕事。
(2) 極楽往生を願って寺参りに。
(3) 高くつけた値段。

わとて丸々《まるく》相手にしてはくれず、朝念仏《あさねんぶつ》に夕勘定《ゆふかんぢやう》、そろばん手にしてにこ〳〵と遊ばさる丶顔つきは我親《わがおや》ながら浅《あさ》ましくして、何故《なぜ》その頭《つむり》をまろめ給《たま》ひしぞと恨《うら》めしくもなりぬ。

もとより一腹《ぷく》一対《つい》の中《なか》に育ちて(4)他人交《たにんま》ぜずの穏《おだや》かなる家《いへ》の内《うち》なれば、さして此児《このこ》を陰気《いんき》ものに仕立《したて》あげる種《たね》は無けれども、性来《せいらい》おとなしき上《うへ》に我《わ》が言ふ事の用ひられねば兎角《とかく》に物のおもしろからず、父が仕業《しわざ》も母の所作《しよさ》も姉の教育《したて》も、悉《しつ》皆《かい》(5)あやまりのやうに思はるれど言ふて聞かれぬものぞと諦《あきら》めればうら悲しきやうに情なく、友朋輩《ともほうばい》は変屈者《へんくつもの》の意地《いぢ》わると目《め》ざせども(6)自《おのづか》ら沈《しづ》み居《ゐ》る心の底の弱き事、我《わ》が蔭口《かげくち》を露《つゆ》ばかりもいふ者ありと聞けば、立出《たちい》で丶喧嘩口論《けんくわこうろん》の勇気もなく、部屋にとぢ籠《こも》つて人に面《おもて》の合《あ》はされぬ臆病至《おくびやうし》極《ごく》の身なりけるを、学校にての出来ぶりといひ身分がらの卑《いや》しからぬにつけて然《さ》る弱虫とは知る者なく、龍華寺《りうげじ》の藤本《ふぢもと》は生煮《なまに》えの餅《もち》のやうに真《しん》があつて気になる奴《やつ》と憎《にく》がるものも有《あり》けらし。

(4) 種も腹も同じ姉弟として育って。
(5) みんな。
(6) 見ているが。

（十）

祭りの夜《よ》は田町《たまち》の姉のもとへ使《つかひ》を吩附《いひつけ》られて、更《ふ》くるまで我家《わがや》へ帰らざりければ、筆《ふで》やの騒《さわ》ぎは夢にも知らず、翌日《あす》になりて丑松文次《うしまつぶんじ》その外《ほか》の口よりこれ〳〵であつたと伝へらるゝに、今更《いまさら》ながら長吉《ちやうきち》の乱暴《らんばう》に驚《おどろ》けども済《す》みたる事なれば咎《とが》めだてするも詮《せん》なく、我《わ》が名を仮《か》りられしばかりつく〴〵迷惑《めいわく》に思われて、我《わ》が為《な》したる事ならねど人ゞ《ひとぐ》への気《き》の毒《どく》を身一つに脊負《せおひ》たるやうの思ひありき長吉《ちやうきち》も少しは我《わ》が遣《や》りそこねを耻《はづ》かしう思ふかして、信如《しんによ》に逢《あ》はゞ小言や聞かんと其《そ》の三四日は姿も見せず、やゝ余炎《ほとぼり》のさめたる頃《ころ》に信《のぶ》さんお前は腹を立つか知らないけれど時の拍子《ひやうし》だから堪忍《かんにん》して置《を》いて呉《く》んな、誰《だ》れもお前正太《しやうた》が明巣《あきす》(1)とは知るまいでは無《な》いか、何《なに》も女郎《めらう》の一疋位《ぴきぐらい》相手にして三五郎《さんごらう》を擲《なぐ》りたい事も無かつたけれど、万燈《まんどう》を振込《ふりこ》んで見りやあ唯《たゞ》も帰れない、ほんの附景《つけげい》気《き》(2)に詰《つま》らない事をしてのけた、夫《そ》りやあ己《お》れが何処《どこ》までも悪《わ》

(1) 留守。
(2) 景気づけ。

るいさ、お前の命令《いひつけ》を聞かなかつたは悪《わ》るからうけれど、今怒《おこ》られては法《かた》なしだ、お前といふ後《うしろ》だてが有《あ》るので己《お》らあ大《おほ》舟《ぶね》に乗つたやうだに、見すてられちまつては困るだらうじや無いか、嫌《い》やだとつても此組《このくみ》の大将《たいしやう》で居《い》てくんねへ、左様《さう》どち(3)斗《ばかり》は組まないからとて面目《めんぼく》なさゝうに謝罪《わび》られて見れば夫《そ》れでも私《わたし》は嫌《い》やだとも言ひがたく、仕方が無い遣《や》る処《ところ》までやるさ、弱い者いぢめは此方《こつち》の耻《はぢ》になるから三五郎《さんごらう》や美登利《みどり》を相手にしても仕方が無い、正太《しやうた》に末社《まつしや》がついたら其時《そのとき》のこと、決して此方《こつち》から手出《てだ》しをしてはならないと留《とゞ》めて、さのみは長吉《ちやうきち》をも叱《しか》り飛《と》ばさねど再《ふた》ゝび喧嘩《けんくわ》のなきやうにと祈《いの》られぬ。

　罪のない子は横町《よこてう》の三五郎《さんごらう》なり、思ふさまに擲《たゝ》かれて蹴《け》られて其《その》二三日は立居《たちい》も苦《くる》しく、夕《ゆふ》ぐれ毎《ごと》に父親《てゝおや》が空車《からぐるま》を五十軒《けん》の茶屋《ちやゝ》が軒《のき》まで運ぶにさへ、三公《こう》は何《ど》うかしたか、ひどく弱つて居《い》るやうだなと見知《みし》りの台屋《だいや》(4)に咎《とが》められしほど成《なり》しが、父親《てゝおや》はお辞義《じぎ》の鉄《てつ》とて目上《めうへ》の人に頭《つむり》をあげた事なく廓内《なか》の旦《だん》那《な》は言はずともの事、大屋《おほや》様《さま》地《ぢ》主様《ぬしさま》いづれの御無理《ごむり》も御尤《ごもつとも》と

(3) どじ。

(4) 妓楼で客が取る料理を台のものという。その台のものを作る仕出し屋。

受ける質《たち》なれば、長吉《ちやうきち》と喧嘩《けんくわ》してこれこれの乱暴《らんばう》に逢《あ》ひましたと訴《うつた》へればとて、それは何《ど》うも仕方《しかた》が無い大屋《おほや》さんの息子さんでは無いか、此方《こつち》に理《り》が有《あ》らうが先方《さき》が悪《わ》るからうが喧《けん》嘩《くわ》の相手に成《な》るといふ事は無い、謝罪《わび》て来《こ》い謝罪《わび》て来《こ》い途方《とはう》も無い奴《やつ》だと我子《わがこ》を叱《しか》りつけて、長吉《ちやうきち》がもとへあやまりに遣《や》られる事必定《ことひつぢやう》なれば、三五郎《さんごらう》は口惜《くや》しさを嚙《か》みつぶして七日十日と程《ほど》をふれば、痛《いた》みの場処《ばしよ》の愈《なほ》ると共に其《その》うらめしさも何時《いつ》しか忘れて、頭《かしら》の家《いへ》の赤《あか》ん坊《ぼう》が守《も》りをして二銭《せん》が駄賃《だちん》をうれしがり、ねん〳〵よ、おころりよ、と背負《しよ》ひあるくさま、年《とし》はと問《と》へば生意気《なまいき》ざかりの十六にも成《な》りながら其大躰《そのづうたい》を恥《はづ》かしげにもなく、表町《おもてまち》へものこ〳〵と出かけるに、何時《いつ》も美《み》登利《どり》と正太《しやうた》が嬲《なぶ》りものに成《な》つて、お前は性根《しやうね》を何処《どこ》へ置《お》いて来《き》たとからかはれながらも遊びの中間《なかま》は外《はづ》れざりき。

春は桜の賑《にぎわ》(1)ひよりかけて、なき玉菊《たまぎく》が燈籠《とうろう》(2)の頃《ころ》、つゞいて秋の新仁和賀《しんにわか》(3)には十分間《ぷんかん》に車の飛ぶ事此通《このとほ》りのみにて七十五輛《りやう》と数《かぞ》へしも、二の替《かわ》(4)りさへいつしか過ぎて、赤蜻蛉田圃《あかとんぼうたんぼ》に

(1) 仲之町に桜を植え込んだ。

図40

(2) 江戸時代享保年間、遊女玉菊の盂蘭盆会に灯籠を点して追善したことが始まりで、段々と趣向が凝らされ、山車のような立体的なつくり物も現れ盛んになっていった。

図41

乱《みだ》るれば横堀《よこぼり》(5)に鶉《うづら》なく頃も近づきぬ、朝夕の秋風身にしみ渡りて上清《じやうせい》が店《みせ》(6)の蚊遣香懐炉灰《かやりかうくわいろばい》に座をゆづり、石橋《いしばし》の田村《たむら》(7)やが粉挽《こなひ》く臼《うす》の音さびしく、角海老《かどゑび》が時計(8)の響《ひゞ》きもそゞろ哀《あは》れの音《ね》を伝へるやうに成《な》れば、四季絶間《きたえま》なき日暮里《にっぽり》の火の光りも(9)彼《あ》れが人を焼《や》く烟《けぶ》りかとうら悲しく、茶屋《ちやゝ》が裏《うら》ゆく土手下《どてした》の細道《ほそみち》に落《おち》かゝるやうな三味《み》の音《ね》を仰《あほ》いで聞けば、仲之町《なかのてう》芸《げい》者《しや》(10)が冴《さ》えたる腕に、君が情《なさけ》の仮寐《かりね》の床《とこ》(11)にと何《なに》ならぬ一ふし哀《あは》れも深く、此時節《このじせつ》より通《かよ》ひ初《そむ》るは浮《う》かれ浮《う》かるゝ遊客《ゆふかく》ならで、身にしみ〴〵と実《じつ》のあるお方《かた》のよし、遊女《つとめ》あがりの去《さ》る女《ひと》が申《まうし》き、此《この》ほどの(12)事かゝんもくだ〴〵しや(13)大音寺前《だいをんじまへ》にて珎《めづ》らしき事は盲目按摩《めくらあんま》の二十ばかりなる娘、かなはぬ恋に不自由なる身を恨《うら》みて水《みづ》の谷《や》の池に入水《じゆすい》したるを新らしい事とて伝へる位《くらい》なもの、八百屋《やをや》の吉五郎《きちごらう》に大工《だいく》の太吉《たきち》がさつぱりと影《かげ》を見せぬが何《なん》とかせしと問ふに此《この》一件《けん》であげられましたと、顔の真中《まんなか》へ指をさして、(14)何《なん》の子細《しさい》なく取立《とりた》てゝ噂《うはさ》をする者もなし、大路《おほぢ》を見渡せば罪なき子供の三五人《にん》手を引《ひき》つれて開《ひ》いら

(3)　吉原の俄祭は、毎年新作ものを演じた。
(4)　十五日ずつ二期に分けて行われる後半の十五日間。
(5)　吉原の西側の田圃の堀。
(6)　茶屋町通の荒物屋。
(7)　竜泉寺町の入口の石橋のたもとにあった塩せんべい屋。
(8)　京町の大店の時計塔。
(9)　日暮里火葬場の火。
(10)　妓楼のお抱えではなく、検番から出ている芸者。芸達者で有名。
(11)　歌沢の「香に迷ふ」の一節。
(12)　近ごろのこと。
(13)　わずらわしいことよ。
(14)　鼻を花にかけて、花札賭博のこと。

いた開《ひ》らいた何《なん》の花ひらいたと、無心の遊びも自然と静かにて、廓《くるわ》に通《かよ》ふ車の音のみ何時《いつ》に変らず勇《いさ》ましく聞《きこ》えぬ。

秋雨《あきさめ》しと〳〵と降《ふ》るかと思へばさつと音して運びくる様なる淋《さび》しき夜、通《とほ》りすがりの客をば待たぬ店なれば、筆《ふで》やの妻は宵《よひ》のほどより表の戸をたてゝ、中に集まりしは例《れい》の美登利《みどり》に正太郎《しようたらう》、その外《ほか》には小さき子供の二三人寄《よ》りて細螺《きしやご》はじき(1)の幼なげな事して遊ぶほどに、美登利《みどり》ふと耳を立てゝ、あれ誰《た》れか買物に来たのでは無いか溝板《どぶいた》を踏む足音がするといへば、おや左様《さう》か、己《お》いらは少《ち》つとも聞かなかつたと正太《しようた》もちう〳〵たこかいの手を止《と》めて、誰《た》れか中間《なかま》が来たのでは無いかと嬉《うれ》しがるに、門《かど》なる人は此《この》店の前まで来《き》たりける足音の聞《きこ》えしばかり夫《そ》れよりはふつと絶《た》えて、音も沙汰《さた》もなし。

(十二)

正太《しようた》は潜《くゞ》り(2)を明《あ》けて、ばあと言ひながら顔を出すに、人は二三軒先《げんさき》の軒下《のきした》をたどりて、ぽつ〳〵と行《ゆ》く後影《うしろかげ》、誰《だ》れだ誰《だ》

(1) 細螺の貝殻を指ではじき当てて争う遊び。

図42

(2) 雨戸につけた潜り口（三一五頁図1参照）。

れだ、おいお這入《はいり》よと声をかけて、美登利《みどり》が足駄《あしだ》(3)を突《つッ》かけばきに、降《ふ》る雨を厭《いと》はず駆《か》け出《いだ》さんとせしが、あゝ彼奴《あいつ》だと一《ひ》ト言《こと》、振《ふり》かへつて、美登利《みどり》さん呼んだつても来はしないよ、一件《けん》だもの(4)、と自分の頭《つむり》を丸《まろ》めて見せぬ。

信《のぶ》さんかへ、と受けて、嫌《い》やな坊主《ぼうず》つたら無い、屹度《きつと》筆《ふで》か何《なに》か買ひに来たのだけれど、私《わたし》たちが居《い》るものだから立聞《たちぎ》きをして帰つたのであらう、意地《いぢ》悪《わ》るの、根性《こんぜう》まがりの、ひねつこびれの、吃《どんも》りの、歯《はツ》かけの、嫌《い》やな奴《やつ》め、這入《はい》つて来たら散〻《さんぐ》と窘《いぢ》めてやる物を、帰つたは惜しい事をした、どれ下《げ》駄《た》をお貸し、一寸《ちよと》見てやる、とて正太《しようた》に代《かわ》つて顔を出せば軒《のき》の雨《あま》だれ前髪《まへがみ》に落ちて、おゝ気味《きみ》が悪《わ》るいと首を縮《ちゞ》めながら、四五軒先《けんさき》の瓦斯燈《がすとう》(5)の下《した》を大黒傘《だいこくがさ》(6)肩《かた》にして少しうつむいて居《ゐ》るらしくとぼ〳〵と歩《あゆ》む信如《しんによ》の後《うしろ》かげ、何時《いつ》までも、何時《いつ》までも、何時《いつ》までも見送るに、美登利《みどり》さん何《ど》うしたの、と正太《しようた》は怪《あや》しがりて背中をつゝきぬ。

何《ど》うもしない、と気の無い返事をして、上へあがつて細螺《きしやご》

(3) 差歯の高い下駄。

図 43

(4) 例のあいつだもの。

(5) ガスを点した軒灯もしくは街灯。

図 44

(6) ろくろの太い番傘。大阪の大黒屋の製品だった。

図 45

を数《かぞ》へながら、本当に嫌《い》やな小僧《こぞう》とつては無い、表向《おもてむ》きに威《い》張《ば》つた喧嘩《けんくわ》は出来もしないで、温順《をとな》しさうな顔ばかりして、根性がくす〳〵して(1)居《い》るのだもの憎《に》くらしからうでは無いか、家《うち》の母《かゝ》さんが言ふて居《ゐ》たつけ、瓦落《がら》〳〵《く》して(2)居《ゐ》る者は心が好《い》いのだと、夫《そ》れだからくす〳〵して居《い》る信《のぶ》さん何《なに》かは(3)心が悪《わ》るいに相違《さうい》ない、ねへ正太《しようた》さん左様《さう》であらう、と口を極《きわ》めて信如《しんによ》の事を悪く言へば、夫《そ》れでも龍華寺《りうげじ》はまだ物が解《わか》つて居《ゐ》るよ、長吉《ちようきち》と来《き》たら彼《あ》れははや(4)と、生意気に大人の口を真似《まね》れば、お廃《よ》しよ正太《しようた》さん、子供の癖《くせ》にませた様でをかしい、お前は余《よ》つぽど剽軽《ひやうきん》ものだね、とて美登利《みどり》は正太《しようた》の頰《ほう》をつゝいて、其真面目《そのまじめ》がほはと笑ひこけるに、己《おい》らだつても最少《もすこ》し経《た》ては大人になるのだ、蒲田屋《かばたや》の旦那《だんな》のやうに角袖外套《かくそでぐわいとう》(5)か何《なに》か着てね、祖母《おばあ》さんが仕舞《しま》つて置《お》く金時計《きんどけい》を貰《もら》つて、そして指輪もこしらへて、巻烟草《まきたばこ》を吸つて、履《は》く物は何《なに》が宜《よ》からうな、己《おい》らは下駄《げた》より雪駄《せつた》が好きだから、三枚《まい》裏《うら》(6)にして繻珎《しゆちん》(7)の鼻緒《はなを》といふのを履《は》くよ、似合ふだらうかと言へば、美登利《みどり》は

(1) こそこそ。

(2) 粗野で、遠慮のないこと。

(3) なんかは。

(4) あいつはもう（どうしようもない）。

(5) 着物の上に着る四角な袖の外套。

(6) 「雪駄」の裏側を三枚張ったもの。

図46

(7) 繻子の地に色糸で模様を織りだしたもの。「三枚裏・繻珍の鼻緒」は雪駄の最高級品。

くす〳〵笑ひながら、背《せい》の低い人が角袖外套《かくそでぐわいとう》に雪駄《せった》ばき、まあ何んなにか可笑《をか》しからう、目薬の瓶《びん》(8)が歩くやうであらうと誹《をと》すに、馬鹿を言つて居《い》らあ、それまでには己《おい》らだつて大きく成《な》るさ、此様《こん》な小《ちい》つぽけでは居《い》ないと威張《いば》るに、夫《そ》れではまだ何時《いつ》の事だか知れはしない、天井《てんじよう》の鼠《ねづみ》があれ御覧《ごらん》、と指をさすに、筆《ふで》やの女房《つま》を始《はじ》めとして座にある者みな笑ひころげぬ。

正太《しようた》は一人《ひとり》真面目《まじめ》に成《な》りて、例の目の玉ぐる〳〵とさせながら、美登利《みどり》さんは冗談《じようだん》にして居《ゐ》るのだね、誰《だ》れだつて大人に成《な》らぬ者は無いに、己《おい》らの言ふが何故《なぜ》をかしからう、奇麗《きれい》な嫁《よめ》さんを貰《もら》つて連れて歩くやうに成《な》るのだがなあ、己《おい》らは何《なん》でも奇麗《きれい》のが好きだから、煎餅《せんべい》やのお福《ふく》のやうな痘痕《みつちや》(9)づらや、薪《まき》やのお出額《でこ》のやうなが萬一《もし》来《こ》ようなら、直《ぢき》さま(10)追出《おひだ》して家《うち》へは入れて遣《や》らないや、己《おい》らは痘痕《あばた》と湿《しつ》(11)かきは大嫌《だいきら》ひと力を入れるに、主人《あるじ》の女は吹出《ふきだ》して、夫《そ》れでも正《しよう》さん宜《よ》く私《わたし》が店へ来て下さるの、伯母《おば》さんの痘痕《あばた》は見えぬかえと笑ふ

(8) 売薬の目薬の瓶があった。

図47

(9) あばた。

(10) すぐにも。

(11) 皮膚病のひぜんやみ。

に、夫《そ》れでもお前は年寄りだもの、己《おい》らの言ふのは嫁《よめ》さんの事さ、年寄りは何《どう》でも宜《い》いとあるに、夫《そ》れは大失敗《おほしくじり》だねと筆《ふで》やの女房《にようぼう》おもしろづくに御機嫌《ごきげん》を取りぬ。

町内で顔の好《よ》いのは花屋のお六さんに、水菓子《みづぐわし》(1)やの喜《き》いさん、夫《そ》れよりも、夫《そ》れよりもずんと好《よ》いはお前の隣《となり》に据《すわ》つてお出《いで》なさるのなれど、正太《しようた》さんはまあ誰《だ》れにしようと極《き》めてあるえ、お六さんの眼《め》つきか、喜《き》いさんの清元《きよもと》か、まあ何《ど》れをえ、と問はれて、正太《しようた》顔を赤くして、何《なん》だお六づらや、喜《き》い公《こう》、何処《どこ》が好《い》い者《もの》かと釣《つ》りらんぷの下《した》を少し居退《ゐの》きて、壁《かべ》際《ぎは》の方《ほう》へと尻込《しりご》みをすれば、それでは美登利《みどり》さんが好《い》いのであらう、さう極《き》めて御座《ござ》んすの、と図星《づぼし》をさゝれて、そんな事を知る物か、何《なん》だ其様《そん》な事、とくるり後《うしろ》を向《む》いて壁《かべ》の腰《こし》ばり(2)を指でたゝきながら、廻《まわ》れ〳〵水車《みづぐるま》(3)を小音《おん》に唱《うた》ひ出《だ》す、美登利《みどり》は衆人《おほく》の細螺《きしやご》を集めて、さあ最《も》う一度はじめからと、これは顔をも赤らめざりき。

(1) 果物屋。
(2) 壁の補強のために、下部に紙や薄板をはったもの。
(3) 明治二六年刊の『小学唱歌』にある歌の一部。
(4) 簡単な作りの格子門。
(5) 京都鞍馬産の石で作る。
(6) 庭の中に建物の袖のように突き出た垣。

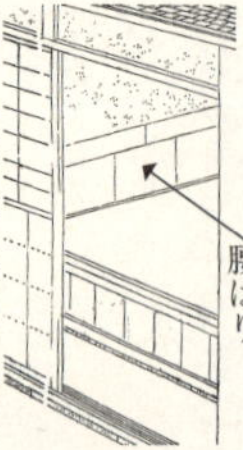

図48

図49

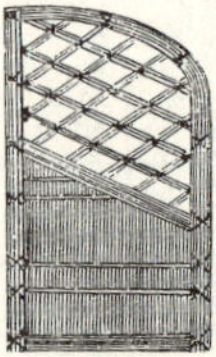
図50

（十二）

信如《しんによ》が何時《いつ》も田町《たまち》へ通《かよ》ふ時、通《とほ》らでも事は済《す》めども言はゞ近道の土手《どて》ゝ前《でまへ》に、仮初《かりそめ》の格子門《かうしもん》(4)、のぞけば鞍馬《くらま》の石燈籠《いしどうろ》(5)に萩《はぎ》の袖垣《そでがき》(6)しをらしう(7)見えて、椽先《えんさき》に巻《ま》きたる簾《すだれ》のさまもなつかしう、中《なか》がらすの障子《しやうじ》(8)のうちには今様《いまやう》の按察《あぜち》の後室《こうしつ》(9)が珠数《じゆず》をつまぐつて(10)、冠《かぶ》つ切《き》り(11)の若紫《わかむらさき》も立出《たちいづ》るやと思はるゝ、その一《ひと》ト搆《かま》へが大黒屋《だいこくや》の寮《りやう》なり。

昨日《きのふ》も今日《けふ》も時雨《しぐれ》の空に、田町《たまち》の姉より頼みの長胴着《ながどうぎ》(12)が出来たれば、暫時《すこし》も早う重ねさせたき親心、御苦労《ごくらう》でも学校までの一寸《ちよつと》の間《ま》に持つて行つて呉《く》れまいか、定《さだ》めて花《はな》も待つて居《ゐ》ようほどに、と母親《はゝおや》よりの言ひつけを、何《なに》も嫌《い》やとは言ひ切られぬ温順《おとな》しさに、唯《たゞ》はい〳〵と小包《こづゝ》みを抱《かゝ》へて、鼠小倉《ねづみこくら》(13)の緒《を》のすがりし朴木歯《ほうのきば》の下駄《げた》ひた〳〵と、信如《しんによ》は雨傘《あまがさ》さしかざして出《いで》ぬ。

お歯《は》ぐろ溝《どぶ》の角《かど》より曲《まが》りて、いつも行《ゆ》くなる細道をたどれ

(7) 上品で優美に。
(8) 中程に明かりとりのガラスをはめた障子。

図51

(9) 按察大納言の未亡人。源氏物語の紫の上の祖母。
(10) 指先で操って。
(11) おかっぱ。

図52

(12) 着物と襦袢の間に着る防寒用の長めの下着。
(13) 鼠色の厚手の木綿。

ば、運わるう大黒《だいこく》やの前まで来《き》し時、さつと吹く風大黒傘《だいこくがさ》の上を抓《つか》みて、宙《ちう》へ引《ひき》あげるかと疑《うたが》ふばかり烈《はげ》しく吹けば、これは成《な》らぬと力足《ちからあし》を踏《ふみ》こたゆる途端《とたん》、さのみに思はざりし前《まへ》鼻緒《ばなを》のずる〳〵と抜《ぬ》けて、傘よりもこれこそ一の大事に成《な》りぬ。

信如《しんにょ》こまりて舌打《したうち》はすれども、今更何《いまさらなん》と法のなければ、大《だい》黒屋《こくや》の門《もん》に傘を寄《よ》せかけ、降《ふ》る雨を庇《ひさし》に厭《いと》ふて鼻緒《はなを》をつくろふに、常〻仕《つねぐし》馴《な》れぬお坊さまの、これは如何《いか》な事、心ばかりは急《あせ》れども、何《なん》としても甘《うま》くはすげる事の成《な》らぬ口惜《くや》しさ、ぢれて、ぢれて、袂《たもと》の中から記事文《きじぶん》(1)の下書《したが》きして置《お》いた大半《おほばん》紙《し》を抓《つか》み出《だ》し、ずん〳〵と裂《さ》きて紙縷《こより》をよるに、意地わるの嵐またもや落《おと》し来《き》て、立《たて》かけし傘のころころと転《ころが》り出《いづ》るを、いま〳〵しい奴《やつ》めと腹立《はらた》たしげにいひて、取止《とりと》めんと手を延《の》ばすに、膝《ひざ》へ乗せて置きし小包《こづゝ》み意久地《いくぢ》もなく落ちて、風呂《ふろ》敷《しき》は泥《どろ》に、我《わが》着る物の袂《たもと》までを汚《よご》しぬ。

見るに気《き》の毒《どく》なるは雨の中の傘なし、途中に鼻緒《はなを》を踏《ふ》み切《き》

(1) 当時の作文で、手紙文に対して叙事・抒情文を記事文といった。

りたるばかりは無し、美登利《みどり》は障子《しやうじ》の中ながら硝子《がらす》ごしに遠く眺《なが》めて、あれ誰《だ》れか鼻緒《はなを》を切つた人がある、母《かゝ》さん切《き》れを遣《や》つても宜《よ》う御座《ござ》んすかと尋《たづ》ねて、針箱《はりばこ》(2)の引出しから友仙《ゆふぜん》ちりめんの切《き》れ端《はし》をつかみ出し、庭下駄《にはげた》はくも鈍《もど》かしきやうに、馳《は》せ出で、椽先《えんさき》の洋傘《かうもり》さすより早く、庭石《にはいし》の上を伝ふて急《いそ》ぎ足《あし》に来《き》たりぬ。

それと見るより美登利《みどり》の顔は赤う成《な》りて、何《ど》のやうの大事にでも逢《あ》ひしやうに、胸の動悸《どうき》の早くうつを、人の見るかと背後《うしろ》の見られて、恐《おそ》る〳〵門《もん》の傍《そば》へ寄《よ》れば、信如《しんによ》もふつと振《ふり》返《かへ》りて、此《こ》れも無言に脇《わき》を流るゝ冷汗《ひやあせ》、跣足《はだし》に成《な》りて逃げ出したき思ひなり。

平常《つね》の美登利《みどり》ならば信如《しんによ》が難義《なんぎ》の体《てい》を指さして、あれ〳〵彼《あ》の意久地《いくぢ》なしと笑ふて笑ふて笑ひ抜《ぬ》いて、言ひたいまゝの悪《にく》まれ口《ぐち》、よくもお祭りの夜《よ》は正太《しやうた》さんに仇《あだ》をするとて私《わたし》たちが遊びの邪魔《じやま》をさせ、罪も無い三ちやんを擲《たゝ》かせて、お前は高見《たかみ》で采配《さいはい》を振《ふ》つてお出《いで》なされたの、さあ謝罪《あやまり》なさんすか、

(2) 針箱には引き出しが付いていた。

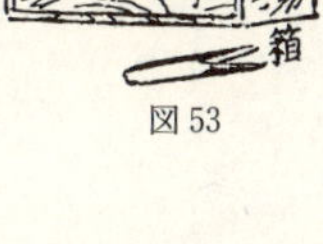

図 53

何《なん》とで御座《ござ》んす、私《わたし》の事を女郎女郎《じよらうじよらう》と長吉《ちようきち》づらに言はせるのもお前の指図《さしづ》、女郎《じよらう》でも宜《い》いでは無いか、塵《ちり》一本《ぽん》お前さんが世話には成《な》らぬ、私《わたし》には父《とゝ》さんもあり母《かゝ》さんもあり、大黒屋《だいこくや》の旦那《だんな》も姉《あね》さんもある、お前のやうな腥《なまぐさ》のお世話には能《よ》うならぬほどに、余計《よけい》な女郎呼《じよらうよば》はり置《お》いて貰《もら》ひましよ、言ふ事があらば陰のくす〳〵ならで(1)此処《こゝ》でお言ひなされ、お相手には何時《いつ》でも成《な》つて見せまする、さあ何《なん》とで御座《ござ》んす、と袂《たもと》を捉《と》らへて捲《まく》しかくる勢ひ、さこそは当《あた》り難《がた》うもあるべきを(2)、物いはず格子《かうし》のかげに小隠《こがく》れて、さりとて立去《たちさ》るでも無しに唯《たゞ》うぢ〳〵と胸とゞろかすは平常《つね》の美登利《みどり》のさまにては無かりき。

（十二）

此処《こゝ》は大黒屋《だいこくや》のと思ふ時より信如《しんによ》は物の恐《おそ》ろしく、左右を見ずして直《ひた》あゆみに為《せ》しなれども、生憎《あやにく》の雨、あやにくの風、鼻緒《はなを》をさへに踏切《ふみき》りて、詮《せん》なき門下《もんした》に紙縷《こより》を縒《よ》る心地《こゝち》、憂《う》き

(1) 陰でこそこそ言ったりしないで。
(2) とても相手ができそうもないはずなのに。

事さま〴〵に何《ど》うも堪《た》へられぬ思ひの有《あり》しに、飛石《とびいし》の足音は背《せ》より冷水《ひやみづ》をかけられるが如《ごと》く、顧《かえり》みねども其《その》人と思ふに、わな〳〵と慄《ふる》へて顔の色も変《かわ》るべく、後向《うしろむ》きに成《な》りて猶《なほ》も鼻《はな》緒《を》に心を尽《つく》すと見せながら、半《なかば》は夢中《むちう》に此下駄《このげた》いつまで懸《かゝ》りても履《は》ける様には成《な》らんともせざりき。

庭なる美登利《みどり》はさしのぞいて、ゑゝ不器用《ぶきよう》な彼《あ》んな手つきして何《ど》うなる物ぞ、紙縷《こより》は婆《ばゝ》〻縷《より》、(3)藁《わら》しべなんぞ前壺《まへつぼ》に抱《だ》かせたとて(4)長もちのする事では無い、夫《そ》れ〳〵羽織《はをり》の裾《すそ》が地についで泥《どろ》に成《な》るは御存《ごぞん》じ無いか、あれ傘が転《ころ》がる、あれを畳《たゝ》んで立てかけて置けば好《よ》いにと一〻鈍《もど》かしう歯がゆくは思へども、此処《ここ》に裂《き》れが御座《ござ》んす、此裂《これ》でおすげなされと呼《よび》かくる事もせず、これも立尽《たちつく》して降雨袖《ふるあめそで》に侘《わび》しきを、厭《いと》ひもあへず小隠《こがく》れて覗《うかゞ》ひしが、さりとも知らぬ母《はゝ》の親《おや》はるかに声を懸《か》けて、(5)火のしの火が熾《おこ》りましたぞえ、此美登利《このみどり》さんは何《なに》を遊んで居《ゐ》る、雨の降《ふ》るに表へ出ての悪戯《いたづら》は成《な》りませぬ、又此《またこの》間《あいだ》のやうに風引《かぜひ》かうぞと呼立《よびた》てられるに、はい今行《いまゆき》ますと大

(3) 老婆がよったように、へなへなしたこより。
(4) 下駄の前の穴にはさんだところで。
(5) 炭火を入れて、その熱により布類のしわ伸ばしや仕上げに用いる道具。

図54

きく言ひて、其声《そのこゑ》信如《しんによ》に聞《きこ》えしを耻《はづ》かしく、胸はわくわくと上気《じようき》して、何《ど》うでも明けられぬ門《もん》の際《きは》にさりとも見過《みすご》しがたき難義《なんぎ》をさま〴〵の思案《しあん》尽《つく》して、格子《かうし》の間より手に持つ裂《き》れを物いはず投げ出《いだ》せば、見ぬやうに見て知らず顔を信如《しんによ》のつくるに、ゑゝ例《いつも》の通《とほ》りの心根《こゝろね》と遣《や》る瀬《せ》なき思ひを眼《め》に集めて、少し涙の恨《うら》み顔、何《なに》を憎《にく》んで其《その》やうに無情《つれなき》そぶりは見せらるゝ、言ひたい事は此方《こなた》にあるを、余《あま》りな人とこみ上《あぐ》るほど思ひに迫《せま》れど、母親の呼声《よびごゑ》しば〱なるを侘《わび》しく(1)、詮方《せんかた》なさに一《ひ》ト足《あし》二《ふ》タ足《あし》ゑゝ何《なん》ぞいの未練《みれん》くさい、思はく耻《はづ》かしと身をかへして、かた〱と飛石《とびいし》を伝ひゆくに、信如《しんによ》は今ぞ淋《さび》しう見かへれば紅入《べにい》り友仙《ゆうぜん》の雨にぬれて紅葉《もみぢ》の形《かた》のうるはしきが我《わ》が足ちかく散《ちり》ぼひたる(2)、そゞろに床《ゆか》しき思ひは有《あ》れども、手に取《とり》あぐる事をもせず空《むな》しう眺《なが》めて憂《う》き思ひあり。

我《わ》が不器用をあきらめて、羽織《はをり》の紐《ひも》の長きをはづし、結《ゆわ》ひつけにくる〱と見《み》とむなき間《ま》に合《あわ》せをして、これならばと踏試《ふみこゝろむ》るに、歩きにくき事言《こと》ふばかりなく、此下《このげ》駄《た》で田町《たまち》ま

(1) つらくて。

(2) 散らばったのは。友禅の模様の紅葉にひっかけたもの。

で行《ゆ》く事かと今さら難義《なんぎ》は思へども詮方《せんかた》なくて立上《たちあが》る信如《しんによ》、小包《こづゝ》みを横に二《ふ》タ足《あし》ばかり此門《このもん》をはなるるにも、友仙《ゆうぜん》の紅葉《もみぢ》目《め》に残りて、捨《す》てゝ過《す》ぐるにしのび難《がた》く心残《こゝろのこ》りして見返れば、信《のぶ》さん何《ど》うした鼻緒《はなを》を切つたのか、其姿《そのなり》は何《ど》うだ、見《み》ッとも無いなと不意に声を懸《か》くる者あり。

驚いて見かへるに暴《あば》れ者の長吉《ちやうきち》、いま廓内《なか》よりの帰り(3)と覚《おぼ》しく、裕衣《ゆかた》を重《かさ》ねし唐桟《とうざん》の着物に柿色《かきいろ》の三尺《じやく》を例《いつも》の通り腰の先にして、黒八《くろ》(4)の襟《ゑり》のかゝつた新らしい半天《はんてん》、印《しるし》の傘をさしかざし高足駄《たかあしだ》の爪皮《つまかわ》(5)も今朝《けさ》よりとはしるき(6)漆《うるし》の色、きわ〴〵(7)しう見えて誇《ほこ》らし気《げ》なり。

僕《ぼく》は鼻緒《はなを》を切つて仕舞《しま》つて何《ど》う為《し》ようかと思つて居《ゐ》る、本当に弱つて居《ゐ》るのだ、と信如《しんによ》の意久地《いくぢ》なき事を言へば、左様《さう》だらうお前に鼻緒《はなを》の立《たち》ッこは無い、好《い》いや己《お》れの下駄《げた》を履《はい》て行《ゆき》ねへ、此鼻緒《このはなを》は大丈夫だよといふに、夫《そ》れでもお前が困るだらう。何己《なにお》れは馴《な》れた物だ、斯《か》うやつて斯《か》うすると言ひながら急遽《あわたゞ》しう七分《ぶ》三分《ぶ》に尻端折《しりはしをり》て、其様《そん》な結《ゆわ》ひつけなんぞよ

(3) 朝帰り。
(4) 黒八丈。黒色無地の厚い絹布。
(5) 歯の高い雨降り用の下駄の爪先にかける覆いのこと。

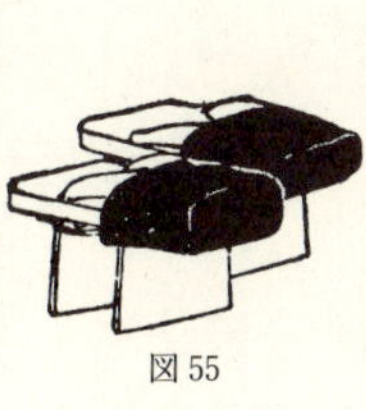
図55

(6) 今朝、おろしたばかりということが、はっきりしている。
(7) きわだって。

り是《こ》れが爽快《さつぱり》だと下駄《げた》を脱《ぬ》ぐに、お前跣足《はだし》に成《な》るのか夫《そ》れでは気の毒だと信如困《しんによこま》り切《き》るに、好《い》いよ、己《お》れは馴《な》れた事だ信《のぶ》さんなんぞは足の裏が柔らかいから跣足《はだし》で石ごろ道は歩けない、さあ此《こ》れを履《は》いてお出《い》で、と揃《そろ》へて出《いだ》す親切さ、人には疫病神《やくびようがみ》のやうに厭《いと》はれながらも毛虫眉毛《まゆげ》を動かして優《やさ》しき詞《ことば》のもれ出《いづ》るぞをかしき。信《のぶ》さんの下駄《げた》は己《お》れが提《さ》げて行《ゆ》かう、台処《だいどこ》へ抛《ほを》り込《こ》んで置《おい》たら子細《しさい》はあるまい、さあ履《は》き替《か》へて夫《そ》れをお出しと世話をやき、鼻緒《はなを》の切れしを片手に提《さ》げて、それなら信《のぶ》さん行《いつ》てお出《いで》、後刻《のち》に学校で逢《あ》はうぜの約束、信如《しんによ》は田町《たまち》の姉のもとへ、長吉《ちやうきち》は我家《わがや》の方《かた》へと行別《ゆきわか》れるに思ひの止《とゞ》まる紅入《べにいり》の友仙《ゆうぜん》は可憐《いぢら》しき姿を空《むな》しく格子門《かうしもん》の外にと止《とゞ》めぬ。

(十四)

此年《このとし》三の酉《とり》(1)まで有《あ》りて中《なか》一日(2)はつぶれしかど(3)前後の上天気《じようてんき》に大鳥神社《おほとりじんじや》の賑《にぎわ》ひすさまじく、此処《ここ》をかこつけに検査場《けんさば》の門《もん》

(1) 酉の市は、二の酉で終わることが多い。
(2) 二の酉のこと。
(3) 雨でだめだったが。

より乱《みだ》れ入《い》る若人達《わかうどたち》の勢ひとては、天柱《てんちう》くだけ地維《ちい》かくるか(4)と思はる丶笑ひ声のどよめき、中之町《なかのてう》の通りは俄《にはか》に方角の替《かは》りしやうに思はれて、角町《すみてう》京町《きようまち》処ゝ《ところ〳〵》のはね橋《ばし》より、さつさ押《お》せ〳〵と猪牙《ちよき》がゝつた言葉(5)に人波《ひとなみ》を分《わ》くる群《むれ》もあり、河岸《かし》の小店《こみせ》の百囀《ももさへ》(6)づりより、優《ゆう》にうづ高き大籬《おほまがき》の楼上《ろうじやう》まで、絃歌《げんか》の声のさま〳〵に沸《わ》き来《く》るやうな面白《おもしろ》さは大方《おほかた》の人おもひ出《い》で丶忘れぬ物に思《おぼ》すも有《あ》るべし。正太《しようた》は此日《このひ》日がけの集めを休ませ貰《もら》ひて、三五郎《さんごらう》が大頭《おほがしら》(7)の店を見舞《みま》ふやら、団子屋《だんごや》の背《せい》高《たか》が愛想気《あいそげ》のない汁粉《しるこ》やを音《おと》づれて、何《ど》うだ儲《まう》けがあるかえと言へば、正《しよう》さんお前好《い》い処《ところ》へ来た、我《お》れが餡《あん》この種《たね》なしに成《な》つて最《も》う今からは何《なに》を売らう、直様煮《すぐさまに》かけては置《お》いたけれど中途《なかたび》お客は断《ことわ》れない、何《ど》うしような、と相談を懸《か》けられて、智恵無《ちゑな》しの奴《やつ》め大鍋《おほなべ》の四辺《ぐるり》に夫《そ》れッ位《くらゐ》無駄《だ》がついて居《ゐ》るでは無いか、夫《そ》れへ湯を廻《まは》して砂糖さへ甘くすれば十人前や二十人は浮《う》いて来《こ》よう、何処《どこ》でも皆《みん》な左様《そう》するのだお前の店《とこ》ばかりではない、何此騒《なにこのさわ》ぎの中《なか》で好悪《よしあし》を言ふ物が有《あ》らうか、お売

(4)　驚天動地の騒ぎ。『史記』三皇紀「天柱折地維欠」による。
(5)　猪牙舟の船頭の掛け声ふうの威勢のよい言葉。「猪牙舟」は吉原通いによく用いられた舟。
(6)　娼妓が客を呼びこむさまが、小鳥のさえずりのようにやかましい。
(7)　酉の市の売り物の一つである唐の芋。

りお売りと言ひながら先に立つて砂糖の壺《つぼ》を引寄《ひきよ》すれば、目《め》ッかちの母親おどろいた顔をして、お前さんは本当に商人《あきんど》に出来て居《ゐ》なさる、恐《おそ》ろしい智恵者《ちゑしや》だと賞《ほ》めるに、何《なん》だ此様《こん》な事が智恵者《ちゑしや》な物か、今横町《いまよこてう》の潮吹《しほふ》き(1)の処《とこ》で餡《あん》が足りないッて此様《こう》やつたを見て来たので己《お》れの発明では無い、と言ひ捨てゝ、お前は知らないか美登利《みどり》さんの居《ゐ》る処《ところ》を、己《お》れは今朝《けさ》から探して居《ゐ》るけれど何処《どこ》へ行《ゆつ》たか筆《ふで》やへも来《こ》ないと言ふ、廓内《なか》だらうかなと問へば、むゝ美登利《みどり》さんはな今の先己《さきお》れの家《うち》の前を通《とほ》つて揚屋町《あげやまち》の刎橋《はねばし》から這入《はい》つて行《いつ》た、本当に正《しよう》さん大変だぜ、今日《けふ》はね、髪《かみ》を斯《か》ういふ風にこんな嶋田《しまだ》(2)に結《ゆ》つてと、変てこな手つきして、奇麗《きれい》だね彼《あ》の娘《こ》はと鼻を拭《ふき》つゝ言へば、大巻《おほまき》さんより猶美《なほい》いや、だけれど彼《あ》の子も華魁《おいらん》に成《な》るのでは可憐《かわい》さうだと下を向ひて正太《しようた》の答ふるに、好《い》いじやあ無いか華魁《おいらん》になれば、己《お》れは来年から際物屋《きわものや》(3)に成《な》つてお金をこしらへるがね、夫《そ》れを持つて買ひに行《ゆ》くのだと頓馬《とんま》を現《あら》はすに、洒落《しやら》くさい事を言つて居《ゐ》らあ左《そ》うすればお前はきつ

(1) 友達のあだ名。

(2) 島田髷。少女から娘になったことを示す（三二八頁図7参照）。

(3) 季節に売り出す品、または流行にあった品を売る商売。

(4) 髷の根からくくりにかけた絞り鹿子の覆い。

図 56

と振《ふ》られるよ。何故《なぜ》〳〵。何故《なぜ》でも振《ふ》られる理由《わけ》が有《あ》るのだもの、と顔を少し染《そ》めて笑ひながら、夫《そ》れじやあ己《お》れも一廻《まわ》りして来《こ》ようや、又後《またのち》に来《く》るよと捨《す》て台辞《ぜりふ》して門《かど》に出て、十六七の頃《ころ》までは蝶《てふ》よ花よと育てられ、と怪《あや》しきふるへ声に此《この》頃《ごろ》此処《こゝ》の流行《はやり》ぶしを言つて、今では勤《つと》めが身にしみてと口の内《うち》にくり返し、例の雪駄《せつた》の音たかく浮《う》きたつ人の中に交《まじ》りて小さき身体は忽《たちま》ちに隠《かく》れつ。

　揉《も》まれて出《いで》し廓《くるわ》の角《かど》、向《むか》ふより番頭新造《ばんとうしんぞ》のお妻《つま》と連《つ》れ立《だ》ちて話しながら来るを見れば、まがひも無き大黒屋《だいこくや》の美登利《みどり》なれども誠に頓馬《とんま》の言ひつる如《ごと》く、初〻《ういく》しき大嶋田《おほしまだ》結《ゆ》ひ綿《わた》(4)のやうに絞《しぼ》りばなし(5)ふさ〳〵とかけて、鼈甲《べつかう》のさし込《こみ》(6)、総《ふさ》つきの花かんざし(7)ひらめかし、何時《いつ》よりは極彩色《ごくざいしき》のたゞ京人形《きようにんげう》を見るやうに思はれて、正太《しようた》はあつとも言はず立止《たちど》まりしまゝ、例《いつも》の如《ごと》くは抱《だ》きつきもせで打守《うちまも》るに、彼方《こなた》は正太《しようた》さんかとて走り寄り、お妻《つま》どんお前買ひ物が有《あ》らば最《も》う此処《こゝ》でお別れにしましよ、私《わたし》は此人《この》と一処《しよ》に帰《かへ》ります、左様《さやう》ならとて頭《かしら》を下《さ》げ

(5) 絞り染めで縮ませたままの布。

(6) かんざしの一種。飾り部分と足の部分が分れていて、飾り部分に足を差し込んで使用する。飾りを換えたり、飾り無しで使用することもできる。

図57

(7) ふさが下がるように作られている若い娘用のかんざし。飾り部分は様々な素材で作られた花が用いられる事が多い。

図58

るに、あれ美《み》いちやんの現金《げんきん》な、最《も》うお送りは入《い》りませぬとかえ、そんなら私《わたし》は京町《きようまち》で買物しましよ、とちよこ〳〵走《ばし》りに長屋《ながや》の細道へ駆《か》け込《こ》むに、正太《しようた》はじめて美登利《みどり》の袖《そで》を引《ひ》いて好《よ》く似合《にあ》ふね、いつ結《ゆ》つたの今朝《けさ》かへ昨日《きのふ》かへ何故《なぜ》はやく見せては呉《く》れなかつた、と恨《うら》めしげに甘ゆれば、美登利《みどり》打《うち》しほれて口重《くちおも》く、姉《ねえ》さんの部屋で今朝《けさ》結《ゆ》つて貰《もら》つたの、私《わたし》は厭《い》やでしようが無い、とさし俯向《うつむ》きて往来《ゆきゝ》を耻《は》ぢぬ。

(十五)

憂《う》く耻《はづ》かしく、つゝましき事身にあれば人の褒《ほ》めるは嘲《あざけ》りと聞《きゝ》なされて、嶋田《しまだ》の髷《まげ》のなつかしさに振《ふり》かへり見る人たちをば我《わ》れを蔑《さげす》む眼《め》つきと察《と》られて、正太《しようた》さん私《わたし》は自宅《うち》へ帰るよと言ふに、何故《なぜ》今日《けふ》は遊ばないのだらう、お前何か小言《こごと》を言はれたのか、大巻《おほまき》さんと喧嘩《けんくわ》でもしたのでは無いか、と子供らしい事を問はれて答へは何《なん》と顔の赤むばかり、連《つ》れ立《だ》ちて団子屋《だんごや》の前を過ぎるに頓馬《とんま》は店より声をかけてお中《なか》が宜《よろ》しう御座《ござ》いますと仰山《げうさん》な言葉を聞くより美登利《みどり》は泣きたいやうな顔つきして、正太《しやうた》さん一処《しよ》に来《き》ては嫌《い》やだよと、置《お》きざりに一人足を早めぬ。

　お西《とり》さまへ諸共《もろとも》にと言ひしを道引違《みちひきたが》へて我《わ》が家《や》の方《かた》へと美《み》登利《どり》の急ぐに、お前一処《しよ》には来て呉《く》れないのか、何故《なぜ》其方《そつち》へ帰つて仕舞《しま》ふ、余《あん》まりだぜと例の如《ごと》く甘へてかゝるを振切《ふりき》るやうに物言はず行《ゆ》けば、何《なん》の故《ゆゑ》とも知らねども正太《しやうた》は呆《あき》れて追ひすがり袖《そで》を止《とゞ》めては怪《あや》しがるに、美登利《みどり》顔《かほ》のみ打赤《うちあか》めて、何《なん》でも無い、と言ふ声理由《こゑわけ》あり。

　寮《りやう》の門《もん》をばくゞり入《い》るに正太《しやうた》かねても遊びに来馴《きな》れて左《さ》のみ遠慮《ゑんりよ》の家にもあらねば、跡《あと》より続いて椽先《ゑんさき》からそつと上《あが》るを、母親見るより、おゝ正太《しやうた》さん宜《よ》く来て下さつた、今朝《けさ》から美登利《みどり》の機嫌《きげん》が悪くて皆《みん》なあぐねて困つて居《ゐ》ます、遊んでやつて下されと言ふに、正太《しやうた》は大人《をとな》らしう惶《かしこま》りて加減《かげん》が悪るいのですかと真面目《まじめ》に問ふを、いゝゑ、と母親怪《あや》しき笑顔《ゑがほ》をして少し経《た》てば愈《なほ》りませう、いつでも極《きま》りの我《わが》まゝ様《さん》、嘸《さぞ》お友達とも喧嘩《けんくわ》しませうな、真実《ほんに》やり切《き》れぬ嬢《ぢやう》さまではあるとて見かへるに、美登利《みどり》はいつか小座敷《こざしき》に蒲団抱巻《ふとんかいまき》(1)持出《もちい》でゝ、帯と上着を脱《ぬ》ぎ捨《す》てしばかり、うつ伏《ぶ》し臥《ふ》して物をも言はず。

正太《しようた》は恐《おそ》る〳〵枕もとへ寄つて、美登利《みどり》さん何《ど》うしたの病気なのか心持《こゝろもち》が悪いのか全体何《ど》うしたの、と左《さ》のみは摺寄《すりよ》らず膝《ひざ》に手を置いて心ばかりを悩《なや》ますに、美登利《みどり》は更《さら》に答へも無く押《おさ》ゆる袖《そで》にしのび音《ね》の涙、まだ結《ゆ》ひこめぬ前髪《まへがみ》の毛の濡《ぬ》れて見ゆるも子細《わけ》ありとはしるけれど、子供心《こどもごゝろ》に正太《しようた》は何《なん》と慰《なぐさ》めの言葉も出《いで》ず唯《たゞ》ひたすらに困《こま》り入《い》るばかり、全体何《ぜんたいなに》が何《ど》うしたのだらう、己《お》れはお前に怒《おこ》られる事はしもしないに、何《なに》が其様《そん》なに腹が立つの、と覗《のぞ》き込《こ》んで途方《とはう》にくるれば、美《み》登利《どり》は眼《め》を拭《ぬぐ》ふて正太《しようた》さん私《わたし》は怒《おこ》つて居《ゐ》るのでは有《あ》りません。

夫《そ》れなら何《ど》うしてと問はれゝば憂《う》き事さまざま是《こ》れは何《ど》うでも話しのほかの包《つゝ》ましさなれば、誰《だ》れに打明《うちあ》けいふ筋《すぢ》ならず、物言はずして自《おの》づと頬の赤うなり、さして何《なに》とは言はれねども次第《しだい》〳〵に心細き思ひ、すべて昨日《きのふ》の美登利《みどり》の身に覚《おぼ》

(1) 掛け蒲団の下に掛ける、綿を入れた袖のある夜着。

図59

えなかりし思ひをまうけて（2）物の恥《はづ》かしさ言《い》ふばかりなく、成《なる》事《こと》ならば薄暗《うすぐら》き部屋のうちに誰《た》れとて言葉をかけもせず我《わ》が顔ながむる者《もの》なしに一人気《ひとりき》まゝの朝夕を経《へ》たや、さらば此様《このやう》の憂《う》き事ありとも人目つゝましからず（3）は斯《か》く迄物《までもの》は思ふまじ、何時《いつ》までも何時《いつ》までも人形と紙雛《あね》さまとをあひ手《て》にして飯事《まゝごと》ばかりして居《ゐ》たらば嘸《さぞ》かし嬉《うれ》しき事ならんを、ゑゝ厭《い》や〳〵、大人《おとな》に成《な》るは厭《い》やな事、何故《なぜ》このやうに年《とし》をば取る、最《も》う七《なゝ》月《つき》十月《つき》、一年も以前《もと》へ帰りたいにと老人《としより》じみた考へをして、正太《しようた》の此処《こゝ》にあるをも思はれず、物いひかければ悉《ことぐ》く蹴《け》ちらして、帰つてお呉《く》れ正太《しようた》さん、後生《ごせう》だから帰つてお呉《く》れ、お前が居《ゐ》ると私《わたし》は死んで仕舞《しま》ふであらう、物を言はれると頭痛《づゝう》がする、口を利くと目がまわる、誰《た》れも〳〵私《わたし》の処《ところ》へ来ては厭《い》やなれば、お前も何卒《どうぞ》帰つてと例に似《に》合《あは》ぬ愛想《あいそ》づかし、正《しよう》太《た》は何《なに》故とも得《ゑ》ぞ解《と》きがたく、烟《けぶり》のうちにあるやうにてお前は何《ど》うしても変てこだよ、其様《そん》な事を言ふ筈《はづ》は無いに、可怪《をか》しい人だね、と是《こ》れはいさゝか口惜《くちを》しき思ひに、落《おち》ついて言

（2）もの思いが生まれて。
（3）人目をはばかることさえなければ。

ひながら目には気弱《きよわ》の涙のうかぶを、何《なに》とて夫《そ》れに心を置くべき帰つてお呉《く》れ、帰つてお呉《く》れ、何時《いつ》まで此処《こゝ》に居《ゐ》て呉《く》れゝば最《も》うお友達でも何《なん》でも無い、厭《い》やな正太《しようた》さんだと憎《に》くらしげに言はれて、夫《そ》れならば帰るよ、お邪魔《じやま》さまで御座《ござ》いましたとて、風呂場《ふろば》に加減見《かげんみ》る母親には挨拶《あいさつ》もせず、ふいと立つて正太《しようた》は庭先よりかけ出《いだ》しぬ。

（十六）

真一文字《まいちもんじ》に駆《か》けて人中《ひとなか》を抜《ぬ》けつ潜《くゞ》りつ、筆屋《ふでや》の店《みせ》へをどり込《こ》めば、三五郎《さんごらう》は何時《いつ》か店をば売仕舞《うりしま》ふて、腹掛《はらがけ》のかくし(1)へ若干金《なにがし》かをぢやらつかせ、弟妹《おとうといもと》引《ひき》つれつゝ、好きな物をば何《なん》でも買への大兄様《おほにいさん》、大愉快《おほゆくわい》の最中《もなか》へ正太《しようた》の飛込《とびこ》み来《き》しなるに、やあ正《しよう》さん今お前をば探して居《ゐ》たのだ、己《お》れは今日《けふ》は大分《だいぶ》の儲《もう》けがある、何《なに》か奢《おご》つて上《あげ》やうかと言へば、馬鹿をいへ手前《てめへ》に奢《おご》つて貰《もら》ふ己《お》れでは無いわ、黙《だま》つて居《ゐ》ろ生意気は吐《つ》くなと何時《いつ》になく荒《あ》らい事を言つて、夫《そ》れどころでは無いとて鬱《ふさ》ぐ

(1) 職人が印半纏の下に着る胴着の前についている物入れ。

図 60

に、何《なん》だ何《なん》だ喧嘩《けんくわ》かと喰《た》べかけの餡《あん》ぱんを懐中《ふところ》に捻《ね》ぢ込《こ》んで、相手は誰《だ》れだ、龍華寺《りうげじ》か長吉《ちようきち》か、何処《どこ》で始まつた廓内《なか》か鳥居《とりゐ》前《まへ》か、お祭りの時とは違ふぜ、不意でさへ無くは負けはしない、己《お》れが承知だ先棒《さきぼう》は振《ふ》らあ(2)、正《しよう》さん胆《きも》ッ玉《たま》をしつかりして懸《かゝ》りねへ、と競《きそ》ひかゝるに、ゑゝ気の早い奴《やつ》め、喧嘩《けんくわ》では無い、とて流石《さすが》に言ひかねて口を噤《つぐ》めば、でもお前が大層《たいさう》らしく飛込《とびこ》んだから己《お》れは一途《いちづ》に喧嘩《けんくわ》かと思つた、だけれど正《しよう》さん今夜はじまらなければ最《も》う是《こ》れから喧嘩《けんくわ》の起りッこは無いね、長吉《ちようきち》の野郎片腕《かたうで》がなくなる物と言ふに、何故《なぜ》どうして片腕《かたうで》がなくなるのだ。お前知らずか己《お》れも唯今《たツたいま》うちの父《とつ》さんが龍華寺《りうげじ》の御新造《ごしんぞ》と話して居《ゐ》たを聞いたのだが、信《のぶ》さんは最《も》う近ゞ《ちかぐ》何処《どこ》かの坊さん学校へ這入《はい》るのだとさ、衣《ころも》を着て仕舞《しま》へば手が出ねへや、空《から》つきり彼《あ》んな袖《そで》のぺら／＼した、恐《おそ》ろしい長い物を捲《まく》り上《あげ》るのだからね、左《さ》うなれば来年から横町《よこてう》も表も残らずお前の手下だよと煽《そや》すに、廃《よ》して呉《く》れ二銭《せん》貰《もら》ふと長吉《ちようきち》の組に成《な》るだらう、お前みたやうのが百人中間《なかま》に有《あつ》た

(2) さきがけになってやるよ。

とて少《ちつ》とも嬉《うれ》しい事は無い、着《つ》きたい方《はう》へ何方《どこ》へでも着《つ》きねへ、己《お》れは人は頼《たの》まない真《ほん》の腕《うで》ッこで一度龍華寺《りうげじ》とやりたかつたに、他処《よそ》へ行《ゆ》かれては仕方が無い、藤本《ふぢもと》は来年学校を卒業してから行《ゆ》くのだと聞いたが、何《ど》うして其様《そんな》に早く成《な》つたらう、為様《しやう》のない野郎だと舌打《したうち》しながら、夫《そ》れは少しも心に止《と》まらねども美登利《みどり》が素振《そぶり》のくり返されて正太《しやうた》は例の歌も出ず、大路《おほぢ》の往来《ゆきゝ》の夥《おび》たゞしきさへ心淋《こゝろさび》しければ賑《にぎ》やかなりとも思はれず、火ともし頃《ごろ》より筆《ふで》やが店に転《ころ》がりて、今日《けふ》の酉《とり》の市目茶《いちめちや》〳〵に此処《こゝ》も彼処《かしこ》も怪《あや》しき事成《な》りき(1)。

美登利《みどり》はかの日を始めにして生れかはりし様の身の振舞《ふるまひ》、用ある折《をり》は廓《くるわ》の姉のもとにこそ通《かよ》へ、かけても(2)町に遊ぶ事をせず、友達さびしがりて誘ひにと行《ゆ》けば今に〳〵と空約束《からやくそく》はてし無く、さしもに中《なか》よし成《なり》けれど正太《しやうた》とさへに親しまず、いつも耻《はづ》かし気《げ》に顔のみ赤めて筆《ふで》やの店に手踊《ておどり》の活溌《かつぱつ》さは再《ふたゝ》び見るに難《かた》く成《なり》ける、人は怪《あや》しがりて病《やま》ひの故《せい》かと危《あや》ぶむも有《あ》

(1) 妙なことになったものだ。

(2) すこしも。

れども母親一人ほゝ笑みては、今にお俠《きやん》の本性《ほんしよう》は現《あらは》れまする、これは中休《なかやす》みと子細《わけ》ありげに言はれて、知らぬ者には何《なん》の事とも思はれず、女らしう温順《おとな》しう成《な》つたと褒《ほ》めるもあれば折《せつ》角《かく》の面白《おもしろ》い子を種《たね》なしにしたと誹《そし》るもあり、表町《おもてまち》は俄《にはか》に火の消えしやう淋《さび》しく成《な》りて正太《しようた》が美音《びおん》も聞く事まれに、唯夜《たゞよ》な〳〵の弓張提燈《ゆみはりでうちん》(3)あれは日がけの集めとしるく土手を行《ゆ》く影《かげ》そゞろ寒げに、折《をり》ふし供《とも》する三五郎《らう》の声のみ何時《いつ》に変らず滑稽《おどけ》ては聞《きこ》えぬ。

龍華寺《りうげじ》の信如《しんによ》が我《わ》が宗《しゆう》の修業《しゆげう》の庭(4)に立出《たちいづ》る風説《うわさ》をも美登利《みどり》は絶《た》えて聞かざりき、有《あり》し意地《いぢ》をば其《その》まゝに封《ふう》じ込《こ》めて、此《こ》処《こ》しばらくの怪《あや》しの現象《さま》(5)に我《わ》れを我《わ》れとも思はれず、唯何事《たゞなにごと》も恥《はづ》かしうのみ有《あり》けるに、或《あ》る霜《しも》の朝水仙《すいせん》の作り花を格子門《かうしもん》の外よりさし入《い》れ置《お》きし者の有《あり》けり、誰《た》れの仕業《しわざ》と知るよし無けれど、美登利《みどり》は何《なに》ゆゑとなく懐《なつ》かしき思ひにて違《ちが》ひ棚《だな》の一輪《りん》ざしに入《い》れて淋《さび》しく清《きよ》き姿をめでけるが、聞くともなしに伝へ聞く其《その》明けの日は信如《しんによ》が何《なに》がしの学林《がくりん》(6)に袖《そで》の色かへぬ

(3) 弓のようなとってのついた提灯。

図61

(4) 仏教学校。
(5) 初潮のこととする説（和田芳恵・前田愛）と水揚げ説（佐多稲子）がある。
(6) 学校。

べき当日なりしとぞ。(1)

(明治28年1月〜明治29年1月「文学界」)

(1) 僧侶としての修行に入るはずの。

われから(1)

（一）

霜夜《しもよ》ふけたる枕もとに吹くと無き風(2)つま戸《ど》の隙《ひま》より入《い》りて障子《しようじ》の紙のかさこそと音するも哀れに淋《さび》しき旦那《だんな》様《さま》の御留守《おんるす》、寝間《ねま》の時計の十二を打《う》つまで奥方はいかにするとも睡《ねぶ》る事の無くて幾《いく》そ度《たび》の寝《ね》がへり少しは肝《かん》の気味《きみ》(3)にもなれば、入《い》らぬ浮世《うきよ》のさま〴〵より、旦那《だんな》様《さま》が去歳《こぞ》の今頃は紅葉舘《こうえうくわん》(4)にひたと通《かよ》ひつめて、御自分はかくし給《たま》へども、他所《よそ》行着《ゆきぎ》のお袂《たもと》より縫《ぬひ》とりべりの手巾《はんけち》を見つけ出したる時の憎《に》くさ、散々といぢめていぢめて、困《いぢ》め抜《ぬ》いて、最《も》う是《こ》れからは決して行《ゆ》かぬ、

(1) 古今集一五恋五「あまの刈る藻にすむ虫のわれからと音をこそ泣かめ世をばうらみじ（典侍藤原直子朝臣）」に由来すると思われる。
(2) かすかな風。
(3) いらいらすること。
(4) 芝公園内にあった大宴会、集会を主とする割烹店。

図1

同藩《どうはん》の沢木《さわき》が言葉のいとゐを違《たが》へぬ世は来《く》るとも、此約束《このやくそく》は決して違《たが》へぬ、堪忍《かんにん》せよと謝罪《あやまつ》でお出遊《であそば》したる時の気味《きみ》のよさとては、月頃《つきごろ》の痞《つか》へが下《お》りて、胸のすくほど嬉《うれ》しう思ひしに、又《また》かや此頃折《このごろをり》ふしのお宿《とま》り、水曜会《すゐようくわい》のお人達《ひとたち》や、倶楽部《くらぶ》のお仲間にいたづらな御方《おかた》の多ければ夫《そ》れに引かれて自《おの》づと身持《みもち》の悪う成《な》り給《たま》ふ、朱《しゆ》に交《まじ》はればといふ事を花のお師匠が癖《くせ》にして言ひ出せども本《ほん》にあれは嘘《うそ》ならぬ事、昔《むか》しは彼《あ》のやうに口先の方ならで、今日《けふ》は何処開処《どこそこ》で芸者をあげて、此様《このやう》な不思議な踊《おどり》を見て来たのと、お腹《なか》のよれるやうな可笑《をか》しき事をば真面目《まじめ》に成《な》りて仰《おつ》しやりし物なれども、今日此頃《けふこのごろ》のお人の悪《わ》るさ、憎《に》くいほどお利口な事ばかりお言ひ遊《あそば》して、私《わたし》のやうな世間見ずをば手の平《ひら》で揉《も》んで丸めて、夫《そ》れは夫《そ》れは押《おさ》へ処《どころ》の無いお方《かた》、まあ今宵《こよひ》は何処《どこ》へお泊《とま》りにて、明日《あす》はどのやうな嘘《うそ》いふてお帰り遊ばすか、夕かた倶楽部《くらぶ》へ電話をかけしに三時頃《じごろ》にお帰りとの事、又芳原《またよしはら》(1)の式部《しきぶ》がもとへでは無きか、彼《あ》れも縁切《ゑんき》りと仰《おつ》しやつてから最《も》う五年《ねん》、旦那様《だんなさま》ばか

(1) 吉原遊郭。
(2) 綿入れの夜着(二三八頁図59参照)。
(3) 郡内織。山梨県の郡内地方に産する絹織物。太い格子柄で地の厚い上等な夜具地。
(4) 桐材をくりぬき、真鍮または銅のまるい火炉をはめこんだ火鉢。

図2

り悪いのでは無《な》うて、暑寒《しよかん》のお遣《つか》いものなど、憎《に》くらしい処《しよ》置《ち》をして見せるに、お心がつひ浮かれて、自《おの》づと足をも向《む》け給《たま》ふ、本《ほん》に商売人《しようばいにん》とて憎《に》くらしい物と次第《しだい》におもふ事の多くなれば、いよ〳〵寝かねて奥方は縮緬《ちりめん》の抱巻《かいまき》(2)打《うち》はふりて郡《ぐん》内《ない》(3)の蒲団《ふとん》の上に起上《おきあが》り給《たま》ひぬ。

八畳《でう》の座敷に六枚屏風《まいびやうぶ》たてゝ、お枕もとには桐胴《きりどう》の火鉢(4)にお煎茶《せんちや》の道具、烟草盆《たばこぼん》は紫檀《したん》(5)にて朱羅宇《しゆらう》(6)の烟管《きせる》そのさま可笑《をか》しく、枕ぶとん(7)の派手《はで》摸様《もやう》より枕の総《ふさ》の紅《くれな》ひも常《つね》の好みの大《おほ》方《かた》に顕《あら》はれて、蘭奢《らんじや》(8)にむせぶ部《へ》やの内《うち》、燈籠台《あんどうだい》(9)の光かすかなり。

奥方は火鉢を引寄《ひきよ》せて、火の気《け》のありやと試《こゝろ》みるに、宵《よひ》に小間使《こまづか》ひが埋《い》け参《まい》らせたる、桜《さくら》炭の半《なかば》は灰に成《な》りて、よくも起《おこ》さで埋《い》けつるは黒きまゝにて冷《ひ》えしもあり、烟管《きせる》を取上《とりあ》げて一二服《ふく》、烟《けぶ》りを吹いて耳を立つれば折《をり》から此室《こゝ》の軒《のき》ばに移りて妻恋《つまご》ひありく猫の声、あれは玉《たま》では有《あ》るまいか、まあ此《この》霜夜《しもよ》に屋根《やね》伝《づた》ひ、何日《いつか》のやうな風ひきに成《な》りて苦《く》るしさうな

(5) 紫檀で作った煙草盆。
(6) 長ぎせるの竹管の部分が朱色に塗ってあるもの。
(7) 隙間から冷たい風が入らないように枕に掛けておく小さな布団。
(8) 蘭と麝香のかおり。
(9) 細い竹で編んだ籠に紙を張った行灯。

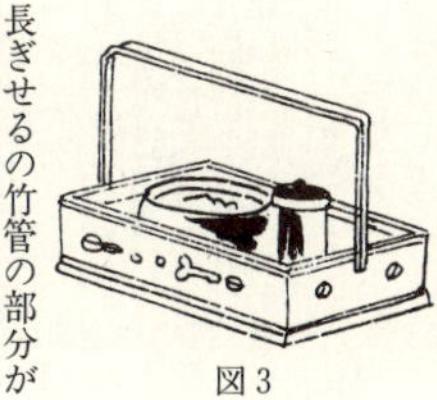
図3

図4

咽《のど》をするので有《あ》らう、あれも矢《や》つ張《ぱり》いたづら者と烟管《きせる》を置《お》いて立《たち》あがる、女猫《めねこ》よびにと雪灯《ぼんぼり》に火《ひ》を移《うつ》し平常着《ふだんぎ》の八丈《ぢよう》(1)の書生羽織《しよせいばをり》(2)しどけなく引《ひき》かけて、腰引《こしひき》ゆへる縮緬《ちりめん》の、浅黄《あさぎ》(3)はことに美くしく見えぬ。

踏むに冷《つ》めたき板の間を引裾《ひきすそ》ながく縁《えん》がはに出《い》でゝ、用心《ようじん》口《ぐち》(4)より顔さし出《いだ》し、玉《たま》よ、玉《たま》よ、と二夕声ばかり呼んで、恋に狂《くる》ひてあくがるゝ身は主人が声も聞分《きゝわ》けぬ。身にしむやうな媚《なま》めかしい声に大屋根《おほやね》の方《かた》へと啼《な》いて行《ゆ》く。ゑゝ言ふ事を聞かぬ我《わが》まゝ者め、何《ど》うともお為《し》と捨てぜりふ言ひて心ともなく庭を見るに、ぬば玉《たま》(5)の闇《やみ》たちおほふて、物の黒白《あやめ》も見え分《わ》かぬに、山茶花《さゞんくわ》の咲《さ》く垣根《かきね》をもれて、書生部屋《しよせいべや》の戸の隙《ひま》より僅《わづ》かに光りのほのめくは(6)、おゝまだ千葉《ちば》は寝ぬさうな。用心口《ようじんぐち》を鎖《さ》してお寝間《ねま》へ戻《もど》り給《たま》ひしが再度《ふたゝび》立つてお菓子《くわし》戸《と》棚《だな》のびすけつと(7)の瓶《びん》とり出《いだ》し、お鼻紙の上へ明《あ》けて押《おし》ひねり、雪灯《ぼんぼり》を片手に縁《えん》へ出《いづ》れば天井《てんぜう》の鼠《ねづみ》がた〳〵(8)と荒《あ》れて、鼬《いたち》にても入《い》りしかきゝといふ声もの凄《すご》し。しるべの燈火《ともしび》かげゆれて、

(1) 八丈島に産する絹織物。
(2) 普通より丈の長い羽織。
(3) 縮緬のしごき帯の、緑がかった薄青色。
(4) 災害に備えて雨戸にもうけた出入口。
(5) 「闇」の枕詞。
(6) ほのかに見える。
(7) ビスケットは明治時代以前からあった。
(8) 道しるべ。

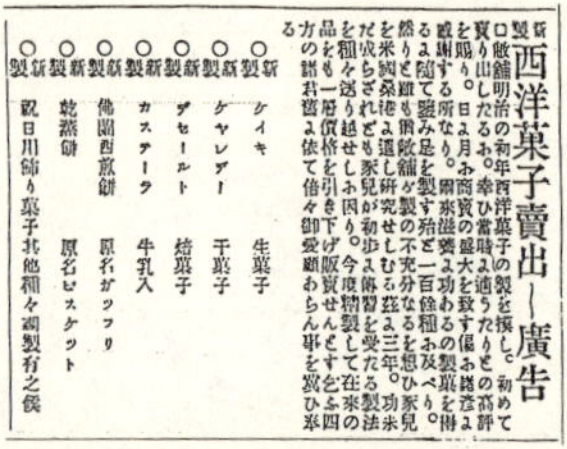

図5

廊下《らうか》の闇《やみ》に恐《おそ》ろしきを馴《な》れし我家《わがや》の何《なに》とも思はず、侍女下婢《こしもとはした》が夢の最中《たゞなか》に奥さま書生の部屋へとおはしぬ。

お前はまだ寐《ね》ないのかえ、と障子《しやうじ》の外から声をかけて、奥さまずつと入《い》り玉《たま》へば、室内《うち》なる男は読書の脳《つむり》を驚《おどろ》かされて、思ひがけぬやうな惘《あき》れ顔をかしう、奥さま笑ふて立《た》ち玉《たま》へり。

（二）

机は有《あ》りふれの白木《しらき》作《づく》りに白天竺《しろてんぢく》(9)をかけて、勧工場《くわんこうば》(10)もの、筆立《ふでた》てに晋唐小楷《しんとうしやうかい》(11)の、栗鼠毛《りつそもう》(12)の、ペンも洋刀《ないふ》も一ツに入《い》れて、首の欠《か》けた亀《かめ》の子の水入れに、赤墨汁《あかいんき》の瓶《びん》(13)がおし並び、歯みがきの箱《はこ》(14)我《わ》れもと威《ゐ》を張《は》りて、割拠《かつきよ》(15)の机の上に寄りかゝつて、今まで洋書を繙《ひもと》て居《ゐ》たは年頃《としごろ》二十歳《はたち》あまり三とは成《な》るまじ、丸頭《まるあたま》の五分《ぶ》刈《がり》にて顔も長からず角《かく》ならず、眉毛《まゆげ》は濃くて目は黒目がちに、一体《たい》の容顔《きりやう》好い方《ほう》なれども、いかにもいかにもの田舎風《いなかふう》、午房縞《ごぼうじま》(16)の綿入《わたい》れに論(17)なく白木《しろも》綿《めん》の帯《おび》、青《あを》き毛布《けつと》の膝《ひざ》の下に、前こゞみに成《な》りて両手に頭《かしら》をしかと押《おさ》へし。

(9) 白い天竺木綿。足袋や敷布などに用いる平織りの木綿。
(10) 同じ建物の中に、種々の安い商品を陳列し、即売する、ショッピングセンターのようなもの。
(11) 細字楷書用の筆。
(12) りすの毛の筆。
(13) 瓶入りの赤インク。

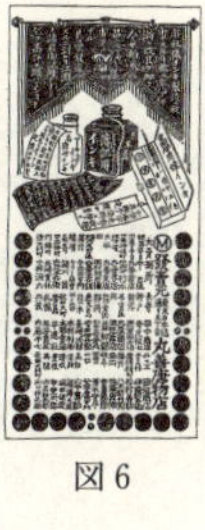
図6

(14) 房楊枝と磨き砂を入れられるようになっていた箱。

図7

(15) 所狭しと並んでいるさま。
(16) 牛蒡のような太い縞柄。
(17) 言うまでもなく。

奥さまは無言にびすけつとを机の上へ載《の》せて、お前夜ふかしをするなら為《す》るやうにして寒さの凌《しの》ぎをして置いたら宜《よ》からうに、湯わかしは水に成《な》つて、お火と言つたら蛍火《ほたる》のやうな、よく是《こ》れで寒く無いのう、お節介《せつかい》なれど私《わたし》がおこして遣《や》りませう、炭取《すみとり》(1)を此処《こゝ》へと仰《おつ》しやるに、書生はおそれ入《い》りて、何時《いつ》も無精《ぶせう》を致《いた》しまする、申訳《まうしわけ》の無い事でと有難《ありがた》いを迷惑《めいわく》らしう、炭取《すみとり》をさし出《いだ》して我《わ》れは中皿《ちうざら》へ桃《もゝ》を盛《も》つた姿《すがた》(2)、これは私《わたし》が道楽さと奥さま炭つぎにかゝられぬ。

自慢《じまん》も交《ま》じる親切に蛍火《ほたるび》大事さうに挟《はさ》み上《あ》げて、積み立てし炭の上にのせ、四辺《あたり》の新聞みつ四つに折りて、隅《すみ》の方《はう》よりそよ〳〵と煽《あほ》ぐに、いつしか是《こ》れより彼《か》れに移りて、ぱちぱちと言ふ音いさましく、青き火ひら〳〵と燃へて火鉢の縁《ふち》のや、熱うなれば、奥さまは何《ど》のやうな働きをでも遊《あそば》したかのやうに、千葉《ちば》もお翳《あた》りと少し押《おし》やりて、今宵《こよひ》は分けて寒い物をと、指輪のかゞやく白き指先を、籐《と》編《あ》みの火鉢(3)の縁《ふち》にぞ懸《か》けたる。

(1) 炭俵から炭を小出しにして入れて置く器。

(2) 背を丸くして恐縮する姿をいう。

(3) 火鉢の胴を籐で編んだ籠で覆ったもの。

図8

図9

書生の千葉《ちば》いとゞしう(4)恐《おそ》れ入《い》りて、これは何《ど》うも、これはと頭《かしら》を下《さ》げるばかり、故郷《こきやう》に有《あ》りし時、姉なる人が母に代りて可愛《かわゆ》がりて呉《く》れたりし、其折其頃《そのをりそのころ》の有《あり》さまを思ひ起《おこ》して、もとより奥様が派手《はで》作《つく》りに田舎《いなか》もの、姉者人《あねじやひと》がいさゝか似たるよしは無けれど、中学校の試験前《しけんまへ》に夜明《よあか》しをつゞけし頃、此《この》やうな事を言ふて、此《この》やうな処作《しよさ》をして、其上《そのうへ》には蕎麦掻《そばが》き(5)の御馳走《ごちそう》、あたゝまるやうにと言ふて呉《く》れし時も有《あり》し、懐《なつ》かしきは其昔《そのむか》し、有難《ありがた》きは今の奥様が情《なさけ》と、平常《へいぜい》お世話に成《な》りぬる事さへ取添《とりそ》へて、怒《いか》り肩《がた》もすぼまるばかり畏《かしこ》まりて有《あ》るさまを、奥さま寒さうなと御覧《ごらん》じて、お前羽織《はをり》はまだ出来ぬかえ、仲《なか》に頼んで大急ぎに仕立《した》てゝ貰《もら》ふやうにお為《し》、此寒《このさむ》い夜《よ》に綿入《わたいれ》一つで辛棒《しんぼう》のなる筈《はづ》は無い、風でも引いたら何《ど》うお為《し》だ、本当に身体《からだ》を厭《いと》はねばいけませぬぞえ、此前《このまへ》に居《ゐ》た原田《はらだ》といふ(6)勉強ものが矢《や》つ張《ぱり》お前の通り明けても暮れても紙《し》魚《み》のやうで、遊びにも行《ゆ》かなければ、寄席《よせ》一つ聞かうでもなしに、それはそれは感心と言はふか恐《おそ》ろしいほどで、特別認《にん》

(4) いっそうひどく。

(5) そば粉を熱湯でこねて、もちのようにした食べ物。

(6) 書物ばかり読みふけっている人のこと。

可《か》の卒業と言ふ間際《まぎは》まで疵《きず》なしに行《い》つてのけたを、惜《を》しい事にお前、脳病《のうびやう》(1)に成《な》つたでは無《な》からうか、国元《くにもと》から母《はゝ》さんを呼んで此処《こゝ》の家《いゑ》で二月《つき》も介抱《かいほう》をさせたのだけれど、終《つ》ひには何《なに》が何《なに》やら無我夢中《むがむちう》になつて、思ひ出しても情《なさけ》ない、言はゞ狂《きやう》死《し》をしたのだね、私《わたし》は夫《そ》れを見て居《ゐ》た故《ゆゑ》、勉強家は気が引け(2)る、懶怠《なまけ》られては困るけれど、煩《わづら》はぬやうに心がけてお呉《く》れ、別《わ》けてお前は一粒物《つぶもの》、親なし、兄弟なしと言ふでは無いか、千葉家《ちばけ》を負《お》ふて立《た》つ大黒柱《だいこくばしら》に異状《いじやう》が有《あ》つては立直《たてなほ》しが出来ぬ、さうでは無いかと奥様身に比べて言へば、はッ、はッ、と答へて詞《ことば》は無かりき。

奥様は立上《たちあ》がつて、私《わたし》は大層邪魔《たいそうじやま》をしました、夫《それ》ならば成《な》るべく早く休むやうにお為《し》、私《わたし》は行《い》つて寝るばかりの身体《からだ》、部《へ》やへ行《い》く間《あいだ》の事は寒いとても仔細《しさい》はなきに、構ひませぬから此《こ》れを着てお出《いで》、遠慮をされると憎《に》く、成《な》るほどに何事《なにごと》も黙《だま》つて年上の言ふ事は聞く物と奥様すつとお羽織《はをり》をぬぎて、千葉《ちば》の背後《うしろ》より打着《うちき》せ給《たま》ふに、人肌のぬくみ背《せ》に気味わるく、

（1）神経衰弱。

（2）心配になる。

麝香《じやこう》のかをり満身《まんしん》を襲《おそ》ひて、お礼も何《なに》といひかぬるを、よう似合《にあふ》のうと笑ひながら、雪灯《ぼんぼり》手にして立出給《たちいでたま》へば、蠟燭《ろうそく》いつか三分《ぶん》の一ほどに成《な》りて、軒端《のきば》に高し木《こ》がらしの風。

(三)

落葉たくなる烟《けぶり》の末《すゑ》か、夫《そ》れかあらぬか冬がれの庭木立《にはこだち》をかすめて、裏通りの町屋《まちや》の方《かた》へ朝毎《あさごと》に靡《なび》くを、夫《そ》れ金村《かなむら》の奥様がお目覚《めざめ》だと人わる口《くち》の一つに数《かぞ》へれども、習慣《ならはし》の恐《おそ》ろしきは朝飲前《あさはんまへ》の一風呂《ふろ》、これの済《す》までは箸《はし》も取られず、一日怠《おこた》る事のあれば終日《ひねもす》気持《きもち》の唯《たゞ》ならず、物足らぬやうに気に成《な》るといふも、聞く人の耳には洒落者《しやれもの》の道楽と取られぬべき事、其身《そのみ》に成《な》りては誠に詮《せん》なき癖《くせ》(3)をつけて、今更難義《いまさらなんぎ》と思ふ時もあれど、召使《めしつか》ひの人々心を得《え》て御命令《おいひつけ》なきに真柴折《ましばをり》くべ、お加減《かげん》が宜《よろ》しう御座《ござ》りますと朝床《あさどこ》のもとへ告《つ》げて来《く》れば、最《も》う廃《よ》しませうと幾度《いくたび》か思ひつゝ、猶相《なほあひ》かはらぬ贅沢《ぜいたく》の一つ、さなご(4)入《い》れたる糠袋《ぬかぶくろ》にみがき上《あげ》て出《いづ》れば更《さら》に濃い化粧《げしよう》の白《しら》ぎく(5)、

(3) しようのない癖。
(4) 米の粉をふるう時ふるいに残るかす。
(5) 白菊。おしろいの名。

是《こ》れも今更《いまさら》やめられぬやうな肌《ぢ》になりぬ。

年《とし》を言はゞ二十六、遅《おく》れ咲《ざき》の花も梢《こづゑ》にしぼむ頃なれど、扮《おつ》装《くり》のよきと天然の美くしきと二つ合《あは》せて五つほどは若《わか》う見られぬる徳《とく》の性《せう》、お子様なき故《ゆゑ》と髪結《かみゆひ》の留《とめ》は言ひしが、あらばいさゝか沈着《おちつ》くべし、いまだに娘の心が失《う》せで、金歯《きんば》入《い》れたる口元《くちもと》(1)に何《ど》う為《せ》い、彼《か》う為《せ》い、子細《しさい》らしく数多《あまた》(2)の奴婢《ひと》をも使へども、旦那《だんな》さま進めて十軒店《けんだな》(3)に人形を買ひに行《ゆ》くなど、一家の妻のやうには無く、お高祖頭巾《こそづきん》(4)に肩掛《かたかけ》(5)引《ひき》まとひ、良人《つま》の君もろ共《とも》川崎《かはさき》の大師《だいし》に参詣《さんけい》の道すがら停車場《ていしやば》の群集《ぐんじゆ》に、あれは新橋《しんばし》(6)か、何処《どこ》ので有《あ》らうと咡《さゝや》かれて、奥様とも言はれぬる身ながら是《こ》れを浅《あさ》からず嬉《うれ》しうて、いつしか好みも其様《そのやう》に、一つは容貌《きりよう》のさせし業《わざ》なり。

目鼻だちより髪のかゝり、歯ならびの宜《よ》い所まで似たとは愚《おろ》か母様《はゝさま》を其《その》まゝの生れつき、奥様の父御《てゝご》といひしは赤鬼《あかおに》(7)の与四郎《よしらう》とて、十年の以前《まへ》までは物すごい目を光らせて在《おは》したる物なれど、人の生血《いきち》をしぼりたる報《むく》ひか、五十にも足《た》らで

(1) 明治一〇年代末から、悪くもない歯を金の入れ歯に変えることが流行した。

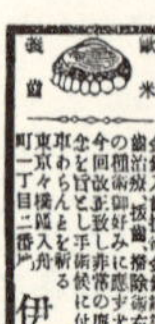

図10

(2) もっともらしく。

(3) 日本橋室町にあった大通り。人形店が多くあった。

図11

(4) 婦人用の防寒頭巾（一六七頁図6参照）。

(5) 防寒、装飾のために女性が肩にかける衣料。ショール。

急病の脳充血《のうじうけつ》、一朝《あさ》に此世《このよ》の税《ぜい》を納《をさ》めて(8)、よしや(9)葬儀《さうぎ》の造花《つくりばな》、派手《はで》に美事《みごと》な造《つく》りはするとも、辻《つぢ》に立つて見る人に爪《つま》はぢきをされて後生《ごせう》いかゞ(10)と思はるゝ様成《やうなり》し。

此人始《このひとはじ》めは大蔵省《おほくらしやう》に月俸《げつぽう》八円頂戴《ちようだい》して、兀《はげ》ちよろけの洋服に毛繻子《けじゆす》(11)の洋傘《かうもり》さしかざし、大雨《たいう》の折《をり》にも車の贅《ぜい》はやられぬ身成《みなり》しを、一念発起《ねんほつき》して帽子も靴も取つて捨て、今川橋《いまがはばし》の際《きは》に夜明《よあか》しの蕎麦《そば》掻《が》きを売《う》り初《そめ》し頃の勢ひは千鈞《きん》の重きを提《ひつさ》げて大海《たいかい》をも跳《おど》り越《こ》えつべく、知る限りの人舌《ひとした》を巻《ま》いて驚くもあれば、猪武者《いのしゝむしや》の向《むか》ふ見ず、やがて元《もと》も子《こ》も摺《す》つて情なき様子が思はるゝと後言《しりうごつ》(12)も有《あり》けらし、須弥《しゅみ》(13)も出《いで》たつ足もとの、其《その》当時《はじめ》の事少《ことすこ》しいはゞや、茨《いばら》につらぬく露《つゆ》の玉《たま》(14)この与四郎《よしらう》にも恋は有《あり》けり、幼馴染《おさなゝじみ》の妻に美尾《みを》といふ身がらに合《あは》せて高品《かうひん》(15)に美くしき其《その》とし十七ばかり成《なり》しを天にも地にも二つなき物と捧《さゝ》げ持《も》ちて、役処がへりの竹《たけ》の皮《かは》(16)、人にはしたゝれるほど湿《しめ》つぽき姿(17)と後指《うしろゆび》さゝれながら、妻や待《まつ》らん夕烏《ゆふがらす》の声に二人《ふたり》と膳《ぜん》(18)の菜《さい》の物《もの》を買《か》ふて来《く》るやら、朝の出がけに水瓶《みづがめ》の底を掃

(6) 新橋芸者。
(7) 高利貸として無慈悲この上ない性格をたとえたあだ名。
(8) 年貢を納めて。
(9) たとえ。
(10) 極楽往生できるだろうか。
(11) 縦に綿、横に毛の糸を用いたつやのある綾織の布。安物の洋傘に張った。
(12) 陰口。
(13) 須弥山。仏教の世界観で、世界の中心にそびえるという高山。
(14) 茨と露の取り合わせのように。
(15) 上品に。
(16) 役所の帰りに竹の皮につつんだ惣菜を買って帰ること。
(17) (竹の皮包みから汁が滴るように) べたべたと妻に甘い姿。
(18) 二人差し向かいで一つの膳で食事をすること。

除して、一日手桶《てをけ》を持たせぬほどの汲込《くみこ》み、貴郎《あなた》お昼だきで御座《ござ》いますと言へば、おいと答へて米《こめ》かし桶《をけ》(1)に量《はか》り出《だ》すほどの惚《の》ろさ(2)、斯《か》くて終《おは》らば千《ち》歳《とせ》も美くしき夢の中に過《すぎ》ぬべうぞ見えし。

さるほどに相添《あひそ》ひてより五年目の春、梅咲《うめさ》く頃のそゞろあるき、土曜日の午後より同僚《どうりよう》二三人打《にんうち》つれ立《た》ちて、葛飾《かつしか》わたりの梅屋《うめや》敷廻《しきまわ》り帰りは広小路《ひろこうぢ》あたりの小料理やに、酒も深くは呑《のま》ぬ質《たち》なれば、淡泊《あつさり》と仕舞《しま》ふて殊更《ことさら》に土産《みやげ》の折《をり》を調《とゝの》へさせ、友には冷評《ひやうばん》の言葉を聞きながら、一人《ひとり》別れてとぼ〳〵と本郷《ほんごう》附木店《つけぎだな》(3)の我家《わがや》へ戻《もど》るに、格子戸《かうしど》には締《しま》りもなくして、上へあがるに燈火《ともしび》はもとよりの事、火鉢の火は黒く成《な》りて灰の外に転々《ころ〳〵》と凄《すさ》まじく、まだ如月《きさらぎ》(4)の小《さ》夜嵐引《よあらしひき》まど(5)の明放《あけばな》しより入《い》りて身に染む事も堪《た》えがたし、いかなる故《ゆゑ》とも思はれぬに洋燈《らんぷ》を取出《とりいだ》してつく〴〵と思案《しあん》に暮《く》るれば、物音を聞《きゝ》つけて壁隣《かべどなり》の小学《せうがく》教員の妻、いそがはしく表より廻《まわ》り来《き》て、お帰りに成《なり》ましたか、御新造《ごしんぞ》(6)は先刻《さきほど》、三時過ぎでも御座《ござ》りましたろか、

(1) 米を洗う桶。

図12

(2) おのろけぶり。

(3) 現・文京区本郷にあった町名。

(4) 陰暦の二月。

(5) 明かり取りや煙出しのために台所の天井にあけた窓。

図13

(6) 奥様。

お実家《さと》からのお迎《むか》ひとて奇麗《きれい》な車が見えましたに、留守《るす》は何《なに》分《ぶん》たのむと仰《おつ》しやつて其《その》まゝお出かけに成《なり》ました、お火が無くば取りにお出《いで》なされ、お湯も沸《わ》いて居《い》ますからと忠実《まめ》〳〵しう世話を焼かるゝにも、不審《ふしん》の雲は胸の内《うち》にふさがりて、何《ど》ういふ様子《やうす》何《ど》のやうな事をいふて行《ゆ》きましたかとも問ひたけれど悋気男《りんきをとこ》(7)と忖度《つも》らるゝも(8)口惜《くちを》しく、夫《そ》れは種々御《いろくご》厄《やつ》介《かい》で御座《ござ》りました、私《わたし》が戻《もど》りましたからは御心配なくお就蓐《やすみ》下《くだ》されと洒然《さつぱり》といひて隣の妻を帰しやり、一人淋《ひとりさび》しく洋燈《らんぷ》の光《あか》りに烟草《たばこ》を吸《す》ひて、忌々《いまく》しき土産《みやげ》の折《をり》は鼠《ねづみ》も喰べよとく〳〵縄《なは》(9)のまゝ勝手元《かつてもと》に投出《なげいだ》し、其夜《そのよ》は床《とこ》に入《い》りしかども、さりとは肝癪《かんしやく》のやる瀬《せ》なく、よしや如何《いか》なる用事ありとても、我《わ》れなき留守に無断の外出、殊更《ことさら》家内《ない》あけ放《はな》しにして、是《こ》れが人の妻の仕業《しわざ》かと思ふに余りの事と胸は沸《わ》くやうに成《な》りぬ。明《あ》くれば日曜、終日《ひねもす》寝《ね》て居《い》ても咎《とが》むる人は無し、枕を相手に芋虫を真似《まね》びて、表の格子《かうし》には錠《でう》をおろしたまゝ、人訪《ひとゝ》へども音もせず、いたづらに午後四時といふ頃に成《なり》ぬれば、車の門《かど》

(7) やきもちやきの男
(8) 推し量られるのも。
(9) くぐの茎葉でなった縄。「くぐ」は、カヤツリグサ科の草。

に止《と》まりて優《やさ》しき駒下駄《こまげた》の音の聞《きこ》ゆるを、論《ろん》なく夫《そ》れとは知れども知らぬ顔に虚寝《そらね》を作れば、美尾《みを》は格子《こうし》を押《おし》て見て、これは何何《いか》な事、錠《でう》がおりてあると独《ひと》り言《ごと》をいつて、隣家《となり》の松の垣根《かきね》に添《そ》ひて、水口《みづぐち》(1)の方《かた》へと間道《かんだう》を入《い》りぬ。

昨日《きのふ》の午後より谷中《やなか》の母《かゝ》さんが急病、癪気《しやくけ》(2)で御座《ござ》んすさうな、つよく胸先《むなさき》へさし込《こ》みまして、一時《じ》はとても此世《このよ》の物では有《あ》るまいと言ふたれど、お医者さまの皮下注射《ひかちうしや》やら何《なに》やらにて、何事も無く納《おさま》りのつき、今日《けふ》は一人でお厠《ちようず》にも行《ゆ》かれるやうに成《なり》ました、右の訳故《わけゆゑ》の手間《てま》どり、昨日家《きのふうち》を出《で》まする時も、気がわく〱して何事《なにごと》も思はれず、後《あと》にて思へば締《しま》りも付《つ》けず、庭口《にはぐち》も明《あ》け放《ばな》して、嘸《さぞ》かし貴郎《あなた》のお怒《おこ》り遊《あそば》した事と気が気では無かつたなれど、病人見捨てゝ帰る事もならず、今日《けふ》も此《この》やうに遅《おそ》くまで居《お》りまして、何処《どこ》までも私《わたし》が悪う御《ご》座《ざ》んするほどに、此通《このとほ》り謝罪《あやまり》ますほどに、何《ど》うぞ御免《おゆる》し遊《あそば》して、いつもの様《やう》に打解《うちと》けた顔を見せて下され、御機嫌直《ごきげんなほ》して下されと詫《わ》ぶるに、さては左様《さう》かと少し我《が》の折れて、夫《そ》れな

(1) 台所の水を汲み入れる口。
(2) 胸部や腹部に起こる激痛。女性に多い病気。

らば其様《そのやう》に、何故《なぜ》はがきでも越《よこ》しはせぬ、馬鹿の奴《やつ》がと叱《しか》りつけて、母親は無病壮健《むびやうそうけん》の人とばかり思ふて居《ゐ》たが、癪《しやく》といふは始めてかと睦《むつま》しう談《かた》り合《あ》ひて、与四郎《よしらう》は何事《なにごと》の秘密ありとも知らざりき。

（四）

浮世《うきよ》に鏡といふ物のなくば、我《わ》が姸《かほよ》きも醜《みにく》きも知らで、分《ぶん》に安《やすん》じたる思ひ、九尺《しやく》二間《けん》(3)に楊貴妃《やうきひ》小町《こまち》(4)を隠《か》くして、美色《びしよく》の前《まへ》だれ掛《がけ》(5)奥床《おくゆか》しうて過《す》ぎぬべし、萬《よろ》づに淡々《あわ〱》しき女子心《おなごごゝろ》を来《き》て揺《ゆ》する様な人の賞《ほ》め詞《ことば》に、思はず赫《くわつ》と上気《じやうき》して、昨日《きのふ》までは打《うち》すてし髪の毛つやらしう結びあげ、端折《はしおり》かゞみ(6)取上《とりあ》げて見れば、いかう眉毛《まゆげ》も生《は》えつゞきぬ、隣《となり》より剃刀《かみそり》をかりて顔をこしらゆる心、そも〱見て呉《く》れの浮気《うわき》に成《な》りて、繻《じゆ》袢《ばん》の袖《そで》も欲《ほ》しう、半天《はんてん》の襟《ゑり》の観光《くわんくわう》(7)が糸ばかりに成《なり》しを淋《さび》しがる思ひ、与四郎《よしらう》が妻の美尾《みを》とても一つは世間の持上《もちあげ》しなり、身分は高からずとも誠ある良人《おつと》の情心《なさけごゝろ》うれしく、六畳《でう》、

(3) 狭く貧しい裏長屋。
(4) 楊貴妃や小野小町のような絶世の美女。
(5) 美人の前掛け姿。
(6) 端を折って引出しやすいようにして布のさやに納めた懐中鏡。

図14

(7) 綿糸と絹糸を混ぜて織った観光繻子。光沢をつけて本繻子に似せたもの。

四畳《でう》二間《ま》の家《いへ》を、金殿《きんでん》とも玉楼《ぎよくろう》とも心得《こゝろえ》て、いつぞや四丁目《てうめ》の薬師様《やくしさま》にて買《か》ふて貰《もら》ひし洋銀《ようぎん》(1)の指輪《ゆびわ》を大事《だいじ》らしう白魚《しらを》のやうな、指にはめ、馬爪《ばづ》のさし櫛《ぐし》(2)も世にある人の本甲《ほんかう》ほどには嬉《うれ》しがりし物なれども、見る人毎《ひとごと》に賞《ほ》めそやして、これほどの容貌《きりよう》を埋《うも》れ木《ぎ》とは可惜《あたら》しい(3)もの、出《で》て居《い》る人(4)で有《あら》うなら恐《おそ》らく島原《しまばら》(5)切《き》つての美人、比《くら》べ物《もの》はあるまいとて口に税《ぜい》が出ねば我《わが》おもしろに人の女房《にようぼ》を評《ひよう》したてる白痴《こけ》もあり、豆腐《おかべ》(6)かふとて岡持《おかもち》(7)さげて表へ出《いづ》れば、通りすがりの若い輩《ひと》に振《ふり》かへられて、惜《を》しい女に服粧《みなり》が悪《わ》るいなど哄然《どつ》と笑はれる、思へば綿銘仙《めんめいせん》(8)の糸の寄《よ》りしに色の褪《さ》めたる紫めりんす(9)の幅狭《はゞせま》き帯《おび》、八円どりの等外《とうぐわい》(10)が妻としては是《こ》れより以上に粧《よそほ》はるべきならねども、若き心には情なく箍《たが》のゆるびし岡持《をかもち》に豆腐《おかべ》の露《つゆ》のしたゝるよりも不覚《そゞろ》に袖《そで》をやしぼりけん、兎角《とかく》に心のゆら〳〵と襟袖口《ゑりそでぐち》のみ見らるゝをかてゝ加へて此《この》前の年、春雨《はるさめ》はれての後《のち》一日、今日《けふ》ならではの花盛《はなざか》りに、上野《うへの》をはじめ墨田川《すみだがは》へかけて夫婦づれを楽しみ、随分《ずいぶん》とも有《あ》る限《かぎ》りの体裁《ていさい》をつくり

(1) 銅・ニッケル・亜鉛の合金。
(2) 馬の爪で作った飾り櫛。べっ甲の代用品。
(3) 惜しい。
(4) 花柳界に出ている人。
(5) 京都の島原遊郭。
(6) 豆腐の女房詞。
(7) 食物をいれて運ぶ、持ち手とふたのある浅い桶。

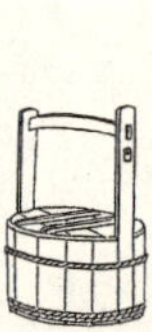
図15

(8) 横糸に綿糸を用いた銘仙に似せた織物。
(9) 薄くて柔らかい毛織物。もすりん。
(10) 等外の官。最下級である判任官より下の小役人。

て、取《と》つて置《お》きの一《いつ》てう羅《ら》も良人《おつと》は黒紬《くろつむぎ》の紋《もん》つき羽織《ばをり》、女房《にようぼう》は唯《たゞ》一筋《すぢ》(11)の博多《はかた》の帯《おび》しめて、昨日《きのふ》甘《あま》へて買《か》ふて貰《もら》ひし黒ぬりの駒下駄《こまげた》(12)、よしや畳《たゝみ》は擬《まが》ひ南部《なんぶ》(13)にもせよ、比《くら》ぶる物なき時は嬉《うれ》しくて立出《たちいで》ぬ、さても東叡山《とうえいざん》(14)の春四月、雲に見紛《みまが》ふ木《こ》の間《ま》の花も今日《けふ》明日《あす》ばかりの十七日成《な》りければ、広小路《ひろこうぢ》より眺《なが》むるに、石段を下《お》り昇《のぼ》る人のさま、さながら蟻《あり》の塔《とう》を築《つ》き立《た》つるが如《ごと》く、木《こ》の間《ま》の花に衣類《きもの》の綺羅《きら》をきそひて、心なく見る目には保養《ほやう》この上も無き景色なりき、二人《ふたり》は桜《さくら》が岡《をか》に昇《のぼ》りて今の桜雲台《をううんだい》(15)が傍近《そばちか》く来《き》し時《とき》、向《むか》ふより五六輛《りよう》の車かけ声《ごゑ》いさましくして来《く》るを、諸人立止《しよにんたちど》まりてあれ〳〵と言ふ、見れば何処《いづこ》の華族様《くわぞくさま》なるべき、若き老《お》ひたる扱《こ》き交《ま》ぜに、派手なるは曙《あけぼの》の振袖緋《ふりそでひ》無《む》垢《く》を重《かさ》ねて、老《ふ》け形《かた》なるは花の木《こ》の間《ま》の松の色、いつ見ても飽《あ》かぬは黒出《くろで》たち(16)に鼈甲《べつかう》のさし物《もの》(17)、今様《いまやう》ならば襟《ゑり》の間《あひだ》に金《きん》ぐさり(18)のちらつくべきなりし、車は八《や》百膳《をぜん》(19)に止《と》まりて人は奥深く居《ゐ》るを、憎《に》くさげな評いふて見送るもあり、唯大方《たゞおほかた》にお立派なといひて行過《ゆきす》ぐるも有《あり》しが、美尾《みを》はいかに

(11)　たった一本の。
(12)　一つの材から台と歯をくりぬいて作った下駄。
(13)　まがいものの南部表。南部表は下駄に張る畳の最上品。
(14)　上野寛永寺の山号。
(15)　上野公園にあった貸席。八百善が経営していた。
(16)　黒っぽい衣裳。
(17)　髪にさす飾り物。櫛かんざしの類。
(18)　当時、女性の間で懐中時計を細い金ぐさりで首から吊るし、それを帯の間にはさむのが流行した。
(19)　上野の桜が岡にあった料理屋。

感じてか、茫然《ぼんやり》と立《た》ちて眺《なが》め入《い》りし風情《ふぜい》、うすら淋《さび》しき様《やう》に物おもはしげにて、何《いづ》れ華族《くわぞく》であらうお化粧《つくり》が濃厚《こつてり》だと与四《よし》郎《らう》の振《ふり》かへりて言ふを耳にも入《い》れぬらしき様《さま》にて、我《わ》れと我《わ》が身《み》を打《うち》ながめ唯悄然《たゞしよんぼり》としてあるに与四郎《よしらう》心ならず、(1)何《ど》うかしたかと気遣《きづか》ひて問へば、俄《にはか》に気分が勝《すぐ》れませぬ、私《わたし》は向島《むかふじま》へ行《ゆ》くのは廃《や》めて、此処《こゝ》から直《す》ぐに帰りたいと思ひます、貴郎《あなた》はゆるりと御覧《ごらん》なりませ、お先へ車で帰《かへ》りますと力なさゝうに凋《しほ》れて言へば、夫《そ》れはと与四郎《よしらう》案《あん》じ始めて、一人《ひとり》では何《なに》も面白《おもしろ》くは無い、又来るとして今日《けふ》は廃《や》めにせうと美尾《みを》がいふまゝ優《やさ》しう同意して呉《く》れる嬉《うれ》しさも、此折何《このをりなに》とも思はれず、せめて帰りは鳥でも喰べてと機嫌を取られるほど物がなしく、逃げ出すやうにして一散《さん》に家路《いゑぢ》を急げば、興《けふ》こと〴〵く尽《つ》きて与四郎《よしらう》は唯《たゞ》お美尾《みを》が身の病気《いたつき》に胸をいためぬ。

はかなき夢に心の狂ひてより、お美尾《みを》は有《あり》し我《わ》れにもあらず、人目無《ひとめな》ければ涙に袖《そで》をおし浸《ひた》し、誰《た》れを恋《こ》ふると無けれども大空《おほそら》に物の思はれて、勿体《もつたい》なき事とは知りながら与四郎《よしらう》

(1) 心が落ち着かず。

への待遇《もてなし》きのふには似ず、うるさき時は生返事《なまへんじ》して、男の怒《いか》れば我《わ》れも腹た丶しく、お気に入らぬ物なら離縁《りゑん》して下され、無理にも置いてとは頼みませぬ、私《わたし》にも生れた家《いゑ》が御座《ござ》んするとて威丈高《いたけだか》になるに男も堪《こら》えず箒《はふき》を振廻《ふりまわ》して、さあ出て行けと時の拍子危《ひやうしあや》ふくなれば、流石《さすが》に女気《おんなぎ》の悲しき事胸に迫《せま》りて、貴郎《あなた》は私《わたし》をいぢめ出《だ》さうと為《な》さるので御座《ござ》んすか、私《わたし》が身はそも〳〵から貴郎《あなた》に上《あ》げた物なれば、憎《に》くゝば打つて下され、殺して下され、此処《こゝ》を死に場《ば》に来た私《わたし》なれば、殺されても此処《こゝ》は退《の》きませぬ、さあ何《なん》となりして下されと泣いて、袖《そで》に取《とり》すがりて身を悶《もだ》ゆるに、もとより憎《に》くゝは有《あ》らぬ妻の事、離別《りべつ》など丶は時の威嚇《おどし》のみなれば、縋《すが》りて泣くを好《よ》い時《し》機《ほ》に、我《わが》まゝ者奴《ものめ》の言《い》ひじらけ[2]、心安《こゝろやす》きまゝの駄々《だゞ》と免《ゆる》して可愛《かわい》さは猶日頃《なほひごろ》に増《まさ》るべし。

（五）

与四郎《よしらう》が方《かた》に変る心なければ、一日も百年も同じ日を送れ

（2）言い争ってきまずくなること。

ども其頃《そのころ》より美尾《みを》が様子の兎《と》に角《かく》に怪《あや》しく、ぼんやりと空を眺《なが》めて物の手につかぬ不審《いぶか》しさ。与四郎《よしらう》心をつけて物事《ごと》を見るに、さながら恋《こひ》に心をうばゝれて空虚《うつろ》に成《なり》し人の如く、お美尾《みを》お美尾《みを》と呼べば何《なに》えと答ゆる詞《ことば》の力なさ、何《ど》うでも日々を義務《つとめ》ばかりに送りて身は此処《こゝ》に心は何処《いづこ》の空を徜徉《さまよふ》らん、一ゝ気にかゝる事ども、我《わ》が女房《にようぼう》を人に取られて知らぬは良人《おつと》の鼻の下(1)と指さゝれんも口惜《くちを》しく、いよ〱真《まこと》に其事《そのこと》あらばと恐《おそ》ろしき思案《しあん》をさへ定《さだ》めて美尾《みを》が影身《かげみ》とつき添《そ》ふ如《ごと》く守りぬ。されども是《こ》れぞの跡《あと》もなく、唯《たゞ》うか〱と物おもふらしく或時《あるとき》はしみ〲と泣いて、お前様いつまで是《こ》れだけの月給取つてお出遊《いであそ》ばすお心ぞ、お向《むか》ふ邸《やしき》の旦那《だんな》さまは、其昔《そのむか》し大部屋《おほべや》(2)あるきのお人成《ひとなり》しを一念《ねん》ばかりにて彼《あ》の御出世《ごしゆつせ》、馬車に乗つてのお姿は何《ど》のやうの髭武者《ひげむしや》だとて立派らしう見えるでは御座《ござ》んせぬか、お前様も男なりや、少しも早く此様《このやう》な古洋服《ふるやうふく》にお弁当《べんたう》さげる事をやめて、道を行《ゆ》くに人の振《ふり》かへるほど立派のお人に成《な》つて下され、私《わたし》に竹の皮づゝみ持つて来

(1) 知らないのは夫が妻に甘いため。

(2)「大部屋」は、江戸時代、大名屋敷の小者、人足などの詰め所。ここは下級の勤め人をいうか。

て下さる真実《しんじつ》が有《あ》らば、お役処《やくしよ》がへりに夜学《やがく》なり何《なん》なりして、何《ど》うぞ世間の人に負けぬやうに、一《い》ッぱしの豪《ゑら》い方《かた》に成《な》つて下され、後生《ごせう》で御座《ござ》んす、私《わたし》は其為《そのため》になら内職《ないしよく》なりともして御菜《おさい》の物のお手伝《てつだ》ひはしましよ、何《ど》うぞ勉強して下され、拝《おが》みますと心から泣いて、此《この》ある甲斐《かひ》なき活計《くらし》を数《かぞ》へれば、与《よ》四郎《しらう》は我が身《み》を罵《のゝし》られし事と腹た、しく、お為《ため》ごかしの夜学《やがく》沙汰《さた》は、我《わ》れを留守にして身の楽しみを思ふ故《ゆゑ》ぞと一図《づ》にくやしく、何《ど》うで(3)我《お》れは此様《このやう》な活地《いくぢ》なし、馬車は思《おも》ひも寄《よ》らぬ事、此後《このご》辻車《つぢぐるま》(4)ひくやら知《し》れた物で無ければ、今のうち身の納《おさま》りを考へて、利口《りこう》で物の出来る、学者で好男子《いろをとこ》で、年の若いに乗《のり》かへるが随《ずゐ》一であらう、向《むか》ふの主人もお前《まへ》の姿を褒《ほ》めて居《ゐ》るさうに聞いたぞと、碌《ろく》でもなき根《ね》すり言《ごと》(5)、懶怠者《なまけもの》だ懶怠者《なまけもの》だ、我《お》れは懶怠者《なまけもの》の活地《いくぢ》なしだと大の字に寐《ね》そべつて、夜学《やがく》はもとよりの事、明日《あした》は勤《つと》めに出るさへ憂《う》がりて、一寸《すん》もお美尾《みを》の傍《そば》を放《はな》れじとするに、あゝお前様は何故《なぜ》その様《やう》に聞分《きゝわ》けては下さらぬぞと浅《あさ》ましく、互ひの思ひそはそは(6)に成《な》

(3)　どうせ。
(4)　街角で客を待つ人力車。
(5)　あてこすり。
(6)　ちぐはぐ。

りて、物言へば頓《やが》て争《あらそ》ひの糸口《いとぐち》を引出《ひきいだ》し、泣いて恨《うら》んで摺《す》れ〳〵の中《なか》(1)に、さりとも憎《に》くからぬ(2)夫婦《めをと》は折《をり》ふしの仕《し》こなし忘れがたく、貴郎《あなた》斯《か》うなされ、彼《あ》あなされと言へば、お美尾《みを》お美尾《みを》と目の中へも入《い》れたき思ひ、近処合壁《きんじよがつぺき》(3)つゝき合《あ》ひて物争《ものあらそ》ひに口を利《き》く者は無かりし。

ありし(4)梅見《うめみ》の留守のほど、実家の迎《むか》ひとて金紋《きんもん》の車の来《き》し頃よりの事、お美尾《みを》は兎角《とかく》に物おもひ静まりて、深くは良人《おつと》を諫《いさ》めもせず、うつ〳〵と日を送つて実家への足いとゞしう近く、帰《かへ》れば襟《えり》に腮《あご》を埋《うづ》めてしのびやかに吐息《といき》をつく、良人《おつと》の不審《ふしん》を立つれば、何《ど》うも心悪《こゝろわる》う御座《ござ》んすからとて食《しよく》もようは喰《た》べられず、昼寝《ひるね》がちに気不精《きぶせう》に成《な》りて、次第《しだい》に顔の色の青きを、一向《ひとむ》きに病気とばかり思《おも》ひぬれば、与四郎《よしらう》限りもなく傷《いた》ましくて、医者にかゝれの、薬を呑《の》めのと悋気《りんき》は忘れて此事《このこと》に心を尽《つく》しぬ。

されどもお美尾《みを》が病気はお目出度《めでたき》かた成《なり》き、三四月《がつ》の頃より夫《そ》れとは定《さだ》かに成《な》りて、いつしか梅《うめ》の実落《みお》つる五月雨《さみだれ》の頃に

(1) いがみ合ううちに。
(2) そうはいっても憎くはない。
(3) 壁一つ隔てた隣の家。
(4) 以前の。

も成《な》れば、隣近処《となりきんじよ》の人々《ひとぐ》よりおめで度《た》う御座《ござ》りますと明《あき》らかに言はれて、折《をり》から少し暑くるしくとも半天《はんてん》のぬがれぬ恥《はづ》かしさ、与四郎《よしらう》は珍《めづ》らしく嬉《うれ》しきを、夢かとばかり辿《たど》られて、此《この》十月《がつ》が当《あた》る月《つき》とあるを、人には言はれねども指をる思ひ、男にてもあれかしと果敢《はか》なき事を占《うら》なひて、表面《うわべ》は無情《つれなく》つくれども、子安《こやす》のお守《まも》り何《なに》くれと、人より聞きて来た事を其《その》まゝ、不《ふ》案内《あんない》の男の身なれば間違ひだらけ取添《とりそ》へて、美尾《みを》が母に萬端《ばんたん》を頼《たの》めば、お前さんより私《わたし》の方《ほう》が少し巧者《かうしや》さ、と参《まゐ》られて(5)、成《な》るほど成《な》るほどと口を噤《つぐ》みぬ。

（六）

月給《げつきう》の八円はまだ昇給《しようきう》の沙汰《さた》も無し、此上《このうへ》小児《ちいさい》が生れて物入りが嵩《かさ》んで、人手が入《い》るやうに成《な》つたら、お前がたが何《なん》とする、美尾《みを》は虚弱《きよじやく》の身体《からだ》なり、良人《おつと》を助けて手内職《てないしよく》といふも六《む》ツかしかるべく、三人居縮《にんゐすく》んで乞食《こじき》のやうな活計《くらし》をするも、余《あま》り賞《ほ》めた事では無し、何《なん》なりと口を見つけて、今の内《うち》から

(5) 一本とられて。

心がけ最《も》う少しお金になる職業に取《とり》かへずば、行々《ゆくゆく》お前がたの身の振《ふり》かたは無く、第一子を育《そだ》つる事もなるまじ、美尾《みを》は私《わたし》が一人娘、やるからには私《わたし》が終りも見て貰《もら》ひたく、贅沢《ぜいたく》を言ふのでは無けれど、お寺参《てらまゐ》りの小遣《こづか》ひ位《ぐらゐ》、出しても貰《もら》はう、上《あ》げませうの約束でよこしたのなれども、元来《もとより》くれられぬは横着《わうちやく》ならで、何《ど》うでも為《す》る事のならぬ活地《いくぢ》の無さ故《ゆゑ》、夫《そ》れは思ひ絶つて私《わたし》は私《わたし》の口を濡《ぬ》らすだけに、此年《このとし》をして人様《ひとさま》の口《くち》入《い》れやら手伝ひやら、老耻《おひはぢ》ながらも詮《せん》の無き世を経《へ》まする、左《さ》れども当て無しに苦労は出来ぬもの、つく〲お前夫婦の働きを見るに、私《わたし》の手足が働かぬ時に成《な》りて何分《なにぶん》のお世話をお頼《たの》み申《まを》さねば成《な》らぬ暁《あかつき》、月給八円で何《ど》う成《な》らう、夫《そ》れを思ふと今のうち覚悟《かくご》を極《き》めて、少しは互ひに愁《つ》らき事なりとも当分夫婦《たうぶんふうふ》別《わか》れして、美尾《みを》は子《こ》ぐるめ(1)私《わたし》の手に預《あづか》り、お前さんは独身《ひとりみ》に成《な》りて、官員《くわんゐん》さまのみには限らず、草鞋《わらじ》を履《は》いてなりとも一廉《かど》の働きをして、人並《ひとなみ》の世の過ごされる様《やう》に心がけたが宜《よ》からうでは無いか、美尾《みを》は私《わたし》が娘なれば私《わたし》の思ふやう

(1) 子供ぐるみ。

に成《な》らぬ事は有《あ》るまじ、何《なに》もお前さんの思案《しあん》一つと母親お美《み》尾《を》の産前《さんまへ》よりかけて、萬《よろ》づの世話にと此家《このや》へ入《い》り込《こ》みつゝ、兎《と》もすれば与四郎《よしらう》を責めるに、歯ぎしりするほど腹立《はらたゝ》しく、此老婆《このばゞ》はり仆《たほ》すに事は無けれど、唯《たゞ》ならぬ身の美尾《みを》が心痛《しんつう》、引いては子にまで及《およ》ぼすべき大事と胸をさすりて、私《わたし》とても男子《おとこ》の端《はし》で御座《ござ》りますれば、女房子《にようぼこ》位《ぐらゐ》過《す》ぐされぬ事も(2)御座《ござ》りますまいし、一生は長う御座《ござ》ります。墓《はか》へ這入《はい》るまで八円の月給では有《あ》るまいと思ひますに、其辺格別《そのへんかくべつ》の御心配なくと見事《みごと》に言《よ》へば、母親はまだらに残る黒き歯を出して、成《な》るほど〳〵宜く立派に聞《きこ》えました、左様《さう》いふて呉《く》れねば嬉《うれ》しう無い、流石《さすが》は男一疋《ぴき》、その位《くらゐ》の考《かんがへ》は持つて居《い》て呉《く》れるであらう、成《な》るほど成《な》るほどと面白《おもしろ》くも無い黙頭《うなづき》やうを為《す》る憎《に》くさ、美尾《みを》は母《かゝ》さん其《その》やうな事は言ふて下さりますな、家《うち》の人の機《き》嫌《げん》そこなうても困りますと迂路《うろ》〳〵するに、与四郎《よしらう》は心おごりて、馬鹿婆《ばかばゞ》めが、何《ど》のやうに引割《ひきさ》かうとすればとて、美尾《みを》は我《わ》が物《もの》、親の指図《さしづ》なればとて別れる様《やう》な薄情《はくぜう》にて有《あ》るべき

(2)　養えないことも。

や、殊更《ことさら》今より可愛《かわゆ》き物さへ出来《いでこ》んに二人《ふたり》が中《なか》は萬々歳《ばんくざい》、天《あま》の原《はら》ふみとゞろかし鳴神《なるがみ》(1)かと高々《たかぐ》と止《とゞ》まれば(2)、母を眼下《がんか》に視《み》下《おろ》して、放《はな》れぬ物《もの》に我《わ》れ一人《ひとり》さだめぬ。

十月中《がつなか》の五日《か》、与四郎《よしらう》が退出間近《たいしゆつまぢか》に安らかに女の子生《うま》れぬ、男と願ひし夫《そ》れには違《ちが》へども、可愛《かはゆ》さは何処《いづこ》に変りのあるべき、やれお帰りかと母親出むかふて、流石《さすが》に初孫《ういまご》の嬉《うれ》しきは、頬《ほう》のあたりの皺《しは》にもしるく(3)、これ見て下され、何《なん》と好《よ》い子では無いか、此《この》まあ赤い事と指《さし》つけられて、今更《いまさら》ながらまご〳〵と嬉《うれ》しく、手をさし出《いだ》すもいさゝか恥《はづ》かしければ、母親に抱《いだ》かせたるまゝさし覗《のぞ》いて見るに、誰《た》れに似《に》たるか彼《か》れに似《に》しか、其差別《そのけじめ》も思《おも》ひ分《わか》ねども、何《なに》とは知らず怪《あや》しう可愛《かわゆ》くて、其啼《そのな》く声は昨日《きのふ》まで隣の家に聞《き》きたるのと同じ物には思はれず、さしも危《あや》ふく思ひし事の左《さ》りとは事なしに終りしかと重荷の下《お》りたるやうにも覚《おぼ》ゆれば、産婦《さんぷ》の様子いかにやと覗《のぞ》いて見るに、高枕《たかまくら》にかゝりて鉢巻《はちまき》にみだれ髪の姿(4)、傷《いた》ましきまで疲《やつ》れたれど其《その》美くしさは神々《かみぐ》しき様《やう》に成《な》りぬ。

(1) 古今集一四恋「天の原ふみとどろかしなる神も思ふ中をばさくるものかは」を引く。
(2) 自信に満ちて高く止まれば。
(3) 明らかに現われて。
(4) 当時の病人や産婦の姿。

図16

七夜《や》(5)の、枕直《まくらなほ》し(6)の、宮参《みやまゐ》りの、唯《たゞ》あわたゞしうて過ぎぬ、子の名は紙へ書きつけて産土神《うぶすな》(7)の前に神鬮《みくじ》の様《やう》にして引けば、常磐《ときは》のまつ、たけ、蓬莱《ほうらい》の、つる、かめ、夫《そ》れ等《ら》は探《さ》ぐりも当《あ》てずして、与四郎《よしらう》が仮《かり》の筆《ふで》ずさび(8)に、此様《このやう》な名も呼《よび》よい物と書いて入《い》れたる町《まち》といふをば引出《ひきいだ》しぬ、女は容貌《きりよう》の好《よ》きにこそ諸人《しよにん》の愛を受けて果報《くわほう》この上も無き物なれ、小野《をの》の夫《そ》(9)れならねどお町《まち》は美くしい名と家内《かない》いさみて、町《まち》や、町《まち》や、と手から手へ渡りぬ。

（七）

お町《まち》は高笑ひするやうに成《な》りて、時は新玉《あらたま》(10)の春に成《な》りぬ、お美尾《みを》は日々に安《やす》からぬ面《おも》もち、折《をり》には涕《なみだ》にくるゝ事もあるを、血の道の故と自身《みづから》いへば、与四郎《よしらう》は左《さ》のみに物《もの》(11)も疑《うたが》はず、只《たゞ》この子の成長《おほきう》ならん事をのみ語りて、例《れい》の洋服すがた美事《みごと》ならぬ勤《つと》めに、手弁当《てべんたう》さげて昨日《きのふ》も今日《けふ》も出《いで》ぬ。

お美尾《みを》の母は東京の住居《すまゐ》も物《もの》うく、はした無《な》き朝夕《てうせき》(12)を送る

(5) 子が生まれて七日目の祝い。
(6) 産婦が床上げをしてふだんの生活に戻る祝い。二十一日目に行う。
(7) 生まれた土地の守護神。氏神。
(8) 筆にまかせて思いつきを書いたもの。
(9) 小野小町。
(10) 「春」にかかる枕詞。
(11) それほどには。
(12) 落ち着きのない生活。

に飽《あ》きたれば、一つはお前様がたの世話をも省《はぶ》くべき為《ため》、つね〴〵御懇命《ごこんめい》(1)うけましたる従《じゆ》三位《み》の軍人様《ぐんじんさま》の、西《にし》の京《けう》に御《ご》栄転《ゑいてん》の事ありて、お邸彼方《やしきかなた》へ建築《たて》られしを幸《さいは》ひ、开処《そこ》の女中《じよちう》頭《がしら》として勤《つと》めは生涯のつもり、老《おひ》(2)らくをも養《やしな》ふて給《たま》はるべき約束さだまりたれば、最《も》う此地《このち》には居《い》ませぬ、又来る事があらば一泊《ぱく》はさせて下され、その外《ほか》の御厄介《ごやつかい》には成《な》りませぬと言ふに、与四郎《よしらう》は左《さ》りとも一人《ひとり》の母親なれば、美尾《みを》が心細さも思ひやりて、お前も御老年《ごらうねん》のこと、いかに勤《つと》めよきとても、他人塲《たにんば》(3)の奉公《ほうこう》といふ事させましては、子たる我々《われ〳〵》が申訳《まをしわけ》の言葉なし、是非《ぜひ》に止《と》まり給《たま》へと言へども、いや〳〵其様《そのやう》の事はお前様出世の暁《あかつき》にいふて下され、今は聞《き》ゝませぬとて孤身《みひとつ》の風《ふ》呂敷《ろしき》づゝみ、谷中《やなか》の家は貸家《かしや》の札《ふだ》はられて、舟路《ふなぢ》(4)ゆたかに彼《か》の地《ち》へと向《むか》ひぬ。

越《こ》えて一ト月《つき》、雲黒《くもくろ》く月くらき夕べ、与四郎《よしらう》は居残《いのこ》りの調べ物ありて、家《いゑ》に帰《かへ》りしは日《ひ》くれの八時《じ》、例《いつも》は薄《うす》くらき洋燈《らんぷ》のもとに風車犬張子《かざぐるまいぬはりこ》(5)取《とり》ちらして、まだ母親《はゝおや》の名も似合《にあは》ぬ美《み》

(1) ご親切なお心添え。

(2) 老後。

(3) 他人の家。

(4) 船路も安穏に。

(5) 玩具の一つ。子供の魔よけとして、宮参りやひな祭りの贈り物などに使われた(一五一頁図7参照)。

尾《を》が懐《ふところ》おしくつろげ、小児《ちご》に添《そ》へ乳《ぢ》の美くしきさま見るべきを、格子《かうし》の外より伺《うかゞ》ふに燈火《ともしび》ぼんやりとして障子《しようじ》に映《うつ》るかげも無し、お美尾《みを》お美尾《みを》と呼《よび》ながら入《い》るに、答へは隣の方《かた》に聞《きこ》えて、今参《いままい》りますと言ふ句《く》は似《に》たれど言葉は有《あ》らぬ人なりき。

　隣の妻の入来《いりく》るを見るに、懐《ふところ》には町《まち》を抱《いだ》きたり、与四郎《よしらう》胸《むな》さわぎのして、美尾《みを》は何処《どこ》へ参《まい》りました、此日《このひ》暮《く》れに燈火《あかり》をつけ放《ぱな》しで、買物にでも行《ゆ》きましたかと問へば、隣の妻は眉を寄せて、さあ其事《そのこと》で御座《ござ》んすとて、睡《ねぶ》り覚《さ》めたる懐中《ふところ》の町《まち》がくすり〳〵と嘩泣《むづか》るを、おゝ好《い》い子《こ》好《い》い子《こ》と、ゆすぶつて言葉絶《た》えぬ。

　燈火《あかり》は私《わたし》が唯今《たゞいま》点《つ》けたので御座《ござ》んす、誠は今までお留守居《るすい》をして居《い》ましたのなれど、家《うち》のやんちやが六ツかしやを言ふに小言《こごと》いふとて明《あ》けました、御新造《ごしんぞ》は今日《けふ》の昼前《ひるまへ》、通りまで買物に行つて来まする、帰りまで此子《このこ》の世話をお頼みと仰《おつ》しやつて、唯《たゞ》しばらくの事と思ひしに、二時になれども三時はうてども、音《おと》も無くて今まで影の見えられぬは、何処《どこ》まで物買ひにお出《いで》なされしやら、留守たのまれまして日の暮れし程《ほど》心づかひな物は無し、まあ何《ど》うなされたので御座《ご ざ》んしよな、と問ひかけられて、それは我《わ》れより尋《たづ》ねたき思ひ、平常着《ふだんぎ》のまゝで御座《ござ》りましたかと問へば、はあ羽織《はをり》だけ替《か》えて行《ゆ》かれたやうで御座《ござ》んす、何《なに》か持《も》つて行《ゆき》ましたか、いゑ其《その》やうには覚《おぼ》えませぬと有《あ》るに、はてなと腕の組まれて、此遅《このおそ》くまで何《ど》処《こ》にと覚束《おぼつか》なし。

無器用なお前様が此子《このこ》いぢくる訳《わけ》(1)にも行《ゆ》くまじ、お帰りに成《な》るまで私《わたし》が乳《ちち》を上《あ》げませうと、有《あり》さまを見かねて、隣の妻の子を抱《だ》いて行《ゆ》くに、何分《なにぶん》お頼《たの》み申《まをし》ますと言ひながら、美尾《みを》の行衛《ゆくゑ》に心を取られてお町《まち》が事はうはの空に成《なり》ぬ。

よもや、よもや、と思へども、晴れぬ不審《ふしん》は疑ひの雲に成《な》りて、唯一《たゞひ》ト棹《さほ》の簞笥《たんす》の引出《ひきだ》しより、柳行李《やなぎごり》の底はかと無く調べて、もし其跡《そのあと》の見ゆるかと探《さ》ぐるに、塵《ちり》一はしの置場《おきば》も変らず、つね〴〵宝のやうに大事がりて、身につく物の随《ずい》一好き成《な》りし手綱染《たづなぞめ》(2)の帯《おび》あげも其《その》まゝに有《あり》けり、いつも小遣ひ

(1) あれこれ世話をする。

(2) 手綱のようなだんだら染め。

の入《い》れ場《ば》処《しよ》なる鏡台《きようだい》の引出しを明けて見るに、これは何《なん》とせし事ぞ手の切れるやうな新紙幣《あたらしき》をばかり、其数《そのかず》およそ二十も重《かさ》ねて上《うへ》に一通《つう》、与四郎《よしらう》は見るより仰天《ぎやうてん》の思ひに成《な》りて、胸は大波の立つ如《ごと》く、扨《さて》こそ子細《わけ》は有《あり》けれと狂《くる》ふて、其文開《そのふみひら》けば唯《たゞ》一ト言《こと》、美尾《みを》は死にたる物に御座候《ござさふらふ》、行衛《ゆくゑ》をお求め下さるまじく、此金《これ》は町《まち》に乳《ちゝ》の粉《こ》をとの願ひに御座候《ござさふらふ》。

与四郎《よしらう》は忽《たちま》ち顔の色青く赤く、唇を震《ふる》はせて悪婆《あくば》、と叫《さけ》びしが、怒気心頭《どきしんとう》に起《おこ》つて、身よりは黒烟《くろけぶ》りの立つ如《ごと》く、紙幣《しへい》も文《ふみ》も寸断《ずた》〱に裂《さ》いて捨《す》てゝ、直然《すつく》と立《たち》しさま人見なば如《い》何《か》なりけん。

（八）

浮世の欲を金に集めて、十五年がほどの足掻《あが》きかたとては、人には赤鬼と仇名《あだな》を負《おほ》せられて、五十に足らぬ生涯のほどを死灰《しくわい》のやうに終りたる、それが余波《なごり》の幾万金《いくまんきん》、今の金村恭助《かなむらけうすけ》ぬしは、其与四郎《そのよしらう》が聟《むこ》なりけり。彼《あ》の人あれ程《ほど》の身にて人の姓をば名告《なの》らずともと誹《そし》りしも有《あり》けれど、心安《こゝろやす》う志す道に走つて、内《うち》を顧《かへり》みる疚《やま》しさの無きは、これ皆養父《みなやうふ》が賜物《たまもの》ぞかし、されば奥方の町子《まちこ》おのづから寵愛《てうあい》の手の平《ひら》に乗つて、強《あなが》ち良人《おつと》を侮《あなど》るとなけれども、舅姑《しうとしうとめ》おはしまして萬《よろ》づ窮屈《きうくつ》に堅くるしき嫁御寮《よめごりよう》の身と異《こと》なり、見たしと思はゞ替《かは》り目毎《めごと》の芝《しば》居行《ゐゆ》きも誰《た》れかは苦情《くぜう》を申《まをす》べき、花見、月見に旦那《だんな》さま催《もよほ》し立《た》てゝ(1)、共に連《つ》らぬる袖《そで》を楽しみ、お帰りの遅き時は何処《どこ》までも電話をかけて、夜《よ》は更《ふ》くるとも寐《ね》給《たま》はず、余りに恋しう懐《なつ》かしき折《をり》は自《みづか》ら少しは恥《はづ》かしき思ひ、如何《いか》なる故《ゆゑ》ともしるに難《かた》けれど、旦那《だんな》さま在《おは》しまさぬ時は心細さ堪《た》えがたう、兄とも親とも頼母《たのも》しき方《かた》に思はれぬ。

左《さ》りながら折《をり》ふし地方遊説《ゆうぜい》などゝて三月半年《つきはんとし》のお留守もあり、湯治場《たうぢば》あるきの夫《そ》れと異《こと》なれば、此時《このとき》には甘《あま》ゆる事もならで、唯徒《たゞいたづ》らの御文通《ごぶんつう》、互《たが》ひの封《ふう》のうち人には見せられぬ事多かるべし。

此御中《このおんなか》に何《なに》とてお子の無き、相添《あひそ》ひて十年余り、夢にも左《さ》

(1) 計画を立てて。

様《やう》の気色《けしき》はなくて、清水堂《きよみづだう》のお木偶《でく》さま(2)幾度《いくたび》空《むな》しき願ひに成《なり》けん、旦那《だんな》さま淋《さび》しき余《あま》りに貰《もら》ひ子《こ》せばやと仰《おつ》しやるなれども、奥さまの好《この》み六《む》づかしければ、是《こ》れも御縁《ごゑん》は無くて過ぎゆく、落葉《おちば》の霜《しも》の朝な〳〵深くて、吹く風いとゞ身に寒く、時雨《しぐれ》の宵《よひ》は女子《をなご》ども炬燵《こたつ》の間《ま》に集めて、浮世物《うきよもの》がたり(3)に小説のうわさ、ざれたる(4)婢女《をんな》は軽口《かるくち》の落《おと》しばなし(5)して、お気に入る時は御褒賞《ごほうび》の何《なに》や彼《か》や、人に物を遣《や》り給《たま》ふ事は幼少《ちいさい》よりの道楽にて、これを父親《てゝおや》二もなく憂《う》がりし、一《ひ》ト口《くち》に言はゞ機《き》嫌《げん》かひ(6)の質《たち》なりや、一《ひ》ト言《こと》心に染まる事のあれば跡先《あとさき》も無く其者《そのもの》可愛《かわ》ゆう、車夫《しやふ》の茂助《もすけ》が一人子《ひとりご》の与太郎《よたらう》に、此新年《このはる》旦那《だんな》さま召《めし》おろしの斜子《なゝこ》(7)の羽織《はをり》を遣《つか》はされしも深くの理由《わけ》は無き事なり、仮初《かりそめ》(8)の愚痴《ぐち》に新年着《はるぎ》の御座《ござ》りませぬよし大方《おほかた》(9)に申《まを》せしを、頓《やが》て憐《あわれ》みての賜《たまは》り物、茂《も》助《すけ》は天地に拝《はい》して、人は鷹《たか》の羽《は》の定紋《でうもん》いたづらに目をつけぬ(10)、何事も無くて奥様、書生の千葉《ちば》が寒かるべきを思《おぼ》しやり、物縫《ものぬ》ひの仲《なか》といふに命令《いひつけ》て、仰《おほ》せければ背《そむ》くによし無く、少しは投《なげ》やりの気味《きみ》にて有《あ》りし、

(2) 上野公園にある清水観音堂で授ける、土製の子育ての守り人形。
(3) 世間のおもしろい話。
(4) 浮かれはしゃいでいる。
(5) 軽口話。軽妙、こっけいな語り口で、結びに落ちのある話。
(6) 他人に対する好悪の感情が変わりやすいこと。
(7) 斜子（魚子）織り。織り目が方形で、魚の卵のように粒だって見える織物。
(8) ほんのちょっとの。
(9) 普通に。
(10) 鷹の羽の家紋が金村家の紋なので、よけいなことが人の目を引いた。

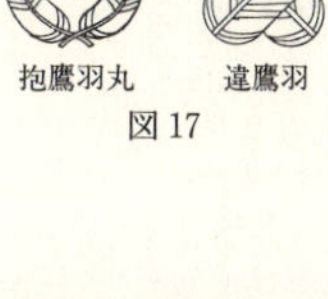

図 17

飛白《かすり》の綿入《わたい》れ羽織《ばをり》ときの間《ま》(1)に仕立《したて》させ、彼《か》の明《あく》る夜《よ》は着せ給《たま》ふに、千葉《ちば》は御恩《ごをん》のあたゝかく、口に数々《かず〳〵》のお礼は言はねども、気の弱き男なれば涙さへさしぐまれて(2)、仲働《なかばたら》き(3)の福《ふく》に頼みてお礼しかるべくと言ひたるに、渡《わた》り者《もの》(4)の口車《くちぐるま》よく廻《まは》りて、斯様《かやう》〳〵しか〴〵で、千葉《ちば》は貴嬢《あなた》泣いて居《を》りますと言上《ごんじやう》すれば、おゝ可愛《かわい》い男と奥様御《おくさまご》贔負《ひゐき》の増《まさ》りて、お心づけのほど今までよりはいとゞしう(5)成《な》りぬ。

十一月の二十八日は旦那《だんな》さまお誕生日なりければ、年毎《としごと》お友達の方々《かた〴〵》招《まね》き参《まい》らせて、坐《ざ》の周旋《しうせん》(6)はそんじよ夫《そ》れ者《しや》(7)の美くしきを撰《ゑ》りぬき、珍味《ちんみ》佳肴《かこう》に打《うち》とけの大愉快《おほゆくわい》を尽《つく》させ給《たま》へば、髭《ひげ》むしやの鳥居《とりゐ》さまが口から、逢《あ》ふた初手《しよて》から可愛《かわい》さがと恐《おそ》れ入《い》るやうな御詞《おことば》をうかゞふのも、例《れい》の沢木《さはき》さまが落人《おちうど》の梅《うめ》川《がは》(8)を遊《あそば》して、お前の父《とゝ》さん孫《まご》いもんさむとお国元《くにもと》を顕《あら》はし給《たま》(9)ふも皆《みな》この折《をり》の隠《かく》し芸《げい》なり、されば派手者《はでしや》の奥さま此日《このひ》を晴れにして、新調《しんちよう》の三枚着《まいぎ》(10)に今歳《ことし》の流行を知らしめ給《たま》ふ、世は冬なれど陽春《やうしゆん》三月のおもかげ、落《ち》り過《す》ぎたる紅葉《もみぢ》に庭は淋《さび》し

(1) ほんの少しの間に。
(2) 涙が出そうになって。
(3) 奥向きと勝手向きの中間の雑用をする女中。
(4) 一か所に定着せずに渡り歩く奉公人。
(5) いよいよはなはだしく。
(6) 座の取り持ち。
(7) 「夫れ者」は芸者。「そんじょ」は、「それ」を強める語。
(8) 義太夫節「新口村（にのくちむら）」の段。封印切をして罪人となった忠兵衛が遊女梅川とともに故郷の新口村へと落ちて行き、実父孫右衛門とそれとなく対面する場が見せ場。浄瑠璃「冥土の飛脚」を原拠とする。
(9) お国なまりが出て。
(10) 三枚の小袖を重ねて着ること。

けれど、垣《かき》の山茶花《さゞんか》折《をり》しり顔に匂《にほ》ひて、松の緑のこまやかに、酔《よ》ひすゝまぬ人なき日なりける。

今歳《ことし》は別《わ》きてお客様の数多く、午後三時よりとの招待状一つも空《むな》しう成《な》りしは無《な》くて、暮《く》れ過《す》ぐるほどの賑《にぎは》ひは坐《ざ》敷《しき》に溢《あふ》れて茶室の隅《すみ》へ逃《のが》るゝもあり、二階の手摺《てす》りに洋服のお軽《かる》女郎《じよらう》(11)目鏡《めがね》が中《ちう》(12)だと笑はるゝもありき、町子《まちこ》はいとゞ方々《かたぐ》の持《もて》はやし五月蠅《うるさ》く、奥さん奥さんと御盃《おさかづき》の雨の降るに、御免《ごめん》遊《あそ》ばせ、私《わたし》は能《よ》う頂《いたゞ》きませぬほどにと盃洗《はいせん》(13)の水に流して、さりとも一盞《つ》二盞《つ》は逃《のが》れがたければ、いつしか耳の根あつう成《な》りて、胸の動悸《どうき》のくるしう成《な》るに、外《は》づしては済《す》まねども人しらぬうちにと庭へ出《い》でゝ池の石橋を渡つて築山《つきやま》の背後《うしろ》の、お稲荷《いなり》さまが社前《しやぜん》なるお賽銭箱《さいせんばこ》へ仮初《かりそめ》(14)に腰をかけぬ。

(九)

此家《こゝ》は町子《まちこ》が十二の歳《とし》、父の与四郎《よしらう》抵当《ていたう》ながれに取りて、夫《そ》れより修繕《しうぜん》は加へたれども、水の流れ、山のたゝずまい、

(11) 浄瑠璃・歌舞伎の「仮名手本忠臣蔵」七段目の遊女お軽。一力茶屋で、由良之助が読む文をお軽が二階から鏡に映して盗み読みする場がある。
(12) 眼鏡がずりおちて中ぶらりんだ。
(13) 宴席で盃を洗う器。
(14) しばらく。

松の木《こ》がらし小高《こだか》き声も唯《たゞ》その昔のまゝ成《なり》けり、町子《まちこ》は酔《よい》ごゝち夢のごとく頭をかへして背後《うしろ》を見るに、雲間《くもま》の月のほの明るく、社前《しやぜん》の鈴《すゞ》のふりたるさま、紅白の綱《つな》ながく垂《た》れて古鏡《こきやう》の光り神《かみ》さびたる(1)もみゆ、夜《よ》あらしさつと喜連格子《きつれがうし》(2)に音《おと》づるれば、人なきに鈴《すゞ》の音《ね》からんとして、幣束《へいそく》の紙ゆらぐも淋《さび》し。

町子《まちこ》は俄《には》かに物のおそろしく、立《たち》あがつて二足《あし》三足《あし》、母屋《おもや》の方《かた》へ帰らんと為《し》たりしが、引止《ひきと》められるやうに立止《たちど》まつて、此度《このたび》は狛犬《こまいぬ》の台石《だいいし》に寄《より》かゝり、木《こ》の間《ま》もれ来《く》る坐敷《ざしき》の騒ぎを遥《はる》かに聞いて、あゝあの声は旦那様《だんなさま》、三味線《みせん》は小梅《こうめ》さうな、いつの間《ま》に彼《あ》のやうな意気《いき》な洒落《しやれ》ものに成《な》り給《たま》ひし、由断《ゆだん》のならぬと思ふと共に、心細き事堪《た》えがたう成《な》りて、締《しめ》つけられるやうな苦《く》るしさは、胸の中《なか》の何処《どこ》とも無く湧《わ》き出《いで》ぬ。

良久《やゝひさ》しうありて奥さま大方《おほかた》酔《ゑい》も覚《さ》めぬれば、萬《よろづ》におのが乱《みだ》るゝ、怪《あや》しき心を我《わ》れと叱《しか》りて、帰れば盃盤狼藉《はいばんらうぜき》(3)の有《あり》さま、人々が迎《むか》ひの車門前《くるまもんぜん》に綺羅星《きらほし》とならびて、何某様《たれさま》お立《た》ちの声

(1) 神々しい。
(2) 狐格子。縦横に碁盤の目のように細かく組んだ格子。

図18

(3) 酒宴の後の、杯や皿鉢の散乱するさま。

にぎはしく、散会《ひけて》の後《のち》は時雨《しぐれ》に成《な》りぬ。

恭助《あるじ》は太《いた》く疲れて礼服《れいふく》ぬぎも敢《あ》へず横に成《な》るを、あれ貴郎《あなた》お召物《めしもの》だけはお替《か》へ遊ばせ、夫《そ》れではいけませぬと羽織《はをり》(5)をぬがせて、帯《おび》をも奥さま手づから解《と》きて、糸織《いとをり》(4)のなへたるにふらんねる(6)を重ねし寝間着《ねまき》の小袖《こそで》めさせかへ、いざ御就蓐《おやすみ》と手をとりて助ければ、何其様《なにそのやう》に酔《ゑ》ふては居《い》ないと仰《おつ》しやつて、滄浪《よろめき》ながら寐間《ねま》へと入給《いりたま》ふ。奥さま火のもとの用心をと言ひ渡し、誰《た》れも彼《か》れも寐《ね》よと仰《おつ》しやつて、同《おな》じう寐間《ねま》へは入給《いりたま》へど、何故《なにゆゑ》となう安からぬ思ひのありて、言はねども面持《おもゝち》の唯《たゞ》ならぬを、旦那《だんな》さま半睡《はんすい》の目に御覧《ごらん》じて、何故《なぜ》寐《ね》ぬか、何《なに》を考へて居《い》るぞと尋《たづ》ね給《たま》ふに、奥さま何《なに》とお返事の聞かせ参《まゐ》らする事もあらねど、唯々《たゞく》不思議な心地《こゝち》が致しまする、何《ど》う致したので御座《ござ》りませう、私《わたくし》にも分りませぬと言へば、旦那《だんな》さま笑つて、余《あま》り心を遣《つか》ひ過《す》ぎた結果であらう、気さへ落《おち》つければ直《す》ぐ癒《なほ》る筈《はづ》と仰《おつ》しやるに、否《いな》それでも私《わたし》は言ふに言はれぬ淋《さび》しい心地《こゝち》がするので御座《ござ》ります、余《あま》り先刻《さきほど》みな様《さま》のお

(4) より糸で織った絹織物。
(5) 古くなってほどよく柔らかくなったもの。
(6) 紡毛糸で平織または綾織の柔らかく軽い織物。このころは輸入生地。

強《し》い遊ばすが五月蠅《うるさ》さに、一人《ひとり》庭へと逃げまして、お稲荷《いなり》さまのお社《やしろ》の所《ところ》で酔《ゑ》ひを覚《さ》まして居《を》りましたに、私《わたし》は変な変な、をかしい事を思ひよりまして、笑つて下さりますな、何《ど》うも何《なん》とも言はれぬ気持に成《なり》ました、貴郎《あなた》には笑はれて、叱《し》かられる様《やう》な事で御座《ござ》りましよと下を向いて在《おは》するに、見れば涙の露《つゆ》の玉《たま》、膝《ひざ》にこぼれて怪《あや》しう思はれぬ。

奥さまは例に似合《にあは》ず沈みに沈んで、私《わたし》は貴君《あなた》に捨てられは為《せ》ぬかと存《ぞん》じまして、夫《そ》れで此様《このやう》に淋《さび》しう思ひますると言ひ出《いづ》れば、又《また》かと旦那《だんな》さま無造作《むぞうさ》に笑つて、誰《た》れが何《なに》を言ふたか、一人《ひとり》で考へたか、其様《そのやう》なつまらぬ事の有《あ》る筈《はづ》は無い、お前の思ふて呉《く》れるほど世間は我《わ》しを思ふて呉《く》れぬから、まあ安心して居《い》るが宜《よ》いと子細《わけ》も無い事に言ひ捨つれば、夫《そ》れでも私《わたし》は其《その》やうな悋気《りんき》沙汰《ざた》(1)で申《まうす》のでは御座《ござ》りませぬ、今日《けふ》の会席の賑《にぎや》かに、種々《いろ〳〵》の方々《かた〴〵》御出《おいで》の中《なか》に誰《た》れとて世間に名の聞《きこ》えぬも無く、此《この》やうのお人達みな貴郎《あなた》さまの御友達《おともだち》かと思ひますれば、嬉《うれ》しさ胸の中におさへがたく、蔭《かげ》ながら拝《おが》んで居《い》て

(1) やきもち騒ぎ。

も宜《よ》いほどの辱《かたじけな》さなれど、つく〴〵我《わ》が身の上を思ひまするに、貴郎《あなた》はこれより弥《いや》ます〳〵の御出世《ごしゆつせ》を遊《あそば》して、世の中広《ひろ》うなれば次第に御器量《ごきりよう》まし給《たま》ふ、今宵《こよひ》小梅《こうめ》が三味《み》に合《あは》せて勧進帳《くわんじんちやう》(2)の一くさり、悋気《りんき》では無けれど彼《あ》れほどの御修業《ごしゆげう》つみしも知らで、何時《いつ》も昔《むかし》の貴郎《あなた》とおもひ、浅き心の底はかと無く知られまする内《うち》、御厭《おいと》はしさの種《たね》も交《まじ》るべし、限りも知れず広き世に立ちては耳さへ目さへ肥《こ》え給《たま》ふ道理、有限《あるかぎり》だけの家の内《うち》に朝夕物おもひの苦も知らで、唯《たゞ》ぼんやりと過《すご》しまする身の、遂《つ》ひには倦《あ》かれまするやうに成《な》りて、悲しかるべき事今おもふても愁《つ》らし、私《わたくし》は貴郎《あなた》のほかに頼母《たのも》しき親兄弟も無し、有《あ》りてから父の与四郎《よしらう》在世《ざいせ》のさまは知り給《たま》ふ如《ごと》く、私《わたくし》をば母親似の面《おも》ざし見るに癇《かん》の種《たね》とて寄せつけも致されず、朝夕さびしうて暮《くら》しましたるを、嬉《うれ》しき縁《こと》にて今斯《か》く私《わたくし》が我《わが》まゝをも免《ゆる》し給《たま》ひ、思ふ事なき今日《けふ》此頃《このごろ》(3)、それは勿《もつ》体《たい》ないほどの有難《ありがた》さも、万一《もし》身《み》にそぐなはぬ事ならばと案じられまして、此事《このこと》をおもふに今宵《こよひ》の淋《さび》しき事、居《い》ても起《た》ちて

(2) 長唄「勧進帳」。
(3) つりあわない。

もあられぬほどの情なさより、言ふてはならぬと存《ぞん》じましたれど、遂《つ》ひ此様《このやう》に申上《まうしあげ》て仕舞《しまひ》ました、夫《そ》れは孰《いづ》れも取止《とりと》めの無き取《とり》こし苦労《くろう》で御座《ござ》りませうけれど、何《ど》うでも此様《このやう》な気のするを何《なに》としたら宜《よ》う御座《ござ》りますか、唯々《たゞ〳〵》心ぼそう御座《ござ》りますとて打《うち》なくに、旦那《だんな》さま愚痴《ぐち》の僻見《ひがみ》の跡先《あとさき》なき事(1)なるを思《おぼし》召《めし》、悋気《りんき》よりぞと可笑《をか》しくも有ける。

(1) 筋道だっていないこと。

(十)

我《わ》れと我《わ》が身に持て脳《なや》みて奥さま不覚《そゞろ》に打《うち》まどひぬ、此明《このあけ》くれの空の色は、晴れたる時も曇れる如《ごと》く、日の色身にしみて怪《あや》しき思ひあり、時雨《しぐれ》ふる夜《よ》の風の音は人来《き》て扉《とぼそ》をたゝくに似て、淋《さび》しきまゝに琴取出《こととりいだ》し独《ひと》り好《この》みの曲を奏《かな》でるに、我《わ》れと我《わ》が調哀《てうあは》れに成《な》りて、いかにするとも弾《ひ》くに得堪《えた》えず、涙ふりこぼして押《おし》やりぬ。ある時は婦女《をんな》どもに凝《こ》る肩をたゝかせて、心うかれる様な恋のはなしなどさせて聞くに、人は腮《あご》のはづるゝ可笑《をか》しさとて笑ひ転《こ》ける様な埒《らち》のなきさへ、身には一々哀《あは》れにて、我《わ》れも思ひの燃《も》ゆるに似《に》たり、一夜《よ》仲働《なかばたら》きの福《ふく》こゑを改《あらた》めて、言はねば人の知らぬ事、いふて私の徳《とく》にも成《な》らぬを、無言にいられませぬは饒舌《おしやべり》の癖《くせ》、お聞きに成《な》つても知らぬ顔に居《い》て下さりませ、此処《こゝ》にをかしき一条《でう》の物がたりと少し乗地《のりぢ》(2)に声をはづますれば。夫《そ》れは何《なに》ぞや。お聞《きゝ》なされませ書生の千葉《ちば》が初恋の哀れ、国もとに居《お》りました時そと見初《みそ》めたが御座《ござ》りましたさうな、田舎者《いなかもの》の事なれば鎌《かま》を腰へさして藁草履《わらぞうり》で、手拭《てぬぐ》ひに草束《くさたば》ねを包んでと思召《おぼしめし》ませうが、中々《なか〱》左様《さう》では御座《ござ》りませぬ美くしいにて、村長の妹《いもと》といふやうな人ださうで御座《ござ》ります、小学校へ通ふうちに浅からず思ひましてと言へば、夫《そ》れは何方《どちら》からと小間使《こまづか》ひの米《よね》口を出すに、黙《だま》つてお聞《きゝ》、無論《むろん》千葉《ちば》さんの方《はう》からさとあるに、おやあの無骨《ぶこつ》さんがとて笑ひ出すに、奥様苦笑《にがわら》ひして可憐《かわい》さうに失敗《しくじり》の昔《むか》し話しを探り出したのかと仰《おつ》しやれば、いゑ中々《なか〱》其《その》やうに遠方《ゑんぱう》の事ばかりでは御座《ござ》りませぬ、未《ま》だ追々《おひ〱》にと衣《ゑ》紋《もん》を突《つ》いて(3)咳払《せきばら》ひすれば、小間使《こまづか》ひ少し顔を赤くして似合頃《にあひごろ》

(2) 三味線の旋律に乗って義太夫を語ること。ここは、そんなふうに調子に乗って、の意。

(3) 襟元をちょっと直して。

の身の上、悪口の福《ふく》が何《なに》を言ひ出すやらと尻目《しりめ》(1)に眺《にら》めば、夫《そ》れに構《かま》はず唇《な》めて、まあお聞遊《きゝあそ》ばせ、千葉《ちば》が其子《そのこ》を見初《みそめ》ましてからの事、朝学校へ行《ゆき》まする時は必《かなら》ず其家《そこ》の窓下《まどした》を過ぎて、声がするか、最《も》う行つたか、見たい、聞《きゝ》たい、話したい、種々《いろ〳〵》の事を思ふたと思し召《おぼしめ》せ、学校にては物も言ひましたろ、顔も見ましたろ、夫《そ》れだけでは面白《おもしろ》う無《な》うて心いられ(2)のするに、日曜の時は其家《そのや》の前の川へ必らず釣《つり》をしに行《ゆ》きましたさうな、鮒《ふな》やたなごは宜《い》い迷惑な、釣《つ》るほどに釣《つ》るほどに、夕日が西へ落ちても帰るが惜《お》しく、其子《そのこ》出《で》て来《こ》よ残り無くお魚を遣《や》つて、喜ぶ顔を見たいとでも思ふたので御座《ござ》りましよ、あゝは見えますれど彼《あ》れで中々《なか〳〵》の苦労人といふに、夫《そ》れはまあ幾歳《いくつ》のとし其《その》恋出来てかと奥様おつしやれば、当てゝ御覧《ごらん》あそばせ先方《むかう》は村長の妹《いもと》、此方《こちら》は水計《みづばかり》めし上《あが》るお百姓、雲にかけ橋、霞《かすみ》に千鳥《ちどり》(3)など、奇麗事《きれいごと》では間に合ひませぬほどに、手短かに申《まう》さうなら提燈《てうちん》に釣鐘《つりがね》、大分《だいぶ》其処《そこ》に隔《へだ》てが御座《ござ》りまするけれど、恋に上下の無い物なれば、まあ出来た

(1) 横目に。

(2) 気持ちがいらいらすること。

(3) とても叶えられないこと、あり得ないことのたとえ。

と思《おぼ》しめしますか、お米《よね》どん何《なん》と、題を出されて、何《なに》か言はせて笑ふつもりと悪推《わるずい》(4)をすれば、私《わたし》は知らぬと横を向く、奥様少し打笑《うちわら》ひ、成《な》り立《た》たねばこそ今日《けふ》の身であろ、其様《そのやう》なが萬一《もしも》あるなら、あの打《うち》かぶりの乱《みだ》れ髪《がみ》、洒落気《しやれげ》なしでは居《い》られぬ筈《はづ》、勉強家にしたは其自狂《そのやけ》からかと仰《おつ》しやるに、中々《なかく》もちまして彼男《あれ》が貴嬢《あなた》自狂《やけ》など起《おこ》すやうな男で御座《ござ》りましよか、無常を悟《さと》つたので御座《ござ》りますと言ふに、そんなら其子《そのこ》は亡くなつてか、可憐《かわい》さうなと奥さま憐《あはれ》がり給《たま》ふ、福《ふく》は得意に、此《この》恋いふも言はぬも御座《ござ》りませぬ、子供の事なれば心にばかり思ふて、表向きには何《なん》とも無い月日を大凡《おほよそ》の位送《くらいおく》つた物で御座《ござ》んすか、今の千葉《ちば》が様子を御覧《ごらん》じても、彼《あ》れの子供の時ならばと大底《たいてい》にお合点《がてん》が行《ゆき》ましよ、病気して煩《わづら》つて、お寺の物に成《なり》ましたを、其後《そのご》何《なん》と思へばとて答へる物は松の風で、何《ど》うも仕方《しかた》が無からうでは御座《ご》んせぬか、さて夫《それ》からが本文《ほんもん》で御座《ござ》んすとて笑ふに、福《ふく》が能《い》い加減《かげん》なこしらへ言《ごと》、似《に》つこらしい(5)嘘《うそ》を言ふと奥さま爪《つま》はじき遊ばせば、あれ何《なに》しに嘘《うそ》を

(4) 悪くとること。

(5) 似つかわしい。

申《まをし》ませう、左《さ》りながらこれをお耳に入《い》れたといふと少し私《わたし》が困りの筋《すぢ》(1)、これは当人の口から聞いたので御座《ござ》りますと言へば、嘘《うそ》をお言ひ、彼男《あれ》が何《ど》うして其様《そのやう》な事を言はふ、よし有《あ》つてからが、苦《にが》い顔でおし黙《だま》つて居《い》るべき筈《はづ》、いよ〳〵の嘘《うそ》と仰《おつ》しやれば、さても情《なさけ》ない事その様に私《わたし》の事を信仰して下さりませぬは、昨日《きのふ》の朝千葉《ちば》が私《わたし》を呼びまして、奥様が此《この》四五日御《にちお》すぐれ無い様に見上げられる、何《ど》うぞ遊《あそば》してかと如何《いか》にも心配らしく申《まをし》ますので、奥様はお血の故《せい》で折《をり》ふし鬱《ふさ》ぎ症《しやう》にもお成《な》り遊《あそば》すし真実お悪い時は暗い処《ところ》で泣いて居《い》らつしやるがお持前《もちまへ》(2)と言ふたらば、何《ど》んなにか貴嬢《あなた》吃驚致《びつくりいた》しまして、飛んでも無い事、それは大層《たいそう》な神経質《しんけいしつ》で、悪《わ》るくすると取《とり》かへしの付かぬ事になると申《まをし》まして、夫《そ》れで其時申《そのときまをし》ました、私《わたし》が郷里《きやうり》の幼な友達に是《こ》れ〳〵斯《か》う言ふ娘が有《あ》つて、癇《かん》もちの、はつきりとして、此邸《こゝ》の奥様に何《ど》うも能《よ》く似て居《い》た人で有《あ》つた、継母《まゝはゝ》で有《あ》つたので平常《つね》の我慢が大底《たいてい》ではなく、積《つも》つて病死した可憐《かわいさう》な子と何《いつ》れ彼《あ》の男の事で御座《ござ》りますから、真面目《まじめ》

(1) 困る訳があります。

(2) 持って生まれたお気性。

な顔であり〳〵(3)を言ひましたを、私《わたし》がはぎ合《あは》せて考へると今《いま》申《まうし》た様な事に成《な》るので御座《ござ》ります、其子《そのこ》に奥様が似ていらつしやると申《まをし》たのは夫《そ》れは嘘《うそ》では御座《ござ》りませぬけれど、露顕《ろけん》しますと彼男《あれ》に私《わたし》が叱《しか》られます、御存《ごぞん》じないお積《つも》りでと舌を廻《まは》して、たゝき立《たて》る太鼓《たいこ》の音さりとは賑《にぎ》はしう聞《きこ》え渡りぬ。

(十一)

今歳《ことし》も今日《けふ》十二月の十五日《にち》、世間おしつまりて人の往来《ゆきかひ》大路《おほぢ》にいそがはしく、お出入の町人《てうにん》お歳暮《せいぼ》持参《ぢさん》するものお勝手《かつて》に賑々《にぎ〳〵》しく、急ぎたる家《いゑ》には餅《もち》つきのおとさへ聞《きこ》ゆるに、此邸《こゝ》にては煤取《すゝとり》の笹《さゝ》の葉《は》座敷《ざしき》にこぼれて、冷《ひや》めし草履《ぞうり》(4)こゝかしこの廊下《らうか》に散《ち》みだれ、お雑巾《ぞうきん》かけまする物、お畳《たゝみ》たゝく物、家内《かない》の調度《てうど》になひ廻《まは》るも有《あ》れば、お振舞《ふるまひ》の酒《さゝ》に酔《ゑ》ふて、これが荷物に成《な》るもあり、御懇命《ごこんめい》うけまするお出入の人々お手伝《てつだひ》(5)お手伝《てつだ》ひとて五月蠅《うるさ》きを半《なかば》は断《ことは》りて集まりし人だけに瓶《かめ》のぞきの手ぬぐひ、それ、と切つて分け給《たま》へば、一同手に手に打《うち》

(3) ありのまま。

(4) 藁で作った粗末な草履。

(5) 藍瓶にさっと入れて引き上げた薄い藍色の染め。

冠《かぶ》り、姉《あね》さま唐茄子《とうなす》、頬《ほう》かぶり、吉原《よしはら》かぶり(1)をするも有《あ》り、旦那《だんな》さま朝よりお留守にて、お指図《さしづ》し給《たま》ふ奥さまの風《ふう》を見れば、小褄《こづま》かた手に(2)友仙《ゆふぜん》の長襦袢下《ながじゆばんした》に長く、赤き鼻緒《はなを》の麻裏《あさうら》(3)を召《めし》て、あれよ、これよと仰《おほ》せらる、一しきり終りての午後《ひるすぎ》、お茶ぐわし山と担《かつ》ぎ込《こ》めば大皿《おほさら》の鉄砲《てつぽう》まき分捕次第《ぶんどりしだい》と沙汰《さた》ありて、奥様は暫時《しばし》のほど二階の小間《こま》に気《き》づかれを休め給《たま》ふ、血の道のつよき人なれば胸《むな》ぐるしさ堪《た》えがたうて、枕に小抱《こがい》巻仮初《まきかりそめ》にふし給《たま》ひしを、小間《こま》づかひの米《よね》よりほか、絶《た》えて知る者あらざりき。

奥さまとろ〳〵としてお目覚《めさむ》れば、枕もとの縁《ゑん》がはに男女《なんによ》の話し声《ごゑ》さのみ憚《はゞ》かる景色も無く、此《こゝ》宿の旦的《だんつく》(4)の、奥洲《おくしう》(5)のと、車宿《くるまやど》(6)の二階で言ふやうなるは、奥さま此処《こゝ》にと夢にも人は思はぬなるべし。

一方《かたく》は仲働《なかばたらき》の福《ふく》のこゐ、叮嚀《ていねい》に叮嚀《ていねい》にと仰《おつ》しやるけれど、一日業《にちわざ》に何《ど》うして左様《さう》は行渡《ゆきわた》りよう、隅々隈々《すみぐくまぐ》やつて居《い》てお溜《たま》りが有《あ》らうかえ、目に立つ処《ところ》をざつと働いて、あとは何《いづ》

(1) 姉さま唐茄子かぶり（図19）、頬かぶり（図20）吉原かぶり（図21）。

図19

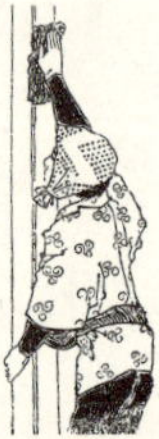

図20

図21

(2) 長い着物のすそを片手で引き上げて。

図22

れも野となれさ、夫《そ》れで丁度《てうど》能《い》い加減《かげん》に疲れて仕舞《しまう》、そんなにお前正直で務《つとま》る物かと嘲笑《あざわら》ふやうに言へば、大きにさといふ、相手は茂助《もすけ》がもとの安五郎《やすごらう》がこゑなり、正直といへば此《こ》処《ゝ》の旦的《だんつく》が一件物《けんもの》、飯田町《いひだまち》のお波《なみ》が事を知つてかと問ひかけるに、お福《ふく》は百年も前からと言はぬばかりにして、夫《そ》れを御《ご》存《ぞん》じの無いは此処《こゝ》の奥様お一方《ひとかた》、知らぬは亭主《ていしゆ》の反対《あべこ》だね、まだ私《わたし》は見た事は無いが、色の浅黒い面長《おもなが》で、品《ひん》が好《い》いといふでは無いか、お前は親方の代りにお供を申《まを》すこともある、拝《おが》んだ事が有《あ》るかと問へば、見た段《だん》か格子戸《かうしど》に鈴《すゞ》の音《おと》がする(7)と坊ちやんが先立《さきだち》で駆《か》け出《だ》して来る、続いて顕《あら》はれるが例物《れいぶつ》さ、髪《かみ》の毛自慢《けじまん》の櫛巻《くしまき》で、薄化粧《うすげしよう》のあつさり物、半襟《はんゑり》(8)つきの前《まへ》だれ掛《がけ》とくだけて、おや貴郎《あなた》と言ふだらうでは無いか、すると此処《こゝ》のがでれりと御座《ござ》つて、久《ひさ》しう無沙汰《ぶさた》をした、免《ゆ》るせ、かなんかで、入口の敷居《しきゐ》に腰をかける、例のが駆《か》け下《お》りて靴をぬがせる、見《み》とも無《な》いほど睦《むつ》ましいと言ふは彼《あ》れの事、旦那《だんな》が奥へ通ると小戻《こもど》りして、お供《とも》さん御苦労、これで烟草《たばこ》

(3) 麻裏草履。平たく編んだ麻糸の組緒を裏につけた草履。

図23

(4)(5) 旦那、奥方の卑語。

(6) 二階に車夫を住み込ませ、人力車を置いて営業する家。

(7) 格子戸が開いたのを知らせる鈴が鳴っている。

図24

(8) 着物の襟に黒繻子の半襟を掛けていること。

図25

でも買つてと言つて、夫《そ》れ鼻薬(1)の出る次第さ、あれがお前素《しろ》人《うと》だから感心だと賞《ほ》めるに、素人《しろうと》も素人《しろうと》、生無垢《きむく》の娘あがりだと言ふでは無いか、旦那《だんな》とは十何年の中《なか》で、坊ちやんが歳《とし》もことしは十歳《とを》か十一には成《なら》う、都合の悪《わ》るいは此処《こゝ》の家《うち》には一人《ひとり》も子宝《こだから》が無うて、彼方《あちら》に立派の男の子といふ物だから、行々《ゆく〳〵》を考へるとお気の毒なは此処《こゝ》の奥さま、何《ど》うも是《こ》れも授《さづか》り物だからと一人《ひとり》が言ふに、仕方が無い、十分先《ぶんせん》の大旦那《おほだんな》がしぼり取《と》つた身上《しんじやう》だから、人の物に成《な》ると言つても理屈は有《あ》るまい、だけれどお前《まい》、不正直《ふしやうぢき》は此処《こゝ》の旦那《だんな》で有《あ》らうと言ふに、男は皆《みんな》あんな物、気が多いからとお福《ふく》の笑ひ出すに、悪く当《あて》つ擦《こす》りなさる、耳が痛いでは無いか、己《お》れは斯《か》う見えても不義理《ふぎり》と土用干《どようぼし》(2)は仕《し》た事の無い人間だ、女房《にようぼう》をだまくらかして妾《めかけ》の処《ところ》へ注《つ》ぎ込《こ》む様《やう》な不人情《ふにんじやう》は仕度《したく》ても出来ない、あれ丈腹《だけはら》の太《ふと》い豪《ゑら》いのでは有《あ》らうが、考へると此処《こゝ》の旦那《だんな》も鬼《おに》の性《せう》さ、二代つゞきて弥々《いよ〳〵》根《ね》が張《は》らうと、聞人《きくひと》なげに遠慮なき高声《たかごゑ》、福《ふく》も相槌例《あひづちれい》の調子に、もう一《ひ》ト働きやつて除《の》けよう、

(1) 少額の口止め料。

(2) 虫干し。

安《やす》さんは下廻《したまは》りを頼みます、私《わたし》はも一度《ど》此処《こゝ》を拭《ふ》いて、今度はお蔵《くら》だとて、雑巾《ざふきん》がけしつ〳〵と始めれば、奥さまは唯《たゞ》この隔《へだ》てを命にして、明けずに去《い》ねかし(3)、顔みらるゝ事愁《つ》らやと思《おぼ》しぬ。

（十二）

十六日《にち》の朝ぼらけ(4)昨日《きのふ》の掃除のあと清き、納戸《なんど》めきたる六畳《でう》の間《ま》に、置炬燵《おきごたつ》(5)して旦那《だんな》さま奥さま差向《さしむか》ひ、今朝の新聞おし開きつゝ、政界の事、文界《ぶんくわい》(6)の事、語るに答へもつきなからず、他処目《よそめ》うら山《やま》しう見えて、面白《おもしろ》げ成《なり》しが、旦那《だんな》さま好《よ》き頃と見はからひの御積《おつも》りなるべく、年来《としごろ》足《た》らぬ事なき家《いへ》に子の無きをばかり口惜《くちを》しく、其方《そなた》に有《あ》らば重畳《ちようでう》の喜びなれど萬《も》一《し》いよ〳〵出来ぬ物ならば、今より貰《もら》うて心に任《まか》せし教育をしたらばと是《こ》れを明《あけ》くれ心がくれども、未《いま》だに良きも見当《みあた》らず、年《とし》たてば我《わ》れも初老《はつおひ》の四十の坂、じみなる事を言ふやうなれども家《いゑ》の根《ね》つぎの極《き》まらざるは何《なに》かにつけて心細く、此《この》

(3) 立ち去ってほしい。

(4) 夜明け方。

(5) やぐらの内に炉を入れた移動できる炬燵。

図26

(6) 文学界。

ほど中《ちう》の其方《そなた》のやうに、淋《さび》しい淋《さび》しいの言ひづめも為《せ》では有《あ》られぬやう（1）な事あるべし、幸《さいは》ひ海軍の鳥居《とりゐ》が知人の子に素性《すぜう》も悪るからで利発《りはつ》に生れつきたる男の子あるよし、其方《そなた》に異《い》存《ぞん》なければ其《そ》れを貰《もら》ふて丹精《たんせい》したらば（2）と思はるゝ、悉皆《しつかい》（3）の引《ひき》受《う》けは鳥居《とりゐ》がして、里《さと》かたにも彼《あ》の家《いゑ》にて成《な》るよし、年《とし》は十一、容貌《きりよう》はよいさうなと言ふに、奥さま顔をあげて旦那《だんな》の面《おも》様《やう》いかにと覘《うかゞ》ひしが、成程《なるほど》それは宜《よ》い思《おぼ》し召《めし》より、私《わたし》にかれこれは御座《ござ》りませぬ、宜《よ》いと覚《おぼ》しめさばお取極《とりき》め下さりませ、此家《こゝ》は貴郎《あなた》のお家《うち》で御座《ござ》りまする物、何《なん》となり思《おぼ》しめしのまゝにと安らかには言ひながら、萬一《もし》その子にて有《あ》りたらばと無情《つれなき》おもひ、おのづから顔色に顕《あら》はるれば、何取《なにとり》いそぐ事でも無い、よく思案《しあん》して気に叶《かな》ふたらば其時《そのとき》の事、あまり気を鬱々《うつ〳〵》として病気でもしては成《な》らんから、少しは慰《なぐさ》めにもと思ふたのなれど、夫《そ》れも余《あま》り軽卒《けいそつ》の事《こと》、人形や雛《ひな》では無し、人一人《ひとひとり》翫弄物《もてあそび》にする訳《わけ》には行《ゆ》くまじ、出来《でき》そこねたとて塵塚《ちりづか》の隅《すみ》へ捨《す》てられぬ、家《いゑ》の礎《いしずゑ》に貰《もら》ふのなれば、今一応聞定《きゝさだ》めも

（1）しないではいられぬような。
（2）心をこめて育て上げたらどうか。
（3）全てのこと。

し、取調べても見た上の事、唯《たゞ》この頃《ごろ》の様に鬱《ふさ》いで居《い》たら身体《からだ》の為《ため》に成《な》るまいと思はれる、これは急がぬ事として、ちと寄席《よせ》きゝにでも行《い》つたら何《ど》うか、播磨《はりま》(4)が近い処《ところ》へかゝつて居《い》る、今夜は何《ど》うであらう行かんかなと機嫌《きげん》を取り給《たま》ふに、貴郎《あなた》は何故《なぜ》そんな優しらしい事を仰《おつ》しやります、私《わたし》は決して其《その》やうな事は伺《うかゞ》ひたいと思ひませぬ、鬱《ふさ》ぐ時は鬱《ふさ》がせて置いて下され、笑ふ時は笑ひますから、心任《こゝろまか》せにして置いて下されと、言ひて流石《さすが》打《うち》つけには(5)恨《うら》みも言ひ敢《あ》へず、心に籠《こ》めて愁《うれ》はしげの体《てい》にてあるを、良人《おつと》は浅《あさ》からず気にかけて、何故《なぜ》その様な捨てばちは言ふぞ、此間《このあひだ》から何かと奥歯《おくば》に物の挟《はさ》まりて一々心にかゝる事多し、人には取違《とりちが》へもある物、何《なに》をか下心に(6)含《ふく》んで隠《かく》しだてゞは無いか、此間《このあひだ》の小梅《こうめ》の事、あれでは無いかな、夫《そ》れならば大間違ひの上《うへ》なし、何《なん》の気《け》も無い事だに心配は無用、小梅《こうめ》は八木田《やぎた》が年来《としごろ》の持物で、人には指をもさゝしはせぬ、ことには彼《あ》の痩《や》せがれ、花は疾《と》くに散つて紫蘇葉《しそは》につゝまれようと言ふ物だに、何《ど》れほどの物好きな

(4)　義太夫節の竹本播磨太夫。

(5)　むきだしには。

(6)　心の底に。

れば手出しを仕様《しやう》ぞ、邪推《じやすゐ》も大底《たいてい》にして置いて呉《く》れ、あの事ならば清浄無垢《しやうじやうむく》、潔白な者だ微笑を含んで口髭《くちひげ》を捻《ひね》らせ給《たま》ふ。飯田町《いひだまち》の格子戸《かうしど》は音にも知らじと思召《おぼしめ》し、是《こ》れが備《そな》へは立てもせず、防禦《ばうぎよ》の策《さく》は取らざりき。

（十二）

さま〴〵物をおもひ給《たま》へば、奥様時々お癪《しやく》(1)の起《おこ》る癖《くせ》つきて、はげしき時は仰向《あほのけ》に仆《たほ》れて、今にも絶《た》え入《い》るばかりの苦《く》るしみ、始《はじめ》は皮下《ひか》注射《ちうしや》など医者の手をも待ちけれど、日毎夜毎《ひごとよごと》に度《たび》かさなれば、力ある手につよく押《おさ》へて、一時《じ》を兎角《とかく》まぎらはす事なり、男ならでは甲斐《かひ》のなきに、其事《そのこと》あれば夜《よ》といはず夜中と言はず、やがて千葉《ちば》をば呼立《よびた》てゝ、反《そり》かへる背《せ》を押《おさ》へさするに、無骨《ぶこつ》一遍《ぺん》律義男《りつぎをとこ》の身を忘れての介抱《かいはう》人の目にあやしく、しのびやかの呵《さゝや》き頓《やが》て無沙汰《ぶさた》に成《な》るぞかし、(2)隠《かく》れの方《かた》の六畳《でう》をば人奥様の癪部屋《しやくべや》と名付《なづ》けて、乱行《らんげう》あさましきやうに取《とり》なせば、見る目がらかや(3)此間《このあひだ》の事いぶかしう、更《さら》に霜《しも》

（1）婦人病で胸部や腹部におこる激痛。

（2）やがては無関心になるものであるが。

（3）見る方の気のせいか。

夜《よ》の御《お》憐《あは》れみ、羽《は》織《をり》の事さへ取添《とりそ》へて、仰々《ぎやう〳〵》しくも成《なり》ぬるかな、あとなき風も騒ぐ世に忍ぶが原の虫の声、露《つゆ》ほどの事あらはれて、奥様いとゞ憂《う》き身に成《な》りぬ。

　中働《なかばたら》きの福《ふく》かねてあら〳〵心組《こゝろぐ》み(4)の、奥様お着下《きおろ》しの本結《ほんゆふ》城《き》、あれこそは我《わ》が物の頼《たの》み空《むな》しう、いろ〳〵千葉《ちば》の厄介《やくかい》に成《なり》たればとて、これを新年《はる》着《ぎ》に仕立《した》てゝ遣《つか》はされし、其恨《そのうら》み骨髄《こつずい》に徹《とほ》りてそれよりの見る目横にか逆《さか》にか、女髪結《をんなかみゆひ》の留《とめ》を捉《と》らへて珍事《ちんじ》唯今出来《たゞいましゆつたい》の顔つきに、例の口車《くちぐるま》くる〳〵とやれば、此電信《このでんしん》の何処《いづく》までかゝりて、一町毎《てうごと》に風説《うはさ》は太りけん、いつしか恭助《けうすけ》ぬしが耳に入《い》れば、安からぬ事に胸さわがれぬ、家《いゑ》つきならずは施《ほどこ》すべき道もあれども、浮世《うきよ》の聞《きこ》え、これを別居と引離《ひきはな》つこと、如何《いか》にもしのびぬ思ひあり、さりとて此《この》まゝさし置《お》かんに、内政のみだれ世の攻撃の種《たね》に成《な》りて、浅《あさ》からぬ難義《なんぎ》現在の身の上にかゝれば、いかさまに為《せ》ばやと持《も》てなやみぬ、我《わが》まゝも其《その》まゝ、気随《きずい》も其《その》まゝ、何《なに》かはことごとして咎《とが》めだてなどなさんやは、金村《かなむら》が妻と立《た》ちて、世に耻《はづ》

(4)　おおよその心積もりの。

かしき事なからずはと覚《おぼ》せども、さし置《おき》がたき沙汰《さた》とにかくに喧《かしま》しく、親しき友など打《うち》つれての勧告《くわんこく》に、今日《けふ》は今日《けふ》はと思ひ立ちながら、猶其事《なほそのこと》に及《およ》ばずして過行《すぎゆ》く、年立《としたち》かへる朝《あした》より、松の内過《うちす》ぎなばと思ひ、松とり捨《す》つれば十五日《にち》ばかりの程《ほど》にはとおもふ、二十日《はつか》も過ぎて一月空《げつむな》しく、二月《ぐわつ》は梅《うめ》にも心の急がれず、来る月は小学校の定期試験とて飯田町《いひだまち》のかたに、笑《え》みかたまけて(1)急ぎ合へるを、見れども心は楽しからず、家《いゑ》のさま、町子《まちこ》の上《うへ》、いかさまにせん、と斗《ばかり》おもふ、谷《や》中《なか》に知人の家《いゑ》を買ひて、調度萬端《てうどばんたん》おさめさせ、此処《こゝ》へと思ふに町子《まちこ》が生涯あはれなる事いふばかりなく、暗涙《あんるゐ》にくれては我《わ》が身が不徳《ふとく》を思《おぼ》しゝる筋《すぢ》なきにあらねど、今はと思ひ断《た》ちて四月のはじめつ方《かた》、浮世は花に春の雨ふる夜《よ》、別居の旨《むね》をいひ渡しぬ。

かねてぞ(2)千葉《ちば》は放《はな》たれぬ。汨羅《べきら》の屈原《くつげん》(3)ならざれば、恨《うら》みは何《なに》とかこつべき、大川《おほかは》の水清《きよ》からぬ名を(4)負《を》ひて、永代《えいたい》よりの汽船に乗込《のりこ》みの帰国姿《きこくすがた》、まさしう見たりと言ふ物ありし。

(1) 嬉しそうにして。
(2) 前もって。
(3) 中国戦国時代、楚の政治家、文人。中傷によって追放され、時世を憂えて悩み汨羅の淵に身を投げた。
(4) 汚名をきて。

------------*

憂《う》かりしはその夜《よ》のさまなり、車の用意何《なに》くれと調《とゝの》へさせて後《のち》、いふべき事あり此方《こなた》へと良人《をつと》のいふに、今さら恐《おそ》ろしうて書斎《しよさい》の外《と》にいたれば、今宵《こよひ》より其方《そなた》は谷中《やなか》へ移るべきぞ、此家《このいゑ》をば家《いゑ》とおもふべからず、立帰《たちかへ》らるゝ物と思ふな、罪はおのづから知りたるべし、はや立て、とあるに、夫《そ》れは余《あま》りのお言葉、我《われ》に悪き事あらば何《なに》とて小言は言ひ給《たま》はぬ、出《だ》しぬけの仰《おほ》せは聞きませぬとて泣くを、恭助振向《けうすけふりむ》いて見んともせず、理由《わけ》あればこそ、人並ならぬ事ともなせ、一々の罪状《ざいじやう》いひ立《たて》んは憂《う》かるべし、車の用意もなしてあり、唯《たゞ》のり移《うつ》るばかりと言ひて、つと立《た》ちて部《へ》やの外《と》へ出給《いでたま》ふを、追ひすがりて袖《そで》をとれば、放《はな》さぬか不埒者《ふらちもの》と振切《ふりき》るを、お前様どうでも左様《さやう》なさるので御座《ござ》んするか、私《わたし》を浮世の捨て物になさりまするお気か、私《わたくし》は一人《ひとり》もの、世には助くる人も無し、此《この》小さき身すて給《たま》ふに仔細《わけ》はあるまじ、美事《みごと》すてゝ此家《このいゑ》を君の物にし給《たま》ふお気か、取りて見給《みたま》へ、我《わ》れをば捨《す》てゝ御覧《ごらん》ぜよ、一念《ねん》が御座《ござ》りまするとて、はたと白睨《にら》むを、突《つき》のけてあとをも見ず、町《まち》、もう逢《あ》はぬぞ。

（明治29年5月「文芸倶楽部」）

闇桜

（上）

隔《へだ》ては中垣《なかがき》(1)の建仁寺《けんにんじ》(2)にゆづりて汲《くみ》かはす庭井《にはゐ》(3)の水の交《まじ》はりの底きよく深く軒端《のきば》に咲く梅一木《うめひとき》に両家《りやうけ》の春を見せて薫《かほ》りも分《わか》ち合《あ》ふ中村園田《なかむらそのだ》と呼ぶ宿《やど》(4)あり園田《そのだ》の主人《あるじ》は一昨年《をとゝし》なくなりて相続は良之助《りやうのすけ》廿二の若者何某学校《なにがしがくかう》の通学生《つうがくせい》とかや中村のかたには娘只一人男子《たゞひとりをとこ》もありたれど早世《さうせい》しての一粒ものとて寵《ちやう》愛《あい》はいとゞ(5)手のうちの玉(6)かざしの花に吹かぬ風まづいとひて(7)願ふはあし田鶴《たづ》(8)の齢《よはひ》なが〻れとにや千代《ちよ》となづけし親心にぞ見ゆらんものよ栴檀《せんだん》の二葉《ふたば》(9)三ツ四ツより行末《ゆくすゑ》さぞと世の人の

(1) 中じきりの垣。
(2) 建仁寺垣。割竹を平たく並べてしゅろ縄で結んだ垣。

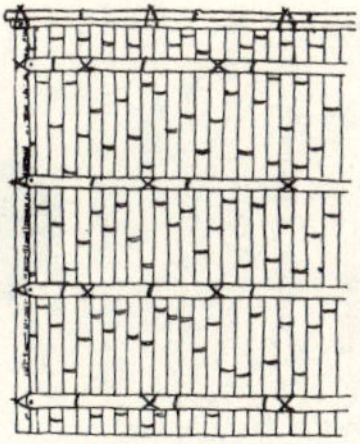

図1

(3) 庭にある井戸。
(4) 家。
(5) ひとしお。
(6) いちばん大切にしている物。
(7) 「かざしの花」は髪飾り。少しの風にも当てないで。
(8) 「あし田鶴」は鶴の別称。
(9) 幼時よりすぐれている。

ほめものにせし姿の花(1)は雨さそふ弥生《やよひ》の山(2)ほころび初《そ》めしつぼみに眺《なが》めそはりて盛《さか》りはいつとまつ(3)の葉ごしの月いざよふ(4)といふも可愛《かあい》らしき十六歳の高島田《たかしまだ》(5)にかくるやさしきなまこ絞《しぼ》り(6)くれなゐ(7)は園生《そのふ》に植《うゑ》てもかくれなきもの中村のお嬢さんとあらぬ(8)人にまでうはさゝるゝ美人もうるさきものぞかしさても習慣こそは可笑《をか》しけれ北風の空にいかのぼり(9)うならせて電信の柱邪魔《じやま》くさかりし昔《むかし》は我《われ》も昔《むかし》と思へど良之助《りやうのすけ》お千代《ちよ》に向《むか》ふときはありし(10)雛遊《ひなあそ》びの心あらたまらず改《あらた》まりし姿かたち気にとめんとせねばとまりもせで良《りやう》さん千代《ちい》ちやんと他愛《たあい》もなき談笑《だんせふ》に果ては引き出す喧嘩《けんくわ》の糸口最早《もう》来《き》玉《たま》ふな何《なに》しに来《こ》んお前様こそのいひじらけ(11)に見合《みあは》さぬ顔も僅《はつ》か二日《ふつか》目《め》昨日《きのふ》は私《わたし》が悪《わ》るかりし此後《このご》はあの様な我儘《わがまゝ》いひませぬ程《ほど》におゆるし遊ばしてよとあどなく(12)も詫《わ》びられて流石《さすが》にをかしく(13)解《と》けではあられぬ春の氷イヤ僕《ぼく》こそが結局なり妹《いも》といふもの味しらねどあらば斯《か》くまで愛らしきか笑顔ゆたかに袖《そで》ひかへて(14)良《りやう》さん昨夕《ゆふべ》は嬉《うれ》しき夢を見たりお前様が学校を卒業なされて何《なん》と

(1) 花のように美しい姿。
(2) 春の山。
(3) 「待つ」と「松」をかけている。
(4) 進まず止まりがちになる。
(5) 未婚の娘の髪形で根が高い位置にある。

図2

(6) 目の細かい絞り染め。
(7) 紅花。
(8) 思いもよらぬ。
(9) 凧（たこ）。
(10) 過ぎ去った昔の。
(11) 言い合ってきまずくなる。
(12) あどけなく。
(13) 可愛く。
(14) 袖をおさえて。

いふお役か知らず高帽子《たかぼうし》(15)立派に黒《くろ》ぬりの馬車にのりて西洋館《せいやうくわん》へ入《い》り給《たま》ふ所《ところ》をといふ夢は逆夢《さかゆめ》ぞ馬車にでも曳《ひ》かれはせぬかと大笑《おほわらひ》すれば美しき眉《まゆ》ひそめて気になる事おつしやるよ今日《けふ》の日曜は最早《もう》何処《どこ》へもお出《い》で遊ばすなと今の世の教育うけた身に似合《にあは》しからぬ詞《ことば》も真実大事に思へばなり此方《こなた》に隔《へだ》てなければ彼方《あちら》に遠慮《ゑんりよ》もなくくれ竹《たけ》(16)のよのうきと云《い》ふ事《こと》二人《ふたり》が中には葉末《はずゑ》におく露《つゆ》ほども知らず笑《わら》ふて暮らす春の日もまだ風寒《かぜさむ》き二月半《なか》ば梅見て来《こ》んと夕暮《ゆふぐれ》や摩利支天《まりしてん》(17)の縁日《ゑんにち》に連《つら》ぬる袖《そで》も温《あたゝ》かげに。良《りやう》さんお約束のもの忘れては否《いや》よ。ア、大丈夫《だいじやうぶ》忘れやアしなひ併《しか》しコーツと何《な》んだツけねへ。あれだものを出かけにもあの位《くらゐ》願つておいたのに。さう〳〵おぼえて居《ゐ》る八百屋《やをや》お七(18)の機関《からくり》(19)が見たいと云《い》つたんだツけ。アラ否《いや》嘘《うそ》ばつかり。それぢやア丹波《たんば》の国から生捕《いけど》つた荒熊《あらくま》でござい(20)の方か。何《ど》うでもようございますよ妾《わたし》は最早《もう》帰りますから。あやまつた〳〵今のはみんな嘘《うそ》何《ど》うして中村の令嬢《れいぢやう》千《ち》代《よ》子《こ》君《くん》とも云《いは》れる人がそんな御注文をなさらう筈《はず》がない良之助《りやうのすけ》たしかに承《うけたま》は

(15) 山高帽子。高級官僚などが用いた礼装用の帽子。

(16)「世」にかかる枕詞。

(17) 三面六臂で女神像に作られた神。下谷徳大寺のものか。

(18) 江戸時代、恋慕から放火し火刑に処せられた女性。

(19) 覗機関（のぞきからくり）。

図3

(20)「丹波…ござい」は、一人が顔を黒く塗って熊になり、もう一人がそれを連れ回す見せ物の口上。

つて参《まゐ》つたものは。ようございます何《なに》も入《い》りません。さう怒《おこ》つてはこまる喧嘩《けんくわ》しながら歩行《あるく》と往来《わうらい》の人が笑ふぢやアないか。だつてあなたが彼様《あん》なこと許《ばつ》かしおつしやるんだもの。夫《それ》だからあやまつたと云《い》ふぢやないかサア多舌《しやべつ》て居《ゐ》るうちに小間物屋《こまものや》のまへは通りこして仕舞《しま》つた。あらマア何《どう》しませうねへ未《ま》だ先にもありますか知《し》ら。何《どう》だかぞんじませんたつた今何《なに》も入《い》らないと云つた人は何処《どこ》に。最早《もう》それはいひツこなしと、めるも云ふも一《ひ》ト筋道横町《すぢみちよこちやう》の方《かた》に植木《うゑき》は多しこちへと招《まね》けば走りよるぬり下駄《げた》の音カラコロリ琴ひく盲女《ごぜ》(1)は今の世の朝顔(2)か露《つゆ》のひぬまのあはれ〳〵(3)粟《あは》の水飴《みづあめ》めしませとゆるく甘くいふ隣《となり》にあつ焼《やき》の塩せんべいかたきをむねとしたる(4)もをかし。千代《ちい》ちやん鳥渡見玉《ちよつとみたま》へ右から二番目のを。ハア彼《あ》の紅梅《ばい》がいゝ事《こと》ねへと余念《よねん》なく(5)眺《なが》め入《い》りし後《うしろ》より。中村さんと唐《だし》突《ぬけ》に背中たゝかれてオヤと振《ふ》り返《か》へれば束髪《そくはつ》(6)の一群《むれ》何《なに》と見てかおむつましいことゝ無遠慮《ぶゑんりよ》の一言《ごん》たれが花の唇をもれし詞《ことば》か跡《あと》は同音《どうおん》の笑ひ声夜風に残して走り行《ゆ》くを千代《ちい》ちやん彼《あれ》は

(1) 盲目の女芸人。
(2) 浄瑠璃・歌舞伎の「朝顔日記」の主人公深雪。恋人を追って流浪の末盲目となり、歌を歌って宿場をさすらう。
(3) 深雪が歌う朝顔の歌。
(4) 第一とする。
(5) たわいなく。
(6) 明治の中頃に発案された西洋風に束ねる髪形。

図4

何《なん》だ学校の御《お》朋友《ともだち》か随分乱暴《ずゐぶんらんばう》な連中《れんぢう》だなアとあきれて見送る良之介《りやうのすけ》より低頭《うつむ》くお千代《ちよ》は赧然《はなじろ》めり(7)

（中）

昨日《きのふ》は何方《いづかた》に宿りつる心とてか(8)はかなく(9)動き初《そ》めては中々《なかく》にえも止《と》まらず(10)あやしや(11)迷《まよ》ふぬば玉《たま》(12)の闇色《やみいろ》なき声さへ身にしみて思ひ出《い》づるに身もふるはれぬ其《その》人恋しくなると共《とも》に耻《はづ》かしくつゝましく(13)恐《おそ》ろしくかく云はゞ(15)笑はれんかく振舞《ふるま》はゞ厭《いと》はれんと仮初《かりそめ》(14)の返答《いらへ》さへはか〴〵しくは云ひも得《え》せずひねる畳《たゝみ》の塵《ちり》(16)よりぞ山ともつもる思ひの数々《かずく》逢《あ》ひたし見たしなど陽《あら》はに云ひし昨日《きのふ》の心は浅かりける我《わ》が心我《われ》と咎《とが》むれば(17)お隣《となり》とも云はず良様《りやうさま》とも云はず云はねばこそくるしけれ涙しなくばと云ひけんから衣《ごろも》胸のあたりの燃《も》ゆべく覚えて(18)夜はすがらに(19)眠られず思《おもひ》に疲れてとろ〳〵とすれば夢にも見ゆる其《その》人の面《おも》影《かげ》優しき手に背《そびら》を撫《な》でつゝ何《なに》を思ひ給《たま》ふぞとさしのぞかれ君《きみ》様《さま》ゆゑと口元《くちもと》まで現《うつゝ》の折《をり》(20)の心ならひにいひも出《い》でずしてうつ

(7) 気おくれして顔を赤らめた。
(8) 昨日までは、どこに恋心が宿っていたのだろうか。
(9) 頼りなく。
(10) 容易に静めることができない。
(11) 物の正体がわからず、いぶかしく。
(12) 「闇」にかかる枕詞。
(13) 気まりが悪く。
(14) ほんのちょっとした。
(15) はきはきと。
(16) もじもじとむしるばかりの畳のけば。
(17) 自分の心がわが身を非難しているので。
(18) 古今集「君こふる涙しなくばから衣むねのあたりは色もえなまし（紀貫之）」をふまえる。
(19) 夜じゅう。
(20) 目覚めている時。

むけば隠《かく》し給《たま》ふは隔《へだ》てがまし大方《おほかた》は見て知りぬ誰《た》れゆゑの恋ぞうら山《やま》しと憎《に》くや知《し》らず顔《がほ》のかこち言《ごと》(1) 余《よ》の人恋《こ》ふるほどならば思ひに身の痩《や》せもせじ御覧《ごらん》ぜよやとさし出す手を軽《かろ》く押《おさ》へてにこやかにさらば誰《たれ》をと問はるゝに答へんとすれば暁《あかつき》の鐘枕《かねまくら》にひびきて覚《さ》むる外《ほか》なき思《おも》ひ寐《ね》の夢鳥《ゆめとり》(2)がねつらきはきぬ〳〵(3)の空のみかは惜《を》しかりし名残《なごり》に心地《こゝち》常《つね》ならず今朝《けさ》は何《なん》とせしぞ顔色《かほいろ》わろしと尋《たづ》ぬる母はその事さらに知るべきならねど面赤《かほあか》むも心苦《こゝろぐる》し昼は手ずさび(4)の針仕事《はりしごと》にみだれその乱《みだ》るゝ心縫《ぬ》ひとゞめて今は何事《なにごと》も思はじ思ひてなるべき恋かあらぬか云ひ出して爪《つま》はじきされなん恥《はづ》かしさには再《ふたゝ》び合《あは》す顔もあらじ妹《いもと》と思《おぼ》せばこそ隔《へだ》てもなく愛し給《たま》ふなれ終《つひ》のよるべ(5)と定《さだ》めんにいかなる人をとか望み給《たま》ふらんそは又道理《またどうり》なり君《きみ》様《さま》が妻と呼ばれん人姿《すがた》は天《あめ》が下《した》の美を尽《つく》して糸竹《いとたけ》(6) 文芸備《ぶんげいそな》はりたるをこそならべて見たしと我《われ》すら思ふに御自身《ごじしん》は尚《なほ》なるべし及《およ》ぶまじきこと打出《うちだ》して(7)年頃《としごろ》の中《なか》うとくもならば何《なに》とせん夫《それ》こそは悲しかるべきを思ふまじ〳〵他《あだ》し心《こゝろ》(8)なく兄様《あにさま》と親

(1) うらみ言。

(2) 鳥の声。

(3) 男女が共寝した翌朝。

(4) 手なぐさみ。

(5) 一生を共にする妻。

(6) 糸は琴や三味線、竹は笛や笙。すなわち、音楽のたしなみ。

(7) 言い出して。

(8) 浮わついた気持ちでなく。

しまんによも(9)憎《にく》みはし給《たま》はじよそながらも優しきお詞《ことば》きくばかりがせめてもぞといさぎよく断念《あきら》めながら聞かず顔《がほ》の涙《なみだ》(10)頬《ほゝ》につたひて思案《しあん》のより糸あとに戻《も》どりぬさりとては其《そ》のおやさしきが恨《うら》みぞかし一向《ひたすら》につらからば(11)さてもやまんを忘られぬは我身《わがみ》の罪か人の咎《とが》か思へば憎《にく》きは君様《きみさま》なりお声聞くもいや御姿《おすがた》見るもいや見れば聞けば増《ま》さる思ひによしなき(12)胸をもこがすなる勿体《もつたい》なけれど何事《なにごと》まれ(13)お腹立《はらだ》ちて足踏《あしぶみ》ふつになさらずば(14)我《わ》れも更《さ》らに参《まゐ》るまじ願ふもつらけれど火《ひ》水《みづ》ほど中《なか》わろくならばなか〳〵に心安かるべしよし今日《けふ》よりはお目にもかゝらじものもいはじお気に障《さは》らばそれが本望《ほんまう》ぞとて膝《ひざ》につきつめし曲尺《ものさし》ゆるめると共《とも》に隣《となり》の声を其《そ》の人と聞けば決心ゆら〳〵として今までは何《なに》を思ひつる身ぞ逢《あ》ひたしの心一途《いちづ》になりぬさりながら心は心の外《ほか》に友もなくて(15)良之助《りやうのすけ》が目に映《うつ》るもの何《なん》の色もあらず(16)愛らしと思ふ外《ほか》一点のにごりなければ我恋《わがこ》ふ人世にありとも知らず知らねば憂《う》きを分《わか》ちもせず面白《おもしろ》きこと面白《おもしろ》げなる男心の淡泊《たんぱく》なるにさしむかひては何事《なにごと》のい

(9)　よもや。

(10)　聞かぬふりをしようと決めても流れる涙。

(11)　冷たくあたるならば。

(12)　そのかいがない。

(13)　何事であろうと。

(14)　まったく足を向けることをなさらないならば。

(15)　ひとり心中に思うのみで。

(16)　恋情の影。

はるべき後世《のちのよ》つれなく(1)我身《わがみ》うらめしく春はいづこぞ花とも云はで垣根《かきね》の若草おもひにもえぬ

（下）

千代《ちい》ちやん今日《けふ》は少し快《よ》い方かへと二枚折《まいをり》の屛風《べうぶ》押《お》し明《あ》けて枕もとへ坐《すは》る良之助《りやうのすけ》に乱《み》だせし姿《すがた》耻《はづ》かしく起《お》きかへらんとつく手もいたく(2)瘦《や》せたり。寝《ね》て居《ゐ》なくてはいけないいなんの病《びやう》中《ちう》に失礼《しつれい》も何《なに》もあつたものぢやアないそれとも少し起きて見る気なら僕《ぼく》に寄りかゝつて居《ゐ》るがいゝと抱《いだ》き起《おこ》せば居直《ゐなほ》つて。ア、左《さ》良《りやう》さん学校が御試験中《ごしけんちう》だと申すではございませんか。ア、左《さ》様《う》。それに妾《わたし》の処《ところ》へばつかし来て居《ゐ》らしやつてよろしいんですか。そんな事まで気にするには及《およ》ばない病気の為《ため》にわるいから。だつて何《ど》うもすみませんもの。すむのすまないのとそんなこと気にするより一日も早く癒《よ》くなつて呉《く》れるがいゝ。御親切《ごしんせつ》に有難《ありがた》うございますですが今度は所詮癒《しよせんなほ》るまいと思ひます。又馬鹿《またばか》なことを云ふよそんな弱い気だから病気がいつ

（1）未来に望みはなく。

（2）たいそう。

までも癒《なほ》りやアしない君が心細ひ事を云つて見たまへ御父《おとつ》さんやお母《つか》さんがどんなに心配するか知れません孝行《かうく》な君にも似合《にあ》はない。でも癒《よ》くなる筈《はず》がありませんものと果敢《はか》なげに云《い》ひて打《う》ちまもる(3)睫《まぶた》に涙は溢《あふ》れたり馬鹿《ばか》な事《こと》をと口には云《い》へどむづかしかるべしとは十指《じつし》のさす処《ところ》(4)あはれや一日《ひとひ》ばかりの程《ほど》に痩《や》せも痩《や》せたり片靨《かたゑくぼ》あいらしかりし頰《ほう》の肉いたく落ちて白きおもてはいとゞ透《す》き通《とほ》る程《ほど》に散りかかる幾筋《いくすぢ》の黒髪緑《くろかみみどり》は元の緑ながら油《あぶら》けもなきいたく〳〵しさよ我《われ》ならぬ人(5)見るとても誰《たれ》かは腸《はらわた》 断《た》えざらん(6)限《か》ぎりなき心のみだれ忍艸小紋《しのぶぐさこもん》のなへたる衣《きぬ》きて薄《うす》くれなゐのしごき帯《おび》前に結びたる(7)姿《すがた》今幾日《いまいくひ》見《み》らるべきものぞ年頃日頃《としごろひごろ》(8)片時《かたとき》はなるゝ間なく睦《むつ》み合《あ》ひし中《うち》になど底《そこ》(9)の心知れざりけん少《ちい》さき胸に今日《けふ》までの物思《ものおも》ひはそも幾何《いくばく》ぞ昨日《きのふ》の夕暮《ゆふぐれ》お福《ふく》が涙ながら語るを聞けば熱《ねつ》つよき時はたえず我名《わがな》を呼びたりとか病《やまひ》の元《もと》はお前様と云《い》はるゝも道理なり知らざりし我恨《われうら》めしくもらさぬ君も恨《うら》めしく今朝見《けさみ》舞《ま》ひしとき痩《や》せてゆるびし(10)指輪《ゆびわ》ぬき取りてこれ形見《かたみ》とも見給《みたま》

(3) じっと見つめる。
(4) 多くの人の意見が一致するところ。
(5) 自分以外の人間。
(6) 悲しさに胸の張りさける思いをしない者がいるだろうか。
(7) 縮緬や羽二重などの布をしごいて結ぶ帯。寝る場合、前にしめる。

図5

(8) 長い年月の間、いつも。
(9) 心の底。
(10) ゆるくなった。

は〻嬉《うれ》しとて心細《こゝろぼそ》げに打《う》ち笑《ゑ》みたる其心《そのこゝろ》今少し早く知らば斯《か》くまでには衰《おとろ》へさせじをと我罪恐《わがつみおそ》ろしく打《うち》まもれば。良《りやう》さん今朝《けさ》の指輪はめて下さいましたかと云ふ声の細さよ答へは胸にせまりて口にのぼらず無言《むごん》にさし出す左の手を引き寄せてじつとばかり眺《なが》めしが。妾《わらは》(1)と思つて下さいと云《い》ひもあへずほろ〳〵とこぼす涙其《その》まゝ枕に俯伏《うつぶ》しぬ。千代《ちい》ちやんひどく不快《わるく》でもなつたのかい福《ふく》や薬を飲まして呉《く》れないか何《ど》うした大変顔色《たいへんかほいろ》がわろくなつて来《き》たおばさん鳥渡《ちよつと》良之助《りやうのすけ》が声に驚《おど》かされて次の間に祈念《きねん》をこらせし母も水初穂《みづはつほ》(2)と取りに流《なが》し元《もと》へ立ちしお福《ふく》も狼狽《あはたゞ》しく枕元《まくらもと》にあつまればお千代《ちよ》閉《と》ぢたる目を開《ひ》らき。良《りやう》さんは。良《りやう》さんはお前の枕元《まくらもと》にそら右の方《はう》においでなさるよ。阿母《おつか》さん良《りやう》さんにお帰《か》へりを願つて下さい。何《な》故《ぜ》ですか僕《ぼく》が居《ゐ》ては不都合《ふつがふ》ですかヱ居《ゐ》てもわるひことはあるまい。福《ふく》やお前から良《りやう》さんにお帰《か》へりを願つておくれ。貴嬢《あなた》は何《なに》をおつしやいます今まで彼《あ》れ程《ほど》お待遊《まちあそ》ばしたのに又《また》そんなことをヱお心持《こゝろもち》がおわるひのならお薬をめしあがれ阿母《おつか》さ

(1) 自称の人代名詞。武家などの女性がへりくだって用いた語。

(2) 神仏に供えるために、早朝一番にくんだ水。または、切火をして清めた水。

までですか阿母《おっか》さまはうしろに。こゝに居《ゐ》るよお千代《ちよ》や阿母《おっか》さんだよいゝかへ解《わか》つたかへお父《とっ》さんもお呼申《よびまを》したよサアしつかりして薬を一口おあがりヱ胸がくるしいア、さうだらう此《この》マア汗《あせ》を福《ふく》やいそいでお医師様《いしゃさま》へお父《とっ》さんそこに立《た》つて入《い》らつしやらないで何《ど》うかしてやつて下《く》ださい良《りゃう》さん鳥渡其《ちよつとそ》の手《て》拭《ぬぐひ》を何《なん》だとヱ良《りゃう》さんに失礼だがお帰《か》へり遊ばしていたゞきたいとあゝさう申《まを》すよ良《りゃう》さんおきゝの通《とほり》ですからとあはれや母は身も狂《きゃう》するばかり娘は一語一語呼吸せまりて見《み》る〳〵顔色青み行《ゆ》くは露《つゆ》の玉《たま》の緒《を》(3)　今宵《こよひ》はよもと(4)思ふに良之助《りゃうのすけ》起つべき心はさらにもなけれど臨終《いまは》に迄《まで》も心づかひさせんことのいとをしくて屏風《べうぶ》の外《ほか》に二足《あし》ばかり糸より細き声に良《りゃう》さんと呼《よ》び止《と》められて何《なに》ぞと振《ふ》り返《か》へれば。お詫《わび》は明日《みゃうにち》。風もなき軒端《のきば》の桜ほろ〳〵とこぼれて夕やみの空鐘《かね》の音《ね》かなし

（明治25年3月「武蔵野」）

(3) 露のようにはかない命。
(4) とても今宵は持つまいと。

やみ夜

（一）

取《とり》まはしたる(1)邸《やしき》の広さは幾《いく》ばく坪《つぼ》とか聞《きこ》えて、閉《と》ぢたるまゝの大門《おほもん》はいつぞやの暴風雨《あらし》をそのまゝ今にも覆《くつが》へらん様《さま》あやふく、松は無けれど瓦《かはら》に生《お》ふる草の名(2)の忍《しの》ぶ昔はそも誰《た》れとか、男鹿《をしか》やなくべき宮城野《みやぎの》の秋を、いざと移したる小萩《こはぎ》原《はら》(3)ひとり錦《にしき》をほこらん頃《ころ》も、観月《くわんげつ》のむしろ(4)に雲上《うんじやう》のたれそれ様《さま》(5)つらねられける袂《たもと》は夢なれや、秋風さむし飛鳥川《あすかがは》の淵瀬《ふちせ》こゝに変《かは》りて(6)、よからぬ風説《うわさ》は人の口に残れど余波《なごり》いかに(7)と訪《と》ふ人もなく、哀《あは》れに淋《さび》しき主従三人《しうじゆうみたり》は都《みやこ》ながらの山住居《やまずまゐ》に

(1) 塀をめぐらした。
(2) 瓦松はないけれど、忍草が生えている廃虚のような屋根の様子。「忍草」と「昔を忍ぶ」をかけている。
(3) 牡鹿がなくであろう宮城野の秋のさまを、そっくり移したと思われるほどの萩の原。千載集「宮城野の小萩がはらをゆくほどは鹿のねをさへわけてきくかな（覚延）」から。
(4) 月見の宴。
(5) ご身分の高いかたがた。
(6) 今はもう変わり果てて。古今集「世の中は何か常なるあすか川きのふの淵ぞけふは瀬になる」から。
(7) 残された家族はどうしているだろうか。

も似たるべし。

山師《やまし》(8)の末路《ばつろ》はあれと指《さ》されて衆口《しゆうこう》(9)一斉《せい》に非《ひ》はならせど私欲《しよく》ならざりける証拠《しるし》は家《いへ》に余財《よざい》のつめる物(10)少《すく》なく、残す誹《そし》りのそれだけは施《ほどこ》しける徳《とく》も蔭《かげ》なりける(11)が多かりしかば我《わ》れぞ其《その》露《つゆ》にと濡《ぬ》れ色《いろ》みする人(12)すらなくて、醜名《しゆうめい》ながく止《とゞ》まる奥庭《おくには》の古池《ふるいけ》に、あとは言ふまじ恐ろしやと雨夜《あまよ》の雑談《ぞうだん》に枝の添《そ》ひて(13)松川《まつかは》さまのお邸《やしき》といへば何《なん》となく怕《こわ》き処《ところ》のやうに人思ひぬ。

もとより広き家《いへ》の人気《ひとげ》すくなければ、いよ／＼空虚《がらん》として荒《あ》れ寺《でら》などの如《ごと》く、掃除《そうぢ》も左《さ》のみは(14)行《ゆき》とゞかぬがちに入用《いりよう》のなき間《ま》は雨戸《あまど》を其《その》まゝの日さへ多く、俗《ぞく》にくだきし河原院《かはらのゐん》もかくやと斗《ばか》(15)り、夕がほの君《きみ》ならねどお蘭《らん》さまとて冊《かしづ》かるゝ(16)娘《ひと》の鬼《おに》にも取《と》られで淋《さび》しとも思はぬか、習慣《ならはし》あやしく(17)無事《ぶじ》なる朝夕《てうせき》が不思議なり。

昼さへあるに(18)夜《よ》るはまして孤燈《ことう》かげ暗き一室《ま》の壁《かべ》にうつれる我《わ》がかげを友にて、唯一人《たゞひとり》悄然《しやうぜん》と更《ふ》けゆく鐘《かね》をかぞへたらんには、鬼神《きしん》をしのぐ荒《あ》ら男たりとも越《こ》し方《かた》ゆく末《すゑ》の思ひに

(8)　金もうけをたくらむ投機家。
(9)　世間の人々の口。
(10)　余った財産を積み立てたもの。
(11)　人に知られないように恩恵をほどこした。
(12)　その恩恵にあずかったと言って出る人。
(13)　雨の夜などに人々がするうわさ話に枝葉がついて。
(14)　それほどは。
(15)　河原院を俗にしたらこんなものだろうかと思われるほど。河原院は、源氏物語・夕顔の巻の舞台で、左大臣源融の旧宅。荒れ果てても物凄く、夕顔はその邸で、もののけに襲われて死ぬ。
(16)　大切に仕えられている。
(17)　日々の暮らしは普通とは違って。
(18)　昼でさえそんな風であるのに。

迫《せ》まられて涙は襟《えり》に冷《ひや》やかなるべし、時は陰暦《いんれき》の五月《ぐわつ》廿八日《にち》、月なき頃は暮れてほどなけれども闇《やみ》の色ふかく、こんもりと茂《しげ》りて森の如《ごと》くなる屋後《おくご》の樫《かし》の大樹《おおき》に音《おと》づるゝ風の音もの凄《すご》く聞《きこ》えて、其《その》うらてなる底しれずの池に寄る波の音さへ手に取るばかりなるを、聞くともなく聞かぬともなく、紫檀《したん》の机に臂《ひぢ》を持《も》たして、(1)深く思ひいりたる(2)眼《まなこ》は半《なか》ばねぶれる如《ごと》く、折折《をりをり》にさゝ波うつ柳眉《まゆ》(3)の如何《いか》なる愁《うれ》ひやふくむらん、黄《こ》金《がね》を鑠《と》かす此頃《このごろ》の暑さに、こちたき髪(4)のうるさやと洗《す》ましける(5)は今朝《けさ》、おのづからの(6)緑《みどり》したゝらん計《ばかり》なる(7)が肩にかゝりて、こぼるゝ幾筋《いくすぢ》の雪はづかしき(8)頰《ほゝ》にかゝれるほど好色《すき》たる人に評《へう》させんは勿体《もつたい》なし、何《なん》とやら観音《くわんおん》さまの面《おも》かげに似て、それよりは淋しく、それよりは、美くし。

忽《たちま》ち玄関《げんくわん》の方《かた》に何事《なにごと》ぞ起《おこ》りたると覚《おぼ》しく人声《ひとごゑ》俄《にわ》かに聞《きこ》えて平常《たゞ》ならぬに、ねぶれる様なりし美人はふと耳かたぶけぬ、出火《しゆつか》か、闘争《いさかひ》か、よもや老夫婦がと微笑《ほゝゑみ》はもらせど、いぶかしき思ひに襟《えり》を正して(9)猶聞《なほきゝ》とらんと耳をすませば、あわたゞ

(1) ひじをかけて寄りかかって。
(2) 考え込んでいる。
(3) ときどきひそめる美しい眉。
(4) たっぷりと豊かな髪。
(5) 洗い清める。
(6) 自然の。
(7) 黒ぐろと艶のある洗い髪。
(8) たいへん色が白い形容。
(9) 座りなおして。
(10) 読書。

しき足音の廊下《らうか》に高く成《な》りて、お蘭《らん》さま御書見《ごしょけん》(10)で御座《ござ》りまするか、済《す》みませぬがお薬《くす》りを少しと障子《しょうじ》の外より言ふは老婆《ばゝ》の声《こゑ》なり。

何《なん》とせしぞ佐助《さすけ》が病気でも起《おこ》りしか様子によりて薬の品もあれば急《せ》かずに話して聞かせよと言へば、敷居際《しきゐぎは》に両手をつきたる老婆《ばゝ》は慇懃《いんぎん》に、否《いゑ》老爺《ぢゝ》では御座《ござ》りませぬ。今夜《こよひ》も例の如《ごと》く佐助《さすけ》、お庭内《にはうち》の見廻《みまわ》りを済《す》まして御門《ごもん》の締《しま》りを改《あら》ために参《まい》りし、潜《くゞ》り(11)の工合《ぐあひ》のわるくして平常《へいぜい》さわる処《ところ》のあれば夫《そ》を直《なほ》さんとて明《あ》けつ閉《し》めつするほどに、暗《やみ》をてらして彼方《かなた》の大路《おほぢ》より飛《と》び来《く》る車の、提燈《かんばん》(12)に沢瀉《おもだか》の紋《もん》(13)ありしかば気《き》ばやくも浪崎《なみざき》さまの御出来《おはしたる》(14)と思ひて、閉《と》づべき小門《くゞり》を其《その》まゝに待《ま》ち参《まい》らせし、されども夫《そ》れは浪崎《なみざき》さまにては非《あら》ざりしならん(15)。

其《その》車の御門前《ごもんぜん》を過《す》ぐる時、老爺《おやぢ》も知らざりし何時《いつ》の間《ま》にか人のありて、馳《は》せ過《す》ぐる車の輪《わ》に何《なん》として触《ふ》れけん、あつと叫《さけ》ぶ声に驚《おどろ》きし老爺《おやぢ》の我《わ》が額《ひたい》を潜《くゞ》りに打ちし痛さも忘れて転《こ》

(11) 潜りの付いている雨戸。

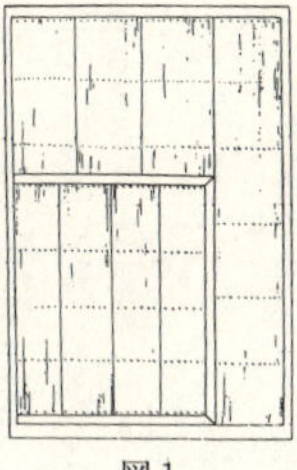

図1

(12) 屋号や家紋を書き入れた提灯。

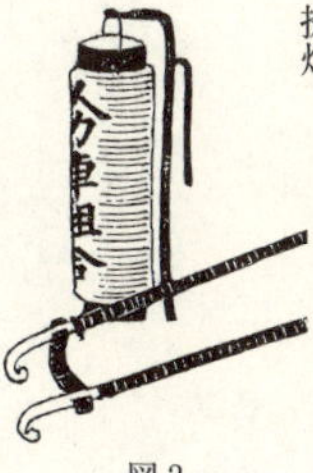

図2

(13) 沢瀉の紋。

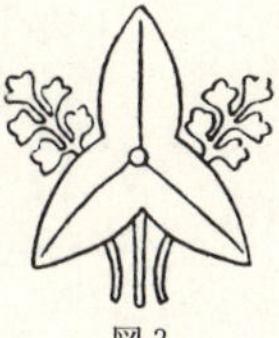

図3

(14) お出でになった。
(15) なかったのでしょうか。

ろび出《いで》しに、憎《に》くきは夫《そ》れと知りつ丶宙《ちう》を飛ばして車は過ぎぬ。

残りし男の負傷《けが》はさしたる事ならねど若きに似合《にあは》ぬ意気地《いくぢ》なしにて、へた〳〵と弱りて起《た》つべき勢ひもなく、半分は死にたるやうな哀《あは》れの情態《さま》、これを見《み》捨《すつ》る事のならぬ老爺《おやぢ》が、お叱《しか》りを受くるかは知らねどお玄関《げんくわん》まで荷《にな》ひ入《い》れしに、まだ人心地《ひとごゝち》のあるやなしなる覚束《おぼつか》なさ、ともかく一ト《ひ》目《め》見《み》ておやり下され、嘘《うそ》ならぬ憐《あは》れさと語りける。

（二）

数日《すじつ》の飢《うゑ》と疲れに綿の如《ごと》く成《な》りし身を又《また》もや車の歯にかけられて、痛みと驚きに魂《たまし》ひいつか身を離れて気息《きそく》の絶《た》えける暫時《しばし》は夢のやう成《な》りしに、馥郁《ふくいく》(1)とせし香《か》の何処《どこ》ともなくして胸の中《うち》すゞしく成《な》ると共に、物に覆《おほ》はれたらん様なりし頭《かしら》の初めて我《わ》れに復《かへ》りて僅《わづ》かに目を開《ひら》きて身辺《あたり》を見《み》廻《め》ぐらせば、気の付《つき》しと見ゆるに薬《くすり》今《いま》少《すこ》しといふ声その枕に聞《きこ》えて、まだ

(1) いっぱいに漂って盛んにかおるさま。

魂《たまし》ひの極楽にや遊ぶいづれ人間の種《たね》(2)ならぬ女菩薩《にょぼさつ》こゝにおはしましけり。

さりとは(3)意地のなき奴、疵《きず》は小指の先を少しかすりて、蜻蛉《とんぼ》おふ小僧《こぞう》が小溝《こみぞ》にはまりても此位《このくらゐ》の負傷《けが》はありうち(4)なるを、気を失なふ馬鹿もなき物ぞ、しつかりして薬でも呑《の》めやと佐助《さすけ》のやかましく小言《こゞと》いふを左様《さう》あらあらしくは言はぬ物、いづれ病後《びやうご》か何《なに》かにて酷《ひど》く疲れて居《ゐ》るらしければ、静かに介《かい》抱《ほう》して遣《や》るがよし。

心を置くべき宿(5)ならねば気を落《おち》つけてゆる〳〵と睡《ねぶ》り給《たま》へ、幾日《いくにち》ありとて此処《こゝ》にはさしつかへも無ければ我家《わがや》へ知らせたしと思はゞ人を遣《や》りて家内《かない》の人をも迎ふべし、不時《ふじ》の災難《さいなん》は誰《たれ》しもあるならひなれば気の毒などの念をさりて思ふまゝの我《わが》まゝを言ふがよし、打見《うちみ》し処《ところ》が病気あがりかとも見ゆるに斯《か》く夜《よ》に入《い》りても家に帰《かへ》らずば、有《あ》らば二タ親《おや》の心配さこそと思はるゝに今宵《こよひ》は此処《こゝ》に泊まる事として人をば宿処《やど》に走らすべし、目前《もくぜん》みての憂《うれ》ひよりは想像《おもひやり》にこそ苦はますなれ、別《ことな》

(2) 血すじ。
(3) なんとまあ。
(4) ありがち。
(5) 気がねするような家。

条《ること》なきよし(1)を知らせて其《その》さま〴〵に走《は》しる想像《おもひやり》の苦を安めたし。

住処《すみか》はいづれぞと問はれて、つらく起《おき》かへる男の頬《ほう》はいたく肉落《にくおち》て、大きやかなる目の光りどんよりと、鼻はひくからねど鼻筋《はなすぢ》いたく窪《くぼ》みて、さらでも(2)さし出《いで》たる額のいよ〴〵いちじるく、生際薄《はへぎはうす》くして延《の》びたる髪は頸《ゑり》をおほへり。物いはんとすれど涙のみこぼれて色もなき唇のぶる〴〵と戦《おのゝ》くは感《かん》の胸に迫《せま》りてにや、お蘭《らん》は静かにさし寄りていざと薬をすゝむれば、手を振りて最《も》早気《はやき》分《ぶん》はたしかで御座《ござ》ります。

帰るべき家なく、案《あん》じ給《たま》ふ親なければ車に引《ひき》ころされぬとも(3)、道に行仆《ゆきだほ》れぬとも我《わ》れ一人天命《ひとりてんめい》を観《くわん》ずる外《ほか》、世間に哀れと見る人もあるまじ、情《なさけ》ある方々《かたぐ》に嬉《うれ》しき詞《ことば》をそゝがるゝは薄命《はくめい》の我《わ》れに中々《なかく》(4)の苦るしみを増《ま》す道理《だうり》なれば、気のつかざりしほど(5)は兎《と》も角《かく》、今は御門外《ごもんぐわい》へ捨《す》てさせ給《たま》へ、命あるほどは憂《う》きを見《み》尽《つく》して魂《たましひ》さりての屍体《から》は痩《や》せ犬の餌食《ゑじき》にならば事《こと》たる身なり。恨《うら》めしかりし車の紋《もん》は沢瀉《おもだか》、暗《やみ》なれども見とめ

(1) 無事なこと。
(2) そうでなくても。
(3) されたとしても。
(4) よけいな。
(5) 気を失っていた間は。

たりし面《おも》かげの主《ぬし》に恨《うら》みは必らず返《か》へせど、情《なさけ》ある君達《きみたち》に御《ご》恩報《おんほう》じの叶《かな》ふべき我《わ》れならず。

さらば免《ゆる》し給《たま》へと身を起《おこ》すに足もと定《さだ》まらずよろ〳〵とするを、扨《さて》もあぶなし道理のわからぬ奴《やつ》め、親がなしとても其《その》身《み》は誰《た》れから貰《もら》ひしぞ、さる無造作《むざうさ》に麁末《そまつ》にして済《す》むべきや、汝《そち》ごとき不了簡《ふりやうけん》もの(6)、有《あ》ればこそ世上《せじやう》(7)の親に物《もの》おもひは絶《た》えざるなれと、我《わ》れも一人もちたる子に苦労《くらう》したりし佐助《さすけ》が、人事《ひとごと》ならず気《き》づかはしさに叱《しか》りつけて座《すわ》らすれば、男は又《また》もや首うなだれて俯《うつ》ぶく。

逆上《ぎやくじやう》してをかしき事を言ふらしければ今宵《こよひ》一夜《よ》こゝに置きて、ゆる〳〵睡《ねぶ》らせたしと老婆《ばゝ》もいふに、男は老夫婦《ふたり》にまかせてお蘭《らん》は我《わ》が居間《ゐま》に戻りぬ。

（三）

籬《まがき》(8)にからむ朝顔の花は一朝《てう》の栄《さか》えに一期《ご》の本懐《ほんくわい》(9)を尽《つ》くすぞかし、我身《わがみ》に定《さだ》まりたる分際《ぶんざい》を知らば為《な》らぬ(10)浮世《うきよ》に思ふ

(6) 心がけのよくない者。
(7) 世の中。
(8) 竹や柴などで目を粗く編んだ垣。

図4

(9) 一生の望み。
(10) 思うままにならぬ。

事あるまじく、甲斐《かひ》なき悶《もだえ》に腸《はらわた》にゆべしやは、(1)さても祖父《ぢい》の世までは一郷《ごう》(2)の名医と呼ばれて切棒《きりぼう》の駕《かご》(3)に畔《あぜ》ゆく村童《わらべ》まで跪《ひざまづ》かせしものを、下《くだ》りゆく運は誰《た》が導《みちび》きの薄命道《はくめいだう》、不幸夭死《ようし》(4)の父につゞきて母は野中《のなか》の草がくれ(5)妻とは言はれぬ身なりしに、浮世《うきよ》はつれなし親族《みより》なりける誰《た》れ彼《か》れが作畧《さくりやく》に、争《あらそ》はんも甲斐《かひ》なや亡《な》き旦那《だんな》さまこそ照覧《しようらん》ましませ(6)、八幡《はちまん》いつはりなき(7)御《お》胤《たね》なれども言ひ張《は》りてからが欲とや言はれん卑賤《ひせん》の身くやしく、涙を包みて宿に下《を》りしは(8)此子《このこ》胎内《たいない》に宿《やど》りて漸《やうや》く七月、主《ぬし》様《さま》うせての二七日なりける、さるほどに狭きは女子《をなご》の心なり、恨《うら》みのつもる世の中あぢきなくなりて、死出《しで》の山踏《やまぶみ》(9)けふや明日やと祈れば、さらでもの初産《ういざん》に血の騒ぎはげしく産み落《おと》せし子の顔も得《え》しらで哀《あは》れ二十一の秋の暮《くれ》一村《むら》しぐれ誘はれて(10)逝《ゆ》きぬ、東西しらぬ昔《むかし》しより父なく母なく生《お》ひたてば、胸毛《むなげ》に埋《う》もれし祖父《ぢい》の懐中《ふところ》よりほかに世の暖かさを身に知らねば、春風氷《しゆんぷうこほり》をとく小田《をだ》のくろ(11)に里《さと》の童《わらべ》が遊びにも洩《も》れて、我《わ》れから木《こ》がくれ(12)のひねれ者(13)に強情《ごうじよう》いよ〳〵つのれば、憐《あは》れをか

(1) 怒りで腸が煮えるようなことがあろうか。
(2) 数村を合わせた、行政上の土地の区域。郡の下にあった。
(3) かつぐ棒の短い駕籠。
(4) 夭折。年若くて死ぬこと。
(5) 日かげの身。
(6) 天より御覧なさいませ。
(7) 八幡に神誓って、うそではない。
(8) 実家に帰ったのは。
(9) 死後に行く冥土にあるという山を踏むのは。
(10) ひとしきり降った時雨に誘われるかのように。
(11) たんぼのあぜ。
(12) 木の陰にかくれること。
(13) ひねくれ者。

くるは祖父《ぢい》一人《ひとり》、世間の人に憎《に》くまる丶ほど不憫《ふびん》や親のなき子は添竹《そへだけ》のなき野末《のずゑ》の菊《きく》の曲《ま》がるもくねるも無理ならず、不運は天にありて身から出《いで》たる罪にもあらぬを親なし子と落《おと》しめる奴原《やつばら》が心は鬼《おに》か蛇《じや》か、よし我等《われら》が頭《かうべ》に宿《やど》り給《たま》ふ神もなき仏もなき世なるべし、世間は我等《われら》が仇敵《かたき》にして、我等《われら》は遂《つ》ひに世間と戦《たゝか》ふべき身なり、祖父《ぢい》なき後《のち》は何処《いづこ》に行《ゆ》きても人の心はつれなければ夢いさ丶かも他人に心をゆるさず、人我《わ》れにつらからば我《わ》れも人につらくなして、とても(14)憎《に》くまる丶ほどならば生中《なまなか》(15)人に媚《こ》びて心にもなき追従《ついしよう》(16)に破《や》れ草鞋《わらんじ》の踏みつけらる丶処業《しわざ》はすなとて口惜《くちを》し涙《なみだ》に明《あ》けくれの無念はれ間《ま》なく、我《わ》が孫かはゆきほど世の人憎《に》くければ此子《このこ》が頭《かしら》に拳《こぶし》一つ当てたる奴《やつ》は仮令《たとへ》村長どのが息子にせよ理非《りひ》は兎《と》に角《かく》相手は我《わ》れと力味《りきみ》たつ、無法の振舞《ふるまい》やうやく募《つの》れば、もとより水呑《みづの》み百姓《びやくせう》の痩田《やせだ》一枚もつ身ならぬに憎《に》くき老《おひ》ぼれが根生骨《こんぜうぼね》、美事《みごと》通《ゝほ》して見よやと計《ばか》り田地《でんぢ》持《も》ちに睨《に》らまれたるぞ最期《さいご》、祖父《い》孫《まご》二人《ふたり》が命は風にまた丶く残燈《ありあけ》(17)の言はんも愚《おろ》かや消ゆる

(14)　どうせ。
(15)　なまじっか。
(16)　他にへつらいおもねること。
(17)　有明行灯。夜明けまでともしておく行灯。

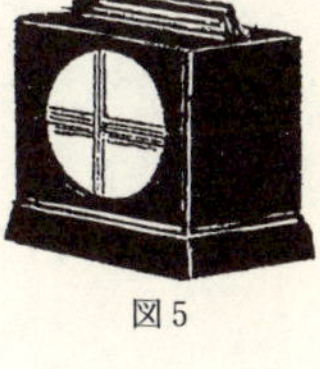
図5

は定《ぢやう》(1)なり。

　娘が死《う》せての十三回忌《くわいき》より老爺《おやぢ》は不起《ふき》の病《やま》ひにかゝりぬ、観念の眼《まなこ》かたく閉《と》ぢては今更《いまさら》の医薬も何《なに》かはせん、哀《あは》れの孫と頑固《かたくな》の翁《おきな》と唯二人《たゞふたり》、傾《かたぶ》きたる命運を茅屋《わらや》が軒《のき》の月にながめて、人きかば魂《たま》や消《け》ぬべき凄《すご》く無惨《むざん》の詞《ことば》を残して我《わ》れは流石《さすが》に終焉《しうゑん》みだれず(2)、合唱《がつしやう》すべき仏もなしとや嘲《あざ》ける如《ごと》き笑《ゑ》みを昼に止《とゞ》めて、行方《ゆくへ》は何処《いづこ》ぞ地獄天堂《ぢごくてんだう》(3)、三寸《ずん》(4)息たえて萬事《ばんじ》休《や》みぬ。

　残りし孫ぞ即《すなは》ち今日《けふ》の高木直次郎《たかぎなほじらう》、とる年《とし》は十九、つもりし憂《う》きは量《はか》るも哀《あは》れや、仰《あふ》げば高き鹿野山《かのざん》(5)の麓《ふもと》をはなれ天羽郡《あまはごほり》と聞《きこ》えし生《うま》れ故郷《こけう》を振《ふり》すてけるより、おのれやれ(6)世に捨てられ物の我《わ》れ一身《しん》を犠牲《いけにへ》に、こゝ東京に医学の修業《しゆげう》して聞伝《きゝつた》へたる家の風いざやとばかり(7)、母と祖父《ぢい》との恨《うら》みを負ひて誰《た》れにか談合《はか》らん心一つを杖《つゑ》に、出《い》で都《みやこ》に人鬼《ひとおに》はなくとも何処《いづこ》の里にも用ひらるゝは才子、よしや軽薄《けいはく》のそしりはありとも口振《くちぶり》利口《りこう》に取廻《とりまわ》(8)しの小器用《こぎよう》なるを人喜《ひとよろこ》ぶぞかし、孟嘗《もうしやう》

(1) 必定。
(2) 最期はいさぎよく。
(3) 地獄か、極楽浄土か。
(4) 胸。
(5) 千葉県房総半島にある山。
(6) なにくそ。
(7) 聞き伝えの医者の家風で、さてやってみようと。
(8) とりなし。

君《くん》(9)今の世にあらばいざ知らず、癖《くせ》づきし心は組糸《くみいと》をときたる如《ごと》く、はてもなくこぢれて微塵《みぢん》(10) 愛敬《あいけう》のなきに、仕業《しわざ》も拙《せつ》なりや某博士《ぼうはかせ》誰《た》れ院長《ゐんちやう》の玄関先《げんくわんさき》に熱心あふるゝ、弁舌《べんぜつ》さわやかならず、自《みづか》ら食客《しよくかく》の糶売《せりうり》したりとて(11)誰《た》れかは正気《しやうき》に聞くべき何処《いづこ》にも狂気《きやうき》あつかひ情《なさけ》なく、さる処《ところ》にて乞食《こつじき》とあやまたれし時御台処《おだいどころ》に呼《よび》こまれて一飯《ぱん》の御馳走《ごちそう》下《くだ》しおかれしを、さりとは無礼失礼奇怪至極《ぶれいしつれいきくわいしごく》と蹴返《けか》へす膳部《ぜんぶ》に一喝《かつ》して出《いで》ぬ。

野猪《しゝ》に似《に》たりし勇《ゆう》のみあふれて智恵《ちゑ》は袋《ふくろ》の底にや沈《しづ》みし、誰《た》が目に見ても看板うつて相違《さうゐ》なき(12)愚人《ぐじん》と知らるれば、流石《さすが》に憐れむ人もありて心は低くせよ身を惜《を》しむな、其身《そのみ》に合ひたる労働《はたらき》ならば夫《そ》れ相応《さうおう》に世話しても取らすべしとて、湯屋《ゆや》の木拾《きひろ》ひ、蕎麦《そば》やのかつぎ(13)、権助《ごんすけ》(14)庭男《にはをとこ》の数《かず》を尽《つ》くして、一年がほどに目見《めみ》へ(15)の数《かず》は三十軒、三日と保《たも》たず随徳寺《ずゐとくじ》(16)はまだよし、内儀様《かみさま》のじやらくらの鬢《びん》たぼ(17)胸《むね》わるやと張仆《はりたほ》して馳《は》せ出《いで》けるもあり、旦那《だんな》どのと口論《こうろん》のはては腕立《うでだて》(18)の始末《しまつ》はづかしく、警察のお世話にも幾度とかや、又《また》ぞろ此処《こゝ》も敵《かたき》の中《なか》と自《みづか》

(9) 中国戦国時代の斉の宰相。来客を厚くもてなし、食客が数千人にのぼったという。
(10) すこしも。
(11) 居候においてくれと安売りしたところで。
(12) 正真正銘の。
(13) そば屋の出前持ち。

図6

(14) 下男や飯炊き男。
(15) 正式に雇われる前の見習い。
(16) ずいとそのまま飛び出すということを、しゃれて言うもの。
(17) だらしのない髪の結いぶり。「鬢」は日本髪の両側、「たぼ」は後ろの部分（五〇頁図8参照）。
(18) 腕力で他と争うこと。

ら定《さだ》めぬ。

木賃宿《きちんやど》とて燈火暗《ともしびくら》き場末《ばすゑ》の旅店《りよてん》に帳《ちよう》つけ(1)といふ物して送りける昨日今日《きのふけふ》、主人が軽侮《けいぶ》の一言《ごん》に持病《ぢびよう》(2)むら〳〵として発《おこ》れば、何《なに》か堪《こら》へん筆へし折《を》りて硯《すゞり》を投げつけつ、さして行手《ゆくて》は東西南北、ふすや野山の当《あ》てもなき身に高言吐《こうげんは》きちらして飛び出《いだ》せば、それよりの一飯《ぱん》も如何《いかゞ》はすべき、舌かみ切つて死なん際《きわ》まで人の軒端《のきば》に立つ男ならねば、今日《けふ》も暮れぬる入相《いりあひ》の鐘《かね》(3)にさても塒《ねぐら》をしらぬ身は旅烏《たびがらす》にも劣《おと》りつべく、来《く》るともなく行《ゆ》くともなく、よろめき来たりし松川屋敷《まつかはやしき》の表門《おもてもん》、驚破《すは》(4)といふ間《ま》に挽過《ひきすぎ》し車ぞ佐助《さすけ》も見たりし沢瀉《おもだか》の紋《もん》なる。

（四）

此処《こゝ》に助けられたる夜《よ》より三日がほどを夢に過《す》ぐせば記憶《おぼえ》はたしかならねど最初《はじめ》の夜《よ》見たりし女菩薩枕《によぼさつまくら》のもとにありて介抱《かいほう》し給《たま》ふと覚《おぼ》しく、朧気《おぼろげ》ながら美くしき御声《おんこゑ》になぐさめられ、柔《やは》らかき御手《おんて》に抱《いだ》かるゝ我《わ》れは宛然天上界《さながらてんじやうかい》に生《うま》れたらん

(1) 帳面に書きつける役。
(2) 身についた悪い癖。
(3) 夕暮れにつく鐘。
(4) あっ。

如《ごと》く、覚《さ》めなばはかなや花間《くわかん》の胡蝶《こてふ》、我《わ》れは人かの境《さかい》(5)に睡《ねぶ》りぬ。

浮世《うきよ》の中の淋《さび》しき時、人の心のつらき時、我《わ》が手にすがれ、我《わ》が膝《ひざ》にのぼれ、共に携《たづさ》へて野山に遊ばゝや、悲しき涙を人には包むとも我《わ》れにはよしや滝《たき》つ瀬《せ》(6)も拭《ぬぐ》ふ袂《たもと》は此処《こゝ》にあり、我《わ》れは汝《なんぢ》が心の愚《おろ》かなるも卑《いや》しからず、汝《なんぢ》が心の邪《よこしま》なるも憎《に》くからず、過《すぎ》にし方《かた》に犯《おか》したる罪の身をくるしめて今更《いまさら》の悔《くや》みに人知《し》らぬ胸(7)を抱《いだ》かば、我《わ》れに語りて清《すゞ》しき風を心に呼ぶべし、恨《うら》めしき時くやしき時はづかしき時、失望の時、落胆《らくたん》の時、世の中すてて山に入《い》りたき時、人を殺して財《もの》を得《え》たき時、高位を得《え》たき時、高官にのぼりたき時、花を見んと思ふ時、月を眺めんと思ふ時、風をまつ時、雲をのぞむ時、棹《さほ》さす小舟《をぶね》の波のうちにも、嵐にむせぶ山のかげにも、日かげに踈《うと》き谷の底にも、我身《わがみ》は常に汝《なんぢ》が身に添《そ》ひて、水無月《みなづき》の日影《ひかげ》つち裂《さ》くる時(8)は清水《しみづ》となりて渇《かわ》きも癒《い》やさん、師走《しはす》の空の雪みぞれ寒き夕べの皮衣《かはごろも》(9)とも成《なり》ぬべし、汝《なんぢ》は我《わ》れと離るべき物

(5) 自分なのか他人なのか、はっきりしないこと。
(6) 滝。
(7) 人の知らない秘密。
(8) 六月のひでり続きで地割れする時。
(9) 毛皮でつくった着物。

ならず、我《わ》れは汝《なんぢ》と離るべき中《うち》ならず、醜美善悪曲直邪《しうびぜんあくきよくちよくじや》正《せい》、あれもなし、これもなし、我《わ》れに隠《か》くすことなく、我《わ》れに包むことなく、心安く長閑《のどか》に落付《おちつき》て、我《わ》が此腕《このかひな》に寄《よ》り此膝《このひざ》の上に睡《ねぶ》るべしとの給《たま》ふ御声心身《おんこゑしんみ》にひゞく度々《たびく》、何処《いづこ》の誰《た》れ様《さま》ぞ斯《か》くは優しの御言葉《おんことば》と伏拝《ふしおが》む手先《てさき》ものに触《ふ》れて魂《たましい》我《わ》れにかへれば苦熱《くねつ》その身に燃ゆるが如《ごと》かりし。

斯《か》くて眠《ねぶ》りつ覚《さ》めつ覚《さ》めつ眠《ねぶ》りつ、今日《けふ》ぞ一週といふ其午《そのひる》後《すぎ》より我れと覚《おぼ》えて粥《かゆ》の湯《ゆ》のゆくやうに(1)成《な》りぬ、やかましけれども心切《しんせつ》あふるゝ佐助翁《さすけおやぢ》の介抱《かいほう》、おそよが待遇《もてなし》、いづれもいづれも心づきては涙こぼるゝ、優しの人人《ひとびと》に、聞けば病中《びやうちう》の有様《ありさま》の乱暴狼藉《らんぼうらうぜき》、あばれ次第《しだい》にあばれ、狂《くる》ひ放題《ほうだい》くるひて、今も額《ひたゐ》に残るおそよが向《むか》ふ疵《きず》は、我《わ》が投《なげ》つけし湯呑《ゆのみ》の痕《あと》と説《と》明《か》れて、微塵立腹気《みぢんりつぷくげ》もなき笑顔《ゑがほ》気の毒《どく》に、今更《いまさら》の汗腋下《あせわき》を伝へば後悔《こうくわい》の念《ねん》かしらにのぼりて平常《へいぜい》の心の現《あら》はれける我《わ》れ恥《はづ》かしく、さても如何《いか》なる事をか申《まをし》たる、お前様お二人《ふたり》のほかに聞かれし人はなきかと裏《うら》どへば(2)佐《さ》助《すけ》大笑《おほわら》ひに笑《わら》ひて聞かせ

(1) 重湯のような粥がのどを通るように。

(2) それとなく探れば。

たしとても人気《ひとけ》のござらねば耳引《みゝひき》たつるは天井《てんぜう》の鼠《ねづみ》か壁《かべ》を伝ふ蜥蜴《とかげ》、我々二人にお嬢様をおきては此大伽藍《このおほがらん》(3)に犬の子のかげもなく、一年三百六十五日《にち》客の来る事なく客に行《ゆ》く事なく、無人《ぶにん》屋敷《やしき》の夫《そ》れに心配はなけれども気の付かれなば淋《さび》しさに堪《た》へがたく、今までの夢なりし代《かは》りに今宵《こよひ》よりは瞼《まぶた》(4)ふつに合はず、寐《ね》られぬ枕に軒《のき》の松風、さりとは馴《な》れぬ身に気の毒やとあれば、其《その》お嬢様と聞《きゝ》まするは何時《いつ》も枕辺《こゝ》にお出《いで》たるお人か、いかにも其通《そのとほ》りと言はれて、さらば夢にも非《あら》ざりけり。現《うつゝ》か、優しき御声《おんこゑ》に朝夕《てうせき》を慰《なぐ》さめ給《たま》ひしは、夢か、御膝《おんひざ》に抱《いだ》き給《たま》ひしは、正気《しようき》づきゆく日数《ひかず》にそへて、目前《まのあたり》お蘭《らん》さまと物《もの》いふにつけて、分《わか》らぬ思ひは同じ処《ところ》を行廻《ゆきめぐ》り行《ゆき》めぐり、夢に見たりし女菩薩《にょぼさつ》をお蘭《らん》さまと為《す》れば、今見るお蘭《らん》さまは御《おん》人《ひと》かはりて、我《わ》れに無情《つれなし》とにはあらねど、一重《ゑ》隔《へだ》ての中垣《なかがき》(5)に、きつとして馴《な》れがたき素振《そぶり》は何《なん》として御手《おんて》にすがるべき、何《なん》として御膝《おんひざ》にのぼらるべき、悲しき涙を拭《ぬぐ》へと仰《おほ》せられしお袖《そで》の端《は》の端《はし》のはしにも我《わ》が手のもしも触《ふ》れたらば恥《はづ》かしく

(3) 広くがらんとした屋敷。

(4) まったく。

(5) 間に一枚のへだてるものがあって。

恐ろしく我身《わがみ》はふるへて我《わ》が息はとまりぬべく、総《さう》じて夢中に見《まみ》へし女《ひと》は嬉《うれ》しく床《ゆか》しくなつかしく、親しさは我《わ》れに覚《おぼ》えなけれど母のやうにも有《あり》けるを、現在のお蘭様《らんさま》は懐《なつ》かしく床《ゆか》しきほかに恐ろしく怕《こわ》きやうにて身も心も一つになどと懸《か》けても仰《おほ》せられん事か(1)、見たりしには異《こと》なる(2)島田《しまだ》髷《まげ》(3)に、美相《びさう》は斯《か》くぞおぼえし夢中の面《おも》かげを止《とゞ》めて、御声《おんこゑ》も斯《か》くぞ有《あり》し朝《てう》夕《せき》の慰問《いもん》うれしけれど、思へば此処《こゝ》も他人の宿なり、心はゆるすまじき他人の宿なり、いざゝらば行《ゆ》かん、此《この》やさしげなるお蘭《らん》さまの許《もと》をも辞《じ》して。

(1) 決しておっしゃりそうもない。
(2) 夢の中で見たのとはちがう。
(3) 未婚の娘の髪形で、人気があった。

図7

(五)

さらば行《ゆ》かんと思ひ立《たち》しより直次郎《なほじらう》、しばしも待たぬ心は弦《つる》をはなれし矢のやうに一《ひ》ト筋《すぢ》にはしりて此《この》まゝのお暇乞《いとまごひ》を佐助《さすけ》に通じてお蘭《らん》さまにと申上《まをしあぐ》れば、てもさてもと驚かれて、鏡を見給《みたま》へ未《ま》だ其顔色《そのいろ》にて何処《いづこ》へ行《ゆ》かんとぞ、強情《がうぜう》は平常《つね》の時、病《やま》ひに勝《か》てぬは人の身なるに、其《その》やうな気短《きみじ》かはいはで心静かに養生《やうじやう》をせであらんやは最初《はじめ》よりいひしやうに此家《こゝ》には少しも心をおかず遠慮《ゑんりよ》も入《い》らず斟酌《しんしやく》も無用にして見かへすやうな丈夫《ぢやうぶ》の人になりて給《たま》はらば嬉《うれ》しかるべし、袖《そで》すり合《あ》ふも他生《たしやう》の縁《ゑん》と聞くを仮初《かりそめ》ながら十日ごし(4)も見馴《みな》れては他処《よそ》の人とも思《おも》はれぬに、帰るに家なしとかいひし一《ひ》ト言《こと》の怪《あや》しきを思へば、いづれ普通《なみ》ならぬ悲しき境《さかい》にさまよふにこそ、我《わ》れも見給《みたま》ふ通りの有様《ありさま》にあれゆく邸《やしき》の末はいかならん、はかなき身にもよそへられて(5)弥々《いよく》おもはるゝは浮世《うきよ》の浪《なみ》にもまれゆきて漂《たゞよ》ひつかれし人の上《うへ》なり、何《なに》も女の力たらで談合《かたらふ》に甲斐《か》《ひ》なしとも、同じ心は栄花《ゑいぐわ》にあきし世の人よりも持つ物ぞや、我れに遠慮あらば佐助《さすけ》もありそよもあり、あの年浪《としなみ》のよるほどには稽古《けいこ》もつみて世渡《よわた》りの道も知らぬではなく、夫《それ》こそ相談の相手にもなるべし、家は化物屋敷《ばけものやしき》のやうなれど人鬼《ひとおに》の住《すみ》家《か》でもなければ、さのみは物恐(6)《ものお》ぢをし給《たま》ふなと少し笑ひておく蘭《らん》さまの仰《おほ》せらるゝは我《わ》が意気地《いくぢ》なくくだらなき奴《やつ》を見ぬき給《たま》ひてなぶり給《たま》ふにや、誠に我《わ》れは此処《こゝ》を離れて何処《いづこ》へ行《ゆ》か

（4）一時のことではあるが。
（5）はかない自分にも引きくらべられて。
（6）そうむやみと。

ん目的《あて》もなく、道にて病《や》まば誰《た》れかは助けん其《その》まゝの行仆《ゆきだほ》れと、我身《わがみ》の弱きに心さへ折れて、恥《はづ》かしけれど直次郎《なほじらう》はじめの勢《いきほ》ひには似ず強《しい》てもとは言はざりけり。

老夫婦《ふたり》は猶《なほ》もお蘭様《らんさま》が詞《ことば》の幾倍《いくばい》を加へて、今少し身体《からだ》のたしかになるまでは我等《われら》が願ひても此家《こゝ》に止《とゞ》めたしと思ひしを、嬢さまよりのお言葉なれば、今は天下はれてのお食客《いそうらう》ぞや、肩身《かたみ》を広く思ふ事をもなし此邸《こゝ》の用をも助《す》けて大《おほい》に働くがよかるべし、若き者の愚図愚図《ぐづ〱》と日を送るは何《なに》よりの毒なればとて身にあふほどの用事を彼《あ》れ是《こ》れと宛《あて》がひて、家内《かない》の者のやうにあつかはるれば、それに引かれて気の毒も薄く、一日二日三日四日、さらばお詞《ことば》にあまへてとも言はねど、やう〱に根の生《は》へて(1)我《わ》れも分らぬ日を何《なに》とはなしに送りぬ。

さしも広かる邸内《ていない》を手入れの届《とゞ》かねば木はいや茂《しげ》りに茂《しげ》りて、折《をり》しもあれ夏草処得《なつぐさところえ》がほ(2)にひろがれば、忘《わす》れ草《ぐさ》(3)しのぶ草《ぐさ》(4)それ等《ら》は論《ろん》(5)なし、刈《か》るも物《もの》うき雑草《ざつさう》のしげみをたどりて裏手《うらて》にめぐれば幾抱《いくかゝ》への松《まつ》が枝《え》大蛇《だいじや》の水にのぞめる如《ごと》くうねりて、

(1) 落ち着いて。
(2) よい場所を得たとばかりに。
(3) ヤブカンゾウ（ユリ科）の別名。

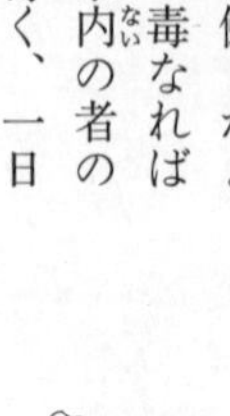
図8

(4) シノブ（シノブ科）のこと。

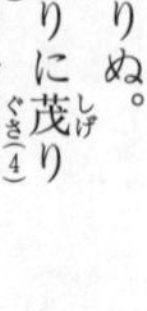
図9

(5) 言うまでもない。
(6) 濡れる。
(7) 「あずまや」の略。

下枝《しづえ》はぬるゝ(6)古池《ふるいけ》の深《ふか》さ幾《いく》ばくぞ、昔《むかし》は東屋《あづまや》のたてりし処《ところ》とて、小高《こだか》き所の今も余波《なごり》は見ゆれど、まやの(7)余《あま》りも浅《あさ》ましく(8)あれて、秋風ふかねど入日《いりひ》かげろふ夕ぐれなどは独《ひと》りたつまじき(9)怪《あやし》の心さへ呼《よび》おこすべく、見渡す限り物すさまじき宿に、さらでも沈みがちの直次郎《なほじらう》、明けぬれど暮れぬれど淋しき思ひは満身《まんしん》をおそひて弥々《いよ〳〵》浮世《うきよ》に遠ざかるやうなり。

月にも暗《やみ》にもをかしきは夏の夜《よ》といへど(10)斯《かゝ》る宿《やど》の夕月《ゆふづき》よ、五条《ぢよう》わたりの軒《のき》のつまならば夕《ゆふ》がほの猶《なほ》や花々《はな〴〵》しかるべき、(11)お蘭《らん》さまの居間《ゐま》といへるは廊下《らうか》いく曲《まが》りはるかに放《はな》れて、独《ひと》りや物思《ものおも》ふよべど答へも松風《まつかぜ》の音ものさわがしき奥の奥の奥座敷なり、直次《なほじ》は老夫婦《ふたり》と共に玄関近《げんくわんちか》き処《ところ》にあれば一家《か》のうちながら自《おのづか》らの隔《へだ》てに病中《びやうちう》とは異《こと》なりて打《うち》とけて物いふ事も少なく、佐助《さすけ》おそよとても嬢様《ぢようさま》をば神様のやうにいつきまつりて、(12)大事に大事に大事に、我《わ》が命はよしや芥《あくた》の捨《す》てもせん、(13)此御為《このおんため》ならばと忠義《ちうぎ》は然《さ》る事《こと》ながら、唯《たゞ》おそれて惶《かしこ》みて、此《こ》処《こ》に盛《さか》りの名花《めいくわ》一木《き》ちらさじ折《を》らさじと注縄《しめ》引《ひき》はへて(14)垣《かき》の外《そと》

(8) はなはだしく。
(9) 一人で立っていられないような。
(10) 月のころも闇の夜も趣きのあるのは夏の夜と言うが。枕草子一段を引く。
(11) 源氏物語・夕顔の巻を引く。源氏が五条にある乳母の家を訪ねて、隣家に咲く夕顔に目をひかれるところ。
(12) 神に仕えるように、大切に世話をして。
(13) たとえちりあくたのように捨てようとも。
(14) 長く張りめぐらして。

図10

より守るが如《ごと》く馴《な》れての睦《むつ》みのあらされば直次《なほじ》もいつか引《ひき》いれられて、我《わ》れは食客《しよくかく》の上下相通《さうつう》の身ながら、(1)さながらお主《しゆう》様《さま》のやうにぞ覚《おぼ》えける、されば月の頃の夕納涼《ゆふすゞみ》とて団扇《うちは》かた手に浮世物《うきよもの》がたり(2)声たからかと昼の暑《あ》つさを若竹《わかたけ》の葉風《はかぜ》に払《はら》ひて蚊遣《かやり》の烟《けぶ》り空になびかする軽々《かるぐ》しきすさび(3)もあらねば、何《なん》として分《わか》るべきお蘭《らん》さまの人となりも此家《このや》の素性《すぜう》も、唯《たゞ》雲をつかむやうの想像に虚実《きよじつ》は知らず佐助《さすけ》おそよが物がたりを加へて、僅《わづ》かに松川何某《まつかはなにがし》といひし財産家《ざいさんか》の浮世《うきよ》にはづれ易《やす》き投機《やま》にかゝりて、花を望みし峯《みね》の白雲《しらくも》あとなく消ゆれば、残るはお蘭様《らんさま》のお身一つと、痛はしや脊負《せお》ひあまる負債《もの》(4)もあり、あはれ此処《こゝ》なる邸《やしき》も他人の所有《もの》と唯《たゞ》これだけを暁《さと》り得《え》ぬ。

六

庭草《にはくさ》におく露玉《つゆたま》をつらねて吹風《ふくかぜ》心地よきある朝ぼらけ(5)のこと、おらん様いつより早くお起《お》きなされて、今日《けふ》は父様《とゝさま》の御《ご》命日《めいにち》なればお花は我《わ》れが剪《き》りて奉《たてまつ》らんとて花鋏手《はなばさみて》にして庭へ

(1) 食客であって主従ではないから、上下はあっても通じあえる身。
(2) 世間話。
(3) 気軽な慰みごと。
(4) 背負いきれない。
(5) 朝、おぼろに明るくなってくるころ。

下《を》りるゝに、撫子《なでしこ》ならば裏の方《はう》が美くしとて直次《なほじ》も続いて跡《あと》を追ひぬ。

いつぞは問はんと思ひし此処《こゝ》の様子をお蘭《らん》さまが口づから聞くよしもや(6)と直次郎《なほじらう》、例に似ず口軽《くちがる》に物《もの》いへばお蘭《らん》さまも機嫌《きげん》よげにて、早百合《さゆり》撫子《なでしこ》あれこれの花は剪《き》りて後《のち》も我《わ》が庭ながら物めづらしげに見あるき給《たま》ふ嬉《うれ》しさ、直次《なほじ》は何気《なにげ》なき体《てい》にて今日《けふ》のお志《こゝろざ》しは御父上様《おちゝうへさま》とか、お前様は幾歳《いくつ》にて別れ給《たま》ひしぞと問へば、汝《そなた》も早くよりの一人者《ひとりもの》とや我《わ》れによく似し事かなとほゝゑまる。

此坂《このさか》を下《お》りて彼方《かしこ》へ行《ゆき》て暫時《しばし》やすまん、つかれては話しも厭《い》やなればと仰《おほ》せあるに、さらば帰り給《たま》ふか、厭々《いやく》、今しばし遊ばんとて苔《こけ》なめらかなる小道を下《くだ》らるゝに、(7)おあぶなしと言へば、気の毒なれど其肩《そのかた》をかし給《たま》へとてつと寄りて此処《こゝ》を下《を》りぬ。

下《お》りて出《いづ》るは例の池の岸なり、木の切株《きりかぶ》の平《たい》らなるに塵《ちり》を払《はら》ひて此処《こゝ》にお休みなされよと言へば、嬉《うれ》しき事よの今日《けふ》は

(6) お蘭さま自身の口から聞く機会もあろうかと。

(7) 急に。

弟《おとゝ》の介抱《かいほう》を受くるやうなり其方《そなた》も此処《こゝ》へ休まばよきにと半分を譲《ゆづ》らるれば、何《なに》として勿体《もつたい》もなき事と直次《なほじ》は前なる枯草《かれくさ》の中へうづくまりぬ。

其方《そなた》も早くに二《ふ》タ親《おや》とも世をさりしとか、我《わ》れも母なりし人の顔はしらで、育ちしは父上の手一つなれば、恋しさなつかしさは又《また》一倍に覚《おぼ》ゆるぞかし、平常《つね》はともあれ由縁《ゆかり》ある日(1)はこと更《さら》に思ひ出《いで》られて、紛《まぎ》らさんとても気の紛《まぎ》れぬは今日《けふ》なり。其方《そなた》にも其覚《そのおぼ》えは有《あ》るべしとあるに、誠に其通《そのとほ》りとて直次《なほじ》も涙ぐまれぬ。さてもお父様《とゝさま》は幾年《いくねん》の前にか失《う》せ給《たま》ひし、お前様の親御様《おやごさま》なれば御年《おんとし》もまだお若く有《あり》しならんと問へば、いや若しといふほどにはあらず、別れしは八年の前、おもへば夢のやうな別れ成《な》りしとあるに、さらば御病気《ごびやうき》は俄《にはか》の病《やま》ひにてや有《あり》しと畳《たゝみ》かけて問へば、何《なん》の病気かは(2)、我《わ》が父は是《こ》れ此池《このいけ》に身を沈め給《たま》ひしなり。

直次《なほじ》が驚愕《おどろき》に青ざめし面《おもて》を斜《なゝめ》に見下《みおろ》してお蘭様《らんさま》は冷《ひや》やかなる眼中《まなこ》に笑みを浮かべて、水の底にも都のありと詠《よ》みて帝《みかど》を

(1) 命日。
(2) なんのなんの、病気などであろうか。

誘《いざな》ひし尼君《あまぎみ》(3)が心はしらず、我《わ》が父は此世《このよ》の憂《う》きにあきて何処《いづこ》にもせよ静かに眠《ねぶ》る処《ところ》をと求め給《たま》ひしなり、浪《なみ》は表面《おもて》にさはぐと見ゆれど思へば此底《このそこ》は静《しづか》なるべし、世の憂《う》き時のかくれ家《が》は山辺《やまべ》も浅《あさ》し海辺《うみべ》もせんなし唯《たゞ》この池の底のみは住《すみ》よかるべしとて静かに池の面《おも》を見やられぬ。

吹風松《ふくかぜまつ》の梢《こずゑ》に高く音《おと》づるれば、やがてさゞ波池の面《おもて》におこりて草のそよぎも後《うしろ》の見らるゝに(4)お蘭《らん》さまは猶《なほ》たたんともし給《たま》はず、直次《なほじ》は何故《なぜ》そのやうにかしこまりてのみ居《ゐ》るのぞや我《わ》れ斗《ばかり》ならで汝《そなた》も何《なん》ぞ話して聞かせよと仰《おほ》せらるゝに、いよ〳〵詞《ことば》のふさがりてさしうつむけば、困りし人よ女のやうな男と笑はれて、今更《いまさら》消えぬ心の恐れも顔色《いろ》に出《いで》て笑《わらは》るゝにや、我《わ》が意気地《いくぢ》なきに比べてお蘭《らん》さまは何《ど》れほど強き心を持てば彼《あ》のやうに平気に落《おち》つきてすら〳〵と物語をつゞけらるゝならん、我《わ》れは聞くのみにも胆《きも》の冷《ひ》ゆるやうなるをと、物は言はで御顔《おんかほ》を打守《うちまも》れば、思ひなしにや流石《さすが》に色は青白くみゆ。

さりながら此《この》はなしは他人《ひと》に聞かすまじきぞや、物いひさ

(3) 壇の浦で、波の底にも都の候ぞと、安徳帝を抱いて入水した平清盛の妻二位の尼をさす。

(4) 草のそよぐ音にさえ、はっと後ろを振り向くほどなのに。

がなきは(1)世のならひながら親のことなれば口惜《くちを》しきぞかし、汝《そなた》とてもこれを知りては此処《こゝ》は厭《い》やとおもうやふに成《な》るべきか、さらば話すのでは無かりしにと少し景色《けしき》(2)のかはりて言へば、何《なん》として何《なん》として、其様《そのやう》なこと思ふて成《な》りませうや、又《また》口外《こうぐわい》などはもとよりの事、夢さら(3)御心配なされますなといへば、誠に我《わ》が弟同様《おとゝどうやう》におもふ心易《こゝろやす》(4)だてより底の見えるやうな事《こと》聞かせし恥《はづ》かしさ、何《なに》も聞《きゝ》ながしにし給《たま》へ、さらば行《ゆ》かんと立《たち》あがるに、花は我《わ》が持ちて参《まゐ》らん、いや夫《そ》れよりは手を助けて給《たま》はれとて、例の脇路《わきみち》にかゝりし時しろく美くしき手を直次《なほじ》が肩にかけつゝ、小作《こづく》りに見ゆれど流石《さすが》に男は丈《たけ》の高きものかな、汝《そなた》は幾歳《いくつ》ぞや十九か二十か、我《わ》れに比《く》らべてよほどの弟《おとゝ》とおぼゆるに、我《わ》れはまあ幾歳《いくつ》ほどに見ゆるぞや、されば一ツ二ツの姉君《あねぎみ》か、何《なん》として何《なん》として、すがれ(5)と言ふ三十は頓《やが》てほどなき二十五といふ、それは誠か、何《なん》たる御若《おんわか》さといへば、褒《ほ》めるのかや誹《そし》るのかやとて御顔《おんかほ》あかみぬ。

(1) 他人のことを口悪く言いふらしがちなのは。

(2) 顔色。

(3) ゆめゆめ。

(4) 親しいことになれて、配慮に欠けること。

(5) 盛りが過ぎた。

（七）

女子《をなご》は温順《すなほ》にやさしくば事たりぬべし、生中持《なまなかも》ちたる一節《ふし》(6)のよきに随《したが》ひてよきは格別《かくべつ》、(7)浮世《うきよ》の浪風《なみかぜ》さかしまに当《あた》りて、道のちまたの二《ふ》タ筋《すぢ》(8)にいざや何処《いづこ》と決心の当時《たうじ》、不運の一煽《あほ》りに炎《ほのほ》(9)あらぬ方《かた》へと燃へあがりては、お釈伽《しやか》さま孔子《こうし》さま両の手を取らへて御異見《ごいけん》あそばさるゝとも、無用のお談義《だんぎ》(10)お置きなされ、聞かぬ聞かぬと振《ふり》(11)のくる顔の、眼《まなこ》に涙《なみだ》はたゝゆるとも見せじこぼさじ是《こ》れを浮世《うきよ》の強情我慢《がうぜうがまん》といふぞかし、天《てん》のなせる麗質《れいしつ》よきは顔のみか、姿とゝのひて育ちも美事《みごと》に、斯《か》くながら(12)人の妻とも呼ばれたらば打つに点なき(13)潔白無垢《けつぱくむく》の身なりけるを、はかなきはお蘭《らん》の身の上なり、天地《てんち》に一人の父を亡《うし》なひて、しかも病《やま》ひの床《とこ》に看護《かんご》の幾日《いくじつ》、これも天寿《てんじゆ》と医薬《いやく》の後《のち》ならばさてもあるべし、世上《せじやう》に山師《やまし》のそしりを残して、あるべき事か我《わ》れと我《わ》が手に水底《みなそこ》の泡《あわ》と消えたる原因《おこり》の罪はと数《かぞ》ふれば、流石《さすが》に天道是非無差別《てんだうぜひむしやべつ》(14)といひがたけれど、

(6) なまじしっかりした意志を持つために。
(7) 好運に恵まれて順調なときは別として。
(8) 運、不運二筋のわかれ道に立って。
(9) 怒りの炎。
(10) ご意見。
(11) そむける。
(12) このままで。
(13) 非のうちどころのない。
(14) 天地自然の道は是も非も差別はせず、公平だ。

口に正義の髭《ひげ》つき立派なる方様《かたさま》(1)のうちに恐《おそ》ろしや実《まこと》の罪はありける物《もの》を、手先に使はれける父が身はあはれ露払《つゆはら》ひなる先《さき》供《とも》(2)なりけり、毒味《どくみ》の膳《ぜん》に当《あ》てられて一人犠牲《ぎせい》にのぼりたればこそ残る人々の枕《まくら》高く、春のよの夢花をも見るなれ、さては恩ある忘れがたみに切《せ》めては露《つゆ》の情《なさけ》もあるべきを、あれゆく門《かど》に馬車《うまくるま》(3)あとたえて行《ゆ》かば恐《おそ》ろし世上《せじやう》の口と、(4)きたなき物は人心《ひとごゝろ》ならずや、巫峡《ふきやう》の水の木《こ》の葉舟《はぶね》(5)かゝる流れにのりたるお蘭《らん》が、悲しさ怕《こわ》さ口惜《くちを》しさの乙女心《おとめごゝろ》に染込《しみこみ》て、よしさらば我《わ》れも父の子やりてのくべし、悪ならば悪にてもよし、善とはもとより言はれまじき素性《すぜう》の表面《うわべ》を温和《おんわ》につゝんでいざ一《ひ》と働《はたら》き、仆《たほ》れてやまば夫《そ》れまでよ、父は黄泉《よみぢ》に小手招《こてまね》きして九品蓮台《ぼんれんだい》の上品《じやうぼん》(6)ならずとも、よろしき住家《すみか》は彼《あ》の世にもあるべし、さらば夢路《ゆめぢ》に遊ばんの決心、これさらさら好きに狂ひし浮かれ心かは、(7)時につられて涙は胸に片頬《かたほ》笑《ゑ》みしつ、見あぐる軒端《のきば》日毎《ひごと》にあるれど、(8)しのぶの露を哀《あは》れ風流《みやび》とうそぶく身は人しらぬあはれ此《この》うちにあり。

(1) 口先ばかりのえせ政治家。
(2) 主人を先導する、供の者。
(3) 高位高官がのる馬車。

図11

(4) 訪ねて行けば世間の口が恐ろしい。
(5) 巫峡は揚子江上流三江の一つ。「巫峡の水はよく舟を覆す」と白居易の詩にある。
(6) 極楽浄土にある九つの等級を持つ蓮の最高級の台。
(7) 決して物好きが高じたいい加減な気持ちではない。
(8) 荒れてゆくが。

為《な》すまじきは恋とや、色なる中《なか》に忍《しの》ぶ(9)文字ずりいざ陸奥《みちのく》にありといふ関《せき》(10)の人目《ひとめ》に途絶《とだ》へを侘《わぶ》るは優《やさ》しかるべし懸《か》(11)けつ懸《か》けられつ釣縄《つりなわ》(12)のくるしきは欲《よく》よりの間柄《あひだがら》なり、一人は誠の心より慕《した》ふともよりあはねば是《こ》(13)れも片糸《かたいと》の思ひやすらん、其頃《そのころ》番町《ばんてう》に波崎《なみざき》漂《たゞよふ》とて衆議院《しゆうぎゐん》に美男《びなん》の聞《きこ》えある年少議員どのありき、遠からぬ県より撰出《せんしゆつ》の当時、やかましかりし沙汰《さた》の世のならひとて疵《きず》にはならねど、秘密は松川《まつかは》との間にかくれて今日《けふ》の財産も半《なかば》は何《なに》より出《いで》しやら、世にある頃は水魚《すゐぎよ》の交《まじは》り(14)知らぬ人なく、よき聟《むこ》得つと洩《も》らせし一《ひ》と言《こと》を耳に残せる人もあれど、浮雲《ふうん》おほふて乍《たちま》ち昏《くら》し扶桑《ふさう》の影《かげ》(15)、なしといはゞ夫《そ》れまでなる外国あるきに年月《としつき》を経《へ》て、帰りしは其《その》人すでに亡《う》せけるの後《のち》、今日《けふ》の羽風《はかぜ》(16)に昔《むか》しの塵《ちり》を払《はら》ひて、(17)又《また》ぞろ釣《つ》り出《いだ》すや其筋《そのすぢ》のゆかり、(18)官臭《くわんしう》とやら女子《おなご》の知らぬ香《か》のする堂《たう》(19)には鮒馬《ふば》の君《きみ》(20)とて用《もち》ひも軽《うす》からず、演説上手《ゑんぜつじやうず》に人をも感動さするよし、夫《そ》れもしかなり口車《くちぐるま》よく廻《まわ》らでやは、もしやに引かれて二十五の秋まで哀《あは》れお蘭《らん》が一人寝《ひとりね》の枕に結ばぬ夢の行方《ゆくへ》は

(9) 密かに恋する仲。
(10) 勿来関（なこそのせき）。
(11) つらいことであろう。
(12) 古今集「伊勢の海の海人の釣縄うちはへて苦しとのみや思ひわたらむ」をふまえ、苦しいことをいう。
(13) 「より」は「縒り」と「寄り」をかける。片恋のこと。
(14) 信頼のあつい交際。
(15) 雲が太陽を覆って暗くなるように、没落すること。
(16) 現在の羽ぶりのよさ。
(17) 昔の汚点を消して。
(18) つながり。
(19) 官庁。
(20) 貴人、高官の婿。

これなり、誰《た》が為守《ためまも》る操《みさほ》の色ぞ松の常盤《ときは》もかくては甲斐《かひ》なき捨《すて》られ物に、一身《しん》つく〴〵と観《くわん》じては浮世《うきよ》いや〳〵墨染《すみぞめ》の袖《そで》に嵯峨野《さがの》は遠し此都《こゝ》ながらの世《よ》すて人《びと》ともならんは常なれど、憎《に》くき男心におめ〳〵と秋の色(1)ひとり見て、生悟《なまざとり》の経仏《けうぼとけ》に為《せう》事《こと》なしのあきらめ、夫《そ》れも嫌《いや》々、とても狂はゞ(2)一世《せ》を暗《やみ》にし(3)て首尾《しゆび》よくは千載《ざい》(4)の後《のち》まで花紅葉《はなもみぢ》ゆかしの女《ひと》に成《な》りおほせ、出来《でき》ずは一時《じ》の栄花《えいぐわ》に末は野となれ山路《やまぢ》の露《つゆ》と消ゆるもよし、我《わ》れながら女夜叉《によやしや》の本性《ほんせう》さても恐ろしけれど、かく成《な》りゆくはこれまでの人なり、悔《くや》まじ恨《うら》まじ浮世《うきよ》は夢と、これや恋をしをりに(5)浅ましの観念、おそろしきは涙の後《のち》の女子心《をんなごころ》なり。

（八）

此夏《このなつ》もくれて秋は荻《おぎ》の葉に風そよぐ頃も過ぎぬ、松川屋敷《まつかはやしき》の月日はいかに流るゝか、お蘭《らん》さま佐助夫婦《さすけふうふ》、直次《なほじ》の上にも変りたる事なく、唯《たゞ》としごろ熱心成《なり》し医学の修業《しゆげう》を思ひ絶《た》えたるのみぞ此《この》男の変動《へんどう》なりける。

(1) 景色。
(2) どうせ狂うなら。
(3) 世間をおどろかす大事件をおこして。
(4) 千年。
(5) 恋に導かれて。

何《ど》うでもやりまする、骨が舎利《しゃり》になるとも(6)やりまする、精神一到《たう》何事《なにごと》か出来ぬといふ筈《はづ》はなく、我《わ》れも男なれば言ひたる事を後《あと》へは引《ひき》がたし、これまでも散々《さんゞ》村の奴原《やつばら》にも侮《あな》どられ、此《こゝ》都に出《いで》ても軽蔑《けいべつ》されて出来ぬものに言ひ落《おと》され(7)ましたれば猶《なほ》さらの事、美事通《みごとゝほ》して見せねば骨も筋《すぢ》もなき男でござります、我《わ》れは其《その》やうな骨なしに見えまするかとて、何時《いつ》も此話《このはな》しの始まりし時に青筋出《あをすぢいだ》して畳《たゝみ》をたゝくに、はて身知《みし》らずの男、医者に成《な》るは芋大根《いもだいこ》作《つく》りたてたるとは竪《たて》が違《ちが》ふ(8)ぞとて、佐助《さすけ》は真向《まつかう》より強面《こわもて》の異見《いけん》に、とても出来ぬ事はよして仕舞《しま》へと言ひける、お蘭《らん》さまはつく〴〵と聞きて、可愛《かあい》さうに叱《し》からずともの事なり、それほど思ひ込んだる事なれば出来まじとは言はれねど、荻《おぎ》の友《とも》ずり(9)殖《ふ》へて痩《や》せるは世のならひなれば随分《ずゐぶん》と人数《ひとかず》も多し、年毎《としごと》にむつかしくはなる、しかも学費の出《で》どころが無くば一段と難義《なんぎ》ではなきか、夫《そ》れが精神一到《たう》と其方《そなた》は言ふか知らねど、其方《そなた》の宝《たから》(10)の潔白沙汰《けつぱくざた》(11)は今の世の石瓦《いしかはら》(12)、此《この》やうの事は口にするは厭《いや》なれど丸うならねば思

(6) たとえ死のうとも。

(7) 口でばかにされ。

(8) 筋道や趣きが違う。

(9) 茂っている荻の葉がお互いに擦れ合ってやせるように。

(10) お前が大事だと思っている。

(11) 身は潔白であるということ。

(12) 価値の無いもののたとえ。

ふ事は遂《と》げられまじ、その会得《ゑとく》がつきたらば(1)随分《ずゐぶん》おもふ事は貫《つらぬ》くが宜《よ》けれど、何《ど》うやら其辺《そのへん》が六づかしくは無きかと仰《おほ》せられける。

国を出《いで》しより此方《このかた》こゝろは一途《いちづ》にはしりて前後《ぜんご》を省《かへり》みず、どうでも貫《つらぬ》くと言ひし舌の根《ね》我《わ》れと引きたくはなけれど、打たれて擲《たゝ》かれて軽蔑《おど》されて、はては道ゆく車の輪にかけられて、今一歩の違ひにては一生の不具《ふぐ》にもなるべき負傷《ふしよう》の揚句《あげく》、あはれ可愛《かあい》やと救ひあげられし大恩《だいおん》の主様《ぬしさま》とても浮世《うきよ》は同じ秋風に、門檣《もんしよう》あれて美玉《びぎよく》ちりに隠《か》くる(2)、明けくれのたゝずまひ悲しく、天道《てんだう》はどうでも善人に与《く》みし給《たま》はぬか(3)、我《わ》が祖父《ぢい》、我《わ》が母、我《わ》が代《よ》までも飛ぶ虫一つむざとは殺さず、里の小犬が飢渇《きかつ》のあはれは我《わ》が一飯《ばん》を分けてもの心、さりとは世上《せじやう》に敵《かたき》をもうけて憎《にく》まれ者の居処《いどころ》なしにならんとは知らざりし、今更世上《いまさらせじやう》に媚《こび》をうりて初一念《しよいちねん》のつらぬかるゝとも夫《そ》れまでの道中《だうちう》(4)いやなり、いやなり、とても辛棒《しんぼう》なりがたきは泥草履《どろざうり》つかんで追従《ついしよう》の犬つくばひ(5)、それで成《な》り上《あが》りて医は仁術《じんじゆつ》と勿体《もつたい》

(1) のみこみがついたら。
(2) 門や垣は荒れ果て、美玉が塵に埋もれる（美しいお蘭も埋もれている）。
(3) 味方してくださらないのか。
(4) 成功するまでの道のり。
(5) 犬がはいつくばるように、主人にこびへつらうこと。

ぶる事穢《きた》なし、今は此業《これ》もやめにせん、やめになすべし、思ひ絶《た》えて仕舞《しま》ふべし、我《わ》れは浮世《うきよ》の能《のう》なし猿にはなるとも穢《きた》なき男には得《え》こそなるまじ、それよと断念の暁《あかつ》きよく再度《ふたゝ》び口にも出《い》ださず成《な》りぬ。

さして(6)行《ゆ》く処《ところ》はなし、世間は仇《あだ》なり、望みの空《くう》に帰《き》してより此《この》一身《しん》を如何《いか》になすべき、詮方《せんかた》(7)なき身のすて処《どころ》いづこと尋《たづ》ぬれば、籬《まがき》は荒《あ》れて庭は野《の》らなる秋草の茂みに嵐をいたむ女郎花《をみなへし》にも似たるお蘭《らん》さまが上《うへ》いとしと思ひぬ、もとより我《わ》れは愚人《ぐじん》なり、お蘭《らん》さまは女子《をなご》なれども計《はか》りがたき意志の、我《わ》れ弱虫の類《たぐひ》にはあるまじきなれど、強しといふとも頼むに人なき孤独《こどく》の身に大廈《たいか》の一木《ぼく》何《なん》として支《さゝ》(8)へん、佐助《さすけ》おそよとても一身《しん》この君にさゝげ物の忠《ちう》ならんが我《わ》が目より見れば未《ま》だな事《こと》、かよはき御身《おんみ》の女子様《をなごさま》を主《しう》に持ちて、吹かば散るべき花前《くわぜん》の嵐に掩《おほ》ふ袂《たもと》の狭《せま》さ狭《せま》さ、彼《あ》の人々は何《いづ》れ重代《ぢうだい》の縁《ゑん》もあるべし、我《わ》れは昨日今日《きのふけふ》の恩なれども情《なさけ》の露《つゆ》の甘きにぬれては何《いづ》れに年の長短を問ふべき、口広けれども(9)我《わ》れはお蘭様《らんさま》

(6) これといって。また、「指して」の意もかける。
(7) ほどこすべのない。
(8) ことわざ「大廈の倒れんとするは一木の支うるところにあらず」。「大廈」は、大きな建物。
(9) 大きなことを言うようだが。

に命と申す、此《この》一言《こと》を金打《きんてう》にして(1)、心に浮世《うきよ》のさま〴〵を思ひ断ちたれば生死は御心《みごゝろ》のまゝにと、言はねども其色《そのいろ》あらはれぬ。

人の心は怪《あや》しき物なり、直次《なほじ》がお蘭様《らんさま》を思ふほどに佐助夫《さすけふう》婦《ふ》が直次《なほじ》に対する憐《あは》れみは薄《うす》く成《な》りぬ、見ず知らずの最初抱《いだ》き入《い》れて介抱《かいほう》の心切《しんせつ》はつくろひなき(2)誠実《まこと》なれば今とて更《さら》に衰《おとろへ》るよしはなけれど、一にもお蘭《らん》さま、二にもお蘭《らん》さまと我《わ》が物のやうに差出《さしいで》たる振舞《ふるまひ》、さりとは物知らずの(3)奴《やつ》かな、御産湯《おんうぶゆ》の昔《むかし》より抱《いだ》き参《まゐ》らせたる老爺《おやぢ》さへ、心におもふ事の半分《なかば》は残して御意《ぎよい》に随《したが》ふは浮世《うきよ》の礼《れい》なるを、宿なし男の行仆《ゆきだほれ》を救はれし恩は知らで我《わ》がお嬢《ぢやう》さまが弟顔《おとゝがほ》する憎《に》くらしさ、あのやうの物知らずは真向《まつかう》から浴《あび》せつけずは何事《なにごと》も分《わか》るまじとてつけ〳〵と(4)憎《に》くまれ口《ぐち》はゞかりなく、ともすれば此間《このあひだ》に年甲斐《としがひ》もなき争《あらそ》ひの火の手もえあがりて、何《いづ》れに団扇《うちわ》のあげがたき(5)お蘭《らん》さまが一人気《ひとりき》をもむ事もありし。

(1) 誓いの言葉にして。「金打」は、武士が誓いのしるしに刀の鍔などを打ち合せて音を立てること。

(2) かざらない。

(3) わきまえのない。

(4) ずけずけと。

(5) 勝ちはどちらと、軍配をあげることはできない。

(6) 黒または紺無地の法被(はっぴ)、股引き姿の人力車夫。お抱えの場合が多い。

図12

（九）

秋は夕ぐれ夕日花やかにさして、塒《ねぐら》にいそぐ烏《からす》の声さびしき頃、めづらしき黒鴨《くろがも》の車夫《しやふ》(6)に状箱《じようばこ》(7)もたせて波崎《なみざき》さまよりのお使ひと言ふが来たりぬ、折《をり》しもお蘭《らん》さま籬《まがき》の菊に日映《ひうつ》りのをかしき(8)を御覧《ごらん》じけるほどなりしが、おそよが取次《とりつ》ぎて珍《めづ》らしきお便《たよ》りとさし出《いだ》すに、おかしや白妙《しろたへ》の袖《そで》にはあらで(9)と受取《うけと》りて座敷《ざしき》へ帰られける、文《ふみ》は長く長く一丈《ぢよう》もあるべし、俗用《ぞくよう》久《ひさ》しき途絶《とだ》えを恨《うら》めしとも仰《おほ》せられぬは愁《つ》らからずや、今日《けふ》は暇《いとま》しげく心は君が宿《やど》に通《かよ》へど浮世《うきよ》は蘆分小舟《あしわけをぶね》(10)ぞかし、理由《わけ》は自《おのづ》から知り給《たま》へを得《え》て染井《そめゐ》の閑居《かんきよ》に独《ひと》りかき籠《こも》りし、人目の煩《わづら》ひなく思ふ事をも聞《きこ》えたく(11)、我《わ》れより其邸《そこ》を訪《と》はんは見る目かぐ鼻うるさし、此車《この》にて今より、と能書《のうしよ》(12)の薄墨《うすゞみ》その昔《かみ》ならば魂《たましい》も消えぬべし、これ見よおそよ、波崎《なみざき》さまは相《あい》変《かわ》らずお利口《りこう》なりとて左《さ》のみは喜びもせぬお蘭《らん》が顔を不審気《いぶかしげ》に守りて、お前さまは其《その》やうに落《おち》つきてお出《いで》なされど邂逅《たまさか》の

(7) 手紙を入れて使いに持たせる箱。

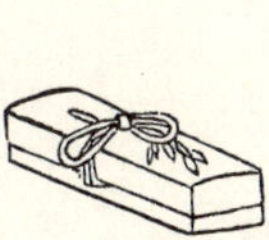

図13

(8) 趣き。
(9) 古今集「花見つつ人待つときは白妙の袖かとのみぞあやまたれける（紀友則）」を引く。この花は白菊。ちょうどお蘭は菊を見ていたので。
(10) 葦の間を分け行くことから、障害の多いことのたとえ。
(11) 申し上げたく。
(12) 達筆。

御暇《おいとま》に先方《さき》さまは飛立《とびた》つやうなるは知れた事、少しも早くお支度《したく》をなさりまし、お車も待《まち》て居《を》りまする物をと急がするに、あれ老嫗《ばゝ》は我《わ》れに行《ゆ》けと言ふか、さりとは正直者と笑ひて返事を書く。

文《ふみ》の便りの度々《たび〱》に釣《つ》られて萬一《もし》やと思ひしは昔《むか》し、今日《けふ》のお蘭《らん》は其《その》やうな優しきお嬢様気《ぢやうさまぎ》を捨《す》てたれば古手の嬉《うれ》しがらせを惶《かしこ》み(1)て御《ご》別荘《べつさう》に御機嫌《ごきげん》をうかゞふまでの恥《はぢ》はさらさじ、つれなしとても一向《ひたすら》のかき絶《た》え(2)は世にあるならひと諦《あき》らめもある物を、憎《に》くき男の地位にほこりて何時《いつ》まで我《わ》れを弄《もてあそ》ばんとや、父は山師《やまし》の汚名《をめい》を着たれど未《いま》だ野幇間《のだいこ》(3)の名は取らざりし、恋に人目をしのぶとは表面、やみ夜《よ》もあるものを千里のかち跣足《はだし》(4)に誠意《まこと》は其時《そのとき》こそ見ゆれ、此家《このいへ》よりは遠からぬ染井《そめゐ》の別墅《べつさう》に月の幾日《いくか》を暮《くら》すとは新聞をまたでも知るべき事(5)なり、殊更《ことさら》の廻《まは》り道して我《わ》が門《もん》をよそに、止《や》みがたき時(6)は車を飛ばせて女子《をなご》一人《ひとり》に逢《あ》はじの懸念《けねん》、お笑止《しようし》(7)や我《わ》れ故《ゆゑ》天地を狭しと思《おぼ》すか、あまりの窮屈《きうくつ》にいざ広々《ひろ〲》とならんには我《わ》れを欺《たら》して

(1) 使い古された嬉しがらせをありがたく承って。
(2) まったく音信を絶つこと。
(3) たいこもち。人に追従して歓心を買うもの。
(4) 千里の遠いところをはだしで歩いてくること。
(5) 新聞の名士消息欄を見るまでもなく。
(6) どうしても門前を通らなければならない時。
(7) お気の毒なことよ。

君様《きみさま》いとしと言はせ、何《なに》も時世《ときよ》とあきらめ給《たま》へ(8)、正しき妻とは言ひ難《がた》けれど心は後《のち》の世かけてなどゝ、我《わ》れを何処《どこ》までも日蔭《ひかげ》ものゝ人知《ひとし》らぬ身として仕舞《しま》はゞ、前後に心ざはりなくて胸安《むねやす》からんの所為《しわざ》とは見え透《す》きたり、流石《さすが》に御心《みこゝろ》にはかゝりて何時《いつ》ぞは仇《あだ》する女ぞと思《おぼ》し召《めし》たるか、お道理の御懸念《ごけねん》唯《たゞ》にあるべき我《わ》れかは(9)、裏屋《うらや》の夫婦が倦《あ》かれしとは(10)事かはれば(11)、御身分《ごみぶん》がら世の攻撃に居場処《いばしよ》のなき其《その》やうの恥《はぢ》はお互《たが》ひの事見せ申《まをす》まじ、おのづからの恨《うら》みはゆる〳〵と、、人こそ知らね心の底には冷《ひや》やかに笑ひぬ。

返事はたゞ、折《をり》ふしの風邪《ふうじや》に取《とり》みだしたる姿はづかしく、中々《なか〱》の御目通《おめどほ》り(12)に倦《あ》かれ参《まゐ》らする事つらければ、免《ゆる》し給《たま》へ、又《また》こそとて、何《なに》もうはべは美《うる》はしくして使ひを帰しぬ。

波崎《なみざき》が車は此門《このもん》を過ぐる事あり、直次《なほじ》が引かれし其夜《そのよ》の車も提燈《かんばん》の紋《もん》は沢瀉《おもだか》なりしに、今日《このひ》の車夫《しやふ》も被布《はつぴ》(13)に沢瀉《おもだか》の縫紋《ぬひもん》ありけり、あれとこれとは同一か別物か、直次《なほじ》は此《この》使ひの来《き》たりし時より例になき事なれば不審《いぶか》しき思ひに心を止めて、

(8) 何事も時勢とあきらめなさるよう（と波崎は言うのだろう）。
(9) もっともなるご心配をそのままにしておく私であろうか。
(10) 裏長屋の夫婦が相手をいやになったというのとは。
(11) 事情がちがうので。
(12) 中途半端なお目にかかり方。
(13) 着物の上にはおる防寒用の外衣（三四四頁図12参照）。

終始眼《まなこ》をそゝぎけるが、帰る後姿《うしろすがた》を見送りし途端《とたん》、不図《ふと》沢瀉《おもだか》のぬひ紋《もん》我《わ》れ知らず目に映《うつ》りぬ。

あれは何処《いづこ》よりの使ひと佐助《さすけ》に問へば、さてもよく根掘《ねぼ》り葉掘《はぼ》り聞《きゝ》たがる男ではなきか、人の家なれば使ひの来る事もありと無情《むじやう》のこたへに、左様《さう》いはれては返《か》へすに詞《ことば》も無けれど何処《どこ》からの使ひだ位《ぐらゐ》は聞かせて呉《く》れても仔細《しさい》なき筈《はづ》(1)、喧嘩《けんくわ》かひのとげ／＼しき言葉ならでもと下手《したで》に出《で》れば、はて貴様《きさま》などの聞いて益《ゑき》はなき事、嬢様《じやうさま》への文《ふみ》なれば理由《わけ》は嬢様《じやうさま》ならでは知りがたし、波崎様《なみざきさま》とて新聞にも見ゆる議員さまよりの使ひといふに、それは御親類《ごしんるゐ》でゝもありや、此邸《こゝ》へお出《いで》はなきやうなるが我《わ》が参《まゐ》らざりし以前はお出《いで》に成《な》りし時も有《あり》しかと問ふに、夫々《それ／＼》それがくどし、聞いて何《なに》にすると笑はれて、何《なに》にもせねど被布《はつぴ》の紋《もん》が彼《あ》の夜《よ》の紋《もん》に同じなれば何《なに》か心にかゝりて聞きたき心持《こゝろもち》と語るに、さらば彼《か》の車夫《しやふ》を捕《と》らへて小指の一つも斬《き》る心成《なり》しか、恐ろしき執念《しうねん》の奴《やつ》、前世《ぜんせ》は蛇《へび》でも有《あり》しやら、しかし其夜《そのよ》の恨《うら》みを忘《わす》れぬとは感心にて頼母《たのも》

(1) さしつかえない。

しゝ、恩をば疾《と》くの昔《むか》しに忘れたるやうなれば、よもや恨《うら》みの性根《せうね》もあるまじと思ひしに、流石《さすが》なり感心の男と折《をり》ふし何《なん》の疳《かん》に障《さは》りしやら、後《のち》に思はゞ恥《はづ》かしかるべき事を、舌の動くまゝに言ひけり、いつもならば泡《あわ》を飛ばして口論《こうろん》もすべき直次郎《なほじらう》が無言《むごん》に終りし屈托《くつたく》(2)のほどは其夜《そのよ》お蘭《らん》さまがお膝《ひざ》もとに、泣きの涙の白状《はくじやう》いつはりなく、立聞《たちぎ》かば共《とも》に布子《ぬのこ》(3)の袖《そで》やしぼらん此男《このをとこ》の影法師《かげぼうし》うすく成《なり》けるをば更《さら》に夢にも知らざりけり。

（十）

あはれ三十一文字《もじ》の風雅《ふうが》の化粧《けしやう》はつくるとも、(4)いつ失《う》せにけん幼な心の誠意《まこと》は愚《ぐ》に似《に》し物なりけり、其夜《そのよ》ふけたる燈火《ともしび》のかげにお蘭様《らんさま》を驚《おどろ》かして、涙にぬれし眼《め》のうち唯事《たゞごと》ならず、畳《たゝみ》に両手をきつと畏《かし》まりし直次《なほじ》の体《てい》、これは何事《なにごと》とお蘭様《らんさま》心もとながりて、(5)遠慮《ゑんりよ》なき我《わ》れに斟酌《しんしやく》は無用ぞ、思ふ事はありのまゝに告《つ》げ給《たま》へと優しき問ひに保《たも》ちかねてはら〳〵と膝《ひざ》に

(2) 心配。
(3) 木綿の綿入れ。
(4) 和歌を作ったりして風雅らしい様子は見せても。
(5) 不安がられて。

玉をば散《ち》らしけるが、[1]思ひ切りて、我《わ》れにお暇《ひま》を下《くだ》さりませと一ト言《こと》、あと先もなければ何《なん》の事とも思はれず、又物争《またものあらそ》ひの余波《なごり》ではなきか、いつも言ふ年寄りの一徹《てつ》に遠慮《ゑんりよ》なき小言《こゞと》などを心にかけては一日の辛棒《しんぼう》もなるまじく、彼男《あれ》とても悪《わ》る気《ぎ》は微塵《みぢん》もなき人なれば、其方《そなた》の為《ため》よかれとての言葉ならんを苦にはすまいもの、まあ何事《なにごと》の起《おこ》りにて其《その》やうに腹《はら》は立《た》てしと例の通り慰《なぐさ》めらるゝに、否《いゑ》、否《いゑ》、否《いゑ》、何《なに》も言はれましたる事もなければ、喧嘩《けんくわ》はもとよりの事、唯我身《たゞわがみ》に愛想《あいさう》が尽《つ》きましたれば、最早此世《もはやこのよ》に居《ゐ》る事が嫌《い》やに成《な》りました、とて畳《たゝみ》にひれ伏《ふ》して泣《なき》ける。

直次《なほじ》其方《そなた》は死なうと思ふや、誠か、誠か、と膝《ひざ》を直《なほ》して問ひ給《たま》ふに、嘘《うそ》には死なれ申《まをす》まじ、いつぞや奥庭《おくには》に遊びし時、お池に親旦那《おやだんな》が御最期《ごさいご》を承《うけたまは》りしが、此底《このそこ》のみは浮世《うきよ》の外《ほか》の静けさならんと仰《おほ》せられし、あれをば今に忘れませぬ、掻《か》き廻《ま》はさるゝやうの胸の中《なか》は、[2]明けても暮れても暮れても明けても、寸《すん》の間《ま》のたゆみなしに静かなる時もなく、生《うま》れ落《おち》しよ

(1) 膝に涙をこぼしたが。

(2) 気のゆるむことがない。

り以来不幸不運の身なれば、一生を不運の内《うち》に終りたらば我《わ》が本分《ほんぶん》は尽《つ》きまするやら、お世話に成《なり》しは今で幾月《いくつき》、嘘《うそ》では御座《ござ》りませぬお前様は我《わ》が為《ため》の大恩人、お袖《そで》のかげに隠《か》くれてより面白《おもしろ》(3)しと思ふ事もをかしと思ふ事も有《あり》ましたるなれど、これが世に出《い》で初《そめ》の終《をは》り、我《わ》れは明《あき》らかに悟《さと》つた事のあれば、もはや此嫌《このい》やな世には止《とゞ》まりませぬ、さりながら、未練《みれん》のやうなれど、情深《なさけふか》きお前様に無言で此世《このよ》を去《さ》りまする事の愁《つ》らく、お礼《れい》は沢山申《たくさんまをし》たきなれど口が廻《まは》らねば是《こ》れも口惜《くや》しう御《ご》座《ざ》ります、お前様はいつ〳〵までも無事に御出世《ごしゆつせ》をなさりませ、我《わ》れは此世《このよ》には愚人《ぐじん》に生《うま》れましたれば御為《おため》にと思ふ事も叶《かな》はねど、魂《たましひ》はかならず御上《おんうへ》を守《まも》りまするとて、涙に咽《むせ》んで語り出《いづ》る言《こと》の葉《は》かなし。

我《わ》れは何故《なにゆゑ》に君の慕《した》はしきかを知らず、何故《なにゆゑ》に君の恋しきかを知らねど、一日は一日より多く、一時《とき》は一時《とき》より増《まさ》りて、我《わ》が心は君が胸のあたりへ引《ひ》つけらるゝやうにて、明け暮れ御姿《おんすがた》を見、おん声を聞き、それに満足せば事なかるべけれど

(3) 庇護をいただいてより。

唯々《たゞ〱》〱心は火の燃《もゆ》るやうにて我《わ》れながら分らぬ思ひに責めらるゝ果々《はて〱》、静かに顧《かへり》みれば、勿体《もつたい》なや恥《はづ》かしき思ひ(1)の何処《どこ》やらに潜《ひそ》みて、夫故《それゆゑ》の苦とさとりたる今、此身《このみ》を八つ裂《ざき》にして木の空にもかけたき(2)は今日《けふ》の夕ぐれの御使《おんつか》ひを君が御縁《ごゑん》の方《かた》よりと知りてなり、申《まを》すまじき事なれど我《わ》れは誠に妬《ねた》しと思ひぬ、口惜《くちを》しき事に見てけり、しかも見ねば宜《よ》かりし車夫《しやふ》の被布《はつぴ》に沢瀉《おもだか》の紋《もん》ありしかば、我《わ》れは殆《ほとん》ど神経病《しんけいびやう》のやうなれど彼《あ》の夜《よ》の車上《しやじやう》にちらと見《み》とめし薄髭《うすひげ》のありける男を、その、その、波崎《なみざき》とか言へる奴《やつ》、国会議員《こくゝわいぎゐん》なりとか聞けば定《さだ》めし世には尊《たつと》ばるゝ人ならんが其奴《そやつ》のやうに思はれて、これは妄念《もうねん》と幾度《いくたび》おもへども脳《のう》をさらねば其甲斐《そのかひ》もなし、大恩《だいおん》ある君が恋人を恨《うら》めしと思ふ我《わ》れは即《すなは》ち君が仇《あだ》に成《な》りしなり、斯《か》くて此《この》思ひの増《まさ》りゆかばいかにせん、恐《おそ》ろしと思ひしより我身《わがみ》は誠に捨てたく成《な》りぬ、我《わ》が身の死するは君に害を加へじとてなり、よしや我《わ》が想像のあやまりにて今日《けふ》の文《ふみ》には謂《いは》くあらずとも、すでに我《わ》が心の腐《くさ》りはしるく(3)、清《きよ》からぬ思ひの下に

(1) 肉欲の情のこと。

(2) はりつけにしたい。

(3) いちじるしく。

忍《しの》べる上は我《わ》れは最早《もはや》大罪《だいざい》を犯《おか》せる身、表面《うはべ》はいかに粧《よそほ》ひて人目をつゝむとも明暮《あけく》れ君につきまとふ心の、おもへば恥《はづ》かし我《わ》れは餓《が》鬼《き》道《だう》のくるしみに美《び》妙《めう》の御声《おんこゑ》も身をやく炎《ほのほ》と成《なり》ぬべし、さては人心《ひとごゝろ》の頼《たの》みなさ、我《わ》れながら今日《けふ》までの経歴をおもふにも時に随《したが》ひて移りゆく後《のち》は我《わ》れにも有《あ》らぬ我《わ》れに成《な》りて、いかに恐《おそ》ろしき所為《しよい》をなすべきか、今亡《いまう》する身の御恩《ごおん》は萬分《まんぶん》が一を送らねど、切《せ》めては害を加へ参《まゐ》らせじとのすさび(4)、憎《に》くき奴《やつ》とは思《おぼ》し給《たま》ふとも死《う》せたる後《のち》は吊《とふ》らはせ給《たま》へとて、真心《まごゝろ》よりの涙に詞《ことば》はふるへて、畳につきたる手をあげも得《え》せず、恐《おそ》れ入《い》つたる体《てい》、あはれとはたれをや。

（十二）

恋をうきたる物とは誰《た》れか言ひし、恋に誠なしとは誰《た》れか言ひし、昨日《きのふ》までの述懐《じつくわいわ》我れながら恥《はづ》かし、直次《なほじ》は我れを左《さ》ほどに思ひしか、我《わ》れは其方《そなた》を思ふ事の夫《そ》れほどには非《あら》ざりしぞかし、我《わ》れは其方《そなた》を哀《あは》れとは思ひつれど命をかけても(5)

(4) 慰み。

(5) つらくやりきれない。

可愛《かわゆ》しとは思はざりし、今日《けふ》の今こそ其方《そなた》は誠《まこと》に可愛《かわゆ》き人に成《な》りぬ、誠《まこと》ぞや、今日《けふ》の今までお蘭《らん》に口づから(1)恋《こ》ひしといひし人も無ければ心に染《し》みて一生の恋はせざりしなり、浮世《うきよ》を知らざりし少女《おとめ》の昔《むかし》誘《さそ》はれしは春風《はるかぜ》か才智《さいち》、容貌《ようぼう》それ等《ら》の外形《うわべ》に心を乱《みだ》して、今日《けふ》の昼間の文《ふみ》の主《ぬし》、波崎《なみざき》といふ人にも逢《あ》ひき、斯《か》くいはゞ我《わ》れを不貞《ふてい》と思はくも愁《つ》らけれど、守らぬは操《みさほ》ならで(2)班女《はんにょ》が閨《ねや》の扇《あふぎ》の色に我《わ》れ秋風のたゝれし身なり、(3)捨てられし人の恨《うら》みは愚痴《ぐち》なれど、愁《つ》らき浮世《うきよ》に我《わ》れは弄《もてあそ》ばれて、恐《おそ》ろしとおぼすな、いつしか心に魔神《ましん》の入《い》りかはりしなるべく、君の前には肩身《かたみ》も狭《せば》き我《わ》れは悪人の一人《いちにん》なるべし、夫《そ》れをも更《さら》に厭《いと》ひ給《たま》ふまじきか、恐《おそ》ろしとは覚《おぼ》さぬか、悪人にても厭《いと》ひ給《たま》はずば、恐《おそ》ろしと覚《おぼ》さずば、今日《けふ》より蘭《らん》が心の良人《おっと》に成《な》りて、悪魔《あくま》にても蘭《らん》をば君が妻と呼ばせ給《たま》へ。

さりながら此世《このよ》の縁《えん》はなき物と諦《あき》らめ給《たま》へ、我《わ》れも諦《あきら》めぬべし、たま〳〵嬉《うれ》しき人の心を知りながら、これは我《わ》が口より言ひ出《いで》がたき事、心ぐるしさの限りなれど浮世《うきよ》に不運の寄《より》

(1) その人自身の口から。

(2) こちらが心変わりをしたのではなくて。

(3) 中国前漢の成帝の愛妾、班女が寝室にうち捨てた扇のように、私は捨てられた身である。

合《あひ》とおぼせかし、我《わ》れを誠に可愛《かわゆ》しとならば其命《そのいのち》を今此場《いまこのば》にて賜《たま》はるまじきや、不仁《ふじん》の詞《ことば》(4)、不慈《ふじ》の心(5)、世の常の中《なか》(6)にても然《さ》る事《こと》は言はれまじきに、まして勿体《もつたい》なき心の底を知り抜《ぬき》たる今、此《この》やうの情《なさけ》なき願ひに血を吐《は》く思ひの我《わ》が心中《しんちう》を汲《く》み給《たま》へ、今日《けふ》の文《ふみ》の主《ぬし》は我《わ》が昔《むか》しの恋人、今よりは仇《あだ》に成《な》りて我《わ》が心のほだし(7)は彼《あ》れのみ、断《た》たずば止《や》むまじき執着《しうじやく》(8)を是《こ》れをも恋といふかや、我《わ》れは知らねど憎《に》くきは彼《か》の人なり、如《い》何《か》にもしての恨《うら》みは日夜《にちや》に絶《た》へねど我《わ》が手を下《おろ》していざとあらんは、察《さつ》し給《たま》へ、まだ後《のち》に入用《いりよう》のある身の上つらく、欲とはおぼすな父が遺志のつぎたさになり、今《いま》二十五年《ねん》の我《わ》が命に代《かは》りて御身《おんみ》を捨《す》て物《もの》に暗夜《やみよ》の足場《あしば》よき処《ところ》をもとめていかやうにも為《な》して賜《たま》はらずや、此《この》やうの恐《おそ》ろしき女子《おなご》に我《わ》れは何《い》時《つ》より成《なり》けるやら、死なるゝ身ならば我《わ》れも死にたけれど、常に涙は見せし事なきお蘭《らん》さまの襦袢《じゆばん》の袖《そで》にぬぐふ露《つゆ》あり。

　君が恨《うら》みの沢瀉《おもだか》は正《まさ》しく其《その》人と我《わ》れはたしかに思ふぞかし、染井《そめゐ》の宿に飛ばす車の折《をり》から悪《わ》るき我《わ》が門前《かど》にての出来事な

(4) 仁の道にそむいた言葉。
(5) 愛情のない心。
(6) ふつうのつきあい。
(7) わが心の自由を束縛するもの。
(8) 相手の命を断たねば捨てることの出来ない執着。

れば、知られて成《な》るまじの千里一と飛《と》びに負傷《けが》は正《まさ》しく其《その》人の処為《しよゐ》なれど、原因《おこり》は我《わ》れを恐《おそ》る、よりの事、おもへば何《なに》も我《わ》が罪なりし、君をば我《わが》手に救《すく》ひしにはあらで、言はゞ死地に導《みちび》くやうの成行《なりゆき》、何《なに》もこれまでの契《ちぎ》り(1)と御命《おいのち》を賜《たま》はれや、さりながら斯《か》くいふ君の運つよくは逃《のが》る、丈《だけ》のがれて美事《みごと》その場《ば》をさへ外《はづ》れらるれば夜《よ》にまぎれて此邸《こゝ》までの途中に難《なん》をさけ、門より内《うち》に入《い》れば世は安泰《あんたい》なり、今知《いまし》る通りの人気《ひとげ》のなきに、出這入《ではい》るものとては犬くゞり(2)に犬の子のかげもなく、女子《おなご》あるじなれば警察の眼《め》にもかゝるまじ、ともかくもして逃《の》がれんと思《おぼ》しめせと呟《さゝや》きぬ。

詞《ことば》はなくて聞居《きゝい》たりし直次郎《なほじらう》、もはや何も仰《おほ》せられますな、会得《ゑとく》がつきました(3)、偽《いつは》りにても此世《このよ》に思ひがけざりしお言葉を聞きて残る恨《うら》みも今はなき身、さらでも今宵《こよひ》は過《す》ぐさじの(4)決心でありしを、御処望《ごしよもう》にて仆《たほ》れんは願ふてもなき事、美事《みごと》にやつて御目《おんめ》にかくべし、今日《けふ》までは思ひ立《たち》しことの何事《なにごと》も通らで浮世《うきよ》に意久地《いくぢ》なしの鏡《かゞみ》なりける身なれど、一心おもひ

(1) 何もかも、これまでの約束事。
(2) 垣根や塀などに開けた犬の出入りする穴。
(3) よくわかりました。
(4) そうでなくとも、今夜は生きて過ごすまい。

込《こめ》たるお前様がお声がゝりにて、身をすて物《もの》に此度《このたび》の仕事は天晴《あつぱ》れ直次《なほじ》も男なりけりとお心だけに賞《ほ》めて頂《いたゞ》かば本望《ほんもう》、其《その》場《ば》に仆《たほ》れても捕《とら》へられての絞木《しめき》(5)の上にも思ひ残す事は御座《ござ》りませぬ、唯恨《たゞうら》めしきは逃《のが》れらるゝ丈《だけ》のがれて来《こ》よとの御言葉《おことば》、さりとはお情《なさけ》とも申《まをす》まじ、逃《のが》れんと思ふ卑怯《ひきやう》にて人《ひと》一人やられん物か、我《わ》れは愚人《ぐじん》なれば世《よ》の利口《りこう》ものが処為《しよい》は知らず、相手が仆《たほ》れるか我《わ》れが死ぬか、二つに一つの瀬《せ》戸《と》際《ぎわ》に我《わ》れ助からんの汚《きた》なき心にて、後髪《うしろがみ》を引かるゝ物ありては潔《きよ》き(6)本望《ほんもう》は遂《と》げらるまじ、先《さき》の手に(7)殺されなば夫《そ》れまで、仕遂《しと》げて後《のち》に捕《とら》へられぬとも御名《おんな》は決して出《いだ》すまじければ、案《あん》じ給《たま》ふな、罪は我《わ》れ一人《ひとり》なり、首尾《しゆび》よき暁《あかつき》に我《わ》れ命冥加《いのちめうが》ありて(8)其場《そのば》をのがるゝは萬《まん》一なれど然《さ》りとも再《ふたゝ》びお顔をば見申《みまを》さじ、いかなる事より罪の顕《あら》はれて最惜《いとを》しき君に連累《れんるい》の咎《とがめ》(9)口惜《くちを》し、何《なに》も直次《なほじ》は今日《けふ》限《かぎ》りのお暇《いとま》この世に無き物と思《おぼ》しすてられて事の成否《せいひ》は世の取沙汰《とりさた》(10)に聞き給《たま》へ、御縁《ごゑん》もこれまで我《わ》れはいさぎよく死にまする、と思ひ定《さた》めては涙《なみだ》もこぼさねど、悄然《しよんぼり》とせ

(5)　絞首台。

(6)　いさぎよく。

(7)　先方の手にかかって。

(8)　神仏の加護か不思議に命が助かって。

(9)　巻き添えをくって罪になること。

(10)　評判。

しかげ障子《しやうじ》に映《うつ》りて、長く、長く、長く、お蘭《らん》が身のあらん限り此夜《このよ》(1)の事忘れがたかるべし。

（十二）

直次《なほじ》はその夜《よ》の暗《やみ》にまぎれて松川屋敷《まつかわやしき》を出《い》でぬ、明けて驚きし佐助夫婦《さすけふうふ》が、常《つね》は兎角《とかく》に小言《こゞと》もいひけれど如何《いか》に定《さだ》めて斯《か》かる仕義《しぎ》(2)と流石《さすが》に胸安《むねやす》からねば評議《ひやうぎ》とり〴〵に、おそよは朝な〳〵手を合《あは》する神々《かみぐ》にも心得《こゝろえ》ちがひの無からんやうにと祈りぬ。

ほどを隔《へだ》てゝ冬のはじめつ方《かた》、事は番町《ばんちやう》の波崎《なみざき》が本宅前《ほんたくまへ》に起《おこ》りぬ、何某《なにがし》の大会に幹事《かんじ》の任を帯《を》びて席上演説に喝采《かつさい》わくやうなる中《なか》を終れば、酔《よひ》のまぎれの車上《しやじやう》ゆる〳〵と半《なかば》は夢をのせて帰り来たりし表門《をもてもん》の前、乍《たちま》ち物かげより跳《おど》り出《いで》たる男の母衣《ほろ》(3)に手をかけて後《うしろ》さまにと引けば、たまらず覆《くつが》へる処《ところ》を取つて押《をさ》へて首筋《くびすぢ》かゝんとひらめかす白刃《やいば》の去《さ》りとは鈍《にぶ》かりしか頰先少《かほさきすこ》しかすりて、薄手《うすて》の疵《きず》に狼藉《らうぜき》の呼声《よびこゑ》あたりに高く、

(1) 生きている限り。

(2) どういう決心で、このような成りゆき。

(3) 人力車に付けられた雨や雪をよける蛇腹式の覆い。

図14

今はこれまでとや逃《に》げ足《あし》いづ方《かた》に向《むか》ひしか、たちまち霞《かすみ》とかげを消して誰《た》れとも分《わか》らず成《なり》ける、明日《あす》は新聞に見出しの文字こと〴〵しく（4）、ある党派《とうは》の壮士《さうし》なるべし、何々倶楽部《なにくくらぶ》の誰《た》れとやら嫌疑《けんぎ》のかゝりて其筋《そのすじ》（5）に引《ひ》かれぬといふもあれば、終《つ》ひには何物《なにもの》の業《わざ》とも知れで一月《つき》の後《のち》には風説《うわさ》のあともなく成《な》りぬ、疵《きず》は猶《なほ》さら半月の療治《りようぢ》に可惜《あたら》（6）男《おとこ》の直《ね》も下《さ》がらず、よし痕《あと》は残るとも向《むか》ひ疵《きず》とてほこられんか可笑《をか》し、才子《さいし》の君、利口《りこう》の君萬々歳《ばん〴〵ざい》の世《よ》に又《また》もや遣《や》りそこねて身は日蔭者《ひかげもの》の此世《このよ》にありとも天地《てんち》ひろからぬ直次郎《なほじらう》はいかにしたる、川に沈《しづ》みしか山に隠《か》くれしか、もしくは心機《しんき》一転《てん》誠《まこと》の人間に成《なり》しか、夫《そ》れより怪《あや》しきは松川屋敷《まつかわやしき》の末なり、此事《このこと》ありて三月《みつき》ばかりの後《のち》、門は立派に敷石《しきいし》のこわれも直りて、日毎《ひごと》に植木《うゑき》や大工《だいく》の出入りしげきは主《ぬし》の替《かわ》りしなるべし、されば佐助夫婦《さすけふうふ》おらんも何処《いづこ》に行《ゆ》きたる、世間は広し、汽車は国中に通ずる頃《ころ》なれば。

（明治27年7月～11月「文学界」）

（4）ものものしく。
（5）警察。
（6）惜しむべき。

資料篇——同時代評

一葉女史の『にごり江』

内田魯庵

余が近日得たる佳什の中随一に位すべきは一葉女史の『にごり江』とす。『にごり江』は独り文芸倶楽部第九編に於て秀逸なるのみならず之を男子の作として近日突飛して文壇に佳名を擅にする鏡花、天外等諸子の作に属するもの丶間に厠《まじ》ゆるも決して遜色を見ざる也。

『にごり江』は売淫婦を主人公として之が運命を描かんと試みしものなり、然り試みんとして失敗せしものなり。然れども此失敗は三文小説家——徒らに脚色の奇幻と文章の絢纔とを主とする三文小説家——が決して学び得ざるものなり。案ずるに作者の意は婦徳の何物たるを十分弁知する婦人が残酷且つ放恣なる運命に玩ばれ自ら進んで淫猥なる醜窟に堕落し中心の狂悶焦慮を外面の笑謔放蕩に紛らし敢果《はか》なき生涯を仮装道徳家に嘲けらるゝ間に不幸なる最期を終るの惨劇を描かんとせしなるべし。何ぞ其立案の大胆不敵なるや、恐らくは狭小なる自己の範囲内にのみ材料を択ぶを知る今の小説家が夢寐にも浮ばざりしものなるべし、偶々二三子が思起す事ありしにもせよ遽に筆を着るを難《かた》んぜしものなるべし。

しかも幾分の歎賞を禁ずるを得ざるは此題目の至難なるにも関らず或る点に於ては慥に成効したる事なり。豪放磊落の主人公お力に配するに柔軟蕩佚なる結城朝之助と倦怠懦弱なる蒲団やの源七とを以てす。配合既に妙なり、況んや朧ろげながらも各自の性格隠約の間に髣髴たるに於ては今の三文小説家宜しく後へに瞠若せざるを得ざるべし。殊にお力を描くの筆は躍然として活ける其人を見るが如し。

売淫婦とても「悪魔の生れ替りにはあるまじ、さる仔細あらばこそ此処の流に落こんで嘘のありたけ串談に其日を送ツて、情は吉野紙の薄物に、蛍の光ぴツかりとする計、人の涕は百年も我慢して、我ゆゑ死ぬる人のありとも御愁傷さま御愁傷さまと脇をむくつらさ、他処目も養ひつらめ、さりとも折ふしは悲しき恐ろしき事胸にたゝまツて泣くにも人目を恥れば二階座敷の床の間に身を投ふして忍び音の憂き涕」に暮るゝ事少からぬ全じ人の子なり。さるに人の欠点若くは世の罪悪を穿鑿し且つ叱責するを以て職業とする道徳屋諸先生は此売淫婦を論ずるに禽獣を見ると仝じ心を以てす。売淫婦が色を飾りて貞操を売るは其職業なるが為にして其職業は本より賤陋の極なれども売淫婦其者の人格に於ては却て龍の錦繡羅綺を纏ふて軽車肥馬大道を聘睨して行くものより遥に勝るゝものなしとせんや。世には唯売淫婦の賤むべき事だけを知りて之を叱咤し嘲弄するを以て己れが潔癖を衒ふの良好方便となす者多く最も同情の涙に富める詩人小説家すら一種の高等売淫婦の外は悉く蛇蝎視して窮鬼悪魔と仝じく之を斥罵す。売淫婦は社会の犠牲となれる最も憫むべきものゝ一なり。

『にごり江』の作者は此売淫婦に対して無量の同情を運ぶを惜まざりし一事にて既に〳〵少からぬ感歎を受くるに足るべし。女性の身としては最も醜陋猥褻なる外皮に包まるゝ、売淫婦なれば厭悪するこそ当然なるに、却て多涙なる同情を灑《そそ》ぎしは縦令ひ全篇が多くの欠点を有つも猶ほ十分なる讃賞を払ふの価値あるべしと信ず。斯くの如きヒューマニチイに富める作家は今の男性作家中にも多くを求むるを得ざるなり。

若し細に云へば、お力が最後の惨劇は蒲団や源七の遺恨の刃に生じてお力自身の内部の衝突に発せしものにあらねば決して完全なる悲劇にあらず、且つ殊更にお力が父祖伝系を叙し、生れて以来の経歴及び現在の境界をも説きしにも関らず先天の性癖を仄かせし外は遺伝と経歴と境界に依て影響されたる特殊の傾向を主観的に描く事を為さず、蒲団や源七との関係を写す事も余りに淡泊にして何に依てお力が斯る惨刻なる災禍を蒙りしかは極めて曖昧模糊として悲劇的進行を写したりといふを得ず。全篇の構作より見れば源七との関係を正写して結城朝之助に於けるを影の物語となすこそ普通なるべきに之を顚倒せしは其権衡を失ひしに似たり。加之《しかのみならず》、源七の境界を写せし叙事も亦疎笨にして暗弱庸愚なる白者《しれもの》が殺人の大罪を犯す弾機とし見るべきものは頗る薄弱なりと云はざるべからず。惣て是等の諸点非難すべきもの中々に多ければ決して進歩したる小説といふを得ざるなり。唯だ問題極めて大胆にして洞察力相応に深く著るしく同情に富める事だけを推奨して可也。

男性作家の累々頭を並べて碌々たるにも係らず、女流作家頗る秀才に富めり。花圃女史の優麗閑静なる文藻、若松賤子の流暢自在なる訳文、小金井君子の清新雅健なる詩筆いづれが優り劣りあるべき。然れども花圃女史は随筆家なり、若し進んで休まざれば能く清少納言たるべきも小説家としてはプラドン前後か之より以上たるも『ドラ、ゾーン』の作者たるに止まるべし。若松、小金井二女史の才は翻訳家として十分なる伎倆を現はしたれども創作として未だ公けにせられたるものを見ず、しかも前者のデイツケンスを後者のレルモンドフを訳せし等に於ては慊《あきた》らざる筋も少きにあらず。一葉女史は最も後れて出でしものなれども小説家としての伎倆は優に以上の三女史に抽んづるものあり。若し此勢をもて愈々進まばゼオルジ、イリオット若くはゼオルジ、サンに対すると仝じ尊敬を以て女史を待つの日も決して遠からざるべし。『アダム、ヒード』或は『ロモラ』を顧みしものは如何にして巾幗《きんかく》小説家の手より斯る難問題の捻出せられしかに驚くべし。恰も一葉女史が曾て職工の妻を恋にやつるゝ瘋癲を近くは此『にごり江』に於ける如く売淫婦を以て材料とせしに似たるものあり。有躰に云はゞ『にごり江』に無数の瑕瑾を発見するを難しとせざるも未来に大作出づる萌芽とし見るべきものに対し忌憚なき評をするも余りに残酷なれば爰には本書が近来傑出のものなるを弁じ世人が女流の作なるが為に軽忽に視るなからん事を庶幾して擱筆す。

（明治28年10月「国民之友」）

一葉女史の「にごり江」

田岡嶺雲

境遇は人をつくるといふ、然り、人の境遇に制せらるゝこと洵に大事と雖も、然れども人また其内奥一点の霊性、之を熱して融けず、之を鋳て而して変ぜざるものあつて存せずむばあらず。故に人を観るに境遇によれる習性のみを以て之を断ず可らず。境遇の為す所は、己欲してこれをなすに非ず、己れの罪にあらず。境遇そのもの丶罪のみ。境遇の罪を以て人に責む可らず、境遇の罪を以て人に責むるは、鉱中にあるを以て黄金をすつるものなり。人病的にあらざるよりは、何等狼戻の徒と雖ども、また其中自ら隠約滅し得ざるの霊性なるものなくむばあらず。此霊性や智の謂に非ず、意の謂に非ず、純なるの情是れのみ、智や、意や、真偽あり是非あり善悪あり。唯情や、真偽なし、是非なし、善悪なし、ありのま丶の本体なり。智や弁ず、故に真偽あり、是非あり、意や欲す故に善悪分る。既に善悪と是非と真偽とあり、乃《すなは》ち古今を以て同じからず、東西を以て差あり唯真偽なし、是非なし、善悪なし、故に古《いにしへ》より今に渉り、東と西とを該《かず》ねて、情に二致なし、唯だ智之れに加はり、意之に加はるに於て、善悪こ丶に生じ、是非こ丶に生じ、真偽こ丶に生ず、純なるの情は裸躶々、赤条々、本質を露呈す。唯人や意あり、智あり、情を包囲して存す、智、情を飾つて偽となり、意、情に加はつて欲となる。此欲や此偽や念々刻々事に触れ物に応じて心に発す。純なるの情は之が為めに掩はれて其真光を洩す能はず。而かも洩す能はずと雖ども、内に伏し内に隠れて猶潜勢の力を減ぜず、物に触れて時に一閃す、電光石火捕捉し易からず、唯瞥見すべき而已《のみ》、故に之を察すること甚だ難。於是乎《ここにおいてかか》彼の憒々《くわいくわい》たる庸者、唯皮相をみるのみ、習性は現はれて日常動作の上に出づ、之をみるは易し、既にみるは易し、便《すなは》ち此習性を捉へて、直ちに人を断ず、其精神を問はず、其本領を問はず、其行《おこなひ》の迹を以て直ちに之を断ず。嗚呼何ぞ其刻忍にして恩少なきや。人を観るには寛恕を要す、同情を要す、皮相を徹して奥底のみ、之を庇護するの心を以て之にのぞまざる可らず。所謂ヒユーマニチーなるものこゝに存す。かのユーゴーが如何に其同情の憐れみを以てジヤンヴアルジヤンを描きたるか、ユーゴーをヒユーマニチーの人といふはこれが為め而已。

唯に尋常人が人を観るに寛恕之にのぞまざるのみならず、殊に小説家として人間を活写せんとするもの、最も彼の慈悲眼を要す。成心を以て之をみる可らず、善悪無差別にして之に対せざる可らず、始めより悪を悪《にく》み、善をよみするの意ありて筆を下すならむ乎、善者は常に善悪者は常に悪、悪と善と劃然として別あらむ。然れども人情は微妙《びめう》也、人心は隠秘なり、悪者必ずしも常に悪ならず、善者必ずしも常に善ならず、欲の動く、偽の生ずる、人たるもの輙《すなは》ち免れず。善者豈に常に善ならむや。本心の醒る、良心の閃めく、人これなきはあらず、悪者豈に常に悪ならむや。たゞ夫れ迹をみる、故に善は常に善に、悪は常に悪、而かも一たび深く内奥の琴線にきかば、人心の波動或は高或は低、相錯線す。小説家たるもの果して人間を活写せんとす、善悪美醜並べ描かざる可らず。其皮想を描くものは是れ人間の半面をうつす而已、人間を死写するのみ、昔者俳人晋《しん》其角猿簑の序に芭蕉の猿に魂を入れたるをいふ。今小説家にして如此《かくのごとく》に人間をうつすものあらば、これ霊あるの人間より其霊を抜去て之をうつす也。豈によく人間を写したりといはんや。小説家の眼光は深きに徹して悪者の為めにも泣かざる可らず、悪の悪たる所以に泣くにあらず、悪の悪たらざるを得ざりしに泣くなり、其境遇を罸して其良心の為めに泣くなり。其匪行を描くと共にかの霊性一瞥の閃光を捉へ来て之を明々地に顕示せざる可らず。認め難きの閃光を捉へて、これを繫住して之を彼の之を看得ざる尋常庸者に看せしむ。既に所謂悪者なるもの、、常に悪にあらずして、境遇の然らしむる所、習性の然らしむ所たるを知暁し得。豈に所謂彼の悪者の悪者たらざるを得ざりし心情を酌むで一滴の涙を灑がざらむや。

所謂法律なるものは行の迹を罸するのみ、所謂社会の制裁なるものは業の末を咎むるのみ。法律は精神を問はず、制裁は心術に係はらず。嗚呼社会や、法律や、匪行は法律之を牢獄に投じ、社会は之を郷党に歯《よはひ》せず。此間に在て其心術に入り、精神を問ひ、これが為めに同情を表して慰藉の涙をそゝぐものは独り小説家あるのみ。小説家なるものは此等のものが軈《やが》て以て活路を有するの一縷たるのみ。此小説家にしてまた皮相をみるのみならしめば、此等のものは何《いづれ》の処にか其真情を発露せん誰か其霊性を顕はせん。アヽ、天地は蒼々茫々、社会は冷々淡々、法律は惨々酷々、小説家たるもの豈に此間に抽《ぬきん》で燃ゆるが如き熱情をそゝぎ、寛恕同情を表して此等に慈悲眼を垂るゝなくして可ならむや。

小説家たるものゝ眼力は実に其美中醜を認め、醜中美を認むるの辺に在て存す。一瞥の閃光を捉へて之を其眼前に繋住し得るものは其天才なり。其人物を描くや、内よりし外よりし、表よりし裏よりし、正よりし側よりし、縦よりし横よりし、毫《がう》を剖《さ》き釐《り》を拆《わか》ち、微に入り妙に出で、四方八面より之を描き、其人物を其人物の内奥を透して読者の前に露呈し来らざる可らず。小説家は秦鏡の如く心肝臓腑をも照し来らざる可らず。否《しか》らざればこれ傀儡の人間を写すのみ、所作《しよさ》は則ち有り、精神はなし。此の如くにして活描といはんや、活写といはんや。

吾人は一葉女史が『濁江』一篇を読みて深く作者が犀利の眼光と、溢るゝが如き同情とに服す。女史は小説家として優に其伎倆滔々たる当世に抽んづ。濁江一篇は売春の女を主人公としたるもの、作者は此厭悪すべき女性に向つて、無量の同情をそゝぎ細かに其性情をうつし来る。

嗚呼彼の売春の女なるもの唯一の女徳たる貞操を売るもの、醜陋の極、卑猥の極、士君子たるものの口にするだに猶之を耻づべし。而かも売春の女彼れも女児なり。その甞て処女たりしの時、彼れまた豈に処女の羞耻と純潔とあらざりしならむや。而して色を売り貞操を売るの人間の最大耻辱たるを知らざりしならむや。而かも色を売り貞操を売り、其純潔を汚し其羞恥を破らざる可《べか》らざりしの時に於て、その心情果して何にか似たるべき。その女性の最大汚点たり、最大恥辱たりと知りながら其最大汚点最大恥辱を甘じて受けざるを得ざるとせば、其心胸の苦痛と煩悶とあに言語のつくす所ならむや。而かも彼等は猶其中心の苦悶と悲痛とを戯謔と笑語との下に隠して、此最大恥辱最大汚辱とを喜むて受くるが如くせざる可らずとせば、誰れが之を寧ろ憐むべきの運命に非ずといはざらむ。其皮想よりして之をみる、彼等は此大恥辱のこと大汚辱の事を戯謔笑語の間に平然として之をなす、信に悪むべく賤しむべく、大醜陋、大卑猥のものたるに似たり、而かも知らずや、彼は泣かんとして笑ふものなり、哭せんとして謔《たはむ》るゝなり。泣かんとして泣くを得ずして却て笑ひ哭せんと欲して哭するを得ずして却て謔る、人間寧ろこれより悲惨の事あらむや。嗚呼々々心中無限の悶々を将《もっ》て、却て他の弄するに資して粉黛を粧ひ媚を呈す売春の女其行迹や悪むべし。而かも其心術寧ろ一滴の涙をそゝぐべきもの莫《なか》らむや。

嗚呼彼は人を迷はし、人を詐《あざ》むき、人の心を蕩かし、人の財を絞るといふか。彼等と雖ども豈に人を迷はし、人を欺むき、人の心を蕩かし、人の財を絞るを以て而して快とし、潔とせんや。たゞ彼等は、しかせざる可らざるの運命に陥れるなり、しかせざる可らざるの遇境に落ちたるなり。境遇の罪なり、人の罪にあらざるなり。而して習の性となるや、或は之を以て快とし、之を以て潔とするに至ることならむ乎。而かも猶是れ境遇の其の之を然らしめたるもの、彼等は是に至て寧ろ自らの罪の罪たるを知らむや、自ら罪を犯して自ら其罪の罪たるを知らざるに至る、豈に寧ろ人生憐むべきの境にはあらずや。その人を欺むき、人を詐《いつ》はるとはもとより罪なり、而れどもこれその罪に罪あるのみ、無邪気可憐花蕾の如きの少女を自ら罪を犯し乍らもその罪たるを知らざるまでに堕落せしむるに至ては、境遇の罪豈に少々なりとせむや。且それ貞操は女徳の最重なるもの、既に忍で之をしも破る、彼等何の行をか為し得ざらむ。その道徳の観念に欠くるに至るもとよりその所。嗚呼天下売春の女を指して禽獣といふ、而かも此憐むべき女児の貞操を破らしむる境遇の罪の更に悪むべきを知らざるなり、憶。

誰れ白鬼とは名をつけし、無間地獄のそこはかとなく景色づくり、何処にからくりのあるとも見えねど、逆さ落しの血の池、借金の針の山に追ひのぼすも手の物ときくに、寄つておいでよと甘へる声も、蛇くふ雉子と恐しくなりぬ。さりとも胎内十月の同じ事して、母の乳房にすがりし頃は、手打〱あわゝの可愛げに、紙幣と菓子との二つ取りにはおこしをお呉れと手を出したるものなれば、今の稼業に誠はなくとも百人の中の一人に真からの涙をこぼして（中略）常は人をも欺す口で人の愁らきを恨みの言葉頭痛を押へて思案にくれるもあり。今日は盆の十六日だ。お閻魔様へのお詣りに連れ立つて通る子供達の、奇麗な着物きて小遣もらつて嬉しさうな顔してゆくは、定めて〳〵二人揃つて甲斐性のある親をば持つて居るのであろ。私が息子の与太郎は今日の休みに御主人から暇が出て何処へ行つて何な事して遊ばうとも、定めし人が羨しかろ。父さんは呑ぬけ、いまだに宿とても定まるまじく、母は此様な身になつて耻かしい紅白粉（中略）悲しきは女子の身の寸燐の箱はりして一人口過しがたく、さりとて人の台所を這ふも柔弱の身体なれば、勤めがたく同じ憂き中にも身の楽なれば此様な事して日を送る、夢さら浮いた心では無けれど言甲斐のないお袋と彼の子は定めし爪弾するであらう。常は何とも思はぬ島田が今日斗りは耻かしいと夕ぐれの鏡の前に涙ぐむもあるべし

看よ如何に作者が萬斛の同情を運むで彼等の心情を描き来れるかを惻々として人をして泣かしめんとす、『今の稼業に誠はなくとも、百人の中の一人に真からの涙をこぼして』といひ、『此様な事して日を送る、夢さら浮いた気ではなけれど』といふ。嗚呼彼等を醜陋なり卑猥なりと唾斥する、天下方正の君子、之を読んでまた彼等が為めに一滴の涙を灑《そそ》ぎ給はずや。彼等が所業はもとより淫猥なり、彼等が行跡はもとより放縦なり、而れどもまた一片憐むべきの心情此くの如きものあるを忘る可らず。滔々たる天下偽善のみ、虚礼のみ、偽善ならず虚礼ならざれば天下之を不徳也不道なり放恣なりと罵る而る

に今求めて此醜陋を表とし卑猥を銘打たる者の間に入る。叱罵せられ唾斥せらるはもとより其所たるを知て、其叱罵され唾斥せらるゝ境に入る彼等と雖ども其叱罵せられ唾棄せらるを欲せんや、欲せずして之を為さゞる可らず其心情また憐むべからざらむや、ア、天下の眼は皮一枚の上をみるのみ。孔雀を真似る七面鳥を貴び、簑虫の形を悪むで父よとなく哀れを知らざるもの、み。

更に進むで作者が一篇の主人公たるお力を写し来るを見よ、彼が動作は如何にも放縦なり、所業は如何にも野卑なり、

頸もとの白粉も栄なく見ゆる天然の色白を、これみよがしに乳のあたりまで胸くつろげて、煙草すぱ〳〵長烟管に立膝、作る

その無作法人をして面をそむけしむるに足るに非ずや。

馴染はざら一面手紙のやりとりは反古の取かへッこ書けと仰しやれば起証でも誓紙でもお好み次第さし上ませう女夫やくそくなどと言つても、此方で破るよりは先方様の性根なし、主人もちなら主人が怕く、親もちなら親のいゝなり、振向ひて見てくれねば、此方も追ひかけて袖を捉へるにも及ばず、夫なら廃せとて夫れ限りになりまする。

何ぞその浮薄にして定操なきや、其面に唾せんとす。而れども其浮薄や野卑なるの間更に深く其心情を問へばまた人を泣かしむるに足るものあり。

菊の井のお力とても悪魔の生れ替りにはあるまじ、さる仔細あればこそ、此処の流れに落ちこんで嘘のありたけ串談に其日を送つて、情は吉野紙の薄物に蛍の光ぴつかりとする斗、人の涙は百年も我慢して我ゆゑ死ぬる人のありとも御愁傷さまと脇を向くつらさ他処目も養ひつらめさりとも折ふしは悲しき事恐ろしき事胸にたゝまつて泣くにも人目を耻づれば二階座敷の床の間に身を投ふして忍び音の憂き涙これをば友朋輩にも洩さじと包むに。根性のしつかりしたお気の強い子といふものあれど。障ればたゆる蛛の糸のはかない所は知る人はなかりき。

果然、作者は其はかなき所をみ得たり、如何に此放縦なるお力のはかなく哀れなる処を描き出さんとつとめたるを見よ。お力が

人前ばかりの大陽気、菊の井のお力は行ぬけの締りよしだ、苦労といふ事はしるまいといふお客様もござります、ほんに因果とでもいふものか、私が身位かなしいものはあるまいと思います。

と嘆じ、其胸中の欝々酒を以て僅《わづかに》之を遣るのみ、

お力が無理にも商売してゐられるは、此力と思し召さぬか、私に酒気が離れたら坐敷は三昧堂のやうになりませう。

嗚呼彼れも人の子のみ。綾羅につゝまれ、錦裀に坐し、宝鼎香濃に、繡簾風細かに、東

閣の上闔門深く鎖して空しく東風を怨むの人、これも亦人の子のみ。彼が粉を粧ひ媚を売り其色を売り其操を売らざるを得ざるの大恥辱大汚辱をうけて、而かも悲痛訴ふるに処なく、僅に酒に托して其悶を排するのみとせば、其境涯また悲惨のものにあらざらむや。

悲惨々々、彼は強て之を笑謔に紛らし酒に托せんとするも、猶時に悲惨の情に堪えざる所あり。作者がその客中にありて喧鬧の塲にたえず急に坐を逃れたるを写すを看よ。

お力は一散に家を出で、行かれるものなら此まゝに唐天竺の果までも行つて仕舞たい。あゝ嫌だ、、、、、何うしたなら人の声も聞えない、物の音もしない静かな〳〵自分の心も何もぼうつとして物思いのない処へ行かれるであろうつまらぬ、くだらぬ、面白くない、情ない、悲しい、心細い中に何時まで私は止められて居るのかしら、これが一生か、一生がこれか、あゝ嫌だ〳〵（中略）情ないとても誰れも哀れと思ふてくれる人はあるまじく、悲しいといへば商売がらを嫌ふかと一トロにいはれて仕舞、ゑゝ何うなりとも勝手になれ、勝手になれ、私には以上考へたとて私の身の行き方は分らぬなれば分らぬなりに菊の井のお力を通してゆかう、人情知らず義理しらずか、其様な事も思ふまい、思ふたとて何うなる物ぞ此様な身で此様な業体で、此様な宿世で、何うしたからとて人並では無には相違なければ人並の事を考へて苦労する丈間違

ひである

此一節誰れか之を読で、襟を沾ほさゞるものぞ、境遇はお力を悲惨の深谷に擠《おとさ》れたり、而かもその父祖遺伝の気象はかくの如き醜陋卑猥の間に在つても猶銷《とぎ》し得ざるなり、彼は『色の黒い、背の高い、人の好い斗りで、取得とては皆無』なる源七に彼は猶綿々たる一縷の情の、断たんと欲して断ち得ざるものあるなり、忘れんとして忘るゝ能はず、すてんとしてすつる能はず、而かも彼は猶此の如き醜陋の境卑猥の境にいつまでも安んずるを欲せず、彼はお高にいはれたるが如く『気位高』きなり、結城にいはれたるが如く『出世を望』めるなり忘られぬ乍らも『見るかげもなく貧乏せる』源七を忘れざるを得ざるなり、捨てられぬ乍らも『八百家の裏の小さな家にまい〳〵つぶろの様になつて』住せる源七を捨てざるを得ざるなり。されども栄枯によりて其愛を渝《か》ゆるはその気象として忍んでなし得る所にあらざるなり。彼はまた結城に対して情なきにもあらず。

そも〳〵の最初から、私は貴君が好きで好きで、一日お目にかゝらねば、恋しいほどなれど、奥様にと言ふて下されたら、何うでござんしようか、持たれるは嫌なり、他処ながらは忌はしゝ。

然り、彼は結城に情なきに非ず而かも其遺伝なる豪放の性は屈して人の妻たるを屑《いさぎよし》とせざるなり。彼は猶一片の自尊あり屈して栄達するを欲せず。而してまた其一片の気象源七をもすつるに忍びざるなり。

あの水菓子屋で桃を買ふ子がござんしよ、可愛らしき四つ計の彼子が先刻の人のでござんす。あの小さな子心にも、よく〳〵憎いと思ふと見えて、私の事をば鬼々といひまする、まあ其様な悪者に見えまするかとて空を見あげてホツト息をつくさま、堪へかねたる様子は五音の調子にあらわれぬ。

人は軽薄といへ、鬼といへ、蛇といへ、自らは鬼となり、蛇となり、軽佻となり、浮薄となる能はざるなり。結城に就かんか、源七を捨てんか、捨んとして捨て得ず、就かんとして就き得ず、結城に対するの情も有無の間に迷ひ、源七に対するの情も有無の間に迷ひ、就かんか、去らんか、去らむか、就かんか、迷また迷悶また悶。

彼は此胸底の迷と悶とを齎《もた》らして源七が刃に死にぬ、彼は捨てずまた就かず、彼は死によつて永く其迷を離れ、悶を断てり。知らずして殺されたるか、相約して死せる乎。はたまた故《ことさ》らに其手に死せる歟、嗚呼これも亦有無の間に存す。

吾人は敢て此篇を以て些の瑕瑾なしとはいはず、而れども作者がお力に向つて無量の同情をそゝぎ、其醜陋卑猥に包まれたる一点憐むべきの心情を、彼に代つて発露し来りたるに向つて十二分の賞賛を作者に呈するを躊躇せず。近時有髯の作家中猶よく此作に駕して遜色なきを得るものありや、作者が新進として優に其技倆の先輩に抽んづると、其筆致の軽妙、着眼の奇警観察の精緻大に天外と相似たるものなきに非ず。吾人は後進中に在て男作者には天外を推し、女流にあつては此作者を推す。二人は実に今日文壇の麒麟児なる哉。

此作者が筆致のこまやかにあわれに神釆の躍動せる試みに左の一節を見よ。

あゝ陰気らしい、何だとて此処な処に立つて居るのか、何しに此様な処へ出て来たのか、馬鹿らしい、気違じみた、我身ながら分らぬ、もう〳〵帰りませうとて横町の闇をば出はなれて、夜店の並ぶにぎやかなる小路を気まぎらしにとぶら〳〵歩るけば、行かよふ人の顔少さくすれ違ふ人の顔さへも遥とほくに見るやう思はれて我が蹈む土のみ一寸も上にあがり居る如くがや〳〵といふ声は聞ゆれど、井の底に物を落したる如き響に聞なされて人の声は人の声我が考は考と別々になりて更に何事にも気の紛れるものなく云々

豈に是れ神助の文にはあらずや、神来の語にはあらずや、入神の筆にはあらずや。

（明治28年12月「明治評論」）

女性作家に望む

高山樗牛

品の特徴は、雪子の狂気の原因や過去における植村録郎との関係などがいずれもあいまいなままにされていることである。雪子は狂気にとらわれているため、その発する言葉は論理的な意味をなさないものにならざるをえない。彼女の言葉はそのまま彼女の混乱する内面を表象している。かつてはそのあいまいさを作品の欠点と見る傾向が強かったが、女性と狂気という主題を考えたならば、むしろそのあいまいさは狂気それ自体を描いたことに由来するわけで、一葉文学が女性における狂気をどのようにとらえ、表現しようとしたかという点で興味深い作品である。

『たけくらべ』とならんで一葉の代表作とされる『にごりえ』は、明治二十八年九月、雑誌「文芸倶楽部」に掲載された。菊の井の酌婦・お力を主人公とするこの作品は、発表当時から高く評価された。新開の町の銘酒屋で、自らの生に深く苦悩しながら生きるお力と、一方、お力ゆえに身代を失い極貧の生活を送る源七一家、さらにお力の酌婦仲間の女性たちが交錯するこの作品は、まさに明治社会の〈にごりえ〉の生を描き出している。さらに、酌婦であり私娼であるお力と母・妻としての矜持によってようやく生活の辛さに耐えている源七の妻お初と、一見対立する存在であるかのような両者が実は容易に交換可能な存在であることを描き、家父長制度が女性たちをどのように位置づけて

歳寂《としさ》びて野山と共に霜枯れし去冬の文壇に、時ならぬ花を匂はせし文芸倶楽部の閨秀小説が、読詩社会に博したる喝采は実に驚くべきものありき。其の批評の詳細なるは、幾多の新聞雑誌既に之を尽せしを以て、女流作家の幸運なる発途を祝するの外、吾等今是れを再びするを要せじ。但し所感二三を陳じて少しく閨秀諸君に望む所あらしめよ。

花圃女史が『萩桔梗』は、女流作家の先鞭を着けたりし女史が作として、取上げて言ふべき程のものに非ざるや否やは、吾等知らず。されど其の筆や洵に麗はし。友義の為に愛情を捨つるは、是れ身を殺して仁を為すものなり。女性として為し得べき最高の徳義は何物か是れに若《し》かむや。女史が老練なる手腕は是の間の委曲を蘊《つく》さざるに庶幾《ちか》し。一葉氏の『十三夜』に至りては、よしや其の深刻は『濁り江』に及ばずとするも、日常市井の資料を駆りて是の凄悄悲惨の情理を曲尽す。筆路洒脱淡きこと雲の如きも、情火斑々として人に迫る、是れ所謂る血三年にして碧を蔵するの契を得たるもの、洵に得易からざるの才と謂ふべし。『黒眼鏡』、『村時雨』、『片時雨』、『しろばら』等は、決して女流作家が名誉の作と謂ふべからず。就中『しろばら』の如きは、吾等は淑徳ある作者の品性に於て累を為すあらむを惜む。而かも『十三夜』の一篇、能く閨秀小説の重きを撐持《とうじ》し、女性作家の為に萬丈の光焔を放ちたるものと謂ふべし。

若松賤子の『わすれがたみ』は、飜訳の珍として夙に当年の好評を博したるもの。小金井喜美子の『名誉婦人』はた是れ黄絹幼婦の小品、清新高潔、優に我が作家を啓発するに足るものあり。されど是れ飜訳なり、吾等は当代作家の陳套なる意想に対する一mockerとして之を見ることを得ざるべきか。若松、小金井二氏の技倆は、飜訳家として決して男性作者の後に立つものに非ず、而かも吾等は未だ其の創作に接せざるを以て、二子を認むるに暫く小説家を以てせざるべし。

一葉、花圃以下の作を読で吾等の先づ感じたるは、其の意想と観察の甚だ狭きことなり。『萩桔梗』と『暮ゆく秋』の如何に似たることよ。『白ばら』や、『黒眼鏡』や、はた『十三夜』や、其の材とする所は婚嫁の事情に非ざれば、浅薄なる、はた卑猥なる恋愛談に過ぎず。彼等が筆には、天然に対する同情のほの見ゆる痕だにあらず、高尚なる道義の観念は殆ど求むべからず、まして宗教、哲学の思想をや。観察の狭き、人の世界を広むる想像力の、如何ばかり彼等に欠けたることよ。彼等の作の多くを以て、其の実歴談の潤色に過ぎずと謂ふ者あらば、彼等の幾人か能く然らずと言ひ得べきか。

恋愛は人情の活動中、最も清く最も美はしく且つ最も貴きものの一なり。沙翁も近松も、愛の詩人なりき。真に愛の宝壺を叩きて、其の霊泉の一滴を掬し得るものあらば、何れの日、何れの人か大詩人たるを得ざるべき。吾等は恋愛小説を卑しとする人々の所謂る高き小説の、如何ばかり卑きかを見むと欲する者也。さりながら今日の小説家が描写する愛情の、如何に浅薄に偽り多きかを想へば、作家が理想の高さの程も浅ましく忍ばるゝに非ずや。吾等は滔々たる文壇作家の通弊を以て、独り殊に閨秀作者を責むるものに非ず。淑徳あり才藻に富める諸子に望むに、純潔なる恋愛小説を以てするものは、男性作家の品性に於て深く慨する所あればなり。嘗てシルレルが『ワレンスタインの死』を読みて、少女テクラが高潔なる愛情に涙を濺ぎしことありしが、今猶ほ其言を記憶して忘れず。テクラが命をかけて愛せるマックスは、其の去就に惑ひて最後の決心をテクラが一言の上に託せり。公道の中に愛に対する最大の義務を認めたる哀れなるテクラは儼然として謂へらく、

行け、御身に忠なるは即ち妾に忠なる所以なり、

運命は吾等を別つも、吾等の胸は依然として一也。

Wie du dir selbst treu bleibst bist du's mir.

Uns trennt das Schicksal, unsre Herzen bleiben einig.

美は善を容れて余りありと謂ひしが、道義を透《とほ》して見たる愛は、清水を透して見たる真珠の如し。水は真珠によりて其の清きを加へ、真珠は水によりて其の光を増す。想へば我が作家の写せる恋愛の果敢なさよ。人は自己より大なるものを作る能はず。夫の少

女の純潔を誘瀆し、楊台狭斜の中に湎溺し、小説家を名として獣慾を逞うする輩に向つて吾等の希望を属するは、寧ろ蕕草に於て蘭香を求むるが如けむ。而かも滔々たる世人は、斯の如き著作によりて、漸く恋愛小説を排棄せむとするに至りては、吾等豈恋愛小説の為に其の寃を訴へざるを得むや。我国閨秀作家は、是の際宜しく潜心熟慮すべき也。

人生の仮想は一にして足らず、心境雑然として相交はりて其の帰する所を知らざるが如し。然れども人は遂に道義的生物なり。最も健全なる思想が、あらゆる人間の活動を評価する縄墨は即ち是の道義なり。故に道義の不満足は、あらゆる人心の不満足なり。是の点より見るときは、今日の小説は多く不満足なる小説と謂はざるべからず。吾等は閨秀諸君の著作も亦遂に是の軌を脱する能はざりしを恨みとす。想ふに、諸君が著作の模範として取る所のものは、今日の男性作家の作に非ざるなきか。果して然らば是れ大に誤れり。女性は男性と共に人心の一半を分つ。元より是れ自らの観察と情緒と理想とを有す、其の著作亦吾等の見るべからざる世界を有すべし。何を苦むで不健全不自然たる当今の群小作家に私淑するを須《もち》ゐむ。其の独得の見地に拠りて、平生の素養を傾注せば、妙自から其中に在らむ。諸君もしエリオット、エッヂヲース、クレー諸氏の著作を翫味せば、其の成功したる所以の如何に女らしき所に在るかを知るに足らむ。

（明治29年2月「太陽」）

一葉女史の『われから』

高山樗牛

文芸俱楽部の第六編は又もや一葉女史が『われから』と題する一佳篇を掲げぬ。女史がけふこのごろは殆ど吾等をして、加ふべき讃辞の選択に倦むことを覚えざらしめむとす。

おのづからとは云ひながら、扨ても見事なる女性の観察は、鬚眉作家のなか〳〵に及び難きものありて存す。お美尾のことに就きては、巧みに筆を省かれたれども、ありしにも増して明に思ひ遣らるゝは、たゞの腕にはあらず。上野わたり浮世の栄華を思ひ染めて、見る影もなき身に較《くら》べては、ありし我にもあらず心狂ひて与四郎との中、是より永く隔たりし。はては出処あやしき二十円の金を名残に、其子までを置き去りて跡なく消えしお美尾は、二十年の後に、派手作りにはたち下とも見ゆる奥様となりて顕はれぬ。そもや『お前、母の性を受けつぎて、高品にきやしや骨細の生れつき。家つきを冠りの気儘、よろづ派手好みに、下々の思ひやり厚く、情多く、嫉妬深く、気の軽き割りには心細く、憂しと思ひつめては、一日一夜泣きつづけもし兼ねまじく、エ、まゝよとやけの上にては何事にても為兼《しかね》まじき』神経質の女性は、お美尾のありし昔にくらべて親子の縁浅からず、筆の跡床しうたどられぬ。『旦那様の身持ちは那程までに吾を袖にし給へども、女の身の悲しさは、あけて夫れとも怨じ難《か》ね、思ひ〳〵てつらや〳〵の果は、心にも無きあさましの挙動《ふるま》ひ、家つきとて許されず、浮世の外にわれから身を捨つる』お町の末路。吾等は読み終りて女子の身の憐れに悲しう涙こぼれぬ。

吾等は一葉女史が筆の痕に、お町の身の上に十分の同情を認め得たるを多とす。お美尾とお町、与四郎と恭助、是の間の因縁を冥想すれば、一部の世情歴々として鏡にかけて見るが如し。書生千葉が、お町に対する隠然たる依恋の情は、下婢の間話の中にほの見えて、頼り少き天が下に、我一人の奥様の間に、一路の情糸を遊ばしめたる作者の手《て》際《ぎは》など、にくらしきほど床しや。

会話の調子の品能くて実らしく、地の文との繋ぎの穏かに角目だたぬ、さては円転滑脱、痒き所に手のとどくフレクシブルの書振《かきぶり》、此等は一葉女史が独得の長所なり。殊に女性の談話には一種云ふべからざる同情を湛ふるあたり、殆ど天品の筆とも謂つべくや。

もとより一葉が作とて賞めることばかりで無し。さりながら、其の佳処長処の応援は、殆ど人をして欠点を指示するの遑なからしめむとす。文芸倶楽部をさむる所の八篇、光彩陸離たる『われから』の一篇にけおされたるの観なきに非ず。『濁り江』や、『十三夜』や、はた『わかれ道』、『たけくらべ』や、顧へば社会は如何なる賞讃を以て彼等を迎へしや、文界に成功したるもの、近時一葉女史が作の如きは蓋し少し。吾等は明治文壇の為に、是の好女小説家を得たるを喜ぶと共に、滔滔たる男性作家に向つて、いま一段の奮励を希望せざるを得ず。

（明治29年6月「太陽」）

たけくらべ

森鷗外・幸田露伴・斎藤緑雨

頭取。次は一葉のたけくらべなり。大音寺前に育つ子供おのづから二群に分れ、表町なるは或る公立学校に通ひ、横町なるは育英舎といふ私立学校に通へり。かなたは金かしの子なる田中屋正太郎を頭とし、こなたは藤本信如といふ龍華寺の僧の梵妻に生ませたる子を頭とす。信如はおとなしき性なれば、人と争ふ心なけれど、横町組の事ごとに表町のものに気圧さるゝを憤れる鳶頭の息子長吉、多少の教育ありて子供仲間の信用重き信如を戴きて、八月廿日の千束神社の祭をしほに、正太と喧嘩せんとす。こゝに大黒屋のお職大巻が妹に美登利といふ美き少女あり。横町組の子供と同じく育英舎に通へど、常は正太に親みて倶に遊び暮せり。祭の日に美登利が主になりて、筆屋の店に幻燈の催をなしゝに、長吉等は正太を襲はんとてこゝに乱れ入りぬ。正太は夕飯に帰りて在らず。横町より遊びに来居る容貌をかしき三五郎といふ子袋だゝきとなるを見兼ねて、美登利一言二言いひ争ひしに、長吉泥草鞋を取りてその額になげ付けて去りぬ。美登利はこの時より育英舎に出でず。此年三の酉ありしが、その頃美登利島田髷に結ひ初めて、俄に正太との親みを絶ち、何につけても恥かしがりて敵手にならず。初め美登利は育英舎のゆきかへりに、信如を待ち合せ、信如に親切を竭《つく》したりしに、子供仲間の弄ずるが五月蠅《うるさ》きより、信如はよそ〳〵しくするやうになり、果は千束神社の祭に長吉が信如の名を担ぎ出して喧嘩し、その折草鞋を美登利に投げかけしため、信如と美登利との間に一種の張《はり》を生ずるに至りぬ。さて美登利が島田になりて引き籠り居る頃、或る霜の朝、水僊の作り花を格子門の外よりさし入れ置きしものあり。美登利はこれを違棚の一輪ざしに活けて、淋く清き姿をめでけるが、その翌日は信如が何がしの学林に袖の色かへぬべき日なりきとぞ。

ひいき。此作者の作にいつもおろかなるは無けれど、取り分け此作は筆も美しく趣きも深く、少しは源の知れたる句、弊ある書きざまなども見えざるにはあらぬもの、、全体の妙は我等が眼を眩ましめ心を酔はしめ、応接にだも暇あらしめざるほどなれば、もとよりいさゝかの瑕疵などを挙げんとも思はしめず。近頃は世の好みにてか、評者の好みにてか、作者の好みにてか、不思議なる小説のみ多くなりて、一篇を読むごとに我等は眉をひそめて、これ意を新にして功を得んとせる人々の体を失して怪を成せるにはあらずやと打つぶやくことを免れざりしが、此作者の此作の如き、時弊に陥らずして自ら殊勝の風骨態度を具せる好文字を見ては、我知らず喜びの余りに起つて之を迎へんとまで思ふなり。栴檀を削りて此一片の香の好さよと云はんことの愚なるが如く、芳野の花見がへりに一枝を家づとゝして全山のおもかげを忍べと云はんことの理無きが如く、佳き作の句を摘み章を指して妙なる哉〳〵と云はんは、真に愚にしてをさなき烏滸なる業なれども、思ひ余りては愚なりと知りつゝも愚なるわざを誰もするものなれば、わづかに其第一章のみを我等が少しく取り出で、云はんも、左ばかり咎むべきことにはあらざるべし。第一章は単に大音寺前のありさまを叙し、つゞきて其あたりの児等の学ぶ小学校のありさまを叙し、さて其小学校の生徒たる信如といへる児を一寸叙し出せるばかりなれど、遊郭近き地の自然と他の地と違へるさま眼に見る如く、がらを好みて巾広の巻帯、年増はまだよし、十五六の小癪なるが酸漿ふくんで此姿はと目をふさぐ人もあるべしといへる、昨日河岸店に何紫の源氏名耳に残れど、今日は地廻りの吉と手馴れぬ焼鳥の夜店を出してといへる、学校の内のさまをいふくだりに、おとつさんは刎橋の番屋に居るよと習はずして知る其道のかしこさ、梯子のりのまねびにあれ忍びかへしを折りましたと訴へのつべこべといへる、お前の父さんは馬だねと言はれて顔あからむる子の富家の子に追従するといへる、僧の子なりといふかどにて信如に悪戯仕掛くる児の猫の死骸を縄にくゝりてお役目なれば引導をたのみますと投げつけし事もありしといへるなど、いづれも他の人には見難き筆なり。坊ちやん坊ちやんとて貧家の児の富家の児に追従すると書けるなんどは、何事も無きことのやうに思ふ人もあるべきかなれど、至り深き書きざまといふべく、同じ猫の死骸も此篇の此章にて用ゐられたると、泥水清水の首の方に用ゐられたるとを思ひ合はすれば、随分おもしろき違ひあり。

(むだ口。猫も申すべし。彼作者には酷くも死したるものを猶殺して用ゐられしが、此作者には嬉しくも活かして用ゐられたりと。)

枝葉の事は措きて、篇中の人物、みどり、信如、正太郎、長吉、三五郎、龍華等の和尚など、善くもそれ〳〵にそれ〳〵の面貌風采を読むもの、眼前に在るが如く思はしむるまでに写されしものかな。みどりの活〳〵としたる、目かくしの福笑ひに見るやうなる眉つきせる三五郎の愚にして愚ながらに相応の慾も虚飾も情も義理も知れる、正太郎が物のわかり敏きのみならず早くもひそかに美登利を思へる、長吉が生意気にて加之《しかのみならず》気を負《たの》める、信如がくすみたる、和尚が何とも云へぬをかしき俗気満々たる、皆よく描きも描かれたり。美登利が信如に対する心中の消息は、もとより年ゆかぬもの丶ことなり、あらはには写し難し、さりとて写さでは済まず、これ語を下せば即ち錯過する底のところ、文の最も難境なるが、凡作家のか丶る境に於て動《やや》もすれば千萬語を費して而も愈々其伝へんと欲するところのものと相遠ざかるの醜を演ずるとは違ひて、此作者が最も自然に近き方法を以て其消息を伝へしは感ずるに余りあり。信さんかへと受けて嫌な坊主つたら無い云々と第十一章に記したる其一節、何うもしないと気の無い返事をしてと其次の節にて叙したる一句、それと見るより美登利の顔は赤うなりてと記したる第十二章の一節、庭なる美登利はさしのぞいてと記したる第十二章の一節、これら僅々の文字を以て、実は当人すら至極に明らかに自覚せりといふにはあらざるべき有耶無耶の幽玄なる感情を写したるは最も好し。信さんかへと初一句にはさんをつけて呼び、次の句には直ちに嫌な坊主といへるが如きは、何ぞ其の美登利の可憐にして而も作者が伝神の筆の至妙なるや。字減するを得ざれば乃ち其蜜を知る、蜜なるかな〱、字去つて意留まるといふものこれなるべし。人の身に刃を加へて皮膚を剥ぎ心肝を抉剔し出して他に示すやうなることを敢てせずば高尚なる小説といふものにあらずとにても思へるらしき多くの批評家多くの小説家に、此あたりの文字五六字づ丶技倆上達の霊符として呑ませたきものなり。正太郎が美登利に対しての心中も、これは生意義にてませたる児だけにや、写し易かるべけれど、水道尻の加藤にて写真をとらんと云はせ、そんなことを知るものかと云ひて廻れ水車を小音に唄ひ出させ、だけれど彼の子も華魁になるのでは可憐さうだといはせ、何故でも振られる理由があるのだものと云はせ、終にはふいと立つて庭先より駈出させたる作者の用意皆あだとはならず、憎にこたへり。特に頓馬に対ひてお前は何故でも振られると正太郎に云はせたるは、作者まことに薬王樹を齎らして我等に仮し、人の肺腑を活けるまゝに見せたりとも云ふべし。美登利が島田髷に初めて結へる時より、正太とも親しくせざるに至る第十四、十五、十六章は言外の妙あり。其の月其の日赤飯のふるまひもありしなるべし、風呂場に加減見たりし母の意尋ねまほし。読みてこゝに至れば、第三章の両親ありながら大目に見て云々の数句、第五章の長吉の罵りし語、第七章の我が姉さま三年の馴染に銀行の川様以下云々の悲しむべき十数句、学校へ通はずなりしまであなどられしを恨みしこと、第八章のかゝる中にて朝夕を過ごせば以下の叙事の文など、一時に我等が胸に簇り起りて、可憐の美登利が行末や如何なるべき、既に此事あり、頓て彼運も来りやせんと思ふにそゞろあはれを覚え、読み終りて言ふべからざる感に撲たれぬ。鹵莽なる読者ならずば、唯に辞句の美を説くにとゞまらず、必ずや全篇の秘響傍通して伏采潜発する第十四、十五、十六章に至りて、噫と歎じて而して必ずはじめて真に此篇の妙作たることを認むべし。文の癖など、人によりては厭ふべき節の別れ路、十三夜等よりは此篇に多きかは知らねど、全体より云へば、此篇却て勝れたること数等なるべし。

第二のひいき。兎いはん角いはんと思ひ居たりしことも、その言葉こそ同じからね、先づ前席の人の無碍自在なる弁才もて演べ尽されたる心地すれば、われは口を杜いでも止むべきかなれど、さてはまた余りに残惜しかるべし。大音寺前とはそも〳〵いかなる処なるぞ。いふまでもなく売色を業とするものゝ余を享くるを辱とせざる人の群り住める俗の俗なる境なり。されば縦令《たとへ》よび声ばかりにもせよ、自然派横行すと聞ゆる今の文壇の作家の一人として、この作者がその物語の世界をこゝに択みたるも別段不思議なることなからむ。唯ゞ不思議なるは、この境に出没する人物のゾラ、イプゼン等の写し慣れ、所謂自然派の極力摸倣する、人の形したる畜類ならで、吾人と共に笑ひ共に哭すべきまことの人間なることなり。われは作者が捕へ来りたる原材とその現じ出したる詩趣とを較べ見て、此人の筆の下には、灰を撒きて花を開かする手段あるを知り得たり。われは縦令世の人に一葉崇拝の嘲を受けんまでも、此人にまことの詩人といふ称をおくることを惜まざるなり。且個人的特色ある人物を写すは、或る類型の人物を写すより難く、或る境遇の Milieu に於ける個人を写すは、ひとり立ちて特色ある個人を写すより更に難し。たけ競出でゝ復た大音寺前なしともいふべきまで、彼地の「ロカアル、コロリツト」を描写して何の窘迫せる筆痕をも止めざるこの作者は、まことに獲易からざる才女なるかな。若し夫れ一章一句の上に現れたる霊機をば、前席なりし人の燃犀音ならず幽として燭せざることなき眼光もて照し出し捉へ来りし後なれば、われ復た何をか言はむ。已むことなくば、かの第十二章より第十三章に亘れる、信如が時雨ふる日に母の使に出で、、大黒屋の寮の前にて、朴木歯の下駄の端緒を脱かせし一段をや、猶取り出でゝ言ふべき。唯ゞ是れ寸許の友禅染の截片《きれ》なれど、その美登利が針箱の抽出しより取り出されてより、長吉が下駄借りて信如の立ち去りし跡に紅入のいじらしき姿を空く地上に委ねたるに至るまで、読者の注意を惹くこと、希有の珠宝にてもあるかの如くなるはいかに。その人よりして言はゞ、お七が吉三のとげをぬきてやる前人の藍本もあるべく、その物よりして言はゞ、梅川が孫右衛門の下駄の緒立てゝやる古人の趣向もあるべしと雖、われはこの作者がかゝる Reminiscenz の力を借りしに非ざるべきを疑はず。

（明治29年4月「めさまし草」）

解説

菅　聡子

『大つごもり』にはじまる樋口一葉文学の充実期を〈奇跡の十四ヶ月〉と呼んだのは和田芳恵氏であった。たしかに、明治二十七年十二月の『大つごもり』発表以降、一葉の作品はそれまでの歩みから大きな飛躍を遂げ、明治二十九年十一月二十三日にその早すぎる死を迎えるまでのわずか一年半あまりの間に、『たけくらべ』『にごりえ』『わかれ道』といった、日本近代文学史上に残る名作の数々が集中的に書かれた。その意味で、たしかに〈奇跡〉の時間と呼ぶことができるだろう。しかしその達成は、〈奇跡〉として一方的に与えられたものではなく、そこにいたる一葉の小説修行、社会認識の深化などによってもたらされたものである。

本書は、樋口一葉が残した作品――小説・随筆・日記・和歌その他――のうち、小説作品によって構成されている。一葉が残した小説作品は全部で二十二篇である。そのうち、〈奇跡の十四ヶ月〉の充実期に発表された作品を中心に八篇を、またそこにいたる一葉の文学的歩みを示す指標となるものとして初期作品から『闇桜』『やみ夜』の二篇を収録した。

＊

各作品の解説に先立って、作家としての樋口一葉の歩みを簡単に確認しておこう。

樋口一葉は、明治五年（一八七二）三月二十五日（太陽暦では五月二日）、樋口則義・たきの次女として東京に生まれた。本名は奈津、ほかに夏子・なつ等の署名がある。幼い頃から読書に夢中になり、学問を好んだが、「女子に学問はいらない」という母親の反対によって女学校へ進むことはできず、青海学校小学高等科第四級卒業をもって一葉の学校教育は終わった。しかし、娘の学問好きを愛した父親は、一葉を中島歌子の主宰する和歌の塾・萩の舎へ入門させてくれた。当時、和歌は女性のたしなみの一つとされていたのである。このとき、一葉は十四歳。この萩の舎入門が、一葉の文学者としての第一歩であったと言える。一葉入門当時は萩の舎の全盛期にあたり、門人には梨本宮妃・鍋島侯爵夫人・前田侯爵夫人といった人々が名を連ねていた。そのなかにあって、決して富裕とはいえない一葉は、たとえば着る物ひとつをとっても肩身の狭い思いをすることも多かったが、徐々に和歌で才能を発揮し、発会では一番をとることも少なくなかった。

一葉の人生にとって大きな転機となったのは父・則義の死であった。一葉には二人の兄があった。長兄・泉太郎は生来病弱であったが、樋口家の家督を相続してまもなく二十三歳の若さで亡くなった。この時点で、次男・虎之助は樋口家の籍を離れ、また長姉・ふじもすでに他家に嫁いでいたので、次女である一葉が相続戸主となったが、実質的には書類上は後見人となっていた父・則義がその役割をつとめていた。しかし、泉太郎の死、事業の失敗などが重なり、則義は失意のうちに病没した。このとき、一葉は実質的にも樋口家の戸主・家長となったのである。以後、母・たきと妹・邦子の生活の責任はすべて一葉の肩にかかることになる。明治二十二年、一葉、十七歳のときである。とは言え、収入の道はなく、洗濯や仕立物で生計をたてるしかなかった。貧困がつのるなか、一葉は小説を書いて生活費を得ることを決意したものと思われる。

明治二十四年、「東京朝日新聞」の小説記者・半井桃水に小説の師として指導を受けることを願い出、翌二十五年三月、桃水が創刊した雑誌「武蔵野」に第一作『闇桜』を発表した。以後、数篇の作品を書き続けるが、世評にのぼることもなく、一方で一家の生活はますます困窮していった。糊口のための文学に疑問を抱き始めていた一葉は、金銭のための執筆を放棄し、商売を始めることを決意する。明治二十六年七月、一家は下谷龍泉寺町に転居し、子ども相手の小さな雑貨屋を開いた。吉原遊廓周辺の町であることで、一葉ははじめて社会の最下層を生きる人々や身を売る女性たちの生活を目の当りにした。龍泉寺町への転居は、一葉の意識においては明らかな零落であったが、この町での生活が、一葉の明治社会に対する認識を深め、後の名作の数々を生み出すことになる。

明治二十七年、店をたたみ、再び本郷丸山福山町に転居した一葉は、その文学上の充実期を迎える。『大つごもり』『にごりえ』『十三夜』『たけくらべ』といった作品が発表され、一葉は同時代文壇においてもっとも注目される女性作家となった。しかし一葉は、そのような世間の評判の背景には、自分の女性という性に対する好奇心があることに気づいていた。作家として注目されればされるほど、世間の関心は自らの〈女〉に集中する。女性であることと〈書くこと〉の矛盾・交錯に苦悩しつつ、一葉はさらなる〈書くこと〉を模索していたに違いない。しかし結核に冒されたその身はそれを許さなかった。明治二十九年十一月二十三日、一葉はわずか二十四歳でその生涯を閉じた。

＊

樋口一葉の文学はいずれも、明治近代の抑圧のもと、沈黙を強いられていた女性たちの生の苦悩を、さまざまな場所を生きる女性たちの姿として描き出している。本書に収録した作品にも、彼女たちの声が聞こえている。

『大つごもり』は、明治二十七年十二月、雑誌「文学界」に掲載された。第一作『闇桜』の文章と比較すれば明らかなように、簡潔で写実性に富む文章によって語られた『大つごもり』は、作家としての一葉が、一段の成長をとげたことを示している。また、金銭をめぐるドラマを「大つごもり」の一日に集約させている点には、井原西鶴文学の影響が指摘されている。下女奉公でつらい労働にたえているお峯は、伯父一家への恩義と愛情ゆえに主人の金に手を付けるまでに追いつめられていく。その背景には、早くに両親を亡くした自分を実の娘のように育ててくれた伯父一家に対する〈家族〉幻想、〈正直〉という徳目をめぐる労働者と資産家の矛盾、雇用関係に対する過剰な期待、等々、さまざまな問題が潜んでいる。また、一見ハッピーエンドに見える作品の結末も、実はそう単純に言い切れはしない。たしかに物語内の時間においては、お峯には救済が与えられた。しかし、この後の時間においてはどうだろうか。伯父一家が再び金の無心をしてきたとき、お峯にはそれにこたえるすべはない。そのときお峯はどうしたらいいのだろうか。

『ゆく雲』が発表された明治二十八年五月は、日清戦争の戦勝気分に人々がひたっていた時期にあたる。本作にも、一葉作品中では唯一、日清戦争についての記述が見られる。作品の外部にはそのようないわゆる大状況があることを示唆しつつ、しかし語られるのはお縫という一人の娘の心のゆくえである。この作品では、主に東京を舞台とする一葉作品には珍しく、両親の故郷山梨の地が重要な役割を果たしている。山梨へと去った桂次と、東京に残されたお縫とをつなぐただひとつのよすがは手紙であった。自らも多くの書簡を残し、また最後の著作として女性のための手紙文例集『通俗書簡文』(明治29)を書いた一葉は、明治の女性にとって手紙が重要なコミュニケーションの手段であることをよく知っていた。『ゆく雲』には、そのような手紙の機能が見事に織り込まれている。なお、本作が掲載された雑誌「太陽」は、博文館ジャーナリズムを代表する総合雑誌である。

『うつせみ』は明治二十八年八月二十七日から三十一日まで「読売新聞」に掲載されたが、原稿依頼をしたのは当時「読売新聞」の記者であった関如来で、如来は以後一葉と親交を結んだ。主人公の雪子は名家の一人娘であるが、狂気にとらわれている。この作

いるか、すなわち性的欲望を満足させるための制度外の女性と、母・妻として家庭を守る制度内の女性と、制度の内外に表面的には分断されつつ、実際はともに制度を支える生を余儀なくされていることを暴き出している。

『十三夜』は明治二十八年十二月、「文芸倶楽部」臨時増刊「閨秀小説」に掲載された。女性の側からの離婚を描いた作品として、先行する清水紫琴「こわれ指環」(明治24)との関連なども関心を呼んでいる。高級官吏原田勇の妻・お関が、日々つのる夫の精神的虐待に耐えられず、離婚したいとの思いを打ち明けに実家斎藤家に戻ってくるところからこの作品は始まっている。長男の幼い太郎を置いて家を出てきた彼女であったが、父親の説得の言葉を前に屈せざるを得ない。没落士族である斎藤家が再び家を興すことができるかどうかは、お関の弟で長男の亥之助の将来にかかっている。夜学に通いながら給仕として働く彼は、原田の縁故のおかげで職場での待遇もよくなっている。お関が離婚して原田の家を出てしまえば、弟の将来、ひいては斎藤家の再興はおぼつかない。つまりお関の価値は、原田の妻・太郎の母としてのみあるのであって、斎藤家の娘に戻ってしまえばそれは失われるのだ。このことを初めとして、この作品には明治の家父長制度と、そこでの女性の位置を考えさせるさまざまな問題が含まれている。物語の後半では、前半では被害者に見えたお関が、しかし録之助やその妻・杉田屋の娘を不幸に陥れる原因になっていたことが明かされ、人間の関係性の複雑さが示されている。本作が掲載された「閨秀小説」は、日本で最初の女性作家特集号で、当時の人々の耳目を集めた。口絵に女性作家たちの肖像写真が掲載されたこともあって、世間の一葉への関心が高まる一因となった。

明治二十九年一月、「国民之友」に掲載された『わかれ道』は、仕立物で生計をたてるお京と、傘職人の吉三という二人の別れを描いた作品である。仕事を持ち自立し、長屋に一人住まいの独身の女性、というお京の境遇は、当時の女性としては珍しい。よって、その美貌とあいまって、周囲の視線は彼女がいつまでもこの仕事屋を通すわけではあるまい、いずれは妾奉公などに出るのだろう、と思っている。一方、吉三は十六歳だが、十一歳ぐらいにしか見えないという青年で、お京の部屋に親しく出入りしている。捨て子で、角兵衛獅子をしていたところを傘屋の隠居に拾われた彼にとって、現在の生活は望みうる最高のものである。だが、お京は「出世」を望んでいる。そしてそれが妾奉公という形で作品内にあらわれるとき、男の出世と異なって、女の出世がすなわち性を売る妾奉公であるという、明治社会における女性の性をめぐる視線があらわになる。

お京にとっての妾奉公は、彼女の主体的な選択であるかのように見えるが、作品は決してそれを肯定的に提示するのではなく、最後の吉三の吐く言葉によって、厳しく相対化されている。

『たけくらべ』は、はじめ、雑誌「文学界」に明治二十八年一月から翌二十九年一月までの約一年間にわたって、断続的に掲載された。その後、明治二十九年四月に「文芸倶楽部」に一括掲載された。この際に一葉は字句の修正等の改訂を行っており、本書ではこの一葉自身の手によって直された「文芸倶楽部」の本文を採用した。『たけくらべ』の成立には、明治二十六年七月、下谷龍泉寺町に転居した際の経験が大きな意味を持っている。さきに記したように、この吉原遊廓周辺の町で、一葉は社会の底辺を生きる女性たちの姿、彼女たちの生の苦しみを目の当たりにした。『たけくらべ』の主人公美登利や、彼女をとりまく少年たち、さらに美登利の姉・大巻といった人々の造形は、この龍泉寺町での生活がなければ成され得なかったであろう。祭りを前にした夏の喧噪にはじまり、初冬の淋しい霜の朝に終わるこの作品は、季節のうつろいと少年少女たちの時間のうつろいを重ね合わせながら、明治近代のもう一つの姿を描き出している。龍華寺の信如、大黒屋の美登利、とそれぞれの所属する場所を背負って登場する彼らは、将来においても決して同じ世界に住むことはできない。そして美登利の将来の時間は、すでに華魁になっている姉・大巻の現在でもある。

『たけくらべ』を執筆する一年間のあいだに、一葉は、すでに紹介したようなさまざまな境遇の女性たちを描いてきた。下女奉公の労働に耐えるお峯、家のために自己を殺しながら生きるお縫、狂気にとらわれるお雪、私娼として生きつつ、自己の存在の意味に苦悩するお力、恵まれた人妻でありながら離婚を願うお関、仕立物で自立しつつも妾奉公の道を選ぶお京。思うに、『たけくらべ』の少女美登利は、このように書き続けられた女性たちの原点ではないだろうか。美登利にとって〈大人になること〉はすなわち遊廓の娼妓になることを意味しており、それ以外の選択肢は与えられない。すでに姉を大黒屋に売った彼女たちの両親は、同じ期待を美登利に寄せている。明治近代において、女性の性がどのように取り扱われていたのか、そのことを非情なまなざしで暴き出しつつ、しかし一方で二度と戻ってはこない〈子どもたちの時間〉への哀惜の抒情とともに見事に描き出されたのが『たけくらべ』なのである。

明治二十九年五月に「文芸倶楽部」に掲載された『われから』は、一葉にとって最後の作品となった。同時代評以来、構成の不均等などが指摘されているが、母・美尾の物語、娘・お町の物語がどのように重層するのか／しないのか、さらに、この母‐娘の物語の系譜に対して、美尾の夫でお町の父である与四郎とお町の入婿である恭助との父‐息子物語の擬制とがどのように交錯するのかなど、多様な読みの視点が可能である。

＊

初期作品のうちからは、第一作『闇桜』と『大つごもり』以来の〈奇跡の十四ヶ月〉直前の作として『やみ夜』の二作を収録した。

『闇桜』が掲載された「武蔵野」は、当時一葉の小説の師であった半井桃水が、おそらく彼女を世に出すためもあって、明治二十五年三月に創刊したものである。一葉はその第一編に『闇桜』を掲載し、小説家としてデビューした。『大つごもり』の文体と比較すれば明らかなように、『闇桜』の文体は和歌などを地の文に織り込んだ雅文であり、まだ装飾過剰な傾向が強い。主人公の中村千代、その幼なじみの園田良之助がともに家督相続者であり、それゆえに二人が結ばれることはない、という家の論理を千代が内面化しているところに、家父長制度における女性の居場所を多く問題とした、後の一葉作品を予告するものがある。

『やみ夜』は、「文学界」に明治二十七年七、九、十一月の三回にわたって掲載された。「外面如菩薩内面如夜叉」という主人公お蘭は、それまでの一葉作品が描くことはなかった女性像であり、さらに結末にいたるまで全編を闇と虚無がおおっており、まさに〈やみ夜〉のタイトルにふさわしい。そして最後にその〈闇〉がしらじらとした光のもとに引きずり出され、近代に対する一葉作品の重層的な視線をうかがわせるものとなっている。

*

資料編には、いずれも同時代評のうちから、作品の意義をよく指摘しているもの、また同時代における一葉作品への評価に影響を与えたものを選んだ。とくに田岡嶺雲「一葉女史の『にごり江』」(「明治評論」明治28・12)は同時代における『にごりえ』評のうち最も充実したものであり、また森鷗外・幸田露伴・斎藤緑雨による「三人冗語」(「めさまし草」明治29・4)による『たけくらべ』の絶賛は、同時代における一葉への評価を決定した。これら収録した同時代評を一瞥しても、明治二十八年から二十九年にかけての一葉作品が、明治文壇の注目と期待を集めていたことがわかる。

＊

思えば、樋口一葉が生き、書いたのは今からほぼ百年以上も前のことである。にもかかわらず、一葉の文学は、現代にも通じるさまざまな社会矛盾や、女性たちに対する抑圧を描き出して余すところがない。彼女の視線は、階級や性別をこえて、明治社会の弱者として周縁に追いやられた人々の生をすくい上げた。同時に、その視線は女性作家としての自分自身へも向けられた。女性が〈ものを書く〉とはいったい何を意味するのだろうか。それは、どのような可能性を開きうるのだろうか。

一葉の文学が投げかける言葉を、現代を生きる読者として受け止め、私たちの〈いま〉を照らし出すよすがとしたい。本書が、そのようなきっかけとなることを心より願う。

樋口一葉作品発表年表

（作成　編者）

年次	発表作品
明治25（一八九二）	3「闇桜」（「武蔵野」） 4・5？～18？「別れ霜」（「改進新聞」） 4「たま襷」（「武蔵野」） 7「五月雨」（「武蔵野」） 10・18～25「経つくえ」（「甲陽新報」） 11「うもれ木」（「都の花」）
明治26（一八九三）	2「暁月夜」（「都の花」） 3「雪の日」（「文学界」） 12「琴の音」（「文学界」）

明治27（一八九四）	2「花ごもり」其一～四（「文学界」）
	4「花ごもり」其五～七（「文学界」）
	7「やみ夜」一～四回（「文学界」）
	9「やみ夜」五～六回（「文学界」）
	11「やみ夜」七～十二回（「文学界」）
	12「大つごもり」（「文学界」）
明治28（一八九五）	1「たけくらべ」一～三回（「文学界」）
	2「たけくらべ」四～六回（「文学界」）
	3「たけくらべ」七～八回（「文学界」）
	4・3、5「軒もる月」（「毎日新聞」）
	5「ゆく雲」（「太陽」）
	6「経つくえ」（「文芸倶楽部」、再掲）
	8・27～31「うつせみ」（「読売新聞」）
	8「たけくらべ」九～十回（「文学界」）
	9・16「雨の夜」「月の夜」〔随筆〕（「読売新聞」、総題「そゞろごと」）
	9「にごりえ」（「文芸倶楽部」）
	10・14「雁がね」「虫の音」〔随筆〕（「読売新聞」、総題「そゞろごと」）

	11「たけくらべ」十一〜十二回（「文学界」） 12「十三夜」（「文芸倶楽部」） 12「たけくらべ」十三〜十四回（「文学界」）
明治29（一八九六）	1「この子」（「日本乃家庭」） 1「わかれ道」（「国民之友」） 1「たけくらべ」十五〜十六回（「文学界」） 2「大つごもり」（「太陽」、再掲） 2「裏紫」上（「新文壇」、未完） 4「たけくらべ」（「文芸倶楽部」、一括再掲） 5「われから」（「文芸倶楽部」） 5『通俗書簡文』（「日用百科全書」第拾弐編、博文館） 5・26「あきあはせ」（随筆）（「うらわか草」、随筆「そゞろごと」に前書をつけたもの。一括再掲） 7「ほとゝぎす」（随筆）（「文芸倶楽部」、総題「すゞろごと」）

19年5月5日
図5 「やまと新聞」明治22年7月24日

「やみ夜」

図1 伊藤晴雨『江戸と東京風俗野史』(昭和2年〜7年)
図2 「やまと新聞」明治24年6月13日
図3 沼田頼輔『綱要日本紋章学』(昭和52年4月)
図4 「絵入朝野新聞」明治20年7月5日
図5 「絵入朝野新聞」明治18年11月28日
図6 「やまと新聞」明治21年11月25日
図7 「都の花」第60号 明治35年11月12日
図8 斎田功太郎・佐藤礼介『内外植物誌』(大日本図書・大正6年1月10日)
図9 斎田功太郎・佐藤礼介『内外植物誌』(大日本図書・大正6年1月10日)
図10 保岡勝也『住宅の重要設備』(昭和8年11月)
図11 「やまと新聞」明治23年9月23日
図12 水野年方(明治20年頃の「やまと新聞」挿絵)
図13 坪谷善四郎『日本女禮式大全』(博文館・明治30年9月12日)
図14 水野年方(明治20年頃の「やまと新聞」挿絵)

図52　「風俗画報」明治37年1月1日
図53　平出鏗二郎『東京風俗志』(明治34年)
図54　カタログ『電明社』通信月報　大正14年1月5日
図55　平出鏗二郎『東京風俗志』(明治34年)
図56　「都の花」第60号　明治35年11月12日
図57　「流行」第13号　明治33年12月25日
図58　平出鏗二郎『東京風俗志』(明治34年)
図59　「都新聞」明治27年12月5日
図60　「都新聞」明治30年6月20日
図61　伊藤晴雨『江戸東京風俗野史』(昭和2年〜7年)

「われから」

図1　『東京盛閣図録』明治18年
図2　「やまと新聞」明治20年6月28日
図3　伊藤晴雨『江戸と東京風俗野史』(昭和2年〜7年)
図4　「萬朝報」明治28年5月9日
図5　「絵入自由新聞」明治17年11月12日
図6　「東京絵入新聞」明治20年2月23日
図7　「絵入朝野新聞」明治16年11月15日
図8　「やまと新聞」明治21年6月6日
図9　「やまと新聞」明治28年1月11日
図10　「都新聞」明治27年11月9日
図11　平出鏗二郎『東京風俗志』(明治34年)
図12　「江戸新聞」明治22年6月30日
図13　「やまと新聞」明治27年1月5日
図14　「東京絵入新聞」明治16年5月24日
図15　「絵入朝野新聞」明治20年11月25日
図16　「やまと新聞」明治21年12月13日
図17　沼田頼輔『綱要日本紋章学』(新人物往来社・昭和52年)
図18　「都新聞」明治38年3月30日
図19　「都新聞」明治26年2月14日
図20　「絵入朝野新聞」明治20年12月15日
図21　「絵入朝野新聞」明治20年12月15日
図22　「絵入朝野新聞」明治20年11月13日
図23　平出鏗二郎『東京風俗志』(明治34年)
図24　「やまと新聞」明治27年5月2日
図25　「絵入朝野新聞」明治19年8月21日
図26　「江戸新聞」明治22年6月9日

「闇桜」

図1　保岡勝也『住宅の重要設備』(鈴木書店・昭和8年11月28日)
図2　「都の花」第2号　明治30年7月7日
図3　伊藤晴雨『江戸と東京風俗野史』(昭和2年〜7年)
図4　「女学雑誌」第22号　明治

図12 「都新聞」明治29年11月19日
図13 「都新聞」明治29年10月17日
図14 「流行」第11号 明治33年10月25日
図15 『広告集』(明治28年)
図16 「都新聞」明治26年10月17日
図17 伊藤晴雨『江戸と東京風俗野史』(昭和2年〜7年)
図18 伊藤晴雨『江戸と東京風俗野史』(昭和2年〜7年)
図19 「絵入朝野新聞」明治20年6月20日
図20 「都新聞」明治37年11月29日
図21 石井研堂『少年工芸文庫』第八編[活版の巻](明治35年11月5日)
図22 平出鏗二郎『東京風俗志』(明治34年)
図23 「やまと新聞」明治20年4月1日
図24 水野年方(明治20年頃の「やまと新聞」挿絵)
図25 伊藤晴雨『江戸と東京風俗野史』(昭和2年〜7年)
図26 伊藤晴雨『江戸と東京風俗野史』(昭和2年〜7年)
図27 伊藤晴雨『江戸と東京風俗野史』(昭和2年〜7年)
図28 伊藤晴雨『江戸と東京風俗野史』(昭和2年〜7年)
図29 寺島良友『和漢三才図会』(正徳2年[1712])
図30 「都新聞」明治32年6月16日
図31 カタログ『謄写堂営業目録』明治45年
図32 『新撰東京名所図会』第29編(明治34年3月15日)
図33 伊藤晴雨『江戸と東京風俗野史』(昭和2年〜7年)
図34 「風俗画報」第3号 明治22年4月10日
図35 尾形月耕『以呂波引月耕漫画』巻之2(東陽堂・明治28年6月)
図36 平出鏗二郎『東京風俗史』(明治34年)
図37 平出鏗二郎『東京風俗史』(明治34年)
図38 平出鏗二郎『東京風俗史』(明治34年)
図39 「都新聞」明治33年5月8日
図40 「風俗画報」第185号 明治32年2月10日
図41 伊藤晴雨『江戸と東京風俗野史』(昭和2年〜7年)
図42 『吾妻余波』(復刻版)
図43 平出鏗二郎『東京風俗志』(明治34年)
図44 伊藤晴雨『江戸と東京風俗野史』(昭和2年〜7年)
図45 平出鏗二郎『東京風俗志』(明治34年)
図46 平出鏗二郎『東京風俗志』(明治34年)
図47 「都新聞」明治24年3月15日
図48 「やまと新聞」明治19年12月5日
図49 「絵入朝野新聞」明治18年2月28日
図50 『日用百科全書』第46編[造家と築庭](博文館・明治33年10月1日)
図51 「絵入朝野新聞」明治17年11月2日

月19日
図7　「やまと新聞」明治25年4月8日
図8　「絵入朝野新聞」明治21年7月4日
図9　「都新聞」明治40年6月13日
図10　喜田川守貞『類聚近世風俗志』(魚住書店・明治41年11月)
図11　「都新聞」明治30年7月23日
図12　「やまと新聞」明治20年6月10日
図13　『大谷集報』大正14年8月10日
図14　平出鏗二郎『東京風俗志』絵師松本洗耳（明治34年）
図15　「都新聞」明治31年9月29日
「十三夜」
図1　水野年方（明治20年頃の「やまと新聞」挿絵）
図2　「やまと新聞」明治21年8月3日
図3　「都の花」第2号　明治30年7月7日
図4　「流行」第14号　明治34年1月25日
図5　「都新聞」明治29年8月14日
図6　「中央新聞」明治27年10月28日
図7　「都新聞」明治29年11月5日
図8　「流行」第27号　明治35年2月25日
図9　「やまと新聞」明治28年3月
「わかれ道」
図1　「都新聞」明治28年12月6日
図2　『日本染織文様集』(日本繊維意匠センター・昭和48年)
図3　「絵入朝野新聞」明治22年6月26日
図4　「都新聞」明治28年12月24日
図5　平出鏗二郎『東京風俗志』(明治34年)
図6　「絵入朝野新聞」明治22年2月9日
図7　平出鏗二郎『東京風俗志』(明治34年)
図8　「女学雑誌」明治19年6月15日
図9　「都新聞」明治40年3月19日
「たけくらべ」
図1　『東京盛閣図録』明治18年9月13日
図2　「東京絵入新聞」明治17年8月16日
図3　「都新聞」明治33年1月20日
図4　尾形月耕『以呂波引月耕漫画』巻之5（東陽堂）
図5　「絵入朝野新聞」明治19年11月7日
図6　「都新聞」明治33年4月12日
図7　平出鏗二郎『東京風俗志』(明治34年)
図8　平出鏗二郎『東京風俗志』(明治34年)
図9　伊藤晴雨『江戸と東京風俗野史』(昭和2年〜7年)
図10　伊藤晴雨『江戸と東京風俗野史』(昭和2年〜7年)
図11　尾形月耕『以呂波引月耕漫画』巻之5（東陽堂）

図版出典一覧

＊地図＊

「たけくらべ」

『文法解明叢書28・たけくらべ・十三夜要解』（有精堂・昭和31年10月） 青木一男氏作成 179頁

＊脚注図版＊

「大つごもり」

図1 「都新聞」明治36年4月9日
図2 伊藤晴雨『江戸と東京風俗野史』（昭和2年〜7年）
図3 「報知新聞」明治29年5月
図4 「都新聞」明治29年1月7日
図5 『唐木細工商品目録』（加藤商会・明治38年）
図6 水野年方（明治20年頃の「やまと新聞」挿絵）
図7 寺島良友『和漢三才図会』（正徳2年［1712］）
図8 〔和本断片〕
図9 「絵入朝野新聞」明治21年12月22日
図10 「風俗画報」第37号 明治25年1月10日（東陽堂）

「ゆく雲」

図1 平出鏗二郎『東京風俗志』（明治34年）
図2 「都新聞」明治30年3月10日
図3 「やまと新聞」明治25年12月18日
図4 「やまと新聞」明治24年11月26日
図5 「絵入朝野新聞」明治20年5月8日
図6 「絵入朝野新聞」明治21年5月23日
図7 「やまと新聞」明治24年1月18日
図8 「都の花」第60号 明治35年11月12日

「うつせみ」

図1 『新撰東京名所図会』第45編［小石川之部基二］（明治39年10月25日）
図2 「東京中新聞」明治23年6月24日
図3 「やまと新聞」明治22年5月12日
図4 水野年方（明治20年頃の「やまと新聞」挿絵）
図5 「やまと新聞」明治25年1月10日
図6 斎田功太郎・佐藤礼介『内外植物誌』（大日本図書・大正6年1月10日）
図7 「時事新報」明治19年7月17日
図8 「都の花」第60号 明治35年11月12日
図9 「やまと新聞」明治28年1月11日
図10 「都の花」第2号 明治30年7月7日
図11 「流行」第31号 明治35年7月1日

「にごりえ」

図1 「都新聞」明治29年5月5日
図2 「都の花」第35号 明治33年
図3 「流行」明治33年1月25日
図4 「流行」第24号 明治34年11月25日
図5 「絵入朝野新聞」明治19年9月10日
図6 「絵入朝野新聞」明治16年4

本書は『明治の文学17　樋口一葉』（坪内祐三・中野翠編　二〇〇〇年九月　筑摩書房）
を底本として再編集しました（資料・解説は除く）。

ちくま文庫

樋口一葉《ひぐちいちよう》 小説集《しょうせつしゅう》

二〇〇五年十月十日　第一刷発行
二〇二三年四月十日　第八刷発行

著　者　樋口一葉（ひぐち・いちよう）
編　者　菅聡子（かん・さとこ）
発行者　喜入冬子
発行所　株式会社　筑摩書房
東京都台東区蔵前二―五―三　〒一一一―八七五五
電話番号　〇三―五六八七―二六〇一（代表）
装幀者　安野光雅
印刷所　明和印刷株式会社
製本所　株式会社積信堂

Printed in Japan
ISBN4-480-42102-5　C0193